셰이프 오브 워터

온다는 앞선 감성을 담은 김영사의 새 브랜드입니다.

셰이프 오브 워터

기예르모 델 토로 · 대니얼 크라우스 **지음**
김문주 **옮김**

온다

리처드 어베이트와 아만다 크로스, 리카르도 로사,
그랜드 로젠버그, 나탈리아 스미노프, 줄리아 스미스,
그리고 크리스찬 트리머에게 감사드립니다.

형태도 모양도 다양한 사랑을 위하여

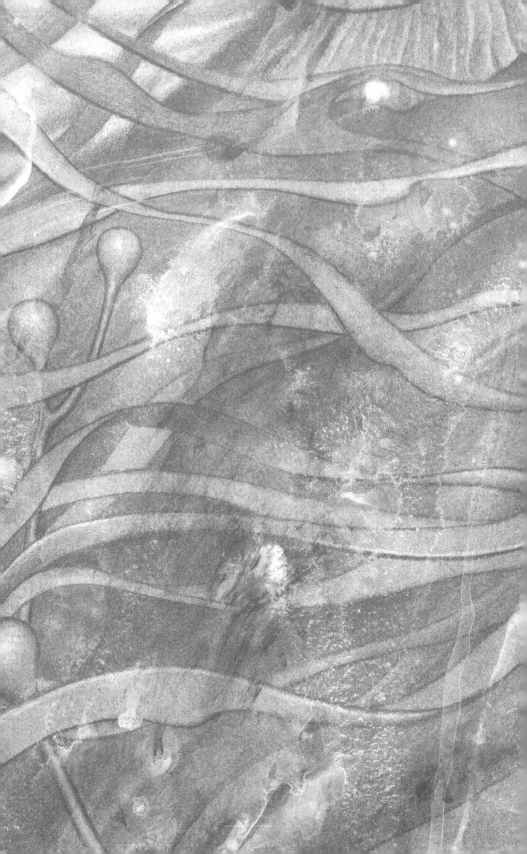

목차

제 1 부 ——

모든 것의 시작

1

리처드 스트릭랜드는 3,300미터 상공에서 호이트 장군이 보내온 명령서를 읽었다. 그는 권투선수처럼 단단한 주먹으로 트윈 프로펠러 비행기 내부를 가격했다. 올랜도에서 카라가스, 보고타, 피후아얄까지 미국에서 페루, 콜럼비아, 브라질에 이르는 임무의 마지막 구간이었다. 명령서는 매우 짧고 검은색 펜으로 고친 것투성였는데 브라질 사람들이 데우스 브랑퀴아(Deus Branquia)*라고 부르는 아가미 신에 대한 전설이 간결한 군대식 말투로 적혀 있었다. 정체가 무엇이든지 사냥꾼들을 데리고 가서 그것을 생포한 후, 미국으로 데려오라는 명령이었다.

스트릭랜드는 되도록 빨리 일을 해치우고 싶어 못 견딜 지경이었다. 이번 일은 그가 호이트 장군을 위해 수행하는 마지막 임무가 될 것이다. 틀

*아가미 신이라는 뜻

림없이 그렇게 될 것이다. 한국에서 한 일이 족쇄가 되어 무려 12년 동안이나 어쩔 수 없이 호이트 장군과의 관계를 이어왔다. 스트릭랜드는 협박에 의해 끌어온 이 관계를 이제 끝내 버리고 싶었다. 그러면 아내 레이니와 아들딸 티미와 태미가 있는 올랜도로 돌아가 호이트의 더러운 뒤치다꺼리를 하느라 뒷전이었던 남편과 아버지 노릇을 제대로 할 수 있으리라. 자유로운 인간으로 새롭게 거듭날 수 있을 것이다.

그는 다시 명령서를 보며 군인답게 마음을 냉철하게 다잡았다. 남아메리카의 불쌍한 인간들! 그들은 가난에 시달리는 이유가 뒤떨어진 농사법 때문이 아니라, 자신들이 정글을 제대로 지키지 못해서 아가미 신이 화가 났기 때문이라고 생각했다. 트윈 프로펠러 비행기에서 새어 나오는 기름 때문에 명령서에 까만 때가 묻자, 스트릭랜드는 그것을 바지에 대고 박박 문질렀다. 서신에는 데우스 브랑퀴아가 군사적으로 활용할 수 있는 중대한 특징을 지녔다고 적혀 있었다. 호이트 장군은 그것을 잡아 '미국의 이익'을 추구하고 요원들의 사기를 유지하는 것이 스트릭랜드의 임무라고 했다. 그는 호이트가 어떻게 요원들에게 동기를 부여해 자신의 뜻대로 움직이는지 너무나 잘 알고 있었다. 갑자기 아내 레이니가 떠올랐지만 중요한 임무를 앞두고 있으니 생각하지 않는 편이 나았다.

착륙이 쉽지 않은지 포르투갈인 조종사가 욕지거리를 내뱉었다. 곧 스트릭랜드의 눈앞에 정글 한가운데를 난도질해서 만들어 놓은 활주로가 보였다. 그는 휘청거리며 비행기 밖으로 나갔다. 브루클린 다저스 티셔츠에 하와이안 반바지를 입은 콜롬비아인이 그를 향해 손을 흔들었다. 트럭에 탄 어린 소녀가 그에게 바나나를 던져 줬지만, 오는 내내 비행기가 심하게 흔들려 속이 울렁거리는 바람에 잡지 못했다.

콜롬비아인이 그를 마을로 태워다 주었다. 과일이 가득 담긴 나무 손수레와 배가 불룩 튀어나온 맨발의 어린아이들이 우글거렸다. 스트릭랜드는 상점을 돌아다니며 본능적으로 자신에게 필요한 물건들을 차례로 구입했다. 라이터, 싸구려 음료수, 밀봉 가능한 비닐봉지, 땀띠 파우더. 계산대에 올려놓은 지폐가 금세 축축해질 정도로 날씨가 습했다. 그는 이미 비행기 안에서 이 미개한 사람들을 상대하기 위해 기본 회화를 익혀 두었다.

"Voce viu Deus Branquia?(데우스 브랑쿼아를 본 적 있나?)"

상인들은 저마다 웃으며 손사래를 쳤다. 빌어먹을! 단서가 하나도 없었다. 이곳 사람들은 금방 도축한 가축처럼 톡 쏘는 쇠 냄새를 풍겼다. 스트릭랜드는 신발에 끈적끈적하게 달라붙는 아스팔트길을 걷다가 새까만 진창 속에서 요동치는 쥐를 보았다. 쥐는 천천히 죽어 가고 있었는데 뼈가 하얗게 변해 곧 타르 속에 가라앉을 것 같았다. 이것은 스트릭랜드가 앞으로 1년 6개월 동안 보게 될 길 중에, 가장 상태가 온전한 길이리라.

2

침대 옆에 있는 알람시계가 부르르 몸을 떨자 엘라이자는 눈을 감은 채 시계 버튼을 찾아 더듬거렸다. 그녀는 깊고 부드럽고 따뜻한 꿈을 꾸었다. 단 1분이라도 그 꿈을 더 꿀 수만 있다면! 하지만 언제나 그렇듯 꿈은 손에 잡히지 않았다. 꿈속에서 물이 나왔는데, 햇빛이 들지 않는 어두운 물속이었다. 어마어마한 물이 그녀를 짓눌렀지만 가라앉지 않았다. 외풍이 심하고 전기도 수시로 끊겨 버리는 이 아파트에서 싸구려 음식을 먹고 살아가는 현실보다 오히려 물속에서 숨쉬는 것이 엘라이자는 더 편안하게 느껴졌다.

아래층에서 튜바 소리가 요란하게 울려 대더니 곧 여자의 고함이 들렸다. 엘라이자는 베개에 얼굴을 묻고 한숨을 쉬었다. 오늘은 금요일이었고 아래층에 있는 아케이드 영화관에서 새 영화를 선보이는 날이었다. 매번 심장이 멈춰 버릴 듯한 소리에 놀라서 깨지 않으려면 새 대사와 음향 효과, 음악에 익숙해져야만 했다. 오늘은 트럼펫 소리였다. 큰 소리로 욕하는 남자들의 목소리도 들렸다. 눈을 떠 보니 시계는 밤 10시 30분을 가리키고 있었고 마룻바닥 사이로 언뜻언뜻 영사기 불빛이 비쳐 보였다.

엘라이자는 자리에서 일어나 어깨를 동그랗게 구부렸다. 왜 코코아 냄새가 나지? 낯선 향기가 패터슨 공원 북동쪽에서 들려오는 소방차 소리와 합쳐졌다. 엘라이자는 차가운 바닥에 쭈그리고 앉아 영사기 불빛이 움직이고 깜빡거리는 것을 보았다. 지난주에는 〈영혼의 카니발〉이라는 흑백 영화를 상영했는데 이번 주 영화는 지난 영화보다 색깔이 더 밝았다. 영사기에서 흘러나오는 다채로운 빛이 그녀를 공상 속으로 이끌었다. 상상 속에서 그녀는 돈이 많았고 장사꾼들이 그녀에게 형형색색의 구두를 잔뜩 신겼다 벗겼다 하며 "정말 잘 어울리십니다."라고 아첨했다. 이런 구두와 함께라면 세상을 지배할 수도 있을 거라고 덧붙이면서.

하지만 현실에서는 그녀가 아니라 세상이 그녀를 지배했다. 중고 세일에서 건진 인테리어 소품을 아무리 걸어 놓아도 흰개미가 갉아먹은 나무 벽을 숨길 수 없었고, 불을 켜는 순간 헐레벌떡 도망치는 바퀴벌레 떼를 박멸할 수도 없었다. 그래서 엘라이자는 보이지 않는 척하는 편을 택했다. 그것이야말로 그녀가 밤을 무사히 보내고 다음 날을 맞이할 수 있는 유일한 방법이었다. 그녀는 작은 부엌으로 가서 에그 타이머를 맞추고 냄비에 달걀 세 개를 넣은 후 화장실로 향했다.

엘라이자는 욕조에 물을 틀어 놓고 잠옷을 벗었다. 그녀는 같은 직장의 여자들이 구내식당에 놓고 간 잡지를 많이 읽어서 몸의 어느 부위를 공들여 닦아야 하는지 잘 알고 있었다. 하지만 엉덩이와 가슴도 목의 핑크빛 흉터만큼 중요하지 않았다. 헐벗은 어깨가 유리에 부딪칠 때까지 몸을 뒤로 젖히자, 경정맥에서 후두로 각각 10센티미터 정도 이어진 목의 흉터가 드러났다. 멀리서 들리던 사이렌 소리가 점점 가까워졌다. 서른셋, 평생을 볼티모어에서 산 그녀는 소리만 듣고도 소방차가 브로드웨이 어디쯤 있는지 짐작할 수 있었다.

목의 흉터는 그녀가 기억하고 싶지 않은 곳을 알려 주는 일종의 지도 같았다. 그녀가 귀까지 욕조에 담그자 아래층 극장의 영화 소리가 더 크게 들렸다. 영화 속에서 한 여자가 "카마슈(Chemosh)*를 위해 죽는 건 영원히 사는 거야!"라고 소리쳤다. 엘라이자는 대사를 맞게 들었는지 확신할 수 없었다. 두 손으로 비누 조각을 감싸고 촉촉한 느낌을 즐겼는데 비누가 너무 미끄러워서 물고기처럼 욕조 속을 이리저리 누비고 지나갈 수도 있을 것 같았다. 간밤의 좋았던 꿈이 남자의 육체처럼 육중하게 그녀를 짓누르자 에로틱한 기분에 사로잡혔다. 비누 거품이 묻은 손가락을 허벅지 사이에서 움직였다. 남자도 사귀어 보고 섹스도 해 봤지만 모두 오래전 일이었다. 남자들은 벙어리인 그녀를 이용하려고 할 뿐이었다. 단한 명도 진정으로 그녀와 소통하려는 남자는 없었고, 오로지 그녀가 소

*모아브족의 신으로 '파괴자', '억압자' 또는 '물고기 신'

리 내지 못하는 짐승인 것처럼 붙잡아서 그저 몸을 취할 뿐이었다. 그들에게 그녀는 정말로 짐승이었다. 차라리 꿈속에서 본 흐릿한 기억 속의 남자가 더 나았다.

그때 에그 타이머가 요란하게 울렸다. 혼자뿐이었지만 엘라이자는 깜짝 놀라 숨을 거칠게 몰아쉬었다. 그러고는 재빨리 가운을 걸치고 주방으로 달려가 가스레인지를 끄고 시계를 보았다. 벌써 11시 7분이었다. 언제 시간이 이렇게 됐지? 꿈속에서 그녀는 정말 살아 있는 기분이었지만 지금은 식히려고 접시에 올려 놓은 삶은 달걀처럼 생기가 하나도 없었다. 엘라이자는 침실에 거울이 있었지만 자신이 눈에 보이지 않는 존재 같다는 느낌이 진짜일까 봐 보지 않았다.

3

스트릭랜드는 지정된 장소에서 15미터 길이의 배를 발견한 즉시 라이터로 호이트의 명령서를 태웠다. 그건 작전 규칙이었고 금세 모든 증거가 까맣게 재로 변했다. 이곳의 모든 것이 그러하듯 나룻배 또한 그의 기대에 미치지 못했는데 허접한 재료를 못질해서 허접하게 만든 배에 불과했다. 굴뚝은 두들겨 편 주석으로 때워져 있었고 뱃전 위의 타이어는 바람이 빠진 것처럼 보였다. 네 개의 기둥을 연결한 천이 이 배 안의 유일한 그늘이었다. 더울 것 같았지만 차라리 잘된 일이었다. 아내와 시원하고 깔끔한 집, 플로리다 야자수의 속삭임 같은 괴로운 생각을 전부 불태워 버릴 수 있으니까. 이런 작전을 수행할 때는 머릿속이 분노로 이글이글 타오르는 게 더 나았다.

갑판 바닥 사이에서 갈색의 더러운 물이 튀어 올랐다. 선원들은 백인 말고도 구릿빛이나 적갈색 피부를 가진 다양한 인종이 섞여 있었다. 몸에 칠을 하고 구멍을 뚫은 이들도 보였다. 모두 젖은 나무 상자를 끌어 나르고 있었는데 그때마다 바닥이 심하게 움푹움푹 들어갔다. 스트릭랜드는 스텐실로 '조세피나'라는 글자가 찍힌 선체로 가까이 다가갔다. 조그만 둥근 창으로 보이는 선실은 겨우 선장 한 명만 들어갈 정도의 크기인 듯했다. 선장이라는 단어가 떠오르자 그는 신경이 거슬렸다. 여기에서 선장은 호이트밖에 없었고 스트릭랜드 자신은 대리인일 뿐이었다. 그는 스스로를 선장이라고 착각하는 얼빠진 키잡이들을 상대할 기분이 아니었다.

그는 선장을 찾았다. 선장이라는 작자는 하얀 턱수염에 하얀 셔츠와 바지, 하얀 밀짚모자 차림에 과장된 손동작으로 신호를 보내고 있는 안경잡이 멕시코인이었다. 그가 "스트릭랜드 씨!" 하고 소리치자, 순간 스트릭랜드는 아들 티미가 즐겨 보는 만화 〈루니 튠즈: 미스터 스트릭랜드!(Looney Tunes: Meester Streekland!)〉 속으로 들어간 기분이었다. 그는 아이티 상공을 지나면서 선장의 이름을 외웠었다. 라울 로모 자바라 엔리케즈. 그때만 해도 꽤 느낌이 좋았지만 실제로 만나 보니 풍선이 잔뜩 부풀어 오른 것처럼 거들먹거리는 사내였다.

"위스키하고 쿠바산 시가 모두 있습니다. 다 스트릭랜드 씨를 위해 준비했죠."

엔리케즈는 시가 한 대를 내밀고, 곧 자신도 한 대 불을 붙이고는 유리잔 두 개에 술을 따랐다. 스트릭랜드는 작전 중에 술을 마시지 말라고 훈련받았지만 엔리케즈를 향해 건배를 들었다.

"To la aventura magnifico!(멋진 모험을 위하여!)"

그들은 술을 들이켰다. 확실히 기분이 좋아진 스트릭랜드는 잠깐 동안이지만 모든 것을 잊을 수 있었다. 위협적으로 다가오는 호이트 장군의 그림자와 엔리케즈에게 제대로 '동기 부여'를 하지 못했을 때 벌어질지 모르는 그의 미래 같은 것들을. 위스키가 목을 타고 내려가자 배 속이 정글의 기온만큼 뜨거워졌다. 엔리케즈는 담배 연기로 고리 모양을 만드는 데 얼마나 많은 시간을 쏟았는지, 그가 만든 고리는 완벽했다.

"시가도 피우고 술도 마시고 즐기세요! 당분간 이런 호사는 누리지 못할 테니까. 시간 맞춰 오셔서 다행입니다, 스트릭랜드 씨. 조세피나가 출항하고 싶어서 몸이 근질거리던 참이거든요. 조세피나는 아마조니아처럼 절대로 사람을 기다려 주지 않는답니다."

그 말이 마음에 들지 않았던 스트릭랜드는 술잔을 내려놓고 엔리케즈를 빤히 쳐다보았다. 엔리케즈는 웃음을 터뜨리며 박수를 쳤다.

"맞는 말이죠. 우리 같은 사람들, 오지의 개척자들은 굳이 야단법석을 떨 필요가 없죠. 브라질 사람들은 우리가 세르타니스타(sertanista)*라고 알아서 존경해 주니까요. 참 듣기 좋은 단어지 않습니까? 벌써 피가 끓어오르죠?"

엔리케즈는 오지에 있는 해양생물학 연구소에 갔던 일을 지루할 정도로 자세히 이야기했다. 그는 데우스 브랑쿠아와 닮은 석회암 화석을 자신의 두 손으로 직접 옮겼다고 주장했다.

"과학자들은 그게 데본기 화석이라고 합디다. 스트릭랜드 씨, 그 화석

*아마존 오지 사람들을 직접 접촉하는 위험한 일을 생계로 삼는 사람.

이 고생대에 만들어졌다는 걸 알고 있소?"

엔리케즈는 남자들이 아마조니아에 끌리는 이유가 원시 괴생명체가 아직도 번성한 곳이기 때문이라고 했다. 과거로 돌아가지 않으면 볼 수 없는 것을 실제로 만질 수 있는 곳이기 때문에.

스트릭랜드는 마침내 한 시간 동안 참고 있던 질문을 했다.

"배는 전세 낸 거요?"

엔리케즈는 시가를 비벼 끄고 선실의 둥근 창 너머를 내다보며 얼굴을 찌푸렸다. 그러고는 갑자기 씩 웃더니 고압적인 몸짓을 해 보였다.

"얼굴 문신과 코걸이를 한 선원들 보이시오? 저들은 당신이 데려온 멍청이들처럼 그냥 인디오가 아니오. 용감한 인디오들이지! 네그로-브랑쿠 강에서 싱구 강까지 아마존을 손바닥처럼 훤히 아는 자들이오. 내가 저들을 가이드로 고용했지. 스트릭랜드 씨, 우리 탐험이 실패하는 일은 절대 없을 겁니다."

"배는 전세 낸 거요?"

스트릭랜드가 다시 같은 질문을 하자 엔리케즈는 모자로 부채질을 했다.

"당신네 미국인들이 우편으로 서신을 보냈지요. 좋습니다. 우리의 과학 탐사대는 가능한 데까지 배를 타고 꾸불꾸불한 강을 따라갈 겁니다, 스트릭랜드 씨. 그 다음에는 걸어서 갈 겁니다! 베스티지오(Vestigio), 즉 남아 있는 원시 부족민들을 찾아야겠죠. 산업 발달은 그들에게 상상 이상의 고통을 주었죠. 하지만 그들의 비명조차 이 정글이 삼켜 버렸습니다. 우리는 싸우러 가는 게 아니라 그들에게 선물을 주려고 가는 겁니다. 아가미 신이 존재한다면 어디서 찾아야 하는지 그들이 알려 줄 테니까요."

호이트 장군의 표현대로라면 엔리케즈는 사기가 제대로 올라 있었다.

스트릭랜드가 그를 그렇게 만들었다. 하지만 그가 미처 이 오지에 대해 알지 못하는 것이 있었다. 스트릭랜드가 길들여지지 않은 땅에 대해 아는 것이 하나 있다면 그것은 인간의 겉과 속에 반드시 얼룩을 남긴다는 사실이었다.

오지를 제대로 안다면 그처럼 머리부터 발끝까지 하얀 옷은 입지 않으리라.

4

엘라이자는 더 좋은 생각이 떠오를까 봐 일부러 침실의 서쪽 벽을 끝까지 보지 않았다. 방이 크지 않으니 벽도 크지 않았는데 가로, 세로가 각각 2.5미터인 벽에는 몇 년 동안 형편에 맞게 구입한 새 구두와 중고 가게에서 데려온 구두들로 꽉 들어차 있었다. 체리와 계피색이 뒤섞인 피터 라이트 스펙테이터 펌프스, 발가락 부분이 모종삽 같은 두 가지 색깔의 커스텀 크래프트 브랜드 구두, 웨딩드레스를 뭉쳐 놓은 듯이 보이는 샴페인 색깔의 새틴 하이힐, 신으면 발에 장미 꽃잎을 입힌 것 같은 밝은 빨강의 8센티미터 타운 & 컨트리스 브랜드 하이힐, 끈이 깨끗한 뮬 슬리퍼과 슬링백 샌들, 플라스틱 페니로퍼 그리고 제일 구석에 밀려난, 향수를 불러일으키는 역할밖에 하지 못하는 보기 싫은 스웨이드 구두.

세든 방에 못을 박으면 안 되는데도 구두들은 전부 자그마한 못에 걸려 있었다. 시간이 촉박했지만 엘라이자는 세상에서 가장 중요한 선택이라도 하듯이 느긋하고 신중하게 구두를 골랐다. 엘라이자가 고른 것은 발등 부분에 파란색 가죽 꽃이 달린 데이지 브랜드 구두였다. 그녀에게 이건 정말 중요한 선택이었다. 데이지 구두는 오늘 밤을 비롯해 그녀가 매일 밤 옷차림에서 추구하는 유일한 반란이었으니까. 발은 사람과 땅을 연결해 주었지만 가난한 사람에겐 한 뼘의 땅도 허락되지 않았다.

엘라이자는 침대에 앉아 구두를 신으니 마치 자신이 강철 장갑을 끼는 기사가 된 것 같았다. 구두에 발을 넣으면서 떠돌던 시선이 화산재처럼 쌓인, 낡은 레코드판에 머물렀다. 대부분은 수 년 전에 중고로 구입한 것이고 음악뿐만 아니라 즐거운 기억까지 담고 있었다. 프랭크 시나트라의 〈더 보이스(The Voice)〉는 아침에 학교 건널목 안전 도우미를 도와 하수구 격자 덮개 아래에 빠진 솜털 보송보송한 갈색 병아리들을 구해 준 추억을 담고 있었다. 카운트 베이시의 〈원 오클락 점프(One O'Clock Jump)〉는 메모리얼 스타디움에서 튀어나온 야구공이 소화전에 맞고 튕겨나가는 것을 보았던 기억이 실려 있었다. 비둘기조롱이처럼 보기 드문 모습이었다. 빙 크로스비의 〈스타더스트(Stardust)〉는 오후에 자일스와 함께 집 아래층 극장에서 바버라 스탠윅과 프레드 맥머레이 주연의 〈리멤버 더 나이트〉를 보았을 때 처음 들었다. 엘라이자는 그 영화를 보고 돌아와 침대에 누워서 빙의 노래를 들으며 감옥에 간 여주인공처럼 자신도 힘겨운 삶이라는 형을 살고 있는 건 아닌지, 여주인공을 기다리겠다는 그런 남자가 자신의 인생에도 나타날지 생각했다. 하지만 곧 부질없는 생각을 접었다. 그동안 그녀를 기다려 준 사람은 단 한 명도 없었으니까.

지금 그녀를 기다리고 있는 건 직장의 출퇴근 기록계뿐이었다. 엘라이자는 외투를 입고 달걀이 든 접시를 집었다. 보물 같은 작품이 들어 있을지 모르는 먼지투성이 필름 통이 굴러다니는 짧은 복도로 나가자 정체불명의 코코아 냄새가 더욱 강해졌다. 그녀의 아파트 오른쪽에는 또 다른 아파트 가 딱 하나 있었다. 그녀는 문을 두 번 두드린 후에 안으로 들어갔다.

5

　그들은 채 한 시간도 되지 않아 출발했다. 가이드들은 여름의 건기라 서 다행이라고 말하며 우기는 나쁘다고 했다. 지난번 우기의 많은 비가 남긴 구멍이 여기저기 나 있었고 강의 굽이마다 지름길이 범람했다. 스트 릭랜드 일행은 일단 가능한 데까지 조세피나 호를 타고 가기로 했다. 구 불구불 휘어진 물길이 아마존강을 짐승으로 바꾸었는데, 그 짐승은 맹 렬하게 도망치고 숨고 그들을 덮쳤다. 엔리케즈가 즐거운 듯 큰 소리로 웃으며 연료 조절판을 만지자 초록색과 토탄질의 정글에 독성이 가득한 까만 연기가 퍼졌다. 스트릭랜드는 난간을 잡고 물속을 쳐다보았다. 마시 멜로 거품이 일어난 밀크 초콜릿 색이었다. 강가를 따라 잔뜩 자라난 5미 터 높이의 코끼리풀은 마치 잠에서 깨어나는 거대한 곰의 등처럼 보였다.
　엔리케즈는 1등 항해사에게 키를 맡기고 항해일지 기록하는 것을 좋아 했다. 그는 책으로 출판하려고 쓰는 거라며 자랑스럽게 말하면서 곧 온 세상이 위대한 탐험가, 라울 로모 자바라 엔리케즈의 이름을 알게 될 거 라고 떵떵거렸다. 그는 자신의 책에 실릴 자신만만한 모습의 작가 프로필 사진을 찍는 상상이라도 하는 듯 가죽으로 덮인 항해일지를 쓰다듬었다. 스트릭랜드는 스멀스멀 올라오는 증오와 혐오, 공포를 억눌렀다. 이 세 가지는 인간을 방해하고 속마음을 들키게 만든다고 호이트가 한국에서 가르쳐 주었다. 묵묵히 임무를 수행해야만 한다. 이 상황에서 가장 이로운 감정은 아무것도 느끼지 않는 것이다.

그러나 단조로움이야말로 정글에서 가장 은밀한 살인자인지도 몰랐다. 하루 또 하루 조세피나 호는 점점 넓어지는 나선형의 안개로 뒤덮인, 끝없이 꾸불꾸불하게 펼쳐진 강을 따라 나아갔다. 어느 날 스트릭랜드가 고개를 들어보니 파란 하늘에 낀 기름 얼룩처럼 검고 커다란 새가 보였다. 독수리였다. 그 녀석을 의식하자, 자신의 죽음을 기다리며 느긋하게 선회하는 모습이 매일 눈에 띄었다. 선창에 놓아 둔 스토너 M63 경기관총과 권총집에 든 브레타 모델 70 권총으로 무장한 스트릭랜드는 저놈의 새를 당장 쏘아 죽이고 싶은 마음이 간절했다. 저 새는 그를 감시하는 호이트이자 그를 떠나려 하는 아내였다. 어느 쪽이 맞는지 스트릭랜드는 알 수 없었다.

밤에는 항해를 계속하는 것이 위험하기 때문에 배를 정박시켰다. 스트릭랜드는 보통 뱃머리에 혼자 서 있곤 했는데 선원들이 그를 보며 쑥덕거리고, 용감한 인디오들이 그를 미국 괴물처럼 쳐다보아도 신경 쓰지 않았다. 그날따라 달은 하늘에 조각해 넣은 커다란 구멍 같았고, 달빛은 하얗게 반짝이는 뼈같이 바다를 내리쬐었다. 어느새 엔리케즈가 살그머니 그의 옆에 다가와 섰다.

"보이시오? 저 까부는 분홍색 놈이?"

스트릭랜드는 선장이 아니라 자신에게 분노가 치밀었다. 등을 노출시키는 군인이 세상에 어디 있단 말인가? 게다가 달을 쳐다보는 모습을 들키다니! 아내 레이니가 손을 잡아 달라고 할 때처럼 지극히 여성스러운 행동이 아닌가. 그는 엔리케즈가 그냥 가 버리기를 바라며 그저 어깨를 으쓱했지만 선장은 가지 않고 항해일지를 들어 보였다. 스트릭랜드는 바다 저 멀리로 시선을 돌리다가 수면 위로 뛰어올라 은색 물보라를 일으키는 생물체를 보았다.

"보토(Boto), 강돌고래요. 어떤 것 같소? 2미터? 2.5미터 정도 되려나? 수컷만 저런 분홍색이지요. 이렇게 놈을 보다니 운이 좋구려. 암컷 보토는 혼자 있는 걸 좋아해서 단독 생활을 하거든요."

스트릭랜드는 엔리케즈가 남들과 잘 어울리지 않는 자신의 성향을 비꼬는 건 아닌가 의심스러웠다. 선장이 밀짚모자를 벗자 하얀 머리가 달빛에 반짝였다.

"보토의 전설을 아시오? 모르겠지. 총하고 총알에 대한 것만 배웠겠죠? 원주민들은 분홍색 강돌고래가 모습을 바꾸는 능력이 있다고 믿습니다. 이런 밤이면 출중한 외모를 가진 남자로 변해 분수 구멍은 모자로 가린 다음, 가장 가까운 마을로 가지요. 그러고는 마을에서 가장 아름다운 여자들을 유혹해서 강 속의 집으로 데려갑니다. 한 번 보시오! 납치당할까 봐 무서워서 밤에는 강가에 여자들이 별로 없으니까. 하지만 난 이 이야기가 아주 희망적이라고 생각해요. 가난, 근친상간, 폭력이 난무한 세상보다 물속의 천국에서 사는 게 훨씬 낫지 않겠소?"

"가까이 오는군요."

스트릭랜드가 자신도 모르게 돌고래를 보며 중얼거렸다.

"아, 그럼 우리도 그만 딴 데로 가는 게 좋겠군요. 저 녀석의 눈을 쳐다보면 악몽을 계속 꾸다가 결국 미쳐 버린다는 얘기가 있으니까."

엔리케즈는 친구라도 되는 듯 스트릭랜드의 등을 두드리더니 휘파람을 불며 한가롭게 걸어갔다. 하지만 스트릭랜드는 난간 옆에 무릎을 꿇고 앉아 여전히 바다를 응시했다. 돌고래는 마치 뜨개질바늘처럼 소리 없이 물속을 넘나들었다. 녀석은 배가 무엇인지 알지도 몰랐다. 생선 쪼가리를 던져 주기를 원하는지도. 스트릭랜드는 권총을 꺼내 돌고래가 나타날 것으로 생각되는 지점을 향해 총을 겨누었다. 상상에나 나오는 우화는 존재할 가치가 없었다. 호이트가 원하는 건 냉정한 현실이고 이곳에서 살아 남으려면 그 역시 지극히 현실적이어야 한다. 물 아래에서 강돌고래의 모습이 보이기 시작했다. 스트릭랜드는 기다렸다가 강돌고래의 눈을 응시하고 싶었다. 저 강돌고래가 아니라 그 자신이 악몽을 가져오리라. 그가 이 정글을 미치게 만들리라.

6

옆방에 들어가니 행복해 보이는 사람들이 엘라이자를 반겼다. 환한 얼굴의 아내들과 야비하게 웃는 남편들, 열광하는 아이들, 자신만만한 청소년들. 하지만 그들은 아케이드 영화관에서 상영하는 영화 속 인물들처럼 진짜가 아니라 광고 그림 속의 사람들이었다. 모두 훌륭했지만 제대로 거리에 걸려 있는 그림은 하나도 없었다. '잘 지워지는 워터프루프 마스카라' 그림으로는 찬바람이 새는 창문 틈을 막았고 '은은하게 빛나는 파우더' 그림으로는 창문을 열기 위해 받쳐 놓았다. '여성 모두가 겪는 양말 문제' 그림은 테이블로 변신해 그림 작업에 쓰이는 물감 통을 올려놓았다. 제대로 쓰이지 못하는 그림들이 엘라이자를 우울하게 만들었지만, 다섯 마리의 고양이들은 아닌 모양이었다. 쥐를 찾을 때면 거리낌 없이 여기저기 흩어진 캔버스 위로 튀어 올라갔다.

고양이 한 마리가 해골에 씌운 부분 가발에 수염을 문지르며 빙빙 돌았다. 저 해골에도 이름이 있는데……. 하지만 엘라이자는 이름이 기억나지 않았다. 안제이였던가. 화가 자일스 건더슨이 쉬쉬 하면서 고양이를 쫓자 고양이가 가냘프게 울면서 어딘가로 뛰어갔다. 자일스는 이젤 가까이로 몸을 기울이고는 물감으로 얼룩진 거북 등껍질 무늬의 안경테 너머로 눈을 가늘게 뜨고 그림을 쳐다보았다. 수북한 눈썹 위에 두 번째 안경이, 벗겨진 정수리에 세 번째 안경이 걸려 있었다.

엘라이자는 데이지 구두로 까치발을 하고 자일스의 어깨 너머로 그림을 보았다. 둥근 지붕 모양의 빨간 젤리를 중심으로, 한 가족의 얼굴이 그려져 있었다. 두 아이는 굶주린 원숭이처럼 입을 벌렸고 아빠는 감탄하는 표정으로 턱을 집은 모습이었으며, 엄마는 가족들의 열광적인 반응에 흡족한 표정을 짓고 있었다. 자일스는 아빠의 입술 때문에 고민하는 중이었다. 엘라이자는 평소에 자일스가 남자들의 표정을 그리기 어려워한다는 것을 잘 알고 있었다. 엘라이자가 좀 더 몸을 기울여서 보니 자일스가 웃는 입 모양을 만드느라 양쪽 입꼬리를 올리고 있었다. 그 모습이 너무 사랑스러워 엘라이자는 노인의 뺨에 확 입을 맞췄다. 놀란 자일스가 고개를 들고 껄껄 웃었다.

"들어오는 소리도 못 들었네! 지금 몇 시지? 사이렌 소리 때문에 깼어? 이렇게 안타까운 일이! 라디오에서 그러는데 초콜릿 공장에 불이 났대. 이런 끔찍한 일이 또 있을까? 분명 아이들이 저 냄새 때문에 잠결에 이리저리 뒤척이고 있을 거야."

자일스는 깔끔하고 가느다란 콧수염 아래로 미소를 지으며 양손으로 붉은색과 초록색 붓을 각각 들어올렸다.

"비극과 기쁨은 늘 함께 오는 법이지."

자일스 뒤로 바퀴 달린 카트에 놓인 구두 상자만 한 흑백 TV에서 잡음과 함께 심야 영화의 클라이맥스 장면이 나왔다. 보쟁글스*가 셜리 샘플과 함께 탭댄스를 추며 계단을 올라가는 장면이었다. 엘라이자는 그 장면이 자일스의 기분을 좋게 만들어 줄 것임을 알고 있었다. 보쟁글스가 셜리 템플을 위해 속도를 늦추기 전에 엘라이자는 재빨리 손가락 두 개를 이용해 수화로 '저것 좀 봐요.'라고 했다.

자일스가 그 장면을 보고 손뼉을 치자 빨간색 물감과 초록색 물감이 섞였다. 보쟁글스의 춤 실력은 믿기지 않을 정도였다. '나도 좋은 환경에서 태어났다면 셜리 템플보다 보쟁글스를 훨씬 더 잘 따라할 수 있을 텐데……' 엘라이자는 허황된 생각을 하고 있는 자신이 부끄러워졌다. 엘라이자는 언제나 춤을 추고 싶었다. 구두를 많이 사 모으는 것도 그런 이유 때문이었다. 구두는 사용되기만을 기다리는 그녀의 에너지와 같았다. 그녀는 눈을 가늘게 뜨고 텔레비전 화면을 쳐다보면서 박자를 셌다. 아래층 극장에서 들려오는 음악 소리는 무시했다. 엘라이자는 보쟁글스에 맞춰 탭댄스를 추기 시작했는데 나쁘지 않았다. 보쟁글스가 계단을 발로 두드릴 때마다 엘라이자는 가장 가까이 있는 자일스의 의자를 발로 두드렸고 그 모습에 자일스가 웃음을 터뜨렸다.

"계단에서 저렇게 빨리 탭댄스를 출 수 있는 사람이 또 누가 있게? 제임스 카그니**! 우리 〈양키 두들 댄디〉를 봤던가? 꼭 봐야 해. 카그니가

*1878년 출생, 탭댄스의 명수, 계단을 이용한 화려한 댄스가 장기이다
**미국의 영화배우

의기양양하게 계단을 내려오다가 두 다리를 마구 허우적거리기 시작하지. 엉덩이에 불이라도 붙은 것처럼 말이야. 완벽한 즉흥 연기지. 얼마나 위험한지 모를 거야! 하지만 진정한 예술이란 위험한 법이지."

엘라이자는 달걀이 담긴 접시를 내밀고 수화로 말했다.

먹어요.

자일스가 애처롭게 웃으며 접시를 받았다.

"엘라이자, 솔직히 말해서 네가 없었으면 난 굶주린 화가가 됐을 거야. 퇴근하고 와서 날 깨워 주겠니? 내가 밥 살게. 나한테는 아침, 너한테는 저녁이 되겠지."

엘라이자는 고개를 끄덕였지만 곧 엄격한 표정으로 어서 자라는 듯 벽에 고정된 붙박이 침대를 가리켰다.

"이 과일 젤리가 날 자꾸 부르는걸! 약속할게. 다 그리고 나서 꿈나라에 가겠다고."

자일스는 '여성 모두가 겪는 양말 문제' 광고 그림에 대고 달걀 껍질을 깨뜨렸다. 한 쌍의 안경이 나머지 두 쌍의 안경을 미끄러져 지나갔고 그의 얼굴이 다시 캔버스에 그릴 미소를 흉내 냈다. 아까보다 미소가 환해져서 엘라이자는 기뻤다. 아래층에서 들려오는 영화 맨 마지막 장면의 요란한 팡파르가 그녀를 서두르게 했다. 엘라이자는 팡파르 다음에 무엇이 나올지 알고 있었다. 화면에 '끝'이라는 글자가 뜨고 엔딩 크레디트가 올라가고 극장 안에 조명이 켜져서 더 이상 자신을 숨길 수 없게 된다.

7

원주민들은 무더위도 아랑곳하지 않는 돌연변이였다. 그들은 정글 속을 걷고 오르고 난도질했다. 스트릭랜드는 그렇게 많은 마체테*를 처음 보았는데 원주민들은 그것을 '팔콘'이라고 불렀다. 하긴 뭐라고 부르건 무슨 상관이랴. 스트릭랜드에게는 M63이 있었다. 하느님, 감사합니다. 내륙 행군은 어느 잊혀져 버린 영웅이 파 놓은, 열대우림으로 곧장 향하는 길에서 시작되었다. 오전 11시가 되자 길이 덩굴 식물에 막혀 버렸다. 좋다. 스트릭랜드는 총을 쏘며 정글을 뚫고 나아가지 않을 생각이었다. 그는 마체테를 들었다.

스스로 강인한 체력이라고 자부하는 그였지만 오후가 되자 온몸의 근육이 흐물흐물해졌다. 정글은 독수리처럼 곧바로 그의 연약함을 눈치챘고 덩굴은 머리에 쓴 모자를 찢었다. 뾰족한 대나무가 팔다리를 찔렀고 종이 같은 벌집 위에는 침이 손가락만 한 말벌들이 우글거리며 떼로 달려들 기회가 생기기만을 기다리고 있었다. 모두들 까치발로 그곳을 살금살금 지나갔고 다 지나간 후에는 안도의 한숨을 내쉬었다. 한 남자가 나뭇가지에 기댔는데 나무껍질이 으깨졌다. 그것은 나무껍질이 아니라 나무를 온통 뒤덮고 있던 흰개미들이었다. 흰개미 떼가 그의 소매 안으로 파고들었다. 가이드들은 지도 없이도 길을 아는 듯 계속 손가락으로 가야 할 방향을 가리켰다.

수 주일, 어쩌면 수 개월이 지났다. 밤은 낮보다 끔찍했다. 스트릭랜드는 마른 진흙 때문에 돌덩이처럼 무거워진 바지를 벗고 군화에서 몇 리터는 족히 될 법한 땀을 쏟아 버리고 모기장을 친 해먹에 누웠다. 아기처럼 무

---

*길이가 32~45센티미터의 커다란 칼

기력한 상태로 개구리 우는 소리와 말라리아에 걸린 듯 앵앵거리는 모기 소리를 들었다. 이렇게 드넓은 공간인데 왜 이리 숨 막힐 듯 답답할까? 그는 곰팡이 낀 나무 옹이에서, 브라질 거북의 등껍질에서, 파란 마코앵무새의 비행 대형에서, 온 사방에서 호이트의 얼굴을 보았다. 레이니의 얼굴은 어디에서도 보이지 않았다. 점점 희미해지는 맥박처럼 아내는 거의 느껴지지 않았다. 불안했다. 하지만 매 순간마다 그를 불안하게 만드는 것은 그것 말고도 너무 많았다.

스트릭랜드 일행은 며칠 동안 행군한 끝에 원주민 마을에 도착했다. 나무와 나뭇잎으로 지은 기다란 움막들이 들어선 작은 빈터와 나무 사이에 걸쳐져 있는 동물들의 은신처도 보였다. 엔리케즈는 이리저리 뛰어다니며 일행에게 마테체를 집어넣으라고 했다. 스트릭랜드도 그의 말대로 했지만, 곧 총을 잡았다. 무장하는 것이 그의 임무가 아니던가?

몇 분 후 어두운 움막에서 세 개의 얼굴이 나타났다. 스트릭랜드의 몸이 떨렸고 끔찍한 열기가 더해져 욕지기가 나왔다. 이윽고 얼굴에 이어 몸뚱이까지 드러낸 원주민들이 거미처럼 조심스럽게 빈터로 향했다. 그 광경을 본 스트릭랜드의 머릿속에 광기 어린 생각이 떠올랐다. '전부 다 쓸어 버리자.' 호이트가 할 법한 생각이지만 꽤 구미가 당겼다. 그는 빨리 임무를 끝마치고 집으로 돌아가 자신이 올랜도를 떠나기 전과 같은 사람인지 확인해 보고 싶었다.

엔리케즈가 선물로 가져온 냄비를 조심스럽게 꺼내고 가이드 한 명이 원주민들과 여러 언어로 의사소통을 시도했다. 곧 어둠 속에서 열 명이 넘는 원주민들이 스르르 나타나 스트릭랜드의 총과 마체테, 유령처럼 하얀 얼굴을 빤히 쳐다보았다. 그는 살가죽이 벗겨진 기분이었고, 이어진

32

축제 분위기도 전혀 달갑지 않았다. 시큼한 야생 조류의 알을 불에 올려 익히고, 일행들의 목과 얼굴에 염료를 칠하는 간단한 의식이 이어졌다. 스트릭랜드는 그런 것들이 다 끝날 때까지 기다렸다. 이제 곧 엔리케즈가 돌아다니며 데우스 브랑쿠아에 대해 물어볼 테고 원주민들은 빨리 대답하는 편이 좋을 것이다. 스트릭랜드는 벌레에 물려 가며 오랫동안 대답을 기다리느니 자신의 방식대로 일을 해치울 생각이었다. 하지만 원주민들은 어느 누구도 입을 열지 않았다.

스트릭랜드는 불가를 떠나 해먹을 걸러 가는 엔리케즈의 앞을 막아섰다.

"실패했군요."

"원주민들은 또 있소. 찾을 거요."

"수 개월 동안 강을 따라 내려왔는데, 그냥 이대로 포기할 생각이군요."

"이곳 사람들은 인간이 데우스 브랑쿠아에 대해 입 밖으로 이야기하면 그 힘이 사라진다고 생각합니다."

"그렇다면 놈이 가까이 있다는 뜻이겠군. 지키려고 그러는 걸 테니."

"이제 데우스 브랑쿠아의 존재를 믿게 된 거요?"

"내가 믿는지는 중요하지 않소. 난 그걸 잡아서 데려가려고 왔으니까."

"이건 누가 누구를 보호하는 간단한 문제가 아닙니다. 뭐라고 해야 할까요? 정글에서는 공존한다고 해야 하나? 원주민들은 자연의 모든 것이 서로 연결되어 있다고 믿소. 그러니 우리 같은 침입자를 자연에 들이는 것은 그곳에 불을 지르는 것이나 마찬가지라고 생각하죠. 전부 다 불타 버릴 거라고 말이오."

엔리케즈의 눈이 M63으로 향했다.

"총을 꽉 잡고 있군요, 스트릭랜드 씨."

"나에겐 가족이 있소. 당신은 일 년, 아니 이 년 내내 정글에 있고 싶소? 일행들이 그 정도로 이곳에 오래 붙어 있을 것 같소?"

스트릭랜드는 더 이상 말하지 않고 그를 노려보았다. 엔리케즈는 그런 눈빛에 저항할 수 있을 만큼 강하지 않았다. 더러워진 하얀색 옷에 가려진 그의 몸은 해골처럼 여위었고 목은 진드기에 물려 곪았고, 심지어 긁어서 피가 났다. 스트릭랜드는 그가 대원들의 눈을 피해 다른 곳으로 가서 구토하는 모습을 본 적도 있었다. 엔리케즈가 떨리는 손을 멈추려고 항해일지를 꽉 쥐자 스트릭랜드는 쓸모없는 종이더미를 빼앗아 총알을 갈기고 싶었다. 그러면 선장에게 동기부여가 될지도 모른다.

"부족 청년들을 모아 오시오."

스트릭랜드가 명령하자, 엔리케즈가 한숨을 내쉬었다.

"노인들이 잠든 후에 도끼와 숫돌을 준다고 해 보죠. 젊은 사람들 중에는 입을 열려는 사람이 있을 수도 있으니."

부족의 젊은이들은 정말로 입을 열었다. 전리품에 눈이 먼 소년들이 데우스 브랑퀴아에 대해 어찌나 자세하게 묘사하던지 스트릭랜드도 그 존재를 확신하게 되었다. 분홍색 강돌고래 같은 전설이 아니라, 살아 있는 유기체이고 헤엄치고 먹고 숨 쉬는 물고기 인간이었다. 엔리케즈의 지도에 매혹된 소년들은 타파조스강의 지류를 손가락으로 가리키며 그 위를 두드렸다. 데우스 브랑퀴아는 수세대에 걸쳐 계절마다 이동한다고 가이드가 통역했다. 하나가 아니라는 뜻인가? 스트릭랜드는 말이 되지 않는다고 반문하자 가이드가 그대로 소년들에게 물었고 소년들은 오래전에는 하나가 아니었지만 지금은 하나라고 했다. 몇몇이 울기 시작했다.

스트릭랜드는 소년들이 자신들의 탐욕으로 아가미 신이 위험에 처하게 돼서 우는 거라고 이해했고 그것은 사실이었다.

엘라이자가 이용하는 버스 정류장 건너편에는 두 개의 상점이 있었다. 엘라이자는 그 상점들을 수천 번은 쳐다보았지만 어느 곳도 영업 시간에 방문해 본 적이 없었다. 그렇게 하면 꿈이 산산조각날 것 같았다. 첫 번째 상점은 코지우스코 전자제품을 파는 곳으로 오늘의 대표 제품은 호두색 나뭇결로 마감한 대형 직사각형 컬러 TV였다. 스푸트니크 인공위성 안테 나같이 다리가 달려 있는 몇몇 TV 모델에서는 그날 방송의 마지막 화면이 나오고 있었다. 미국 성조기에서 '방송심의규정 준수' 로고로 바뀌자 방송이 종료되었다. 그것은 엘라이자가 회사에 늦을 거라는 신호였다. 그녀는 버스가 빨리 오기를 기도했다. 아까 영화에서 여자가 누구에게 기도했더라? 카마슈였던가? 신보다 카마슈에게 기도하는 편이 빠를지도 몰랐다.

그녀는 두 번째 상점 '줄리아 고급 구두점'으로 시선을 옮겼다. 엘라이자는 누구인지도 모르는 줄리아가 부러운 나머지 눈물이 찔끔 났다. 그녀는 분명히 혼자 사업을 할 정도로 용감하고 독립적인 여성이며 머리카락에서 윤기가 나고 생기 넘치게 걸을 것이다. 자신의 가게가 이 동네 펠스포인트에서 꼭 필요한 곳이라는 듯 넘치는 자신감으로 밤에도 불을 다 끄지 않았고, 항상 아이보리색 기둥 모양의 받침대에 놓여 있는 한 켤레의 구두가 잘 보이도록 조명을 켜 두었다.

상점 주인의 전략은 효과가 있었다. 엘라이자는 시간이 촉박하지 않은 밤에는 구두 상점 유리문에 이마를 대고 자세히 구두를 들여다보았다. 이곳 볼티모어보다 파리의 패션쇼와 어울릴 법한 구두였다. 그 구두는 엘라이자 발에 꼭 맞는 사이즈에 앞코가 네모나고 끈이 낮게 달려 있었다. 만약 안쪽으로 기울어진 편안한 굽이 아니었다면 조금만 걸어도 끈이 흘러내려 넘어질 것처럼 보였다. 마치 유니콘이나 님프, 요정의 멋진 발굽처럼 보였고 은실을 섞어 짠 라메(Lame) 소재는 거울처럼 반짝거려 엘라이자의 얼굴이 비칠 정도였다. 그 구두가 엘라이자의 마음을 휘저어 다 잊은 줄 알았던, 보육원에서 보낸 혹독한 어린 시절이 포기하게 만든 꿈이 되살아났다. 넓은 세상으로 나가면 뭐든지 될 수 있고 그 무엇도 가능하리라는 기대.

카마슈가 기도에 답했는지 버스가 쉭쉭 소리를 내며 언덕을 내려왔다. 운전기사는 평소와 다름없이 너무 늙고 피곤하고 의욕이 없어서 거칠게 운전했다. 이스턴 거리에서 거칠게 우회전을 하고, 브로드웨이에서 또 거칠게 우회전을 한 후 요란한 소방차 불빛과 검붉은 초콜릿이 녹아내리는 공장을 지나 북쪽으로 달렸다. 초콜릿이 흘러내리는 모습이 꼭 살아 있는 괴생명체 같아 엘라이자는 얼굴을 찡그렸다. 잠깐이었지만 문명사회가 아닌 잔인하고 거친 정글을 지나는 것 같은 느낌이 들었다.

모든 것이 점점 작아지더니 버스가 오컴 항공우주 연구소의 유황처럼 빛나는 긴 차도에 들어섰다. 엘라이자는 차가운 얼굴을 더 차가운 창문에 대고 표지판의 반짝이는 시계를 확인했다. 밤 11시 55분이었다. 그녀의 구두가 버스의 하나뿐인 계단을 밟았다. 아침 근무조에서 밤 근무조가 교대하는 시간이라 연구소 앞은 정신이 없었다. 엘라이자는 재빠르게 가젤처럼 버스에서 뛰어내려 사슴처럼 인도로 껑충 올라갔다. 오컴의 무자비한 투광조명 아래에 비친 (오컴의 모든 조명은 무자비했다) 그녀의 구두는 흐릿한 파란색 형체로 변했다.

연구실은 격납고처럼 어마어마하게 커서 엘리베이터를 타고 한 층만 내려가는데도 30초나 걸렸다. 엘리베이터 문이 열리자 이층으로 만들어진 공간이 나왔다. 좁은 통로를 따라 놓여 있는 차단 봉은 직원들이 지나는 길을 표시해 주었고 바닥에서 3미터 위 투명 아크릴로 만들어진 통제실에는 데이비드 플레밍이 서 있었다. 그는 태어날 때부터 왼손에 들고 있었던 것처럼 클립보드를 들고 안을 살폈다. 10년 전 엘라이자가 오컴에 취직할 때 면접을 본 사람도 플레밍이었다. 그는 아직도 여기에서 일했고, 하이에나 같은 철저한 관리로 매년 승진을 거듭했다. 건물 전체를 책임지는 관리자가 된 지금도 가장 밑바닥 직원들이 하는 일까지 일일이 간섭했다. 똑같은 세월이 흘렀지만, 청소부가 그렇듯 엘라이자의 위치는 늘 똑같았다.

엘라이자는 데이지 구두가 신경 쓰였다. 원래 그럴 목적으로 신었지만, 튀어도 너무 튀었다. 안토니오, 듀안, 루실, 욜란다, 젤다. 같은 시간대에 근무하는 동료들이 저 앞쪽에 서 있었다. 곧 세 사람은 복도로 사라져 버렸고, 젤다는 마치 메뉴라도 선택하듯 여유롭게 자신의 출퇴근 카드를 찾고 있었다. 출퇴근 카드는 매일 똑같은 시간에 찍어야 해서 젤다는 일부러 엘라이자를 위해 늑장을 부리는 중이었다. 젤다의 뒤에 서 있는 욜란다는 기회만 있으면 일부러 기록계 앞에서 시간을 끌어 엘라이자의 출근 시간이 1분이라도 늦게 찍히도록 애를 썼다.

비슷한 처지의 사람들끼리 서로에게 이렇게까지 잔인할 필요가 있을까? 젤다는 흑인이며 뚱뚱했고, 욜란다는 멕시코인에 추녀였다. 안토니오는 사팔뜨기 도미니카인이었고, 듀안은 혼혈에 치아가 없었다. 루실은 알비노였고, 엘라이자는 벙어리였다. 하지만 플레밍의 눈에는 모두가 달리받아 줄 곳이 없어 마음 놓고 부려먹을 수 있는 일꾼들일 뿐이었다. 엘라이자는 플레밍이 맞을지도 모른다는 생각에 굴욕감을 느꼈다. 자신이 말을 할 수 있다면 탈의실 벤치에 올라가 서로 도와야 한다는 연설로 동료들의 사기를 북돋워 줄 텐데! 하지만 오컴은 애초에 그런 곳이 아니었고 엘라이자가 생각하기에 미국이라는 나라도 마찬가지였다.

하지만 젤다만은 예외였다. 젤다는 언제나 엘라이자를 지켜 주었다. 엘라이자가 늦지 않게 하려고 뒤에 투덜거리며 서 있는 욜란다를 손짓으로 저지하면서 쓰지도 않는 안경을 찾느라 핸드백을 뒤적거렸다. 엘라이자는 젤다의 대담함이 자신과 맞먹는다고 생각했다. 그녀는 보쟁글스를 떠올리며 재빨리 앞으로 움직였다. 맘보를 추면서 하품하는 이들을 지나고, 폭스트롯을 추며 외투 단추를 푸는 이들을 지났다. 플레밍이 파란색 구두를 신고 이렇게 질주하는 그녀를 본다면 행동 점검표에 그녀의 이름을 적을 것이다. 오컴에서는 피곤해서 털썩 주저앉는 것을 제외한 모든 행동이 의심의 대상이었다. 하지만 엘라이자는 몇 초 만에 젤다에게 도착했고, 춤은 그녀를 모든 것으로부터 해방시켜 주었다. 엘라이자는 아직도 따뜻하고 기분 좋은 목욕을 하고 있는 것처럼 땅에서 둥둥 떠 있었다.

9

산타렝에서 식량이 떨어졌다. 대원들은 허약하고 굶주리고 정신이 멍

38

했다. 사방에서 원숭이들이 기분 좋은 듯 재잘거리며 그들을 비웃었다. 스트릭랜드가 원숭이들을 향해 총을 쏘기 시작하자, 원숭이들이 아구아헤 열매처럼 우수수 떨어졌고 사람들은 공포에 질렸다. 스트릭랜드는 짜증이 났다. 그는 총에 맞은 원숭이 한 마리를 향해 마체테를 들어 올렸다. 부드러운 털을 가진 원숭이는 고통스러워하며 몸을 공처럼 말았고, 얼굴을 두 손으로 누른 채 흐느껴 울었다. 티미나 태미 정도의 어린아이 같았다. 어쩌면 새끼 원숭이를 죽이는 일은 어린아이를 학살하는 거나 마찬가지일지도 모른다. 순간 그의 머릿속에 한국에서의 일이 떠올랐다. 아이들, 여자들. 그는 어쩌다 이런 인간이 된 것인가? 살아 있는 원숭이들이 내지르는 애처로운 비명이 그의 두개골을 핀처럼 찔렀다. 그는 방향을 틀어 하얀 나무의 속살이 드러날 때까지 마체테로 나무를 찔렀다.

다른 남자들이 원숭이 시체를 모아서 끓는 물에 넣었다. 저들은 원숭이들이 내지르는 비명이 들리지 않는가? 스트릭랜드는 이끼를 뭉쳐서 귀를 막았지만 소용없었다. 비명이 계속 들렸다. 그는 먹을 자격이 없었지만, 회색 고무공처럼 생긴 원숭이 연골을 먹었다. 비명이 계속 들렸다.

우기가 찾아오고 뜨거운 내장이 후두두 떨어지는 것처럼 폭우가 쏟아졌다. 엔리케즈는 안경에 서린 김을 닦는 것도 그만두고 그냥 앞이 보이지 않는 채로 걸었다. 스트릭랜드는 그가 정말로 눈이 멀었다고 생각했다. 이 원정을 계속 이끌 수 있다고 착각할 정도로. 전장에 나가 본 적이 없는 엔리케즈. 원숭이들의 비명도 듣지 못하는 엔리케즈. 스트릭랜드는 그 비명이 한국에서 들은 마을 사람들의 비명과 똑같다는 사실을 깨달았고 그 소리는 스트릭랜드에게 뭘 해야 하는지 알려 주었다.

쿠데타를 일으킬 필요도 없이 사람들을 소모시키는 것만으로도 충분했다. 세찬 빗줄기에 짜증이 난 흡혈메기 한 마리가 뛰어올라 강에서 오줌을 누고 있던 1등 항해사의 요도로 들어갔다. 세 명이 그를 가장 가까운 마을로 데려갔고, 모두들 다시 돌아오지 않았다. 다음 날 페루인 기술자는 아침에 일어나 보니 몸에 자주색 구멍이 나 있었다. 흡혈 박쥐의 짓이었다. 그와 그의 친구는 미신을 믿었기에 곧 그곳을 떠나 버렸다. 몇 주 후 모기장에 구멍이 뚫려서 용감한 인디오 한 명이 온몸에 왕개미가 뒤덮인 채로 죽었다. 마지막으로 엔리케즈와 가장 친한 멕시코인 갑판장은 짙은 초록색 독사에게 목을 물렸는데, 몇 초 후 온몸의 공기 구멍에서 피가 뿜어져 나왔다. 스트릭랜드는 호이트 장군에게 배운 대로 최대한 빨리 그가 죽음을 맞이할 수 있도록 갑판장의 두개골 맨 아랫부분에 총을 겨눴다. 이제 남은 인원은 다섯 명뿐이었다. 가이드까지 합하면 일곱 명. 엔리케즈는 선실에 숨어 항해일지를 나쁜 사건들로 채웠고 한때 빳빳했던 그의 밀짚모자는 어느새 변기로 전락해 버렸다. 선실로 간 스트릭랜드는 이따금씩 중얼거리는 선장을 보고 껄껄 웃었다.

"당신의 사기는 아직 충만하시오? 사기가 아직 충만하오?"

스트릭랜드가 물었다. 하지만 그에게 사기에 대해 묻는 사람은 아무도 없었다. 사실 이때까지만 해도 그는 자신의 사기가 충만한지 확신할 수 없었다. 확실한 건 데우스 브랑퀴아 따위에 눈곱만큼의 관심도 없었던 그가 지금은 무엇보다 데우스 브랑퀴아를 간절히 원한다는 사실이었다. 데우스 브랑퀴아는 그를 바꿔 놓았고, 다시 예전으로 돌아가는 것은 불가능해 보였다. 그는 남은 조세피나 호 선원들과 함께 그것을 붙잡을 것이다. 이제 그들도 원주민들과 마찬가지로 남은 부족이 아닌가? 그렇다면 아직 집이 가치 있는 곳인지 알 수 없지만 정글은 그들의 집이다. 스트릭랜드는 뜨거운 빗줄기를 맞으며 새끼들이 있는 뱀 둥지 옆에 다가섰다. 그리고 깔끔하게 정돈된 상태에서 말없이 이루어지는 레이니와의 섹스를 상상하면서 자위를 했다. 빳빳한 하얀 이불 위에 포개진 나무토막 같은, 뽀송뽀송하게 마른 두 개의 몸뚱이. 그는 돌아갈 것이다. 반드시 돌아갈 것이다. 원숭이들이 시키는 대로 하면 다 끝날 것이다.

10

엘라이자는 탈의실에서 멋진 구두를 운동화로 갈아 신곤 했다. 하지만 운동화를 신고 일하면 마치 손도끼 같은 두 손으로 나무를 패는 기분이 들었다. 플레밍은 엘라이자가 취직한 첫날부터 하이힐을 신고 청소하면 안 된다고 누누이 강조했다. '미끄러지거나 떨어지면 안 된다', '검은색 하이힐을 신고 연구실 바닥에 있는 과학적 표시들을 손상시키면 안 된다' 등 플레밍이 지적하고 강조하는 사항들은 수없이 많았다. 하지만 요즘에 그는 다른 곳에 정신을 쏟고 있었다. 구두는 불편하지만 엘라이자는 왠지 구두를 신고 있으면 감각이 깨어나고 살아 있는 느낌을 받았다.

청소부들은 오랫동안 사용하지 않은 샤워실을 옷장으로 사용했다. 젤다와 엘라이자는 3개월치 비품이 저장된 선반에서 물건을 가져와 각자의 카트에 담았다. 두 사람이 밀고 가는 카트의 바퀴 여덟 개와 봉걸레 탈수기의 바퀴 여덟 개가 천천히 움직이는 기차처럼 소리를 내며 오컴의 길고 하얀 복도를 지나갔다.

그들은 항상 일할 때 프로의식을 발휘해야만 했다. 오컴의 과학자들은 기분 전환 삼아 일을 하는 이상한 종족이었다. 하얀 가운을 입은 남자들 중 몇몇은 새벽 두세 시까지 연구실에 남아 있곤 했는데 그럴 때면 플레밍은 청소부들에게 즉시 나가라고 가르쳤다. 한 번은 두 명의 과학자가 늦은 시간에 연구실을 떠나면서 믿기지 않는다는 듯 손목시계를 쳐다보며 아내에게 잔소리를 듣게 생겼다고 껄껄거렸다. 차라리 애인의 아파트로 가고 싶다고 한숨을 내쉬기도 했다. 그들은 엘라이자와 젤다를 지나치면서 말을 조심하지 않았다. 오컴의 청소부들이 먼지와 쓰레기만 쳐다보도록 훈련받은 것처럼 이곳의 과학자들은 자신들의 탁월함을 보여 주는 징후에만 신경을 쓰도록 훈련되었다. 오래전 엘라이자는 춤을 추며 어둠을 뚫고 나오는 남자를 만나는 상상을 하며 직장에서의 로맨스를 꿈꾸었다. 하지만 그것은 젊은 여자의 어리석은 생각이었다. 존재감이 없는 것. 그것이 청소부나 하녀 등 남의 관리인으로 일하는 사람들의 특징이었다. 그들은 물속의 물고기처럼 보이지 않는 곳에서 미끄러지듯 움직였다.

11

독수리는 더 이상 주위를 맴돌지 않았다. 스트릭랜드는 아직까지 생존한 용감한 인디오 두 명 중 하나에게 독수리를 잡아 오라고 했다. 그가 어떻게 독수리를 잡았는지는 알 수 없었지만 그게 무슨 상관이랴. 스트릭랜드는 창에 독수리를 끈으로 묶은 뒤 조세피나 호의 뒷부분으로 가져갔다. 그리고 독수리 앞에서 말린 피라냐를 저녁으로 먹었다. 그는 피라냐 가시를 독수리가 쪼아 먹을 수 없을 정도로 멀리 내뱉었다. 독수리의 얼굴은 자주색이고 부리는 빨갛고 목은 바순 같았다. 날개를 완전히 펼친 채 퍼덕였지만 발을 이리저리 끌면서 움직이는 것밖에 하지 못했다.

"네가 굶어 죽는 걸 지켜볼 테다. 어떤 기분인지 한번 보자고."

그는 엔리케즈에게 배를 지키게 하고 정글로 돌아갔다. 이제 자신의 방식대로 할 차례였다. 선물은 없고, 대신 총을 많이 가져갔다. 그는 호이트 장군이 거기에 서서 명령을 내리기라도 하듯 원주민들의 흔적을 뒤쫓았다. 대원들에게 군대의 수신호를 가르쳤고 그들은 빨리 배웠다. 손발이 척척 맞는 대원들은 원 모양으로 마을을 둘러싸고 점점 좁혀 들어갔다. 스트릭랜드는 처음 눈에 들어온 원주민을 총으로 쏴 자신의 뜻을 확고하게 밝혔다. 잠시 후 원주민들은 진흙 위로 하나둘 고꾸라졌고 데우스 브랑퀴아를 마지막으로 어디에서 보았고 정확히 어떤 경로로 움직였는지 엉엉 울며 비밀을 다 털어놓았다.

통역사에 따르면 마을 사람들은 스트릭랜드가 아메리카 신화에 나오는 코르타 카베자(Corta cabeza), 즉 참수자라고 믿었다. 스트릭랜드는 귀가 솔깃했다. 피사로나 소토 같은 외국인 약탈자가 아니라 정글에서 태어난 존재. 그의 하얀 피부는 피라냐 같았고, 머리카락은 기름진 파카*, 치아는 창날 살모사의 독니, 팔다리는 아나콘다였다. 데우스 브랑퀴아가 아가미 신이라면 그는 정글 신이었다. 그는 원숭이들의 비명 때문에 자신이 대원들에게 내리는 마지막 명령을 듣지 못했다. 하지만 대원들은 그의 명령을 들었고 한 명도 남김없이 원주민들의 목을 베었다.

스트릭랜드는 데우스 브랑퀴아의 냄새를 맡을 수 있었다. 강바닥에서

---

*브라질, 아르헨티나의 숲과 늪지, 정글에서 찾아볼 수 있는 커다란 설치류 동물

나오는 우유 같은 토사 냄새였고 열대 과일 마라쿠야의 냄새였으며 딱딱하게 들러붙은 소금물 냄새였다. 잠을 잘 필요가 없다면 얼마나 좋을까? 용감한 인디오들은 왜 지치지 않는 것일까?

스트릭랜드는 달이 떴을 때 그들의 뒤를 밟아 의식을 지켜보았다. 나무를 깎아 낸 부스러기를 잘게 빻아서 만든 하얀 액체 몇 방울이 길게 갈라진 잎사귀 위에 놓여 있었다. 한 인디오가 무릎을 꿇고 눈을 뜬 채로 자신의 눈꺼풀을 잡았다. 남은 인디오는 잎사귀를 돌돌 말아서 그의 두 눈에 액체를 한 방울씩 살살 떨어뜨렸다. 무릎을 꿇은 인디오는 고통스러워하며 두 주먹으로 계속 진흙을 내리쳤다. 그 모습이 스트릭랜드를 가까이 다가가게 했다. 인디오들 앞에 모습을 드러낸 스트릭랜드는 서 있는 인디오 앞에 무릎을 꿇고 자신의 눈꺼풀을 잡았다. 남자는 망설이다가 그것을 부카이트(Buchite)라고 부르면서 경계하는 몸짓을 취했다. 그러나 스트릭랜드는 물러서지 않았다. 마침내 남자가 잎사귀를 스트릭랜드의 눈을 향해 짜냈고 스트릭랜드의 눈에 하얀 부카이트가 들어갔다. 실로 말할 수 없는 고통이 온몸을 뒤덮었다. 스트릭랜드는 온몸을 비틀고 발을 차고 울부짖었다. 하지만 타는 듯한 느낌이 서서히 줄어들면서 살아남았다. 그는 똑바로 앉아 눈물을 닦고 가늘게 뜬 눈으로 가이드들의 멍한 얼굴을 쳐다보았다. 그들이 속속들이 들여다보였다. 움푹 파인 주름살 사이의 운하. 머리카락 속의 깊은 숲. 태양이 떴고 스트릭랜드는 무한한 깊이와 색을 가진 아마존을 발견했으며 그의 몸에 활력이 넘쳐흘렀다. 두 다리는 이제 15미터 길이의 뿌리가 힘줄처럼 달린 걸어 다니는 야자나무였다. 그에게 더 이상 옷은 필요하지 않았고 그는 껍질을 벗기듯 옷을 벗었다. 무지개가 바위에 반사되듯 그의 벗은 피부에도 닿아 반사되었다.

아가미 신은 더 이상 정글 신을 저지할 수 없다는 사실을 깨달았다. 정글 신이 조세피나 호를 총알같이 몰자, 선체의 커다란 몸통이 강으로 떨어졌고 데우스 브랑퀴아는 늪 같은 곳으로 밀려 나갔다. 그곳에서 배가 부서졌다. 빌지 펌프*가 엉기고 선실에 물이 가득 찼는데도 엔리케즈는 움직이지 않았다. 볼리비아인과 브라질인은 작살 발사포와 잠수구, 그물을 끌고 나왔다. 에콰도르인은 데우스 브랑퀴아를 수면으로 올라오게 만들 거라면서 물고기 살충제 통을 바닥에 굴려서 내왔다.

"좋아."

스트릭랜드는 벌거벗은 채 뱃머리에 서서 두 팔을 앞으로 쭉 내밀고 전류 같은 빗줄기를 느끼며 그것의 이름을 소리쳐 불렀다. 며칠 아니면 몇 주, 얼마나 오래 걸릴지 알 수 없었다.

마침내 데우스 브랑퀴아가 모래톱에서 올라왔다. 세렝게티를 조각하는 붉은 태양, 고대의 눈 같은 일식, 새로운 세상을 여는 바다, 만족할 줄 모르는 빙하, 바다의 물보라, 박테리아 같은 이빨, 부글부글 끓어오르는 단 하나의 세포, 침 뱉는 종, 심장으로 향하는 강, 불끈 솟아오른 산, 흔들리는 해바라기 줄기, 회색 털의 치욕, 분홍색 살의 곪은 상처, 모든 곳을 이어 주는 탯줄 덩굴. 그것은 이 모든 것이고 또 그 이상이었다.

용감한 인디오들은 아가미 신 앞에 무릎을 꿇고 용서를 구하며 스스로 마체테로 목을 그었다. 괴생명체의 흉포하고 통제되지 않는 아름다움, 스트릭랜드도 산산조각 났다. 레이니가 다니는 교회 목사가 읊던 성경 구

---

*배의 바닥에 가라앉아 있는 물때나 그 밖의 침전물들을 퍼 올리기 위해 만들어진 것

절이 흠잡을 데 없이 깨끗한, 잊혀져 버린 지옥에서 윙윙거렸다. 이미 일어났던 일이 훗날에 다시 일어날 것이다. 이 세상에 새 것이란 없다. 이 세기는 눈 깜짝할 사이에 지나간다. 모두가 죽는다. 정글 신과 아가미 신만이 살아 있다. 스트릭랜드는 단 한 차례, 매우 짧은 시간 동안 정신을 잃었다. 그는 그 순간을 완전히 기억에서 지우려고 노력할 것이다.

일주일 후 40도로 기울고 절반쯤은 난파한 조세피나 호를 타고 벨렝에 도착한 그는 통역사의 옷을 입고 있었다. 통역사는 그의 비밀스러운 업무에 대해 너무 많이 알아서 죽여야만 했다. 그때쯤 되자 엔리케즈도 회복되어 배의 가운데 기둥에 서서 눈을 끔뻑이며 스트릭랜드가 주입시키는 환상을 꿀꺽꿀꺽 받아먹었다. 그가 좋은 선장이고 데우스 브랑쿠아를 직접 잡았으며 모든 것이 계획대로 되었다고. 엔리케즈는 진실을 확인하기 위해 항해일지를 찾으려 했지만 그것은 온데간데없이 사라져 버렸다. 스트릭랜드는 항해일지를 독수리에게 먹이고 불쌍한 새가 숨이 막혀서 발작을 일으키며 죽는 것을 지켜보았다.

그는 이 모든 내용을 호이트 장군에게 전화로 전달했다. 초록색 사탕을 씹으며 정신을 딴 데 돌린 덕분에 그와의 통화를 견딜 수 있었다. 사탕은 이름도 없고 합성된 맛이 났지만 전류가 느껴질 정도로 강한 맛이었다. 벨렝의 시장을 전부 뒤져서 사탕 100봉지를 구입한 후에야 호이트 장군에게 전화를 걸었다. 사탕 깨무는 소리가 요란했고 수천 킬로미터나 떨어진 곳에서 들리는 호이트의 목소리도 요란했다. 그는 내내 정글의 찐득한 잎사귀 뒤에서, 모기에 가려진 장막 뒤에서 스트릭랜드를 지켜보고 있던 것 같았다. 그런 호이트에게 거짓말하는 것은 그 무엇보다 두려운 일이었다. 스트릭랜드는 데우스 브랑쿠아를 포획한 과정을 떠올려 보앉지만, 머리가 어떻게 됐는지 앞뒤가 맞지 않았다. 살충제를 물에 부은 것은 확실했고 거품이 보글보글 일어났던 기억도 떠올랐다. 펄펄 끓는 어깨에 닿은 얼음처럼 차가웠던 M63의 개머리판의 느낌도 생생했다. 하지만 나머지는 모두 꿈이었다. 깊은 곳에서 발레하듯이 움직이는 괴생명체. 숨겨진 동굴에서 스트릭랜드를 기다리던 그것. 그와 싸우려 하지 않았던 그것. 바위에 맞고 튕겨 나간 원숭이의 비명.

스트릭랜드가 작살을 조준하기 전에 괴생명체가 먼저 그에게 다가왔다. 아가미 신, 정글 신. 어쩌면 둘은 같을지도 몰랐다. 이제 그들은 자유로워질 것이다.

스트릭랜드는 기억을 지우려고 눈을 꽉 감았다. 호이트는 그가 설명하는 포획 과정을 그대로 믿거나, 아니면 어떻게 잡았는지 신경도 쓰지 않을 것이다. 수화기를 붙잡고 있는 스트릭랜드의 양손이 희망으로 덜덜 떨렸다. 집으로 보내 주십시오. 그는 더 이상 집이 어떤 곳인지 그릴 수 없었지만 기도했다. 그러나 호이트 장군은 기도에 답해 주는 인간이 아니었다. 그는 스트릭랜드에게 작전을 끝까지 지켜볼 것을 지시했다. 오컴 항공우주 연구소까지 괴생명체를 호송하고, 과학자들이 안전하고 비밀스럽게 그것을 연구하도록 지키라고 명령했다. 스트릭랜드는 깨문 사탕 조각을 삼키고 피 맛을 느끼며 명령에 복종하는 자신의 목소리를 들었다. 여정의 마지막 구간, 볼티모어로 옮겨 가야 한다. 가족과 함께 북부로 이사해 깨끗하고 조용한 사무실의 잘 정돈된 책상에 앉아 있는 것도 그렇게 나쁘지만은 않을 것이다. 무사히 그곳으로 돌아간다면 새롭게 시작할 수 있는 기회라는 걸 스트릭랜드는 알고 있었다.

제 2 부

청소부 여인들

1

"그 인간, 목을 졸라 버릴 거야. 잠도 제대로 못 자게 만드는 변기 물소리를 지난주에 고쳐 준다고 해 놓고선. 아! 누가 여덟 시간 내내 오줌 누는 것 같다니까. 글쎄, 그 인간이 뭐라는지 알아? 내가 청소부니까 나더러 고치래. 지금 그런 말이 아니잖아! 발이 퉁퉁 부은 채 밤새 일하고 집에 가서 얼음처럼 차가운 변기 탱크에 내 손을 집어넣고 싶겠냐고! 그 인간 얼굴을 집어넣고 말지."

젤다는 브루스터에 대해 불평을 늘어놓았다. 브루스터는 젤다의 남편이자 아무짝에도 쓸모없는 인간이었다. 엘라이자는 브루스터가 그동안 얼마나 이상한 직장을 전전하고 다녔는지, 얼마나 다양한 이유로 해고를 당했는지, 지금은 우울증에 빠져서 몇 주째 리클라이너 소파에만 앉아 있는지 기억하지 못했다. 하지만 그가 뭘 어쨌는지 자세한 사정을 아는 건 중요하지 않았다. 엘라이자는 늘 젤다의 수다 자체가 감사했기에 적당한 감탄사를 수화로 전달했다. 엘라이자는 자신이 직장에 들어온 날부터 수화를 배우기 시작한 젤다에게 늘 고마운 마음을 갖고 있었다.

"저번에 말했지만 부엌 싱크대도 고장 났어. 브루스터 말로는 커플링너트가 문제라네. 아주 아인슈타인 나셨다니까. 상대성 이론을 다 정리하셨으면 철물점에나 다녀오시지! 그 인간이 뭐라는 줄 알아? 직장에서 커플링너트를 몰래 가져오라는 거야. 내가 어디에서 일하는지 몰라서 하는 소리야? 보안 카메라가 이렇게 잔뜩 널렸는데? 엘라이자, 내 계획에 대해 솔직하게 말해 줄게. 난 그 인간을 목 졸라 죽여서 토막 낸 다음 변기에 버릴 거야. 그럼 적어도 변기 물소리 때문에 잠 못 자는 한이 있어도 브루스터 조각들이 그 인간한테 아주 잘 어울리는 하수구로 들어가고 있다는 사실은 떠올릴 수 있겠지."

엘라이자는 하품과 함께 미소를 지으며 수화로 이번 살인 계획은 저번보다 낫다고 했다.

"오늘도 난 출근하려고 밤에 일어났는데 말이야. 커플링너트 같은 호사스러운 물건을 사려면 누군가 돈을 벌어야 하잖아. 그런데 부엌이 물바다가 되어 있는 거야. 아직 목 조를 밧줄을 사지 않아서 곧장 침실로 가서 브루스터를 깨웠지. 좀 보라고! 노아의 방주가 따로 없다고. 그런데 그 인간은 볼티모어에 비가 온지도 한참 됐으니 괜찮다는 거야. 내가 비 때문에 그러는 줄 알다니 기가 막혀."

엘라이자는 자신이 맡은 구역의 품질 관리 점검표를 살폈다. 플레밍은 종종 사전에 경고도 없이 점검표의 내용을 바꾸었는데 직원들이 항상 정신을 바짝 차리게 하려는 그만의 방식이었다. 세 장의 점검표에는 각 청소부가 맡은 연구실과 로비, 화장실, 현관, 복도, 계단 등이 나열되어 있고 각 장소마다 해야 할 업무들이 순서대로 숫자로 매겨져 있었다. 붙박이 세간과 분수식 식수대, 굽도리널. 엘라이자는 또 하품을 했다. 층계참, 칸막이, 난간. 눈이 자꾸 스르르 감겼다.

"그래서 그 인간을 부엌으로 끌고 갔지. 양말이 다 젖었는데 뭐라는 줄 알아? 오스트레일리아 얘길 하는 거야. 뉴스에서 봤는데 오스트레일리아가 일 년에 5센티미터씩 이동한다나. 그래서 배수관이 느슨해지는 거라고. 전 세계 대륙이 서로 다 같이 떠밀린다나. 전 세계가 그렇게 이동하니 언젠가 모든 배수관이 터지게 되어 있으니까 그렇게 열 받아 하지 말라는 거야."

엘라이자는 젤다의 목소리가 흔들리는 것을 보고 다음에 무슨 말이 나올지 짐작했다.

"있잖아, 엘라이자. 난 그 인간 머리를 잘라서 변기에 넣은 다음, 아무렇지 않게 자정에 출근할 수도 있었어. 푹 자다가 깨서 그런 말을 하는 남자, 본 적 있어? 브루스터는 날 정말 헷갈리게 해. 몇 주 동안 먹을 걸 살 돈도 없었어. 그런데 갑자기 오스트레일리아 얘기를 하니까 감정이 북받쳐 오르는 거야. 브루스터 풀러 땜에 내가 죽겠어! 이 남자는 입만 열면 헛소리를 해. 그런데 순간적으로 나도 그 헛소리에 혹하는 거야. 이제 이 빈민가 생활도 그러려니 해. 오컴도 적응이 됐고. 물바다가 돼 버린 부엌? 아, 이 또한 지나가겠지."

그때 왼쪽 연구실에서 한바탕 소동이 일어났다. 엘라이자와 젤다가 발걸음을 멈추자 카트에 걸린 변기 솔이 흔들렸다. 수 주 동안 저 문 안쪽에서 공사 소리가 들렸지만 별스런 일은 아직 일어나지 않았다. 자기 담당 구역이 아닌 곳은 무시하면 그만이었다. 그런데 그동안 아무런 장식도 없던 연구실 문에 F-1이라는 명판이 걸려 있었다. 엘라이자와 젤다는 명판에서 'F' 자를 한 번도 본 적이 없었다. 앞 근무 시간 동안 늘 함께 청소 하는 두 사람은 얼굴을 찡그리며 자신들의 품질 관리 점검표를 살폈다. 어느새 폭탄처럼 F-1이 그들의 담당 구역으로 추가되어 있었다.

그들이 귀를 문에 가져가자 사람들의 목소리와 발걸음, 요란한 잡음이 들렸다. 젤다는 걱정스러운 얼굴로 엘라이자를 쳐다보았고 엘라이자는 수다를 갑자기 멈춘 친구를 보자 불안해졌다. 이제 자신이 대담해져야 할 차례라고 속으로 생각한 엘라이자는 애써 자신감이 넘치는 미소를 지으며 안으로 들어가자는 의미로 "어서,"라고 수화로 말했다. 젤다는 숨을 내쉬고 키 카드를 넣었다. 키가 들어간 후 젤다가 문을 잡아 당기자 안에서 차가운 공기가 훅 끼쳐왔다. 엘라이자는 자신이 너무도 큰 실수를 저질렀다는 직감이 들었다.

2

레이니 스트릭랜드는 새로 산 웨스팅 하우스의 스프레이 앤 스팀(Spray' N Steam)다리미를 바라보며 미소 지었다. 웨스팅 하우스는 처음으로 폴라리스 잠수함의 원자력 엔진을 만든 회사였다. 그 사실만으로도 제품뿐만 아니라 회사에 대해 많은 것을 알 수 있지 않은가? 레이니는 프레디 미용실의 안쪽에 앉아 있었고 그녀의 올림머리는 분홍색 플라스틱으로 된 드라이기 덮개 아래쪽에 있었다. 그녀는 메콩강 삼각주라는 곳에서 베트콩이라 불리는 무리가 미국의 헬리콥터 다섯 대를 격추시켜 남편 리처드 같은 미군 30명이 목숨을 잃었다는 흥미롭고 중요한 기사를 읽고 있었다. 그녀의 시선은 이제 기사에서 전면 광고를 향했다. 광고에는 하얀 물살을 가르며 바다 속에 뛰어드는 잠수함이 그려져 있었다. 용감한 청년들. 물이 가진 고유한 위험. 저들도 죽을까? 저들의 삶은 웨스팅 하우스에 달려 있었다.

그 광고 그림에 큰 감동을 받은 레이니는 리처드에게 잠수함 브랜드가 왜 '폴라리스'인지 물어봐야겠다고 마음먹었다. 열아홉 살에 육군에 입대한 리처드는 일에 대한 질문에 일체 대답하지 않았고 그럴 때면 레이니는 그가 배불리 식사를 하고 TV를 시청할 때 슬쩍 물어보았다. 오늘도 레이니는 그가 총알 세례가 나오는 서부극 〈라이플맨〉을 시청하면서 기분이 누그러질 때까지 기다렸다가 슬쩍 말을 건넸다. 그러자 그는 척 코너스의 양손잡이 사격술에 눈길을 둔 채 어깨를 으쓱했다.

"폴라리스는 브랜드가 아니야. 아침용 시리얼 같은 게 아니지."

TV에 정신이 팔려 있던 티미가 시리얼이라는 말에 몸을 움찔거렸다. 이틀 전에 한 얘기를 다시 꺼내려고 티미가 고개를 돌리는 순간 복슬복슬한 카펫과 코듀로이 바지로 감싼 무릎 사이에서 정전기가 튀었다.

"엄마, 슈거 팝스(Sugar Pops) 시리얼 사면 안 돼?"

"프룻 루프(Froot Loops) 시리얼로 사자! 엄마, 응?"

태미가 덧붙였다.

리처드는 항상 무뚝뚝한 성격이었다. 하지만 아마존에 가기 전까지만 해도 무지의 절벽에 매달려 허우적거리는 아내를 향해 손도 내밀지 않은 채 쳐다보고만 있지 않았다. 레이니는 어떻게 반응해야 할지 몰라 스스로를 비웃듯이 쓴웃음을 지었다. 그러다 척 코너스가 나오는 장면이 레이니와 약간 비슷하게 생긴 여배우가 나오는, 다양한 기능의 리모컨이 딸린 후버사의 다이얼 아 매틱(Dial-a-Matic) 청소기 광고로 바뀌었다. 리처드는 입술을 깨물며 안타까운 듯 자신의 무릎을 내려다보며 말했다.

"폴라리스는 미사일이야. 핵무장한 탄도 미사일."

"아!"

레이니는 남편의 기분을 풀어 주고 싶었다.

"위험하게 들리네요."

"조준 범위가 넓을 거야, 아마. 정확성도 더 뛰어날 거고."

"잡지에서 보고 '리처드라면 다 알 거야.' 싶었는데 역시 내 생각이 맞았어요."

"아니. 그건 해군 놈들 영역이야. 난 되도록 그놈들을 피하려고 해."

"그래요. 당신이 이미 여러 번 말했죠."

"잠수함. 난 결코 그 죽음의 덫에 탈 일은 없을 거야. 장담하지."

그는 아내를 바라보며 미소 지었다. 저 가엾고 강한 남자는 자신의 미소가 고통스러워 보인다는 사실을 알지 못했다. 레이니는 그가 한국과 아마존에서 너무 많은 일을 겪은 탓이라고 짐작했다. 그가 절대로 입을 열지 않는 것들이 있었는데 그녀는 남편이 다 자신을 위해서 그러는 거라고 자위했다. 하지만 헬륨 풍선처럼 혼자 둥둥 떠다니는 듯한 외로움은 어쩔 수 없었다.

남아메리카 정글에서 17개월을 보낸 남자가 문명사회에 쉽게 적응할 수는 없었다. 레이니는 그 사실을 알기에 남편에 대해 인내심을 가지려고 노력했지만 힘들었다. 17개월의 시간은 그녀 또한 바꿔 놓았다. 하루아침에 섬뜩한 호이트 장군이 남편 리처드를 훔쳐 가 전화도 우편함도 없는 곳에 떨어뜨려 놓았다. 차가 고장 나면 어디로 가져가야 하는지, 뒷마당의 스컹크 시체는 어떻게 치워야 하는지, 여자 혼자라고 바가지를 씌우려 드는 배관공과 은행원 같은 남자들에게 어떻게 맞서야 하는지, 이렇게 매일 가정에서 결정해야 할 문제들이 총알 세례처럼 그녀를 덮쳤다. 그 와중에 아버지의 갑작스러운 부재로 상처 받고 혼란스러워하는 아이들을 건사해야만 했다.

레이니는 잘해 왔다. 사실 첫 두 달 동안은 앞으로 살아갈 날들을 생각하며 눈물만 흘렸고 자꾸 벽을 만드는 두 아이들을 혼자서 키울 생각에 셰리주를 벌컥벌컥 마셔 대기 일쑤였다. 하지만 곧 술기운과 피로에 지쳐 쓰러져서 잠드는 생활이 만족스러워졌다. 그녀는 서서히 리처드가 작전 수행 중에 실종되거나 육군에서 보내오는 돈이 끊길 상황을 대비해 계획을 세우기 시작했다. 성냥 첩과 티미의 성적표, 손등에 숫자를 휘갈기며 예상 수입과 고정비를 계산했다. 그녀는 취직할 자신이 있었고 한편으로는 그런 생활이 기대되기도 했다. 남편이 사라졌다고 생각하자, 삶의 열정이 샘솟다니! 이렇게 형편없는 아내가 어디 있을까 싶기도 했다. 하지만 리처드가 없는 생활이 평화로운 것도 사실이었다. 그는 항상 가혹하고 냉정한 편이었으니까.

하지만 결국 리처드는 집에 돌아왔다. 함께 살게 된 지 일주일이 꼬박 지났다. 당연히 그가 떠나기 전과 똑같은 아내가 되어 줘야 하지 않을까? 레이니는 진짜 웃음이라고 그가 믿을 때까지 일부러 미소 지었다. 잠수함에 탄 사람들이 웨스팅 하우스의 핵 뭐시기를 신뢰한다면 그녀도 볼티모어에서 처음 산 물건인 스프레이 앤 스팀 다리미를 거실에서 자랑스럽게 사용해야 하지 않겠는가? 리처드가 오컴이라는 새 직장에서 날카롭게 보이도록 레이니는 꼭 그의 옷을 다려 주었다. 아직 옷이 든 상자들이 잔뜩

57

쌓여 있는 데다 아이들의 옷도 다려야 했다. 해진 놀이옷을 입은 티미는 도둑고양이 같았고 태미가 가장 좋아하는 벨벳 스웨터는 행주처럼 얇아졌다. 레이니는 가정주부에게는 재미있고 중요한 일이 많다고 애써 스스로를 위로했다.

3

부분 가발은 사람의 진짜 머리카락으로 만든다. 자일스 건더슨의 부분 가발은 양쪽 귀 윗부분에 더부룩하게 남아 있는 머리카락과 어울리지 않아 그를 짜증나게 했다. 진짜 머리카락은 갈색인데, 부분 가발은 가까이에서 보면 금색과 주황색 가닥이 드문드문 보였다. 하지만 그걸 볼 정도로 그에게 가까이 다가오는 사람이 없는지 꽤 오래되었다. 서른 살에 정수리가 벗겨질 줄 알았다면 미리 머리카락을 모아 놓는 건데. 젊은 남자들은 다 그래야 한다고, 학교 보건 수업 시간에 그걸 가르쳐야 한다고 자일스는 생각했다. 그는 옷장을 가득 채운 머리카락이 담긴 쓰레기봉투들을 어린 시절 독립하여 처음 얻은 아파트로, 그리고 그 다음 집들로 옮기는 상상을 했다. 곧 그의 입에서 껄껄 웃음이 터져 나왔다. 전혀 이상하지 않은 상상이었다.

자일스는 안경 하나를 주머니에 넣고 두 번째 안경을 이마에서 내려쓴 후, 스웨이드 코트를 단단히 여미고 크림색 베드포드 밴에서 내렸다. 아케이드 주인 아르주니안이 극장 뒤쪽에 주차하도록 허락해 주었다. 차문은 녹슬고 시트에 물 얼룩이 져 있었다. 엘라이자는 벌레투성이 헤드라이트와 평평한 코를 가진 그 밴을 '퍼그'라고 불렀다. 볼티모어에는 몇 개월 동안 비 한 방울 내리지 않았지만 바람은 거칠었다. 자일스는 부분 가발이 두피에서 들뜨는 것 같아서 양면테이프가 잘 붙도록 양 손바닥으로 머리를 누른 후 바람을 피해 머리를 수그리며 퍼그를 빙 돌아갔다. 덩치 크고 힘이 센 남자의 자세였지만 정반대로 약하고 거만한 느낌이 들었다. 그는 밴의 옆문을 힘겹게 열고 놋쇠 버클이 달린 붉은 가죽의 포트폴리오 가방을 꺼냈다. 그것을 들고 있으면 중요한 사람이 된 기분이었다. 삼십 대일 때 일 년 동안 아끼고 아껴서 구입한 그 가방은 맨해튼의 잘나가는 화가의 것이라고 해도 될 만큼, 그가 가진 유일한, 전문가다운 물건이었다. 그는 인도로 향했고 강한 바람이 그의 등을 살짝 밀어 주었다. 포트폴리오 가방을 들고 힘들게 문을 지나가는 모습은 매우 세련돼 보일 것이다. 문을 다 통과하고 나면 안에 있는 사람들은 커다란 가죽 가방을 든 세련된 신사에 대해 수군거리겠지.

그러나 금세 익숙한 감정이 고개를 들었다. 그는 이런 식당에서조차 자존감을 지키기 위해 애쓰는 자신이 애처로울 지경이었다. 그가 가게에 들어온 것을 알아차리는 사람은 단 한 명도 없었다. 자일스는 자신을 방어하고자 키가 최대한 커 보이도록 꼿꼿이 서 있었다. 식당이 정신없는 것을 탓해야 할까? 딕시 더그 파이 가게는 색색의 조명과 거울로 된 바닥이 있는 특이한 곳이었다. 조명이 환히 켜진 냉장 진열대에는 먹음직스러운 파이 모형이 빙글빙글 돌아가고 있었다.

자일스는 어쩔 줄 몰라 하며 줄을 섰다. 파이를 먹는 사람이 많지 않은 평일 오후라 앞에는 한 사람밖에 없었다. 그는 따뜻하고 포근하며 시나몬과 설탕 냄새가 나는 이곳에 오는 것이 좋다고 되뇌었다. 그는 계산대

직원을 쳐다보지 않았다. 아직은. 이런 긴장감을 느끼기에 그는 너무 늙었다. 대신 자일스는 1.5미터의 유리 탑을 살폈는데 각 층마다 다른 종류의 디저트가 들어 있었다. 백화점 모자 상자처럼 생긴 이층 파이, 첼로처럼 조각된 파이, 여자의 가슴 같은 크림 파이. 그 공간 안에는 온갖 다양한 것들이 있었다.

4

F-1은 엘라이자의 아파트보다 6배나 컸지만, 오컴의 연구실치고는 보통 크기였다. 벽은 하얀색이고 깨끗한 콘크리트 바닥이 눈부시게 빛났다. 벽에 나란히 붙어 있는 테이블과 비닐에 포장된 바퀴 달린 의자들은 마치 불을 피운 쓰레기통 주변에 모여든 노숙자들 같았다. 천장에는 케이블선이 달려 있고, 병원용 램프들이 비추는 곳에는 아무것도 없었다. 연구실 동쪽에는 엘라이자가 '컴퓨터'라고 들은 적이 있는 베이지색 기계가 늘어서 있었는데 청소부들은 스위치와 다이얼로 이루어진 그 위풍당당한 기계를 만지지 못하도록 되어 있었다. 매달 마지막 주 금요일마다 먼지를 없애기 위해 압축 공기 청소기를 사용할 때만 예외적으로 허용됐다.

수조처럼 생긴, F-1만의 특별한 물건이 엘라이자에게 가까이 다가오라고 손짓했다. 엘라이자와 젤다는 탁탁 소리를 들었는데, 그 소리는 산업용 호스를 통해 물이 거대한 스테인리스 스틸 싱크대로 들어가는 소리였다. 그것은 무릎 높이의 선반에 둘러싸여 있었고, 선반 위에는 일꾼 세 명의 발자국이 찍혀 있었다. 그들은 업무의 비밀 보장 따위는 귀찮아하는, 평범한 볼티모어 사람들이었다. 현장 감독이 민머리가 드러날 정도로 숱이 적은 갈색 머리에 안경을 쓴 남자에게 펜과 클립보드를 내밀었다. 그 남자는 오컴의 과학자가 분명했지만, 엘라이자는 처음 보는 사람이었다. 40대 후반인 그는 지나치게 활동적인 어린아이처럼 선반에 쭈그려 앉아 수조에서 이어지는 세 개의 측정기를 살펴보고 있었다.

"너무 뜨거워요!"

그가 소리쳤다.

"너무 뜨겁다고요! 그걸 푹 삶을 작정이에요?"

남자의 말에는 특이한 악센트가 있었다. 엘라이자는 그 악센트가 어디에서 온 건지 알 수 없었다. 주위에 모르는 사람투성이라 정신이 바짝 들었다. 일꾼 여섯 명과 과학자 다섯 명. 이 시간에 오컴에 이렇게 사람이 많았던 적은 처음이었다. 젤다가 엘라이자의 팔꿈치를 잡아당기자 엘라이자는 뒤로 주춤거리며 물러났고 그 순간, 두 사람이 뼛속까지 잘 알고 있는 목소리를 들었다.

"여러분, 모두 주목해 주세요! 지금 하역장에 괴생명체를 내렸습니다. 다시 한 번 말씀드립니다. 지금 하역장에 괴생명체를 내리고 이쪽으로 옮겨 오고 있습니다. 일꾼들은 지금 당장 하던 일을 멈추고 오른쪽 문을 통해 연구실 밖으로 나가 주십시오."

데이비드 플레밍의 하얀색 셔츠와 무채색 바지가 컴퓨터와 겹쳐지자 그는 마치 보호색으로 위장한 것처럼 보였다. 잠시 후 엘라이자는 다시 그를 쳐다봤는데, 그의 두 팔은 꾸중 듣는 어린아이처럼 문가에 서 있는 엘라이자와 젤다를 향해 있었다. 연구실 안의 모든 사람들이 그쪽을 보았다. 엘라이자는 얼굴이 붉어졌고 온갖 쓰레기가 튄, 보기 싫은 회색 유니폼이 신경 쓰였다.

"죄송합니다, 여러분. 저 여성분들은 여기 계시면 안 되는데."

플레밍은 아내를 꾸짖는 남편처럼 목소리를 낮추고 말했다.

"젤다, 엘라이자, 몇 번이나 말해야 돼? 안에 과학자들이 있으면……."

젤다는 강한 충격을 흡수하는 데 익숙한 사람처럼 몸을 웅크렸고 엘라이자는 자신들을 향해 돌진하는 남자를 막으려는 듯 본능적으로 젤다 앞으로 비켜섰다. 엘라이자는 순간 숨을 내쉰 후 어깨를 똑바로 폈다. 15년 전 그녀는 오컴으로 오기 전부터 밥 먹듯이 체벌을 받았다. 심지어 오컴에서도 폭력을 당한 경험이 있었다. 플레밍이 흔들리는 사무실 의자 위에 서서 거미줄을 치우고 있는 그녀를 거칠게 다루었고, 한 생물학자가 오래된 커피가 아닌, 견본 같은 것이 든 종이컵으로 그녀의 손을 때린 적도 있었다. 한번은 보안 요원이 엘리베이터로 향하는 그녀를 세게 밀친 적도 있었다.

"계셔도 됩니다."

이상한 악센트의 남자가 젤다와 엘라이자에게 말했다. 그의 하얀색 가운 밑단은 수조 물에 흠뻑 젖어 회색빛이 되었고, 절반쯤 끈이 풀린 구두는 개 혓바닥처럼 물이 고여 있었다. 그는 물이 뚝뚝 떨어지는 손바닥을 내보이며 호소하듯이 플레밍에게 물었다.

"이분들, 신분은 확실한 거죠?"

"네, 확실합니다. 청소부들입니다."

"신분이 확실하다면 그냥 있게 하면 안 됩니까?"

"박사님, 죄송하지만 처음 오셔서 잘 모르시는 것 같은데 오컴에는 몇 가지 규정이 있습니다."

"어차피 앞으로 이 연구실을 청소하실 분들 아닙니까?"

"맞습니다. 제 지시가 있을 때만 청소하게 될 겁니다."

플레밍의 시선이 과학자에게서 엘라이자에게로 옮겨갔다. 엘라이자는 자신의 품질 관리 점검표에 F-1을 추가한 사람이 플레밍이라는 사실을 깨달았다. 엘라이자가 고개를 푹 숙이고 카트를 쳐다보니 액체가 말라붙은 청소 세제병과 휴지통만 보였다. 이미 엎질러진 물이었다. 자존심을 다친 플레밍은 그 벌로 엘라이자와 젤다에게 더 많은 일을 시킬 터였다. 악센트가 특이한 과학자는 그 사실도 모른 채 자신의 너그러움을 확인하듯 두 사람을 향해 계속 미소 지었다. 엘라이자가 그동안 만난 선한 의도를 가진 특권층이 모두 그러하듯, 그는 굽실거려야 하는 사람들이 가장 바라는 건 그저 아무 탈 없이 하루가 지나가는 것임을 알지 못했다.

"좋습니다."

과학자가 말했다.

"앞으로 실수가 없도록 모두 이 괴생명체가 얼마나 중요한지 알아야 합니다."

플레밍은 입술을 꽉 다문 채 일꾼들이 복도로 나가기를 기다렸다. 엘라이자와 젤다는 덩치 큰 남자의 질책하는 듯한 시선에 기가 죽었다. 하지만 과학자는 엘라이자의 불편한 마음도 모른 채 손을 내밀어 그녀에게 악수를 청했다. 엘라이자는 공포에 질려서 남자의 깔끔하게 깎은 손톱과 깨끗한 손바닥, 빳빳한 셔츠 소매를 쳐다만 보았다. 예의에 어긋나는 이런 행동을 보고 플레밍이 뭐라고 할까? 엘라이자는 내민 손을 무시하는 게 악수하는 것보다 더 끔찍했으므로 최대한 힘없이 손을 내밀었다. 남자의 손바닥은 축축했지만 전해지는 기운은 따뜻했다.

"밥 호프스테틀러입니다."

그가 미소 지었다.

"그런 구두 신고 일하기 안 불편해요?"

그가 그녀의 신발을 내려다보며 물었다. 엘라이자는 플레밍이 구두를
보지 못하도록 몇 걸음 뒤로 물러나 카트 옆에 섰다. 플레밍에게 구두 신
은 모습을 두 번째로 들키면 뺏길 게 분명했다. 엘라이자는 유일한 반항
의 수단인 구두를 뺏기면 견딜 수 없을 것 같았다. 호프스테틀러는 계속
엘라이자를 지켜보고 그녀가 몇 걸음 뒤로 물러서자 신기한 듯 고개를
갸우뚱했다. 그가 대답을 기다리고 있는 듯해서 엘라이자는 붉어진 얼굴
로 미소 지으며 자신의 이름표를 두드렸다. 그러자 호프스테틀러는 이해
한다는 듯 눈꼬리를 차분하게 아래로 내렸다.

"이 세상에서 가장 지적인 존재는 소리를 적게 내는 법이지요."

그는 다시 미소 짓고 오른쪽으로 걸어가 젤다에게도 똑같이 자신을 소
개했다. 엘라이자는 그의 갑작스러운 관심이 무척 당황스러워 어깨를 웅
크려 몸을 더욱 작게 만들었다. 그러다 문득 바늘에 찔린듯 아픈 사실을
깨달았다. 오컴에서 오랫동안 일했지만 호프스테틀러처럼 자신에게 따뜻
하게 웃어 준 사람이 단 한 명도 없었다는 사실을 말이다.

5

확실히 훌륭한 다리미였다. 물에서 염분을 제거할 필요 없이 수돗물로
그냥 씻어 내면 됐다. 특히 다이얼 하나로 다양한 기능을 사용할 수 있
다는 점이 마음에 들었고 벽걸이까지 딸려 왔다. 레이니는 다리미판을 둘

곳이 확실하게 정해지면 벽걸이를 유용하게 사용할 생각이었다. 올랜도에 살 때 다른 육군 남편의 아내들은 보통 TV나 라디오를 켜 두고 집안일을 했다. 레이니는 처음엔 그 방법을 따르지 않았지만 이제 그녀 역시 다리미판을 거실의 TV 앞에 두었다. 리처드가 아마존으로 떠나고 없을 때 한 번은 다림질을 하면서 라디오 프로 〈영 닥터 말론 Young Doctor Malone〉과 〈페리 메이슨 Perry Mason〉을 들었는데 온통 신경이 라디오에만 쏠렸다. 하지만 어느새 바구니에 가득했던 옷이 자신도 모르게 다림질이 다 끝나 있었다. 그녀는 집안일이 특별한 주의를 기울이지 않아도 할 수 있는, 쉽고 반복적인 일인 것 같아 왠지 기분이 상했다.

불면증으로 전날 잠을 자지 못해 무척 피곤했던 어느 밤, 레이니는 불현듯 이 무력감을 이겨 낼 수 있는 좋은 아이디어가 떠올랐다. 채널! 그래, 채널을 바꾸면 된다. 다른 여자들처럼 〈아이 러브 루시 I Love Lucy〉, 〈가이딩 라이트 Guiding Light〉, 〈패스워드 Password〉를 보지 않고 투데이나 NBC 뉴스, ABC 얼리 에프터눈 리포트과 같은 시사 프로를 보면 된다. 이 생각이 그녀에게 힘을 북돋워 주었다. 뿐만 아니라 지금까지 볼티모어의 모든 것이 그녀를 고무시켰다.

오늘 아침에 옷을 갈아입을 때도 지성인들의 칵테일 파티에 갈 준비를 하는 기분이 들었다. 다리미판을 펴기 전에 먼저 머리를 매만졌는데, 관자놀이가 아플 정도로 머리를 당겨서 올려 묶었다. 뉴스를 틀어 놓고 다림질할 옷을 챙기던 레이니는 그만 10분 동안 집중해서 TV를 보고 말았다. 흐루시초프*가 베를린 장벽을 방문 중이었다. 그녀는 흐루시초프라

---

*소련의 정치가(1894~1971). 스탈린이 죽자 공산당 중앙 위원회 제1서기가 되어 중심 지도자로 활약하였다.

는 말만 들어도 얼굴이 붉어졌다. 3년 전 워싱턴의 주요 인사들로 가득한 행사장에서 그 이름을 잘못 발음해 리처드의 턱이 당혹감으로 떨리는 걸 본 적 있었다. 사실 베를린 장벽에 대해서도 그녀는 아무것도 몰랐다. 왜 그녀는 〈캡틴 캥거루〉의 등장인물은 한 명도 빠짐없이 알면서 베를린 장벽에 대해선 전혀 몰랐을까?

레이니는 다리미의 기능 선택 단추를 계속 껐다 켰다 했지만 주름을 가장 확실하게 제거해 주는 설정이 무엇인지 알 수 없었다. 웨스팅 하우스가 그녀를 비롯한 모든 미국 여성들에게 너무 많은 선택권을 준 것일까? 그녀는 다리미를 보면서 분사 구멍을 셌다. 리처드가 아마존에서 보낸 개월 수와 같은 17개였다. 그녀는 스팀을 분사하고 차가운 바람을 얼굴에 쐬며 정글의 열기라고 상상했다.

브라질에서 리처드가 그녀에게 전화를 걸었을 때 그는 어떤 기분이었을까? 전화벨이 울렸을 때 레이니는 땅콩버터 샌드위치의 가장자리를 잘라내고 있었다. 전화를 받은 그녀는 마치 유령의 목소리를 듣는 것 같아 칼을 떨어뜨리며 비명을 질렀다. 울면서 그에게 기적이라고 말했다. 하지만 눈물을 일부러 짜내야만 하지 않았을까? 누가 그녀를 탓할 수 있을까? 갑작스러운 그의 전화는 그만큼 충격적이었다. 리처드는 그녀가 보고 싶다고 말했지만 그의 목소리엔 생기가 없었고 마치 영어를 잊어버린 듯 느릿하고 뚝뚝 끊기는 말투였다. 무언가를 씹고 있는 듯 우두둑 거리는 소리도 들렸다. 17개월 만에 처음으로 아내와 전화하면서 왜 뭘 먹고 있는 걸까?

하지만 레이니는 금방 그를 용서했다. 그는 정글에서 내내 굶었을지도 모른다. 리처드는 곧 볼티모어로 이사해야 한다고 말했고 그녀가 질문하기도 전에 여전히 뭔가를 씹으며 올랜도 행 항공편 번호를 말해 주고는 전화를 끊었다. 레이니는 자리에 앉아 집 안을 둘러보았다. 일 년 반 동안 너무나 편안하고 편리한 집이었는데 지금은 엉망진창인 홀아비의 집처럼 보였다. 반짝반짝 쓸고 닦은 구석이라곤 찾아볼 수가 없었고 다리미가 고장 난 지 8개월 째였지만 새로 사지 않았다. 그녀는 리처드의 전화를 받고 이틀 동안 청소를 했다. 고무장갑을 끼고 집 안을 박박 닦아 손이 퉁퉁 부었다. 물집 난 손으로 대걸레질을 했고 타일 사이에 회반죽을 바르느라 무릎에서 피가 흘렀다. 다행히 워싱턴에서 걸려온 한 통의 전화가 그녀를 구해 주었다. 아니, 그녀의 결혼 생활을 구해 주었다고 해야 할까. 군 관계자가 전화를 걸어 그가 비행기가 아닌 배로 볼티모어에 온다고 전해 주었다. 정부가 골라 놓은 집에서 2주 후에 그를 만나게 된다는 내용도 덧붙였다.

레이니는 리처드가 볼티모어 집에 처음 들어선 순간을 거의 매시간 되풀이해서 떠올렸다. 빳빳한 드레스 셔츠가 고대 성직자의 망토처럼 그를 감싸고 있었고 몸은 살이 빠졌고 온통 순수한 근육 덩어리였다. 여우처럼 경계하는 자세를 취했고 면도한 얼굴은 고무처럼 어슴푸레하게 반짝였으며 정글에서 자란 수염에 가려져 있던 곳만 우윳빛이고 나머지는 구릿빛이었다. 두 사람은 오랫동안 서로를 바라보았다. 그는 마치 그녀를 알아보지 못하는 듯 눈을 가늘게 떴다. 그녀의 손끝이 재빨리 올림머리와 립스틱, 손톱으로 향했다. 너무 과한가? 오랫동안 지저분한 남자들만 보고 산 그에게 너무 눈이 부신가?

부드럽게 가방을 땅에 내려놓은 리처드의 어깨가 한 차례 떨렸다. 눈에서 작은 눈물방울이 흘러내려 부드러운 뺨으로 떨어졌다. 레이니는 남편이 우는 모습을 한 번도 본 적이 없었고 울 줄 모른다고 생각한 적까지 있었다. 정작 남편의 우는 모습을 보자 놀랍게도 그녀는 두려움에 사로잡혔다. 하지만 자신이 의미 있는 존재이고, 부부인 두 사람의 관계 또한 의미 있다는 뜻이었기에 그녀는 남편에게로 달려갔다. 레이니는 남편을 꽉 껴안았다. 역시 눈물이 흐르는 두 눈을 남편의 뻣뻣한 셔츠 자락에 대고 꽉 눌렀다. 몇 초 후 그녀의 등에 가 있던 그의 손이 마치 자신에게 달라붙은 괴생명체를 본능적으로 떼어내듯 조심스럽게 그녀의 몸을 밀어냈다.

"미…… 미안해."

그가 말했다.

뭐가 미안하다는 것인지 지금까지도 레이니는 의아했다. 집을 떠나 있었던 것이? 울어서? 평범한 남자처럼 안아 주지 못해서?

"미안해하지 말아요. 이렇게 돌아왔잖아요. 그러니까 됐어요. 다 괜찮아질 거예요."

"당신 모습이…… 느낌이……."

그녀는 이 말 또한 의아했다. 17개월 전에 남아메리카 동물들이 낯설게 보였던 것처럼 지금 그녀가 낯설어 보인다는 뜻이었을까? 그녀의 부드러운 촉감이 질척한 진흙과 곰의 사체를 비롯해 상상조차 할 수 없는 정글의 썩은 것들처럼 부드럽다는 말이었을까? 그녀는 그의 말을 도통 이해할 수 없어서 아무 말도 하지 말고 그저 자신을 안아 달라고 했다. 하지만 지금 생각해 보니 후회스러웠다. 리처드는 그날 흘린 눈물을 끝으로 감정의 샘이 메말라 버린 듯 다음 날부터 딱딱하게 닫혀 버렸고, 아무리 그녀가 쿡 찔러도 꿈쩍도 하지 않았다. 어쩌면 갑작스러운 공습처럼 혼란스러운 도시 생활에서 자신을 지키기 위한 방법인지도 몰랐다.

레이니는 티미와 태미가 아버지에게 인사하려고 신나게 계단을 내려오자 리처드에게서 떨어졌다. 그리고 집 안이 가구도 없이 텅 비었다는 사실을 떠올렸다. 갑자기 끔찍한 의심이 기어 올라와 그녀의 무릎이 후들거렸다. 리처드의 눈물이 그녀와 아무런 상관도 없다면 어쩔 것인가? 완벽하게 깨끗하고 조용한 방들이 그를 눈물 흘리게 만든 이유라면?

레이니는 리처드가 그날 집에 입고 왔던 셔츠를 다리미판의 앞머리에 펼쳐 놓았다. 그런 생각은 하지 않는 게 상책이었고 더 좋은 아내가 되기 위해 지금 할 수 있는 일에 집중하는 것이 최선이었다. 뉴스에 나올 정도는 아닐지 몰라도 리처드가 오컴에서 맡은 일은 중요했다. 그런 남자의 셔츠에 탄 자국이 생기면 어떻게 되겠는가. 실제로 아무런 문제가 없어도 가정에 문제가 있다고 보일 것이다. 리처드를 괴롭히는 혼란스러운 전쟁의 잔재와 먼지와 기름때, 화약, 땀, 만에 하나 묻은 립스틱 자국까지 싹 문질러 없애고, 다시 옷을 깔끔하게 다리미질해서 그를 도와주는 게 그녀의 임무였다. 남편과 가족, 그리고 조국을 위해.

6

그의 이름표에는 브래드라고 되어 있었다. 하지만 자일스는 그가 가끔씩 존이나 심지어 로레타라고 적힌 이름표를 달고 있는 것을 보았다. 자일스는 존은 실수이고 로레타는 장난이었을 거라고 추측했다. 어쨌든 확실히 알지도 못하는 그의 이름을 부르기가 꺼려졌다. 그는 확실히 브래드라는 이름에 어울렸다. 185센티미터 혹은 구부정하게 서지 않으면 188

센티미터 정도 되어 보이는 키, 균형 있는 얼굴, 말의 이처럼 반듯한 치아, 한 덩이 크림 같은 금발머리, 불난 초콜릿 공장의 초콜릿처럼 사르르 녹아내리는 갈색의 눈동자는 자일스를 볼 때면 환하게 빛났다.

"안녕하세요, 친구! 오셨네요?"

브래드의 목소리는 얼핏 남부식 억양처럼 들렸고 자일스는 그 달콤한 목소리에 빠져들었다. 붕 뜬 가발, 짧은 콧수염, 제멋대로 난 귓가의 털과 눈썹에 대한 걱정이 그를 사로잡았다. 자일스는 가슴을 내밀고 고개를 한 번 끄덕였다.

"좋은 오후입니다."

너무 사무적으로 말했나?

"안녕하세요, 파트너."

마치 십대 남학생 같은 말투였다.

"이렇게 보니 반갑네요."

그가 무려 세 번이나 인사를 건넸다.

완벽했다.

"뭘 드릴까요?"

"결정하기가 어렵네요."

자일스가 기다렸다는 듯 말했다.

"추천해 주시겠어요?"

브래드가 드럼을 치듯 손가락을 두드렸고 그의 손마디가 테이블의 표면을 스쳐 지나갔다. 자일스는 브래드가 숲으로 이어지는 뒷마당에서 장작을 내던지는 모습을 상상했다. 살짝 긁히고 땀으로 젖은 그의 피부에 나무 부스러기가 황금색 나비처럼 내려앉아 있었다.

"키 라임(Key lime) 파이는 어떠세요? 뒤집어질 만큼 맛있는 키 라임 파이가 있거든요. 거기 맨 위요."

"선명한 초록색이군요."

"그렇죠? 제가 큰 조각으로 드릴게요. 어떠세요?"

"저렇게 애타게 만드는 색깔을 거부할 순 없죠."

브래드는 주문 내용을 휘갈겨 쓰고 웃었다.

"손님은 항상 표현이 기막히시다니까요."

자일스는 목부터 얼굴까지 확 붉어지는 것을 느꼈다. 머릿속에서 처음 떠오르는 말로 들뜬 가슴을 가라앉히려고 애썼다.

"'애타게 만들다(Tantalize)'는 말은 그리스어에서 유래했죠. 제우스의 아들 탄탈로스(Tantalus)에게서요. 탄탈로스는 문제가 많았는데, 자기 아들을 신들에게 먹인 걸로 유명하죠. 파이를 잘라서 준 것과 아예 다르다고 할 순 없을 거예요. 그는 물웅덩이 안에 갇히는 벌을 받았어요. 옆에는 과일이 달려 있었지만 그가 먹으려고 할 때마다 뒤로 물러났고 무릎을 꿇어 물을 마시려고 할 때면 물이 말라 버렸죠. 그를 애태우면서요."

"그가 정말 아들을 죽였다는 말인가요?"

"맞아요. 하지만 나는 이 벌의 핵심은 그가 죽지 못하는 것이라고 생각해요. 죽으면 모든 것으로부터 탈출할 수 있잖아요. 그는 원하는 것이 바로 눈앞에 있는데도 가질 수 없어서 고통스러워해야 하는 운명이었죠."

브래드는 그 말을 듣고 생각에 잠겼고 자일스의 얼굴은 또 붉어지려고 했다. 그는 한 점의 그림이 수많은 사람에게 수많은 것을 말해 준다는 사실에 종종 경이로움을 느꼈다. 하지만 말은 많이 할수록 상대방에게 자신을 노출시켰다. 자일스는 브래드가 자신의 얘기를 분석하지 않는 것을 보고 안도했다. 브래드는 주문서를 주문서 꽂이에 찔러 넣었다.

"그림 가방을 가지고 계시네요. 뭐 좋은 작품이라도 그리는 중이신가요?"

자일스는 호의적인 질문에 어떤 의미가 있다고 믿는 것은 늙은이의 착각일 뿐이라는 사실을 알고 있었다. 브래드는 많아 봐야 서른다섯 정도로밖에 보이지 않았다. 그래서 뭐 어떻단 말인가? 그렇다고 자일스가 기분 좋은 대화를 즐기면 안 된다는 뜻인가? 그는 이제야 알아차린 것처럼 포트폴리오 가방을 들어올렸다.

"아, 이거요! 별거 아닙니다. 새로운 식품 광고 그림이에요. 광고를 하나 맡을 것 같아요. 지금 대행사와 미팅이 있어서 가는 중입니다."

"정말요? 어떤 식품인데요?"

자일스는 젤리라고 말하려다가 그 단어가 너무 초라하게 느껴졌다.

"비밀 보장 계약 때문에 말하면 안 될 것 같아요."

"아무래도 그렇죠? 와, 정말 흥미진진하네요. 그림에, 비밀 프로젝트에. 파이를 자르는 것하고는 비교도 안 되네요."

"음식 만드는 것이야말로 진짜 예술이죠! 항상 궁금했는데 가게 이름 '딕시 더그'가 본인인가요?"

브래드가 떠나갈 듯이 크게 웃음을 터뜨리자 자일스의 부분 가발까지 들썩이는 듯했다.

"그랬으면 좋게요. 돈방석에 앉아 있을 테니까요. 딕시 더그 파이 가게는 여기만 있는 게 아니에요. 열두 개나 돼죠. 보통 '체인점'이라고 해요. 본사에서 보낸 이 브로슈어에 하나부터 열까지 다 정해져 있어요. 페인트 색깔, 인테리어, 가게 마스코트 딕시 도그, 메뉴까지도요. 본사에서는 사람들이 뭘 좋아하는지 과학적으로 연구하죠. 체인점은 본사에서 배송해 준 파이를 파는 거예요."

"흥미롭네요."

자일스가 말했다.

브래드는 주변을 둘러보더니 자일스 쪽으로 몸을 숙였다.

"비밀 하나 알려 드릴까요?"

자일스가 간절히 원하던 일이었다. 그는 너무도 오랫동안 많은 비밀을 안고 살아 왔기에 누군가 털어놓는 비밀을 들으면 양쪽 모두 마법처럼 홀가분해진다는 사실을 잘 알고 있었다.

"제 억양 있잖아요? 사실 가짜예요. 전 캐나다 오타와 출신이에요. 영화를 볼 때 말고는 미국 남부 억양은 들어본 적도 없어요."

순간 자일스는 그가 오늘 브래드의 진짜 이름을 확인하지는 못했지만 더 좋은 선물을 받았다는 걸 깨달았다. 언젠가 브래드가 그의 진짜 억양, 이국적인 캐나다 억양을 자신에게 들려줄 거라는 확신도 들었다. 만일 그렇게 한다면 분명히 그를 특별하게 생각한다는 의미일 것이다. 포트폴리오 가방을 자랑스럽게 들고 초록색 파이를 기다리면서 자일스는 너무도 오랜만에 세상의 일부가 된 듯한 기분을 느꼈다.

7

"훌륭하신 분들의 노고 덕분에 이 일이 가능했고, 이 자리에서 업적을 함께 나누지 못하게 된 분들도 있다는 사실은 굳이 말씀드리지 않아도 잘 아실 겁니다."

플레밍이 말했다.

"하지만 여러분들이 꼭 알아야 할 중요한 사항이 있어 책임감을 갖고 말씀드립니다. 솔직히 우리 청소 직원들이 이 자리에 함께 있어서 다행이네요. 곧 이쪽으로 올 괴생명체는 오컴 항공우주 연구소 역사상 가장 민감한 괴생명체로 반드시 비밀스럽게 다루어져야 합니다. 모두 계약서에 사인하셨겠지만 다시 말씀드리겠습니다. 일급 기밀 정보는 아내와 아이들에게도 말하면 안 됩니다. 죽마고우도 마찬가지입니다. 이것은 국가 보안 문제입니다. 자유 세계의 운명이 걸린 일입니다. 대통령께서도 여러분의 이름을 아십니다. 이만하면 여러분도 충분히……."

엘라이자의 긴장한 몸이 자물쇠가 덜컹거리는 소리에 얼어붙었다. 뒤에 있는 자물쇠가 아니라 반대편에 있는 3미터 높이의 쌍여닫이문의 자물쇠였다. 곧 그 문이 열렸다. 문은 복도와 연결되고 복도는 하역장으로 이어졌다. 양쪽에서 군복을 입고 헬멧을 쓴 사람들이 한 명씩 달려와 문을 잡았다. 그들은 오컴의 보안요원들처럼 무장을 했는데, 권총이 들었는지 아닌지 모를 정도로 눈에 잘 띄지 않는 권총집 대신 커다란 검은색 총검 소총을 메고 있었다.

또 다른 헌병 두 명의 인도 하에 고무바퀴가 달린 화물 운반대가 연구실 안으로 들어왔다. 자동차 크기만 한 운반대 위에는 엘라이자가 처음에 철제 인공호흡 장치라고 생각했던 긴 원통형의 탱크가 놓여 있었다. 고아에게 소아마비란 귀신보다 더 두려운 존재였다. 게다가 너무 길고 재미없는 설교를 앉아서 끝까지 들어야만 했던 아이는 영원히 관 속에 누워 있는 공포가 뭔지 안다.

그 탱크는 커다란 꼬투리 모양이었고 강철 리벳과 밀폐 장치, 고무를 입힌 이음매, 압력계가 달려 있었다. 엘라이자는 그 안에 누가 들어 있는지 모르지만 머리까지 탱크 안에 넣어 둘 정도로 심각하게 아픈가 보다 하고 생각했다. 플레밍은 걸어가면서 운반대를 수조 옆의 빈 공간으로 인도했다. 그 순간 엘라이자는 자신이 순진했음을 깨달았다. 만약 아픈 남자라면 무장한 헌병이 네 명씩이나 달라붙을 필요가 없었다.

마지막으로 쌍여닫이문으로 들어온 남자는 아주 짧게 깎은 머리에 두 팔은 고릴라 같았다. 그는 의심스러운 눈으로 내부 공간을 두리번거리며 성큼성큼 걸었다. 회색 트윈 재킷 위에 데님 코트를 입었는데 이 역시도 그를 불편하게 만드는 것 같았다. 그는 꼬투리 모양의 탱크를 빙 돌며 중얼거리듯 지시 사항을 전달했고, 바퀴를 고정하고 손잡이를 조정해야 한다고 지적했다. 손가락으로 가리켜 지적한 것이 아니었다. 그의 손목에는 생가죽 끈이 고리 모양으로 감겨 있었는데 거기에는 흠집 난 주황색 지휘봉이 달려 있었다. 그 기다란 물건의 끝부분은 두 갈래의 금속으로 되어 있었다. 엘라이자는 그것이 무엇인지 알 수 없었지만, 소몰이할 때 쓰는 전기봉일 거라고 추측했다.

플레밍과 밥 호프스테틀러 모두 오른손을 내밀며 남자에게 다가갔지만 남자는 가늘게 뜬 눈으로 젤다와 엘라이자를 노려보았다. 이마에 뿔처럼 불룩한 두 개의 힘줄이 솟아 있었다.

"저 사람들은 왜 여기 있지?"

그 질문에 대한 답이라도 하듯 운반대에 놓인 탱크가 격렬하게 덜거덕거리고 안에서는 날카로운 포효가 들려오며 물이 출렁거렸다. 놀란 헌병들이 욕설을 내뱉으며 사격 자세를 취했다. 손처럼 보이지만 손이라고 하기엔 너무 큰 무언가가 탱크의 둥근 창을 탁 쳤다. 엘라이자는 유리가 깨지지 않은 것이 놀라웠다. 물탱크가 흔들리고 군인들이 주변으로 흩어지면서 대형을 만들었다. 플레밍은 소리를 지르며 다급하게 청소부들에게 달려갔고, 호프스테틀러는 그들을 보호하지 못한 당혹감으로 움찔했다. 젤다는 한 손으로 엘라이자의 유니폼을 붙잡고, 다른 한 손으로 카트를 밀며 복도로 나갔다. 전기봉을 든 남자는 분노가 가득한 얼굴로 잠시 탱크를 노려보더니, 고개를 숙이고 비명을 내지르는 그것을 바라보았다.

8

　플로리다에서 가져온 상자들이 문제였다. 레이니는 처음으로 그것들을 정리하자고 결심했다. 그녀는 벌써 몇 년 전이 되어 버린 리처드와의 행복했던 나날을 떠올렸다. 그가 절정에 다달아 신음하자, 대담해진 그녀는 과감하게 '차렷 자세'에 관한 성적인 농담을 했었다. 그 당시 그는 껄껄 웃으며 군사 대형의 기본을 알려 주었다. 뒤꿈치를 붙일 것. 배에 힘을 줄 것. 두 팔은 바지 솔기 부분에 댈 것. 웃지 말 것. 그러나 최근 몇 년 동안 그는 그녀의 성적인 농담을 거부했다.

　이제 그녀는 효율적인 일 처리를 위해 그런 규칙을 배울 필요가 있었다. 레이니의 눈앞에는 상자를 뜯을 만능칼, 브릴로(Brillo) 철수세미, 에이잭스(Ajax) 염소 표백제, 브루스(Bruce) 청소용 왁스, 타이드(Tide) 빨래 세제, 코멧(Comet) 표백 가루가 놓여 있었고 모두 제 임무를 수행하기만을 기다리고 있었다.

　본격적으로 일을 시작한다면 상자를 다 풀어서 이틀 만에 정리할 수 있으리라. 하지만 그녀는 그럴 수가 없었다. 매번 바닥에 앉아서 상자에 붙은 테이프를 칼로 찢을 때마다 동물의 뱃가죽을 가르는 기분이었다. 상자 안에는 지금과 다른 17개월의 삶이 들어 있었다. 남자를 사귀고 결혼하고 아이를 낳고 가정주부로 살림을 하는, 어려서부터 걸어온 일반적인 길에서 벗어난 삶이었다. 상자에서 물건을 꺼내는 것은 또 다른 그녀, 야망과 에너지, 무한한 가능성을 가진 여자의 배를 난도질하는 것처럼 느껴졌다. 바보 같은 생각이라는 것을 잘 알고 있었다. 할 것이다. 기필코 상자를 정리할 것이다. 하지만 창밖에는 볼티모어의 새로운 광경이 펼쳐져 있어서 매번 레이니를 괴롭혔다. 아이들을 학교에 보내고 나면 문제가 될 건 없었다. 어차피 일상은 늘 똑같으니까.

레이니는 맨발을 거슬려 하는 리처드를 위해 그가 집에 있는 동안은 하이힐을 신었다. 그녀는 이것 또한 아마존 때문이라고 생각했다. 신발을 신지 않은 부족이 리처드에게 혐오감을 일으켰던 게 분명했다. 하지만 리처드가 회사로 출근하고 나면 그녀는 하이힐을 벗어 버리고 맨발로 푹신한 카펫을 밟았다. 약간의 부스러기만 있을 뿐 카펫은 충분히 깨끗한 것 같았다.

그녀는 주일에 다닐 교회를 찾을 생각으로 옷을 입고 밖으로 나가 버스를 탔다. 완전히 거짓말은 아니었다. 정말 예배를 드릴 곳이 필요하니까. 올랜도에서 다닌 교회는 남편이 없는 동안 발 디딜 곳을 찾아 헤매던 그녀에게 말 그대로 신이 준 선물이었다. 발 디딜 곳, 그녀는 또 다시 그것을 찾아야만 했다. 문제는 볼티모어에는 교회가 큰길 건너 하나씩 있다는 것이다. 그녀는 침례교도인가? 버지니아에 살 때는 침례교회에 다녔다. 아니면 성공회교도? 그녀는 그 말이 무슨 뜻인지도 몰랐다. 루터교,

감리교, 장로교, 모두 안전하고 진실해 보였다. 그녀는 핸드백 위에 양손을 포개고 단정한 자세로 버스에 앉아서 립스틱을 바른 입술로 교회 이름을 중얼거렸다. 모든성인교회, 성삼위교회, 새생명교회. 그녀는 웃음을 터뜨렸다. 버스 창문이 뿌옇게 변해서 잠깐 동안 밖이 보이지 않았다. 당연히 새생명교회를 선택해야 하지 않을까?

9

일하는 여자들은 퇴근하기 전에 자주 잔소리를 듣는다. 엘라이자 역시 아까 전의 일로 떨리는 두 손을 진정시킨 후 평소에 하던 일을 했다. 하지만 자신이 보고 들은 것에 대해 말하고 싶었다. 탱크 창문을 친 커다란 손과 동물의 포효. 엘라이자가 놀란 표정을 지으며 수화로 말했지만 젤다는 그 손을 보지 못했다고 중얼거렸다. 게다가 포효 소리는 자세히 알고 싶지 않은, 또 다른 실험실에서 진행 중인 혐오스러운 동물 실험의 결과일 거라고 덧붙였다. 엘라이자도 더 이상 그 일에 대해 얘기하지 않기로 했다. 어쩌면 젤다의 말이 맞고 자신이 착각했는지도 모른다.

오늘 본 모습을 전부 지워 버리는 것이 상책이었다. 박박 문질러 지우는 것은 엘라이자의 특기였다. 엘라이자는 북동쪽 남자 화장실 변기를 왔다 갔다 하면서 면봉으로 가장자리를 닦았다. 바닥 걸레질을 끝낸 젤다는 두 사람의 기분을 바꿔 줄 새로운 불평거리를 찾으며 세면대 물에 부석*을

*물에 뜨는 돌. 각질 제거에도 사용된다

넣고는 몇 년 동안 청소해 온 소변기 칸막이에 소변이 굳어 있는 것을 보고 얼굴을 찌푸렸다. 엘라이자는 세상에 믿는 것이 거의 없었지만 젤다만은 예외였다. 젤다는 분명히 새로운 불평거리를 찾아 낼 거고, 그것은 재미있을 것이며 오만한 남자들 때문에 상해 버린 기분도 좋아지게 할 것이다.

"이 오컴 연구소에는 전국에서 가장 똑똑한 양반들이 모였다는데, 천장에 오줌 자국이 잔뜩 튀어 있군. 브루스터가 머리는 똑똑하지 않을지 몰라도 적중률은 75퍼센트나 된단 말이지. 이걸 기뻐해야 할지, 아니면 기네스북에 연락해야 할지 모르겠네. 제보하면 사례금이 나올 텐데."

엘라이자는 고개를 끄덕이며 수화로 "전화해."라고 말했다. 페도라를 쓰고 신문사 배지를 단 뉴욕시 기자가 된듯이 송수화기가 따로 분리된 옛날 전화기 모양을 손으로 만들며 이야기했다. 젤다는 엘라이자를 보고 싱긋 웃으며 안도의 한숨을 내쉬었다. 엘라이자가 한 술 더 떠 수화로 '텔레타이프'라고 말하고 비둘기를 이용해 편지를 보내라고 하자 결국 젤다는 웃음을 터뜨렸다. 그러고는 곧 천장을 가리키며 말했다.

"도대체 어떤 각도로 싸야 저렇게 되는지 모르겠네. 안 그래? 상스러운 얘긴 하고 싶지 않지만, 물리학을 생각해 보면 그렇잖아? 정원 호스의 각도에 따라 물이 뿜어지는 방향도 결정되지 않나?"

엘라이자는 소리 없이 깔깔거렸다. 저속한 얘기를 하는 것 같아 양심이 조금 찔렸지만 기분을 유쾌하게 바꿔 준 젤다가 매우 고마웠다.

"서로 경쟁한다는 것만은 알 수 있지. 올림픽 경기 같다고 할까? 높이와 거리에 점수를 매기는 거야. 오줌 줄기를 멋지게 움직이면 스타일 점수가 올라가. 지금까지 과학자 양반들은 몸 쓰는 기술은 빵점인 줄 알았는데 말이지."

엘라이자는 침묵 속에서 변기에 몸을 기댄 채 흔들며 엄청 깔깔거렸다. 젤다의 저속한 농담 덕분에 그날 밤의 사건들이 기억에서 옅어졌다.

"여기는 소변기가 두 개야. 동시에 오줌 누기도 분명히 할 거란 말이지."

젤다가 킥킥거렸다. 그때 한 남자가 들어왔다. 엘라이자는 변기에서, 젤다는 소변기에서 몸을 돌렸다. 방금 전까지 없었던 사람이 이제 눈앞에 서 있었다. 두 여자는 너무 놀라 반응하는 것도 잊어버렸다. '청소중, 사용 중지' 팻말은 남자들이 갑자기 들어올지 모르는 위험으로부터 여자 청소부들을 지켜 주었다. 젤다는 팻말을 가리키려다 말고 그대로 멈췄다. 바로 눈앞에 있는 높은 분에게 청소부가 강력하게 의사를 주장하는 것은 주제 넘는 일인 것 같았다. 게다가 연구원들에 대해 놀려 대는 젤다의 말소리가 아직도 세면대 아래의 배수관과 잠금 너트, 장식 쇠에서 울려 퍼지고 있었다. 엘라이자는 수치심을 느꼈고 곧이어 수치심을 느꼈다는 사실이 수치스러웠다. 그녀와 젤다는 이 화장실을 수없이 청소해 왔다. 하지만 단 한 명의 남자가 그들을 단숨에 음란한 여자들로 만들어 버렸다. 남자는 냉정한 얼굴로 화장실 한가운데로 걸어 들어왔다. 오른손에는 주황색 전기봉이 들려 있었다.

10

클라인 & 손더스(Klein&Saunders) 회전문은 교묘한 속임수를 발휘했다. 자일스는 길거리에 있을 때면 다음 미팅 장소를 향해 바쁘게 움직이는, 서류 가방을 든 사람들 사이에서 표류하는 늙고 쓸모없는 존재였다. 회전문은 변태(變態)가 이루어지는 곳이었고 회전문의 유리창은 무수히 많은 가능성을 가진, 보다 나은 자신의 모습을 비춰 주었다. 그래서 자일스는 회전문을 지나 체스 판 무늬의 대리석 바닥으로 된 로비로 들어섰을 때 새로운 사람으로 변해 있었다. 그는 이제 손에 든 작품을 가져갈 곳이 있는 중요한 사람이었다. 언제부터인지는 모르지만, 그는 작품을 만들 때 무언가를 소유한다는 강렬한 기쁨을 느꼈다. 그 기쁨은 그가 존재하도록 만드는 원동력이었다. 하지만 이밖에 그가 가진 것이라곤 버려진 아파트뿐이었다. 엄밀하게 말하면 월세로 살고 있으니 그의 것도 아니었다. 그가 가진 최초의 예술품은 아버지가 포커 게임에서 따 온 진짜 해골이었다. 자일스는 아버지와의 포커 게임에서 진 폴란드인의 이름을 따서 해골을 안제이라고 불렀다. 해골은 자일스의 첫 번째 연구 대상이었고 그는 해골을 봉투와 신문, 손등에 수백 번을 그렸다. 해골을 스케치하다가 20년 후 어떻게 클라인 & 손더스에서 일하게 됐는지는 잘 기억나지 않았다. 그의 첫 번째 직장은 아버지가 다니던 햄던─우드베리(Hampden-Woodberry) 방적 공장이었다. 면섬유가 코끝을 간질이고 목화 더미를 정리하느라 굳은살이 박이고 미시시피에서 운송된 목화를 나를 때마다 온몸이 황토투성이로 변했다. 그리고 밤마다, 때로는 밤새도록 직장에서 가져온 폐지에 그림을 그렸다. 당연히 늘 굶주렸지만 미친 듯이 초상화를 그리고 있으면 먹지 않아도 살 수 있을 것 같았다. 오렌지를 그릴 때는 팔에 묻은 미시시피 황토를 덧칠해 색깔을 더욱 돋보이게 했다. 그 방법은 수십 년이 지난 지금까지도 그만의 채색 비결이었다.

2년 후 그는 방적 공장과 어쩔 줄 모르는 아버지를 뒤로 하고 허츨러 백화점의 미술부에서 일하기 위해 떠났다. 그리고 몇 년 후 클라인 & 손더스로 옮겨 그곳에서 줄곧 일했다. 회사가 자랑스러웠지만 만족스럽지는 않았다. 계속되는 불만족감은 예술과 관계가 있었다. 진정한 예술. 그는 한때 그것을 자신의 인생으로 정의하지 않았던가? 안제이를 그린 추상화, 목화 더미를 나르느라 굳은 살이 박인 손으로 그린 거친 선의 남성 누드화, 미시시피 주 빌록시의 황토로 그린 붉은 오렌지. 자일스는 자신이 클라인 & 손더스를 위해 그리는 광고 속의 거짓된 미소가 사람들이 광고에 담긴 완벽한 모습과 자신의 행복을 비교하게 만들어, 그들에게서 진정한 기쁨을 빼앗는다는 사실을 서서히 깨달았다. 그는 그게 어떤 기분인지 알고 있었다. 자신도 매일 느꼈으니까.

클라인 & 손더스는 명망 있는 고객들과 일했다. 그들에게 어울리는 대기실에는 유행에 민감한 독일 디자인의 진홍색 의자와 자일스보다 나이가 많은 존경스러운 데스크 직원, 헤이즐이 관리하는 칵테일 바 카트가 있었다. 하지만 오늘은 헤이즐이 자리에 없었고 사슴 다리를 가진 한 여비서가 인내심이 없는 열댓 명의 손님들을 상대하고 있었다. 겁에 질린 비서의 얼굴에는 어색한 미소가 걸려 있었다. 자일스는 그녀가 아직 음료를 다 만들지 못해 카트 앞에서 안달복달하다가 울리는 전화를 실수로 끊어 버리는 모습을 보았다. 대기실의 자욱한 담배 연기는 미켈란젤로의 〈천지창조〉에 나오는 아담처럼 느긋하게 떠 있지 않고 달리는 기관차처럼 여기저기 흩어져 있었다. 그는 그녀가 곧바로 자신에게 눈길을 주지 않는 것을 이해했다.

"화가 자일스 건더슨입니다. 버나드 클레이 씨와 2시 15분에 약속이 되어 있어요."

자일스가 말했다. 그러나 비서는 버튼을 누르고 수화기에 그의 이름을 틀리게 말했다. 자일스는 메시지가 제대로 전달되었는지 미심쩍었지만 가엾은 그녀에게 다시 부탁할 수 없었다. 자일스는 대기실 안의 사람들을 마주보고 섰다. 놀랍게도 20년이 지난 지금까지도 그는 자신을 끈질기게 괴롭히는, 이 아우성치는 그림들을 들고 도망치고 싶은 한결 같은 욕망을 느꼈다. 그는 비서와 카트를 가만히 쳐다보다가 한숨을 내쉬고는 카트로 걸어가면서 손뼉을 쳐 사람들의 시선을 끌었다.

"신사 여러분."

그가 소리쳤다.

"오늘은 우리가 직접 음료를 만들어 먹으면 어떨까요?"

갑작스러운 그의 제안에 사람들 사이에서 불만의 소리가 튀어나왔다. 남자들의 한쪽 눈썹이 이마 높이 올라갔다. 자일스는 언짢음이 의심으로 변하는 순간을 너무도 잘 알았다. 하지만 지금까지도 그는 사람들이 어떻게 그렇게 빨리 자신이 남들과 다른 걸 눈치 채는지 알 수 없었다. 그는 부분 가발을 고정한 테이프가 떨어지기 시작하는 것을 느꼈다. 지금 이 상황이 잘못된 방향으로 흘러간다면 부분 가발 따위는 아무 문제도 아닐 것이다.

"우리가 직접 만들면 양껏 먹을 수 있죠. 볼티모어는 너무 가물어 건조하잖아요. 마티니 마실 분?"

자일스가 이어서 말했다.

도박을 한 보람이 있었다. 한낮의 사업가들은 어린아이 같아서 목이 마르고 짜증이 난 상태였다. 한 명이 "옳소, 옳소." 하자 또 다른 한 명이 "맞는 말이야." 했고 자일스는 곧바로 칵테일 카트를 차지하고 대학교 남학생 사교 클럽 같은 환호 속에서 술을 따르고 레몬 트위스트를 만들었다. 다들 떠들썩하게 칵테일을 즐기는 가운데, 그는 옆에 있는 사람들 모두에게 브랜디 알렉산더를 들어 보이며 흔들었고 마치 아카데미상이라도 되는 듯 비서에게도 잔을 건넸다. 모두가 환호했고 비서는 얼굴을 붉혔다. 햇빛이 하와이 지평선처럼 칵테일 맨 윗면의 거품을 걷어 내자 자일스는 잠시 동안 세상이 또 다시 가능성으로 가득해진 느낌을 받았다.

11

젤다는 어떻게 해야 하는지 알고 있었다. 그녀가 직장에서 그리고 평생 남자들에게 압박 받을 때마다 수없이 해온 일이었으니까. 되도록 빨리 눈 앞에서 사라지는 것. 그녀는 거리를 둔 채 하인의 미소를 지으며 카트를 잡고 밀었다. 하지만 바닥이 비누투성이라 그만 카트가 너무 멀리 굴러가는 바람에 쓰레기통에 부딪쳤다. 쓰레기통이 넘어지는 요란한 소리가 화장실 안에 울려 퍼졌다. 그나마 방금 전에 쓰레기통을 비워서 천만다행이었다. 그녀는 재빨리 쓰레기통을 일으켜 세우러 갔다. 무릎을 꿇고 앉으니 뚱뚱한 몸이 두드러져 매우 볼썽사나운 모양새가 되었다. 그녀는 빨리 일을 처리하려고 분주하게 손을 놀렸는데 어디선가 우두둑 소리가 들렸다. 젤다가 고개를 들어보니 남자는 그녀가 전혀 생각지도 못한 것을 들고 있었다. 전기봉과 정반대되는 밝은 초록색의 사탕 봉지였다.

"아니, 아니. 안 나가도 돼. 즐겁게 수다 떨고 있는 것 같던데. 여자들끼리 수다 떠는 게 잘못은 아니지. 하던 거 계속해. 난 금방 나갈 테니까."

투박한 남부식이지만 악어가 휙휙 꼬리를 움직이듯 싸한 느낌을 주는 억양이었다. 남자는 계속 앞으로 걸어갔다. 순간, 젤다의 눈에는 그가 엘라이자가 있는 변기로 향하는 것처럼 보였다. 엘라이자는 F-1에서 젤다가 보지 못한 뭔가를 보지 않았던가? 엘라이자는 자신에게 소리 지르는 사람들에게 민감한 편이었는데, F-1을 도망치듯 빠져나온 후 엘라이자의 행동은 평소와 달랐다. 그녀는 약간 정신이 나간 듯했다. 저 남자는 엘라이자를 데려가려고 온 것일까? 젤다는 또 다시 볼썽사나운 꼴로 자리에서 일어나 무기가 될 만한 것을 찾아 카트 위로 손을 슬쩍 올렸다. 딱딱한 솔, 유리창을 닦는 고무롤러. 그녀는 싸우는 법도 잘 알고 있었고 싸움으로 생긴 흉터는 그녀보다 남편 브루스터가 더 많았다. 저 남자가 엘라이자를 해치려고 하면 젤다는 꼭 해야만 하는 일을 할 것이다. 남은 인생을 망치겠지만 다른 방법이 없었다.

남자는 방향을 바꿔 전기봉과 사탕 봉지를 세면대에 놓더니 소변기로 가서 지퍼를 내리기 시작했다. 이제 젤다가 엘라이자 쪽을 쳐다보며 도움을 구할 차례였다. 젤다가 공포에 질린 나머지 F-1에서 무언가를 제대로 못 봤다면, 지금 또한 충격으로 눈앞의 광경을 믿지 못할 지경이었다. 자신들이 버젓이 보는 앞에서 남자가 자기 물건을 꺼내다니? 엘라이자는 고개를 좌우, 위 아래로 움직이며 적당한 반응을 찾고 있었다. 한 가지는 확실했다. 남자를 쳐다보면 안 된다. 저 남자가 화장실에서 볼일 보는 모습을 쳐다봤다간 분명히 해고당할 것이다. 남자가 음란한 청소부들을 플레밍에게 신고하면 끝장이었다. 젤다는 타일이 갈라지기만을 기다리면서 바닥을 뚫어져라 쳐다보았고 깨끗하게 청소해 놓은 소변기로 소변 떨어지는 소리가 들렸다.

"내 이름은 스트릭랜드다."

남자의 목소리가 울려 퍼졌다.

"보안 책임자야."

젤다는 침을 삼키고 "그렇군요." 하고 말했다. 그녀는 두 눈을 바닥에 가만히 고정시키려고 했지만 소변이 걸레질한 바닥에 튀는 모습으로 시선이 향하는 것을 어쩔 수 없었다. 스트릭랜드가 껄껄 웃었다.

"이런, 당신들한테 걸레가 있으니 다행이군."

12

리처드는 레이니가 몰래 관광하고 다니는 것을 알면 시간 낭비라고 투덜거릴 것이다. 아마 그의 생각이 맞을 것이다. 하지만 레이니는 멋들어진 모습에 너무 놀란 나머지 죄책감을 잊어버렸다. 줄지어 늘어선 고층 건물, 산 쪽의 광고판, 로봇 모양의 주유 펌프, 체다치즈 색깔의 시내 전차! 마치 상자 뜯는 칼이 딸려 와서 뱃속의 꼬인 매듭을 끊어 주기라도 한 듯 마음이 가벼워졌다. 버스가 한낮의 따분함 속에서 반짝이는 간판들을 빠르게 지나갔다. 소음 장치를 설치해 드립니다, 1달러 잡화점, 스포츠 용품, 공군 모집.

그녀는 벨을 울리고 현지인들이 '대로'라고 부르는 웨스트 36번가 쇼핑 지구에서 내려 돈을 쓸 상점을 찾았다. 그녀는 지나가는 모든 사람들, 특히 여자들에게 인사하려고 했다. 이 도시를 속속들이 아는 친구와 함께 시내를 탐험한다면 정말 멋지지 않을까? 무턱대고 물건 가격이 비싸다고 불평하면 제대로 그 이유를 설명해 주고 바닷가 바람이 머릿결에 어떤 영향을 주는지 일러 주는 친구 말이다. 레이니가 지난 17개월 동안 느낀 비밀스러운 삶의 활력을 이끌어 내 줄 수 있는 친구. 하지만 볼티모어 여자들은 대부분 그녀가 건네는 인사에 화들짝 놀라며 미소조차 짓지 않았다. 한 시간 후 자신이 이방인임을 깨달은 레이니는 외로웠다. 다시 버스를 타자 통로를 지나다니는 남자가 그녀를 관광객으로 오해하고 관광 안내서를 팔려고 했다. 다시 가슴속의 매듭이 꼬이기 시작했다. 머리 모양 때문에 이곳 사람으로 보이지 않는 걸까? 플로리다에서는 올림머리가 엄청난 유행이 었는데 여기는 아닌 듯했다. 갑자기 그녀는 몹시 불행해졌고 어쩌면 자신에게 관광 안내서가 필요할지도 모른다는 생각이 들어 하나 구입했다.

그 안내서는 볼티모어에는 미국인 가정을 만족시킬 만한 모든 것이 다 있다고 그녀를 꾸짖었다. 그렇다면 대체 그녀의 문제는 무엇일가? 태미는 미술관을 좋아할 것이다. 티미가 좋아할 만한 역사 학회도 눈에 띄었다. 볼티모어 서쪽에는 동화 속 나라 같은 놀이공원 '마법의 숲'도 있었다. 성과 숲, 공주, 마녀의 사진이 보였다. 올 여름에 저곳에서 아이들 생일 파티를 열어 줘도 될 것 같았다. 놀이공원에 정글랜드라는 곳이 있는 것만 빼면 완벽했다. 리처드는 정글이라는 말만 나와도 보던 신문을 내려놓거나 채널을 돌렸다. 그냥 그곳만 피해서 돌아다니면 될 것이다.

그녀는 펠스포인트 부두에 간 적이 있었다. 그녀는 그 생각을 잊으려고 했지만 매일 아침 스프레이 앤 스팀 다리미로 다리미질을 하다 보면 진실이 스팀처럼 스멀스멀 뿜어져 나왔다. 그녀는 아마존이 리처드를 뼛속까지 바꿔 놓은 건 아닌지 의심스러웠다.

그날 오후는 날이 우중충했고 배들이 부두에 닿는 소리가 들렸다. 그녀는 패탭스코강의 가장자리에 서서 옷깃을 턱까지 올렸다. 누더기 차림의 노숙자가 차지하고 있는 버스 정류장에 내린 그녀는 깨진 병 조각을 피해 조심히 걸었다. 그리고 난생 처음 보는 누추한 동네를 지나 부두에 도착한 터였다. 부두 근처에는 영화관도 있었는데 추파를 피하고자 표를 살 뻔했다. 하지만 영화관 차양의 전구가 너무 많이 나가 뭔가 불안했고 〈영혼의 서커스〉인지 뭔지 하는 영화 또한 내키지 않았다.

외로운 곳이었다. 그녀가 말한다 해도 들어 줄 사람이 없었다. 그래서 더 이상 할 말이 없어질 때까지 철썩거리는 차가운 물에 대고 거짓말을 했다. 그녀는 남편이 돌아와서 기뻤고 만족스러웠으며 미래도 희망적이었다. 또한 리처드가 준 볼티모어 시 소책자에 나온 모든 통계를 믿었다. 거기에는 볼티모어의 가정 중 20퍼센트만이 자가용을 보유하고 있다고 적혀 있었는데 리처드는 곧 자가용이 두 대가 될 거라고 장담했다. 그는 자신의 포드 자동차가 자주 고장 나서 질렸으며 자신이 세상을 구하러 나가 있는 동안 아내가 대중교통을 이용하도록 놔두지 않을 거라고 했다.

부두에서 다시 버스 정류장으로 돌아가는 길에 레이니는 호스로 인도에 물을 뿌리는 시청 근로자를 피해서 걸었다. 그녀는 이 동네가 마음에 들지 않았지만 지방자치단체가 도시 환경을 위해 애쓰는 모습은 보기 좋다고 애써 생각했다. 그리고 물에서는 개 오줌 냄새, 썩은 생선과 나뭇잎 냄새, 엉겨 붙은 하수구 오물 냄새, 탄 기름 냄새와 사람 배설물의 악취가 스멀스멀 새어나왔지만 이것 역시 애써 모른 척했다. 집으로 가기 전, 스스로를 속이는 마지막 거짓말이자 다림질로 한 번 더 펴야 할 마지막 주름이었다.

13

자일스는 버니가 자신을 회의실로 데려가기를 바랐다. 하지만 그가 들어간 곳은 남는 공간에 테이블 하나와 의자 두 개를 밀어 넣은 곳에 불과했다. 버니가 서 있어서 자일스도 그냥 서 있었다. 방금 전에 사람들과 미소와 악수를 나눈 대기실에 비하면 이곳의 분위기는 우울하기 짝이 없었다. 자일스는 클라인 & 손더스에서 유일한 친구가 있다면 대기실에서 칵테일을 나눠 마시던 늙은 노인네들이 아니라 바로 버니 클레이라고 되뇌었다. 하지만 사실 버니는 20년 전에 자일스를 회사에서 쫓아낸 사람 중 하나였다. 그동안 자일스는 그 사실을 마음에 두지 않았지만 곧 자신의 용서가 헛되다는 걸 깨달았다. 어쨌든 버니의 가족도 먹고 살아야 했다.

자일스는 과거의 사건이 떠올라 의기소침해졌다. 모든 게 예측 가능한 평범함 때문이었다. 모든 예술가들은 기존의 것이 반복되는 클리셰를 싫어한다. 싸움이 붙은 마운트 버논의 술집에 경찰이 들이닥쳐 배지를 내밀었다. 자일스가 유치장에서 하룻밤을 보내는 동안 그의 머릿속에는 단 한 가지 생각, 아버지가 신문의 사건 사고 코너를 가장 좋아한다는 사실뿐이었다. 그는 아버지가 작은 글씨로 된 그 코너를 읽지 못할 정도로 시력이 나빠졌기를 바랐다. 그러나 그날 이후 아버지로부터 소식이 없었고 그는 자신의 바람이 이루어지지 않았음을 깨달았다. 그는 해고당하고 일주일도 못 되어 첫 번째 고양이를 입양했다.

어떻게든 일을 계속 하려면 버니와 만나야만 했다. 불평할 수 없었다. 클라인 씨와 손더스 씨를 포함해 자일스가 프리랜서로 일하는 것을 받아 주는 사람은 이 회사에 버니 말고는 없었다. 자일스는 이번에는 자신을 위해서 스스로를 광고하자는 생각으로 새로 그린 빨간 젤리 광고에 나오는 아빠처럼 환한 미소를 지었다.

"헤이즐은 어떻게 된 건가? 여지껏 하루도 쉬는 걸 못 봤는데."

자일스가 묻자 버니가 넥타이를 느슨하게 잡아 당겼다.

"믿지 못하겠지만 그 늙은 계집이 글쎄 음료 제조업자랑 눈이 맞았지 뭔가. 둘이 로스앤젤레스로 떠났어. 회계사까지 데리고."

"저런! 뭐, 본인한테는 잘된 일이지만."

"우리한텐 안 된 일이지. 그래서 지금 정신이 하나도 없어. 대기실이 정신없어서 미안하네. 다른 직원이 임시로 와 있어서. 직원으로 쓸 만한 괜찮은 여자가 있으면 알려 주게."

자일스는 괜찮은 여자를 알고 있었다. 권위적인 연구소에서 일하며, 몇 년 동안 똑같은 자리에 머물러 있는 여자. 하지만 전화 업무는 엘라이자의 특기가 아니었다. 버니가 몇 초간 말없이 꼼지락거리자 자일스는 더욱 우울해졌다. 꽉 막힌 공간에서 젤리와 자신과 있으려니 버니도 그럴 만했다. 자일스는 옛날 방식의 광고가 얼마나 좋았는지 떠들고 싶었지만 버니를 더 이상 괴롭힐 수 없었다.

"그래, 내 그림을 좀 보여……."

"내가 지금 시간이……."

그때 다행스럽게도 버클이 철컥 소리를 내며 가죽 포트폴리오 가방이 열렸다. 자일스는 캔버스를 테이블 위에 올려놓으며 자랑스럽게 그림을 가리켰지만 순간 그는 공황 상태에 빠지고 말았다. 조명이 너무 이상한가? 인물들의 뼈대가 너무 두드러져 보였다. 피부가 닳아서 해골 안제이처럼 반질반질해진 것 같았다. 몸뚱이 없이 머리만 그리다니! 그게 얼마나 엽기적인지 왜 몰랐을까? 색깔마저 이상했다. 밤새 색을 섞어 가며 그린, 뜨거운 마그마색으로 칠해진 젤리만 그럭저럭 봐줄 만했다.

"빨간색이군."

버니가 한숨을 쉬었다.

"너무 빨갛지. 나도 동감하네."

"그것보다 아빠 입술이 약간…… 피처럼 보이는데. 전체적으로 색깔이 문제야. 빨간색은 이제 한물 갔어. 내가 말해 주지 않았던가? 아, 안했나 보군. 알다시피 요즘 회사가 정신없어서. 이제 빨간색은 거의 쓰질 않아. 요즘 대세는…… 듣고 있나? 요즘 대세는 초록이야."

"초록?"

"자전거, 전기 기타, 아침용 시리얼, 아이섀도. 초록이 미래를 상징하게 됐지. 요즘 나오는 맛들도 전부 다 초록이야. 사과, 멜론, 청포도, 페스토, 피스타치오, 민트."

자일스는 머릿속에서 사중창처럼 울려 퍼지는 비웃음을 무시하고 광고사에서 원하는 젤리에 대해 생각해 보았다. 자신이 아무것도 모르는 바보처럼 느껴졌다. 버니가 색깔에 대해 미리 알려 주었는지 아닌지는 중요하지 않았다. 판단력이 있으면 모를 수 없었다. 팔딱팔딱 뛰는 심장을 잘라 놓은 것처럼 보이는 시뻘건 젤리를 보고 입맛을 다실 괴물이 어디 있단 말인가?

"내가 변한 게 아니네, 자일스. 사진 때문이지. 오늘 저 문으로 들어온 모든 고객이 사진을 원하고 있어. 예쁜 여자들이 햄버거나 백과사전 세트를 들고 있는 사진. 사진 모델도 직접 뽑고 싶어 하지. 이 회사에서 상사들에게 진짜 예술을 들이미는 건 이제 나밖에 없다네. 자일스, 자네는 홀륭한 화가야. 아, 요즘 일 말고 따로 개인적인 작품도 그리고 있나?"

자일스가 함께 가져온 그림은 딕시 더그 파이 가게의 화려한 조명을 받지 않은, 남은 키 라임 파이였다. 전혀 구미가 당기지 않는 모습이었다. 자일스는 테이블 위의 그림을 도로 집어넣었다. 광고사로 향할 때와 달리, 집으로 돌아가는 길에 들고 갈 묵직한 포트폴리오 가방은 그를 더욱 우울하게 만들리라. 개인적인 작품? 버니, 그런 그림은 그리지 않은지 오래라네. 미래의 색깔이 뭐든 아무도 원하지 않는 젤리를 그리고 또 그리느라 바빠서.

14

스트릭랜드는 스멀스멀 올라오는 뜨거운 수치심을 느꼈다. 많은 양의 소변이 기울어진 바닥으로 흘러내렸다. 그는 청소부들을 겁줄 생각이었다. 오늘밤 괴생명체를 본 사람은 전부 다 그럴 계획이었다. 하찮은 사람에게는 상대방이 자신을 얼마나 하찮게 생각하는지 보여 줘야 한다. 도쿄에 주둔했을 때 호이트 장군에게 배운 전술이었다. 흑인 청소부와 백인 청소부의 수그린 등. 소변기를 보자 그에겐 좋은 아이디어가 떠올랐다. 역겨운 짓이었지만 아마존에서는 바닥에 오줌을 눴으니까. 화장실을 깨끗하게 만들려는 저 청소부들의 열망에 그야말로 문자 그대로 오줌을 갈기는 것이다.

그는 어깨 너머로 덩치 작은 청소부를 자세히 보았다. 깨끗한 얼굴이었고 그의 아내가 얼굴에 바르는 찐득한 것들을 전혀 바르지 않았다. 그래서 더 기분이 나빴다. 방광을 빨리 비우려고 했다. 할 말을 찾아 주변을 둘러보니 눈에 전기봉이 들어왔다. 당연히 두 여자는 그것을 쳐다보고 있었다. 브라질을 떠나기 전, 어떤 농부와 흥정해서 산 물건이었다. 영어를 거의 못 하는 소작농이었는데 그것을 '앨라배마 하우디―두(Alabama Howdy-do)'라고 불렀다. 전기봉은 괴생명체를 수조에 넣거나 뺄 때, 움직이도록 종용할 때 큰 도움을 주었다. 그것은 맨 끝부분의 쇠갈퀴에 핏덩어리가 엉겨 붙은 채 하얀 세면대 위에 놓여 있었다. 또 지저분해지겠군. 혐오감을 떨쳐 내고자 그는 일부러 목소리를 높였다.

"튼튼한 1954년형 팜―마스터 30 모델이야. 최신식 섬유유리 따위가 아니라 자루는 강철로, 손잡이는 오크나무로 만들었지. 500볼트에서 10만 볼트의 전기까지 가능하지. 자세히 구경해, 아가씨들. 만지지는 말고."

그는 꼭 자신의 물건에 대해서 묘사하는 말처럼 들려 얼굴이 뜨거워졌다. 역겹고 역겨웠다. 만약 아들 티미가 그의 얘기를 듣는다면? 딸 태미가 그의 얘기를 듣는다면? 그는 아이들이 다칠까 봐 만지는 게 두려웠지만 여전히 아이들을 사랑했다. 아이들은 그의 입에서 나오는 말로 그를 판단할 것이다. 그래서 지금 자신의 추악함을 목격하고 있는 저 여자들에게 스트릭랜드는 화가 치밀었다. 물론 지금 이 자리에 있는 것은 그들의 잘못이 아니었다. 하지만 청소부로 일하는 것은 그들의 잘못 아닌가? 그래서 지금 이런 상황에 놓인 것 아닌가? 마지막 소변 방울이 떨어졌고 그는 앨라배마 하우디두에 낀 핏덩어리를 떠올렸다. 그리고 엉덩이를 살짝 틀어 물건을 집어넣은 후 일부러 큰 소리가 나게 바지 지퍼를 올렸다. 여자들이 시선을 돌렸다. 바지에 오줌이 튀었나? 그는 이제 정글에 있는 게 아니므로 오줌이 튀지 않았는지 따위를 늘 신경 써야만 했다. 자신이 흘린 액체를 남겨 두고 너무 밝은 이 화장실에서 도망치고 싶었다.

"아까 연구실에서 잘 들었겠지? 내가 다시 말해 줄 필요는 없겠지?"

"저희 신분은 확실합니다."

깜둥이가 말했다.

"알고 있어. 확인했으니까."

"네."

"확인하는 게 내 임무지."

"죄송합니다."

깜둥이가 말했다.

깜둥이들은 고작 저런 말밖엔 못할까? 그리고 훨씬 예쁘고, 훨씬 순하게 생긴 다른 여자는 왜 아무 말이 없는 거지? 갑자기 공기가 습하게 느껴졌다. 그의 상상일 것이다. 심장이 쿵쾅거렸다. 있지도 않은 마체테를 잡으려 손을 뻗었지만 하우디두가 있었다. 마체테 대신으로 꽤 괜찮을 것이다. 그는 그것을 잡고 싶었지만 그러는 대신에 굳은 턱을 움직여 일부러 웃음을 터뜨렸다.

"난 조지 월리스처럼 흑인 차별 정책에 찬성하는 쪽은 아니야. 깜둥이들도 직장, 학교에서 백인과 똑같은 권리가 있다고 생각해. 하지만 깜둥이들은 어휘 실력을 늘릴 필요가 있어. 똑같은 말만 계속하거든. 한국전쟁 때 내 옆에서 싸운 깜둥이는 하지도 않은 일로 군법회의에 회부됐지. 판사 앞에서 예, 아니오밖에 못했거든. 그래서 감옥 가는 깜둥이들이 많은 거야. 개인적인 감정으로 하는 말이 아니야. 다음 달에 알카트라즈 교도소를 폐쇄한다는데, 미국 최악의 범죄자들이 있는 곳이지만 흑인은 거의 없지. 그거 하난 칭찬할 만한 일이지. 자랑스럽게 생각해야 해."

도대체 무슨 말을 하고 있는 거지? 알카트라즈? 청소부들은 그를 멍청이라고 생각할 것이다. 그가 화장실을 나가는 순간 저들의 웃음소리가 울려 퍼질 것이다. 스트릭랜드의 얼굴에서 식은땀이 흘렀다. 방이 점점 좁아지고 온도가 150도나 되는 것 같았다. 그는 고개를 끄덕이고 씻지도 않은 손으로 사탕 봉지를 낚아채 그 안에 손을 집어넣었다. 청소부들은 그 사실을 바로 알아차릴 것이다. 역겹고 역겨웠다. 얼른 동그랗고 초록색 사탕을 입 안에 넣고는 마지막으로 여자들을 쳐다보았다.

"사탕 먹을 사람?"

초록색 사탕이 마구처럼 입을 막아서 그는 자신이 던진 질문도 알아들을 수 없었다. 분명 저들은 웃을 것이다. 망할 청소부들! 망할 세상의 모든 인간들! 과학자들에게는 지금처럼 실수하지 않고 좀 더 엄하게 대할 필요가 있었다. 오컴은 조세피나 호와 다르지 않았다. 그는 자신이 책임자라는 사실을 모두에게 확실히 인식시켜 줄 것이다. 연구소 관리자 데이비드 플레밍이 아닌, 순해 빠진 생물학자 밥 호프스테틀러가 아닌 바로 그, 스트릭랜드를. 그는 돌아서 걸어갔다. 바닥이 미끄러웠다. 오줌이 아니라 비눗물이기를 바랐다. 젖은 발자국 소리가 들리지 않도록 사탕을 깨물면서 세면대에 놓인 전기봉을 집었다. 아마 핏덩어리가 바닥에 떨어질 것이다. 청소부들이 치울 테지만 그들은 그것을, 그리고 그를 기억할 것이다. 역겹고 역겨웠다.

15

사탕을 먹겠느냐는 스트릭랜드의 제안은 혐오스러운 영화에 잠깐 등장하는 달콤한 상황처럼 여겨졌다. 엘라이자는 보통 아이들이 사탕을 위해 살인까지 저지를 수 있는 나이에 사탕에 대한 욕망을 잃었다. 자일스가 딕시 더그 파이점에서 억지로 사 주는 설탕덩어리 파이도 목에 잘 넘어가지 않았다. 그녀는 사탕을 혐오하게 된 이유를 떠올렸다. 그것은 스트릭랜드와 우열을 가리기 힘들 정도로 끔찍한 여자 때문이었다. 어린 시절 그녀를 키워 준 사람들은 엘라이자를 장애인으로 생각하지 않았고 그냥 멍청하고 반항적인 아이로 취급했다. 그녀가 자란 보육원은 '볼티모어 꼬마 천사들의 집'이라는 사랑스러운 이름을 갖고 있었는데, 그곳 사람들은 줄여서 그냥 '집'이라고 불렀다. 동화책에서 '집'이 안전하고 편안하며 즐겁고 그네와 모래상자, 포옹이 가득한 곳으로 묘사되는 것을 볼 때, 참 모순적인 명칭이었다.

보육원의 별채에는 '집'의 원래 이름인 '정신박약아와 정신지체자들을 위한 펜즐러 학교'가 스텐실로 찍혀 있었다. 엘라이자가 보육원에 들어갔을 무렵, 서류에 다운증후군이나 정신병, 버려진 아이라고 적혀 있는 아이들은 별도의 건물에서 생활했다. 같은 동네의 유대인 가톨릭 보육원들과 달리 '집'의 임무는 아이들의 목숨만 간신히 유지시켜 주다가 열여덟 살에 독립시켜 우월한 사람들 밑에서 일하는 천한 직업을 얻도록 해 주는 것이었다.

'집'의 고아들도 오컴의 청소부들처럼 서로 위해 줄 수 있었지만 음식과 사랑의 결핍은 잔인함을 감기처럼 퍼뜨렸다. 아이들은 라이벌의 약점을 꿰뚫고 있었다. '가족이 모두 빈민소에 들어가서 보육원에 온 거라며?' '넌 거지 베티야.' '너네 엄마, 아빠 죽었지?' '넌 공동묘지 길버트야.' '넌 이

96

민자지?' '넌 훈족 해럴드야!' 다정하게 이름을 부르는 대신 아무렇지 않게 각각의 상처를 후벼 팠다. 심지어 보육원을 떠날 때까지 진짜 이름을 모르는 아이들도 있었다.

엘라이자의 별명은 '벙어리'였다. 하지만 보육원 선생들은 그녀를 '22'라고 불렀다. 숫자는 버려진 아이들의 혼란한 세계를 정리해 주었으므로 모든 고아에게는 숫자가 붙어 있었다. 누군가의 물건이 엉뚱한 곳에서 발견될 때 혼내기 좋도록 아이들에게 지급되는 물건에도 모두 숫자가 적혀 있었다. 벙어리 같은 약점이 있는 아이들은 더 운이 없었다. 적들은 벙어리의 담요를 외투 아래에 몰래 숨겨 들고 나가 진흙탕에 던지고는 담요에 적힌 22번 때문에 벙어리가 체벌 받는 모습을 구경하곤 했다.

모든 선생들은 체벌할 수 있었지만 원장은 직접 체벌하는 것을 좋아했다. '집'은 원장의 소유가 아니었지만 그녀의 전부나 마찬가지였다. 엘라이자는 고작 세 살 때에 원장이 제멋대로 구는 아이들을 혼내야만 자신의 정신을 온전하게 지킬 수 있다고 생각한다는 걸 직감적으로 알았다. 원장은 제일 어린 아이들까지 울릴 정도로 큰 소리로 웃었고, 때로는 미친 듯이 흐느껴 울면서 아이들을 불안하게 만들었다. 나무 회초리를 들고 다니면서 다리와 팔 뒤쪽을 때렸고 자로 손가락 관절을 내리쳤고 피마자유가 든 병을 들고 다니며 억지로 삼키게 했다. 원장은 사탕도 들고 다녔다. 혼나는 아이들이 애원하고 훌쩍거리고 울어야만 직성이 풀리는 원장은 말 못하는 벙어리를 가장 세게 때렸다. 벙어리를 구제불능의 작은 악마라고 부르며 속으로 무슨 음흉한 생각을 하고 있는지 모른다고 윽박질렀다. 하지만 그녀가 잘해 주는 날은 더 끔찍했다. 잿빛 머리를 하나로 묶은 원장은 엘라이자에게 인형 놀이를 하고 싶은지 몰아세우듯이 물었다. 그리고

97

오줌을 싸는 나쁜 친구들이 있으면 이름을 대라고 살살 꼬드겼다. 겁에 질린 엘라이자는 모른다고 마구 손짓을 했다. 그때 비밀을 털어놓으면 선물로 주겠다고 사탕이 등장했다. 그 친구들의 나쁜 버릇을 고쳐 주려는 것이니까 그냥 손으로 가리키기만 하라고. 엘라이자는 덫에 빠진 기분이었다. 아니, 덫이 맞았다. 사탕 봉지를 부스럭거리던 스트릭랜드도 원장과 똑같았다. 두 사람이 제안한 것은 독이 든 사탕이었다.

열두 살, 열세 살, 열네 살. 엘라이자는 차츰 나이를 먹었다. 아이스크림 가게에 혼자 앉아 다른 여자아이들이 술에 대해 이야기하는 것을 들었다. 컵에 든 물에서 비누 맛이 났다. 여자아이들이 댄스 수업에 대해 이야기할 때는 주먹으로 테이블을 내리치지 않도록 아이스크림 그릇을 꽉 잡았다. 여자아이들은 키스에 대해서도 이야기했는데 그중 한 아이가 "그 애랑 있으면 다른 사람이 된 것 같아."라고 했다. 엘라이자는 그 말을 몇 개월 동안 곱씹었다. 다른 사람이 된다는 건 도대체 어떤 기분일까? 자신의 세계뿐만 아니라 다른 사람의 세계에도 존재하게 되는 것일까?

엘라이자는 다른 여자아이들을 따라 처음으로 아케이드 극장에 갔다. 그때까지 그녀는 한 번도 극장에 들어가 본 적이 없었다. 영화표를 구할 때 혹시 나가라고 할까 봐 매표소 앞을 한참 동안 서성이기도 했다. 좌석을 선택할 때는 마치 인생이 걸린 문제처럼 5분이나 걸렸다. 어쩌면 정말로 인생이 걸린 일일지도 몰랐다. 엘라이자가 처음 본 영화는 〈애정〉이라는 작품이었다. 먼 훗날 자일스와 텔레비전에서 다시 그 영화를 보면서 지나치게 감상적이라고 비웃었지만, 그 당시에는 교회에서도 경험하지 못한 종교적이고 환상적인 기분을 느꼈다. 영화관은 환상이 현실을 압도하는 곳이었고 너무 어두워서 목의 흉터가 보이지 않는 곳이었다. 침묵이 허용될 뿐만 아니라 손전등을 든 직원이 오히려 조용히 하라고 요구하는 곳이었다. 2시간 8분 동안 그녀는 온전한 존재일 수 있었다.

엘라이자가 두 번째로 본 영화는 〈포스트맨은 벨을 두 번 울린다〉였는데, 관능적인 성과 폭력, 허무주의가 난무했다. 도서관에서도 볼 수 없고 어른들도 말해 주지 않고 다른 여자아이들의 이야기에서도 엿들을 수 없는 것들이었다. 당시는 2차 세계대전이 끝난 지 얼마 되지 않아 거리는 머리를 짧게 깎은 군인들로 북적거렸다. 집으로 돌아가는 길에 엘라이자는 그들을 예전과 다른 시선으로 바라보았고 그들도 자신을 다르게 보리라고 생각했다. 하지만 젊은 남자들은 수화로 유혹하는 여자를 기다려 주지 않았다.

엘라이자가 세어 본 바로는 보육원에서 지낸 마지막 3년 동안 아케이드 극장에 몰래 들어간 횟수가 150번 가까이 되었다. 그때는 극장이 망하기 직전으로 천장의 회반죽이 떨어지기 시작하고 주인인 아르주니안이 절박한 마음에 24시간 내내 영화를 상영하기 전이었다. 엘라이자는 극장에 몰래 들어가서 공부했다. 진짜 인생 공부였다. 〈오명〉에서 하나가 되어 숨을 헐떡대던 캐리 그랜트와 잉그리드 버그먼. 〈스네이크 핏〉에서 미친 여자들에게 괴롭힘을 당하고 몸부림치는 올리비아 드 하빌랜드. 〈붉은 강〉에서 먼지 장막 사이를 떠도는 몽고메리 클리프트. 엘라이자는 〈살인전화〉를 보러 들어갔다 직원에게 붙잡혔지만 전혀 개의치 않았다.

드디어 2주일 후면 '집'을 떠나야 하는 열여덟 번째 생일이었다. 보육원 아이들은 무조건 열여덟이 되면 보육원을 떠나 머물 곳과 살아갈 방법을 찾아야만 했다. 무서웠지만 한편으로는 새로운 자극이 되었다. 돈을 벌면 정당하게 영화표를 구입할 수 있으리라. 함께 숨을 헐떡거리거나 버둥거리며 벗어나려 하거나 틈에 섞인 채 떠돌 수 있는 사람들도 만날 수 있으리라.

엘라이자가 살아남은 사실에 격분한 원장은 담배를 피우며 사무실 안을 왔다 갔다 하면서 퇴소 면접을 실시했다. 지역 여성단체는 보육원 퇴소자들에게 한달치 월세와 중고 옷들로 가득한 여행 가방을 지원해 주었다. 엘라이자는 가장 좋아하는, 소매가 달린 짙은 녹색 울 원피스를 입었다. 이제 흉터를 가릴 스카프만 있으면 된다. 이미 해야 할 일로 꽉 찬 머릿속에 한 가지 일을 더 추가했다. 스카프 사기.

"넌 크리스마스 때쯤이면 창녀가 되어 있을 거야."

원장이 말했다.

엘라이자는 원장의 위협이 전혀 무섭지 않다는 사실에 흥분해 몸을 떨었다. 그녀의 말이 무서울 이유가 없었다. 창녀들은 모두 착하고 언젠가 그녀들의 가치를 알아봐 주는 클라크 게이블이나 클라이브 브룩, 레슬리 하워드를 만난다는 것을 많은 할리우드 영화를 봐서 알고 있었다. 엘라이자는 그날 여성 보호소가 아니라 세상에서 가장 좋아하는 장소인 아케이드 극장으로 향했다. 잉그리드 버그만 주연의 〈잔 다르크〉를 관람할 돈은 없었지만 '대규모 스케일'이라고 적힌 포스터를 보는 것만으로도 좋았다. 이제 그녀도 영화처럼 안전하지는 않겠지만 더 큰 스케일의 볼티모어 생활을 하게 된 것이다.

하지만 곧 엘라이자는 가방에서 40센트를 꺼내 보며 현실을 깨닫고 자신이 너무 대책없다는 생각에 고개를 숙였다. 그때 '월세 구함. 문의는 안에서'라고 적힌 팻말이 그녀의 눈에 들어왔다. 망설일 이유가 없었다. 그리고 몇 주 후 월세를 내지 못해 쫓겨날 상황이 되었을 때 오컴 항공우주 연구소에서 청소부를 구한다는 구인 광고를 발견했다. 엘라이자는 지원서를 낸 후 면접을 보게 되었다. 면접 보는 날 아침에 그녀는 짙은 녹색 원피스를 다림질하고 버스 시간표를 확인했다. 그런데 출발하기 한 시간 전에 커다란 은색 낫처럼 굵은 빗줄기가 쏟아지기 시작했다. 우산이 없었던 엘라이자는 울지 않으려고 애썼다. 곧 극장 건물에 자신의 아파트 말고 아파트가 하나 더 있다는 사실을 떠올렸다. 엘라이자는 옆집에 사는 남자를 한 번도 본 적이 없었다. 그는 집을 들락날락하기는 했지만 매우 조용히 지내는 것 같았다. 지금은 한가롭게 고민하고 있을 때가 아니었으므로 엘라이자는 이웃집 문을 두드렸다. 잠시 후 땅딸막하고 털이 많고 면도를 하지 않은, 음흉한 남자가 나올 거라고 생각했다. 하지만 안에서 나온 사람은 재킷 안에 스웨터와 조끼, 셔츠를 단정하게 입은 신사적인 분위기를 풍기는 남자였다. 쉰 살은 돼 보였지만 안경 너머의 눈동자가 반짝거렸다. 그는 눈을 깜빡이며 모자 쓰는 것을 잊어버린 것처럼 벗겨진 머리를 무심코 만졌다. 그런 다음 절망에 잠긴 그녀의 표정을 보고 부드러운 미소를 지었다.

"아, 안녕하세요. 무슨 일이신가요?"

엘라이자는 사과의 뜻으로 자신의 목을 만진 후, 알아보기 쉬운 손짓으로 '우산'이라고 말했다. 남자는 그녀가 말을 하지 못한다는 사실에 아주 잠깐 놀랐을 뿐이었다.

"우산 말이군요! 물론 있죠! 잠깐 들어오세요. 바위에 박힌 엑스칼리버를 뽑듯 잡동사니 속에서 꺼내 드릴게요."

남자는 집 안으로 들어갔다. 엘라이자는 입구에서 망설이며 서 있었다. 보육원이 아닌 다른 이의 집에 들어가 본 적이 없었다. 오른쪽으로 몸을 기울여 집 안을 살피는 그녀의 눈에 어슴푸레한 바로크 양식의 그림자 모양으로 잔물결을 일으키며 돌아다니는 고양이들이 보였다.

"새로 이사 오신 분이죠? 쿠키를 들고 찾아갔어야 했는데 내가 너무 무심했네요. 변명을 하자면 마감이 코앞이라 책상에 딱 붙어 있어야 했거든요."

그의 책상은 책상처럼 보이지 않았는데 특이하게도 테이블 윗면을 비스듬하게 세워 두었다. 엘라이자는 그가 화가가 아닐까 하고 생각하자 순간 가슴이 찌릿했다. 테이블 가운데에는 절반쯤 그려진, 어깨 너머로 뒤돌아보는 여자의 그림이 있었다. 하지만 곱슬거리는 머리카락이 이 그림의 주인공이었고 아래에는 '생기 없는 머리카락은 이제 안녕'이라고 적혀 있었다.

"그동안 너무 무심했지만 도움이 필요하면 언제든 말해요. 하지만 우산은 꼭 하나 사는 게 좋아요. 버스 시간표를 들고 있으니 하는 말인데 생각보다 정류장까지 오래 걸어가야 하거든요. 이미 눈치 챘겠지만 아케이드 극장 아파트에는 불편한 점이 많아요. 하지만 현재를 즐기라는 말도 있듯이 좋은 점도 있지요. 지낼 만하죠?"

그는 캔버스를 뒤지다 말고 멈춘 채 엘라이자의 대답을 기다렸다. 엘라이자가 예상했듯이 자일스도 다른 사람들처럼 입을 열면 자신이 시작한 대화에 정신이 팔려서 그녀의 장애를 잊어버렸다. 하지만 그는 갑자기 미소 지었고 가느다란 갈색 콧수염이 활짝 벌린 팔처럼 넓어졌다.

"예전부터 수화를 배우고 싶었는데 정말 잘됐네요."

몇 주 동안 꾹꾹 눌러온 걱정의 눈물이 감사의 홍수로 바뀌어 나올 것 같았지만 엘라이자는 애써 참았다. 지금은 화장을 고칠 시간이 없었다. 남자가 호들갑을 떨며 자신의 이름을 '자일스 건더슨'이라고 소개하고 우산을 주며, 그녀가 거절하는 데도 수화로 목적지까지 태워 주겠다고 제안했다. 엘라이자는 눈물을 더욱 꾹 참아야만 했다. 자일스는 차 안에서 청소부를 가리키는 말(Janitor)이 문과 출입구의 수호신인 야누스(Janus)에서 나왔다고 설명하면서 엘라이자의 긴장감을 풀어 주었다. 오컴 연구소의 수위가 자일스의 이름이 방문자 명단에 없다고 말하는 순간 그의 강의는 끝났다. 수위는 엘라이자에게 차에서 내려 세찬 빗줄기가 쏟아지는 밖으로 나오라고 손짓했다.

"어디를 가든, 행운이 있기를. 그녀의 낡은 구두를 내던지리라."

자일스가 그녀의 등에 대고 소리쳤다.

"알프레드 테니슨의 시예요!"

구두. 엘라이자는 얻어 신은 자신의 못생긴 구두를 보며 빗물이 넘치는 인도를 따라 철벅철벅 걸어가며 몇 번이나 다짐했다.

이곳에 취직하면 꼭 예쁜 구두를 살 거야.

16

갑작스럽고, 불가사의한 스트릭랜드의 등장은 브루스터를 험담하던 젤다와 엘라이자의 대화 주제를 바꾸었다. 엘라이자는 탱크 안에서 본 장면이 자꾸 떠올랐지만, 젤다에게 말하지 않았다. 시간이 지날수록 더 말도 안 되는 기억처럼 느껴졌다. 다행히 젤다가 다른 우스갯소리를 해서 긴장감을 누그러뜨렸다. 예를 들어 플레밍이 '헌병대'라고 부르는 스트릭랜드의 무장 경비원들에 대한 이야기였다. 독립적으로 행동할 줄 모르는 말없는 군인들한테 머리가 텅 빈 '텅병대'라는 호칭이 더 잘 어울린다고 했다. 그래도 흐느적거리듯 움직이는 과학자들보다 버클을 땡그랑거리며 발을 딱딱 맞추어 행진하는 텅병대를 피하기가 더 쉬웠다. 지금도 몇 명의 소리가 들려 그곳을 피해 다른 복도를 먼저 청소하기로 했다.

"텅병대가 전쟁에 나가지 않을 때 어디 있는지 금방 알 수 있어. 숨을 동시에 쉬니까. 그치? 통풍구에서 바람이 훅 불어오는 것 같다니까. 연구소에 사람이 늘어났는데도 전혀 시끌벅적해지지 않았잖아. 뭔가 자연스럽지가 않아."

젤다의 말에 엘라이자가 수화로 대답하기 전에 언제나 한 덩어리로 말없이 움직였던 군인들이 갑자기 반으로 갈라졌다. 곧 이곳이 엘라이자가 사는 동네였다면 범죄 조직이 싸우고 자동차가 굉음을 내면서 피할 곳을 찾아 돌진하는 소리라고 생각될 만큼 엄청난 소리가 들렸다. 오컴에서 나는 굉음은 우주선 충돌의 원인일 수도 있으므로 보통 일이 아니었다. 젤다는 플라스틱 병에 든 싸구려 청소 세제들이 자신을 구해 주기라도 할 듯 카트 뒤로 숨었다.

또 쾅 소리가 들렸고 한 번 더 굉음이 이어졌다. 엉성한 소리가 아니었다. 뭐가 떨어지는 소리도 아니었다. 유도 장치가 촉발한 기계적인 소음이었다. 엘라이자는 그 소리가 총성이라고 추측했다. 곧이어 고함 소리와 급하게 달려오는 발소리가 이어졌다. 두 소리 모두 가장 가까운 F-1 연구실의 닫힌 문 너머에서 들렸다.

"엎드려!"

젤다가 애원하듯 소리치며 다시 엘라이자에게 수화로 말했다. 엘라이자는 늘 자신을 진심으로 챙겨 주는 젤다에게 무한한 사랑이 샘솟는 걸 느끼며 아직 복도에 멍하니 서 있었다. 드디어 문이 열리고 벽을 치는 소리가 네 번째 총성만큼 크게 울려 퍼졌다. 젤다는 마치 총알에 맞은 듯 흠칫 놀라 복도에 주저앉으면서 두 팔로 얼굴을 가렸다. 많은 사람들이 맹렬하게 뛰어나오는 바람에 엘라이자의 온몸이 흔들렸다가 그 자리에 얼어붙었다. 플레밍이 맨 앞에 있었다. 그의 찡그린 얼굴은 막힌 변기나 복도에 떨어진 물을 보고 과민반응할 때와 비슷했는데, 그때와 다른 점이 있다면 양쪽 소매에 피 묻은 손바닥 자국이 찍혀 있다는 것이었다. 세 번째로 나온 사람은 호프스테틀러였다. 그는 누구보다 심난한 표정이었고 안경은 삐뚤어지고 숱 없는 머리는 붕 떠 있었다. 그는 붉은색의 젖은 천 뭉치를 들고 있었는데 수건인지 작업복인지 러닝셔츠인지 알 수 없었다. 평소에 상냥하기 그지없는 그의 눈빛이 화살처럼 엘라이자에게 날아왔다.

"앰뷸런스를 불러요!"

꽤 힘겨운 듯 목소리가 약간 쉬어 있었다. 평범한 체구의 사람들 사이에 스트릭랜드가 서 있었다. 깊은 계곡 같은 눈이 이글이글 불타오르고 입을 굳게 다문 그는 왼쪽 손목을 지압대로 꽉 붙잡고 있었다. 왼쪽 손가락들이 어딘지 모르게 이상한 각도로 붙어 있었고 피가 흘러 나왔으며 피부가 너덜너덜해 보였다. 핏방울이 바닥에 떨어지는 소리가 쇳덩이가 떨어지는 것처럼 요란하게 들렸다. 엘라이자는 놀라서 바닥의 피를 쳐다보았다. 루비 구슬 같은 핏방울. 그녀가 치워야 할 것이었다.

헌병들이 핏자국을 밟으며 재빨리 흩어졌고 스트릭랜드의 양쪽에 붙어 있던 경호원들은 마치 댄스용 지팡이라도 되는 듯 소총을 앞으로 겨눈 채 엘라이자와 젤다에게 다가왔다. 군중을 통제하고 현장을 보존하려는 듯했다. 엘라이자는 카트를 잡고 밀었다. 그리고 카트가 한쪽으로 기우뚱하며 방향이 홱 틀어지는 것을 보고 뒷바퀴가 완전히 미끄러졌다는 걸 깨달았다.

제일 먼저 안토니오가 구내식당으로 들어와 젤다와 엘라이자에게 괜찮은지 물었다. 사시인 두 눈이 두 사람을 향했지만 젤다는 자신이 대답해야 한다는 것을 알았다. 오컴의 동료들은 엘라이자와 함께 일한 지 그렇게 오래되었건만 수화 알파벳을 배우는 성의조차 보이지 않았다. 젤다는 이 상황이 진절머리가 났다. 집에서도 직장에서도 아니, 어디를 가든지 자신이 앞장서야 하는 상황이 지긋지긋하고 너무 힘들었다. 아까 전의 충격으로 두 손도 여전히 떨리고 있었다. 그녀는 구내식당의 자동판매기로 시선을 돌려 여느 때와 다름없는 새벽 3시의 저녁 식사 시간인 척했다. 젤다는 자동판매기 칸들에 들어 있는 이상한 모양의 샌드위치와 전혀 신선해 보이지 않는 과일들을 훑어보았다.

다음으로 구내식당에 들어온 사람은 작은 도마뱀처럼 치아가 없고 끽끽 소리를 내는 듀안이었다. 소심한 두 사람을 대신해 욜란다가 나섰다. 그녀는 아까 총 소리가 들렸고 이런 위험한 곳에서 일할 수 없으니 앞으로 다른 곳을 알아보겠다는 등 태풍처럼 요란하게 말을 쏟아 냈다. 눈앞이 흐릿해질 때까지 자동판매기를 쳐다보던 젤다는 동전을 넣어야 움직이는 칸이 모두 〈이상한 나라의 앨리스〉에 나오는 문처럼 보였다. 몸이 작아진다면 저 칸으로 기어 들어가 이곳에서 영영 사라져 버릴 텐데.

하지만 젤다는 사라지지 못하고 F-1에서 유혈이 낭자했던 장면을 끊임

없이 떠올렸다. 그녀는 스트릭랜드에게 안타까운 마음을 가지려고 애썼다. 앞으로 화장실에 갈 때마다 스스로 지퍼를 내릴 수 있을까? 하지만 그에 대한 동정심을 쥐어 짜내는 것은 손으로 얼음덩어리를 깨뜨리려는 것이나 마찬가지로 불가능했다. 그 남자는 흑인 여자가 전기봉을 든 백인 남자에게 위협당하는 기분이 어떤지 죽었다 깨어나도 모를 것이다. 젤다가 고개를 들어보니 어느새 루실도 와 있었다. 구내식당 벽에 등지고 서 있는 알비노 루실은 마치 투명 망토를 쓴 것처럼 보였다.

"봐, 루실도 심란해하잖아."

욜란다가 소리쳤다.

"Que pasa(왜 그래)?"

젤다는 뒤를 돌아보았다. 지금은 엘라이자를 보고 싶지 않았다. 마르고 아담한 체구의 친구를 너무도 사랑하지만 이 사태가 엘라이자의 잘못이라는 생각을 떨쳐 버릴 수가 없었다. 품질 관리 점검표에 적힌 지시대로 F-1에 들어가자고 해서 스트릭랜드의 노여움을 사게 된 것은 모두 엘라이자 때문이었다. 젤다는 엘라이자가 일부러 F-1 밖에서 꾸물거렸기 때문에 총성이 시작되었을 때 최악의 장소에 있게 된 거라고 생각했다.

엘라이자는 젤다에게 가슴을 걷어차이기라도 한 것처럼 완전히 시든 모습으로 의자에 앉아 있었다. 젤다는 죄책감이 들었지만 애써 그런 감정을 지웠다. 엘라이자는 좋은 사람이지만 자신은 그녀를 절대 이해하지 못할 것이다. 오컴에서 문제가 발생할 때 책임의 화살이 향하는 사람은 백인 여자가 아니었다. 엘라이자는 연구실에서 동전을 발견하면 아무렇지 않게 집어 주머니에 넣었다. 젤다로서는 절대로 하지 못할 일이었다. 만약 그게 함정이면 어쩌려고? 과학자들이 야간 청소부들을 시험하기 위해 연구실에 일부러 동전을 남겨 둔 것이라면? 그리고 동전이 사라진 걸 보고 플레밍에게 보고한다면 누구 목이 날아가겠는가?

엘라이자는 자신의 세상을 만들 수 있었다. 구두만 봐도 알 수 있었다. 젤다는 엘라이자의 세상이 박물관에 전시된 작은 입체 모형 같다고 생각했다. 조용히 있으면 절대로 깨질 일이 없는, 작고 완벽한 세상. 하지만 젤다의 세상은 그렇지 않았다. TV만 켜도 분노로 가득한 흑인들이 팻말을 높이 들고 행진하는 모습이 나왔다. 브루스터는 그런 장면이 나오면 채널을 돌려 버렸는데 비겁한 행동일지라도 젤다는 속으로 그에게 고마워했다. 미국 어느 지역에서건 인종 차별 반대 시위가 일어나면 다음 날 출퇴근 기록계 앞에서 사람들의 따가운 눈총이 쏟아졌다. 젤다 풀러 같은 여자들을 해고할 핑계를 찾으려는 데이비드 플레밍 같은 남자들은 미국 전역에 있었다.

그녀가 또 어디에 취직할 수 있을까? 젤다는 태어나 지금까지 줄곧 볼티모어 서쪽의 옛 시가지에서 살았다. 그곳의 연립주택들은 그동안 나아진 것이 하나도 없었다. 사람들은 더욱 북적거리고 인종 차별도 더 심해졌다. 젤다는 동네에 흑인들이 늘어나면 백인들이 두려워하며 집을 싸게 팔고 이사 간다는 것을 알고 있었다. 그녀는 교외 생활을 꿈꾸었다. 생각만으로도 소나무와 향긋한 오렌지 잼 냄새가 풍기고 몸 안에서 오컴의 독소가 빠져나가는 것 같았다. 교외에 살면 출퇴근하기에 너무 머니까 오컴에서 일하지 않을 것이다. 직접 세탁소를 차려서 운영할 생각이라고 엘라이자에게 몇 백 번도 더 이야기했다. 엘라이자도 데려가고 야무진 여자들도 몇 명 더 고용해서 세상의 모든 남자 사업가와 달리 공정하게 월급을 줄 거라고 말했지만, 엘라이자는 자신의 얘기를 진지하게 받아들이

108

지 않았다. 그렇다고 엘라이자를 원망할 수 없는 노릇이었다. 남편 브루스터가 내킬 때만 일하니 당장은 입에 풀칠하기도 어려운 상황이니까. 게다가 세상 어느 은행이 흑인 여자에게 사업 자금을 대출해 주겠는가?

젤다는 구내식당이 낮에는 백인 남자들이 환호하며 신나게 노는 천국이지만 밤에는 헐벗고 시끄러운 동굴로 변한다고 생각했다. 복도에서 울려 퍼지는 발걸음 소리가 점점 가까워졌다. 플레밍이었다. 단호하고 신속한 그의 발걸음은 그가 앞으로 아주 높은 자리로 승진할 것임을 알려 주는 듯했다. 젤다는 가장 친한 친구이자 자신의 인생을 망칠 수도 있는 사람인 엘라이자를 보자 볼티모어 서부 옛 시가지와 오컴을 벗어나는 꿈이 스트릭랜드의 전기봉에 묻은 피처럼 바닥에 뚝뚝 떨어지는 것 같았다.

18

"큰일 났어, 여러분. 아주 큰일이야."

범죄 현장은 아직도 충격이 가시지 않았다. 엘라이자는 아무런 지시가 없었지만 이미 비눗물에 대걸레를 적시고 탈수 장치로 짜서 피 묻은 바닥으로 가져갔다. 플레밍은 젤다에게 지시를 내리고 있었다. 늘 그랬다. 젤다는 그의 말을 이해했다는 걸 표현할 수 있었으니까.

"두 사람 지금 당장 F-1으로 들어가. 비상 업무야. 질문은 하지 말고 그냥 하면 돼. 제대로, 신속하게. 시간이 없어."

"뭘 하라는 말씀이신가요?"

젤다가 물었다.

"젤다, 쓸데 없는 질문을 안 하면 시간이 절약될 거야. 그게…… 생물학적인 문제야. 바닥이랑 테이블 좀 살펴봐. 다들 청소하는 법은 아니까 굳이 설명할 필요는 없겠지? 하여간 전부 깨끗하게 치우면 돼."

엘라이자가 문을 힐끔 보니 손잡이에 피가 묻어 있었다.

"하지만…… 저 안이……."

"젤다, 내 말 못 들었어? 안전하지 않으면 들여보내지도 않아. 탱크에만 가까이 가지 마. 스트릭랜드 씨가 가져온 강철로 된 커다란 거 말이야. 탱크에만 가까이 안 가면 돼. 두 사람이 탱크 가까이에 갈 일은 전혀 없어. 알아들었어, 젤다? 엘라이자?"

"네, 알겠습니다."

젤다가 소리 내어 말했고 엘라이자는 고개를 끄덕였다. 플레밍은 뭔가 더 지시하려고 하면서 시계를 확인했다. 그의 마지막 말은 평소와 달리 간결했다.

"15분. 티 없이 깨끗하게. 최대한 꼼꼼하게."

연구실 안은 더 이상 휑하지도, 깔끔하지도 않았다. 어느새 콘크리트 바닥에 여러 개의 철제 기둥과 방책이 세워져 있었는데 저마다 물건이나 살아 있는 괴생명체를 묶어 놓을 수 있는 철제 고리가 달려 있었다. 거대한 베이지색 컴퓨터에는 의료 기구처럼 보이는 카트가 종양처럼 튀어나와 있었다. 연구실 중앙에 놓인 테이블의 바퀴들은 모두 다른 방향을 가리켰다. 외과 수술 도구들이 부러진 치아처럼 여기저기에 흩어져 있었다. 서랍은 열려 있고 개수대에는 알 수 없는 물건들로 가득 차 있으며 차마 끄지 못한 담배 개비들도 보였다. 심지어 바닥에 떨어진 한 개비는 바닥을 검게 그을려 놓았다. 언제나 그렇듯 가장 힘든 일은 바닥 청소였다.

사방이 피투성이였다. 엘라이자는 눈앞의 광경을 보며 비행기에서 찍은 침수된 저지대 사진이 떠올랐다. 조명이 눈부시게 환한 연구실 바닥에는 타이어 휠캡만 한 크기의 막 엉겨 붙기 시작한 피 웅덩이가 있었다. 스트릭랜드가 문으로 달려간 길을 따라 작은 피 연못과 늪, 웅덩이가 있었다. 피의 호수를 따라 청소 카트를 밀던 젤다는 플라스틱 바퀴에 피가 묻자 얼굴을 찡그렸다. 처참한 광경에 너무 놀란 엘라이자도 생각 없이 젤다를 따라갔다. 15분만에 치워야 했다. 엘라이자가 바닥에 물을 뿌리자 피에 닿아 분홍색 바람개비가 생겼다. 보육원에서는 쓸데없는 호기심을 키우는 삶의 경이로움과 매혹, 욕망, 두려움을 느끼지 말고 감정 없이 살라고 가르쳤다. 엘라이자는 봉걸레를 살짝 들어 핏덩이 가운데로 가져가서 걸레가 핏물로 물들 때까지 바닥을 닦아 냈다. 젖은 걸레로 바닥을 닦는 소리도, 청소에 집중하는 그녀도 평소와 다를 바 없는 지극히 평범한 모습이었다. 콘크리트 바닥의 그을음은 텅병대가 쏜 총 때문에 생긴 것 같았다. 그을린 곳에도 걸레질을 했다. 전기봉이 보였고 엘라이자는 들어올릴 수 없을 정도로 무거운 그것을 피해 걸레질을 했다.

엘라이자는 탱크를 보면 안 된다고 되뇌었다. 탱크를 보지 마, 엘라이자. 하지만 그녀는 탱크 쪽을 쳐다보고 말았다. 탱크는 10미터 정도 떨어진 커다란 수조 옆에 있었는데 연구실에 비해 너무 커 마치 웅크린 채 무언가를 기다리는 공룡 같았다. 탱크는 네 개의 면이 볼트로 접합되어 있고 나무 계단을 오르면 위쪽을 들여다볼 수 있었다. 플레밍이 말한 것 중에 한 가지만큼은 옳았다. 탱크 근처에는 피가 없어서 정말로 그녀들이 가까이 갈 이유가 없었다. 시선을 돌려, 엘라이자. 엘라이자는 그만 봐야 한다고 생각했지만 그럴 수가 없었다.

각자 걸레질을 하던 엘라이자와 젤다는 피 바다의 정점에서 만났다. 젤다는 시계를 보며 콧등의 땀을 닦고 마지막으로 물을 부으려고 양동이를 잡으면서 바닥의 도구들이 물에 휩쓸려가지 않도록 치우라고 엘라이자에게 고갯짓을 했다. 수술용 집게, 한쪽 날이 부러진 메스, 구부러진 주사기. 사람이건 물건이건 고통을 주지 못할 사람처럼 보이는 호프스테틀러의 도구가 분명했다. 그는 연구실에서 다급하게 달려 나갈 때 엄청난 충격을 받은 얼굴을 하고 있었다. 엘라이자는 호텔 직원처럼 도구들을 주워 테이블 위에 일렬로 늘어놓았고 젤다가 바닥에 물을 부었다. 그리고 곧이어 하얗고 기다란 물체 두 개를 발견하고는 혀를 쯧쯧 차며 말했다.

"저것 좀 봐. 청소부들은 몰래 하역장까지 나가서 담배를 피우는데, 이 사람들은 여기서 마음껏 시가를…… 헉!"

젤다는 평소 숨넘어가는 소리를 내는 사람이 아니었다. 엘라이자가 그 소리를 듣고 뒤돌아보니 젤다의 봉걸레자루가 바닥에 쓰러져 있었다. 젤다는 물 때문에 테이블 아래에서 밀려 나온 두 개의 작은 물체를 손으로 감싸서 들고 있었다. 젤다의 떨리는 손에서 그 물체들이 동시에 떨어졌다. 둘 중 하나는 소리 없이 떨어졌지만, 다른 하나에서는 은색 결혼반지가 쑥 빠져나와 바닥에 떨어지는 바람에 쨍그랑 요란한 소리를 냈다.

19

젤다는 도움을 청하러 복도로 뛰쳐나가 탁탁대며 달려갔다. 혼자 F-1에 남은 엘라이자는 스트릭랜드의 잘린 손가락을 보았는데 새끼손가락과 결혼반지를 낀 손가락이었다. 울퉁불퉁한 손, 마디 부분에 촘촘하게 난 그의 털. 결혼반지를 꼈던 부분은 반지 때문에 오랫동안 햇빛을 받지 못해 창백했다. 엘라이자는 스트릭랜드가 연구실 문을 박차고 나오던 순간을 다시 떠올렸다. 그는 왼손을 움켜잡고 있었는데 셀로판 봉지를 부스럭거리며 초록색 사탕을 꺼내던 손가락이 있던 부분이었다. 잘린 손가락을 저렇게 둘 수는 없었다. 어디에선가 절단된 손가락은 도로 붙일 수 있다는 글을 읽은 적이 있었다. 어쩌면 호프스테틀러가 그 방법을 알고 있을지도 몰랐다. 엘라이자는 찡그리며 비커 같은 용기를 찾으려고 주변을 둘러보았다. 하지만 용도를 알 수 없는 기구들이 가득한 오컴의 연구실은 해독이 불가능한 암호처럼 그녀를 비웃었다. 엘라이자는 막 절망감을 느끼기 시작했을 때 쓰레기통 옆에서 익숙한 무언가를 보았다. 바로 구겨진 갈색 종이봉투였다. 엘라이자는 종이봉투를 주워 기름기 묻은 봉지 안에 손을 집어넣고는 꼭두각시 인형처럼 움직일 준비를 했다. 그녀는 바닥에 떨어진 것은 인간의 손가락이 아니라 그냥 주워야 하는 쓰레기일 뿐이라고 스스로에게 암시를 걸었다.

엘라이자는 무릎을 굽히고 손가락을 주우려고 했지만 그것들은 두 조각의 닭고기처럼 너무 부드럽고 작아서 잘 잡히지 않았다. 손가락이 한 번, 두 번 바닥으로 떨어지며 자일스가 붓을 떨어뜨릴 때 물감이 튀듯이 피가 튀었다. 그녀는 심호흡을 하고 이를 꽉 물고 어쩔 수 없이 맨손으로 손가락을 주웠다. 힘없이 악수하는 것처럼 물컹거리는 그것들을 봉투에 넣고 봉투 윗부분을 꽉 쥐었다. 유니폼에 손을 문질러 닦을 때 바닥에 떨어진 결혼반지도 눈에 띄었다. 그것도 주워야겠지만 봉투를 다시 열고 싶지는 않았다. 엘라이자는 반지를 낚아채듯 주워 앞치마 주머니에 넣은 후 일어나서 호흡을 진정시켰다. 두 개의 손가락이 벌레처럼 꿈틀꿈틀 기어서 사라져 버린 듯 봉투가 텅 빈 느낌이었다.

침묵 속에서 엘라이자는 혼자였다. 정말 아무 소리도 나지 않는 것일까? 통풍구에서 공기가 새어 나오는 소리가 작게 들렸다. 연구실 안을 둘러보고 다시 한 번 탱크를 보았다. 그녀를 불안하게 만드는 질문이 떠올랐다. 정말 그녀는 혼자인가? 플레밍은 탱크에 가까이 가지 말라고 경고했다. 당연한 충고였다. 탱크에 가까이 가지 마라. 엘라이자는 한 번 더 그의 말을 되새겼고 시선을 아래로 내렸다. 하지만 그녀의 밝은 색 구두가 걸레질한 바닥에서 움직이고 있었다. 그녀는 탱크로 다가갔다. 첨단 장비에 둘러싸인 탱크였지만 그것에 다가갈수록 으르렁 소리가 나는 덤불로 향하는 만화 속 원시인이 된 기분이었다. 이백만 년 전에 바보 같은 짓이었다면 현재에도 여전히 바보 같은 짓일 것이다. 그녀를 해칠 수 없는 스트릭랜드의 손가락을 주울 때는 심장이 빨리 뛰었지만 지금은 그렇지 않았다. 플레밍이 안전하다고 보장했기 때문일지도 모른다. 아니면 둥근 창이 달린, 실린더처럼 생긴 탱크 속에 매일 밤 꿈에서 본 것 같은 어두운 물이 있기 때문일지도 모른다.

너무 환한 실내 조명 때문에 눈이 부셔 어두운 탱크 안을 들여다볼 수 없었다. 엘라이자는 종이봉투를 내려놓고 두 손을 터널 모양으로 만들어 탱크 창에 가져갔다. 굴절된 빛 때문에 빙글빙글 어지러움을 느낀 그녀는 탱크에 창문이 나 있다는 사실을 깨달았다. 유리에 코를 바짝 대고 위를 보자 그녀의 심장이 마구 뛰기 시작했다.

까만 물속에서 희미한 빛이 회오리를 일으켰는데 저 멀리 있는 반딧불이 같았다. 엘라이자는 숨을 헐떡였다. 그것에 좀 더 가까이 다가가고 싶어 안달하면서 두 손을 창문에 대고 얼굴을 들이밀었다. 빛을 뿜어내는 물체는 돌고 물을 휘저으면서 아라베스크 무늬의 베일처럼 춤추었다. 빛들 속에서 무언가의 형체가 보였다. 물속의 부유 물질이라고 생각한 순간, 한줄기 빛이 한 쌍의 눈을 비추었다. 눈은 까만 물에서 황금처럼 반짝였다. 유리가 폭발하는 것 같은 소리가 들리더니 연구실 문이 벌컥 열렸다. 연이어 몇몇 사람들이 요란한 발소리를 내며 안으로 달려왔다. 그녀는 종이봉투를 홱 집어 들고 마치 원시의 미개한 사람이 된 것처럼 행동했다. 정체 모를 짐승의 위협에 겁을 먹은 듯 곧바로 플레밍과 헌병대, 호프스테틀러라는 문명의 진원지로 달려가 손가락이 든 종이봉투를 전리품처럼 들어 올렸다. 기가 막히게 아름다운 파괴자의 눈을 똑바로 쳐다보고도 죽지 않고 살아남아 그 이야기를 할 수 있게 된 것에 대한 전리품이었다. 엘라이자는 울 것처럼, 아니 웃을 것처럼 숨을 헐떡이면서 살아남은 것을 기뻐했다.

20

스트릭랜드는 오컴에서 여러 사무실을 제안 받았는데 특히 1층 사무실은 잔디밭이 파노라마처럼 펼쳐진, 기막힌 전망을 가진 곳이었다. 하지만 그는 플레밍의 제안을 퇴짜 놓고 창문도 없는 보안 모니터실을 택하면서 즐거움을 느꼈다. 그는 플레밍을 시켜 책상과 캐비닛, 쓰레기통, 전화기 두 대를 사무실에 들여놓게 했다. 전화기 하나는 흰색, 다른 하나는 빨간색이었다. 보안 모니터실은 작고 깔끔하고 조용하고 완벽했다. 그의 시선이 가로, 세로로 각각 네 대씩 설치한 흑백 모니터 화면으로 향했다. 서로 연결된 복도. 이따금씩 눈에 띄는 야간 근무자들. 정글에서는 늘 무언가에 가려진 전망만 보다가 한눈에 모든 곳을 확인할 수 있는 곳에 있으니 안심이 되었다.

스트릭랜드는 화면들을 꼼꼼히 살폈다. 그가 지금 자신의 뒤에 앉아 있는 두 청소부를 마지막으로 본 것은 남자 화장실에서였다. 그때 그는 오줌이 소변기 밖으로 흘러 강한 굴욕감을 느꼈고 저들은 그가 나가기 전까지 웃음을 꾹 참았었다. 하지만 이제 상황이 달라졌다. 관계를 바로잡을 기회였다. 스트릭랜드는 청소부들이 붕대로 칭칭 감은 그의 손을 볼 수 있도록, 붕대 안은 어떤 모습일지 상상할 수 있도록 왼손을 들었다. 아주 끔찍한 모습이라고 그가 직접 말해 줄 수도 있었다. 손가락은 그의 손과 어울리지 않았다. 누런색에 플라스틱처럼 뻣뻣하고 독거미의 다리 두께만 한 것들을 검은색 실로 꿰매 놓은 상태였다.

스트릭랜드의 유일한 걱정은 조명이 흐릿해서 저들이 손가락을 잘 볼 수 있을까 하는 거였다. 16개의 화면에서 비치는 어슴푸레함이 좋아서 그는 사무실의 전구를 전부 빼 버렸다. 음란하게 이글거리는 정글의 태양을 경험한 이후 환한 조명이 시끄러운 소리만큼이나 끔찍하게 느껴졌다. 특히 F-1의 조명은 견디기 어려웠다. 호프스테틀러가 괴생명체를 위해 야간에 조명의 세기를 낮추었는데 그건 더욱 끔찍했다. 자신과 괴생명체가 둘 다 빛에 민감하다는 사실에 분노가 치밀었다. 스트릭랜드는 짐승의 모습을 아마존에 두고 왔다. 좋은 아내와 아버지가 되려면 그래야만 했다.

그는 청소부들에게 잘 보이도록 꿰맨 손가락을 꼼지락거렸다. 피가 절

규하듯 순간 엄청난 고통이 느껴져서 보안 모니터 화면이 흐릿해 보일 지경이었다. 그는 기절하지 않으려고 애쓰며 눈을 깜빡였다. 어지간한 정도의 통증이 아니었다. 의사들이 준 진통제가 책상에 놓여 있었다. 의사들은 고통에 이유가 있다는 것을 모르는 걸까? 고통은 인간을 더욱 단단하고 날카롭게 갈아 준다. 약은 됐수다, 의사 양반들. 사탕이면 되니까.

스트릭랜드는 주의를 분산시키는, 아린 맛의 사탕이 생각나 비로소 뒤돌아섰다. 레이니가 이삿짐을 아직 풀지 않아서 직접 짐을 뒤져 브라질에서 사 온 사탕을 찾아야 했다. 하지만 그럴 만한 가치가 있었다. 봉지에서 사탕을 꺼낼 때 시골의 맑은 시냇물이 흐르는 소리가 났다. 유리 같은 초록색 사탕이 그의 치아 사이에서 당구공처럼 왔다갔다 하니 통증이 줄어드는 것 같았다. 그는 즐겁게 단 맛의 공격을 받는 혀 위로 공기를 들이마시면서 의자에 앉았다.

스트릭랜드는 잘린 손가락을 찾아 준 두 청소부에게 고마워해야 했다. 하지만 손가락을 찾으라고 한 사람은 그가 아니라 플레밍이었다. 마음 같아서는 그냥 놔두라고 하고 싶었지만 하루 종일 아무것도 안 하고 책상에 앉아 있는 오컴에서의 생활은 지루하기 짝이 없었다. 남들은 대체 어떻게 이 시간을 견디는 것일까? 코를 풀려고 해도 50개의 서명이 필요하다. 엉덩이를 닦으려면 100개가 필요하고. 멍청한 헌병대가 단 한 명도 괴생명체에게 총알을 명중시키지 못하다니, 수치스러운 일이었다. 스트릭랜드는 당장 앨라배마 하우디두를 들고 F-1으로 가서 수명이 줄어들도록 괴생명체에게 본때를 보여 주고 싶었다. 데우스 브랑퀴아가 사라지면 스트릭랜드도 호이트 장군의 손아귀에서 벗어나 아내와 아이들의 삶으로 돌아갈 것이다. 그러고 싶었다. 그는 자신이 그러고 싶어 한다고 믿었다. 게다가 요즘 손가락 통증 때문에 잠도 잘 수 없었다. 그래, 좋다. 멍청한 청소부들에게 약간의 감사를 전하기로 결심했다. 하지만 저들이 자신을 화장실 여기저기에 오줌이나 흘리는 어린애라고 생각하지 않도록 자신만의 방법대로 할 것이다. 어쨌든 빨리 퇴근할 필요도 없었다. 그는 레이니의 시선을 견디기가 힘들었다. 잃어버린 손가락쯤은 정글이 그에게서 빼앗아 간 것과 그가 삶에서 다시 급하게 꿰매려고 하는 것들과는 비교도 되지 않을 만큼 사소한 문제였다. 자신이 노력하고 있다는 사실이 아내 눈에는 보이지 않을까?

스트릭랜드는 책상 위에 놓인 두 개의 파일 중에서 하나를 들었다.

"젤다 D. 풀러."

"네."

"기혼이라고 되어 있는데 왜 남편과 성이 다른 거지? 이혼했거나 별거 중이면 적혀 있을 텐데."

"브루스터는 남편 이름입니다."

"이름이 아니라 성인 것 같은데……."

"네. 그렇지만 아닙니다."

"그렇지만 아니다. 그렇지만 아니다."

스트릭랜드는 왼쪽 팔을 타고 올라오는 고통 때문에 오른쪽 엄지를 이마에 대고 꾹 눌렀다.

"그런 식으로 대답하면 오늘 밤을 새야 할 거야. 지금은 밤 12시 30분이야. 당신들을 낮에 부르면 내가 더 편하겠지만 당신들을 배려하느라 그러지 않았지. 그러니 당신들도 내가 빨리 퇴근해서 잠자리에 들고 아이들이랑 아침을 먹을 수 있도록 해 주는 게 도리겠지? 어떤가, 브루스터 부인? 당신도 자식이 있을 거 아냐."

"없습니다."

"없어? 왜지?"

"저도 모릅니다. 잘…… 안 돼서."

"안됐군, 브루스터 부인."

"풀러입니다. 브루스터는 제 남편 이름이고요."

"브루스터가 성이 아니면 내가 원숭이 친척이라고 해 두지. 형제자매는 있을 테니 아이들이 얼마나 손이 많이 가는지 잘 알겠지?"

"죄송하지만 전 형제자매가 없습니다."

"놀랍군. 당신네 같은 사람들한테 드문 일 아닌가?"

"어머니가 절 낳다가 돌아가셨어요."

"아, 안됐네. 그래도 얼굴을 모르니 그립지도 않겠군."

스트릭랜드가 아주 잠깐 탄식하더니 곧 다음 장을 넘겼다.

"잘 모르겠습니다."

"좋은 면도 있다는 거야."

"어쩌면 그럴지도요."

어쩌면 그럴지도. 그는 산성이 든 풍선 두 개가 관자놀이에서 부풀어 오르는 느낌이 들었다. 어쩌면 얼굴에서 쉭쉭 소리가 나다가 폭발하는 모습을 청소부들이 보게 될지도 모른다. 스트릭랜드는 손가락으로 서류를 누르고 흔들리는 눈을 서류에 집중했다. 어머니의 죽음. 계속된 유산. 이상한 결혼 생활. 하지만 아무런 의미도 없었다. 말은 쓸모가 없었다. 데우스 브랑퀴아에 대한 호이트 장군의 지령서를 보라. 물론 임무에 대해 설명은 되어 있었다. 하지만 정글을 어떻게 헤쳐 나갈지 적혀 있던가? 자는 동안 덩굴이 모기장을 뚫고 입술을 지나 식도를 뚫고 심장을 조를 거라고 적혀 있던가?

어딘가에 있을, F-1의 괴생명체에 대한 정부의 지령서도 역시 헛소리 투성이였다. 탱크 안의 그것을 말로는 포획할 수 없었다. 모든 감각이 필요했다. 아마존에서 그의 감각은 분노와 부카이트를 연료 삼아 전기를 일으켰다. 미국으로 돌아오면서 그는 생기가 없어졌고 심지어 볼티모어는 그를 혼수상태에 빠뜨렸다. 잘린 손가락 두 개가 그를 다시 깨워 줄지도 모른다. 지금 그를 보라. 한밤중에 싸구려 야간 노동자들, 아둔하고 교육을 못 받아서 고용된 여자들을 면전에 두고 그들이 '어쩌면'이라고 말하는 것을 듣고 있지 않은가.

21

"D가 뭐지?"

젤다는 평생 남자들에게 위협을 받으며 살아왔다. 놀이터까지 그녀를 따라와 그녀의 아버지 같은 흑인이 베들레헴 철강 회사에서 백인들의 일자리를 빼앗았다며 목매달아 죽을 거라고 협박하던 철강 노동자. 흑인 여학생들을 교육시켜 봤자 절대로 손에 넣지 못할 것만 원하게 될 거라 믿었던 더글라스 고등학교의 선생님들. 남북전쟁에서 죽은 북부 군인의 숫자를 대며 백인 친구들에게 고마워하라고 말하던 맥헨리 요새*의 가

*볼티모어에 있는 별모양 요새

이드. 하지만 오컴에서는 오직 플레밍만 그녀를 위협했고 젤다는 그럴 때 대처하는 방법을 나름 잘 알고 있었다. 품질 관리 점검표를 낱낱이 꿰뚫고, 쓸쓸한 표정을 지으며 아첨하는 법을 배운 것이다.

하지만 스트릭랜드는 달랐다. 젤다는 그에 대해 몰랐지만, 알아도 마찬가지였을 것이다. 젤다는 동물원에서 한 번 본 적이 있는 사자의 눈을 가진 그가 얼마나 공격적인지 가늠할 수 없었다. 그녀와 엘라이자는 보안 모니터로 가득한 벽 앞에 불려 온 이유를 추측하려고 머리를 굴려 봤지만 소용없었다. 좋은 일이 아닌 것만은 분명했다.

"D라니요?"

젤다가 물었다.

"젤다 D. 풀러잖아."

답이 정해진 질문이기에 젤다는 깊게 생각하지 않고 바로 대답했다.

"데릴라예요. 성경에 나오는 데릴라."

"데릴라? 죽은 어머니가 지은 건가?"

젤다는 갑작스럽게 날아온 충격을 흡수하는 방법을 잘 알고 있었다.

"어머니가 미리 지어 놓으신 거라고 아버지한테 들었습니다."

스트릭랜드가 사탕을 깨물었다. 턱을 넓게 벌리는 모습이 마치 사자 같았다. 어려서부터 싸구려 사탕을 먹고 자란 젤다는 한눈에 그가 씹는 저 사탕이 다른 어떤 것과 비교할 수 없을 만큼 싸구려 제품임을 알아보았다. 쪼개지는 모양이 엉망이었다. 깨진 조각이 남자의 뺨과 잇몸에 박히는 모습이 보였다. 침이 섞인 피가 보였는데 보는 것만으로도 그 맛까지 느껴질 정도였다. 빨강색 피가 초록색 사탕과 대조를 이루듯, 딱딱한 사탕과는 전혀 어울리지 않는 차갑고 물렁한 맛일 것 같았다.

"죽은 엄마가 참 재미있는 사람이군. 데릴라가 어떤 여자인지 알지?"

젤다는 정신을 딴 데 팔다가 청소부들이 뭘 훔쳤다고 오해한 과학자들이 플레밍에게 신고해서 야단맞을 때처럼 그의 질문을 피하려고 했다. 성경에 나오는 인물들에 대해 열심히 공부한 적이 없다고.

"저는…… 교회에서는……."

"난 잘 알고 있어. 집사람이 교회에 다니거든. 하느님이 삼손에게 큰 힘을 주셨지. 당나귀 턱뼈로 군대를 물리칠 정도로. 데릴라는 삼손에게 힘의 비밀을 알아냈고, 하인을 시켜 삼손의 머리카락을 자르고 블레셋 사람들을 불렀지. 블레셋 사람들은 삼손의 눈을 뽑고 참혹한 꼴로 만들었어. 삼손은 계속 고문 받았지. 데릴라가 바로 그런 짓을 했어. 대단한 여자야. 내 말은 그 이름이 무척 특이하다 이거야."

젤다는 대화가 이상하게 흘러가서 억울했다. 그녀도 그 이야기를 알고 있었다. 이름 때문에 억울했지만 몸이 그녀를 배신하고 스트릭랜드가 원하는 대로 그녀를 앞잡이로 만들었다. 눈은 커지고 입술이 떨렸다. 스트릭랜드는 파일을 계속 훑어보았다. 젤다의 귀에 그가 쯧쯧거리는 소리가 들리는 것 같았다. 젤다는 스트릭랜드의 시선이 엘라이자에게로 향하자 안도하는 자신이 부끄러워졌다. 젤다는 스트릭랜드가 엘라이자를 보며 무슨 생각을 하는지 알 것 같았다. 게으름은 결코 깜둥이만의 문제가 아니야. 하류층이 하류층인 이유는 노력을 안 해서야. 저 백인 여자를 봐. 얼굴도 몸뚱이도 멀쩡해. 의지가 조금이라도 있었다면 야행성 동물처럼 새벽에 일하지 않고 깨끗한 집에서 한가롭게 애나 키울 거야.

스트릭랜드는 사탕을 깨물며 두 번째 파일을 집었다.

"엘라이자 에스포지토. 에스-포-지-토. 멕시코 혈통이 섞였나?"

젤다는 엘라이자를 흘낏 쳐다보았다. 친구의 얼굴은 자신이 벙어리라는 사실을 알지 못하는 사람 앞에서 늘 그렇듯 불안해하며 잔뜩 긴장해 있었다. 젤다는 헛기침을 하고 대신 말했다.

"이탈리아 성입니다. 고아들에게 지어 주는 이름이에요. 엘라이자는 아기 때 강둑에 버려져서 그 성을 받았어요."

스트릭랜드가 얼굴을 찡그렸다. 젤다는 그것이 무슨 의미인지 알았다. 더 이상 그녀의 말을 듣기 짜증 난다는 뜻이었다. 어쩌면 그는 출생을 마치 신화처럼 부풀려 말하는 게 천한 계층의 특징이라고 생각할지도 몰랐다. 누구는 강에서 발견됐고 누구는 양막에 싸인 채 태어났다는 따위의 한심한 이야기를 마치 신성함의 증거라도 되는 듯 설명한다고 말이다.

"둘이 안 지는 얼마나 됐지?"

스트릭랜드가 툴툴거렸다.

"엘라이자가 여기 취직했을 때부터니까 14년 정도 됩니다."

"잘됐군. 연구소가 어떻게 돌아가는지, 어떻게 유지되어야 하는지 잘 알 테니까. 내 손가락을 찾은 게 두 사람이라고?"

스트릭랜드는 머리를 문질렀다. 이마에서 땀이 흘렀고 고통스러운 것처럼 보였다.

"질문이야. 답해도 돼."

"네. 그렇습니다."

"그럼 고맙다고 해야겠군. 다들 못 찾을 줄…… 아니, 그건 중요하지 않지. 하지만 종이봉투에 담은 건 좀 그렇더군. 분명히 더 좋은 게 있었을 텐데 말야. 의사 말로는 젖은 천하고 얼음이 좋았을 거라더군. 신경 따위를 붙이기 전에 소독하는 데 시간이 많이 걸렸다고 말야. 나무라는 게 아니야. 그렇다는 거지. 지금으로선 손가락이 잘 붙을지 어떨지 몰라. 여기 있는 데릴라가 자식에 대해 말한 것과 비슷하지. 끝까지 잘될 수도 있고 안 될 수도 있어. 이 경우에도 그렇게 말할 수밖에 없겠군."

"죄송합니다. 저희는 최선을 다했어요."

젤다가 말했다.

상대방이 기분 나빠 하기 전에 재빨리 진심으로 사과하는 것이 젤다의 방식이었다. 스트릭랜드는 고개를 끄덕였지만 그게 끝이 아니었다. 그가 역시 사과를 기다리며 엘라이자를 쳐다보았다. 피곤하고 고통스러운 그의 얼굴이 조바심으로 어두워졌다. 아무 말도 하지 않는 엘라이자의 모습은 그의 눈에 무례하게 비쳤다. 도저히 피해 갈 수 없는 상황이었다. 젤다는 마음속으로 기도한 후 다시 한 번 사자 굴로 들어갔다.

"엘라이자는 말을 못합니다."

22

군 생활을 오래하면 사람을 볼 때 나름대로 기준이 생긴다. 거기에는 말을 하지 않는 사람은 의심해야 한다는 것도 포함된다. 말하지 않는 것은 적대적인 태도를 취한다는 뜻이고 무언가를 숨기는 것이다. 두 여자는 속임수를 쓸 정도로 영리해 보이지 않았지만 모를 일이었다. 공산주의자와 노동조합주의자, 잃을 것이 없는 사람은 전부 다 하류층이니까.

"말을 못해? 아니면 안 해?"

"못합니다."

124

젤다가 대답했다. 팔의 욱신거림이 덜해지며 흥미가 생겼다. 엘라이자 에스포지토라는 여자가 왜 청소부 같은 밑바닥 직업을 선택했는지 이해 되었다. 선택이 아니라 불가피한 상황이었다. 서류의 다음 장에 설명이 다 되어 있을지도 모르지만 스트릭랜드는 서류를 넘기지 않고 엘라이자를 꼼꼼히 쳐다보았다. 청각에는 문제가 없는 것이 확실했다. 그녀는 놀라울 정도로 상대방에게 열중했다. 대부분의 여자들은 실례라고 생각할 텐데 그녀의 시선은 그의 입술에 집중되어 있었다. 스트릭랜드는 부카이트의 약효를 떠올리며 좀 더 자세히 그녀를 보았고 셔츠 옷깃에 가려진 흉터 자국을 발견했다.

"수술 자국인가?"

"확실히 모릅니다."

젤다가 답했다.

"친부모가 그랬을 수도 있고 보육원의 누군가가 그랬을 수도 있고요."

"갓난아기한테 왜 그런 짓을 하겠어?"

"아기들은 우니까요. 운다는 이유만으로 그랬을지도 모릅니다."

스트릭랜드는 티미와 태미가 아기였을 때를 떠올렸다. DC에서 플로리다의 집에 들를 때마다 그는 아내의 모습을 보고 깜짝 놀랐다. 레이니는 기진맥진해서 팔다리가 축 쳐져 있었고, 아기들을 목욕시키고 기저귀를 갈아 주느라 손이 쭈글쭈글했다. 보육원에는 아기가 한둘이 아니라 수십 명은 될 터이니 그 어떤 일도 벌어질 수 있었다. 스트릭랜드는 군대에서 실시한 수면 부족 연구에 대해 읽은 적이 있었고 잠을 오래 못 자면 위험한 생각들이 정상으로 느껴진다는 것을 잘 알았다.

스트릭랜드는 엘라이자에게 목을 당겨 보라고 해서 고운 피부에 난 흉터를 모니터의 잿빛 조명으로 자세히 살펴보고 싶었다. 그녀의 눈에는 아직 무모한 반항기가 어려 있었지만 흉터는 엘라이자가 길들여졌음을 알려 주는 상징 같았다. 흥미로운 조합이었다. 엘라이자는 그의 시선 앞에서 안절부절 못하며 다리를 꼬았다. 결국 그냥 평범한 여자로군. 그런데 미처 예상하지 못한 것이 있었다. 그녀는 다른 청소부들과 달리 고무바닥으로 된 신발이 아닌 산호 핑크색 구두를 신고 있었다. 일본에서 자주 보던 구두였다. 공군 폭격기에도 그려져 있고 핀업 모델들이 신은 것도 보았지만 이렇게 가까이에서 실물을 본 적은 거의 없었다.

엘라이자 에스포지토는 다른 이들과 똑같이 자신의 꽉 움켜쥔 손을 쳐다보다가 갑자기 뭔가 생각난 듯한 표정을 지었다. 그리고 겉옷 주머니에서 작고 밝은 물건을 꺼내 그에게 내밀었다. 침울한 얼굴과 달리 한 손을 원숭이처럼 움직였다. 엄지를 올린 채로 주먹 쥔 손을 가슴 앞에서 돌렸다. 그녀가 괴짜라고 생각할 때 깜둥이가 끼어들어 수화의 뜻을 말해 주었다.

"죄송하답니다."

엘라이자가 들고 있는 것은 스트릭랜드의 결혼반지였다. 그는 반지 또한 괴생명체의 식도로 넘어갔을 거라고 생각했다. 레니가 반지를 보면 기뻐할 테지만 그는 아무런 감정도 느끼지 못했다. 그는 엘라이자의 표정을 살폈지만 뭔가 속이고 있는 기색은 전혀 찾아볼 수 없었다. 반지를 몰래 훔친 게 아니었다. 표정이 진실했다. 그러자 손을 가슴 앞에 대고 돌리는 동작이 원숭이 같기보다는 오히려 관능적으로 보였다. 순간 스트릭랜드는 이상한 사실을 깨달았다. 이 여자는 빛과 시끄러운 소리를 싫어하게 된 자신에게 맞춰진 듯했다. 어두운 밤에 일하는 여자. 외마디 소리도 내지 못하는 여자. 그가 왼손을 내밀자 엘라이자가 반지를 올려놨다. 결혼식과 정반대되는 의식처럼 느껴졌다.

"아직은 끼지 못하겠지만 고맙군."

엘라이자는 어깨를 으쓱하고 고개를 끄덕였다. 그녀의 눈이 그의 눈을 떠나지 않자 스트릭랜드는 약간 불안해질 지경이었다. 싫었다. 약간 좋기도 했다. 그는 평소와 다르게 시선을 피하며 그녀의 흔들리는 핑크색 구두를 쳐다보았다. 아무런 이유도 없이 갑자기 팔에 통증이 퍼졌다. 스트릭랜드는 이를 악물고 사탕 봉지로 손을 가져가려다 말고 대신 책상 서랍을 열었다. 검은색 이글 블랙 워리어 연필 사이에서 하얗게 빛나는 진통제병이 보였다. 이마에서 땀이 흘렀지만 닦지 않으려고 애썼다. 땀을 닦는 것은 약해빠진 행동이었다.

"첫 번째 용건은 그거였고 두 번째는 F-1이야."

깜둥이가 입을 열려고 했다. 스트릭랜드는 손을 까딱거리며 젤다의 입을 막았다.

"그래. 서류에 사인했지. 다 알고 있어. 내 임무는 당신들이 그 서명의 무게를 확실히 이해하게 만드는 거야. 여기서 일한 지 14년 됐다고? 좋아. 내년에는 축하 파티라도 열어야겠군. 14년이라는 걸 듣는 순간 내가 무슨 생각을 했는지 아나? 14년이면 나태해지기 쉬운 긴 세월이지. 플레밍한테 지시가 있을 때만 F-1을 청소하라는 말을 들었을 거야. 또 알아 둬야 할 게 있어. 만약 지시를 어길 경우 플레밍이 아니라 내가 나설 거야. 내가 뭘 대표하지? 바로 미국 정부지. 이건 단순히 지역 문제가 아니라 국가의 문제가 되는 거라고. 알아들었나?"

엘라이자의 꼰 다리가 스르르 풀어졌다. 그의 말을 따르겠다는 긍정적이고 순종적인 신호였다. 하지만 스트릭랜드는 더 이상 구두가 보이지 않자 왠지 아쉬웠다. 그때 전화벨이 울렸고 그 소리에 관자놀이 속의 산성 풍선이 터져서 왼쪽 팔을 타고 내려와 결혼반지가 놓인 손바닥 위에 고였다. 이 시간에 웬 전화지? 통증을 없애려고 다친 손을 구부렸다.

"마저 얘기하지. 당신들이 뭘 봤을 수도 있어."

그에게도 무언가가 보였다. 붉은 가닥. 곧장 눈알로 쏟아지는 오염된 피. 지금 울리는 전화기도 빨간색이었다. 워싱턴에서 걸려 오는 전화. 분명 호이트 장군일 것이다. 여자들을 빨리 내보내야 한다. 데우스 브랑퀴와의 치열한 힘겨루기가 늪지와 모래 늪, 까만 불행의 구덩이에서 올라왔다. 빨간색 전화, 빨간색 피, 아마존의 빨간 달.

"마지막 말이야. 그냥 듣기만 해. 당신들이 천재가 아니라도 거기에 살아 있는 괴생명체가 있다는 걸 눈치 챘을 거야. 그건 중요하지 않아. 전혀 중요하지 않지. 이것만 알면 돼. F-1에 있는 그것이 두 다리로 설지언정, 신의 형상을 본떠 만들어진 건 우리야. 바로 우리. 그렇지 않나, 데릴라?"

무가치한 흑인 여자가 속삭이는 소리로 겨우 말했다.

"전 하느님이 어떻게 생겼는지 모릅니다."

통증이 더 이상 견딜 수 없는 수준에 이르렀고 스트릭랜드의 신경들이 하나하나 일어서는 것 같았다. 몸 안의 조명 스위치가 전부 켜진 것 같았다. 그는 결국 참지 못하고 진통제 병을 잡았다. 반쯤 씹은 진통제가 입 안에 가득한 채로 전화를 받을 것이다. 제조 약은 문명화된 인간이 먹는 것이고 그는 문명화된 인간이다. 아직 그렇지 않더라도 앞으로 그렇게 될 것이다. 지금 울리는 전화가 시험장이 될지도 모른다. 괴생명체를 어떻게 처리할지 상부에서 곧 결정을 내릴 것이므로 그도 결정적인 의견을 내려면 흐트러진 모습을 보여서는 안 된다. 그는 엄지로 진통제병 뚜껑을 열었다.

"신은 인간처럼 생겼어, 데릴라. 나처럼, 당신처럼 생겼지."

그는 고개로 여자들에게 문을 가리켰다.

"솔직히 말하면 신은 당신들보다 나와 더 비슷하게 생겼지."

23

엘라이자의 꿈은 점점 선명해졌다. 그녀는 강바닥에 비스듬히 누워 있었다. 온통 에메랄드빛이었다. 이끼 낀 돌을 발로 딛고 미끄러지듯 나아갔다. 간질간질한 풀과 맞닿으며 벨벳 같은 나뭇가지를 밀치자 서서히 눈앞에 익숙한 물건들이 나타났다. 에그 타이머가 느릿하게 공중제비를 했다. 달걀들은 회전하는 작은 달이었다. 구두가 물고기 떼처럼 천천히 지나가고 레코드판 앨범 표지는 노랑가오리처럼 아래로 내려왔다. 둥둥 떠 있는 손가락 두 개가 보였고 엘라이자는 잠에서 깼다.

리처드 스트릭랜드의 많은 부분이 엘라이자를 괴롭혔다. 특히 그의 손가락은 아예 뇌리에서 떠나질 않았다. 같은 꿈을 여러 번 꾸고 나서야 그녀는 어느 날 밤 갑자기 그 이유를 깨달았다. 엘라이자는 손가락으로 세상과 소통했다. 그러니 손가락을 잃을 위기에 처한 남자를 보고 두려워하는 것은 이상한 일이 아니었다. 자신이 말을 할 수 있다는 가정하에 비슷한 상황을 떠올려 봐도 마찬가지였다. 스트릭랜드의 치아가 입술에 달려 그가 더 이상 명령을 내리지 못하면 끔찍할 것 같았다.

엘라이자에게도 비밀이 있었다. 따로 떨어져 일하는 근무 후반부 시간에 관해서는 젤다에게도 입을 다물었다. 그 시간, 엘라이자는 얼음처럼 차가운 F-1의 문에 귀를 갖다 댄 채 숨을 멈추고 귀를 기울였다. 보통 연구실 벽을 타고 사람들의 목소리가 들렸지만 오늘은 아무런 소리도 들리지 않았다. 그녀는 일부러 F-1보다 아래쪽에 있는 다른 연구실 앞 복도에 세워 둔 청소 카트를 힐끔 돌아보았다. 자신의 작업 속도가 늦다고 젤다가 착각하도록 만들기 위해서였다. 갈색 종이봉투와 키 카드만 들고 있자니 엘라이자는 무방비로 노출된 기분이었다. 그녀는 키 카드를 넣으면서 문이 최대한 조용히 열리기를 바랐다.

오컴에는 어느 곳이든 늘 조명을 밝게 켜 두었고 절대로 꺼지지 않았다. 엘라이자가 만지도록 허용된 스위치도 거의 없었다. 그래서 흐릿한 F-1의 안으로 들어선 엘라이자는 충격을 받았다. 닫힌 문에 등을 기대어 선 채 뭔가 잘못되었다고 생각하며 공포에 질렸다. 원래 밝았던 조명을 일부러 흐릿하게 해 둔 것이 분명했고 벽에 설치된 의문의 장치가 그 역할을 하는 것 같았다.

그래도 충분히 잘 보였고 충분히 잘 들렸다. 끼릭끼릭, 착착. 즈즈즈. 그 소리는 엘라이자가 문에서 움직이지 못하도록 만들었다. 평생 도시에서 살아온 엘라이자였지만 그 소리가 이 콘크리트 연구실과 어울리지 않는 자연의 소리임을 알아차렸다. 근무 시간이 끝난, 무력한 연구실을 압도하는 소리는 야생 동물이 위협하듯이 모든 테이블과 의자, 캐비닛에 스며들었다. 연구실에 묶이지 않은 괴물들이 있는 걸까. 얼마 지나지 않아 엘라이자의 이성이 공포심을 극복해 냈다. 그 소리는 오른쪽 스피커에서 흘러나오는 새의 아리아와 개구리의 장송곡이었다. 비록 녹음된 소리였지만 약한 조명과 스피커에서 흘러나오는 사운드 트랙은 아케이드 극장에서 상영하는 영화 음향과 다르지 않았다. 오컴의 과학자가 자일스가 '미장센'이라고 부르는 것들을 만들어 놓은 것이다. 화면 속 환상에 머물게 해주는 분위기. 엘라이자는 이렇게 해 둔 사람이 밥 호프스테틀러일 거라고 추측했다. 오컴에서 예술적인 공감 능력을 가진 사람은 그뿐이었다.

엘라이자는 스트릭랜드의 손가락을 주운 지점으로 걸어갔다. 너무 크게 울리는 발자국 소리에 그녀는 고무바닥으로 된 운동화로 갈아 신지 않은 자신을 원망했다. 아니면 그녀의 무의식이 그냥 자주색 구두를 신고 오게 한 것일까? 오른쪽에서 쉿쉿거리는 소리가 들렸다. 정글의 주문에 매혹당한 아나콘다인가? 아니다. 릴투릴 테이프 플레이어가 돌아가는 소리였다. 플레이어의 스테인리스 표면이 달빛에 비친 강물처럼 반짝였다. 음량계가 보일 때까지 가까이 다가가 보니 테이프 통이 잔뜩 쌓여 있었다. 마라논강 현장 5번. 토칸칭스강 현장 3번. 싱구강/알 수 없음 1번. 다른 오디오 장비들도 쌓여 있었지만 레코드 플레이어 말고는 엘라이자가 모르는 것들이었다.

엘라이자는 발걸음을 옮겨 탱크 주위를 돌았다. 불길한 신호가 하나 더 있었는데 탱크의 위쪽 해치가 열려 있었다. 머리카락과 목, 팔의 털이 공포로 쭈뼛 설 줄 알았지만 그렇지 않았다. 엘라이자는 수조로 계속 다가갔다. 수조는 그녀의 마음에 계속 머물러 있었다. 밤에 일어나 목욕할 때마다 저 수조에서 하는 상상을 했다. 수조에 대한 상상은 하루 일과가 시작되어도 사라지지 않았다. 물속에서 끓는 달걀, 타이머 울리는 소리, 희망을 안고 고르는 구두, 실망스러운 LP판, 그녀의 기이한 상상도 모른 채 붓을 멈추고 밤 인사를 하는 자일스.

수조에서 30센티미터 정도 떨어진 바닥에 붉은 선이 그려져 있었다. 더 가까이 가는 것은 위험했다. 그런데 왜 그녀는 계속 가려는 걸까? 머릿속에서 그 수조가 떠나지 않았기 때문이다. 스트릭랜드가 오컴까지 끌고 왔고 텅병대가 총을 들고 지키며 호프스테틀러가 연구하려고 하는 저것. 그녀도 물속의 저것 같은 존재였던 적이 있었다. 남자들은 말 못하는 그녀의 의사도 묻지 않고 제 마음대로 다루었다. 엘라이자는 그들보다 더 친절하고 공정할 자신이 있었다. 그 어떤 남자도 하려고 하지 않았던 진정한 소통을 할 수 있었다.

엘라이자는 60센티미터 높이의 가장자리가 허벅지에 닿을 때까지 수조에 다가갔다. 수면은 고요했지만 완벽하게 고요하지는 않았다. 자세히 보면 물이 숨을 쉬는 것처럼 보였다. 엘라이자는 숨을 들이마셨다 내쉰 후 도시락이 담긴 종이봉투를 수조 가장자리에 올려놓았다. 종이 부스럭거리는 소리가 삽으로 흙을 퍼 올리는 것만큼 컸다. 수면의 반응을 살폈지만 아무런 변화도 없었다. 엘라이자는 부스럭거리는 소리에 얼굴을 찡그리며 봉투에 손을 넣었다. 역시 조용했다. 그녀는 삶은 달걀을 꺼내자 부드러운 조명 아래에서 달걀이 반짝거렸다.

그녀는 며칠 전부터 자일스 몫인 세 개의 달걀 외에 하나를 더 삶았다. 그 달걀을 까기 시작하자 손가락이 떨렸다. 그렇게 못생기게 깐 적은 난생 처음이었다. 흰자 부스러기가 수조 가장자리에 떨어졌고 마침내 껍질이 다 벗겨졌다. 한 알의 달걀보다 완벽하고 자연적인 것이 있을까? 엘라이자는 마법의 물건이라도 되는 듯 달걀을 손바닥 위에 올려놓았다.

드디어 물이 반응했다.

24

꾸벅꾸벅 졸던 개가 다리를 떨 듯이 까만 물이 실룩거리더니 약 30센티미터 높이로 물이 튀었다. 수면에 닿은 물방울이 동심원을 만들며 퍼져나가고 연구실 안의 희미한 소음이 톱 같은 소리에 뒤덮였다. 수조 모서리마다 붙어 있는 4미터에 달하는 4개의 쇠사슬이 당겨지면서 물이 엑스자 모양으로 갈라지고 곧 지글지글 소리가 났다. 4개의 쇠사슬이 서서히 위로 솟구치더니 물속에서 어떤 형체가 몸을 일으켜 똑바로 섰다.

갈라지는 물, 무지갯빛 굴절, 박쥐 날개 모양의 그림자. 엘라이자는 자신이 보고 있는 게 무엇인지 알 수 없었다. 그녀가 탱크 안에서 처음 본, 황금빛 동전 같은 눈이었다. 그것은 태양 같기도 하고 달 같기도 했다. 각도가 바뀌면서 빛이 사라지고 진짜 눈이 나타났다. 파란색이었다. 아니, 초록색, 아니 갈색이었다. 아니다. 회색, 빨간색, 노란색 등 믿기 어려울 정도로 수많은 색이었다. 괴생명체가 가까이 다가왔지만 수면에는 잔물결이 거의 일어나지 않았다. 코는 파충류의 그것과 약간 닮았고 아래턱은 여러 개의 관절로 이루어져 있었는데 고결한 직선 모양이었다. 괴생명체는 더 이상 헤엄치지 않고 걷는 것처럼 똑바른 자세로 다가왔다. 스트릭랜드가 말한 대로 인간처럼 움직이는 신의 형상이었다. 하지만 왜 엘라이자는 저것이 지금껏 존재해 온 모든 동물이 합쳐진 것처럼 느껴졌을까? 그것이 계속 다가왔고 목의 양쪽에 달린 지느러미가 나비처럼 떨렸다. 목은 네 개의 쇠사슬을 연결하는 쇠목걸이 때문에 상처투성이였다. 그것이 계속 다가왔다. 수영선수처럼 어깨가 단단했고, 상체

133

는 발레리노의 몸 같았다. 다이아몬드처럼 반짝거리고 비단처럼 부드러운 비늘이 온몸을 뒤덮고 있었고 온몸은 대칭을 이루는 소용돌이 모양의 정교한 패턴으로 홈이 파여 있었다. 엘라이자와 1.5미터의 거리를 남긴 채 괴생명체는 더 이상 움직이지 않았고 몸에서 흐르는 물조차 아무런 소리를 내지 않았다.

괴생명체의 시선이 달걀에서 그녀에게로 향했다. 눈이 반짝였다. 엘라이자는 그제야 갑자기 현실로 돌아온 듯 심장이 쿵쾅거렸다. 그녀는 깐 삶은 달걀을 수조 가장자리에 올려놓은 뒤, 자신은 종이봉투를 들고 빨간 선 뒤로 물러났다. 그녀의 방어적인 행동에 반응하듯 괴생명체도 부드러운 정수리만 보이도록 물속으로 몸을 낮추었다. 불안감이 흐르는 가운데 괴생명체의 눈이 그녀에게로 향하더니 달걀 쪽으로 움직였다. 그 각도에서 보는 눈은 파란색이었다. 괴생명체는 마치 달걀이 따라서 움직이기를 기대하는 듯 왼쪽으로 스치듯 지나갔다.

그가 의심한다고 엘라이자는 생각했다. 순간 놀랍게도 그녀는 괴생명체가 수컷이라는 사실을 알아차렸다. 무뚝뚝한 태도와 노골적인 시선에서 확신할 수 있었다. 괴생명체도 자신이 암컷이라는 사실을 눈치챌 거라고 생각하자 왠지 기분이 아찔했다. 엘라이자는 움직이지 않고 가만히 있기로 했다. 자신보다 힘 없는 남자, 아니, 수컷은 처음 보았다. 엘라이자는 그에게 달걀을 가져가라고 고갯짓을 했다.

그는 쇠사슬이 허락하는 거리까지 다가왔다. 수조 가장자리에서 불과 60센티미터 떨어진 곳이었다. 엘라이자는 빨간 선이 저 괴생명체의 인두

턱* 공격에서 보호받을 수 있는 지점을 표시한 것임을 깨달았다. 눈 깜짝할 사이에 달걀이 사라지더니 인두턱도 아무 일도 없었던 것처럼 들어가고 수면도 조용해졌다. 놀랄 틈도 없었다. 그녀는 스트릭랜드의 손가락이 바닥으로 떨어지는 모습을 상상했다.

수면이 흔들렸고 엘라이자는 그 파장을 기쁨으로 해석했다. 괴생명체는 너무 밝아서 하얗게 보이는 눈으로 엘라이자를 쳐다보았다. 그녀는 호흡이 점점 안정되는 것을 느끼며 앞으로 걸어갔다. 멈추지 않고 계속 갔다. 그리고 떨리는 손을 도시락 종이봉투로 가져갔다. 그가 무기일지도 모르는 것으로부터 자신을 보호하기 위해 한쪽 어깨를 들어올리자 쇠사슬들이 부딪치는 소리가 났다. 그녀는 그가 지금까지 오컴에서 어떤 대우를 받았는지 짐작할 수 있었다.

엘라이자는 그가 볼 수 있도록 한 손을 들어 무기가 아니라 마지막 남은 달걀이라고 알려 주었다. 그리고 다른 손마디에 달걀을 부딪쳐 깨뜨리고는 껍질을 까기 시작했다. 이번에는 깔끔하게 잘 까지자, 손바닥에 달걀을 올려놓고 마치 신화 속 여신처럼 팔을 내밀었다. 하지만 괴생명체는 여전히 그녀를 믿지 않았고 상체를 움직이며 위협적인 소리를 냈다. 지느러미를 부풀리며 경고를 보냈다. 엘라이자는 얼굴을 좀 더 아래로 내려 온순한 표정을 지어 보였다. 속임수가 아니라고. 그리고 기다렸다. 그는 이를 갈았지만 분노로 솟은 지느러미가 차츰 가라앉았다. 엘라이자는 입을 꾹 다물고 다시 팔을 내밀었다. 이번에는 받침에 올려진 골프공처럼 달걀을 손가락으로 잡았다.

*물고기 등에 있는 '안에 숨겨져 있는 두 번째 입' 같은 구조. 먹이가 들어오면 안에서 인두턱이 나와 낚아챘다가 다시 들어간다.

엘라이자는 그의 턱과 팔이 닿지 않는 곳에 있었다. 나머지 손으로 수화를 했지만 반응이 없었다. 그녀는 손으로 강아지 발 모양처럼 만드는 E자, 검지로 손가락질하는 듯한 G자를 연달아 만들어 보이며 E. G. G(달걀)라고 말하면서 그가 이 단어를 보고 무엇을 생각할지 궁금했다. 늑대? 화살? 전기봉? 엘라이자는 손에 들린 달걀을 강조하고 다시 수화로 말하면서 그가 자신의 뜻을 이해하기를 절실히 바랐다. 만약 이해하지 못한다면, 그녀의 꿈속에서 곧장 빠져나온 듯한 이 괴생명체는 현실에 완전하게 존재할 수 없었다. 엘라이자는 달걀을 보여 주고 수화로 말하기를 되풀이했다.

손에 쥐가 날려고 할 때쯤 마침내 괴생명체가 반응을 보였다. 지금까지 망설였던 것과 달리 이제는 쇠사슬이 허락하는 거리까지 수조 가장자리를 향해 거침없이 다가오더니 물을 튀기거나 소리도 내지 않고 한쪽 팔을 들었다. 척추는 마치 등지느러미처럼 자뼈*에서부터 자란 듯했고 손가락은 반투명 거미줄로 묶은 듯이 보였고 끝에는 갈고리 모양의 손톱이 달려 있었다. 손은 거대해 보였고 먹이를 으스러뜨릴 때 말고는 손가락을 구부릴 것 같지 않았다.

그의 네 손가락이 두 번째 관절에서 접혔다. 그러고 나서 비늘로 뒤덮인 창백한 손바닥으로 엄지를 구부렸다. 거미줄 같은 손가락이 투명한 가죽처럼 접혔다. 서툴지만 달걀의 E자를 만든 것이다. 분명 괴생명체는 소용돌이치는 바다 속에서 몸 전체를 떨거나 쏜살같이 다가가 공격하거나 열대 지방의 태양 아래에 똑바로 서 있는 것 같은 훨씬 커다란 몸짓에 익숙

*아래팔의 안쪽에 위치

할 터였다. 엘라이자는 물속에 있는 듯한 기분을 느꼈고 괴생명체는 마치 그녀에게 숨 쉬는 법을 알려 주듯 지느러미를 물에 담갔다.

그가 살짝 주먹을 쥐듯이 E자를 만든 후 손가락을 펴더니 잠깐 망설이는 모습을 보였다. 그를 격려하려고 엘라이자는 고개를 끄덕이고는 손가락으로 그의 오른쪽을 가리키며 G자를 알려 주었다. 그는 가장 짧은 손가락 세 개를 접고 검지로 곧장 엘라이자를 가리켰다. 순간 엘라이자는 주변이 빙 도는 것 같았고 가슴은 기쁨으로 요동쳤다. 너무 심하게 요동쳐서 아플 정도로. 그는 진짜 그녀를 보았다. 연구소의 남자들처럼 못 본 척 하지도 않았고 볼티모어의 여자들처럼 그냥 지나쳐 가지도 않았다. 이 아름다운 괴생명체가 누군가를 해친 적이 있다면 그것은 순전히 상대방이 그를 먼저 해쳤기 때문이리라. 그런 그가 오로지 그녀만을 손으로 가리키고 있었다.

엘라이자는 수화로 말하던 손을 내리고 앞으로 나아갔다. 경고를 알리는 빨간 선 따위는 무시했다. 그는 여유롭게 그녀를 기다리고 있었다. 지금은 파란색인 그의 눈동자가 그녀의 몸을 뚫어지게 쳐다보자 엘라이자는 마치 벌거벗은 듯한 기분이 들었다. 그녀는 수조 가장자리에 서서 달걀을 들었다. 스트릭랜드가 당한 일 따위는 더 이상 두렵지 않았다. 괴생명체가 물에서 일어났다. 경계심이 완전히 사라진 그는 지느러미를 헝클어뜨리고 가슴을 부풀렸다. 보석 같은 비늘에서 물방울이 뚝뚝 떨어졌다. 정글에서의 여정을 녹음한 기록대로 그는 순수한 존재였다.

그의 목과 가슴에 달린 육중한 자물쇠가 엘라이자의 마음을 아프게 했다. 몸의 왼쪽에도 몹쓸 것이 달려 있었는데 옆구리에 사선으로 난 깊은 상처에 네 개의 조임 쇠를 끼워 놓았다. 물속에서 피가 카네이션처럼

138

흘렀다. 엘라이자가 소름끼치는 상처에 얼굴을 찡그리자 괴생명체가 뱀 같은 속도로 움직여 그녀의 손에서 달걀을 잡아채더니 물속으로 들어가 수조 가운데로 다시 헤엄쳐 갔다. 순간이지만 그의 물갈퀴 손가락과 비늘의 시원함이 느껴졌다. 그녀는 빈손을 접었다. 떨렸다. 한참 떨어진 곳에서 괴생명체가 다시 수면 위로 올라왔는데 달걀 껍질에 코를 대고 있었다. 인간이 그것을 어떻게 벗겼는지 의아해하는 것처럼 날카로운 손톱으로 달걀 껍질을 할퀴어 댔다.

마침내 그는 손톱과 이빨로 달걀을 공격했고 은은한 조명 아래, 달걀 껍질 조각이 깨진 유리 조각처럼 둥둥 떠 있었다. 엘라이자는 자신도 모르게 가슴 깊숙한 곳에서부터 올라오는 웃음을 소리 없이 내뱉었다. 괴생명체는 거의 씹지도 않고 눈 깜짝할 사이에 달걀을 해치우더니 그녀 쪽으로 얼굴을 돌렸다. 그녀가 경이로운 존재임을 인정하듯이 동전 같은 두 눈이 빙글 돌았다. 엘라이자는 그런 시선을 받아 본 적이 없었다. 자주색 하이힐로 몸을 잘 받치고 서 있는데도 어질했다.

귀가 먹먹해지는, 탁 부딪치는 소리가 음속처럼 연구실에 울려 퍼지더니 괴생명체는 물속으로 뛰어 들어가 잔물결도 남기지 않고 사라졌다. 엘라이자는 누군가 자신을 발견해 주었다는 생각에 릴투릴 테이프가 다 되어 부드러운 소리를 내며 스풀이 회전하고 있을 때까지 멍하게 서 있었다. 저러면 기계가 금방 망가지겠지만 곧 누군가 와서 끄거나 테이프를 갈아 넣을 것이다. 그녀는 빨리 F-1에서 나가 방금 전 일을 떠올리며 행복해지고 싶었다.

너무 행복해서 다음 날 멍이 들 정도로 심장이 심하게 망치질을 했다.

25

그냥 달걀 요리도 먹기 불편한데 오믈렛은 더더욱 심했다. 오믈렛을 먹으려면 포크와 나이프가 필요했다. 레이니는 그 생각을 했어야 한다. 그런 것도 생각하지 못하는 주부가 어디 있단 말인가? 스트릭랜드는 오른손으로 포크를 쥐었지만 다친 손으로 나이프를 쥐기란 쉽지 않았다. 그가 아내를 힐끔 쳐다보았다. 아내가 그를 배려해 주지 않는다고밖에 달리생각할 수 없었다. 그가 아마존에서 싸운 일 년 반 동안 아내는 무엇을했는가? 흘린 주스를 닦고 있었나? 아내라면 남편을 배려해 줘야 하지않는가? 남편 삶의 모든 것이 말끔해지도록 해야 한다.

집 안 꼴도 엉망이었다. 볼티모어에 온 지 몇 주일이나 지났는데 아직도타파조스강의 오지 같았다. 젖은 브래지어와 스타킹이 샤워 봉에 등나무줄기처럼 감겨 있었다. 갑자기 실내 온도가 건기의 아마존만큼 치솟았다. TV에서는 곤충이 울부짖는 소리가 나고 티미와 태미는 송곳니가 튀어나온 남미 멧돼지처럼 뛰어다녔다. 빌어먹을, 풀지도 않은 상자들도 문제였다. 과거의 끔찍한 기억을 가라앉히려고 할 때마다 풀지 않은 상자들이떠올라 다시 원래 상태로 돌아갔다. 그의 두 발이 질척거리는 진흙(북실북실한 카펫)에 빠지고 뜨거운 안개(공기 청정기) 속에서 숨이 차고, 뒤따라오는재규어(진공청소기) 앞에서 몸이 얼어 버렸다.

집 안에서 사냥감이 된 기분을 느끼고 싶은 남자는 없다. 그래서 그는할 일이 없는데도 밤늦게까지 오컴에 남아 있는 날이 많아졌다. 16개의보안 모니터가 어찌 집 안의 TV와 비교할 수 있단 말인가? 레이니는 그가 너무 자주 집을 비운다고 투덜거렸지만 불평을 들어줄 마음의 여유가 없었다. 이사로 온통 혼란스러운 이 상황에서 오히려 활력을 느끼는 아내가 싫어지기 시작했다. 괴생명체가 처리되고 호이트 장군의 손아귀에서 벗어나기 전까지는 아내의 말에 공감해 줄 수가 없었다. 만약 그녀가 집 안을 청소한다면 심장이 마구 요동치지도 않고 집 안에 있어도 괜찮을지 모른다.

그는 밤늦게 돌아와 네 시간밖에 자지 않고도 가족과의 아침 식사를 위해 꼬박꼬박 일찍 일어났다. 그런데 왜 식탁에 앉아 있는 사람이 그밖에 없단 말인가? 레이니가 아이들을 소리쳐 불렀지만 아이들은 영 말을 듣지 않았다. 아내는 아이들의 행동을 대수롭지 않게 여기며 웃음을 터뜨렸다. 아이들을 붙잡으러 가는 아내는 또 맨발이었다. 보헤미안 스타일이 유행인가? 가난한 사람들이나 맨발로 다닌다. 그의 가족은 가난하지 않다. 그는 엘라이자 에스포지토의 산호 핑크색 구두와 그보다 더 핑크색인 발가락을 떠올렸다. 여자라면 그래야 한다. 사실 그는 엘라이자가 여자라는 종이 자연스럽게 진화한 모습이라고 생각했다. 깨끗하고 색깔이 있으며 말이 없는 여자. 스트릭랜드는 아내의 맨발에 혐오감을 느끼며 제대로 먹을 수도 없는 오믈렛이 담긴 접시로 시선을 옮겼다.

마지막으로 붕대를 갈 때 레이니가 좋아할 것 같아서 부풀고 색이 변한 손가락에 결혼반지를 끼우려고 했다. 하지만 실수였다. 반지가 손가락에서 빠지지 않았다. 그가 손가락으로 나이프를 잡아 보려고 하자 고통이 느릿느릿 천천히 동맥으로 퍼졌다. 얼굴에서 땀이 비 오듯 쏟아졌다. 빌어먹을! 집 안이 너무 더웠다. 열을 식히려고 우유병을 집어 벌컥벌컥 마신 후 숨을 헐떡였다. 부엌에서 자신을 찡그린 얼굴로 쳐다보는 아내가 보였다. 병째로 마셔서? 작년까지만 해도 퓨마를 잡아 정글 바닥에서 날 것으로 먹은 그였다. 그래도 죄책감을 느끼며 우유병을 내려놓은 스트릭랜드는 자신이 마치 길을 잃은 이방인이 된 것 같았다. 그는 썩어가는 손가락이었고 볼티모어는 손가락이 붙는 것을 거부하는 몸뚱이였다.

스트릭랜드는 포크를 잡고 왼쪽 손바닥으로 나이프를 꽉 쥐었다. 나이프가 치즈에 닿는 순간 손잡이 부분이 결혼반지에 부딪치는 소리가 나면서 다시 고통이 확 타올랐다. 무심결에 욕설을 내뱉고 보니 태미가 바로 앞에 앉아 그를 쳐다보고 있었다. 딸은 아빠가 고군분투하는 모습을 보는 것에 익숙했다. 그는 마음이 약해졌다. 오컴의 소식이 매일 호이트 장군에게 전달되는 이 상황에서 약해지면 안 되는데. 호프스테틀러의 관대하고 번거로운 방식이 아니라 그의 신속하고 잔인한 방식이 괴생명체를 다루는 올바른 길이라고 호이트를 설득하려면 절대로 약한 모습을 보이면 안 된다. 한밤중에 사무실의 빨간색 전화가 울리기 전까지 그가 호이트의 목소리를 마지막으로 들은 것은 브라질 벨렘에서였다. 그동안 호이트는 부서진 조세피나 호와 함께 두고 왔다고 생각했는데 갑작스러운 전화가 그를 당황스럽게 만들었다.

손대지 않은 태미의 시리얼이 붙어 있었다.

"먹으렴."

그의 말에 아이가 먹기 시작했다.

호이트의 목소리가 스트릭랜드에게 일으키는 효과는 늘 똑같았다. 그는 낡은 놋쇠 병정이고 호이트는 그의 태엽을 감았다. 그러면 스트릭랜드는 힘차게 발을 차고 나아가 오컴에 군사적인 질서를 잡으려는 노력을 두 배나 더 쏟을 것이다. 그는 자신의 처지에 비애를 느꼈다. 느리게나마 집에서 그는 점점 나아질 것이다. 아이들에게 천천히 다가가고 아내의 쇼핑과 육아 잡지에도 관심을 보이기로 결심했다. 갑자기 호이트도 괴생명체와 다르지 않다는 생각이 들었다. 둘 다 정체를 알 수 없고 실물보다 큰 존재였다. 앞으로 몇 주만 더 참으면 스트릭랜드는 호이트에게 조종당하는 꼭두각시 노릇에서 벗어날 수 있었다.

다시 나이프의 손잡이 부분이 붕대 감은 손가락에 부딪치며 바닥으로 떨어졌다. 관절 마디가 비틀린 느낌이었다. 스트릭랜드는 오른쪽 주먹으로 테이블을 내리쳤고 커틀러리가 흔들렸다. 태미가 숟가락을 시리얼 그릇에 떨어뜨렸다. 스트릭랜드의 눈에서 용납할 수 없는 연약함의 표현인 눈물이 솟구치려고 했지만 절대 딸 앞에서 그럴 수 없었다. 주머니에서 약병을 꺼냈다. 뚜껑을 입으로 물어뜯고 병을 세게 내리치자 알약이 테이블 위에 흩어져 춤추다 끈적거리는 물질에 움직임을 멈추었다. 테이블이 왜 끈적끈적한가? 무슨 집 안이 이렇단 말인가? 그는 진통제를 두 알, 세 알, 에라 모르겠다, 네 알을 집어 입 안에 쑤셔 넣었다. 우유병을 집어 벌컥벌컥 마셨고 세균 따위는 알 바 아니었다. 뒤섞여서 반죽처럼 된 알약과 우유를 삼켰다. 너무 썼다. 이 집도, 이 동네도, 이 도시도, 이 삶도.

26

레이니는 자신이 어떤 남자와 결혼했는지 알고 있었다. 남편은 딸의 아기 침대를 만들다 칼에 베었을 때 손바닥에 강력 접착테이프를 감고 작업을 계속했다. 군사 훈련을 마치고 버지니아에서 돌아왔을 때 이마의 벌어진 상처를 접착제로 붙이고 있었다. 물론 손가락이 잘린 것은 차원이 다른 부상이기는 했지만 남편이 진통제를 입에 넣을 때마다 레이니의 가슴에는 천둥 같은 두려움이 일었다.

그녀는 아마존으로 떠나기 전부터 리처드가 약간 무서웠다. 폭력이 드문 일은 아닌 것 같았다. 올랜도에서도 군인 아내 친구들의 팔에 멍이 든 것을 종종 보았으니까. 하지만 남편에게 느껴지는 두려움은 단순히 물리적인 것이 아니었다. 가장 무서운 공포를 유발하는 것은 바로 남편의 예측 불가능함이었다. 그렇다고 공황 상태에 빠질 것까지는 없었다. 그녀는 리처드가 약을 먹으면 평범한 일상에 전혀 신경 쓰지 않아서 걱정스러웠다. 진통제 몇 알이 들어가면 그는 무엇이든지 파괴할 수 있는 피도 눈물도 없는 사냥꾼처럼 보이기 시작했다. 그래서 레이니는 태미의 '우유 먹는 인형'이 내는 울음소리가 남편의 귀에 너무 거슬리지 않을까, 자신이 철물점에서 가져온 벽지페인트 샘플의 색깔이 우거진 정글과 시뻘건 피를 연상시키지 않을까 걱정스러웠다.

레이니는 계단을 올라갔다. 노려보는 듯한 리처드의 눈초리를 피하려는 것이 아니라 티미를 찾으러 가는 길이었다. 아들은 집 안의 가장에게 공포심, 아니 존경심을 보이지 않는 유일한 사람이었다. 리처드의 행동만큼은 아니지만 티미의 태도도 문제였다. 리처드는 티미에게 누이를 무시하고 엄마에게 대들라고 격려하는 것처럼 보일 때가 있었다. 마치 여덟 살밖에 되지 않은 티미가 이미 집 안의 여자들보다 우월한 존재인 것처럼.

"티미. 아침 먹어야지."

레이니가 노래하듯 말했다. 좋은 아내는 아들과 남편에 대해서 그런 생각을 하면 안 된다. 그녀는 그에게 약이 필요하다는 사실을 인정했다. 남

144

편이 아마존으로 사라지고 6주일이 지났을 때 레이니도 엉망진창이었다. 잠을 못 자서 얼굴이 퉁퉁 붓고 하도 울어서 목이 쓰렸다. 그녀가 전화기에 대고 흐느껴 우는 소리를 들어야만 했던 워싱턴 비서의 조언으로 레이니는 의사를 찾아갔다. 그녀는 무릎에 시선을 둔 채 외로운 아내들을 울지 않게 만들어 주는 약이 있다는 게 정말인지 의사에게 물었다. 의사는 훌쩍거리는 그녀의 모습에 안절부절 못하며 방금 불을 붙인 담배를 내려놓고 다급하게 밀타운*을 처방해 주었다. 그는 그것을 '엄마들의 작은 도우미'이자 '마음을 위한 페니실린'이라고 소개하며 레이니의 손을 톡톡 두드리고 모든 여자들은 마음이 약하다고 안심시켜 주었다.

밀타운은 어찌나 잘 듣던지! 끔찍한 하루가 시작될 때마다 눈덩이처럼 불어났던 공포감이 낮에 칵테일을 한두 잔 마신 것처럼 나른해졌고 심지어 침착함에 가깝게 부드러워졌다. 과다하게 복용하는 것 같았지만 그녀뿐만 아니라 우편함이나 슈퍼마켓에서 마주치는 다른 군인의 아내들도 약을 먹는 듯 혀 꼬부라진 목소리로 말하고 물건을 잘 떨어뜨렸다. 하지만 결국 레이니는 마음을 다잡고 신경안정제를 변기에 쏟아 버렸다.

레이니가 티미의 방으로 향하는 동안 문손잡이와 꽃병, 사진 액자마다 그녀의 쾌활한 모습이 비쳤다. 올랜도에서의 모습은 이제 완전히 사라진 걸까?

방문 앞에 선 레이니는 티미가 등을 보인 채 책상 앞에 앉아 있는 모습을 보자 안심이 되었다. 사무실에 앉아 일하는 제 아버지와 똑같이 사랑스러운 모습이라고 생각했다. 그녀는 잠시 문가에 서서 천사 같은 아이에

*진정제 메프로바메이트의 상표명

게 잠시나마 의심을 품은 자신을 책망했다. 티미는 아빠만 닮은 것이 아니라 엄마인 자신도 닮았고 삶에 대한 열정을 가진 밝은 아이였다. 그런 아들이 있어서 다행스러웠다.

똑똑.

레이니는 소리를 듣지 못하는 아들의 모습에 저절로 미소가 나왔다. 제 아빠처럼 집중력이 강했다. 그녀는 아들에게 좀 더 가까이 다가갔다. 카펫에 닿은 맨발이 마치 지상의 성자를 살피러 내려온 천사의 발처럼 느껴졌다. 하지만 아들의 바로 뒤에 서자마자 그녀의 두 눈에 책상에 네 다리가 벌어진 채로 뒤집혀진 도마뱀이 보였다. 티미는 배가 갈라진 채 아직 꿈틀거리는 도마뱀의 뱃속을 칼로 쑤시고 있었다.

27

괴생명체의 옆구리에 난 깊은 상처가 회복되고 있었다. 엘라이자가 가장 으슥한 시간에 방문할 때마다, 괴생명체가 수조에서 미끄러지듯 움직일 때마다 그를 따라오던 피가 점점 줄어들었다. 까만 바다에 탐조등을 비춰 주는 등대 같은 눈만 보였다. 그는 그녀의 바로 앞에서 헤엄쳤다. 더 이상 물속에 숨어만 있지 않는 것으로 보아 두려움이 많이 사라진 듯했다. 엘라이자의 맥박이 빨라졌다. 이것은 그녀가 바라고 바라던 일이었다. 그가 그녀를 기억해 주고 믿어 주는 것. 그녀는 묵직한 쓰레기봉투를 다른 손으로 옮겼다. 비록 봉투 속에는 쓰레기만 가득 들었지만 청소부에게는 없어서 안 될 것이었다.

요즘 엘라이자는 아래층 영화관에서 들려오는 "카마슈를 위해 죽는 건 영원히 사는 거야!"라는 외침과 함께 일어났다. 굳이 필요하지 않은 두 번째 알람 시계였다. 그녀는 일찌감치 일어나 그에 대해 생각했다. 두꺼운 쇠사슬로 묶여 있어도 그의 장엄함은 조금도 사라지지 않았다.

줄리아 구두 상점에 진열된 은색 구두를 볼 때만 그녀의 관심은 비로소 그가 아닌 다른 것에 쏠렸다. 요즘 그녀는 버스 시간에 늦는 일도 없었고 길을 건너가 구두 상점 유리창에 손바닥을 대고 구경하는 시간도 많아졌다. 예전에는 보이지 않는 미로 속에 갇혀 있는 느낌이 들었지만 지금은 그렇지 않았다. 그녀의 눈에 미로의 출구가 보였고 그것은 F-1으로 이어졌다.

오늘은 정글에서 녹음한 테이프가 돌아가지 않았다. 이날은 테이프를 바꿔 넣기 위해 남은 과학자들이 없다는 뜻이었다. 그녀는 그동안 연구실 안의 움직임을 관찰했고 그를 만날 수 있는 날은 품질 관리 점검표 아래에 작은 표시를 해 두었다. 오컴이 비어 있었고 젤다는 바쁘게 돌아다니며 청소하고 있었다.

엘라이자는 붉은 선을 넘어가 그날처럼 첫 번째 달걀을 들었다. 괴생명체가 예전보다 훨씬 더 짧아진 경로로 그녀에게 가까이 다가왔고 엘라이자는 웃지 않으려고 노력했다. 벌써 웃으면 그가 정당한 자격을 얻기 전에 원하는 것을 주는 셈이 되니까. 그녀는 달걀을 똑바로 든 채 흔들림 없이 서 있었다. 괴생명체는 발차기를 해서 물에 떠 있는 게 아니라 마법처럼 제 자리에 떠 있었다. 그의 커다란 손이 천천히 물에서 올라왔다. 팔뚝의 가시 사이에서, 가슴의 푹 팬 무늬에서 물이 미끄러졌다. 살짝 구부린 다섯 개의 손가락은 그녀를 꽉 껴안는 다섯 개의 팔 같았다.

달—걀.

그녀는 싱긋 웃으면서도 숨이 막혔다. 수조 가장자리에 달걀을 올려놓고 그가 가져가는 모습을 바라보았다. 지난주처럼 야만적으로 때리듯 가져가지 않고 식료품 가게 주인처럼 조심스럽게 움직였다. 그가 껍질을 좀 더 잘 벗기게 되었는지 보고 싶었지만 쓰레기봉투 때문에 조바심이 났다. 엘라이자는 최대한 오래 그를 바라보며 뒤로 걷다가 오디오 기기가 놓인 테이블에 엉덩이를 부딪쳤다. 그녀는 릴투릴 테이프 플레이어를 세우고 라디오를 옆으로 밀쳐놓고는 레코드 플레이어 뚜껑을 열었다.

엘라이자는 레코드 플레이어가 거기 있는 게 우연이 아니라고 확신했다. 한 과학자의 것이 분명한 플레이어에는 전선이 얽혀 있었다. 그녀는 가방에서 며칠 동안 창고에 놓아 둔, 잊혀져 버린 젊은이들의 먼지 쌓인 유물을 꺼냈다. 꽤 오래전부터 듣지 않았던 앨범들이었다. 열 장, 열다섯 장 정도로 너무 많이 가져왔지만 이 순간에 어떤 음악이 어울릴지 알 수 없었다.

엘라 피츠제럴드의 〈송스 인 어 멜로 무드 Songs in a Mellow Mood〉는 낮게 웅웅대는 소리 때문에 괴로워하지 않을까? 〈쳇 베이커 싱스 Chet Baker Sings〉는 비트가 너무 상어 같지 않을까? 〈더 코데츠 싱 유어 리퀘스츠 The Chordettes Sing Your Requests〉는 갑자기 방 안에 다른 여자들이 가득한 것처럼 느끼지 않을까? 갑자기 가사 있는 음악은 별로라는 생각이 들었다. 처음 눈에 띈 기악곡집인 글렌 밀러의 〈러버스 세레나데 Lover's Serenade〉를 플레이어에 끼웠다. 괴생명체를 보고 수화로 '음악'이라고 말한 후 바늘을 올렸지만 선이 연결되어 있지 않았다. 코드와 콘센트를 찾아 연결한 순간…… 우렁찬 금관악기의 당김음과 함께

밴드 음악이 살아나며 엘라이자를 깜짝 놀라게 했다. 피아노와 드럼, 현악기, 호른이 급하강했다가 리듬에 따라 높이 날아올랐고 날려 보낸 비둘기처럼 트럼펫이 시원하게 소리를 내질렀다. 엘라이자는 괴생명체가 갑작스러운 공격에 놀랐을 거라고 확신하며 수조 쪽을 쳐다보았다. 그러나 그는 물이 얼어 버린 것처럼 고요했고 반쯤 벗긴 달걀 껍질이 옆에 떠 있었다. 그가 깜짝 놀랐다는 것을 알려 주는 표시였다.

엘라이자는 휘청거리며 테이블로 다가가 플레이어의 바늘을 떼자, 트럼펫이 쩍 소리와 함께 사라졌다. 그녀는 괜찮다고 그를 안심시켜 주기 위해 애써 미소 지었다. 정말로 괜찮았다. 괜찮은 것 이상이었다. 그의 비늘 사이 움푹 팬 곳이 반짝이고 있었다. 엘라이자는 특정한 물고기가 뿜어내는 화학적인 빛, 생물 발광에 대한 신문기사를 읽은 기억이 났다. 반딧불이이거나 어두운 밤의 흐릿한 전구인 줄 알았지, 이렇게 괴생명체의 가운데에서 분출되어 수조 전체를 환한 여름의 밤하늘로 적시며 감미롭게 끓어오르게 하는 것인 줄 몰랐다. 그는 음악을 들을 뿐 아니라 느끼고 반응했다. 엘라이자도 난생 처음, 다른 방식으로 음악을 듣고 느낄 수 있었다. 글렌 밀러의 음악에 담긴 색깔과 모양, 질감을 왜 그동안 알지 못했을까?

하지만 그의 빛이 희미해지고 있었다. 그 빛이 없는 물은 상상조차 할 수 없었다. 얼른 레코드 플레이어의 바늘을 다시 올려놓자 오케스트라의 경쾌한 떨림 위로 씰룩씰룩 움직이는 색소폰의 솔로 연주 소리가 들렸다. 이번에 그녀는 곧바로 괴생명체를 응시했다. 그의 빛은 물을 환하게 만들었을 뿐만 아니라 전기를 내보내 흐르는 불처럼 연구실을 청록색 빛으로 가득 채웠다. 엘라이자는 테이블과 레코드 같은 물건들을 잊어버린 채 휘청거리며 수조로 다가갔다. 굴절된 빛에 비친 그녀의 피부는 파란색이었다. 분명히 그녀의 피도 파란색이리라. 괴생명체는 어디에서 왔건 이렇게 여러 개의 선율이 즐겁게 하나로 합쳐지는 음악을 처음 들어봤으리라. 그를 둘러싼 물이 노랑과 핑크, 초록, 자주로 변하기 시작했다. 근원지가 있는 소리에 익숙해진 그가 허공을 바라보며 한 손을 올렸다. 마치 눈에 보이지 않는 악기 하나를 부드럽게 잡아 들여다보며 마법을 찾듯이 코를 킁킁거리고 기적을 찾아 맛본 후에 다시 하늘로 날려 보내려는 듯이.

28

아들이 식탁으로 왔다. 티미는 제 누이와 달리 살금살금 다가오지 않았다. 의자에 털썩 앉아 입을 가리지도 않고 기침을 했으며 요란하게 커틀러리를 만졌고 남자처럼 상대방의 눈을 똑바로 바라보았다. 스트릭랜드는 욱신거리는 통증 속에서도 아들이 자랑스러웠다. 아이를 키우는 것은 어미의 일이지만 행동의 본보기를 보여 주는 것은 그의 몫이었다. 스트릭랜드는 티미를 보고 미소 지었다. 근육은 거의 움직이지 않았고 얼굴이 경직되고 목이 경직되고 팔이 경직되고 손이, 손가락이 경직되었다. 그의 미소가 흔들렸다.

"아파요, 아빠?"

티미가 물었다. 아이의 손은 비누투성이였다. 티미는 레이니가 잔소리를 해야만 손을 씻는다. 아마도 좀 전에 제 엄마를 불쾌하게 만든 뭔가를 하고 있었던 게 분명했다. 좋은 현상이었다. 한계를 시험하는 것은 중요한 일이니까. 하지만 그것에 대해 아내에게 설명하는 것은 그만두었다. 세균이 부상과 똑같이 사람을 단단하게 만들고 상처가 아물기까지는 꼭 필요하다는 사실을 아내는 절대로 이해하지 못할 것이다.'

"조금."

진통제 덕분에 칼날 같은 통증이 무뎌지기 시작했다. 레이니도 식탁에 앉았고 그녀는 식사 대신 담배에 불을 붙였다. 스트릭랜드는 형식적으로 그녀를 살폈다. 그는 평소 아내의 머리가 마음에 들었다. 아내는 이 스타일을 올림머리라고 부르는데 중력을 거스르는 유선형의 모양을 만들어서 고정하려면 꽤 기술이 필요할 것 같았다. 하지만 요즘 몹시 피곤하거나 진통제에 취한 상태로 침대에 누워 있는 레이니의 머리를 보면 마치 정글의 무언가와 비슷하게 느껴졌다. 소용돌이무늬의 새끼를 토해 내는 불룩한 거미 알주머니. 감염되지 않고 거미의 알주머니를 처리하려면 가솔린과 성냥이 필요했다. 올림머리는 끔찍하지만 그는 아내를 사랑했다. 지금은 힘들지만 곧 알주머니의 이미지가 희미해지리라.

스트릭랜드는 나이프와 포크를 들었지만 눈은 반란을 일으킨 아들을 유심히 살피는 아내에게로 향했다. 아내가 아들의 미래에 두려움을 느낄까? 아들을 통제하려고 할 것인가? 자신이 실험실에 있는 괴생명체에게 느끼는 것과 비슷한 치열한 흥미가 보였다. 하지만 그래 봤자 소용없을 것이다. 아들과 엄마의 싸움에서 결국 아들이 승리할 것이다. 남자들은 늘 그러니까.

레이니가 선택한 방법은 전문 용어로는 '회피'라고 하는 심문 기법이었다.

"아까 한 말 아빠한테도 하지 그러니?"

"아, 맞다. 타임캡슐을 만들고 있어요! 워터스 선생님이 미래를 상상해 보라고 했어요."

"타임캡슐이라. 상자를 땅에 묻었다가 나중에 파 보는 거지?"

"티미. 엄마한테 물어본 걸 아빠한테도 물어봐."

레이니가 아들을 재촉했다.

"엄마가 타임캡슐에 뭘 넣을지 아빠한테 물어보라고 했어요. 아빠가 미래를 위해 일하니까. PJ는 로켓 제트팩이 발명될 거래요. 난 문어 보트가 나올 거라고 했어요. PJ가 맞고 내가 틀리는 건 싫어요. 어떻게 생각하세요, 아빠? 로켓 제트팩이 발명될까요, 문어 보트가 발명될까요?"

여섯 개의 눈이 일제히 스트릭랜드를 향했다. 제대로 된 군인이라면 겪어 본 적이 있는 흔한 상황이었다. 그는 작전을 수행하듯 먹고 있던 오믈렛을 내려놓고 콧구멍으로 한숨을 내쉬며 한 사람씩 그들을 차례로 쳐다보았다. 기대감에 들떠 있는 티미. 태미의 무심하고 둥근 얼굴. 쉴 새 없이 입술을 깨무는 레이니. 스트릭랜드는 양손을 포개려고 했지만 통증의 강도가 세져 대신 테이블 위에 반듯하게 올려놓았다.

"그래. 앞으로 분명히 제트팩이 나올 거야. 엔지니어링의 문제일 뿐이지. 추진력을 최대화하고 열을 낮추는 방법만 찾으면 돼. 길게는 10년, 15년 후에. 네가 내 나이 때쯤 됐을 땐 볼 수 있을 거다. PJ가 생각하는 것보다 훨씬 멋질 거야. 내가 장담하지. 그리고 문어 보트는 뭔지 잘 모르겠구나. 바다 밑을 탐사하는 잠수정을 말하는 거라면 그것도 나올 거야. 압력 저항과 물 이동성에 대한 연구를 엄청 하고 있거든. 지금 우리 연구소에서는 바다와 육지에서 모두 생존할 수 있는 방법을 실험하고 있지."

"와, 정말요? PJ한테 말해 줄래요."

진통제 때문일 수도 있었다. 따뜻한 덩굴손이 그의 근육을 뒤덮고, 마치 뱀이 들쥐를 감아 질식시키는 것처럼 으드득 소리를 내며 통증을 짓누르고 있었다. 아들의 얼굴에 떠오른 존경심을 보니 기분이 좋았다. 어린 딸의 맹목적인 존경심도. 갑자기 레이니조차도 괜찮아 보였다. 값비싼 웨스팅 하우스 다리미로 빳빳하게 다림질한 앞치마를 꽉 두른 그녀의 몸매는 여전히 봐줄만 했다. 그는 앞치마를 벗은 그녀의 허리를 상상했다. 그녀가 그의 표정을 읽었다. 스트릭랜드는 그녀가 아들에게 그런 것처럼 혐오하는 표정을 지으며 입술이 일그러트릴까 봐 걱정스러웠다. 하지만 그녀는 그러지 않았고 예전에 섹시한 기분에 사로잡히면 그랬듯이 눈을 반쯤 감았다. 그는 만족스럽게 심호흡을 했다. 이번에는 보복적인 통증이 퍼지지 않았다.

"여긴 거지 같은 공산주의 국가가 아니야. 여긴 미국이고 그게 미국인들이 하는 일이지. 이 나라를 위대하게 만들기 위해서. 네 아빠가 사무실에서 하는 일도 그거고 너도 나중에 그렇게 될 거다. 미래를 믿어라, 아들아. 미래가 올 거야. 두고 봐."

29

레이니는 펠스포인트 항구에 얼마나 자주 갔는지 세어 보지 않았다. 삶의 무게가 너무 무거워 몸을 던지고 싶은 생각이 들 때마다 그곳에 갔었다. 하지만 요즘은 가물어서 수량이 적기 때문에 몸을 던지면 목이 부러질지 몰랐다. 그럼 어떻게 되겠는가? 휠체어 신세가 되어 영원히 텔레비전 앞에서 다리미질을 하다 어느 날 더 이상 견디지 못하고 리처드의 셔츠도 녹고 다리미판도 녹고 그녀 자신도 녹아 파스텔 색깔의 웅덩이가 생길지도 모른다. 그러면 리처드는 세탁소에 다림질을 맡겨야 할 것이다.

티미가 고문하던 도마뱀은 그녀가 알기론 스킹크도마뱀이었다. 그녀는 바깥 현관에서 기분 나쁜 스킹크가 보이면 빗자루로 관목 숲에 쓸어 버리곤 했다. 집 안에서 눈에 띄면 발로 밟아 죽였다. 티미가 한 짓도 그것과 똑같은 거라고 스스로를 납득시키려고 했지만 그건 사실이 아니었다. 대부분의 아이들은 죽음에 호기심을 느끼지만 시체를 가지고 놀다가 어른에게 들키면 자연스럽게 부끄러움을 느낀다. 하지만 티미는 그녀가 그 일에 대해 꼬치꼬치 캐물을 때 리처드가 하듯이 짜증스러운 표정으로 쳐다보았다. 레이니는 용기를 내어 티미에게 도마뱀 시체를 변기에 버리고 손을 씻고 아침을 먹으라고 했다. 잠시 후 직접 화장실로 가서 도마뱀이 변기에서 기어 나오지 않는지 확인했다. 그런 다음에 재빨리 거울을 보며 머리를 매만지고 새끼손톱으로 립스틱을 고치고 가장 큰 알이 목 가운데 부분에 오도록 진주 목걸이를 가다듬었다. 요즘 리처드는 그녀를 주의 깊게 쳐다보지 않았다. 만약 유심히 본다면 그녀의 비밀을 알아챌까? 티미조차도 곧 그녀의 비밀을 알아차릴 것 같았다.

그날도 레이니는 뭐에 홀린 듯 부둣가에 서 있다가 정박지를 따라 터벅터벅 걸었다. 북쪽의 패터슨 공원을 지나 동쪽의 볼티모어 거리로 들어섰다. 어느새 그녀는 거대한 빌딩들에 둘러싸여 작은 카누처럼 흘러가고 있었다. 잠시 후 레이니는 전형적인 1920년대 스타일로 검은색과 금색으로 장식된 빌딩 앞에 멈추어 섰다. 인근에서 가장 큰 규모인 그 빌딩의 회전문에서는 가죽과 잉크 냄새가 쉼 없이 풍겨져 나왔다.

레이니는 아침 뉴스에 나오는 지식인이 됐다고 상상하자 그 회전문으로 들어갈 용기가 생겼다. 안으로 들어가자 체스판 모양 바닥의 로비가 나왔다. 건물 전체가 마치 자급자족하는 도시처럼 우체국과 식당, 커피숍, 매점, 신문 판매대, 시계 수리점, 경비실 등이 다 갖춰져 있었다. 깔끔한 옷차림의 현대적인 여성과 서류 가방을 든 남자들이 허리를 꼿꼿하게 펴고 존재감을 과시하면서 로비를 누볐다. 독립적인 이 세계에 리처드 스트릭랜드는 없었다. 티미나 태미 스트릭랜드도 레이니 스트릭랜드도 없었다. 오히려 지금의 그녀는 올랜도에 두고 온 모습에 가까웠다. 그녀는 이 기분을 더 즐기려고 엘리베이터를 타고 올라가 빵집 진열대를 살펴보기로 했다. 레이니가 점원에게 "레몬 버터 링 주세요." 하고 말한 동시에 단골손님으로 보이는 한 남자가 "레몬 버터 링 줘요, 제리."라고 외쳤다. 그녀가 미안하다고 사과하자 남자는 웃으며 먼저 주문하라고 했다. 레이니는 버터 링을 혼자 다 먹을 생각이 아니므로 괜찮다고 사양했다. 그러자 남자는 제리의 버터링은 최고라면서 꼭 혼자 다 먹으라고 웃으며 말했다. 남자는 추파를 던지고 있었지만 권위적으로 보이지 않았다. 레이니는 남자가 그녀의 목소리를 칭찬하자 마치 흔한 일인 듯 웃어넘겼다. 왜냐하면 그녀는 지금 무엇이든 가능한 세계에 와 있었기 때문이다.

"진심입니다. 강하면서도 감미로운 목소리예요. 인내심이 스며 나오는 군요."

겉으로는 태연한 척했지만 레이니의 가슴이 빠르게 뛰었다.

"'스며 나오다'. 모든 여자가 듣고 싶어 하는 단어네요."

남자는 가볍게 코웃음을 쳤다.

"이 빌딩 어디에서 일하나요?"

"아, 아니에요."

"그럼 남편 때문에 왔군요. 남편 분은 어디 있죠?"

"그것도 아니에요."

남자가 손가락으로 딱 소리를 냈다.

"아, 화장품 매장 메리 케이 때문에 왔군요. 위층 여직원들도 야단법석이던데."

"그게 아니라 그냥 왔어요. 한번 들어와 본 거예요."

"그런가요? 좀 갑작스러운 질문이지만 혹시 직장을 찾고 있나요? 제가 위층 광고회사에서 일하는데, 안내 데스크 직원을 구하고 있거든요. 제이름은 버니예요. 버니 클레이입니다."

버니가 손을 내밀었다. 그 손을 잡으려고 레몬 버터 링을 다른 손으로 옮기기도 전에 레이니는 모든 것이 바뀌었음을 깨달았다. 그 후 채 한 시간도 안되어 그녀는 애칭 레이니가 아닌, 본명 일레인으로 자신을 소개하고 버니를 따라 환한 에스컬레이터를 타고 세련된 붉은색 의자가 놓인 대기실로 갔다. 그리고 자신을 쳐다보는 쾌활한 남자들과 비서들을 지나쳐 그의 사무실로 가서 앉았다. 사람들은 올림머리를 한 여자가 이곳에 무슨 일로 왔는지 의아해하는 듯 특별히 적대적이지도, 특별히 친절하지도 않은 눈길을 보냈다.

레이니는 티미가 식탁에 앉아 의자를 차는 소리와 태미가 숟가락을 조심스럽게 그릇에 부딪치는 소리를 들었다. 그녀는 고개를 돌려 도자기를 진열해 둔 유리 진열장에 비친 자신의 모습을 보며 올림머리가 어떻게 유행하게 됐는지 궁금해했다. 클라인 & 손더스의 여직원들은 모두 날렵한 머리 모양을 하고 있었다. 레이니는 그곳에 취직한 지 며칠밖에 되지 않았지만 벌써 자신도 그 머리를 하면 어떨까 하고 상상했다.

156

30

엘라이자는 그렇게 경이롭고 기쁜 밤은 다시 없을 거라고 생각했다. F
-1에서의 만남은 너무나 황홀해서 도무지 현실처럼 느껴지지 않았다. 그
녀는 숨이 탁 막히는 그와의 순간들을 빠짐없이 떠올려 보았다. 그것은
자일스의 조그만 텔레비전보다는 아케이드 극장의 대형 스크린에 훨씬
잘 어울리는 영화 속 장면처럼 느껴졌다. 그녀가 연구실로 들어가는 순
간, 수조 전체가 파란색 전류로 타오르는 모습. 괴생명체가 그녀를 보기
위해 물속에서 유영할 때 생기는 V자 모양의 물살. 아기 피부처럼 보드랍
고 따뜻한 삶은 달걀. 괴생명체가 물속에서 고개를 들 때, 금색은 옅어지
지만 더 부드럽고 인간적인 색깔을 내며 반짝이는 눈동자. 아침처럼 포근
하게 느껴지는 안전광의 주황색 불빛. 거대하고 날카로운 무기 같은 그
의 손이 새끼 거위처럼 부드럽게 움직이며 손으로 '달걀'이라고 말하는 모
습. 금속 수술대에 비친 흥분감에 입술을 깨무는 자신의 모습. 수조 물
에 비친 기대감으로 커진 눈. 그리고 괴생명체의 반짝이는 눈에 비친 자
연스러운 웃음 등 그녀가 지금까지 잊어버린 줄로만 알았던 다양한 표정
과 모습들이 차례로 떠올랐다. 힘들고 단조로운 일상과 그를 만나러 오
기 위해 준비해야 하는 번거로운 절차조차도 그의 광채에 씻겨 내려갔
다. 침대에서 일어나 달걀을 삶을 때도 달걀이 즐거워하며 춤추었다. 더
이상 그녀는 집 안에서 기운 없이 발을 질질 끌며 걷지 않았다. 주방에서
의 그녀는 보쟁글스였고 침대에서의 그녀는 캐그니였다. 구두도 점점 화

려해졌고 아케이드의 비상계단을 내려갈 때 난간에 반짝이 장식 조각이 달린 것처럼 생기가 넘쳤다. 그녀는 오컴의 막 걸레질한 바닥에서 춤추며 자신의 구두가 호수 위로 떠오르는 태양처럼 빛나는 모습을 바라보았다. 그녀의 활기 넘치는 모습에 젤다가 웃으며 자신이 브루스터를 처음 만났을 때와 똑같다고 했다. 처음에 엘라이자는 그 사실을 애써 외면하려고 했지만 자신이 미친 건지, 아니면 젤다의 표현이 맞는 건지 혼란스러웠다. 엘라이자는 흠집 난 표지에 고양이털이 묻은 12인치 정사각형 LP판처럼 행복이 작고 소소하다는 것을 깨달았다. 괴생명체가 보석처럼 반짝이는 상체 비늘을 드러내며 가장자리로 다가와 수화로 '음악'이라고 말할 때. 그녀가 자신의 눈물을 닦아 내듯 레코드 플레이어 바늘에 묻은 먼지를 닦아 낼 때. 마일즈나 프랭크, 행크, 빌리, 팻시, 니나, 냇, 팻츠, 엘비스, 로이, 레이, 버디, 제리 리의 목소리가 천사의 합창으로 바뀌고 그들이 노래하는 모든 단어에 담긴 역사를 괴생명체가 알고 싶어 할 때. 남자 가수의 조용한 사랑 노래에는 자주색으로, 록 앤드 롤에는 푸른색으로, 컨트리에는 탁한 노란색으로, 재즈에는 깜빡이는 주황색으로 답하며 그가 감각적으로 빛날 때. 매 순간 엘라이자는 행복했다. 그리고 그녀의 손바닥에 놓인 달걀을 가져갈 때의 그 황홀한 감촉. 한 번은 대담하게도 그녀가 손에 달걀을 올려놓지 않았는데도 그는 달걀을 잡는 척하며 손을 내밀었고 그녀가 자신의 손을 잡도록 내버려두었다. 그 순간 둘은 현재도 과거도 아니고 인간도 짐승도 아닌, 여자와 남자였다.

31

열대우림에서 섹스 신호는 분명했다. 고통스러운 포효, 부채꼴의 장식, 충혈된 생식기, 화려한 색깔. 레이니의 신호도 명백했다. 살포시 아래로 떨군 눈길, 뽀로통한 입술, 살짝 내민 가슴. 그녀가 앞치마 위에 코트를 걸치고 아이들을 버스에 태우러 갈 때 아이들이 강한 페로몬 냄새에 코를 찡그리지 않는 것이 놀라울 따름이었다. 집으로 돌아온 그녀는 영화배우처럼 코트가 스르르 벗겨져 바닥으로 떨어지게 했다. 그녀는 손가락으로 난간을 쓰다듬으며 스트릭랜드에게 "시간 있어요?"라고 물었다. 그는 진통제 때문에 머리가 질식할 듯했고 지하 대피실에서 들려오는 듯한 태풍의 포효 때문에 그녀의 말을 알아들을 수가 없었다. 그녀는 손가락을 빙 돌린 후 뽐내며 걷는 마코앵무새의 꼬리 깃털처럼 엉덩이를 씰룩거리면서 계단을 올라갔다.

스트릭랜드는 접시를 싱크대로 가져가 오믈렛을 하수구에 쏟아 버리고 음식물 분쇄기 스위치를 올렸다. 싱크대에 음식물 분쇄기가 있는 집은 처음이었다. 분쇄기의 날이 포식하는 피라냐처럼 돌아갔고 스테인리스 스틸 벽에 달걀 찌꺼기가 튀었다. 분쇄기를 끄자 위층의 마룻바닥과 침대가 삐걱거리는 소리가 들렸다. 음식이 있었고 이제 섹스를 할 예정이고, 따뜻한 아침 햇살은 부엌을 비치고 있었다. 더 이상 바랄 게 있을까? 하지만 그는 아내의 대담함이 마음에 들지 않았다. 싱크대에 닿은, 발기한 자신의 성기도 마음에 들지 않았다. 이런 식의 유혹은 아마존에나 어울리지 미국처럼 정확하고 계획된 사회에는 어울리지 않는다. 왜 그는 자신을 통제하지 못하는가? 왜 그 무엇도 통제할 수 없는가?

그는 어느새 이층에 다다랐다. 어떻게 올라왔는지도 알 수 없었다. 레이니는 침대 가장자리에 앉아 있었다. 그는 거칠고 실용적인 앞치마가 얇은 슬립으로 바뀐 것을 보자 유감스러웠다. 그녀는 어깨를 앞으로 내밀고 무릎을 붙인 채 한쪽 다리를 옆으로 뺀 포즈를 취하고 있었다. 그 포즈도 영화에서 배운 것이었다. 하지만 발바닥이 더러운 여배우가 있었던가? 스트릭랜드는 그녀를 향해 한 걸음씩 내딛을 때마다 자신을 꾸짖었다. 여자의 유혹을 받아들이는 것은 적의 미끼를 무는 거나 마찬가지였다. 레이니는 간사하다. 그녀는 그를 기다리면서 영리하게도 어깨를 으쓱 올려 슬립의 한쪽 끈이 어깨에서 미끄러지게 했다. 스트릭랜드는 약하고 무가치한 존재가 되어 그녀 앞에 섰다.

"난 여기가 마음에 들어요."

그녀가 말했다. 벗겨진 옷이 해충처럼 바닥에 널려 있고 향수병이 혼란스러운 벌레들 속에 흐트러져 있었다. 블라인드는 마치 지진으로 갈라진 것처럼 삐뚤어졌다. 사실 그는 볼티모어가 싫었고 이 도시를 믿지 않았다. 이 도시의 모든 것은 문명으로 가장한, 정교한 속임수이고 그들 종의 우월성에 대한 허세였다.

"볼티모어는……."

레이니가 말을 덧붙였다.

"사람들이 좋아요. 남부의 가식이 없어요. 아이들도 뒷마당이 넓어서 좋아하고 학교도 마음에 들어요. 가게들도 멋져요. 당신도 직장에 만족하고. 물론 당신이 직접 그렇게 말하진 않았지만 여자의 직감이 있거든요. 매일 야근하고 열심히 일하잖아요. 연구소에서도 고마워할 거예요. 당신은 직장에서 크게 될 거예요. 모두 다 잘될 거예요."

붕대를 감은 그의 왼손이 그녀의 손을 만졌다. 왜 그랬는지 알 수 없었다. 약기운 때문이리라. 그렇지 않다면 곧 섹스할 생각에 취해서 그의 몸이 반항하는 것일 수도 있었다. 그녀는 그의 손가락을 자신의 가슴으로 가져갔다. 그리고 숨을 들이마시고 가슴을 내밀면서 목을 길게 뺐다. 그는 아내의 매끈한 피부에서 엘라이자 에스포지토의 목에 난 두 개의 볼록한 흉터를 보았다. 엘라이자, 일레인. 이름이 너무 비슷했다. 그는 흉터를 상상하면서 손가락으로 아내의 목을 매만지는 자신을 발견했다. 레이니는 그의 손 쪽으로 목을 더 가까이 가져갔다. 순간, 아내에 대한 비애가 솟구쳤다. 아내는 그가 무슨 생각을 하는지 전혀 알지 못했다. 예를 들어 싱크대에 숨겨진 피라냐처럼 그녀를 조각조각 씹어 먹고 싶다고 생각하는 것도.

"아파요?"

그녀가 페맨 그의 차가운 손가락을 심장 위의 뜨거운 가슴으로 가져가며 물었다.

"느껴져요?"

32

레이니는 그의 야성을 발견하고 기뻐했다. 그는 너무 오랫동안 정글에 파묻혀 지냈다. 그래서 그녀는 볼티모어에서의 생활이 군사 임무 이상으로 중요하다는 점을 수시로 일깨워주었다. 티미가 타임캡슐에 대해 질문하자 리처드가 비로소 아이를 바라보았고 아버지로서 꽤 괜찮은 조언을 해 주었다. 레이니는 그에게 시간이 필요한 것뿐이라는 사실을 깨달았고 곧 그는 티미와 스킹크에게 한 짓과 훌륭한 남자가 되는 법에 대해 이야기를 나눌 거라고 확신했다. 일에 지나치게 매달리고 호이트 장군에 대한 충성심이 너무 강했지만 그 모든 것에도 불구하고 리처드는 좋은 사람이니까.

최근의 여성 잡지에서는 여자들에게 몸을 보상으로 제공하지 말라고 했지만 뭘 모르는 소리였다. 그 기자들과 편집자들한테 두 개의 서로 다른 지옥에 내던져졌다가 살아 돌아온 남편이 있는가? 그녀는 섹스를 통해 우리도 평범하게 행복할 수 있다고 남편에게 확인시켜 주고 싶었다. 그 과정에서 그녀 또한 똑같은 확신을 얻을 수 있을지도 몰랐다. 클라인 & 손더스에 취직한 사실을 계속 비밀로 하지 않아도 될지 모른다. 이번의 섹스가 잘 마무리되고 그가 기운이 다 빠지고 몽롱한 상태로 자신을 꼭 안아 준다면 그때 고백할 수도 있을 것이다. 어쩌면 그가 자신의 취직을 자랑스러워할 수도 있겠지.

그러나 그의 야성은 계속 이어지지 않았다. 리처드는 벗은 몸이 어색한지 곧 당혹스러워했다. 둔하게 옷을 벗고 어색하게 그녀 위로 올라와 자세를 잡는 사이 그는 아마존에서 돌아온 후 줄곧 그런 것처럼 이마를 찡그린 무서운 표정을 지었다. 레이니는 일부러 정신없이 굴었다. 슬립을 반쯤 헤집고 한 손은 헝클어진 머리카락 속에 넣고 나머지 한 손으로 침대보를 꽉 잡았다. 하지만 리처드는 그저 발기한 물건이 달린 살덩이였고 과제를 수행하는 도구였다. 그는 주사기처럼 곧게 그녀의 안으로 들어가 중간 속도로 시작해 아무런 변화 없이 피스톤 운동을 했다.

하지만 이건 확실히 중요한 기회였다. 그녀는 두 다리로 그의 등을 감싸고 손가락으로 이두박근을 더듬고 가슴을 요동치게 했다. 특별히 느낌

162

이 좋아서가 아니라 두 사람의 모든 부분을 같이 움직이게 하기 위해서
였다. 그녀가 거짓말을 하지 않는 한, 지금 이 섹스는 매 순간을 새롭게
받아들이고 그들의 결혼생활과 더불어 그들의 관계가 아직 끝나지 않았
다고 확인할 수 있는 기회였다.

에너지와 헌신이 필요한 일이었다. 솔직히 그녀는 집중이 되지 않았다.
갑자기 목에서 리처드의 따뜻한 손이 느껴졌다. 그를 놀라게 하지 않으려
고 일부러 천천히 눈을 떴다. 그의 얼굴은 축축하고 붉었으며 역시 축축
하고 붉은 눈이 그녀의 목에 고정된 채 엄지로 그녀의 목 양쪽에서 사선
으로 움직였다. 그의 행동을 이해할 수 없었지만 격려해 주고 싶었다.

"기분 좋아요. 온몸을 만져 줘요."

그녀가 속삭였다. 그의 손이 미끄러지듯 턱으로 올라가 부드럽게 그녀
의 입을 막았다. 그녀는 그 행동 역시 이해할 수 없었는데 곧이어 목에
서 축축한 뭔가가 흘러내리는 것 같았다. 입술에 닿은 그의 딱딱한 손마
디에서 붕대에 감긴 결혼반지가 느껴졌다. 그녀는 속으로 침착하자고 생
각했다. 그가 자신을 해치거나 목을 조르려는 것이 아니라고. 입술 사이
에서도 축축한 것이 느껴졌다. 그녀는 맛을 보고 그게 뭔지 알았다. 믿지
않으려고 했지만 다시 맛을 보고는 머리를 옆으로 빼 그의 손바닥에서
빠져나갔다.

"여보, 손에서 피가!"

레이니가 헐떡였다. 하지만 젖은 손이 다시 그녀의 입으로 내려왔다. 그
는 그녀가 침묵하기를 바랐고 이제 그의 움직임이 빨라졌다. 예기치 못한
리듬에 침대 스프링이 끽끽거리고 헤드보드에서 둔탁한 소리가 났다. 그
녀는 피가 들어오지 않도록 입을 꽉 다물고 코로 숨을 쉬었다. 자신이 원

했던 바로 그 야성, 그것도 고조된 수준의 야성이니까 끝날 때까지 참아야 한다고 생각했다. 이런 걸 좋아하는 여자들도 있다. 모험 잡지에서 찢어진 옷을 입은 무력한 여자들이 타잔 같은 남자들에게 거칠게 다뤄지는 표지를 수없이 보았다. 어쩌면 그녀도 이런 것이 좋아질지도 모른다.

그의 몸이 움직이면서 손이 느슨해지자, 레이니는 머리를 똑바로 세울 수 있었다. 리처드는 더 이상 그녀의 목에 핏자국을 남기며 그린 두 개의 선을 쳐다보지 않았다. 그의 머리는 어깨 쪽으로 비틀어져 있었는데 목 근육이 팽팽해질 정도로 고개를 돌려 옷장 안을 쳐다보고 있었다. 레이니는 자신의 허벅지에 닿은 그의 허벅지가 떨리는 것을 느꼈다. 그래서 그냥 머리를 베개에 묻고 피가 목의 양쪽에서 흐르도록 두었다. 그의 행동을 어떻게 받아들여야 할지 너무 혼란스러웠다. 옷장에는 볼 만한 것이 전혀 없었다. 낡고 지저분한 하이힐밖에는.

33

엘라이자는 매일 연구실 안에 들어갈 수는 없었지만, 늘 달걀을 준비했다. 괴생명체가 수조가 아니라 탱크 안에 있는 날에는 가슴이 무너졌다. 그녀는 며칠 동안 도취된 행복에서 깨어나 F-1에는 기쁨이 하나도 없다는 사실을 깨달았다. 물론 탱크보다는 수조가 낫지만 수조보다 나은 곳은 너무나 많았다. 세상에는 연못과 호수, 시내, 강, 바다로 가득하니까. 엘라이자는 그가 탱크 안에 있는 날에는 그 앞에 서서 괴로워하며 고민했다. 자신이 과연 그를 잡아 온 헌병들이나 여기에 그를 가둔 과학자들보다 조금이라도 나은 존재일까? 확실한 것은 괴생명체가 금속과 유리로 된 탱크 안에 있어도 그녀의 마음을 감지할 수 있다는 사실이었다. 그의 몸에서 나는 빛이 탱크 안을 너무도 강렬한 색으로 채워서 마치 그가 용암이나 녹은 철, 노란 불꽃 안에서 헤엄치는 것처럼 보였다. 엘라이자는 격렬한 감정을 느끼는 그가 염려스러웠다. 그녀가 오히려 그의 삶을 괴롭게 만든 것은 아닐까? 엘라이자는 둥근 창문으로 그를 들여다보기 전에 굵은 눈물을 삼키고 떨리는 입술을 가린 채 최대한 평화로운 미소를 지어 보였다.

그는 둥근 창 바로 뒤에서 헤엄치며 그녀를 기다리고 있었다. 그녀를 보자 몸을 홱 돌려 구르고 양손으로 기포를 만들며 가장 좋아하는 단어를 수화로 말했다.

안녕.

엘—라—이—자.

음악.

폐쇄된 탱크 안에서 음악이 들리지도 않을 텐데……. 엘라이자는 아픈 마음이 눈 녹듯 사라졌다. 그는 자신은 들을 수 없지만 그녀가 행복해한다는 것을 알기에, 그러면 자신도 행복해질 것이므로 음악을 틀어 달라는 것이다.

엘라이자는 몸을 떨며 흐느끼는 모습도, 팔로 눈물을 훔치는 모습도 그에게 보이지 않아서 다행이라고 생각하면서 오디오 테이블로 갔다. 그리고 레코드판을 올리고 마음을 다잡고 탱크를 향해 뒤돌아섰다. 그는 멋진 솜씨로 그녀를 감탄하게 만들려는 듯이 그녀를 보며 눈을 깜빡이고 좌우로 앞뒤로 움직이고 빙 돌면서 헤엄쳤다.

엘라이자는 웃으며 거기에 답했다. 한 손을 어깨 높이에, 다른 손을 허리 높이로 올리고 음악에 맞춰 왈츠를 추었다. 서투른 파트너보다 혼자가 훨씬 낫다는 듯한 얼굴로 철제 고리가 달린 콘크리트 기둥과 날카로운 수술 도구가 놓인 테이블을 춤추면서 지나갔다. 그는 탱크에서 라벤더 빛을 내뿜으며 기쁨을 표현했다. 잠시 후 무대에 익숙해진 그녀는 자신이 그의 차갑고 날카로운 손과 비늘이 달린 강인한 허리를 잡고 있다고 상상하면서 살며시 눈을 감았다.

34

엘라이자는 여러 가지 이유로 남자가 연구소로 들어오는 것을 알아차리지 못했다. 〈스타 더스트 Star Dust〉에서는 넋을 빼놓는 리듬이 흘러나왔고 방금 전에 속상한 마음을 지우려고 평소보다 볼륨을 크게 올렸기 때문이다. 평소에 그녀의 귀는 과학자가 주머니에서 키 카드를 꺼내려고 달그락거리는 소리나 헌병대가 복도를 행진하는 발걸음 소리 등에 아주 예민하게 반응했다. 하지만 지금의 희미한 소리는 그녀가 익숙하지 않은 소리였다. 괴생명체의 예민한 시각과 청각에 대해 잘 알고 있는 남자가 조심스럽게 움직이는 소리였다. 엘라이자가 사각형 모양으로 스텝을 밟고 딥 왈츠를 추는 동안 괴생명체의 빛이 우려가 담긴 짙은 검은색으로 흐려졌다. 하지만 엘라이자는 행복에 겨워 눈을 꼭 감고 있어서 그 경고를 보지 못했다.

제 3 부
──
창조적인 박제술

1

차가운 공기 속에서 남자의 눈물만이 온기를 자아내고 있었다. 그의 등 뒤로 닫힌 F-1 문 너머에는 지하묘지 같은 통로가 도사리고 있었다. 그는 송장처럼 차갑게 식은 손으로 자신의 입을 틀어막았다. 만약 울고 있지 않았다면 웃음이 터져 나왔을지도 모른다. 물론 달걀 때문이었다. 그는 평생 동안 '진화'에 대해 연구했다. 하지만 '진화'보다 '출현'이라는 말을 더 선호했다. 성별을 구분할 수 없는 유충이나 해파리, 수정란 배아의 형태 발생을 볼 때, 시간을 두고 서서히 변화하는 '진화'보다는 새로운 것이 갑작스럽게 나타나는 '출현'이라는 단어가 더 어울렸다.

이는 그가 학생들에게 종종 언급했던 내용과도 일맥상통했다. 우주는 여러 세대를 거치며 큰 축을 따라 느리게 진화하지만, 괴생명체는 갑자기 터져 나오는 눈물같이 갑작스러운 '출현'에 의해 변화된다는 것이다. 갑작스러운 출현으로 이루어진 변화는 그 뒤로 천년 이상 지속되며 긴 시간 동안 인류에게 영향력을 발휘할 수 있다. 그는 이렇게 강의하면서 학생들 모두가 환상적인 돌연변이의 자식들이라고 추켜세웠지만, 정작 본인이야 말로 미국 사회의 돌연변이라고 생각했다. 강의실의 수많은 사람들 중 유일한 이민자 출신이었기 때문이다.

분필 가루가 흩날리는 강단 위에서 그가 얼마나 대범했던지! 심지어 연구 현장에서 일하는 지금보다 훨씬 멋진 삶이었다. 그의 어머니는 툭하면 공상에 빠져 있는 아들을 '레니비이 모즈그(Leniviy mozg)'라고 부르곤 했다. 소련어로 '게으른 두뇌'라는 뜻이었지만 그는 이와는 정반대로 살아왔다고 자부했다. 매사에 최선을 다했고, 그 결과 명망 있는 과학자로 자리 잡았다. 학위증서, 졸업장, 학자로서의 명성 등을 자부심으로 여겼지만, 이제 더는 그런 생각이 들지 않는다. 그는 위험에 빠진 청소부를 구해내기는커녕 자기 혼자 도망치느라 바빴다. 자신은 그저 상아탑에 갇힌 겁쟁이일 뿐이었다.

그는 밤마다 오컴으로 돌아오는 일이 많았다. 수조의 계기판을 네다섯 번이나 확인하고, 또 확인하면서 쉽사리 잠자리에 들지 못했다. 괴생명체는 인위적인 환경에서 오래 버티지 못할 게 분명했다. 그리고 어느 날 아침, 배 가죽을 하늘로 향한 채 금붕어처럼 죽어 있겠지. 스트릭랜드는 주위를 둘러보며 환호하고 손뼉을 칠 테고 자신은 남몰래 눈물을 삼킬 것이다. 그런데 바로 오늘 밤, 괴생물체가 그간 생존할 수 있었던 이유가 드디어 밝혀졌다. 여자 청소부가 괴생명체를 살려 낸 것이다. 특수 용액이나 화학 물질 따위가 아닌, 영혼의 힘으로 말이다. 그녀를 실험실 밖으로 끌어낸다면, 괴생명체는 자신의 심장을 날카로운 칼로 도려내는 것처럼 고통스러워할 것이다.

오늘 밤, 그는 계기판을 확인하러 온 게 아니었다. 춤추는 청소부를 보며 지금껏 확고했던 자신의 신념을 흔들리게 만들려는 건 더더욱 아니었다. 오로지 지금껏 수집한 자료를 확인하기 위해서 온 것이었다. 노란색 종이 파일 안에는 그가 지금껏 상당한 위험을 감수하며 수집한 첩보 자료가 담겨 있었는데 내일의 중요한 만남을 앞두고 반드시 보고서를 완성해야 했다.

그는 실험실 문에 몸을 기댔다. 머리가 아찔해지더니 눈앞이 핑 돌았다. 버튼을 누르고 비틀거리며 복도로 걸어 나오며 종이 파일을 다시 꽉 움켜쥐었다. 날카로운 모서리에 살갗이 베였지만 개의치 않았다. 그리고 스스로가 누구이고 왜 이곳에 왔는지 되뇌었다. 그는 밥 호프스테틀러이지만, 사실은 소련의 민스크 주 출신의 드미트리 호프스테틀러였다. 그가 천부적인 재능의 과학자라는 사실은 이력서에도 잘 드러나지만, 진짜 정체는 철저히 가려져 있었다. '괴생명체'라는 말과는 비교할 수 없을 정도로 심오한 그의 본업은 첩자, 정보원이자 첩보원, 소식통, 그리고 공작원이자 스파이였다.

2

호프스테틀러가 렉싱터 가에 세 들어 사는 집은 좀 유별났다. 발톱 조각을 길이별로 세워 놓는 괴짜의 집과 비교해도 별반 다르지 않을 정도였다. 우선 집 전체가 허전하다 못해 휑했고 서랍장과 책장은 항상 텅 빈 채로 열려 있었다. 상하지 않는 식료품은 쇼핑백에 담아 부엌 테이블에 두었고, 상하는 음식은 봉지에 담아 냉장고에 넣었다. 침실에는 옷장이 없었고, 작은 탁자에 옷 몇 벌만 개어 놓았다. 그는 철제로 된 간이침대에서 잠을 잤다. 약품을 담는 서랍장도 텅 비어 있었다. 그가 먹는 조제약들은 군대식 라벨이 부착된 채로, 세면대 위에 가지런히 놓여 있었다. 집 안에서 유일하게 사용하는 휴지통은 매일 저녁 깨끗이 비웠고, 일주일에 한 번씩 깨끗이 닦아 두었다. 집 안 전구들은 하나같이 불빛이 희미했다. 그러다 보니 이사 온 지 수 개월이 지났음에도 그는 여전히 집 안에서 자신의 그림자를 밟고 다니는 실정이었다. 그는 항상 KGB 첩보원들의 존재를 염두에 두고 있었고 그들은 더디게 진척되는 자신의 임무를 언제든지 끝장낼 수 있었다.

설마 CIA요원이 자기 집 주변을 어슬렁거리지는 않겠지만 그는 혹시나 하는 마음에 전선과 도청 장치, 첩보용 가방 등을 숨겼다. 대부분의 남자들이 캔 맥주를 들고 스포츠 중계를 즐기는 토요일이 되면, 그는 퍼티용 칼을 들고 서랍장, 창문, 온풍기, 문설주, 처마 안쪽을 수리했다. 그리고 남자들이 가족을 위한 깜짝 이벤트로 요리를 하듯이, 이따금 전화기를 분해했다가 다시 조립하곤 했다. TV와 라디오는 그의 취향에 맞지 않았다. 전화기는 무음으로 해 두었고, 매주 일요일이 되면 책을 다 읽지 못했더라도 도서관에 반납했다. 어느 날 호프스테틀러는 괴생명체 앞에서 춤을 추는 청소부의 출퇴근 기록계를 확인하고 그녀의 이름이 '엘라이자 에스포지토'임을 알게 되었다. 그녀를 바라보는 괴생명체는 행복에 눈부시게 빛나고 있었고 호프스테틀러는 이 기묘한 광경 속에서 깊은 고독과 슬픔을 느꼈다.

그는 오늘 평소처럼 복도를 지나치다가 불안함을 느꼈다. 분명 뭔가가 잘못됐다. '잘못됐다'라는 말은 부모, 교사, 제복을 입은 남성들의 전유물이 아니던가. 과학자들에게는 쓸모없는 단어였다. 하지만 전날 밤 목격한 장면은 목구멍에 걸린 가시처럼 여전히 그를 괴롭혔다. 만약 이 괴생명체가 기쁨, 애정, 염려와 같은 복잡한 감정을 느낄 수 있다면? 그렇다면 이 괴생명체는 더 이상 분젠버너*의 표본을 대하듯 가볍게 여겨서는 안 되지 않을까? 아무리 생각해도 결론은 똑같았다. 실험을 신중하게 진행한다고 해도 이것은 옳지 않은 일이었다. 호프스테틀러는 워싱턴과 오컴, 그리고 자신까지도 그동안 어떻게 단 한 번도 부끄러움을 느끼지 못했을까 하고 의아스러웠다.

마룻바닥 깊숙한 곳에는 여권, 지폐가 담긴 봉투, 구겨진 종이 파일이 들어 있었다. 호프스테틀러는 택시의 경적 소리가 들리자 서둘러 종이 파일을 꺼낸 다음 널빤지 판자를 도로 덮었다. 언제나 똑같았다. 특정 시간과 비밀 암호를 알려 주는 전화는 예고 없이 걸려오곤 했다. 그는 오늘 데이비드 플레밍에게 사무실에 늦는다고 알린 다음, 약속 시간이 될 때까지 초조하게 기다렸다. 동일한 운전기사의 택시를 두 번 이상 타는 일은 없어야 하기에 늘 공책에 운전기사의 이름을 적어 뒀다. 이번 운전기사의 이름은 로버트 나사니엘 드 카스트로였다. 호프스테틀러는 사람들에게 자신을 '밥'이라고 소개했다. 이처럼 격 없고 잊기 쉬운 이름이 또 있을까.

그는 공항을 지나 베어크릭 다리를 건너 베들레헴 철강 회사의 선착장에 도착했다. 정장 차림이 썩 어울리는 장소는 아니지만 어쩔 수 없었다. 그는 자신의 정체는 철저히 숨긴 채 붙임성 있는 말투로 운전기사와 무의미한 대화를 주고받았고 내릴 때에는 별로 기억에 남지 않을 만큼의 팁을 건넸다. 처음에는 창고를 향했지만 택시가 완전히 떠나 버리자 컨테이

---

*가스를 연소시켜 고온을 얻는 장치

너 선박 사이로 방향을 틀었다. 부두 창고와 선로를 건너고 아무도 뒤따라오지 않는다는 것을 재차 확인한 후, 모래더미가 30피트 높이로 쌓인 곳으로 되돌아갔다.

그는 특정 콘크리트 블록 위에 앉아 기다렸다. 민스크에 살던 시절이 떠오르면 무료한 소년이 그러했듯 발장난을 치며 북소리를 냈다. 이윽고 자동차 바퀴가 자갈밭을 가로지르며 분노에 이를 가는 소리가 들렸다. 중국의 황량한 사막처럼 모래바람이 하늘 높이 일었다. 거대한 크라이슬러가 나타났고 호프스테틀러는 얼른 일어나 휘몰아치는 모래바람 사이에 섰다. 아버지가 이 광경을 보셨더라면 분명 'Gryaz(얼룩졌다)'라고 했을 것이다.

운전석 문이 열리고 깔끔한 양복차림의 낯익은 남성이 들소처럼 숨을 헐떡이며 나타났다.

"참새가 창턱에 내려앉아 둥지를 틀었네."

그가 말했다.

억센 소련 억양을 지닌 남자가 답했다.

"그리고 독수리, 독수리는……."

호프스테틀러는 차량의 은빛 손잡이를 잡아당기며 말했다.

"그리고 독수리는 먹이를 낚지. 기억도 못할 거면 암호를 왜 사용하지?"

3

새까만 크라이슬러는 그를 태우고 다시 시내를 돌아다녔다. 호프스테틀러가 들소라고 부르는 운전기사는 결코 지름길을 택하는 법이 없었다. 오늘은 홀라버드 캠프의 서쪽을 지나 볼티모어 도심 병원을 배회하더니 계단식으로 이루어진 노스 스트리트 묘지를 지나 볼티모어 동부에 다다랐다. 그동안 그의 '게으른 두뇌'는 간만에 공상을 즐기며, 모든 우주론적인 관점에서 보자면 볼티모어 거리 따위는 미립자에 불과하다는 것을 증명하느라 바빴다. 더불어 자신도 인류 역사에서 무가치한 역할을 수행하는 아주 성가신 존재라는 결론을 내렸다. 적어도 이것만은 그가 바라던 바였다.

두 사람은 블랙 씨 러시안(Black Sea Russian) 식당 앞에 내렸다. 사방이 번쩍거리는 거울과 금으로 가득하고, 창문에는 붉은 가리개가 걸려 있고, 테이블 위에는 세공으로 장식한 공작 인형들이 놓여 있었다. 호프스테틀러는 도무지 이해가 되지 않았다. 이처럼 눈에 확 띄는 식당에서 만날 거라면, 그간의 비밀스러운 전화, 암호, 이리저리 장소를 옮겨다닌 게 다 무슨 소용이란 말인가? 들소는 차 문을 잠그지 않고 그를 따라 안으로 들어갔다.

너무 일찍 도착한 모양인지 식당은 아직 영업을 하지 않았다. 부엌에서 덜커덩거리는 소리는 났지만 사람 목소리는 거의 들리지 않았다. 웨이터는 테이블을 하나 차지하고는 담배를 피며 그날의 특별 요리를 외워 댔다. 세 명의 바이올리니스트가 'Ochi Chernye'를 연주했다. 레드 와인의 알싸한 향이 갓 구운 생강 빵 냄새와 뒤섞였다. 호프스테틀러는 포스터가 걸린 화장실을 지나갔다. 에드가 후버가 발간하는 포스터로 이민자들에게 간첩 행위, 방해 공작 활동 그리고 체제에 반하는 행위들을 고발하도록 독려하는 내용이었다. 물론 아는 사람들만 아는 농담이었다. 식당에서 가장 안쪽에 위치한 방으로 들어서면 바닷가재들이 담긴 거대한 수조가 보였다. 레오 미할코프는 그곳에서 그를 기다리고 있었다.

"밥."

미할코프가 먼저 인사했다. 그는 회화 실력도 늘릴 겸 호프스테틀러와는 가능한 영어로 대화하는 편이었다. 하지만 호프스테틀러는 비밀경찰의 입에서 미국식 이름을 듣자니 맨몸으로 수색당하는 느낌이었고 그가 자신의 이름을 '밥'처럼 발음하는 것도 조금 꺼림칙했다. 어쩌면 그의 발음이 FBI 포스터에서처럼 비밀 결사단만이 공유하는 무언가가 아닐까하는 생각도 들었다. 음악가들에게 눈길을 한 번 주자 그들은 궂은일을 처리하도록 고용된 사람들마냥 서로 고갯짓으로 리듬을 맞추더니 연주를 시작했다. 이 식당의 장점을 하나 꼽으라면 도청 장치가 소용없다는 것이었다. 귀청이 터질 듯 시끄러운 음악 소리 때문에 도청은 사실상 불가능했다. 그는 목소리를 높였다.

"레오. 예전에도 부탁드렸던 것 같습니다만, 저를 '드미트리'로 불러 주셨으면 합니다."

비겁한 짓일 수도 있지만 그로서는 두 가지 인격체를 분리하는 편이 더 좋았다. 미할코프는 혀를 길게 내빼고 스모키 연어와 생크림, 캐비어를 얹은 팬케이크를 입에 넣었다. 호프스테틀러는 누런 종이 파일이 문드러질 정도로 만지작거렸다. 이 소련 냉혈한은 그를 조롱하듯 말없이 제압한 뒤 단번에 힘없는 약자로 만들어 버렸다.

레오 미할코프는 그가 네 번째로 만난 비밀경찰이었다. 호프스테틀러의 첩보 활동은 그가 모스크바의 로모노소프에서 일을 구한 다음 날부터 시작됐다. 물난리가 난 호수에서 난파한 선박을 발견한 것처럼 스탈린의 NKVD 요원들이 몰려들었다. 그들은 가난한 젊은 학자에게 토마토와 고깃국 그리고 보드카 술이 차려진 저녁을 대접하더니, 디저트로 정부 기밀을 건넸다. 미국의 원자 폭탄 개발, 인공위성 발사, 화학 살상 무기 실험 프로젝트에 소비에트 첩보원으로서 잠입하라는 것이었다. 마약에 취한 기분이었고 해독제가 없었더라면 이미 죽은 목숨이었을 것이다. 그에게 해독제란 총독에 대한 절대적인 충성심이었다.

첩보요원들은 전쟁이 끝나면 미국이 유라시아 대륙의 인재들을 채용할 거라고 예측했다. 그리고 그들은 드미트리 호프스테틀러를 찾아냈다. 호프스테틀러의 임무는 유능한 미국인으로 변장하는 것이었고 권총 앞에서 침묵을 지켜야 하거나 스스로를 희생시켜야 하는 삶도 아니었다. 비밀이 보장된 장소에서 자신의 전문성을 마음껏 발휘하다가, 소비에트 연방 비밀경찰 조직과의 계약에 따라 자료를 넘기면 되는 것이었다. 호프스테틀러가 만약 이 일을 거절할 경우 어떻게 되는지 묻자 비밀경찰은 그의 아버지와 어머니에 대해 조심스러우면서도 구체적으로 언급했다. 비밀경찰 조직이 그를 옥죄는 일은 손바닥 뒤집기보다 쉬워 보였다.

미할코프는 호프스테틀러의 요구를 가볍게 무시했다. 그는 체격으로 상대방을 압도하는 타입이 아니었다. 오히려 바닷가재가 들어 있는 수조 앞에 쪼그려 앉아 구경하는 걸 즐기는 부류였다. 타이트한 양복 앞주머니에 장미를 꽂은 짧은 회색 머리의 남자는 자애로운 미소를 짓다가도 여차해서 돌변하면 서슬 퍼런 칼날을 들이밀 것이 분명했다. 그는 캐비어를 꿀꺽 삼키며 손을 내밀었는데, 마치 수조 안에 있던 갑각류가 그의 귀에서 기어 나오는 것처럼 보였다. 호프스테틀러는 조심스레 파일을 건넸다. 구겨진 옷을 입고 교회에 가려다 엄마에게 눈총을 받을까 조바심을 내는 어린아이와 같았다. 미할코프는 파일을 묶은 실을 풀고 서류를 꺼낸 뒤 쓱쓱 넘겨 보았다.

"그래서 이게 뭐지? 드미트리?"

"이 프로젝트에 대한 청사진입니다. 모든 내용은 다 보고서에 담았습니다. 오껨에 있는 문, 창문, 환풍기 등 전부 다요."

"아뜰리차나(Otlichno)! 아, 영어로 말해야 하는군. '잘했어'. 상부에서 마음에 들어 하시겠군."

미할코프는 호프스테틀러의 뻣뻣한 모습을 보며 팬케이크를 다시 한 입 베어 물었다.

"이 보드카를 마시게나, 드미트리. 네 번 증류한 거라네. 민스크에서 공수해 왔지. 자네 고향이 그곳 아닌가?"

이것은 지난 10년 동안 호프스테틀러의 부모님을 볼모로 삼아 그를 괴롭혀 온 방식이었다. 호프스테틀러가 편집증의 바다에서 표류하지 않았더라면, 바다 속 너무 깊은 곳까지 빠져들어 더 이상 수면 위 세상에 문외한이 되지 않았더라면 어떻게 되었을까. 바이올린 연주자들은 턱 사이에서 악기가 만들어 내는 진동으로 인해 그들의 대화를 들을 수 없었다. 그럼에도 호프스테틀러는 몸을 앞으로 숙인 채 목소리를 낮췄다.

"청사진을 훔친 데에는 나름의 이유가 있습니다. 추출을 허가해 주십시오. 괴생명체를 빼내야 합니다."

4

위스콘신에서 강의하던 시절은 겨울 무렵이었다. 희망과 진정성이 넘쳤던 중서부에서의 삶은, 레오 미할코프에게 전하는 거뭇한 원고 더미와

178

함께 변질되었다. 미할코프는 크리스마스 우화 '서리 할아버지'의 주인공, 데드 모로스와 비슷해 보였다. 데드 모로스는 흑담비 모피와 귀가 덮이는 모자로 무장한 채 눈보라를 휘젓고 다니며 자신의 욕심을 채우는 무서운 사람이었다. 호프스테틀러는 그의 물질적 탐욕을 검전기, 이온화가스, 가이거-밀러계수관 등으로 채워 주었다. 하지만 이것만으로는 충분하지 않았다. 호프스테틀러는 비밀경찰의 잔혹한 세계로 무력하게 빨려 들어갔다. 미국에서 비밀리에 진행 중인 프로그램으로는 전염성 피부염에 걸린 아이의 두피를 벗겨 내 효과를 살피는 것도 있었다. 곤충학적 무기 프로그램이라는 미명하에 뎅기열, 콜레라, 황열 바이러스를 보유한 모기를 죄수들에게 방사하기도 했다. 최근에는 에이전트 오렌지라는 제초제가 실험에 포함됐다. 그는 이제 안락한 삶을 포기하고 소비에트 연방을 위해 살아가게 되었다. 그러나 이것은 결국 자신의 내장을 갉아먹는 바이러스균을 찾아다니는 것이나 마찬가지였다.

그는 자기와 가깝게 지내는 사람은 누구나 잠재적으로 소비에트 연방의 눈엣가시가 될 수 있다는 중요한 사실을 깨달았고 실제로 경험하기도 했다. 그는 사랑하던 여인과 헤어졌으며, 대학교에서 주최하는 지식인 모임에 더는 참석하지 않았다. 대학에서 제공한 집은 가구와 조명을 말끔하게 치우고 서랍장과 옷장을 비웠다. 그날 밤 그는 텅 빈 거실에 홀로 앉아 싸라기눈이 창문을 덮을 때까지 어둠 속에서 이렇게 되새겼다.

"그래, 나는 소련 사람이야."

자살만이 유일한 해방구였다. 하지만 실행하기에는 해독제에 대해 아는 게 너무 많았고, 메디슨 가에는 뛰어내릴 만한 높은 건물도 드물었다. 소련 억양으로 총을 사자니 불필요한 이목을 끌 게 뻔했다. 결국 파란색

질레트 면도날을 구입해 욕조의 가장자리에 올려두는 편을 택했다. 하지만 욕조의 물을 아무리 뜨겁게 데워도 자살을 유도하는 악마의 힘에 대해 경고했던 어머니의 당부가 머릿속을 떠나지 않았다. 중년의 나이에, 호프스테틀러는 욕조에서 벌거벗은 채로 면도날을 든 채 흐느꼈다. 창백한 피부와 축 늘어진 몸뚱이가 어린아이처럼 파르르 떨렸다. 어디까지 가라앉을 수 있을까.

오컴 항공우주 연구소에서 맡은 새로운 임무가 그의 목숨을 살렸다. '새로 발견된 괴생명체'를 분석하는 일이었다. 목숨을 살렸다는 건 결코 과장된 표현이 아니었다. 욕조 위를 지키던 면도날은 어느 날엔가 휴지통에 버려졌으니까. 미할코프는 보다 많은 소식을 전했고 이번이 그에게 배당된 마지막 임무라고 했다.

"오컴에 가서 임무를 수행하게. 이것만 성공하면 자네를 고향 민스크로 돌려보내 주겠네. 18년 동안 만나지 못한 부모님 곁으로 말이야."

호프스테틀러는 눈앞에 펼쳐진 모든 서류에 서명했다. 일부 수정된 문구가 있긴 했으나 대부분은 워싱턴에서 파견되었다는 놀라운 내용을 담고 있었다. 드디어 그는 '개인적인 사유'라는 케케묵은 사유로 대학 강사직을 그만두고 볼티모어로 떠났다. '새로 발견된 괴생명체'라는 용어가 얼어붙은 그의 마음을 기쁨과 희망으로 녹였다. 본인 스스로에게도 새로운 삶이었다. 이번만큼은 또 다른 괴생명체를 파멸하는 목적이 아닌, 이해하기 위한 목적으로 연구하고 싶었다.

그리고 보게 되었다. 아니, 보았다는 건 잘못된 표현이다. 그는 괴생명체와 조우했다. 괴생명체는 수조 창문을 통해 호프스테틀러를 바라보았는데, 인간과 영장류를 구분할 줄 아는 듯했다. 호프스테틀러는 지난 20년 동안 연구해 온 과학이라는 갑옷이 벗겨지는 기분이었다. 조용히 물속을 헤엄치는 이 괴생명체는 파괴해야 할 대상이 아니라 사고, 감정, 영감을 공유해야 할 존재였다. 이 사실을 깨닫자 그는 더 이상 자살 충동에 시달리지 않았고, 진정한 자유를 느꼈다. 이번 임무를 수행하기 위한 모든 준비가 끝났지만, 오직 호프스테틀러 자신만 준비가 되어 있지 않았다.

괴생명체는 신비롭고 복합적인 존재였다. 생물학적으로 봤을 때 데본기에 해당했기에 그는 괴생명체를 '데본기 생명체'라고 불렀고 물과 괴생명체의 관계성을 연구하는 데 집중했다. 우선 데본기 생명체가 물을 마음대로 다룰 수 있다는 가설을 세웠지만 이건 너무 일방적인 생각이고, 데본기 생명체는 물과 조화를 이루는 듯했다. 물은 발차기와 거품 물기, 모래처럼 움직임 없이 걷기 등 괴생명체의 특징을 잘 나타내 주었다. 데본기 생명체는 F-1에서 다양한 연구를 진행 중인 과학자들을 하찮게 여겼다. 그들이 공격적인 행동을 취할 때마다 데본기 생명체는 보란 듯이 멋지게 헤엄쳐 사라져 버렸다.

호프스테틀러는 놀라운 가설을 떠올렸다. 하지만 혼자만의 비밀로 한 채 오컴 보고서에는 누가 봐도 그럴듯한 내용만 나열했다. 그는 열정적으로 타자기를 눌러 댔다. 데본기 생명체는 좌우가 대칭이고 신경계 튜브라 할 수 있는 적색의 척추가 존재했는데, 이는 양서류의 특징이었다. 심장을 통해 피를 공급받는데 심실은 인간처럼 4개이거나 양서류처럼 3개일 수 있다. 아가미 사이 틈이 발견되었으나 폐의 혈관이 지나가는 기관인 늑골이 확장되는지 여부는 불확실하다. 데본기 생명체는 두 가지 지구권에서는 어느 정도 존재 가능성이 있는 괴생명체였다. 이를 바탕으로 과학자들이 수중 호흡에 대해 알아 낼 수 있는 정보는 정말 무궁무진했다.

하지만 호프스테틀러는 너무 순진했다. 오컴은 원시적인 미스터리를 푸는 데는 별 관심이 없었다. 그들이 원하는 것은 사실 레오 미할코프가 원하는 것과 동일했는데, 군사 무기와 항공 기술에 적용할 수 있는 특별한 기술을 필요로 했다. 그날 밤 호프스테틀러는 손잡이를 만지작거리고 밸브를 다시 조이고, 장치가 안전하지 못하다거나 데이터가 조작되었다는 등의 구실을 내세워 데본기 생명체를 연구할 시간을 벌 궁리를 했다. 이 것은 창의력, 대범함 그리고 신념(미할코프의 무시무시한 권력 앞에 세 번이나 포기 했었지만)이 있어야만 가능한 일이었다. 그는 실험실의 조명을 아마존의 야 생과 흡사한 자연광이 나오는 특수 전구로 갈아 끼웠다.

리차드 스트릭랜드가 데본기 생명체를 멸종 위기종으로 둔갑시키자 학 계는 경쟁이 불타올랐다. 호프스테틀러는 자신에게 협조하는 손길에 은 밀히 숨겨진 칼날을 눈치 챘다. 스트릭랜드는 완전히 새로운 유형의 경쟁 자였으며 과학자에 대한 반감을 숨기지 않았다. 그는 면전에 대고 욕을 퍼부어 상대방이 얼굴을 붉히고 말을 더듬게 하는 인간이었다. 스트릭랜 드는 호프스테틀러가 일이 굼뜨고 한심하기 짝이 없다고 윽박질렀다.

"괴생명체에 대해 알고 싶다면 놈의 비위를 맞추지 마. 그냥 배를 가르고 어떻게 피를 흘리는지 보면 된다고!"

호프스테틀러는 그가 두려웠지만 이번만큼은 물러설 수 없었다. 데본기 생명체뿐 아니라, 자신이 받을 상처가 너무 컸다. 그는 스스로에게 F-1은 길들여지지 않은 새로운 우주, 특이함 그 자체라고 되뇌었다. 이곳에서 생존하기 위해서는 제3자를 만들어 내야 했다. 그 사람은 드미트리도, 밥도 아닌, 새로운 영웅이다. 죄 없는 괴생명체가 무자비한 두 열강 사이에서 놀아나는 상황에서 이제 어떤 말도 소용없다. 성공하려면 학생들에게 강조했던 기본 원칙을 몸소 실천에 옮겨야 한다. 우주는 격렬한 폭발 속 충돌을 통해 형성된다. 그리고 새로운 서식지를 찾아내면 역내 분류군은 자원을 두고 치열하게 전쟁한다. 그리고 어느 한쪽이 죽을 때까지 싸움은 계속된다.

5

미할코프는 곰곰이 생각했다.

"추출이라……. 미국인들이 발치할 때 쓰는 용어군. 구차한 과정이야. 뼈와 피가 모두 당신 손아귀에 있다고. 추출 따위는 우리 계획에 없네."

호프스테틀러는 그의 논리를 이해할 수 없었다. 소련이 미국보다 데본기 생명체에게 고통을 덜 가하리라는 보장이 어디 있단 말인가. 그는 뭔가 말하려고 입을 열었지만 음악가들이 바이올린 연주를 잠시 멈추는 바람에 숨을 들이마시는 것으로 대신했다. 그들은 팔꿈치를 한껏 추켜올렸다가 다시 내렸다. 악기의 활이 거미줄마냥 이리저리 흔들렸다.

호프스테틀러가 고집을 부렸다.

"이 계획대로라면 괴생명체를 10분 안에 오컴에서 빼낼 수 있습니다. 제가 요청드리는 것은 숙련된 엔지니어 두 명뿐이고요."

"이건 자네의 마지막 임무일세, 드미트리. 왜 일을 복잡하게 만들려고 하나? 머지않아 고향땅으로 돌아갈 수 있다고. 내가 하는 말을 새겨듣게, 동무. 자네는 모험심이 강한 부류가 아니야. 그러니 잘하는 일에나 집중하라고. 유능한 청소부처럼 미국인들을 쓸어 버리게. 그리고 흙더미가 담긴 쓰레받기를 우리에게 건네기만 하면 돼."

모욕적인 말이었지만 그는 신경 쓰지 않았다. 최근 들어 호프스테틀러는 오컴의 직원들, 특히 그 청소부들이 어느 누구보다도 기밀 업무에 능한 것 같다고 생각했다.

그가 대꾸했다.

"그 괴생명체는 의사소통이 가능해요. 제가 직접 목격했습니다."

"그건 개도 할 수 있다네. 그렇다고 해서 개를 우주선에 태우는 프로젝트를 반대할 텐가?"

"괴생명체는 단순히 고통을 느끼는 게 아닙니다. 우리처럼 고통을 이해하고 있다고요."

"미국인들은 원래 그런 쪽에 무식하지. 흑인은 백인보다 고통에 둔감하다고 믿는 놈들이잖아."

"손동작을 읽을 수 있습니다. 음악도 감상하고요."

미할코프는 보드카를 한 모금 들이키더니 한숨을 내쉬었다.

"이번 일은 붉은 수사슴을 잡는 것과도 같다네. 그놈의 가죽을 벗겨서 고기를 취하는 거지. 그처럼 단순하고 명쾌한 거야. 난 1930년대를 오랫동안 동경해 왔네. 기차 안에서의 회의, 여자 화장품에 숨겨진 소형 카메라 같은 것들 말이야. 오늘날 우리 임무는 배에 난 구멍에서 중요한 것들을 빼내는 것과 같아. 여기에는 사상, 철학과 같은 무형의 것도 포함되지. 이것들을 감정과 혼동하지 않았으면 하네."

감정. 호프스테틀러는 엘라이자가 데본기 생명체 앞에서 춤추던 모습을 떠올렸다. 그가 질문했다.

"감정이 뭐가 잘못되었다는 겁니까? 올더스 헉슬리의 작품을 읽어 보지 않으셨나요?"

"아까는 음악이더니, 이제는 문학인가? 드미트리, 자네는 르네상스 시대 사람이로군. 물론 나도 헉슬리의 소설은 읽어 봤네. 하지만 그건 스트라빈스키가 그의 작품을 하도 칭찬해서 그런 것뿐이야. 그의 최근 작품이 헉슬리의 영향을 받았다는 건 알고 있나? 이래서 초짜들은 좀 배워야 한다고."

그는 바이올린 연주자들을 향해 고갯짓을 했다.

"그렇다면 멋진 신세계도 읽어 보셨겠지요. 대규모 멸균실에서 배양된 태아들에 대해 헉슬리가 경고했던 부분도 아시겠네요. 인간 본성의 선을 따르지 않는다면 우리가 지금 나아가고 있는 방향도 별반 다르지 않다고 생각하는데요."

"이봐, 디스토피아 시대에 오컴에 보관된 어류 따위에 너무 시간 낭비할 것 없네. 마음 약해지지 말라고. 만약 공상 소설을 좋아한다면 H.G 웰즈는 어떤가? 웰즈 소설에서 모로 박사는 이렇게 말했지. '자연에 대한 연구는 결국 인간을 자연만큼이나 헛된 존재로 만든다'라고 말이야."

"모로 박사를 옹호하지 않으시군요."

"문명화된 인간은 모로를 괴물로 여기지. 드미트리, 좀 솔직해지지 그러나? 모로는 두 마리 토끼를 다 잡을 수 없다는 걸 알고 있었어. 만약 자네가 자연 세계를 선망한다면 그 세계가 지닌 잔혹성도 받아들일 필요가 있네. 그 괴생명체는 자네에게는 아무짝에도 쓸모가 없는 물건이야. 그저 냉혹한 괴물이라고. 그러니 자네도 냉정해져야 해."

"인간이 괴물보다는 나아야 하지 않겠습니까?"

"누가 괴물이라는 건가? 나치? 일본 제국주의? 우리? 괴물 같은 행동을 막는다면서 저마다 괴물 같은 일을 벌이고 있지 않나. 나는 세계를 시각화하는 걸 좋아하지. 중국이 미국과 소련이라는 두 개의 깃발을 나란히 들고 있는 모습 같은 거 말이야. 만약 한쪽 깃발이 올라가면 다른 쪽도 올라가지. 안 그러면 둘 다 파멸이야. 예전에 반덴버그라는 남자를 만난 적이 있어. 자네처럼 미국으로 파견된 사람인데 사상도 좀 삐딱했어. 그는 임무를 완수하지 못했다네, 드미트리. 결국 깊은 물속에 빠졌지. 더 자세한 이야기는 하지 않겠네."

반덴버그가 물속에 빠질 때처럼 수조 안의 바닷가재들이 거품을 물었다. 바이올린 연주에서도 미묘한 변화가 있었다. 연주자들은 접시를 나르는 웨이터에게 자리를 비켜 주었다. 바닷가재와 스테이크가 미할코프 앞에 놓였다. 이 탐욕스러운 비밀경찰은 미소를 지으면서 냅킨을 목덜미에 두르고는 양껏 먹어 치울 자세를 취했다. 호프스테틀러가 반덴버그에게 벌어졌을 일을 상상해 보니 그나마 지금 주위가 산만한 게 다행인 것 같았다.

"총독을 기쁜 마음으로 모시고 있습니다. 단지 괴생명체라는 특급 기밀을 온전히 저희 쪽으로 가져오려는 것뿐이지요."

호프스테틀러가 말했다.

미할코프는 바닷가재의 몸통을 부수고는 속살을 버터에 찍은 뒤 크게 한 입 넣고 음미했다.

"자네는 너무 오랫동안 충성했어. 좋아, 자네가 원하는 대로 해 주지. 추출을 요청하겠네. 가능한지 알아봐 주겠다는 거야."

그는 씹던 것을 꿀꺽 삼키고 호프스테틀러의 빈 접시를 가리키며 말했다.

"자네 시간이 좀 있나? 미국인들이 이 요리에 재미난 이름을 붙였더군. '서프 앤드 터프'라고 말이야. 뒤를 돌아보게. 바닷가재 한 마리를 골라 봐.

원한다면 부엌으로 가져가서 끓는 물에 데치는 걸 직접 볼 수도 있어. 바닷가재가 움찔거릴 거야. 진짜 그렇다네. 하지만 맛은 부드럽고 달콤하지."

6

봄이 왔고 잿빛 구름이 말끔히 걷혔다. 추위에 몸을 웅크린 토끼들 같았던 눈 덩어리들도 사라졌다. 새들의 노랫소리가 적막을 깨뜨리고 마음이 급한 사내아이들은 빈터에 나와 야구를 하느라 바빴다. 강둑 너머로 넘칠 것 같던 부둣가의 물도 줄어들기 시작했다. 구내식당의 메뉴도 바뀌었다. 식당 창문에서 지난 몇 달간 맡아 보지 못한 맛있는 냄새가 새어나오는 걸 보면 알 수 있었다. 하지만 아직 비가 내릴 기미는 보이지 않는다. 풀들은 아침의 푸석한 머리카락처럼 헝클어져 있었고 소변처럼 짙은 노란색이었다. 정원의 호스들은 서로를 옭아매며 바닥에 놓여 있었고, 나뭇가지들은 저마다 작은 꽃봉오리를 움켜쥐고 있었다. 배수관의 쇠 살대는 작열하는 태양에 목이 말라 울부짖는 듯했다.

엘라이자도 같은 심정이었다. 마음속에 일렁이는 급물살에 사로잡힌 느낌이었다. 지난 3일 동안 F-1에 들어가지 못했다. 주말을 포함한다면 5일째이다. 그녀는 흐르는 시간을 매분마다 머리 속에서 계산하고 있었다. F-1은 텅 비어 있었음에도 불구하고 경비는 그 어느 때보다 삼엄했다. 걸레질한 마룻바닥이 채 마르기도 전에 장화 발자국으로 더럽혀졌고 업무 교대를 감독하는 플레밍뿐만 아니라 스트릭랜드도 거기에 있었다. 엘라이자는 그가 능글맞은 미소를 띠며 자신을 쳐다보지 않기를 바라면서 얼른 눈길을 돌렸다.

세탁실에서는 특히 눈치 빠르게 행동하지 않으면 각종 화학 용품 때문에 곤경에 처하기 십상이었다. 젤다는 자판기에서 음식을 꺼내며 루시엘이 표백제 연기를 마시고 실신했을 때 벌어진 용감무쌍한 사건을 회상했다. 엘라이자는 호들갑을 떨며 그녀를 병원으로 데려가지 않고 대신 세탁물용 카트에 싣고 공기가 맑은 휴게실로 내달렸다. 오컴은 눈에 띄는 일이 생기는 것을 원치 않았다. 다행히 엘라이자의 이런 판단력 덕분에 그녀와 루시엘은 운 좋게 밥벌이를 유지할 수 있었다.

젤다가 브루스터와의 일화를 늘어놓으며 세탁물을 분류하기 시작했다. 엘라이자는 그녀의 수다를 들으며 더러운 수건과 작업복, 실험실용 재킷 등을 커다란 테이블 위에서 분류했다. 젤다가 어젯밤 월트 디즈니의 '아름다운 색깔의 세계'를 틀려고 했는데 브루스터는 '제스톤'을 보자고 고집을 부렸고, 두 사람은 한참을 옥신각신하다가 마침내 젤다가 브루스터를 쓰레기통에 던지듯 의자로 세게 밀어 버렸다고 했다. 하지만 브루스터는 거기서 그치지 않고 젤다가 TV를 시청하는 내내 제스톤의 내용을 고래고래 읊어서 젤다에게 한 방을 먹였다는 내용이었다.

엘라이자는 자신의 우울한 기분을 풀어 주려고 젤다가 일부러 이런 이야기를 꺼냈다는 것을 알고 있었다. 엘라이자는 고마운 마음에, 카트 안에 물건을 담으며 최대한 활기찬 손짓으로 감탄을 표현했다.

작업이 끝나자 두 사람은 카트를 밀며 복도를 지났다. 엘라이자의 카트에서 삐걱거리는 소리가 났다. 그 소리는 마치 고양이 울음과도 같아서 복도 끝에 헬멧을 쓰고 있는 사람조차 오싹하게 느낄 정도였다. F-1을 지나칠 때 엘라이자는 애써 무심한 척했지만 누구보다 귀를 쫑긋 세웠다.

두 사람은 왼쪽으로 돌아 창문이 없는 복도로 향했다. 주차장에서나 볼 수 있는 노란 불빛이 나무 조각으로 살짝 열어 둔 이중문 사이에서 새어나왔다. 젤다는 카트를 앞서 끌며 엘라이자가 뒤따라오도록 문을 붙잡았다. 두 사람은 종종 그러하듯, 밤 근무 동료들과 마주쳤다. 그들은 전선 위에 줄지어 앉은 새들처럼 나란히 모여 담배를 피우고 있었다. 과학자들에게 오컴 내부 금연 규정은 꽤나 엄격했지만, 청소부들은 그렇지 않았다. 이들은 저녁이 되면 종종 하역장으로 모여들었고, 담배를 피울 때에는 싸움을 멈췄다. 사실 휴식은 중앙 로비에서만 취할 수 있었고 멸균 실험실과 근접한 이곳은 휴식 구역이 아니었다.

"그 바퀴들에 기름칠 좀 하지 그래. 삐걱대는 소리가 1.5km 떨어진 데서도 들릴 지경이라고."

욜란다가 말했다.

"엘라이자, 무시해 버려. 그럴 시간이 있으면 내가 머리나 예쁘게 빗어 줄게."

안토니오가 대꾸했다.

"아, 그게 머리카락이었어? 바가지를 뒤집어 막대기에 꼽은 줄 알았지."

욜란다가 다시 빈정댔다.

"엘라이자와 젤다는 왜 우리랑 같이 담배를 안 피우세요?"

옆에 있던 듀안이 물었다.

엘라이자는 움츠러들었고 이내 목 주변의 상처를 가렸다. 그녀는 겨우 담배 한 모금을 물었음에도 한참 동안이나 기침을 해댔다. 그리고 얼른 카트를 끌고 경사로를 내려가 밀리센트 세탁소 운전기사에게 사이드 미러를 통해 손짓했다. 오컴의 모든 세탁 용역 일은 밀리센트 기업에서 맡고 있었다. 엘라이자는 차의 뒷문을 열어젖히고 바구니에 세탁물을 던져 넣기 시작했다. 젤다 역시 엘라이자의 카트 옆에 자신의 카트를 대고 세탁물을 넣으면서 외쳤다.

"제길! 못 참겠어! 어디 피우던 거라도 좀 줘 봐."

직원들은 젤다가 자신들과 한 패거리가 되자 환호성을 질렀다. 젤다는 루시엘에게 럭키 스트라이크 한 대를 받아들고는 불을 붙였다. 그리고 담배 개비를 쥔 손의 팔꿈치 아래를 반대편 손으로 받쳤다. 엘라이자에게 이 포즈는 선망의 대상이었다. 그녀의 친구가 젊고 더 정신없던 시절, 화려한 양복을 걸친 남자, 지금의 남편 브루스터가 춤추자며 꾀여냈을 때, 젤다는 이런 포즈를 취하며 그를 따라 무대로 이끌려갔을 것이다. 엘라이자는 혹시 들킬까 봐 불안한 마음으로 담배 연기를 뿜어 대는 젤다를 뒤따라갔다. 감시 카메라 앞쪽에서 불빛이 새어 나왔다.

"걱정하지 마, 자기."

안토니오가 카메라를 가리키며 엘라이자를 안심시켰다. 자세히 보니 카메라 아랫면이 드러나 있었다. 청소부들이 담배를 피우는 동안 감시 카메라를 잠시 위로 올려두었던 것이다.

"몇 분 동안만 윗분들 눈을 속이는 거야. 좋은 생각이지?"

엘라이자는 멍하니 고개를 끄덕였다. 밀리센트 세탁소의 운전기사가 곧 출발할 거라고 경적을 울려 댔다. 그녀는 세탁물을 아직 다 싣지 않았다는 것을 깨달았지만 동요하지 않았다. 두아나가 다 먹지도 못할 달걀을 왜 이렇게 많이 삶아 왔냐고 농담을 했지만 이번에도 반응하지 않았다. 젤다는 엘라이자의 손에서 담배를 낚아채더니 운전기사에게 알았다고 눈짓 했다. 그리고 경사로로 빠르게 내려가 그녀의 세탁물을 대신 차에 실었다.

"괜찮아?"

젤다가 물었다.

엘라이자가 그제야 고개를 돌리자 목에서 뚝 소리가 났다. 일행 중 하나가 담배 개비를 벽걸이 시계가 있는 곳에 짓이겨 끄고는 안토니오에게 감시 카메라를 원 상태로 옮겨놓으라고 했다. 하지만 엘라이자는 도저히 눈을 뗄 수가 없었다. 젤다가 차 문을 닫고 운전기사에게 이제 가도 된다고 소리치는 것도 귀에 들어오지 않았다. 사각지대. 엘라이자는 코를 비비며 이 말을 속으로 중얼거렸다. 생각할수록 친근하고 아늑하게 느껴졌다. 젤다와 자일스가 곁에 있었지만 엘라이자는 일평생을 사각지대에서 살았다. 세상은 그녀를 주목하지 않았다. 그녀는 눈에 띄지 않는다는 것은 세상 모두를 놀라게 할, 무기가 될 수 있지는 않을까하고 생각했다.

7

아침 근무조들이 탈의실로 하나둘씩 들어왔다. 젤다는 수년 동안 본인이 직접 교육한 직원들과 눈인사를 했다. 그녀의 후배들이 승진할 때 정작 본인은 명단에서 제외되었다니 기막힌 일이다. 아침 근무조들도 민망한지 시간을 보는 척하거나 지갑을 뒤지는 등 바쁜 척을 했다. 젤다는 얼굴을 잘 잊지 않는 편이었다. 멋들어진 바지 차림의 직원들 중에는 입이 가볍기로 유명한 사람들도 있었다. 산드라는 수면제를 먹인 승객들의 체온으로 비행기를 가동시킨다는 실험실 B-5의 비행 프로젝트에 대해 재잘댔고 알버트는 실험실 A-12에 찐득거리고 폭발하기 직전인 초록 빛깔의 인간 두뇌가 있는데, 아마도 대통령들의 머리통일 거라고 떠들어 댔다. 로즈메리는 코드명이 '방울새'인 늙지 않는 남자에 관한 폐기 처분 파일을 보았다고 주장했다.

소문은 그렇게 퍼져 나갔고, 말은 말을 낳았다. 젤다 역시 F-1에 관한 소문에 대해 조금 과장을 섞어 말했다. 수조에 스크릭랜드의 손가락을 잘라 놓은 괴생명체가 있는데, 진짜 이상한 점은 여기에 있었던 사람들은 다들 괜히 엉뚱한 데 화풀이를 하는 것이라고 덧붙였다.

그 이상한 사람들중에는 엘라이자도 포함되어 있는 듯했다. 최근 들어 그녀는 절친인 젤다가 보기에도 영 수상했다. 조금 전 카트를 끌고 F-1을 지나갈 때 엘라이자의 행동은 특히 그랬다. 삐걱거리는 바퀴들처럼 그녀는 소리 없이 울부짖고 있었다. 정부에서 몰래 추진하는 비밀 임무에 누구나 한 번쯤은 빠질 수도 있으니까 '저러다 말겠지.' 하고 생각했지만 젤다는 영 마음이 편치 않았다. 엘라이자는 오컴에서 자신의 모습을 있는 그대로 보여 줄 수 있는 유일한 사람이었다. 그녀는 좋은 사람이고 끔찍이도 열심히 일했다. 만약 엘라이자가 해고라도 당한다면 자신도 이 일을 계속할 수 있을지 확신이 서지 않았다. 이기적인 생각인지도 모르지만 사실이었다. 엘라이자는 손가락 관절이 자주 아팠다. 걸렛대를 꽉 움켜쥐어서가 아니라 엘라이자가 사람들과 소통하는 유일한 수단이 손가락이기 때문이다. 소통 없는 일상, 그것이 현실이 된다면 젤다 풀러에게 큰 상처가 될 것이 뻔했다.

F-1에 관한 분명한 사실은, 상부에서 직원들을 옴짝달싹 못하게 한다는 것이었다. 엘라이자가 실험실에서 계속 머뭇거리다간 언젠가 정말 해고

당할지도 모를 일이었다. 젤다는 옷을 갈아입고 긴 의자에 앉아 한숨을 내쉬었다. 럭키 스트라이크의 알싸한 향이 느껴졌다. 젤다는 품질 관리 점검표를 주머니에서 꺼내 다시 한 번 살펴보았다. 플레밍은 직원들이 쓸데없는 소문들을 만들어 낼 여유가 없게 하려고, 혹은 일부러 일을 더 힘들게 만들려고 의도한 듯 순서를 교묘하게 바꿔치기한 것 같았다. 아침 근무 직원들이 사물함을 닫자 젤다는 졸린 눈을 비비며 모든 선반과 진열대를 꼼꼼히 확인했다. 품질 관리 점검표에는 빈칸들이 많았다. 마치 가지지 못한 물건들과 가 보지 못한 장소로 가득한 자신의 삶을 보는 것 같았다.

탈의실은 여자들의 웅성대는 소리로 소란스러웠다. 젤다는 바지를 갈아입고, 옷걸이를 흐뜨려 놓다가, 브래지어를 채우느라 분주한 여자들 틈에서 주변을 둘러보았다. 그녀는 지금 엘라이자와 함께 버스를 타려고 기다리고 있었다. 젤다는 엘라이자가 속마음을 털어놓기를 기다렸지만 이내 그런 자신이 안쓰러웠다. 최근 들어 그녀는 자신이 아닌 다른 곳에 마음을 두고 있는 듯했다. 출퇴근 기록계에 표기되어 있지 않은 유일한 사람이 엘라이자로 밝혀지자 품질 관리 점검표를 바라보던 젤다의 시야가 흔들렸다. 엘라이자는 대체 어디에 있는 것일까? 그녀는 아직 유니폼도 갈아입지 않았는데 그 말은 곧, 아직 오컴 안에 남아 있다는 뜻이었다. 젤다는 자리에서 벌떡 일어나 복도를 가로질러 내려갔다.

이 철부지가 무슨 일을 벌이려는 게 분명했다.

8

"어리석은 계집 같으니!"

어디선가 플레밍의 목소리가 들렸다.

엘라이자는 복도 끝에서 수다를 떨고 있는 직원들이 사라지기만을 기다렸다.

"넌 시키는 대로 하는 법이 없어. 그러니 다들 널 싫어하는 거라고!"

아침 근무조들이 자리를 뜰 때까지도 플레밍의 호통은 계속 됐다. 혼자 남은 엘라이자는 서둘러 F-1 문으로 다가가 키 카드를 꽂았다.

"언제든지 거짓말을 하거나 도둑질하다가 걸리기만 해. 그러면 당장 쫓아낼 테니까!"

엘라이자는 들어서자마자 문을 닫고 등으로 기대어 섰다. 그리고 발자국 소리에 귀를 기울였다. 욕지거리와 쿵쾅거리는 심장 소리, 자신을 잡으러 오는 플레밍의 모습이 악몽처럼 떠올랐다.

오컴은 아침 근무조들로 붐볐다. 엘라이자가 이 시간에 오컴에 남아 있는 것은 규정을 어기는 일이었다. 하지만 그를 만나려면 어쩔 수 없었다. 그가 괜찮은지 확인하고 싶었다. 하지만 무엇을 확인한다는 것 자체가 불가능해 보였다. F-1은 마치 괴생명체가 수조로 처음 들어온 날처럼 눈부시게 환했다. 엘라이자는 실눈을 뜨고 잠시 비틀거렸지만 입꼬리는 살그머니 올라갔다. 시간이 촉박했지만 그녀가 그를 잊지 않았다는 사실과, 그동안 그를 보고 싶었다는 진심을 전하고, 달걀로 그의 사기를 돋울 수 있을 것이다. 그녀는 바구니에서 달걀을 꺼내 빠르게 앞으로 나아갔다. 두 다리가 춤을 추기 시작했다.

그러나 그를 보기도 전에 인기척이 들렸고 고래가 내는 듯한 고주파 소리가 그녀의 귀를 때렸다. 엘라이자는 그대로 멈춰 섰다. 그녀의 몸, 호흡,

심장이 모두 정지된 듯했다. 달걀은 그녀의 손에서 빠져나와 발밑으로 떨어지더니 수조 옆으로 데굴데굴 굴러갔다. 괴생명체는 물탱크나 수조 그 어디에도 없었다. 대신 실험실 한복판, 차가운 콘크리트 바닥에 쇠사슬로 목덜미가 묶인 채 무릎을 꿇고 있었다. 병원용 램프가 남은 전력량을 가리키고 있었다. 엘라이자는 그의 몸에서 염분과 빠짝 마른 살갗을 느꼈다. 마치 물 밖에 장기간 내버려 두어 썩기 시작한 물고기처럼 그의 반짝이는 비늘은 축 처졌고, 잿빛으로 변해 있었다. 물속에서 위엄이 넘치던 그가 무릎을 꿇고 있는 모습은 모진 형벌을 받는 죄인의 모습과 비슷했다. 기력이 쇠한 노인처럼 신음했고 아가미는 붉은 살결을 간간히 내보이며 힘겹게 호흡하고 있었다.

괴생명체가 고개를 돌리자 숨이 찬 입가에서 마른 침이 흘러나왔다. 그녀를 쳐다보는 눈은 자신의 비늘만큼이나 녹이 슬어 초점이 맞지 않았고, 눈빛을 좀처럼 읽기 어려웠다. 하지만 사슬로 단단히 묶여 있는 그의 손은 정확하게 움직였다. 두 집게손가락이 다급히 문 쪽을 가리켰다. 이것은 엘라이자가 잘 아는 신호였다.

어서 가.

우연이든 필연이든 그 몸짓은 콘크리트 바닥 옆에 놓인 의자로 눈길을 향하게 만들었다. 의자 위에는 익숙한 초록색 사탕 한 봉지가 놓여 있었다.

9

오컴에서 근무해 온 지난 세월 동안 젤다는 단 한 순간도 사복을 입고 복도를 거닌 적이 없었다. 이제 보니 유니폼은 마법의 옷이었다. 단지 유니폼을 입지 않았을 뿐인데, 그녀는 너무나 쉽게 눈에 띄었다. 하품을 하던 과학자들과 막 도착한 용역 직원들은 눈이 휘둥그레져서 그녀를 바라보다가, 이내 차가운 고드름 같은 표정으로 돌아섰다. 젤다의 꽃무늬 치마는 다른 곳에서는 어떨지 모르지만, 하얀색 가운과 잿빛 유니폼으로 가득찬 이곳에서는 천박해 보였다. 그녀는 지갑으로 옷을 최대한 감출 수 있는 데까지 감추면서 앞으로 나아갔다. 정신없는 교대 시간은 몇 분 더 지속될것 같았다. 그 안에 엘라이자를 찾아내면 정신이 번쩍 들도록 팔을 잡고한껏 흔들어 놓을 참이었다.

모퉁이를 돌자 스트릭랜드가 보안실에서 나오는 모습이 보였다. 그는배에서 내리는 사람처럼 심하게 휘청거렸다. 젤다는 이런 비틀거림을 많이 봐 왔다. 술을 끊기 전 브루스터가 그러했고, 치매에 걸렸던 아버지가그러했으며 집이 불타는 모습을 눈앞에서 목격했던 삼촌의 발걸음이 그러했다. 스트릭랜드는 똑바로 몸을 세우더니 꽉 감은 눈을 비벼댔다. 여기서 잤던 것일까? 그는 사무실에 도착해서야 비로소 제대로 걷기 시작했다. 무언가 바닥으로 떨어지는 소리가 들렸는데 주황색 전기봉이었다. 스트릭랜드는 석기 시대 야만인 무리의 일원인 것처럼 그것을 어깨 뒤로둘렀다.

그는 젤다를 아니, 아무것도 보지 못하는 것처럼 굴었다. 그는 느릿한걸음으로 어딘가로 걸어갔고 다행히 젤다는 그쪽이 어디인지 알고 있었다. 젤다도 그곳을 향하고 있었다. 그는 휘청거렸고 벽에 손을 짚은 채 간신히 균형을 유지하며 손가락에서 느껴지는 고통에 신음하고 있었다. 그녀는 오컴의 구조를 머릿속으로 그렸다. 지하실은 F-1과는 반대 방향에 있었고 두 배 거리가 됐지만 지금 그의 상태라면 충분히 따라잡을 수 있을 것 같았다. 그녀는 한 번도 스트릭랜드를 앞서 걸어가 본 적이 없었다. 하지만 지금은 엘라이자를 위해 해야만 했다. 용기만 있다면 그를 따라잡을 수 있을 것 같았다.

그녀의 발은 부지런히 움직였고 팔은 앞뒤로 흔들렸다. 그녀는 음식 냄새로 가득한 식당을 지나쳤다. 식어 빠진 음식을 데운 요리가 아닌, 방금 요리한 아침 식사가 보였다. 그녀는 머리띠를 두르던 백인 여성과 눈이 마주쳤고, 욕을 한 바가지 들었다. 그녀의 신발 굽 소리를 듣고 비서들이 복사실에서 머리를 빼꼼이 내밀었다. 이윽고 문제가 터졌다. 오컴의 원형 실험실이 장애물이었다. 그 방은 밤에는 거의 열린 적이 없어서 그녀가 계산에 미처 넣지 못했던 곳이었다. 과학자들은 그곳에 해부제 등을 관찰할 용도로 파일을 저장해 두었는데 젤다의 눈에는 무서운 공포 영화처럼 보였다. 마치 하얗게 분칠한 우두머리 마녀가 땀을 비 오듯 흘리는 그녀의 육중한 몸을 음흉하게 바라보는 것처럼 느껴졌다. 젤다는 과학자들의 비웃음을 뒤로 한 채 '죄송합니다', '실례합니다'를 연발하며 반대편으로 비집고 나갔다. 그들의 작은 몸뚱이 앞에 움츠러들고 심장이 쿵쾅거리고 숨이 차올랐다. 두 번째 모퉁이를 보고 기뻐한 것도 잠시, 이내 그녀는 맞은편에서 걸어오는 스트릭트랜드를 보았다.

그와 눈이 마주쳤다. 여기서 몸을 돌린다면 그의 의심을 살 게 분명했다. 어쩔 수 없이 젤다는 그에게 다가갔다. 그녀가 할 수 있는, 가장 대담한 일이었다. 심장은 공이 튀듯 쿵쾅거렸고 호흡은 알 수 없는 근육 속에 파묻혀 버린 듯했다. 그는 유령을 본 것처럼 그녀를 쳐다보며 전기봉을 들어올렸다. 좋지 않은 신호였지만 적어도 그녀를 향한 비웃음은 더 이상 귓전에 울리지 않았다.

두 사람은 F-1 앞에 멈춰 섰다. 잠깐의 침묵 끝에 젤다가 마지못해 인사를 건넸다.

"아, 안녕하세요? 스트릭랜드 씨."

그는 그녀를 뚫어져라 응시했다. 두 번이나 만난 적이 있음에도 그녀를 알아보지 못하는 눈치였다. 그의 얼굴은 초췌했고 창백했으며 꺼칠한 밀가루가 아랫입술에 묻어 있었다. 그는 짜증 섞인 얼굴로 그녀가 누구인지 생각하는 걸 그만뒀다.

"유니폼을 왜 안 입었지?"

그는 '빠르고 확실하게' 말을 끊을 줄 아는 사람이었다. 이에 대한 대답으로 젤다는 '절박하고 기지 있게' 평소에 유일하게 들고 다니는 물건을 들어올렸다.

"지갑을 두고 갔었어요."

스트릭랜드는 눈을 가늘게 뜨고 말했다.

"브루스터 부인."

"네, 실례지만 제 성은 퓰러입니다."

그는 고개를 끄덕였지만 그녀의 말을 알아들은 얼굴은 아니었다. 오히려 전혀 이해가 되지 않는다는 눈치였다. 젤다는 백인들이 혼자 있는 흑인을 볼 때 이런 표정을 짓는다는 걸 알고 있었다. 그는 그녀가 자기 눈앞에 서 있다는 것 자체가 기가 막히고, 눈을 어디에 둬야 할지 모르겠다는 표정이었다. 엘라이자를 위해서 스트릭랜드의 시간과 관심을 가능한 오래 끌어야 했다.

그녀는 떨리는 속마음을 감추려 일부러 목소리를 높이며 밝게 말했다

"스트릭랜드 씨, 다친 손가락은 괜찮으신가요?"

그는 인상을 찌푸리더니 붕대를 감은 왼쪽 손을 떠올렸다.

"몰라."

"약은 드시고 있으신가요? 제 남편 브루스터가 예전에 베들레헴 철강 기계에 손목을 다친 적이 있는데 의사가 금세 고쳐 줬어요."

스트릭랜드는 얼굴을 찌푸렸다. 사실 젤다는 그의 답변에는 관심이 없었다. 그가 침을 녹여 삼키느라 입에 덕지덕지 묻은 흰색 진통제 가루가 이미 많은 것을 말해 주고 있었다. 진통제 때문이든, 플라시보 효과 때문이든 그의 목을 바싹 마르게 한 무언가는 그의 자세를 바르게 세워 주었고, 게슴츠레 뜬 눈에 생기를 불어넣었다.

"젤다 D. 퓰러. D는 데릴라의 약자."

그가 말했다.

젤다는 움츠러들었다.

"아, 아내 분은……."

갑자기 젤다의 머릿속이 두려움으로 하얘졌다.

"아내 분요. 스트릭랜드 씨, 그분은 요새 잘……."

젤다는 자신의 입에서 무슨 말이 새어나오는지 알 수가 없었다.

"자네는 근무가 끝난 것 아닌가? 지갑을 챙겼으면 얼른 나가."

그는 마치 밤 근무조 일이 현존하는 최악의 직업이며, 그녀를 대변하는 것 중에 이보다 더 천박한 것은 없다는 듯 으르렁댔다. 그는 키 카드를 뒷주머니에서 꺼내어 뾰족한 칼로 찌르듯 출입문 구멍에 밀어넣었다. 젤다는 그의 아내에 대해 꺼낸 질문을 마무리하려고 애를 썼다. 어쩌면 그녀의 말이 스트릭랜드의 발걸음을 멈추게 할지도 모른다. 하지만 스트릭랜드는 젤다를 본체만체하며 F-1의 문을 전기봉으로 밀어서 닫아 버렸다. 젤다는 엘라이자가 어디에 있는지 알 수 없지만 자신의 경고를 꼭 알아차렸기를 속으로 빌었다.

제기랄, 너무 밝았다. 밝은 빛이 눈알을 찌르는 것 같았다. 스트릭랜드는 다시 자신의 어두침침한 사무실로 되돌아가서 보안 카메라 화면의 부드러운 잿빛 광선을 맞으며 눈을 질끈 감아 버리고 싶었다. 인간의 본능은 얼마나 나약한가. 그는 목적이 있어서 이곳에 왔다. 이제 과감히 들어가서 아가미 신을 만나고, 호프스테틀러에게 실험을 끝내라고 압박해야한다. 단지 괴생명체에 불과한 놈인데 왜 그를 아가미 신이라고 생각하게 된 걸까. 더는 안 된다. 길고 견고한 전기봉이 그의 손에 쥐어져 있었고, 난간의 손잡이는 약 기운에 몽롱한 그의 정신을 지탱해 주었다.

괴생명체를 낚아서 사슬에 묶은 다음 실험대 위에 올리는 건 두 명의 일꾼이면 충분했다. 손가락 하나 다치지 않았다. 헌병들에게 뒤처리를 지시하려던 순간 그는 사무실에 약을 놓고 온 것을 깨달았다. 그는 일부러 전기봉을 그곳에 놔둘 생각이 절대로 아니었다.

그는 아들 티미가 도마뱀을 해부한 일을 알리며 심란해하던 레이니가 떠올랐다. 솔직히 이 사건은 스트릭랜드에게 전혀 문제가 되지 않았다. 오히려 아들의 용기가 자랑스러웠다. 그가 마지막으로 도마뱀과 단 둘이 있었던 적이 언제였던가. 그는 언젠가 아마존으로 돌아가 원숭이들이 소리치는 어둑한 작은 동굴에서 작살 모양의 권총을 거머쥘 생각이었다. 우리의 보물인 아가미 신은 살충제로 뒤덮인 채 두 팔을 벌려 그에게 대들고 있었다. 감히 인간과 대등한 존재인 것처럼 굴다니, 건방진 놈.

스트릭랜드는 이미 상대를 완전히 제압했다. 괴생명체는 자신의 몸을 겨우 지탱하고 있었고 찢겨진 살점에서 피가 흘러나왔다. 마구잡이로 헤집어 놓은 부위는 공기가 부족한지 파르르 떨렸다. 스트릭랜드가 전기봉을 좌우로 흔들자, 갈퀴가 달린 아가미 신의 척추가 움찔했다. 스트릭랜드가 말했다.

"기억나?"

스트릭랜드는 실험대 주위를 빙글빙글 돌다가 구두 굽으로 괴생명체를 세게 짓밟았다. 그는 고문을 가하기 직전의 짜릿함을 즐겼다. 두려움이 극대화되는 순간. 불가항력의 힘 앞에서 몸뚱이가 찢겨져 두 동강이가 나는 고통. 고문당하는 이가 두려움으로 상상력을 꽃피울 때까지 기다리는 것보다는 이게 훨씬 창의적인 행위였다. 레이니는 이런 전희를 좋아하지 않았다. 하지만 피가 솟구치는 걸 경험한 군인이라면 이 황홀한 느낌을 알 것이다. 피로 물든 레이니의 목이 떠올랐다. 기분 돋우는, 꽤 쓸 만한 이미지이다. 그는 가방에서 초록색 사탕을 꺼내 입 안에 넣고 그 싸한 맛이 마치 피라도 되는 양 빨았다. 사탕을 입 안에서 부수자 덩어리가 으깨지는 소리가 고막을 울렸다.

엘라이자 에스포지토는 숨소리도 내지 못한 채 숨어 있었다. 스트릭랜드는 이미 원숭이떼들에게 잠식당한 듯했다. 보안실 너머에서 들리는 원숭이들의 재잘거림. 책상 아래에서 들리는 한숨 소리. 그리고 비명. 그래, 비명이다. 그가 조용히 생각에 빠지거나 잠이 들려는 순간, 혹은 가족들

과 시간을 보내려고 할 때면 어김없이 원숭이떼가 몰려왔다. 그들은 스트릭랜드를 다시 정글의 왕좌에 앉히려고 했다. 그가 그렇게 될 때까지 원숭이들은 계속해서 비명을 질러 댈 것이다.

스트릭랜드는 전기봉을 들어올렸다. 그것은 단순한 전기봉이 아니라 바로 인디오들의 마체테였다. 원숭이들은 마음에 든다는 듯 낄낄댔고 스트릭랜드도 그 웃음이 싫지 않았다. 그는 마치 판야 나무의 뿌리 지지대를 싹둑싹둑 베어 버리는 것처럼 그의 마체테를 시계 추마냥 좌우로 휘둘렀다. 아가미 신은 고통스러운듯 거칠게 날뛰며 사슬을 잡아당겼다. 죽어 가는 물고기의 마지막 발악이었다. 아가미가 머리보다 두 배 이상 넓게 펼쳐졌다. 어리석은 동물이 속임수를 써 봤자 인간은 속지 않는다. 물론 신에게도 안 먹힐 것이다.

스트릭랜드가 전기봉의 스위치를 올리자 모터가 그의 손에서 부르르 떨렸다.

11

엘라이자는 철제 캐비닛 안으로 서둘러 몸을 피했다. 머리카락은 경첩에 엉키고 무릎은 상처가 나서 피가 흘렀지만 고통스럽지는 않았다. 단지 두려울 뿐이었다. 그녀 내면에서 정신없이 불어닥치는 거대한 모래바람, 분노, 우레가 단단한 뿔로 변하여 이마에 솟을 것 같았다. 그녀는 사랑하는 괴생명체를 구할 수 있다면, 당장이라도 여길 박차고 나가 스트릭랜드를 뻥 차 버리고 싶은 심정이었다. 비록 그 과정에서 자신이 목숨을 잃게 되더라도.

방금 전 그녀는 누구인지는 알 수 없었지만 사람 목소리를 들었고 자신에게 문제가 생겼다는 걸 깨달았다. 그녀는 바짝 긴장한 채로 숨을 곳을 찾았다. 살짝 열린 문틈으로 스트릭랜드가 아니라 젤다가 보였다. 더 정확히 말하자면 젤다의 눈부신 옷이 보였는데 놀라울 정도로 붉은색이었다. 그녀는 의약용 캐비닛으로 잽싸게 숨어들었고, 무릎을 굽혀 집어넣는 와중에 눈물이 찔끔 날 만큼 세게 부딪쳤다. F-1의 모든 캐비닛에는 바퀴가 달려 있었다. 엘라이자는 캐비닛이 움직이지 않도록 한 손으로 바닥을 짚어 고정해야만 했다.

채 3미터도 안 되는 거리에 스트릭랜드가 서 있었다. 삐걱거리는 캐비닛의 문을 닫기에는 너무 가까운 거리였다. 엘라이자는 잔뜩 웅크린 채로 그림자 안에 몸을 감춘 다음 호흡을 가다듬었다. 가슴과 왼쪽 귀가 캐비닛 바닥에 맞닿아 있다 보니 쿵쾅대는 심장 소리가 얇은 철판 사이로 들렸다. '움직이면 안 돼.' 그녀는 속으로 중얼거렸다. '달려 나가서 공격해.' 그녀의 또 다른 마음이 중얼거렸다.

스트릭랜드가 전기봉을 휘두르자 괴생명체의 한쪽 팔이 축 늘어져 겨드랑이에 들러붙었다. 황금색 등불 아래에 괴생명체는 이를 악물고 있었다. 스트릭랜드가 힘껏 몸통을 짓밟자 근육이 옥죄이며 비늘들이 잔물결을 쳤다. 엘라이자는 할 수만 있다면 이미 소리를 질렀을 것이다. 그녀는 손으로 자기 입을 막았고 손끝이 뺨 속 깊숙이 파묻혔다. 살다 보면 한 번쯤은 전기 충격을 겪게 된다. 하지만 괴생명체가 그런 경험을 해 본 적이 있을까. 그에겐 마치 복수심에 가득 찬 신이 내린 벼락처럼 느껴질 것이다.

스트릭랜드는 무언가에 상처 입고 절망에 빠진 사람처럼 보였다. 그는 실험대 주변을 천천히 배회하다가 괴생명체가 보는 앞에서 자신의 웃옷을 벗어 마구 구긴 다음, 사탕 봉투 옆에 패대기쳤다. 엘라이자는 그 모습이 마치 허물을 벗은 뱀처럼 느껴져 등골이 오싹해졌다. 하얀 셔츠 아랫단에는 음식물 얼룩이 져 있었고, 꽤 오랫동안 다림질도 하지 않은 것 같았다.

"네 놈한테 꼭 해 줄 말이 있어."

그가 중얼거렸다. 그러고는 마치 당구를 치려는 것처럼 자신의 다친 왼손 안에 전기봉을 끼우더니 괴생명체의 목덜미로 겨누었다. 엘라이자는 어둠 속에서 손으로 간절히 외쳤다.

멈춰, 멈춰.

스트릭랜드는 곧장 전기봉으로 괴생명체의 몸통을 지져대자 불꽃이 튀겼고 괴생명체는 콘크리트 바닥에 고꾸라졌다. 그의 머리는 축 늘어졌고 이마의 비늘은 벗겨져 피범벅이 되었다. 엘라이자는 그의 이런 모습조차 붉은 잉크에 담갔다가 꺼낸 은화처럼 아름답게 느껴졌다. 괴생명체의 아가미는 엄청난 충격을 받아 헐떡이고 있었다. 스트릭랜드는 돌고래를 복종시키는 고약한 조련사처럼 그를 내려다보며 역겨운 표정으로 고개를 저었다.

"네 까짓 게 뭔데 말썽이야? 왜 우리를 쥐락펴락하냐고! 넌 우리가 거기에 있는 걸 분명히 알고 있었어. 우리가 네 냄새를 맡았듯 너 또한 우리 냄새를 맡을 수 있었다고. 17개월이야. 호프스테틀러는 네가 나이가 많을 거라고 했지. 그러니 17개월은 너한테 별 의미 없는 시간이었을지도 몰라. 그런데 말이야. 난 이 시간 동안 완전히 망가졌어. 내 아내는 날 거

들떠보지도 않아. 내가 집에 가면 딸아이는 도망부터 친다고. 나는 죽어라고, 정말 죽어라고 노력했어. 그랬는데도 젠장!"

그는 근처에 있는 캐비닛을 발로 찼다. 엘라이자가 숨어 있는 캐비닛과 똑같이 생긴 것이었다. 그녀의 얼굴이 맞닿아 있었을 법한 부분이 움푹 들어갔다. 그는 테이블을 뒤집어 엎었다. 의약용 장비가 실험실 바닥에 흩어졌다. 엘라이자는 더욱 움츠러들었다. 스트릭랜드는 다치지 않은 손으로 얼굴을 문지르고, 붕대를 풀었다. 피와 누르스름한 얼룩으로 더럽혀진 갈색 고리들이 보였다. 검은 빛깔의 반지도 하나 있었는데 엘라이자가 그에게 돌려 준 결혼 반지였다. 그는 봉합된 손가락에 반지를 억지로 끼우고 있었다. 엘라이자는 속이 거북해졌다.

"난 내 팔에서 가시를 빼내듯 너를 정글에서 구해 줬어. 그래서 넌 지금 따뜻한 수조 안에 있지. 그런데 난 뭘 얻었지? 정글보다 못한 집? 망할 원주민만큼의 애정도 없는 가족? 이게 다 너 때문이야. 다 망할 네놈 때문이라고!"

스트릭랜드가 전기봉을 펜싱 검처럼 쥐고 휘두르자 괴생명체의 상처에 불꽃이 튀었다. 전기봉을 여러 번 휘두르며 같은 동작을 반복하자 상처 부위가 찢어지는 것이 보였다. 비늘이 벗겨져서 속살이 드러났고 연기에서 나는 악취와 그을린 피 냄새가 실험실 안에 진동했다. 엘라이자는 팔뚝에 입을 파묻고, 온몸을 부들부들 떨었다. 스트릭랜드가 두 번째로 걷어찬 캐비닛이 계단 아래로 굴러 떨어지는 소리가 들렸다. 스트릭랜드의 폭력적인 행동으로 볼 때 그녀가 숨어 있는 캐비닛은 바로 다음 차례였다.

스트릭랜드의 바지 뒷부분이 오래된 커피 자국과 신선한 핏자국으로 얼룩져 있었다. 며칠째 잠을 못 잔 것이 분명했다. 캐비닛에 숨어 있음에도 불면증 환자의 냄새가 진하게 느껴졌다. 만약 그녀에게 칼이 있었다면 당장 그의 아킬레스건을 자르거나 허벅지를 찔렀을 것이다. 물론 이런 끔찍한 생각은 지금껏 해 본 적이 없었다. 그녀에게 무슨 일이 생긴 걸까? 엘라이자는 그 이유를 알 것 같았다. 이건 사랑이었다.

"넌 대가를 치르게 될 거야."

스트릭랜드는 으르렁댔다.

"모조리 다."

전기봉의 전원이 다시 켜졌고, 뜨거워진 금속에서는 악취가 났다. 괴생명체가 거칠게 반항했고, 그 바람에 전기봉이 엘라이자가 숨어든 캐비닛에 부딪치며 귀청이 터질 듯한 굉음을 냈다. 그녀는 이를 악물었다. 스트릭랜드를 지켜보던 그녀는 순간 공포에 얼어붙었다. 그는 마상 창 시합을 하는 기사처럼 전기봉을 괴생명체의 눈에 겨눈 채 돌진하고 있었다. 금빛으로 번쩍이던 눈망울은 이제 초점을 잃고 흐릿해졌다. 캐비닛이 흔들리기는 했지만, 그녀는 정확하게 볼 수 있었다. 저 끔찍한 전기봉은 괴생명체의 눈을 관통하고 뇌에 전기 충격을 가할 것이다. 그리고 기적과도 같았던 삶에 종지부를 찍을 것이다. 그녀는 지금 아무것도 할 수 없었다.

스트릭랜드의 발에 작은 물체가 걸렸다. 그것은 마치 비웃기라도 하는 듯 빙글빙글 원을 그리며 돌고 있었다. 하마터면 그는 발을 잘못 디뎌 넘어질 뻔했다. 스트릭랜드는 그 성가신 물체를 집어 들고 찬찬히 살펴보았다. 엘라이자가 사슬에 묶인 괴생명체를 보는 순간 떨어뜨린 삶은 달걀이었다. 그것은 작고 연약했지만, 동시에 원자 폭탄에 비견되는 잠재력을 지닌 것 같았다.

🔻

12

무단으로 결근한 스트릭랜드를 찾기 위해 F-1에 가 보자고 제안한 사람은 플레밍이었다. 호프스테틀러는 그가 F-1에 있을 리 없다며 코웃음을 쳤다. 그러나 플레밍을 따라 들어간 실험실에서 스트릭랜드를 발견한 순간, 그는 볼티모어에 처음 도착했던 당시에 순진무구했던 자신이 떠올랐다. 수도승처럼 엄격하게 규율을 지키며 살아오던 교수가 어느 날 현실의 부조리에 뒤통수를 맞는 꼴이었다. 괴생명체는 바닥에 쓰러져 있었다. 호프스테틀러는 괴생명체가 수조 밖으로 꺼내진다는 소식을 통보받지 못했고 우직하게 규율을 따르는 그의 입장에서 이것은 말도 안 되는 일이었다.

플레밍 역시 실험실을 돌아보며 뭔가 잘못되었다고 생각하는 것 같았다.

"대체 이게 무슨 일인가요?"

플레밍이 묻자 스트릭랜드는 손에 쥔 물건을 구석에 던져 버렸다. 플레밍의 눈에 그것은 분명 가축을 길들일 때나 쓰는 전기봉이었다. 전기봉을 보자 호프스테틀러의 심장이 쿵쾅거리기 시작했다. 그는 어린아이처럼 살금살금 다가가 괴생명체가 괜찮은지 살펴보았다. 스트릭랜드의 다친 손에도 무언가 쥐어져 있었는데 그것은 손안에 들어갈 만큼 작은 물건이었다. 호프스테틀러는 이제 심란함을 넘어 두려움을 느꼈다. 스트릭랜드처럼 예측불가능한 사람은 일찍이 본 적이 없었다.

"관행이지. 훈육의 일환."

스트릭랜드가 웃으며 말하자 플레밍의 얼굴이 붉으락푸르락했다. 호프스테틀러는 그 옆을 재빨리 지나쳤다. 훈육의 일환이라. 하긴 그가 손가락 두 개를 잃는 사고가 일어나긴 했었다. 하지만 무슨 관행이라는 거지? 괴생명체의 상태는 끔찍했다. 작살에 찢겼다가 봉합한 부위가 다시 벌어졌고 겨드랑이, 목 뒷부분, 이마 등 여기저기서 피가 뿜어져 나오고 있었다. 잿빛 입술에서부터 길게 늘어진 끈적끈적한 침은 피와 소금기가 뒤섞여 무릎 꿇린 비늘까지 닿을 지경이었다. 호프스테틀러는 두려움도 잊은 채 괴생명체 옆에 무릎을 꿇었다. 그는 사슬에 묶여 축 늘어진 아래턱 사이로 힘겹게 숨을 고르고 있었다. 호프스테틀러가 상처 부위를 매만지자 피가 두텁게 묻어 나와 그의 손가락 사이로 흘러내렸다. 거즈가 필요했고 테이프도 필요했다. 그리고 도움, 그것도 상당한 도움이 필요했다.

플레밍이 목을 가다듬자 호프스테틀러가 그를 보며 간절히 빌었다.

'제발! 한마디만 해 주세요. 이제 멈춰 달라고요. 저 사람은 내 말을 듣지 않습니다.'

그러나 플레밍은 호프스테틀러가 전혀 예상치 못한 말을 꺼냈다.

"아침 식사를 방해할 생각은 없었습니다."

터무니없는 발언이었다. 호프스테틀러는 망가질 대로 망가진 괴생명체에게서 잠시 눈을 떼고 멍하니 그들을 바라봤다. 스트릭랜드는 사탕을 훔치다 들킨 아이처럼 고개를 숙이고는 왼손을 펼쳐 흰 달걀을 보여 주었다. 그는 이 물건이 의미하는 바에 대해 잠시 고민하는 듯했다. 그러나 스트릭랜드 같은 짐승이 이해하기에 달걀은 너무나 섬세했다. 달걀은 목적을 갖고 수태하는 존재이자 생명의 영구성을 보존하는 미묘한 상징이었다. 그가 어찌 이것을 이해하겠는가. 스트릭랜드는 어깨를 으쓱하더니 달걀을 쓰레기통에 던져 버렸다. 그에게 달걀은 무의미했다.

호프스테틀러는 그와 반대였다. 그는 달걀을 잊지 않았고, 앞으로도 잊을 수 없을 것이다. 말 못 하는 청소부가 손에 달걀을 쥐고서 괴생명체의 수조 앞에서 왈츠를 추는 장면을 말이다. 호프스테틀러는 F-1의 비품 목록을 확인하듯이 천천히 고개를 돌렸다. 그는 인간이 숨을 수 있는 모든 구석을 향해 눈길을 돌렸다. 책상 아래와 수조 뒤, 이동식 욕조 안도 살폈다. 그가 캐비닛 문 사이로 버젓이 보이는 엘라이자 에스포지토를 찾아내는 데는 채 10초도 걸리지 않았다.

호프스테틀러의 목구멍이 턱 막히는 듯했다. 그는 그녀와 눈이 마주치는 순간 눈을 감았다. 그녀가 '얌전히 그대로 있으라'는 그의 신호를 알아들었을 거라고 믿고 싶었지만, 만약 그녀가 붙잡힌다면 어떻게 될지 알 수 없었다. 화장실 휴지를 훔친 것과는 차원이 다른 문제였다. 게다가 고작 청소부의 상대가 리차드 스트릭랜드라면? 그녀는 이슬처럼 사라지게 될 것이다.

엘라이자는 괴생명체를 살리는 것에만 온통 관심이 쏠려 있었다. 이렇게 심하게 다쳤으니 그럴만했다. 엘라이자를 위해 호프스테틀러는 스트릭랜드의 시선을 다른 곳으로 돌려야 했다. 게다가 잔혹하게 당한 괴생명체를 즉시 물속으로 보내 치료하지 않으면 그는 곧 죽게 될 것이다.

호프스테틀러는 괴생명체 쪽으로 몸을 돌리며 소리쳤다.

"이러시면 안 됩니다."

대화를 나누던 스트릭랜드와 플레밍은 말문이 막혔고 순간 실험실에 정적이 감돌았다. 괴생명체의 가쁜 숨소리만 들릴 뿐이었다. 스트릭랜드는 반란을 제압하는 사람처럼 호프스테틀러를 바라봤다.

"그저 짐승을 길들이고 있는 거라고."

호프스테틀러는 스트릭랜드를 노려보았다. 그는 진정한 두려움이 무엇인지 알고 있는 사람이었다. 매번 소련의 비밀경찰과 내통할 때마다 느끼는 감정이었다. 그러나 이번과 같은 분노는 아니었다. 그가 괴생명체에 대해 행하고, 말하고 느낀 것은 모두 피상적이었고 경솔한 행동이었다. 미할코프와 이 괴생명체가 개보다 더 영리한지 입씨름을 하거나, 웰즈나 헉슬리에 대해 논쟁을 벌였던 모든 것이 경솔한 행동이었다. 어쩌면 이 괴생명체는 세상에 자비를 베풀러 온 천사인데, 탐욕스런 인간들에게 사로잡혀 코르크판에 핀으로 고정되고 악마로 명명된 것 같았다. 게다가 자신도 그 행위에 동참했으니 그의 영혼은 결코 구원받지 못할 것 같았다.

호프스테틀러는 스트릭랜드에게 맞섰다. 얼굴에 흘러내리는 땀 때문에 안경이 자꾸 미끄러졌다. 사실 그는 스트릭랜드를 상대할 자신이 없었다. 하지만 플레밍은 달랐다. 호프스테틀러는 이번이 스트릭랜드를 막을 수 있는 마지막 기회라고 생각했다. 엘라이자가 조금만, 단 몇 분만 더 버텨 주기를 바랄 뿐이었다.

"플레밍 씨, 호이트 장군님이 하신 말씀을 전해 주세요."

이 한마디만 했을 뿐인데, 반응이 있었다. 호프스테틀러는 스트릭랜드의 얼굴에서 당혹스러운 감정을 읽었다. 처음 있는 일이었다. 이마가 찌푸려졌고, 눈썹에 깊은 주름이 패었으며 입매에 구김살이 걸렸다. 스트릭랜드는 호프스테틀러로부터 한 걸음 물러서다가 발꿈치에 어떤 물건이 채였다. 그는 아래를 내려다보았고 그제야 자신이 테이블을 엎어 버리면서 쏟은 물건들을 발견했다. 스트릭랜드는 목청을 가다듬고는 자신이 어질러 놓은 것을 가리켰다.

"청소부들이……. 청소를 제대로 하지 않았군."

쉰 목소리였다. 플레밍도 목청을 가다듬었다.

"스트릭랜드 씨. 이 문제로 곤란하게 만들고 싶지는 않지만, 호프스테틀러 말도 맞습니다. 워싱턴의 호이트 장군님이 아침부터 전화를 주셨어요. 보고서를 준비하라고 하시더군요. 당신과 호프스테틀러가 괴생물체를 두고 의견이 갈리는 것에 대한 해명도 포함해서 말입니다."

스트릭랜드의 얼굴이 누그러졌다.

"그분이 전화를 걸어서 뭐라고 하셨다고?"

스트릭랜드의 질문에 플레밍은 불안감과 자부심이 섞인 미묘한 미소를 지었다.

"편견 없는 보고서, 그게 다예요. 저는 자료를 취합해서 호이트 장군님께 전달하는 역할을 맡았을 뿐이고요."

스트릭랜드는 속이 메스꺼운 듯한 표정을 지었다. 플레밍의 클립보드가 무시무시한 톱날이라도 되는 듯 멍하니 바라보던 그는 얼굴이 창백해졌고, 입술은 파리해졌으며 어디가 고장이라도 난 것처럼 비스듬하게 고개를 기울였다. 호프스테틀러는 호이트 장군이 스트릭랜드에 대해 어떻게 생각하는지 전혀 모르고 사실 관심도 없었다. 그러나 호프스테틀러, 괴생명체, 엘라이자 모두에게 희소식인 것만은 분명했다. 그는 두 사람 사이에 뛰어들며 말했다.

"플레밍 씨, 과학자이자 한 인간으로서 간곡히 부탁드립니다. 괴생명체를 이유 없이 해치는 일방적인 결정과 행위는 금지시켜 주십시오. 연구는 아직 시작도 안 한 단계입니다. 이 괴생명체에 대해 배울 것이 정말 많다고요. 그런데 보십시오. 심한 고통을 받으며 반쯤 죽어 가고 있지 않습니까? 이 생물을 수조 안에 도로 넣을 수 있도록 허락해 주십시오."

플레밍은 클립보드를 펼치더니 볼펜을 지그재그로 움직이며 무언가를 적기 시작했다. 호프스테틀러의 이의 제기가 그의 노트에 영원히 기록되는 순간이었다. 그는 남몰래 안도감을 느끼며 이제 다 괜찮을 거라는 의미로 엘라이자에게 슬쩍 눈길을 보냈다. 하지만 이내 스트릭랜드와 눈이 마주쳤다. 그는 플레밍의 구불구불한 낙서를 째려보며 턱을 부르르 떨었다. 두 개의 눈동자가 분노로 흔들렸다.

"그럴 수 없어."

스트릭랜드는 단단히 화가 난 표정이었다.

호프스테틀러는 대학 시절의 힘과 열정이 되살아난 듯했다. 그는 스트릭랜드가 다른 교묘한 수작을 벌이기 전에 재빨리 괴생명체 옆에 꿇어앉아 몸서리치는 아가미와 헐떡이는 가슴을 가리켰다.

"플레밍 씨, 이걸 좀 보세요. 이 괴생명체는 개별적인 호흡기관 두 개를 번갈아 가며 활용하고 있어요. 그것도 아주 완벽하게 말이죠. 양서류적인 기능만 하더라도 복제할 만한 것이 많습니다. 지방질 분비물, 피부 능력 등이 그렇지요. 하지만 호흡계 유화제는 어떨까요? 호이트 장군에게 전해 주십시오. 제게 시간을 주신다면 삼투 조절의 외관을 변형하여 산소를 공급하는 대체물을 만들어 내겠다고 말입니다."

"헛소리!"

스트릭랜드가 입을 열었지만 플레밍은 본인의 역할에 충실하며 호프스테틀러의 말에 귀를 기울이고 빠짐없이 노트에 정리했다.

"모조리 다 쓸데없는 소리야."

"플레밍 씨, 우리가 기압이 엄청난 대기에서도 이 괴생명체처럼 호흡할 수 있다고 상상해 보세요. 예를 들어 우주 여행이 훨씬 더 쉬워지지 않을까요? 소련이 추진 중인 편도 프로젝트 따위는 비교도 되지 않을 겁니다. 우주 궤도를 수 주, 수 개월, 수 년 동안 여행할 수 있다면 말이에요. 자, 이건 시작에 불과합니다. 방사선 탄소 기록에 따르면 이 생물은 수 백년을 살았어요. 가능성이 어마어마하다고요."

호프스테틀러의 가슴은 자신감으로 잔뜩 부풀어 올랐다가, 부끄러움으로 인해 펑 터져 버렸다. 그는 진실만을 말했지만 거기엔 독이 어려 있었다. 2억 년 동안 세상은 평화로웠다. 하지만 이 부채 모양의 꼬리, 뿔, 탄탄한 가슴을 두드리는 수컷의 발견 이후로 지구는 자가 소멸의 길을 걷게 될지도 모른다. 아마도 이것이, 지금껏 밝혀진 모든 은하계가 지구로부터 멀어지고 있다는 에드윈 허블의 발견을 뒷받침하는지도 모른다. 미할코프가 추출을 승인하기 전까지 시간을 벌려면 오컴의 개들에게 이런 뼈다귀를 던져 줘야 했다.

"이런 망할……."

스트릭랜드는 뱉으려던 말을 억지로 삼켰다. 호이트 장군은 분명 호프스테틀러 혹은 밥이라고도 불리는 저 얼간이와 한 패가 되어 아마존의 괴생명체 편을 들 것이다. 야만적인 생물을 신처럼 떠받드는 건 소련인의 특성인건가? 플레밍, 이걸 기억하라고. 소련에서는 우리가 믿는 것과는 다른 신들을 믿는다고.

호프스테틀러는 숨이 콱 막히는 듯한 불안감을 느꼈다. 스트릭랜드가 그의 혈통을 얕잡아 보는 게 처음 있는 일은 아니었다. 문제는 그가 무슨 수를 써서라도 사람 뒤를 샅샅이 캐내는 집요한 사람이라는 점이었다. 호프스테틀러는 호이트 장군을 만나기는커녕 사진조차 본 적이 없지만, 적어도 그가 F-1의 천장을 찌를 만큼 높은 지위에 있다는 건 알 수 있었다.

게다가 누구의 편을 들어 줄까 저울질하면서, 두 사람을 서로 들이받는 걸 즐기는 인간임이 분명했다. 호프스테틀러는 헐떡이는 괴생명체를 내려다보며 자신의 불편한 감정을 숨겼다. 그는 자부심을 가질 만큼 화려한 경력을 지녔지만, 이런 식의 관심을 받고 싶지 않았다.

그러나 지금은 물러설 수 없는 결투인 것만은 확실했다. 만약 그가 괴생명체의 목숨, 엘라이자 에스포지토의 삶, 그리고 자신의 앞날이 지속되길 원한다면 말이다. 병원용 램프 아래 쓰러진 괴생명체의 피는 점점 굳고 있었고, 죽음도 한층 가까워졌다. 호프스테틀러는 불현듯 괴생명체가 자연 세계와 어우러지는 방식은 아마존에서만 가능하며, 이 괴생명체의 죽음은 곧 발현의 끝, 진보의 중단, 우리가 가진 모든 것의 종말을 의미할지도 모른다는 생각이 들었다.

"분명한 건 이 괴생명체를 지금 당장 물로 되돌려 보내야 한다는 겁니다."

호프스테틀러는 스트릭랜드 앞에 손을 펼쳐 보이며 담대하게 말했다.

13

새벽 3시가 되도록 스트릭랜드는 잠을 이룰 수 없었다. 잠에 들려고만 하면 증세가 심해졌다. 그가 목을 움켜쥐고 숨을 헐떡이면 레이니가 어린아이를 돌보듯 그의 등을 쓸어 주었다. 하지만 그는 어린아이가 아니었고 아내의 손을 뿌리쳤지만 그녀는 쉬쉬 거리며 손가락 때문이냐고, 만약 그런 것이라면 의사를 바꿔서 진료를 받으라고 이야기했다. 전쟁이 귀신처럼 사람을 홀릴 수 있다는 말을 잡지에서 읽었다며 이 증상도 전쟁 때문일 거라고 주절대기 시작했다. 하지만 이 여자가 전쟁이 인간을 어떻게 잡아먹고, 인간이 그것을 어떻게 집어 삼키는지를 안단 말인가. 그리고 기억이 얼마나 무서운 것인지를. 레이니는 매일 더러운 접시를 닦고 다림질이나 하는 평범한 주부일 뿐이었다. 그녀는 지금 스트릭랜드의 머릿속을 엉망진창으로 휘젓고 다니는 생각을 상상조차 할 수 없을 것이다.

꿈속에서 그는 짙은 안개 속의 조세피나 호로 돌아가 있었다. 선원들의 피가 부두에 뚝뚝 떨어졌고, 어딘가에서 침을 질질 흘리며 진흙을 삼키는 소리가 들렸다. 그는 배를 조종해서 소라고둥처럼 생긴 좁다란 동굴에 들어갔다. 산산이 찢겨진 곤충들이 여기저기 흩어져 있었고, 그곳에서 어떤 존재가 모습을 드러냈다. 아가미 신이 아니라 호이트 장군이었다. 장군은 발가벗은 채 연분홍빛 강돌고래처럼 빛나는 몸뚱이를 드러냈다. 그는 한국 전쟁 당시처럼 으슥한 거래를 제안했다.

호이트 장군은 한 손으로는 메달을 흔들며, 다른 손으로는 불룩 나온 배를 어루만지는 것을 좋아했다. 눈은 절반쯤 감겨 있지만 깜빡이는 걸 본 적은 거의 없었다. 그의 둥글넓적한 볼에는 장난기 많은 웃음이 박혀 있었다. 스트릭랜드의 기억 속에서 호이트 장군은 목소리가 없었다. 정확히 말해, 호이트 장군에 대한 그의 기억, 명령, 칭송, 솔깃한 회유책들은 소리가 없었다. 엘라이자와 같은 벙어리라는 게 아니라 마치 목소리가 가려진 듯했다. 아가미 신에 대한 보고서 문구가 굵은 사인펜으로 가려진 것처럼 말이다.

바로 이곳, 실험실에서 그는 어쩌다 플레밍을 통해 호이트 장군의 터무니 없는 명령을 듣게 된 걸까? 도무지 이해가 되지 않았고 한국에서 느

216

껐던 현기증이 되살아났다. 호이트 장군도 자신의 손가락에 대해 들었을 테고, 어쩌면 그가 이 일을 감당할 만한 능력을 상실했다고 판단을 했는지도 모른다. 만약 그가 호이트 장군의 신임을 잃는다면 그와의 관계를 끊고 자유를 얻을 수 있을까? 그는 눈을 질끈 감았다. 푸른색 덩굴이 환풍기의 쇠 살대를 타고 자라났고, 콘센트에서는 꽃봉오리가 피어나 있었다. 진통제 때문인가? 아니면 현실일까? 이번 실험을 끝낼 수 없다면 아가미 신이 승리하게 될 테고, 도시 전체는 또 다른 아마존으로 변하게 될지도 모른다. 스트릭랜드, 그의 가족, 볼티모어의 모든 이들이 그 안에서 옥죄이게 될 것이다.

그는 무슨 일이 일어날지 알 것 같아 주먹을 꽉 쥐었다. 다친 손가락에서 시작된 고통이 팔을 타고 퍼져 나가더니 이내 심장까지 전해졌다. 그의 시야는 잠시 초점을 잃는 듯했지만, 금세 유리알처럼 다시 반짝였다. 호프스테틀러는 손바닥을 여전히 들어 올린 채 괴생명체를 풀어 줄 열쇠를 기다리고 있었다. 그는 아직도 플레밍을 붙잡고 특수 전구와 현장 기록기의 효용성에 대해 떠드는 것 같았다. 이 애처로운 괴생명체를 수조 안으로 집어넣는 즉시, 호이트 장군에게 보고할 그래프와 데이터를 작성하겠다고 했다.

스트릭랜드가 호프스테틀러의 말을 끊기에 충분할 만큼 큰 소리로 웃었다.

"데이터라⋯⋯. 종잇조각 위에 적기만 하면 그게 진실이 되어 버리는 건가?"

호프스테틀러는 순간 말문이 막혔다. 그는 힘없이 팔을 떨어뜨렸고, 스트릭랜드는 그 모습을 흡족하게 바라보았다. 기뻐서 온몸에 전율이 흐를 정도였다. 잠시 후 정신을 차린 호프스테틀러는 수조로 다급하게 뛰어가 계기판을 확인했다.

"28분입니다. 이 정밀 시계는 수조가 비어진 직후부터 계속 시간을 기록하고 있었습니다. 괴생명체는 물 밖에서 30분 이상 버틸 수 없습니다. 호이트 장군께 드릴 보고서에 대해서는 나중에 논의 드리겠습니다. 제발 열쇠를 주십시오. 스트릭랜드 씨, 제가 빌기라도 할까요?"

이렇게 애원하는 것이야말로 바로 스트릭랜드가 가장 원하는 바였다. 그는 호프스테틀러가 있었던 자리에 몸을 구부리고 앉아 괴생명체를 살폈다. 이 얼마나 흥미진진한 광경이란 말인가. 아가미 신이 경련을 일으키며 셔츠에 점액이 튀었지만 그는 개의치 않았다. 거품을 물고 쓰러진 가축을 살피다가 총으로 죽이는 은혜를 베풀어야 하나 고민하는 카우보이가 된 기분이었다. 그는 터지기 일보 직전까지 부풀어 오른 아가미 신의 가슴에 손가락을 갖다 대었다.

"플레밍, 이걸 장군께 갖다 드리게. 여기에는 데이터가 없어. 이거야말로 직접 손으로 만질 수 있는 것이지. 늑골을 따라 보이는 이것 말이야. 보이나? 여기가 연골이라네. 손가락 관절이 합쳐진 모양새지. 이게 폐를 두 가지로 분리한다는 이론이 있어. 주된 폐와 보조용 폐로 말이야."

스트릭랜드는 목소리를 높였다.

"내 말이 맞나? 밥?"

"29분입니다. 제발 부탁드립니다."

호프스테틀러가 말했다.

"이 연골 부위는 너무 두꺼워서 엑스레이 판독도 잘 되지 않아. 우리가 할 말끔 했다는 걸 하늘도 아시지. 우리가 몇 번을 시도했는지 밥에게 한

218

번 물어보게. 호이트 장군님은 이걸 꼭 아셔야 해. 이 부분이 어떤 식으로 작동하는지 알고 싶다면 더 이상의 논의는 불필요하네. 해부하는 수밖에 없어."

"오, 주여."

호프스테틀러의 목소리가 마치 하늘에 닿지 않는 신의 존재처럼 멀고도 아득하게 느껴졌다.

"소련군은 남아메리카에서 이런 걸 얼마든지 또 건져올 거야."

"이 세상에 이와 같은 것은 또 없습니다. 제가 맹세합니다."

"자네는 나와 같은 배에 타지 않았지. 기억하나, 밥? 강에 대해 책 몇 권 읽는 것과 직접 눈으로 확인하는 것은 전혀 달라. 그 안에는 수백 만 가지의 새로운 것이 있다고. 당신의 컴퓨터로 계산할 수 있는 게 아니란 말이야. 내가 보장하지."

스트릭랜드는 아무도 그것을 이해하지 못한다는 사실이 놀라웠다. 그러나 곧 여기서 군대를 다녀온 사람은 자신뿐이라는 걸 깨달았다. 오직 그만이 온몸과 마음으로 비명을 정확히 느낄 수 있었다. 한때 그는 호이트 장군의 아들과 다름없는 존재였다. 호이트 장군은 자신이 훈련시킨 어린 소년이 장성하여 군인이 된 것을 보면 분명 자랑스러워할 것이다. 하지만 스트릭랜드는 자부심을 갖지 않으려고 애썼다. 아마도 호이트 장군의 도움을 조금은 받아들이겠지만 그렇다고 그가 부리는 수작에 넘어가지는 않을 것이다.

"30분입니다. 제발 부탁드립니다. 제발요!"

호프스테틀러가 소리쳤다.

스트릭랜드는 발꿈치를 획 돌렸다. 애원을 귀로 듣는 것만으로는 부족했고 눈으로 직접 확인하고 싶었다. 그리고 이 순간을 그의 뇌리에 처넣고 싶었다. 하지만 호프스테틀러는 그를 쳐다보지 않았고 실험실의 다른 쪽으로 고개를 돌린 채 마치 방 안의 제 4의 인물에게 신호를 보내는 듯 이마를 씰룩였다. 스트릭랜드는 삶은 달걀이 떠올랐다. 왜 그게 갑자기 떠올랐는지는 알 수 없었다. 아까 바닥에 달걀이 떨어져 있지 않았던가. 그의 눈길이 호프스테틀러가 바라보는 쪽을 향하기 시작했다.

괴생명체가 '쐬아' 하는 신음을 냈다. 스트릭랜드는 즉시 아래를 내려다보았고 달걀은 잊어버렸다. 아가미 신이 날뛰기 시작하자 수십 개의 비늘이 솟구쳐 올랐다. 입에서는 흰 거품이 뿜어져 나왔다. 스트릭랜드의 전기봉, 그의 마체테 혹은 존재가 불분명한 그 물체에 찔린 것처럼 발작을 했다. 그러고는 정신을 잃었다. 짐승의 육중한 체구가 힘없이 축 늘어졌다. 소변이 흘렀고 하얀색 점액과 붉은 피가 흐릿한 주황색으로 변했다. 스트릭랜드는 일어서서 발걸음을 옮겼다. 그는 플레밍이 펜으로 끄적이는 소리를 들었으나 이 장면만은 기록하지 않았으면 했다. 역겹다. 너무 역겨워서 호이트 장군의 입맛에 맞지 않을 것 같았다. 게다가 호이트 장군의 허락 없이 아가미 신을 죽게 놔두는 건 좋은 생각이 아니었다. 스트릭랜드는 주머니 깊숙이에서 열쇠를 꺼내더니 뒤쪽에 있는 호프스테틀러에게 내밀었다. 스트릭랜드는 호프스테틀러의 비명과 함께 열쇠가 바닥에 툭 떨어지는 소리를 들었다.

14

아침 안개, 담배 연기, 피로에 지친 그의 눈. 가려진 장막 사이로 자일스는 반 블록 거리에 서 있는 그녀를 알아보았다. 그는 담뱃불을 짓이겨 끄고는 난간에 두 팔을 포개어 올려놓았다. 엘라이자의 걸음걸이는 남달랐다. 그녀는 주먹을 움켜쥐고 상체를 뻣뻣이 세운 채 당당히 걸어가는 타입이었다. 그녀의 발은 마치 능숙한 댄서의 움직임처럼 보폭이 넓고 재빨라서 장례식의 분위기조차도 밝게 만들어 줄 것만 같았다. 엘라이자에게 신발이란, 자신의 포트폴리오 가방과 같은 거라고 자일스는 생각했다.

그는 담배를 끄고 안으로 들어가 샤워를 하고 클라인&손더스로 되돌아갈 태세를 갖췄다. 그는 안제이의 초상화 앞에 있는 고양이를 쉬쉬 내쫓고 가발을 벗었다. 욕실 거울 앞에 서서 공들여 빗질을 했지만 더는 예전 같지 않았다. 부분 가발이 달라졌다는 것이 아니다. 그는 나이가 들었고 그런 자일스에게는 지나치게 풍성해 보이는 가발이라 영 어색했다. 하지만 이제 와서 어쩌겠는가. 세상 사람들에게 대머리라는 걸 들킬 수도 없고. 하지만 자신에게 무슨 세상이 있다는 거지? 그는 거울 속에 비친 수척한 화석 덩어리를 보며 어쩌다 이 모양이 된 건지 고민했다. 어디서도 주목받지 못할 사람이 자신의 외모를 걱정하고 있다니.

대문을 두드리는 소리가 그의 신경을 거슬렸다. 그는 시계를 보며 떠밀리듯 현관문으로 향했다. 어제 분명 오늘 아침 약속이 있다고 엘라이자에게 단단히 말해 두었지만 그녀는 별 반응이 없었다. 최근 들어 엘라이자는 약간 정신을 놓고 사는 듯했다. 자일스는 거울에 비친 자신의 모습에 낙담하며 갑자기 그녀가 암에라도 걸린 건 아닐까, 끔찍한 무언가를 숨기고 있는 건 아닐까 하는 걱정이 됐다. 노크 소리는 굉음에 가까웠다.

문을 다 열기도 전에 엘라이자가 밀치고 들어오더니 모자를 벗어 던졌다. 그녀의 머리카락에서 정전기가 부스스하게 일었다. 자일스는 마음이 조금 놓였다. 불쑥 끼어드는 것이 그들에게는 일상이었으니까. 엘라이자는 야간에 일하는 데다가 박봉이라 먹는 것도 부실한 편이었지만 뺨은 그가 탐낼 정도로 늘 보기 좋게 발그레했다. 굳이 견주어 보자면, 그의 얼굴은 시체를 싸는 천 조각 같았다.

"오늘 아침은 활력이 넘치네?"

그가 물었다. 그녀는 벽에서 튀어나온 듯 세차게 그를 지나쳤다. 벽에 걸린 낡은 그림들이 휘청거렸다. 자일스는 참을성 있게 손가락 하나를 들어 올리고는 문을 닫았다. 그가 돌아왔을 때, 그녀는 여전히 같은 자리에 있었다. 그녀의 오른손이 씰룩였다.

'물고기'라고 그는 생각했다. 이번에는 그녀가 어깨 안쪽으로 무언가를 끌어당기는 것으로 보였다. '벽난로', '뼈대', '아니 생물인가?' 그는 계속 생각했다. 그녀는 유사한 동작을 만들었는데 에워 쌓인 모양새였다. 아마 '덫'이거나 대충 그런 종류일 것이라고 추측했다. 그가 틀렸을 수도 있다. 그녀의 수화는 너무도 빨랐다. 자일스는 두 손을 들어 올렸다.

"잠시 쉬었다가 해도 될까? 제발 부탁이야."

엘라이자는 어깨를 으쓱하더니 혼이 난 아이처럼 눈을 부릅뜨고 자일스를 노려보았다. 그러고는 부들부들 떨리는 주먹을 펼쳤다. 이건 그저 화가 났다는 것을 나타내는 전 인류적인 동작이었다.

"하나씩 하자고. 무슨 문제라도 있어? 어디 다친 거야?"

자일스가 말했다.

그녀는 벌레를 잡아 으깨는 동작을 취했다.

아니.

"다행이야. 그럼 콘프레이크 좀 먹지 그래? 나도 아직 반 그릇밖에 먹지 못했어. 신경이 날카로워졌나 봐. 걱정이 돼서 말이지."

엘라이자는 냉랭하게 그를 노려보았다.

물고기

그녀는 다시 수화를 시작했다.

"엘라이자, 내가 어젯밤에 말했잖아. 오늘 중요한 미팅이 있다고. 원래대로라면 난 이미 문 밖에 있어야 해. 왜 갑자기 생선 타령인 거지? 설마 임신했다고 말하려는 건 아니지?"

엘라이자가 얼굴을 두 손에 파묻자 자일스의 심장이 옥죄어 왔다.

'이 안쓰러운 여자를, 처음 만났던 날부터 혼자였던 그녀를 내가 설마 울린 걸까?'

그녀의 등이 부들부들 떨렸지만 이것은 발작적인 웃음소리 때문이었다. 그녀가 얼굴을 들었을 때 눈은 여전히 살기가 가득했다. 그리고 머리를 흔들어댔다. 그는 이해할 수 없었다. 그녀는 숨을 내쉬며 마음을 가다듬었고 손에 불이라도 붙은 것처럼 마구 휘둘러 댔다. 그리고 자일스를 스윽 쳐다보았다. 잠시 후 그녀의 입이 오른쪽으로 비틀어졌고 자일스는 신음했다.

"내 이빨에 음식이 꼈나? 아니, 그건 머리카락을 나타내는 동작 아닌가? 다 헝클어졌다고? 그건 네가 아까 불쑥 들이받는 바람에 그렇게 된 거잖아. 막 정리하려던 참이었다고."

엘라이자는 그의 스웨드 코트와 스웨터에 묻은 너도밤나무 잎사귀를 떼어 내고 그의 나비넥타이를 180도 틀었다. 마지막으로 그의 부분 가발과 진짜 머리가 맞닿은 관자놀이 부분을 쓰다듬었다. 옷매무새를 바로잡아 주려는 그녀의 손길에서 애정이 묻어났다. 그녀는 한 걸음 뒤로 물러나더니 '멋져!' 하고 손동작을 취했다. 자일스는 한숨을 내쉬며 생각했다. 속에도 없는 말을 내뱉는군.

"나도 네 머릿니라도 떼 주고 싶은 심정이지만, 아까도 말했듯이 미팅이 있어. 내가 나가기 전에 뭐 할 말이라도 있는 거야?"

엘라이자는 시무룩한 표정으로 그의 옷매무새를 다듬더니 수화를 시작하겠다는 듯 두 손을 번쩍 들었다. 자일스는 구술 면접을 앞둔 학생처럼 등을 곧게 폈다. 상황을 보아하니 엘라이자는 정말 심각해 보여서 그의 턱수염 아래로 미소를 고이 숨겨 두었다. 그는 평소에 가망 없는 예술가와 고양이들이 엘라이자의 앞길을 가로막고 있는 건 아닐까 염려했다. 그는 한때 어울리던 무리들을 찾아 이사를 갈 수도 있었다. 그렇게 되면 엘라이자는 누구에게도 얽매이지 않고 새로운 관계를 찾아 떠날 것이다. 그녀를 잃는 슬픔을 자일스가 감내할 수만 있다면 말이다. 그녀는 분명하고도 천천히, 감정을 배제한 채 수화를 시작했다.

물고기.

남자.

갇힘.

O-C-C-A-M(오컴).

"구제 방법. 좀 더 빨리 말해 주지 않을래?"

자일스가 소리쳤다.

뒤이어 터져 나온 이야기는 수줍음을 타는 유치원 소녀가 밀턴의 독백을 암송하는 것만큼이나 놀라웠다. 그녀의 손놀림은 발놀림만큼이나 민첩했고, 즉석에서 바로 토해 내는 이야기임에도 조화롭고 명료했다. 잘

쓰인 책을 읽고 난 것처럼 숨이 차올랐다. 잠깐이나마, 자일스는 그녀가 공상소설에 대해 말하고 있는 건가 생각했지만 내용은 전혀 군더더기가 없었고 신랄했다.

물고기-인간, 오컴에 갇혀 있어요. 고통 받고 죽어 가요. 구출이 필요해요.

엘라이자가 손 동작을 멈추고 그를 보았다.

15

다림질. 지루하고 땀나고 복통까지 일으키는 이 허드렛일은 이중적인 삶에 꽤 필요했다. 리차드는 살면서 단 한 번도 다림질을 한 적이 없었다. 그는 집안일이 한 시간이 걸리는지, 반나절이 걸리는지 알지도 못했다. 레이니는 동 트기 전에 일어나서 최대한 빨리 집안일을 해치운 뒤 아이들을 학교로 보냈다. 그 뒤에는 다리미에서 뿜어져 나오는 스팀 연기 사이로 아침 뉴스를 시청하면서 리차드가 출근할 때까지 다리미판 앞에 서 있었다. 버니 클레이에게 3시10분에 퇴근하겠다고 말했다. 그 정도 시간이면 직장에서 돌아와 사무실 서류에 찌든 냄새를 싸구려 향수로 덮어 버릴 여유도 있었다.

리차드가 출근했다. 레이니는 10분, 20분, 혹은 30분째 사용하는 척하던 다리미판을 접으면서 남편을 속이는 묘한 즐거움을 느꼈다. 이런 스릴과 의욕을 얼마만에 느껴 보는지. 한국 전쟁에서 갓 돌아온 깔끔한 제복을 입은 리차드와 데이트 하던 시절? 아니면 그가 적극적으로 구애하던 연애 초기? 어찌됐든 몇 달간의 연애 끝에 약혼은 결정됐고, 그 순간부터 그녀는 이미 조금씩 지루해지고 있었다.

레이니는 과거에 매여 있지 않았고 그녀의 현재는 충분히 흥미진진하고 만족스러웠다. 옷장 뒤에서 직장인 여성으로 변신하는 것만큼 아찔한 것은 없었다. 이것은 새로운 종류의 도전으로, 일하러 나가기 위한 치장이었다. 그녀는 비서들의 복장에 대해서 필기해 가며 연구했고 옷가게 시어즈에 세 번이나 방문했다. 우아하지만 예쁘장하지는 않게, 돋보이지만 거추장스럽지는 않게. 양모로 만든 타이트 스커트, 꽃이 수놓아지거나 둥근 옷깃, 코르셋 겉옷과 벨트. 모순적이었지만 품격 있는 여성이 되는 기분이었다.

버스를 타고 일터로 향하는 시간은 늘 만족스러웠다. 그녀가 팔에 꼭 끼고 있는 핸드백은 낙하산 부대원의 소지품처럼 효율적으로 채워져 있었다. 그녀는 대중교통을 탔을 때도 공공 예절을 꼭 지켰다. 자리 하나를 온전히 차지한 뒤 다른 직장인 여성들에게 곁눈질로 우아한 눈인사를 건네는 것이다. 여자들은 저마다 떨어져 앉아 있지만, 이 예의만큼은 꼭 지켰다.

클라인&손더스에서 일하는 남자들은, 늑대들이었다. 첫째 주에는 매일 한 사람씩 다가와 그녀의 엉덩이를 살그머니 꼬집었다. 매번 다른 남자들의 소행이었는데 마치 뷔페에서 가장 살찐 새우를 고르는 경쟁이라도 벌이는 듯했다. 둘째 주가 되자 그녀는 입을 다물어 버렸고 다섯 번째 주가 되어서는 가해자가 무안을 느끼도록 상대방을 노려보는 법을 터득했다. 마지막으로 가해자에게 당했을 때에는 그가 낄낄거리는 남성들 무리로 되돌아갈 때까지 한참이고 노려보았다. 꼬집힌 엉덩이 부위가 화끈거렸다.

하지만 그 주 내내 유치한 사내들의 짓궂은 장난은 계속되었다.

결국 그녀는 이 상황을 바꿔 보자고 작정했다. 노리개가 아니라는 것을 증명해 보이기로 했다. 사무실의 여성 타자수와 비서들도 같은 생각이었다. 버스에 타고 있던 여성들도 마찬가지였고, 리차드의 실험실에서 바닥을 문지르는 여성들도 같은 마음이었다. 레이니는 고개를 꼿꼿하게 세웠다. 그녀는 점심 내내 전화통을 붙잡고 있었는데 그녀의 목소리에는 자신감이 넘쳤고 시간이 흐르면서 신뢰가 쌓이기 시작했다. 짓궂은 장난이 줄어들었고 남자들이 잘해 주기 시작했다. 그것도 모자라, 그들은 그녀에게 좌지우지되기 시작했다. 그녀가 일부러 일을 망쳤다가 나중에 슬쩍 수습해 주면, 그들은 고맙다며 카드와 꽃을 갖다 바쳤다.

그렇게 레이니는 능수능란해졌다. 이것은 과학이자 예술이었다. 로비에서 바글대는 잘난 무리들은 그녀 앞에서 일렬로 대기하게 됐다. 그녀는 고장 난 전화기에 대고 고객을 홀릴 헛소리를 지어 내는 법도 터득했다.

"안녕하세요, 래리. 펩시콜라가 방금 목요일로 스케줄을 조정했어요."

레이니는 이런 일을 할 때 직관을 발휘했는데 이것은 리차드의 지갑을 열기 전 그의 기분을 살필 때도 사용되었다. 물론 요즘은 자신에게도 돈이 있기 때문에 남편에게 돈을 달라고 하지 않았다. 그녀는 이 사실이 자랑스러웠고 이런 사실을 남편에게 자랑하고 싶었지만 그가 이해할 리가 없었다. 그는 모욕적이라고 받아들일 게 뻔했다.

버니는 자신이 충동적으로 고용한 이 여직원이 꽤나 능력이 좋다는 소문을 들었다. 지난주에 두 사람은 점심을 함께 했다. 첫 30분 동안은 여느 식사와 다를 바 없었다. 그러나 곧 그는 술 한 잔을 권했고 그녀는 거절했지만, 그럼에도 그녀용으로 진 리키를 주문했다. 레이니는 예의상 한 모금을 마셨고 그는 그것을 그녀의 손 위에 자신의 손을 올려놓아도 된다는 허락으로 여겼다. 레이니는 그의 결혼반지가 느껴지자 손을 뺐고 어색하고도 차갑게 미소를 지었다. 마치 치러진지 알지도 못한 시험을 통과한 기분이었다. 버니는 자신의 맨하탄 한 모금을 들이켰다. 독주가 저급한 충동을 편하고 거부감 없는 애정으로 바꿔 놓는 듯했다. 레이니는 결과에 개의치 않고 감정에 따라 마구잡이로 사는 기분은 어떤 것일까 하고 생각했다.

"내가 자네더러 점심을 같이 하자고 한 것은 일자리를 추천하려는 거야."
그가 말했다.

"하지만 저는 이미 일을 하고 있는걸요."

"하고 있기는 하지만 파트 타임이잖아. 나는 정규직을 말하는 걸세. 풀 타임 말이야. 하루에 8시간, 주당 40시간 근무에 수당과 퇴직연금, 모두 포함된다네."

"아, 버니. 감사합니다만 말씀드렸듯이 저는……."

"무슨 말을 하려는 지 알아. 아이들과 학교 문제겠지. 회계부에 있는 멜린다라고 아나? 척의 딸 바라는? 자네 외에도 추천하려는 여성이 6~7명쯤 된다네. 이 건물에 어린이집이 있어. 아이들을 모아 학교로 태워다 주는 버스도 있다고. 회사가 모든 비용을 지불하지."

레이니는 진 릭키가 담긴 잔을 들고는 손가락으로 꼼지락거리더니 숨을 가다듬으며 한 모금 마실까 고민했다.

"근데 왜 저에게 이런……."

"이보게, 일레인, 이 더러운 돈벌이 세계에서는 말이야, 일 잘하는 사람을 보면 즉각 붙잡아야 해. 그렇지 않으면 아놀드, 칼슨, 아담슨으로 옮

228

겨 가서 우리 기밀을 죄다 불어 버리거든."

버니는 움찔했다.

"지금은 60년대이지만 몇 년 만 더 지나 보게. 여성의 시대가 올 거야. 남자들이 가진 모든 기회를 여자들도 거머쥘 수 있게 될 거라고. 내 말은 준비하고 대비하라는 걸세. 1층부터 차근차근 올라가란 말이야. 오늘은 안내데스크 여직원이지만 앞으로 매니저나 파트너가 되지 말란 법이 어디 있나? 일레인, 자네는 재능이 있어. 이 건물에 있는 절반 이상의 얼간이들보다 훨씬 낫다고."

어느새 칵테일을 다 마셔 버린 레이니는 눈앞이 핑 돌았다. 정신을 차리려고 케첩, 머스터드, 스테이크 소스에 초점을 맞춰 보았다. 창문도 내다보았다. 아이 엄마가 한 손에는 물건이 가득 담긴 장바구니를 들고 다른 손으로는 유모차를 끌고 가고 있었다. 반대편에 자리한 레스토랑의 수조관에서는 상어가 날카로운 이빨을 드러내고 있었다. 마치 남자의 눈길을 애타게 갈구하는 정부들을 집어삼킬 것만 같은 표정이었다. 하지만 곧 레이니는 상어의 표정은 아무 의미도 없다고 자신에게 되뇌였다. 바로 전날 밤, 리차드는 그가 취급하는 괴물이 거의 다 죽어 간다고 말했다. 그것이 사라지면 스트릭랜드는 볼티모어에서 말뚝을 뺄 것이다. 그는 이곳을 좋아하지 않았다. 레이니는 그가 무릎 위에 백과사전을 올려 놓고 캔사스 시티, 덴버, 시애틀 등을 찾는 것을 본 적이 있었다. 하지만 레이니는 이곳이 좋았고 전 세계에서 가장 좋은 도시라고 생각했다. 그녀가 이곳을 떠나야 한다는 것은 곧 남편과의 관계가 위태로워진다는 것을 의미했다.

그녀는 버니에게 "예스!"라고 외치고 싶었다. 매일, 매 순간 그러고 싶었다. 하지만 그렇게 되면 리차드에게는 "노."라고 말하는 셈이 되지 않는가?

"자네 의견을 알려 주게. 생각할 시간은 한 달을 주지. 그 이후에는 다른 사람을 뽑을 걸세. 좀 먹게나. 난 말 한 마리도 먹을 기세야. 말 두 마리. 그리고 그 뒤에 딸려오는 마차까지도 싹 해치울 거야."

버니가 말했다.

16

하늘에서 익룡의 공격을 받은 것처럼 자일스의 등골이 오싹해졌다. 오컴은 볼티모어에서 버뮤다 삼각지 같은 곳이었다. 오컴에 관한 별난 소문은 이미 널리 퍼져 있었는데 대부분은 용감무쌍한 조사관들의 의문사 혹은 행방불명으로 끝이 났다. 자일스는 속이 메스꺼워졌다. 엘라이자의 계획은 낡은 영화관 위에서 살아 가는 가난한 낙오자들의 능력에서 크게 벗어나는 일이었다. 물고기 인간에 대한 그녀의 망상은 육체가 불완전하게 태어난 어떤 불행한 인간의 집착이었다. 이렇게 자신과 멀어지려는 건가?

엘라이자는 좋은 사람이지만 그녀의 삶은 지극히 제한적이었다. 그녀는 미국 안에서 공산주의에 대한 공포심이 얼마나 뿌리 깊은지 알지 못했다. 주변을 둘러싼 온갖 위험거리와 동성애 친구처럼 바람직하지 못한 것들 말이다. 물론 계속 겪다 보면 이내 자연스러워지기는 하겠지만. 아, 그는 이런 쓸데없는 생각에 낭비할 시간이 없었다. 버니를 만나서 노예 계약과 다름없는 광고 건을 의논해야 했다.

자일스는 엘라이자의 마음을 상하게 할 것임을 알면서도 몸을 돌렸다. 수정한 캔버스가 포트폴리오 가방에 잘 들어가지 않을 때처럼 마음이 아팠다. 그는 일부러 벽을 바라보며 입을 열었는데 엘라이자의 수화를 보지 않으려는 소심한 전략이었다.

"내가 어렸을 때 말이지. 허링 런에서 큰 축제가 개최됐어. 특별 전시회도 열렸는데 커다란 텐트 안에 오만가지 기괴한 것들이 다 모여 있었지. 거기에는 인어도 있었어. 5센트를 내고 봤던 거라 똑똑히 기억나. 그 당시에는 큰돈이었거든. 그런데 그 인어 정체가 뭐였는지 알아? 그건 이미 죽어 있었고 그림 속에서처럼 벌거벗고 있는 아름다운 인어가 아니었지. 그저 관 속에 담긴 오래된 시체와 다를 바 없었어. 원숭이의 몸통과 물고기의 꼬리를 이어붙인 속임수였지. 바로 알아볼 수 있었어. 모두가 눈치 챘다고. 하지만 난 그것이 진짜 인어일 거라고 한동안 생각했어. 돈을 냈으니까 그렇게라도 믿고 싶었다고. 우리 같은 사람은 다른 사람들보다 더 믿음이 확고해야 하잖아. 그렇다고 다음날 아침 그게 인어로 변하겠어? 그것은 감쪽 같은 박제술이었을 뿐이지. 엘라이자, 인생은 그런 거야. 별 의미 없는 것들을 이것저것 짜깁기를 해서 의미를 부여하거나, 우리 입맛에 맞는 상상을 만들어 내 공허한 속을 채운다고. 이해가 돼?"

그가 케이스 버클을 딸깍 하고 채우는 소리가 현명함의 상징처럼 들렸다. 이제 떠나야 할 시간이었다. 어쩌면 이번 일이 예방 접종처럼 엘라이자의 정신을 번쩍 들게 하는 계기가 될 거라는 생각이 들었다. 그는 기분 좋게 미소 지으며 그녀를 향해 뒤를 돌아보았다. 하지만 창 밖의 차가운 바람이 실내로 들어온 듯 엘라이자는 그를 냉랭한 시선으로 보았다. 자일스는 그 자리에 얼어붙었다. 그녀는 이전에 한 번도 보여 준 적이 없는,

거친 모습으로 수화를 하며 같은 동작을 여러 번 반복했다. 독립기념일에 터지는 폭죽처럼 두 사람 사이에 엄청난 불꽃이 일었다. 그는 눈을 피하려고 했지만 그녀가 다시 시선을 붙들고 그의 옷깃을 세차게 흔들었다.

"안 돼, 그렇게 할 수 없어."

그가 말했다.

수화.

수화.

"법을 어기는 거니까 할 수 없어. 그게 이유라고. 이런 이야기를 하는 것 자체가 불법이라고 생각해."

수화.

수화.

"그래서 혼자가 되면 어쩌냐고? 이봐, 어차피 우린 모두 혼자야."

입 밖으로 내기에는 너무 가혹한 진실이었다. 자일스는 왼쪽으로 고개를 돌렸지만 그녀가 그를 막아섰다. 두 사람의 어깨가 심하게 부딪쳤고 입 안이 얼얼할 만큼 큰 충격이 느껴졌다. 그는 발을 헛디뎠고, 다시 중심을 잡기 위해 문에 손을 짚었다. 두 사람이 함께한 시간 중에 최악의 순간이었고 마치 뺨을 때리는 것과도 같았다. 그의 심장은 고동쳤고 얼굴은 붉어졌으며 가발도 삐뚤어졌다. 얼른 머리를 매만져서 가발을 제자리에 고정시켰다. 갑자기 눈물이 솟을 것만 같았다. 어쩌면 이렇게 엉망진창이 될 수 있지? 엘라이자는 쌕쌕거리며 숨을 세차게 몰아쉬고 있었고, 그건 자신도 마찬가지였다. 자일스는 어쩔 수 없이 그녀를 바라보았다. 엘라이자는 울고 있었다. 그럼에도 수화를 계속하고 있었고, 자일스는 차마 그 모습을 외면할 수 없었다.

232

제가 살면서 본 것 중에 가장 외로워 보였어요.

그는 괴로운 듯 신음했다.

"이것 봐. 너도 지금 그렇게 말했잖아. 사람이 아니라 '것'이라고. 그냥 괴물일 뿐이라고."

그녀의 손짓이 허공을 가르면서 그를 세게 내리쳤다. 그는 상처가 났고 멍이 들었다.

그렇다면 나는 뭐죠? 나도 괴물인가요?

"엘라이자, 제발 부탁이야. 그런 뜻이 아니잖아. 미안해. 하지만 이제 정말 가 봐야 해."

그녀의 몸짓은 멈추지 않았다.

그는 날 있는 그대로 봐 줘요.

하지만 자일스는 그걸 소리 내어 읽지 않고, 대신에 문을 열어젖혔다. 차가운 바람에 눈동자에 맺힌 눈물 방울이 얼어붙었다. 그는 싸늘한 복도로 나서며 또 다른 메시지를 보았다.

그를 구하든, 죽게 놔두든 둘 중 하나예요.

하지만 자일스는 도시에 있는 어느 건물 입구에 놓여 있는 방문 예약자 명단을 떠올렸다. 자신의 이름이 오늘 거기에 올라 있었다. 그는 걸음을 멈추고 한 걸음 물러서서 소리를 높였다.

"그건 인간이 아니잖아!"

이것은 힘 빠진 늙은 남자가 여생을 편하게 보내기 위해 간청하는 말이었다. 그는 포트폴리오 가방을 들고 소화기가 놓인 방향으로 허둥지둥 걸었다. 그리고 복도를 완전히 빠져나가기 직전에 그녀의 답변을 보았다. 엘라이자의 마지막 손짓은 그의 등, 재킷, 스웨터, 셔츠, 근육, 뼈 깊숙이까지 스며들어 온몸을 쿡쿡 쑤시게 만들었다. 클라인&손더스 건물에 도착해 가시 돋은 대화를 나눈 뒤에 그 상처들은 결국 덧나고 말았다. 그녀의 마지막 메시지는 이제 자일스의 남은 평생 동안 가슴에 남게 되었다.

그럼 우리도 사람이 아닌 거예요.

17

워싱턴으로부터 답변이 도착했다. 괴생명체를 잠에 취하게 한 뒤, 스테이크처럼 조각내어 국내 실험실에 샘플로 보내라는 것이었다. 호프스테틀러에게는 연구를 마무리할 시간으로 1주일이 주어졌다. 스트릭랜드는 사무실 의자에 걸터앉아 미소 지었다. 그의 임무가 거의 끝나 가고 있었고 보다 나은 삶이 눈앞에 기다리고 있었다. 이번 주는 휴식을 좀 취해야지. 취미를 찾아봐야겠어. 아마존에 가기 전 원래의 모습을 되찾아야지. 레이니가 징징대니 의사를 만나 손가락도 치료를 받아야겠어. 그는 자신의 손가락을 보는 순간 정글에서 썩어 가는 낙엽들이 떠올랐다. 아무래도 반창고를 대어서 좀 가리는 게 나을 듯했다.

스트릭랜드가 일찍 퇴근하자 티미와 태미가 깜짝 놀랐다. 하지만 이상하게도 레이니는 보이지 않았다. 물론 원래 그가 일터에 있어야 할 시간이긴 했다. 그는 진통제를 씹어 먹으며 계속 기다렸고 늦은 오후가 되자 그녀가 돌아왔다. 그런데 그때부터는 정말 뭐가 뭔지 더욱 알 수가 없어졌다. 약기운이 돌면서 그는 마치 호이트 장군의 비상식적인 명령을 받았을 때처럼 정신이 몽롱해졌다. 레이니의 팔에는 장바구니가 없었고 옷차

234

림도 낯설었다. 그녀도 그를 보자 놀라는 눈치였다. 그러나 이내 활짝 웃고는 내일 가게에 다시 가서 놓고 온 물건을 가져와야겠다고 말했다.

관찰은 스트릭랜드의 주특기이다. 그는 어떤 과학자가 왼손잡이인지, 지난 주 수요일에 플레밍이 무슨 색깔의 양말을 신었는지도 다 알아맞혔다. 레이니는 평소보다 말이 많았는데 이것은 거짓말을 하고 있다는 명백한 증거였다. 그는 엘라이자 에스포지토와 그녀의 고요한 침묵을 떠올렸다. 그녀는 절대 거짓말을 하지 않았다. 그녀에게는 그럴 권한도, 의지도 없었다. 하지만 레이니는 지금 무언가를 숨기고 있었다. 불륜일까? 그녀를 위해서도 자신을 위해서도 부디 아니길 바랐다. 법적 용어로 소위 '간통'을 저지른 놈에게 자신이 무슨 짓을 저지를지 생각하니 몸서리가 쳐졌다.

그 날 밤에 스트릭랜드는 최대한 감정을 억눌렀다. 다음 날 아이들이 학교에 가자 그는 다림질을 하고 있는 레이니에게 키스를 한 다음, 선더버드를 몰고 집 바로 다음 골목으로 향했다. 그는 커다란 너도밤나무 아래에 차를 세웠다. 가뭄 탓에 나뭇가지들은 시체처럼 늘어져 있었다. 그리 선호하는 장소는 아니었지만 일단 여기서 기다려 보는 수밖에 없었다. 그는 아침에 진통제를 네 알이나 먹었다. 정신을 바짝 차리고 관찰해야 했기 때문에 더 이상 약을 먹지 않을 생각이었다. 자동차의 시동도 꺼 버렸다. 완벽한 고요 속에서 그는 제발 레이니가 골목 반대편에 나타나지 않기만을 기도했다. 제발, 레이니, 집에 있어. 부엌을 청소하든 박스를 정리하든, 뭐든 하고 있으라고 제발!

15분이 지나자 별안간 그녀가 길 건너편에 나타났다. 수치심이 가시처럼 그를 찔러 댔다. 그는 예전에 레이니에게 자신의 아내가 된다면 대중교통 따위는 이용할 일이 없을 거라고 약속했었다. 스트릭랜드는 가까스로 정신을 가다듬고 마음속에 박힌 가시를 뽑아 냈다. 결혼반지를 억지로 끼워 넣은 자신의 손가락이 부풀어 오르고 있었다. 그는 몇 분 동안 낑낑 거리며 선더버드 시동을 켰고, 한 블록 정도 거리를 두며 살금살금 아내 뒤를 밟았다. 그녀가 버스를 기다리는 동안 그는 멍하니 운전석에 앉아 있었고, 버스가 떠나자 그의 차도 출발했다.

버스는 식료품 가게 앞에서 정차했지만 그곳에 내리는 무리들 중에 레이니는 없었다. 스트릭랜드는 유능한 감시관은 열린 마음으로 모든 가능성을 염두에 둔다는 사실을 자꾸만 상기했다. 아내는 그 가게의 가격대가 마음에 들지 않았을 것이다. 그러나 버스가 시내 구석구석의 모든 쇼핑센터를 다 돌았는데도 레이니가 내리지 않자, 스트릭랜드의 마음은 완전히 닫혀 버렸다. 오늘 특별한 일정이 있는 거라면 레이니는 아침에 미리 얘기했을 것이다. 무슨 일인지 모르지만 그녀는 그에게 말 못할 비밀이 있었다. 그가 운전대를 거칠게 잡자 다친 손가락 부위에서 통증이 느껴졌다. 봉합한 부분이 찢어져서 썩은 살이 튀어나왔다.

갑자기 차의 시동이 꺼져 버렸다. 사실 이게 처음 있는 일은 아니었다. 지난번에는 시동이 아주 약하게 걸려서 조심스럽게 서서히 몰아야 했다. 그는 정신을 바짝 차리고 다시 시동을 걸었지만 전혀 움직일 기미가 보이지 않았다. 버스는 괴생명체의 비명 같은 소음을 내며 저 멀리 사라졌다. 이제 그가 할 수 있는 일이라고는 아무것도 없었다. 레이니의 다리미에서 나오는 연기와는 비교도 안 될 만큼 시커먼 배기가스가 엔진에서 뿜어져 나왔다. 그는 선더버드를 직접 밀면서 커브를 돌아 소화전 앞에 차를 대었다. 정말 엿 같군! 그는 거칠게 주차한 뒤 차문을 밀치고 나가 주변을 사납게 둘러보았다. 차들이 말벌처럼 떼 지어 있었고, 사람들은 바퀴벌레

236

처럼 허둥대고 있었다. 도시 전체가 악으로 가득 찬 것 같았다.

그는 차 문을 발로 걷어찼다. 움푹 들어간 자국이 생겼고, 발가락이 아파서 한참 동안 펄쩍펄쩍 뛰었다. 입에서 욕이란 욕은 다 튀어나왔다. 몸을 돌리니 반대편 거리가 눈에 들어왔다. 새하얗게 불타고 있는 유성 모형이 보였다. 그 아래에는 뜨거운 용암이 끊임없이 흘러내리고 있었다. 햇빛이 너무 강해서 머리가 욱신거렸다. 거수경례하듯이 손바닥을 눈썹 위에 갖다 대니 한결 나았다. 지구가 자전하는 이미지의 간판과 캐딜락 판매점의 통유리 창, 그리고 끝없이 펼쳐진 크롬 장식까지 뜨거운 햇볕이 작렬하고 있었다.

스트릭랜드는 자기도 모르게 길을 건넜다. 그리고 다양한 깃발과 야자수로 장식된 자동차 판매장 여기저기를 배회했다. 그는 진열된 차들의 헤드라이트를 보다가 그 사이에 V자가 새겨진 마크를 발견했다. 체셔 고양이가 수백 개의 송곳니를 드러내며 씩 웃고 있는 듯한 프론트 그릴을 손가락으로 훑어 내렸다. 또 다른 차량 앞에 멈춰 서서 뜨거운 후드에 손을 갖다 댔다. 강하고 부드럽고 날렵해진 기분이었다. 그의 다친 손가락마저도 강인해지는 느낌이었다. 그가 후드에 기대어 숨을 들이키자 뜨거운 금속 냄새가 기분 좋게 코로 들어왔다. 발사한 직후의 총에서 나는 연기를 맡는 것 같았다.

"캐딜락 쿠페 드 빌입니다. 인류 최고의 걸작이지요."

판매원이 스트릭랜드에게 다가왔다. 스트릭랜드는 자신의 푸석한 머리, 제대로 깎지 않은 수염, 축 늘어진 목이 마음에 걸렸다. 하지만 작렬하는 햇살 덕에 눈에 잘 띄지는 않을 것 같았다. 판매원은 자신이 판매하는 차량처럼 기계적으로 움직였다. 마치 바퀴라도 달린 것처럼 쓰윽 미끄러져서 캐딜락 옆에 섰다. 그의 양복과 바지 주름은 꼬리지느러미처럼 날이 서 있었고 그가 후드를 두드리자 시계와 옷핀이 크롬처럼 눈부시게 빛났다.

"V-8 4기통 스파크 점화식 엔진. 4단 변속. 시속 60킬로미터까지 도달하는 데 10.7초밖에 안 걸리고, 직선거리에서 시속 119킬로미터까지 달립니다. 방금 뽑은 새 지폐처럼 거침없이 쫙쫙 나가죠. AM/FM 스트레오 사운드는 기본에 뒷좌석에서도 런던 필하모닉을 감상할 수 있습니다. 전부 다 디럭스 인테리어입니다. 흰색 가죽 보이십니까? 좌석도 특급입니다. 고급 소파, 다이븐 베드, 세티 말입니다. 최신식 에어컨으로 한여름에도 시원한 음료를 즐기실 수 있고, 히터를 켜면 당신의 레이디를 따뜻하게 지켜 줄 수 있지요."

그의 레이디, 레이니는 길 너머 알 수 없는 곳으로 사라져 버렸다. 오컴에서의 업무를 거의 완료한 자신을 버려둔 채로 말이다. 레이니를 뒤쫓아 가든 아니면 이 저주할 동네를 떠나기 위해서든 우선은 저쪽에 불법 주차한 자동차부터 당장 바꿔야 했다. 이 금속 덩어리는 자신보다 강하다. 싸움에 도움이 될까? 그렇지 않다고 결론 지었다.

"그냥 둘러보는 겁니다."

"그럼 이 차는 어떠십니까? 앞부터 뒤까지. 그러니까 여기부터 저기까지 약 5.6m 가량 됩니다. 농구 골대 두 개를 합친 길이입니다. 균형감이 탁월하지요. 이 높이에서 공을 넣어 본 적이 있으십니까? 이 너비를 보시죠. 도로를 꽉 채울 것 같지 않습니까. 게다가 좌석은 또 어찌나 낮은지. 사자의 앉은 자세 같다니까요. 중량은 2.3톤입니다. 이 녀석을 몰고 거리로 나가면 어떻게 될까요? 간단히 말씀드리죠. 당신은 도로를 지배하게 될 겁니다. 파워 윈도우, 파워 브레이크, 파워 키, 파워 시트, 파워풀하지

238

않은 구석이 하나도 없습니다. 권력 그 자체이지요."

완벽하군. 미국 남성이라면 이 정도는 돼야지. 권력은 곧 존중을 의미했다. 아내, 아이들을 비롯한 모든 사람들이 그를 존중할 것이다. 이 차를 타는 순간, 눈앞에 있는 모든 이에게 길을 비키라고만 하면 된다. 기분이 좀 나아졌다. 단순히 나아진 정도가 아니라 정말로 오랜만에 기분이 좋아졌다. 상대는 최고의 판매원이었고, 그는 상술에 이미 넘어갔지만 애써 꼬투리를 잡고 늘어졌다.

"초록색이 영 별로군요."

스트릭랜드가 말했다.

판매원은 캐딜락은 엘라이자 에스포지토의 구두처럼 색상이 다양하다는 사실을 확인시켜 주었다. 은하수 같은 회색빛, 솜사탕과 같은 분홍빛, 앵두 같은 붉은빛, 석유 같은 검은 빛. 눈앞에 있는 캐딜락은 초록빛이었으나 그가 좋아하는 사탕처럼 유리알 같은 초록빛은 아니었다. 오히려 비단결 같은 느낌이었다. 수백 년 전에 죽어 마땅한 생물이 강바닥을 기어다니다 민물로 나온 것처럼 보였다. 그러나 판매원은 반박했다.

"초록빛이라고요? 손님, 이건 청록색입니다."

스트릭트랜의 마음이 요동쳤다. 그의 머릿속에 문득 레니가 다니는 교회의 수다쟁이 목사가 했던 말이 떠올랐다. 신이 처음으로 힘을 과시한 방법이 무엇이던가? 바로 이름을 지어 주는 것이었다. 정글 신도 이름을 지어 줄 수 있었다. 그들은 그가 명하는 대로 될 것이다. 초록색은 청록색이 되고 아가미 신은 보물이 되며 레니 스트릭랜드는 무의미한 존재가 된다.

그는 몸을 굽혀서 안을 들여다보았다. 머지않아 이 차를 타게 되겠지만 슬쩍 훔쳐보는 묘미도 있으니까. 대시보드에는 백가지 다이얼과 노브가 있었다. 앞좌석에 F-1 실험실에서 볼 수 있는 모든 것이 장착되어 있는 것 같았다. 운전대는 날렵했고 깔끔했다. 자신이 운전대를 감싸는 모습과 다친 손가락에서 나온 붉은 피가 하얀 가죽에 묻었다가 얼마나 쉽게 닦일지도 상상해 보았다. 판매원이 그의 뒤에서 움직이며 연인처럼 속삭였다. 한정판이다. 손으로 직접 열두 번 코팅을 한 차량이다. 미국에서 소위 성공했다고 하는 사람 중 다섯에 네 명은 캐딜락을 탄다. 하늘에 쏘는 로켓 따위는 잊어라. 스푸트니크는 드 빌 차종을 소유하지 않았다. 스트릭랜드는 서명을 하면서 판매원에게 좋은 인상을 남기고자 명함 하나를 내밀며 말했다.

"제가 일하는 곳입니다."

"그러세요? 자, 여기에 좀 앉으시죠."

"국방부 소속이죠. 우주 항공에 관련된 프로젝트를 맡고 있습니다."

"설마요. 자, 시트도 조절하실 수 있습니다. 이렇게요."

"우주, 로켓, 미래에 관련된 일이지요."

"미래, 멋지군요. 이미 미래에 다녀오신 분처럼 보입니다."

스트릭랜드는 숨을 깊이 들이마셨다. 그는 단순히 미래를 향해 나아가는 사람이 아니라 자기 자신이 곧 미래라고 생각했다. 정글 신으로서 임무를 완수하고 괴생명체를 해치운 다음 가족 문제가 해결되면 더 이상 약에 의존하지 않아도 될 것이다. 세일즈와 맨이 합쳐져 세일즈맨이 된 것처럼 그는 자동차와 합쳐져 금속 인간이 될 것이고 미래의 공장 생산라인을 이끌 것이다. 미래의 정글은 모든 생물들이 콘크리트와 강철로 현대화될 것이다. 자연의 광기를 배제한 채 점선과 가로등, 방향 지시등으로 가득하며 캐딜락과 그가 영원히 자유롭게 누빌 수 있는 곳이 될 것이다.

18

클라인&손더스의 직원들은 유행에 맞춰 옷을 입었다. 트렌드를 예측하는 것도 업무의 일부이기 때문이다. 그러나 이 노인네는 요즘 세상에 걸맞지 않는 옷을 입고 있었다. 심지어 정장을 입지도 않았으며 자켓과 바지는 어울리지 않았다. 그의 시력에 문제가 있어서일 수도 있었다. 안경은 조금 비뚤어졌고 안경알은 두꺼웠으며 물감으로 얼룩져 있었다. 심지어 수염에도 물감이 묻어 있었지만 적어도 그의 나비넥타이만큼은 깨끗했다. 물론 이 사무실에서 나비넥타이를 한 사람은 처음 보지만 부분 가발처럼 나름의 매력은 있었다. 그러나 이것이 본인이 의도했던 스타일인지는 의구심이 들었다. 레이니는 할아버지 같은 이 남자를 서리 찬 유리창살 너머의 늑대 떼로부터 보호해 주고 싶었다.

자일스 건더슨은 그녀를 한눈에 알아보았다.

"미스 스트릭랜드?"

그는 활짝 웃으며 레이니에게 다가왔다.

버니와의 만남이 간절한 건더슨은 레이니가 가장 좋아하는 화가였다. 동시에 가장 최악의 상대이기도 했다. 레이니는 젠틀한 할아버지 같은 그와 대화를 나누는 게 즐거웠지만, 버니의 구차한 변명을 전하거나, 그가 원하는 답변을 애써 미루다가 버니 대신 사과해야 해서 괴로웠다. 그건 자일스 건더슨의 자존심을 무참히 구기는 일이었다. 그는 평소답지 않게 악수를 건넸다.

"이런, 결혼하셨군요. 스트릭랜드 부인이라고 불러 드렸어야 했는데, 제가 무례했네요."

"전혀요."

사실 그녀는 '일레인'만큼이나 '미스 스트릭랜드'라는 호칭을 좋아했다.

"건더스 씨, 맞으시죠?"

"자일스라고 불러 주십시오. 제가 만나 뵙길 원하는 높은 분이 미리 알려 주셨나 보군요. 저는 그저 인생을 즐기며 사는 나그네인데 말입니다."

레이니는 아무리 황당한 얘기를 듣더라도 이곳에서 절대로 웃어서는 안 된다고 배웠다. 건더스 씨, 아니 자일스는 바로 상황을 눈치 채고는 빙그레 웃으며 용서를 구했다.

"이런 제가 또 실수했군요. 죄송합니다. 이런 농담을 알아듣는 이는 아직 아무도 없었습니다. 아마 그래서 제가 유명한가 봅니다."

그가 꾸밈 없고 진심 어린 미소를 지었다. 레이니는 두 손을 꽉 쥐고 있지 않았더라면 그에게 손을 내밀 뻔했다. 그녀는 갑자기 웃음을 터트렸고 방문 예약자 명단으로 붉어진 얼굴을 가렸다.

"클레이 씨와는 9시 45분에 뵙는 걸로 예약이 잡혀 있네요."

"네, 맞습니다. 제가 15분 일찍 왔어요. 항상 준비는 철저하게. 제 삶의 모토거든요."

"기다리시는 동안 커피 한 잔 하시겠어요?"

"차라면 거절하지 않겠습니다. 혹시 있다면 말이죠."

"오, 죄송하지만 차는 없어요. 여기는 모두 커피만 마셔서요."

"안타깝네요. 한때는 차도 있었는데. 아마 당시에도 마시는 사람이 저 혼자였을 겁니다. 커피라, 야만적인 음료죠. 애처롭게 괴롭힘 당하는 커피콩을 보세요. 발효되고 껍질이 벗겨지고 볶여진 후 갈려지죠. 하지만 차는 어떤가요? 차는 말린 잎사귀예요. 물만 부으면 원 상태로 돌아오죠. 스트릭랜드 부인, 모든 생명체에게는 물이 필요하답니다."

"한 번도 그런 식으로 생각해 본 적이 없었어요."

레이니가 장난기 섞인 말투로 말했다. 평소라면 이쯤에서 멈췄겠지만, 이 남자는 어쩐지 안심이 되었다. 그녀는 붙임성 있게 다가갔다.

"이제부터는 차만 내야겠어요. 돈만 밝히는 원숭이들을 모조리 신사로 바꿔놔야죠."

자일스는 손뼉을 치며 말했다.

"훌륭한 생각이에요. 다음에 여길 다시 왔을 때는 광고 회사 남성들이 크라바트*를 목에 두르고 고상한 이야기를 나누고 있었으면 하네요. 그리고 우리는 모두 차만 마시는 겁니다. 스트릭랜드 부인, 우리라는 말에 익숙해지셔야 합니다."

전화벨이 울렸고, 또 울렸다. 두 전화기에서 동시에 말이다. 자일스는 몸을 굽혀 자리에 앉더니, 자신의 포트폴리오 상자를 반려견처럼 발 옆에 세워 두었다. 레이니가 버니의 비서에게 자일스가 왔다는 소식을 전하고 전화를 받았을 때, 세제 회사의 경영자 세 명이 도착했다. 이들은 하나같이 목청을 가다듬었다. 그리고 곧이어 머리가 벗겨진 두 사람이 왔다. 이들은 키티 리터(Kitty-litter) 광고 건으로 클라인&손더스 사를 들들 볶곤 했다. 레이니가 이들을 30분 정도 달래고 겨우 숨을 골랐을 때도

*넥타이라는 뜻의 프랑스어

자일스 건더슨는 여전히 같은 자리에 앉아 있었다.

미팅 시간이 늦어질 수도 있으므로 로비에는 의도적으로 시계를 두지 않는다. 하지만 레이니는 데스크에 개인용 탁상시계를 올려 두었다. 그녀는 조심스럽게 자일스를 살폈고, 그가 여전히 미소를 지은 채 모욕을 감내하고 있다는 것을 깨달았다. 레이니는 당장이라도 사무실로 달려가 비서들 중에 차를 가지고 있는 사람이 없는지 확인하고 싶은 심정이었다. 그러면 자일스의 마음이 조금 가라앉을 것도 같았기 때문이다. 그녀는 기다리고 또 기다렸다. 버니가 늦게라도 꼭 나타나기를 바랐다. 30분은 40분이 되었고, 40분은 슬금슬금 기어서 1시간을 향하고 있었다.

시간이 지나도 여전히 자일스는 품위를 잃지 않았다. 레이니는 왠지 그의 태도가 친근하게 느껴졌는데 그 이유를 깨닫고 잠시 숨을 골랐다. 클라인&손더스에서 근무를 시작한 첫 주, 그녀는 여자 화장실 거울을 보면서 머리를 매만지고 화장을 고치며 남자들의 짓궂은 장난에 어떻게 대처할까 연구했다. 그리고 한동안 생각한 끝에 턱을 높게 들어 코 아래로 누군가를 내려다보는 자세를 취해 도도한 인상을 풍기자고 마음먹었다. 이것은 그녀 홀로 터득한 방법이며, 지금도 효과가 있었다. 그런데 바로 자일스에게서 레이니는 자신의 모습을 봤다. 그는 자신이 중요한 사람이라는 환상을 애써 만들지 않으면 안 됐다.

젊은 가정주부인 그녀와 노신사 사이에는 공통 분모가 없었다. 그러나 적어도 이 순간만큼은 레이니는 노신사와 하나가 되었다. 그녀는 더 이상 그를 보고 있기가 힘들어 잠시 자리를 비우겠다는 쪽지를 남기고는 더 생각할 겨를도 없이 불투명한 유리문을 열어젖히고 사무실로 들어갔다.

19

"모든 희망이 사라지고……."

"봄이……. 봄이 오면……."

"봄이 지나면, 봄이 지나면. 체크호브인가? 도스도예프스키인가? Glupyy rebenok(멍청한 어린아이)도 알 만한 문장이잖아. 이 세상 전체가 곰의 발톱처럼 나를 파헤치는군!"

호프스테틀러는 미할코프의 호출을 받고 마음이 편안했던 적이 없었다. 그러나 지금은 그야말로 미치광이처럼 몸과 입이 통제가 되지 않았다. 택시 운전기사는 그가 앞좌석을 자꾸 발로 찬다고 불평했다. 산업 단지에서 기다리는 동안에는 콘크리트 블록을 신발 뒤꿈치로 계속 두들겨서 구멍 두 개가 파일 기세였다. 크라이슬러를 몰고 볼티모어 시내 전체를 휘젓고 다니지만 정작 암호 한 줄도 못 외우는 들소를 만난 다음에도 그의 기분은 나아지지 않았다.

휴일에 블랙 씨 러시안 식당으로 억지로 불려나온 바이올린 연주자들은 신경질적인 표정에 헝클어진 옷차림을 하고 있었다. 호프스테틀러를 보자 이내 악기들을 집어 들었지만, 그는 첫 음을 연주하기도 전에 지나가 버렸다. 눈부시게 빛나는 푸른색 바닷가재 수조가 어두컴컴한 방 안에 놓여 있었고 미할코프는 늘 그랬듯이 조용히 앉아 있었다. 호프스테틀러는 거칠게 앉다가 의자에 심하게 부딪치고 말았다. 얼얼한 통증을 느끼자 순간 괴생명체의 갈기갈기 찢긴 모습이 떠올랐다.

"이런 한심한 짓은 집어치우세요. 개처럼 도시를 질질 끌려 다니는 것과 하염없이 기다리는 것 모두 시간 낭비입니다."

"Dobroye utro(좋은 아침이네). 자네 오늘은 꽤 서두르는군."

미할코프가 말했다.

호프스테틀러는 주먹을 꽉 쥔 채 미할코프에게 맞섰다.

"제가 서두른다고요? 이해 못하시는 겁니까? 제가 오컴을 떠날 때마다 괴생명체는 점점 죽어 가고 있다고요."

"소리 좀 낮추게, 밥. 난 지금 머리통이 깨질 것 같다고. 어제 밤에 너무 퍼마셨나 봐."

미할코프가 눈을 비비며 말했다.

"드미트리!"

호프스테틀러의 침이 미할코프의 홍차에 튀었다.

"드미트리로 부르라고, 멍청아!"

그 순간, 단순 정보 제공자에 불과한 호프스테틀러의 처지가 여실히 드러났다. 언젠가 그는 이 순간을 되돌아보며 KGB 요원의 무력을 굳이 경험할 필요는 없었다고 생각할 것이다. 미할코프는 극심한 두통으로 눈에 초점을 잃은 상태였음에도 호프스테틀러의 손목을 가볍게 낚아채 등 뒤로 꺾었다. 호프스테틀러는 무릎이 꿇렸고 턱은 테이블 가장자리에 걸리며 혀를 깨물었다. 미할코프가 꺾인 호프스테틀러의 팔을 위쪽으로 힘껏 잡아 당기자 그의 턱이 테이블 위에서 으드득 갈렸다. 그 모습을 바라보던 연주자들은 입을 꽉 다물고 서로 고갯짓을 하더니 얼른 연주를 시작했다.

"바닷가재를 보게."

미할코프는 냅킨으로 입을 닦으며 말했다.

"드미트리, 얼른 보라고."

턱 위쪽이 아파 왔다. 그의 턱 아니면 혀에서 흘러나온 피가 테이블을 적셨다. 눈을 들어 주변을 살펴보자 수조가 어렴풋이 보였고 유리 너머로는 쓰나미가 일었다. 호프스테틀러는 미할코프가 무슨 말을 하려는지 알 것 같았다. 보통 수조 안의 갑각류는 무기력하게 수조의 밑바닥에서 움츠리고 있었다. 그러나 오늘 이 바닷가재들은 무척 흥분한 상태였다. 더듬이를 이리저리 흔들면서 집게 다리로 벽을 휘저었고 유리를 긁어 댔다.

"어때, 자네 모습 같지? 이제 얌전히 운명을 받아들여. 가만히 내버려 둔다고 꼭 주제넘게 기어오르거나 도망갈 생각하지 말고 말이야. 다 부질없는 짓이야. 저것들은 수조 너머의 세상에 대해선 모르거든."

미할코프는 어두운 조명 아래에서 윤기나는 은색 포크를 집어 들고는 호프스테틀러의 어깨를 찔렀다.

"아주 살짝만 비틀어도 팔이 빠져나온다네. 버터처럼."

그는 포크로 호프스테틀러의 목 뒤쪽을 쓸어 내렸다.

"바닷가재의 꼬리도 그래. 아주 간단하지. 비튼 다음 잡아당기면 빠져 나와."

이제 포크는 호프트테틀러의 셔츠를 가로질러 팔뚝 위에 놓였다.

"다리 부분은 쉬워. 와인 병, 후추 분쇄기만 있으면 완전히 으깨 버릴 수 있어. 그러면 속살이 뿜어져 나오지."

그는 녹은 버터를 맛보듯 입을 핥았다.

"어떻게 하는지 알려 주지, 드미트리. 알아 두면 좋을 걸세. 짐승을 어떻게 갈기갈기 찢어 놓는지 말이야."

그는 손에 힘을 풀었다. 호프스테틀러는 축 늘어져 바닥에 쓰러졌고 그의 팔은 시계추처럼 흔들거렸다. 그의 시야는 눈물로 흐릿했지만 미할코프가 손짓하자 들소가 커다란 손으로 그를 일으켜 자리에 앉혔다. 의자의 안락함이 거추장스러웠고 바닥에서 온몸이 뒤틀린 채 웅크러져 있는 게 더 어울릴 것 같았다. 그는 더듬더듬 냅킨을 찾아 턱에 갖다 댔다. 피가 났지만 양이 많지는 않았다.

"상부로부터 추출은 허가할 수 없다는 연락을 받았네."

미할코프는 말하며 차에 설탕 두 스푼을 넣었다.

"자네 업무를 만든 사람은 나였어. 당시에 난 확신에 가득 차 있었으니까. 나는 소련이 많은 부분에서 미국보다 뒤쳐져 있다고 보고했어. 우주 항공 분야는 우리가 앞서고 있지만 말이야. 오컴의 괴생명체가 좋은 증거지. 하지만 나 같은 짐승이 그런 것들에 대해 뭘 알겠나? 난 자네가 말한 대로 애완용 짐승일 뿐이야. 우리 모두가 그래, 드미트리. 그 누군가의 애완용 동물이라고."

호프스테틀러는 숨을 헐떡이며 피가 묻은 냅킨을 손에 움켜쥐었다.

"그럼, 죽이는 겁니까? 그렇게 죽도록 놔두는 겁니까?"

미할코프는 웃으며 말했다.

"소련은 같은 민족을 저버리지 않네."

그는 손을 닦은 뒤 시트 쿠션에서 박스 하나를 꺼냈다. 작고 검은 플라스틱 상자였다. 잠금 장치를 해제하자 보호 장치 안에 보관된 세 가지 물건이 모습을 드러냈다. 미할코프는 그중 첫 번째 물건을 꺼냈다. 호프스테틀러는 웬만한 장비는 다 알았지만 이 물체는 도무지 감이 잡히지 않았다. 그것은 야구공만 한 크기였으며 사제 수류탄처럼 금속 파이프를 둥글게 만든 형태였다. 다만, 정교하게 다듬어져 있었고 와이어로 된 손잡이 부분은 에폭시 수지로 고정되어 있었다. 붉은 버튼 옆에는 작은 녹색 램프가 불이 꺼진 채 테이프에 봉해져 있었다.

"이건 방아쇠라고 부르지. 이스라엘의 새 장난감 중 하나야. 오컴의 중앙 퓨즈로부터 3m 안에서만 사용하라고. 버튼을 누르면 5분 후 모든 전기가 다 끊어지지. 전등, 카메라, 모든 것들이 말이야. 매우 효과적이지만 한 가지 주의할 점이 있네, 드미트리. 효과는 일시적이야. 퓨즈가 교체되면 전기가 다시 들어오지. 따라서 10분 안에 임무를 완수해야 하네."

미할코프가 말했다. 호프스테틀러는 그의 말을 되풀이했다.

"임무를 완수한다……."

미할코프는 농부가 병아리를 다루듯 방아쇠를 다시 정성껏 싸서 상자에 집어넣고는 두 번째 물건을 꺼냈다. 이번 물건은 호프스테틀러도 아는 것으로 유감스러운 일을 벌일 때 자주 사용했던 것이었다. 그것은 주사기였다. 미할코프가 마지막 물건을 꺼냈다. 작은 유리병에 담긴 은색 빛깔의 액체였다. 그는 호프스테틀러에게 조심스럽게 건넨 뒤 연민이 가득한 미소를 지었다.

"자네 말대로 미국인들이 괴생명체를 제거하려 한다면, 그때 할 수 있는 일은 오직 하나야. 선점하는 것이지. 이 용액에 주사기를 넣고 찌르면 녀석을 죽일 수 있을 걸세. 이 용액은 그놈의 내장을 다 갉아먹을 거야. 용액이 다 흡수되고 나면 뼛조각 말고는 연구할 게 없게 되지. 어쩌면 약간의 비늘 정도는 남을 수도 있겠군."

호프스테틀러는 껄껄 웃었고 그의 침과 피, 눈물이 테이블에 고였다.

"우리가 가질 수 없다면 그들도 가져서는 안 된다. 이 말씀인가요?"

"당연한 거 아닌가. 자네도 알지 않나."

미할코프가 대답했다.

호프스테틀러는 한 손으로는 테이블을 움켜쥐고 다른 손으로는 자신의 입을 틀어막았다. 그는 울부짖으며 말했다.

"괴생명체는 누구도 해치지 않았습니다. 수백 년 동안을 그렇게 지냈다고요. 그런데 우리는 그를 해치려 하고 있습니다. 억지로 끌고 와서 괴롭히고 있다고요. 그 다음은 뭐죠, 레오? 다음 희생양은 누구냐고요. 우리 인간들인가요? 오, 제발 그랬으면 좋겠습니다. 그래야 마땅하니까요."

미할코프는 그의 손을 토닥이며 말했다.

"괴생명체가 우리처럼 고통을 이해한다고 하지 않았나. 그럼 미국인들보다는 나은 존재가 돼야지. 자네가 존경하는 소설가 헉슬리의 말을 듣게나. 괴생명체가 느낄 고통에 대해 생각해 봐. 그리고 그 고통을 끝내 주라고. 자네가 그 임무를 완수하면 4~5일 정도 뒤에 내가 직접 자네를 대사관으로 데려갈 거야. 그리고 자네는 민스크로 돌아가는 배를 타게 된다네. 상상해 봐, 드미트리. 고향의 푸른 하늘은 여기와는 차원이 다르지. 크리스마스 별처럼 빛나는 태양이 나무에 쌓인 눈을 따사롭게 비추고 있어. 아마 자네가 기억하는 고향과는 다를 걸세. 그동안 많이 변했거든. 직접 가서 봐야하지 않겠나. 가족도 만나고 말이야. 그러니 지금 하는 일에 집중하게. 이제 거의 다 끝났어."

20

안내 데스크에서 일하는 여자에 대해 모르는 사람은 없었다. 바쁘지 않은 사람도 없었다. 하지만 오늘은 다들 하던 일을 멈추고 그녀에게 시선을 고정시켰다. 늘 밝은 표정으로 천천히 움직이던 그녀가 지금은 굳은 얼굴로 치마가 펄럭일 정도로 빠르게 움직였다. 레이니는 버니의 비서에게 성큼성큼 다가섰고, 노련한 비서는 방어적으로 그녀에게 맞섰다.

"외출 중이십니다."

레이니 역시 방문객들에게 때때로 거짓말을 했기에, 역시 상대방의 거짓말을 재빨리 파악할 줄 알았다. 그녀는 비서로부터 몸을 틀어 버니의 사무실 문을 낚아채고는 그대로 열어젖혔다.

버니 클레이는 가죽 의자에 기대 앉아 다리를 책상 위에 걸친 채 한 손에는 하이볼을 들고 있었다. 얼굴에는 미소가 가득했다. 편집장과 광고주 역시 편한 자세로 앉아 그와 함께 웃으며 술을 마시고 있었다. 그의 비서는 너무 늦게 부저를 눌렀고, 당황한 목소리로 일레인 스트릭랜드 씨가 들어간다고 전했다. 버니의 미소는 곧 당혹감으로 변했고, 술잔으로 다른 남성들을 가렸다.

"일레인, 이건 회의라고."

이것은 어리석은 짓이고 그녀는 어쩌면 해고될 것이다.

"건더슨 씨가 기다리고 계십니다."

버니는 외국어를 듣는 듯 인상을 찌푸렸다.

"그래, 하지만 난 지금 중요한 회의 중이라고."

편집장이 코웃음을 쳤고 레이니는 소파를 바라보았다. 두 남자가 히죽대며 웃고 있었다. 그들이 술에 절반쯤 취해 몸을 가누지 못하는 것을 보자 화가 나면서도 등골이 서늘해졌다. 그녀는 쓰러질 정도로 화가 치밀어 올랐고 간신히 두 발을 땅 위에 제대로 딛고 서 있었다.

"한 시간째 기다리고 계십니다."

레이니가 다시 말했다. 버니가 의자에서 몸을 세우자 술잔이 넘어지면서 내용물이 쏟아져 카펫을 적셨다. 어차피 주목받지 못하는 또 한 명의 존재인 청소부가 와서 무릎을 꿇고 바닥을 문지르며 닦을 테니까 상관없다고 레이니는 생각했다. 버니는 일행을 향해 한숨을 내쉬고는 그녀를 바라보며 부르르 떨었다. 마치 "내가 처리하지."라고 말하는 듯했다. 그들은 자리에서 일어나 재킷의 단추를 채우면서도, 눈을 치켜뜬 여성의 엉덩이를 엉큼하게 쳐다보았다. 편집장은 지나가면서 레이니에게 윙크를 했고 광고주는 바로 옆에서 옷을 털면서 그녀의 가슴을 슬쩍 만졌다.

"내가 정규직 자리를 권했던 것 같은데, 잠깐 유보해 두지. 가서 일하게, 일레인. 나는 내 일을 할 테니까 말이야. 준비되면 건더슨 씨를 내가 만나도록 하지. 오늘 마감 시간쯤 될 거야. 그때 가서 보도록 하지."

버니가 말했다.

"그는 좋은 사람이에요. 약속을 잡으려고 2주를 기다리셨다고요."

레이니는 떨리는 목소리를 애써 감췄다.

"말 잘했군. 자네는 지금 상황을 전혀 파악 못하고 있어. 저 문을 걸어 들어오는 사람들은 저마다 다 사연이 있어. 자네가 좋은 노인네라고 말하는 건더슨 씨도 마찬가지야. 그는 한때 여기서 일했었어. 도덕성 문제로 잡혀가기 전까지 말이야. 어때, 이제 좀 놀랐나? 그러니 다른 사람들도 있는 앞에서 다짜고짜 건더슨 씨를 언급하면 다들 뭐라고 생각하겠나? 정말 곤란해진다고. 이 업계에서 건더슨과 일하는 사람은 이제 나뿐이야. 진심으로 그 사람을 생각해서 이러는 거라고. 한 가지 더 말해 주지. 그의 작품? 이젠 쓸모없어. 아, 물론 나쁘지는 않지만 너무 구닥다리야. 도무지 팔리지가 않는다고. 2주 전에 빨간색으로 칠한 흉물을 가져왔기에 녹색으로 바꾸라고 했어. 솔직히 말해 주면 그가 상처받을 테니까. 알겠나? 그는 이 업계에서 완전히 끝났어. 적어도 내 방식대로 하면 그의 작품이 팔리진 않더라도 작업비는 조금 받겠지. 그러니 생각해 봐, 일레인. 누가 진짜 좋은 사람인지 말이야."

레이니는 말문이 막혔다. 버니는 숨을 크게 내쉬고는 자리에서 일어나 그녀를 문 쪽으로 이끌었다. 그러고는 아주 친절하게 그녀가 할 일을 알려 줬다. 건더슨에게 가서 클레이 씨가 급한 일이 생겼으니 그림을 놔두고 가면 된다고 전하라고 말이다. 적어도 안 좋은 소식은 추후에 전할 수 있도록 시간을 벌라고 귀띔했다. 레이니는 스스로가 철없는 어린아이처럼 느껴졌고, 온순한 아이처럼 고개를 끄덕였다. 그녀의 얼굴은 억지 미소로 주름이 잡혔다. 집에서 저녁식사를 준비하며 모든 것이 완벽하다고 스스로를 속일 때와 같은 표정이었다.

그녀가 로비로 돌아오자 자일스는 자리에서 일어나 옷매무새를 다듬은 뒤 한 손에는 포트폴리오 가방을 들고 앞으로 성큼성큼 걸어갔다. 레이니는 참호를 기다리는 군인처럼 급히 자리에 돌아와 미안한 목소리로 준비한 멘트를 읊었다. '클레이 씨가 예상치 못한 일을 처리하고 있어서 좀 바쁘세요. 저도 미처 몰랐습니다. 제 불찰이에요. 죄송합니다. 작품을 저한테 맡겨 주시겠어요? 제가 클레이 씨에게 전달하겠습니다.'

그녀는 남편 리차드가 된 기분이었다. 모든 단어가 돌처럼 심장을 굳게 만드는 것 같았다. 자일스는 순진하게 포트폴리오 가방을 열었고 그녀의 노골적인 거짓말을 받아들였다. 그녀의 거짓말에 속아 넘어간 것이 아니라 그녀를 화나게 하고 싶지 않아서였다. 레이니는 더 이상 그를 기만할 수 없었다. 자일스 건더슨은 레이니가 이제껏 본 중에 가장 좋은 사람이었다.

"그만."

그녀의 목소리 같았다. 아니 그녀가 그렇게 말하는 것 같았다. 그녀의 입술에서 파열음이 일었다. 때때로 스프레이와 스팀 증기가 눈 앞을 가리고 묵직한 올림머리 무게에 짓눌려 있으며 침대 헤드보드가 벽에 부딪치는 소리에 귀가 멀 것 같은 평범한 여성이 그렇게 반항적인 말을 내뱉었다고? 하지만 적대적인 통화 소리와 갓 도착한 사람들의 헛기침으로 가득한 대기실에서 그녀의 목소리는 계속 울렸다. 그녀는 누구에게도 선택받지 못한 그를 위해 이번만큼은 자신이 먼저 나서기로 했다.

"그들이 원하지 않는대요."

자일스는 안경을 올려 쓰며 말했다.

"네? 그들이오?"

"그동안 자일스 씨께 말씀드리지 않았던 거예요. 그들은 작품을 원하지 않아요. 앞으로도 그럴 거고요."

"하지만 녹색으로 주문하셔서, 그렇게……."

"여기에 놔두시면 제가 수고비를 드릴게요."

"이게 최대한 녹색으로 한 거예요. 이것보다 더 녹색일 순 없어요."

"그러지 않으셔도 됩니다."

"스트릭랜드 부인! 저는……."

자일스가 눈을 세차게 끔뻑거렸다.

"당신은 이것보다 더 나은 대우를 받으셔야 해요. 당신을 가치 있게 봐주는 사람들한테 말이에요. 자신에게 자랑스러워질 수 있는 그런 곳을 찾아보세요."

그녀의 목소리는 근엄했다. 그것은 레이니가 자일스 건더슨에게 전한 말이었을 뿐 아니라 일레인 스트릭랜드, 자신에게도 하는 말이었다. 그녀는 지금보다 더 나은 대우를 받으며 가치를 인정받아야 한다. 그녀는 자부심을 기괴한 것으로 취급하지 않는 곳에서 살아야 마땅했다. 이 젊은 부인과 비틀거리는 노신사는 기고만장한 인간들에게 낙오자로 찍혔다는 점에서 다시 공통점이 생겼다. 클라인&손더스는 시작일 뿐이었다. 단지 '시작점' 말이다.

그는 나비넥타이를 매만지며 상황을 파악하려고 했다. 하지만 그녀는 세게, 더욱 세게 고개를 끄덕이며 옳은 일, 즉 사무실을 걸어 나가라고 그를 부추겼다. 그는 가늘게 몸을 떨며 자신의 포트폴리오 가방을 내려다보았다가, 숨을 들이마시며 다시 그녀를 바라보았다. 날카로운 두 눈은 눈물로 가득했고, 자신감 넘치는 미소에도 콧수염은 흔들리고 있었다. 그는 가방을 내밀었다. 그림이 아닌 가방 전체를 말이다.

"여기 있습니다."

그녀는 도저히 받을 수 없었다. 하지만 자일스의 팔은 그녀의 목소리처럼 떨리고 있었고 그녀의 충동적인 영웅심에 발맞추려는 듯 버거운 인생의 짐을 덜어 달라고 애원하고 있었다. 레이니는 붉은색 가죽 가방의 손때가 묻어 홈이 파인 부분을 잡아 들었다. 그녀는 그를 쳐다보지 않았다. 그렇게 하면 그를 더욱 힘들게 할 것임을 알았기 때문이다. 대신에 이 심오하고도 묵직한 작품을 3층 어디에서 안전하게 보관할 수 있을지 고민했다.

21

호프스테틀러는 마지막으로 계기판을 보며 온도, 부피, 수조의 ph 수치를 확인했다. 그가 기록한 정보가 조금이라도 미심쩍으면, 과학자들이 장비들을 이끌고 실험실로 쳐들어올 것이 분명했다. 괴생명체가 살아 있는 동안 이렇게 단둘이 가까운 거리에 있을 기회는 두 번 다시 오지 않을 것이다. 3일 동안의 구역질나는 휴가가 끝나고 월요일이 되면, 그는 미할코프에게 받은 용액을 괴생명체에게 직접 주입할 것이다.

실험실 가운을 갑옷처럼 두르고 서류 가방을 방패로 삼아서 그동안 타인의 고통에 무감각했던 걸까? 오늘 그는 가운을 입지 않았다. 눈에 보이지 않는 피로 적시어진 그 옷이 너무나 역겨워서 사무실 바닥에 패대기치고 왔다. 서류 가방은? 간신히 연명해 오던 그의 삶이 며칠 만에 완전히 무너지면서, 서류 가방은 구겨진 노트, 과자 봉지, 쿠키 부스러기로 가득 찼다. F-1에서 죽일 것인지 말 것인지, 학자로서 최소한의 의견조차도 내지 못한 상황이었다.

호프스테틀러의 희생양이라고밖에는 달리 표현할 수 없는 괴생명체는 사슬에 단단히 묶인 채 수조의 한가운데에 머물러 있었다. 방금 캐 낸 금처럼 반짝이는 눈빛만이 아직 그가 살아 있음을 증명해 주었다. 그는 엘라이자의 춤과 괴생명체의 기뻐하는 눈빛이 떠올랐고 질투심을 느꼈다. 자신은 신의 용서를 받지 못할 살인을 저지르게 생겼는데, 그녀는 괴생명체와 서로 사랑에 빠지다니 너무 불공평하지 않은가! 그는 계기판을 교체하며 독을 품은 바늘을 깊숙이 쑤셔 넣는 것이 수월해지도록 모든 감정을 털어 버리려고 애썼다.

호프스테틀러는 괴생명체가 그에게 오로지 증오심만 갖고 있을 거라고 확신했다. 그럼에도 과학자들이 문을 닫고 나가자 간절한 눈빛으로 괴생명체를 바라보았다. 엘라이자가 했다면 그 역시도 가능할지도 모른다. 괴생명체와의 진심어린 눈맞춤. 자신은 그동안 그에게 계속 연민이라는 감정을 품지 않았던가. 어쩌면 이 마지막 연민도 용서받을 수 있지 않을까!

실험실은 텅 비었고 고요했다. 호프스테틀러는 노트북을 들고 자리에 앉았다. 그가 공들여 기록한 종이가 물에 번져서 잘 보이지 않게 되더라도 개의치 않을 작정이었다. 오컴에서 얻은 자료들이 무슨 소용이 있겠는가. 그는 붉은색 라인을 넘어 수조 난간에 몸을 기댔다. 그가 앉은 자리가 축축해졌다. 그는 양손에 아무것도 들지 않았다. 어깨가 축 처진 채 무언가를 찾는 듯 더듬거렸다. 이것은 사랑하는 이의 무덤가에 울적하게 앉아 있는 모습과도 비슷했다. 연민에 대한 또 다른 환상. 그에게는 사랑하는 사람이 없었다. 적어도 이 세상에는 없었다. 괴생명체는 다른 세상에서 왔음에도 그보다 나았다.

"Prosti menya, pozhaluyasta(미안해요)."

그가 속삭였다.

"미안해요."

금빛에 가려진 물이 밀밭처럼 부드럽게 일렁거렸다.

"당신은 저를 이해하지 못할 겁니다. 알고 있어요. 익숙한 일이니까요. 저의 진짜 목소리, 제 아름다운 소련어는 여기서 아무도 알아듣지 못합니다. 그런 점에서 우리는 비슷한가요? 제가 솔직하게 당신에게 말을 한다면 이해해 주시겠어요?"

호프스테틀러가 자신의 가슴을 두드렸다.

"제가 당신을 망쳐 놨습니다. 한 상자 가득한 학위증과 제 이름 뒤에 붙은 영예로운 명칭만으로는 당신을 구하는 게 역부족이었어요. 다 저를 지성인으로 만드는 데 필요한 것들이었지만 지성이라는 것이 뭔지 모르겠어요. 연산인가요? 수식인가요? 진실한 지성이라면 그 안에 도덕성이 있기는 한 걸까요? 시간이 지날수록 이 프로젝트의 중요성을 깨닫게 되었어요. 그리고 저의 어리석음, 무지함, 멍청함을 깨닫게 되었죠. 이 사슬과 수조. 이것은 당신이 제 목숨을 구해 준 것에 대한 보답입니다. 당신이 제게 무슨 일을 했는지 아시나요? 제 피에서 느껴지시나요? 저는 면도날로 스스로를 해치려고 했어요. 그때 그들이 당신을 찾아냈고 어린 시절에 읽은 아파나시예프 동화에서처럼 기괴하고 마법 같은 괴물 이야기가 펼쳐졌죠. 그것이 당신입니다. 제가 인생을 바쳐 기다려 온 존재이죠. 우리의 인연이 좀 더 축복 받았다면 좋았을 텐데. 제가 속한 세상은 차갑고 무미건조합니다. 하지만 그 안에서도 당신께 보여 줄 만한 것들이 있었어요. 당신을 기쁘게 할 것들 말이죠. 하지만 당신과 저는 인연이 닿지 않았어요. 당신은 제 이름도 알지 못하니까요."

호프스테틀러는 물속에 비친 어둑하고도 흐릿한 자신의 모습을 보며 미소 지었다.

"제 이름은 드미트리입니다. 그리고 만나 뵙게 되어서 진심으로 반가웠습니다."

눈물이 났다. 뜨거운 눈물이 그의 볼을 적셨고 미할코프의 독약을 자신에게 수십 개를 주입하기라도 한 듯, 갑자기 속이 메스껍게 느껴졌다. 그는 난간에 걸터앉아 눈물이 수조 안으로 똑똑 떨어지는 것을 보았다. 자신이 볼티모어에 왔을 때 몇 달 만에 처음으로 내렸던 빗물 같았다.

물이 절반으로 줄어들었다. 괴생명체의 손이 상어처럼 물 위로 튀어올랐다. 손톱이 무지개 색으로 빛났다. 호프스테틀러는 깜짝 놀라서 난간

뒤로 몸을 움츠렸다. 하지만 걱정할 것은 없었다. 그는 90센티미터 거리쯤 뒤에 있었다. 괴생명체는 소리 없이 헤엄쳐 다가오더니 팔을 뻗었고 호프스테틀러는 숨을 머금고 그를 지켜봤다. 그는 손가락을 입으로 가져가 혀 위에 올려 놓았다. 무슨 일이 벌어지고 있는 것일까.

괴생명체는 그의 눈물을 맛보고 있었다.

호프스테틀러는 그 순간 F-1에 다른 사람이 없어서 다행이라고 생각했다. 그는 침묵의 고함을 내지르며 얼굴을 붉혔고 온몸이 부들부들 떨렸다. 괴생명체의 이중 턱은 그의 짭짤한 눈물을 맛보며 악물려 있었고, 그의 두 눈은 금빛과 하늘빛으로 부드럽게 반짝였다. 곧 그는 수조에서 일어나 몸을 곧게 세웠다. 그리고 호프스테틀러를 향해 몸을 굽혔다. 별다른 말은 없었다. 잠시 후 그는 조용히 물 안으로 다시 헤엄쳐 들어갔고, 갈퀴가 달린 두 발을 움직이며 사라졌다. 호프스테틀러는 그의 몸짓을 '고맙습니다' 그리고 '안녕'이라고 읽었다.

22

녀석을 타고 드라이브하는 것은 그야말로 꿈결 같았다. 이 멋진 차를 타고 어디든지 나서면 탱글탱글한 머릿결의 여자들로부터 뜨거운 시선이 쏟아졌다. 차 문이 열리면 다들 안을 들여다보기 바빴고, 서로 뒷좌석을 차지하고 싶어 안달이 났다. 그는 아메리칸 드림 따위는 이미 사라진 지 오래라고 생각했지만, 디트로이트 차량 덕분에 자신의 꿈이 이뤄진 것을 알게 됐다. 돈만 내면 손쉽게 꿈을 거머쥘 수 있는 세상이었다.

오컴 항공우주 연구소 주차장에는 빈 공간이 많았지만, 스트릭랜드는 굳이 가장자리에 차를 세웠다. 이곳에 주차하는 사람이라면 누구나 자신의 애마를 보게 될 것이다. 용역 직원들과 과학자들도 모두 이곳을 지나쳐야 한다. 그는 차문 밖으로 나와서 쪼그리고 앉아 청록색의 아름다운 차를 살펴보았다. 바퀴에 흙이 조금 묻었고 앞쪽에 모래 자국도 보였다. 그는 손수건을 꺼내서 자국이 흐릿해질 때까지 바퀴를 문질렀다. 아침보다 기분이 나아졌다. 레이니에게는 비밀이 있고 그것은 결코 용납할 수 없는 일이었다. 하지만 이 멋진 차가 기분을 풀어 주었고, 약간의 위안이 되었다. 그는 약통을 꺼내 진통제 몇 알을 입 안에 털어넣었다. 이보다 더 강력한 위안거리는 오컴 안에 있었다.

그는 하역장에서 담배를 피워 대는 청소부들을 보고도 호통을 치지 않을 만큼 기분이 좋았다. 그들은 그를 보자 황급히 담배 개비를 던져서 껐고 스트릭랜드는 만족스러운듯 미소 지었다. 계급과 규정 따위는 잠시 밀쳐 두기로 했다. 그는 심지어 바닥에 떨어진 빗자루를 집어 들어 벽에 세워 두기까지 했다. 키 카드를 찍고 오컴에 들어간 뒤 북적대는 복도를 어슬렁어슬렁 걸어갔다. 과학자, 사무직원, 비서, 청소부들 모두가 그를 쳐다볼 것이다. 왜 아니겠는가. 그는 거대한 캐딜락 드 빌이 되어 복도를 마구 누비는 기분이었다. 세상의 모든 것이 자신의 수중에 있는 듯 자신감이 마구 솟구쳐 올랐다.

그의 두 번째 위안거리는 엘라이자였다. 그녀는 자정이 되어서야 출근했고 스트릭랜드는 그때까지 사무실을 지키며 진통제를 몇 알 더 먹었다. 앞으로는 약을 줄이겠지만 일단 오늘은 그럴 수 없었다. 그는 마치 캐딜락에 묻은 흙먼지를 쓸어 내듯 조심스럽게 감시 카메라를 뒤덮은 먼지를 털어 냈다. 그러고는 눈이 퉁퉁 부은 호프스테틀러가 어디 있는지부터 살폈다. 곧 다가올 생체 해부에 대해 자랑을 늘어놓을 참이었다. 스트릭랜드는 상자를 찾아 개인 용품을 정리하면서 캐딜락 뒤로 오컴과 볼티모어가 사라져 가는 모습을 상상했다. 뒷좌석에는 엘라이자가 앉아 있을까? 만약 아내 레이니가 바람을 피운 게 확실하다면 그도 당하고만 있지는 않을 것이다. 스트릭랜드는 엘라이자와 함께 아주 멀리 떠날 것이다. 호이트 장군이 결코 찾을 수 없는 곳으로.

12시 15분. 그는 인터폰을 눌렀다.

"엘라이자 에스포지토를 내 사무실로 오라고 해. 뭘 좀 쏟았으니까."

쏟았다고 했으니, 무언가를 정말 바닥에 쏟아야 했다. 그는 주변을 둘러보다가 사탕 봉지를 발견했다. 적어도 약을 끊을 때까지는 사탕이 다 필요하지는 않았다. 그는 봉지를 뒤집어 쏟아 버린 사탕들이 초록색 쥐처럼 어두운 구석구석까지 굴러가는 것을 지켜보았다. 만약 그녀가 자신의 제안을 거절한다면 어떻게 할까? 그는 짜릿한 순간을 상상하자 웃음이 터져 나왔고 속이 뒤집히는 것 같았다. 흥분이 되었다. 여자 때문에 마지막으로 흥분했던 게 언제였더라?

가벼운 노크 소리가 났다. 그는 함박 미소를 지으며 문을 올려다보았다. 드디어 왔군. 잿빛 청소부 복장의 엘라이자가 모범생처럼 재빨리 와 그의 앞에 서 있었다. 한 손에는 대걸레를 쥐고 의심쩍은 눈초리로 바닥을 살펴보았다. 자신의 미소가 너무 늑대 같아 보였을까? 스트릭랜드는 뒤늦게 수습하려고 했지만, 그것은 이미 팽팽하게 당겨진 고무줄을 어설프게 느슨하게 하려는 것과 같았다. 조금만 방심해도 고무줄은 엉뚱한 곳으로 튕겨져 나갈 것이다. 스트릭랜드는 미소를 짓는 데 영 소질이 없었다.

"안녕하신가, 에스포지토 양. 잘 지내셨는지?"

여자는 고양이처럼 얼어붙었다. 잠시 후, 그녀는 가슴을 두드리더니 손을 바깥으로 내밀었다. 스트릭랜드는 의자에 걸터앉았고 그의 머릿속에서 불꽃이 일었다. 희망이었다. 정말 오랜만에 느껴 보는 감정이었다. 그동안 수많은 시행착오가 있었고 그중 대부분은 호이트 장군과 엮인 문제들이었다. 그 과정에서 레이니와는 급속히 멀어졌고 이제는 되돌릴 수 없는 지경에 이르렀다. 하지만 지금 이 순간, 보안 모니터에서 새어나오는 은은한 불빛 아래에 기회가 다시 찾아왔다. 엘라이자는 그가 절실히 원하는 존재였다. 말이 없고, 제 마음대로 주무를 수 있는 존재.

스트릭랜드는 엘라이자가 목을 빼고 주변을 둘러보는 행동이 마치 덫을 찾고 있는 듯해서 거슬렸다. 그는 반창고를 새로 꺼내어 흉측한 손가락에 다시 붙이고 전기봉은 책상 아래로 숨긴 다음 바닥을 가리켰다.

"걸레질을 할 필요는 없어. 가방이 굴러 떨어지는 바람에 사탕을 쏟았을 뿐이야. 혹시 벌레가 꼬일까 봐 부른 거니까 정말 별일 아니지. 내가 직접 해도 되지만 온갖 보고서 업무에 일이 너무 많아서. 보다시피 그래서 야근하고 있지."

하지만 책상 위에는 서류가 없었다. 아차 싶었던 그는 엘라이자가 카트를 찾으러 나간 사이에 서랍에서 아무 서류나 꺼내 들었다. 엘라이자는 쓰레받기와 빗자루를 쌍절곤처럼 쥐고는 방에 다시 들어와서 고양이처럼 두리번거렸다. 그녀의 눈이 갑자기 그의 손에 쥐어진 서류로 향했다. 그는 엘라이자의 그런 행동이 싫었지만 한편으로 자신을 바라보고 있어서 좋았다. 그녀가 구석에서 무릎을 꿇고 사탕을 쓸어 담는 모습을 보자 스트릭랜드는 힘이 솟구치는 것을 느꼈다. 캐딜락 V-8의 진동을 느꼈을 때,

파워 윈도우, 파워 브레이크, 파워 조향장치를 만졌을 때와 같은 느낌이었다. 모든 것이 권력 그 자체였다.

"난 이렇게 늦은 시간에 일하는 것은 익숙하지가 않아. 하지만 당신은 괜찮은 것 같군, 그렇지? 당신에게 지금은 아침이나 마찬가지니 에너지가 샘솟겠지. 그러니까 내 말은, 내 가방에도 사탕이 좀 남아 있어."

이제 그녀는 책상 쪽으로 와서 의자 사이에 쭈그리고 앉았다가 고개를 들어 그를 바라보았다. 잿빛 보안 모니터에서 나온 가느다란 빛줄기가 나불거렸다. 그녀의 머리카락이 흐트러졌고 얼굴은 희미한 은색으로 변했다. 목에 기다랗게 나 있는 두 줄기 상처 자국이 빛났다. 그는 이 상처가 좋았다. 여자 몸의 다른 부위에서도 상처가 이처럼 아름다울 수 있을까 생각했다. 엘라이자는 고개를 저었다.

아니오. 사탕은 됐습니다. 감사합니다.

그녀는 눈을 돌렸지만 스트릭랜드는 그 상처에서 눈을 뗄 수 없었다.

"이봐, 잠시만. 물어볼 것이 있어."

그녀가 그의 말에 즉각 반응했다.

"당신이 벙어리라던데……. 물론 당신이 직접 말한 건 아니고 그 깜둥이 여자한테 들은 말이야. 자네가 말을 못한다고."

그는 웃었지만 그녀는 웃지 않았다. 왜 그럴까? 악의 없는 농담이었는데.

"어쨌든 궁금한 점이 있네. 당신은 100% 벙어리인가? 내 말은, 고통을 받으면 소리를 낼 수 있는지 알고 싶어서 말이야. 물론 다치게 하겠다는 뜻은 아니야."

그는 다시 웃어 댔지만 그녀는 별 반응이 없었다. 왜 이렇게 그녀는 긴

장을 풀지 않을까?

"꽥꽥대는 벙어리들도 있더라고. 당신은 어떤지 궁금할 뿐이야."

그는 말주변이 좋은 사람이 아니었다. 밥 호프스테틀러처럼 자신이 아는 것을 청산유수처럼 쏟아내는 그런 부류가 아니었다. 그럼에도 자신이 질문했을 때에는 적어도 상대방으로부터 고갯짓이나 몸짓 등의 반응은 나오길 기대했다. 하지만 엘라이자는 몸을 돌려 하던 일을 계속했다. 최대한 일을 빨리 해치우려는 듯했다. 스트릭랜드는 잠시 생각에 잠겼다. 만약 다른 누군가가 그를 이렇게 무시했다면 당장 그들이 후회하게 만들어 줬을 것이다. 하지만 이 청소부는 더 굳건하게 침묵을 지켰다. 그는 엘라이자가 무슨 생각인지 감이 잡히지 않아 혼란스러웠지만, 그녀가 신은 구두를 보니 금세 만족스러워졌다. 표범 무늬가 그려진 새단 신발. 표범 무늬라……. 그녀는 자신의 환심을 살 목적으로 신은 것이 분명했다.

사탕은 쓰레받기에 닿자 으깨져 버렸다. 스트릭랜드는 정글의 우거진 나뭇가지를 헤치며 나타나는 포식자처럼 벌떡 일어나서 보안 모니터를 흔들어 껐다. 하던 일을 마친 것인지 이쯤에서 멈추려는 것인지 모르지만, 곧 엘라이자는 뒷걸음질치며 물러났다. 그녀는 문 위치를 살폈다. 사탕이 쓰레받기 위에서 서커스를 하듯 이리저리 굴러다녔다. 스트릭랜드는 그녀의 오른팔을 붙잡고 문을 가로막았다. 엘라이자는 움츠러들었고 초록색 사탕들이 딸깍거렸다.

"그거 알아? 사실 우리는 별다를 게 없어. 그러니까 내 말은……. 당신은 가진 게 정말 없잖아? 서류를 보니 주변에 아무도 없더라고. 물론 나와는 상황이 좀 다르겠지만 느낌은 비슷할 거야. 지금 하려는 말이 뭐냐면, 나도 사실 당신과 다를 바 없다는 거야. 만약 삶에서 뭔가를 바꿀 수만 있다면 진즉에 그렇게 했을 거라고. 내 말 알아듣겠어?"

그가 말했다.

스트릭랜드의 몸이 반응하고 있었다. 그가 왼손을 들어올려 그녀의 목에 난 상처 부위를 만지자 엘라이자의 몸이 굳어졌다. 그녀는 힘겹게 침을 삼켰다. 작은 새의 심장이 펄떡이듯 그녀의 경동맥이 요동쳤다. 스트릭랜드는 그녀의 상처 부위가 욱신거리는 것을 느끼고 싶었지만 그의 손가락은 부풀어 올랐고 반창고를 덧댔으며 그중 결혼반지가 끼워진 곳은 전혀 감각이 없었다. 엘라이자가 찾아서 돌려준 반지였다. 그는 손을 바꾸어서 집게손가락으로 그녀의 상처 부위를 더듬었다. 눈은 절반쯤 감은 채 그것을 온전히 느끼고자 했다. 상처는 비단결처럼 부드러웠고 그녀에게서는 표백제처럼 깔끔한 향이 났다. 그녀의 거친 숨소리가 캐딜락의 가르랑거리는 시동 소리 같았다.

아마존에서 그의 일행은 늪 사슴의 뿔과 재규어의 갈비뼈가 뒤엉킨 채 죽어 있는 것을 발견한 적이 있었다. 인디오는 두 짐승이 수주 동안 함께 묶여 있다가 죽은 것 같다고 했다. 기괴한 교배가 아닐 수 없었다. 자신과 엘라이자도 그와 같다고 생각했다. 반대되는 두 사람은 함께 묶여 있었다. 함께 자유를 찾아 나가든지, 아니면 같이 시들어 죽어야 했다. 그는 여자들에게는 생각할 시간이 더 필요하다는 것을 알고 있었다. 그가 팔을 떨어뜨리자 엘라이자는 순식간에 문을 박차고 나가 카트를 끌고 멀어져 갔다.

"이봐."

복도로 나온 그가 소리쳤다.

엘라이자가 멈춰 섰다. 복도의 밝은 불빛 아래로 그녀의 볼은 발그레해졌고 상처 부위는 붉어졌다. 스트릭랜드는 패닉, 상실, 혼란을 느꼈지만 억지로 웃으며 입을 열었다.

"당신이 말을 못해도 상관없어. 내가 하고 싶은 말은 이것뿐이야. 당신이 벙어리라서 더 좋아."

노골적인 말이었다. 그녀가 받아들일까? 자신을 긍정적으로 생각할까? 그는 약기운에 어지러웠으나 이번 기회를 놓치고 싶지 않았다. 고무줄 같은 미소가 다시 번졌다가 원래로 되돌아왔다.

"내가 장담하는데, 당신을 꽥꽥대게 만들 자신이 있어. 조금이라도 말이야."

23

젤다는 엘라이자가 스트릭랜드의 사무실을 나서는 것을 보았다. 그가 그녀를 부른 타당한 이유를 수십 가지라도 댈 수 있었다. 아마도 스트릭랜드가 반창고를 붙인 부은 손으로 사무실을 난장판을 만들었거나, 아니면 평소에는 접근할 수 없는 그의 사무실을 엘라이자에게 특별히 청소하라고 플레밍이 지시했을 수도 있었다. 두 사람이 오컴에서 함께 근무한 세월 동안 플레밍이 특별히 지시한 일에 대한 의미를 찾으려고 고민한 적은 없었다. 하지만 젤다는 뭔가 미심쩍었다. 요즘 들어서 엘라이자가 무슨 말이든 한 적이 있었던가. 젤다는 엘라이자에게 남편에 대한 이야기를 해 줬지만 그녀는 질문도 하지 않았다. 젤다가 무슨 일이 있느냐고 물었지만 엘라이자는 못 들은 척했다. 매번 그렇게 엘라이자에게 무시를 당할 때마다 젤다는 스트릭랜드의 전기봉에 찔린 것처럼 갈비뼈가 욱신거렸고, 집에서도 통증이 느껴질 때마다 움찔움찔 놀랐다. 남편이 그녀의 상태를 눈치챘을 무렵엔 그동안 참아왔던 화가 폭발했다.

"엘라이자 말이에요."

"누구? 직장 친구?"

"요즘 나를 대하는 태도가……. 아, 난 잘 모르겠어요."

"심각한 거야?"

그가 물었다.

역시 브루스터였다. 늘 TV 앞에서 뒹구는 인간이었지만, 잭나이프처럼 예리한 남자이기도 했다. 젤다에 관해서라면 뭐든지 한눈에 알아챘다. 그녀에게 너무 정을 주지 마. 바람에 날리는 꽃잎처럼 보내 버리라고. 그는 머리에 떠오르는 대로 마구잡이로 그녀에게 충고했다.

F-1은 갈수록 수상쩍게 느껴졌다. 스트릭랜드가 엘라이자를 사무실로 끌여들인 사건 이후, 젤다는 엘라이자가 F-1으로 카트를 밀고 가는 것을 두 번이나 목격했다. 그때마다 젤다는 엘라이자에게 비밀을 털어놓을 기회를 주었다. "오늘 밤 뭐 좀 재미있는 거 봤어?"라든지 "F-1에서 무슨 일이 벌어지고 있는지 궁금해." 등으로 이야기를 부추겼다. 하지만 엘라이자는 아무 말도 하지 않고 심지어 어깻짓도 하지 않았다. 이것은 엘라이자의 성격 탓이 아니라 자신을 무시하는 태도라고 생각할 수밖에 없었다. 젤다는 남편의 말대로 그녀를 멀리하는 게 좋겠다고 생각했다.

엘라이자와의 우정이 뭐 그리 대단하다고! 젤다는 다른 근무자들과 어울리면 된다. 그러면 된다. 하역장에서 담배를 몇 번 같이 태우며 떠들고 웃어 주면 된다. 일터는 일터일 뿐이다. 그녀는 자기 삶의 언저리를 떠올려 보았다. 이모, 삼촌, 그리고 사촌들, 가족이 있었다. 브루스터의 복잡한 가족 관계 탓에 이복 사촌들도 여럿이었고 이웃들도 꽤 있었다. 모두 15년 이상씩 알고 지낸 터라 음식을 해 가거나 교회 행사에서 모이게 되면 서로를 두 팔 벌려 환영해 줬다. 격려와 사랑이 넘치는 사람들이었다. 어찌 보면 그들만 있어도 충분했다.

하지만 젤다는 친구를 못 만나게 된 십대 소녀처럼 아주 간절하게 엘라이자를 원했다. 단지 차이가 있다면 그녀는 어린아이가 아니라는 점뿐이었다. 엘라이자 때문에 자존심이 너무 짓밟힌다고 느낄 때, 나서서 그녀에게 따질 사람은 남편이나 가족, 교회 지인이 아니라 바로 젤다 자신이었다. 멀어져 가는 친구에게 다시 한 번 기회를 줘야 한다면 그걸 결정하는 사람도 그녀였다. 게다가 남자 문제라면 여자는 혼란에 빠지기 쉽지 않은가. 그녀의 경험을 토대로 추측해 보자면, 엘라이자 에스포지토는 지금 남자 문제에 얽힌 게 분명했다. 만약 그 상대가 F-1에 있다면 호프스테틀러일지도 몰랐다. 그는 항상 친절하고 늦게까지 근무하며 결혼반지도 끼지 않았으니까.

젤다는 여기까지 생각이 미치니 친구에 대한 오해가 풀렸고 되레 축하할 일이라는 생각까지 들었다. 젤다가 아는 한 엘라이자는 단 한 번도 남자를 만난 적이 없었다. 물론 사내 연애는 해고 사유가 되긴 하지만, 일이 잘만 풀린다면 엘라이자는 호프스테틀러와 함께 오컴을 떠날 수도 있다. 엘라이자가 박사와 결혼을 한다니, 이건 정말 상상도 할 수 없는 일이다.

하지만 엘라이자가 허둥지둥 스트릭랜드의 사무실에서 나왔던 것을 생각해 보면 확신이 서지 않았다. 그러고 보니 스트릭랜드 역시 F-1의 출입카드를 갖고 있지 않은가. 녹슨 전기봉을 들고 다니는 그 저속한 인간이 엘라이자의 다리를 엉큼하게 바라본다면? 엘라이자는 영리하지만 저런 남자에게는 속수무책으로 당하기 십상이었다. 여자를 쉽게 갖고 놀 만한 남자가 누구냐고 묻는다면 젤다는 단연코 스트릭랜드를 꼽을 것이다.

젤다의 턱, 주먹, 발이 딱딱하게 굳었다. 오컴은 순진한 청소부를 곤란하게 할 문제들로 가득했다. 그녀는 단단히 마음먹었다. 그리고 사무실 두 곳의 청소를 하지 않고 교대 시간까지 남은 30분 동안 엘라이자를 찾으러 다녔다. 최대한 살금살금 움직였지만 역부족이었다.

그녀가 지켜본 바로는 엘라이자의 옷이나 머리카락은 전혀 흐트러짐이 없었다. 하지만 스트릭랜드의 사무실에서 무슨 일이 일어났던 것은 분명했다. 엘라이자는 카트를 고정시키는 일을 세 번이나 연속으로 실수했다. 교대 시간을 알리는 종이 울렸고 청소부들은 탈의실로 들어갔다. 젤다는 엘라이자를 유심히 보면서 옷을 재빨리 갈아입었고 그녀 바로 뒤에서 출퇴근 기록계를 찍었다. 밖으로 나왔을 때 이미 오렌지 빛 태양이 떠올라 있었다. 모래먼지가 날리는 버스 정류장에서 젤다는 엘라이자의 소매를 낚아채 쓰레기통 쪽으로 밀어붙였다. 엘라이자는 갑작스레 습격을 당한 다람쥐처럼 움츠러들었다. 피로에 지쳐 붉게 충혈된 눈초리로 젤다를 쏘아보았다.

"알아, 알고 있다고. 나랑 말하고 싶지 않잖아. 그러니까 안 해도 돼. 넌 그냥 듣기만 해. 버스가 도착할 때까지만 들으라고."

엘라이자는 재빨리 피하려고 했지만 젤다는 평소답지 않게 온힘을 다해 엘라이자의 소매를 끌어당겨서 다시 쓰레기통으로 밀쳤다. 엘라이자가 화가 난 몸짓을 했지만 젤다는 무슨 뜻인지 이해했다는 듯 그녀의 수화를 끊었다. 자기 합리화와 변명에 불과했기 때문이다. 사과를 하라는 것이 아니었다. 사과는 잘못을 인정할 때에나 하는 말이다. 젤다는 두 손을 엘라이자의 손에 얹고는 가슴쪽으로 끌어와 토닥거렸다.

"네가 내 시간을 뺏는 게 아니야. 그건 너도 알고 있잖아."

엘라이자는 저항을 멈추었지만 표정은 여전히 굳어 있었다. 마치 남에게 보일 수 없는 커다란 비밀을 감추고 있는 것 같았다. 젤다는 숨을 내쉬며 말했다.

"고민이 있을 때 내가 옆에 있어 주지 않은 적이 있어? 여기 처음 온 날 기억해? 네가 여기 처음 온 날 플레밍이 포스터 한 장을 탈의실에 걸어 뒀었지. 마릴린 먼로가 걸레질을 하는 포스터였어. 다가서는 손길. 멀어져 가는 발걸음. 기억나? 우리가 얼마나 웃어 댔는지. 우리는 그렇게 친구가 되었어. 너무 어리고 조용한 너를 도와주고 싶었다고. 지금도 같은 마음이야."

엘라이자는 혼란스러워 하며 뒤로 물러섰다. 대여섯 명의 직원들이 버스 토큰을 꺼내 들며 발을 동동 구르고 있었다. 버스가 가까이 왔다는 신호였다. 젤다는 친구를 오래 붙들어 둘 수 없었다. 그녀가 엘라이자의 손을 세게 끌어 잡자 비둘기 날개를 으스러뜨리는 느낌이 들었다.

"혹시라도 무슨 일이 생기더라도 당황하거나 두려워할 것 없어. 난 살면서 오만가지 일을 겪었어. 그리고 남자가 엮인 일이라면."

엘라이자의 두 눈이 젤다에게로 향했다. 젤다는 고개를 끄덕이며 엘라이자를 위로하려고 했지만 그녀는 이내 몸을 내빼고 말았다. 버스가 윙윙 소리를 내며 다가왔다. 젤다의 눈이 흐릿해지더니 자신이 그토록 경멸하는 눈물이 주루룩 흘러내렸다. 친구의 눈물을 보자 엘라이자는 마음이 무너졌고 젤다는 엘라이자의 이름을 불렀다. 엘라이자가 멈춰 서서 반쯤 돌아보자 젤다는 손등으로 눈물을 훔치며 말했다.

"사람들은 다 저마다의 문젯거리가 있다고. 나도 내 삶이 있어. 조만간 나는 여기를 떠나게 될 거고 너도 나랑 같이 여기를 그만두는 모습을 항상 상상했어. 하지만 이제는 알아야겠어. 우리는 그냥 직장 동료인 거야? 아니면 회사 문 밖을 나와서도 여전히 친구인 거야?"

떠오르는 태양에 맞춰 젤다의 눈에서 눈물이 떨어지더니 이내 볼을 타고 흘러내렸다. 엘라이자는 버스를 향해 고개를 돌렸다. 뭔가 말하고 싶은 것 같았지만 그녀는 입술을 깨물고는 이내 고개를 저었다. 젤다는 태양으로부터 눈을 가리려는 듯 뒤로 물러서서는 떨리는 손으로 자신의 젖은 얼굴을 훔쳤다. 손등에는 슬픔과 외로움이 묻어났다.

24

자일스는 침대에서 다시는 일어나지 못할 거라고 생각했다. 일감도, 돈도, 음식도 없었다. 엘라이자가 계속 화를 풀지 않는다면 친구도 잃을 것이다. 피할 수 없는 일을 미뤄야 할 필요가 뭐가 있는가. 그 순간, 침실 창문이 아침 햇살에 찬란하게 빛났다. 무지개처럼 영롱한 빛줄기가 딕시 더그 가게를 연상시켰다. 지금 자일스를 비운의 죽음에서 건져 낼 수 있는 사람이 있다면, 브래드뿐이었다. 명찰에 쓰인 이름대로라면 그렇게 불러야겠지만 사실 그의 본명은 존이다. 자일스는 처음으로 나이에 걸맞은 편한 옷차림을 하고 가발을 썼다. 그런 다음 퍼그를 타고 자존심을 뭉개는 말을 무시한 채 딕시 더그에 들어가서 열정에 찬 사람처럼 행동해 볼

작정이었다.

하지만 브래드는 그곳에 없었고 대신 길게 늘어선 줄과 북적이는 소음이 그를 옭아맸다. 주문을 할 차례가 되어서야 비로서 그는 주머니 사정이 떠올랐다. 그는 '로레타'라는 명찰을 단 젊은 여성에게 파리한 미소를 지어 보이고는 메뉴판에서 가장 저렴한 것을 주문했다. 애처롭게도 우유 한 잔이었다. 그는 구석에 자리를 잡았다. 불편한 의자 때문에 엉덩이가 아파 왔다. 우유를 마시고 자리에서 일어나 '죽을' 채비를 하러 갈 생각이었다.

그는 플라스틱 그릇들이 놓인 선반 사이의 흑백 TV로 눈길을 돌렸다. 토트백을 든 깜둥이들이 입구에서 북적이는 통에 TV 소리가 잘 들리지 않았다. 우유에서는 신 맛이 났다. 바라던 바이다. 자일스는 로레타에게 채널을 돌려 달라고 말하려 했지만 그녀는 파이 주문을 받으며 손님들에게 윙크를 날리고 추파를 던지기에 바빴다. 서부 컨트리 음악이 딕시 더그에 요란하게 울려 퍼졌고 그 사이로 뉴스 보도도 살짝 들렸다. 도심을 떠나 삶을 개척한 윌리엄 래빗이라는 사람에 관한 이야기였다. 그는 깜둥이를 상대로 땅 거래를 하지 않는다고 했다. 자일스는 얼마나 롱아일랜드의 레비타운에 터를 잡고 싶어 했던가. 그는 그곳의 아늑한 집에서 살면서, 매일 아침 목련에 물을 주는 자신의 모습을 상상하곤 했었다. 하지만 그건 상상일 뿐이었다. 아마도 그는 쥐가 득실대는 창고 같은 영화관 위층에서 죽을 때까지 살게 될 것이다. 물론 그것도 운이 좋아야 가능하겠지만.

누군가 카운터에 팔꿈치를 걸쳤다. 자일스가 올려다보니 브래드가 서 있었다. 천국에서 날아 온 천사의 모습이었다. 브래드는 몸을 편하게 굽히고 있었지만 자일스가 예상했던 것보다 키가 컸다. 브래드는 카운터에

272

기대어 설탕과 도우의 냄새를 맡고는 팔을 뻗어 그가 내온 초록색 파이를 손가락으로 가리켰다.

"키 라임 파이를 좋아하셨던 것 같은데요."

브래드의 억지스러운 남부 억양이 되살아났다. 자일스는 그의 목소리에 녹아내릴 것만 같았다. 가짜 억양, 가짜 머리카락, 다를 게 무엇인가? 누군가에게 잘 보이려고 약간 허영심을 부리면 좀 어떻단 말인가. 순간 자일스는 텅 빈 지갑이 떠올랐다. 그에겐 파이 값을 지불할 돈이 없었다.

"아, 제가 현금을 안 가져와서요."

브래드가 코웃음을 쳤다.

"별 말씀을요. 오늘은 서비스로 드리는 거예요."

"너무 친절하시네요. 다음에 꼭 돈을 지불하겠어요."

그러다가 자일스의 머릿속에 어떤 음흉한 생각이 번뜩 스쳤다. 지금쯤이면 엉큼한 말을 꺼내 봐도 되지 않을까?

"저 혹시, 주소를 알 수 있을까요? 지나가다가 한번 들를게요."

브래드는 자일스의 의도는 전혀 눈치 채지 못한 듯 쾌활하게 대화를 이어 갔다.

"여기서 일하다 보면 사람들을 알게 되고 그들의 이야기를 듣게 되죠. 손님들 저마다 이야기를 갖고 있어요. 제가 고양이를 잔뜩 키우는 것처럼 말이에요. 손님 같은 분은 이곳에 자주 오지 않아요. 점잖고 교양 있으신 분 말이죠. 지난번에 말씀하신 거 정말 재밌게 들었어요. 우린 말이 잘 통하니까 언젠가 저의 동업자가 되셔도 좋을 것 같아요."

이렇게 사소한 환대에도 눈물이 쏟아져 나오려고 하다니 확실히 자일스는 나이가 많고 감성적이며 옛 시대의 사람이었다.

"어떻게 말해야 할지 모르겠지만, 저는 혼자서 일해요. 그래서 대화가……. 물론 친구와 이야기를 하기는 해요. 가장 친한 친구 말이죠. 하지만 그녀는……."

자일스가 말했다. 이별을 고하는 엘라이자가 아직도 그의 눈에 아른거렸다.

"그녀는 말수가 적은 편이에요. 그렇게 말해 줘서 감사드려요. 진심으로요. 제 이름은 자일스예요."

그는 태연하게 웃으려고 애썼지만 알 수 없는 불안감도 느꼈다.

"제가 키 라임 파이를 자주 먹는다고 동업하자고 하는 건 아니겠지요?"

자일스의 말에 브래드는 햇살, 레모네이드, 잘 손질된 잔디처럼 상쾌하게 웃었다.

"무슨 말씀을요. 저는 자일스 씨를 개인적으로 알지 못합니다. 그게 진실이죠."

자일스는 브래드의 입모양을 살폈다. 캐나다 혈통임이 드러나는 그의 본명이 조만간 튀어나올 듯했다. 하지만 이런 것들이 다 무슨 소용이 있을까? 짝사랑에 빠진 어린 소년처럼 전화번호부를 밤새 들춰 볼 필요는 없었다. 잃을 것도 없는 그의 삶에 더 이상의 수치심도 남아 있지 않았다. 인생 최악의 날 아침, 모든 것은 구원받을 것이다. 그는 진지하게 말했다.

"저는 진실을 원한 게 아니에요."

자일스가 진심을 담아 말했다. 그는 스스로를 속여 온 지 오래였다. 브래드에게 자신이 광고회사에서 근무한다고 거짓말한 것은 자비로운 안내데스크 직원에게 망할 작품을 대신 전해 주는 것으로 이제 끝장이 났다. 그에게는 이제 미래도 희망도 없었다. 그래서 달콤한 파이에 중독된

274

어린아이처럼 인생에 남은 마지막 희망에 모든 것을 걸었다. 그는 지난번에 브래드에게 '애타다'라는 단어의 어원에 대해 설명해 주었다. 제우스의 아들 탄탈루스가 과일과 물을 향해 아무리 손을 뻗어도 닿지 않았던 데서 유래했다고 말이다. 지금 자일스가 그랬다. 그는 브래드의 손등 위에 자신의 손을 얹었다. 그의 손은 갓 구운 빵처럼 따뜻했다.

"이렇게 이야기하니 좋군요. 괜찮다면 당신에 대해 더 알고 싶어요. 진짜로 이름이 브래드인가요?"

자일스가 말했다.

브래드는 눈을 깜빡이더니 자리에서 벌떡 일어났다. 그의 키가 185센티미터, 190센티미터, 아니 2미터로 3미터로 쑥쑥 커지더니 마침내 카운터를 너머 성층권으로 사라지는 것 같았다. 자일스는 힘없고 얼룩졌으며 주름진 손을 재빨리 빼서 차가운 테이블 위에 걸쳤다. 곧 하늘로부터 벼락 같은 소리가 떨어졌다.

"무슨 짓입니까! 어르신."

"아니, 저는⋯⋯."

그는 실험실의 표본처럼 갈 곳을 잃고 방황하고 있었다.

"저한테 파이를 사 주셔서요."

"그건 모두에게 다 돌린 겁니다. 전 어제 약혼을 했으니까요. 바로 저기에 있는 저 여자하고요."

브래드가 말했다.

자일스는 마른 침을 삼켰다. 한때 공짜 파이를 가리키던 브래드의 두툼한 손가락이 이제는 밝은 표정으로 즐겁게 떠들고 있는 젊은 여성을 지목했다. 자일스는 로레타와 브래드, 두 사람을 병약한 노인처럼 번갈아

보았다. 때마침 부모와 아이들로 구성된 흑인 가족이 들어왔고 이들은 메뉴판을 보며 파이에 대해서 속닥였다. 브래드의 얼굴은 자일스가 그의 손을 만졌을 때처럼 붉어지더니 그들에게 소리쳤다.

"이봐요! 여기에는 당신네들이 앉을 자리는 없습니다. 먹을 거면 사서 바로 나가세요."

미소 지으며 재잘대던 가족은 순식간에 얼어붙었다. 그들은 고개를 돌려 씩씩거리는 브래드를 쳐다보았다. 어머니가 아이들을 두 손으로 그러안고 말했다.

"여기 자리가 이렇게나 많은데……."

"다 예약되었습니다. 하루 종일, 이번 주 내내!"

브래드는 말을 끊으며 외쳤다.

가족의 즐거웠던 기분이 브래드의 분노 앞에서 수그러들었다. 그 모습을 보자 자일스는 속이 메스꺼웠다. 브래드 뒤편으로 TV 화면이 희미하게 보였다. 사람들은 흑인들이 뉴스에서 매일같이 폭동을 일으키는 소식을 접했고 아마도 다림질을 하거나 빨래를 하는 동안 아무렇지도 않게 들을 게 분명했다. 하지만 자일스는 그 광경을 참을 수가 없었다. 연민 때문이 아니라 스스로를 보호하고 싶어서였다. 그 역시 성소수자로서의 정체성을 숨길 수도 있었고, 조금이나마 자존심이 있었다면 아까처럼 엉큼한 손놀림을 감행하지는 않았을 것이다. 그는 진압 지휘봉에 맞아서 두개골이 부서지는 것을 두려워하지 않는 저들과 같은 편에 서기로 했다. 더구나 저 순진한 가족에게 값비싼 사카린 덩어리를 파이랍시고 파는 것도 도무지 용납할 수가 없었다.

"저 사람들에게 그렇게 말할 필요는 없지 않소."

그가 말했다.

브래드는 조롱하는 눈초리로 자일스를 바라봤다.

"선생님도 여기를 떠나는 게 좋을 것 같습니다. 여기는 패밀리 레스토 랑이니까요."

흑인 가족의 아버지는 가족들을 위험에서 보호하려는 듯 서둘러 밖으 로 나갔다. 그 모습을 본 브래드의 얼굴에 냉랭한 미소가 흘렀다. 자일스 는 줄곧 브래드가 자신만을 위해 특별히 빵을 구웠다고 착각했다. 하지 만 모든 게 그의 망상이었다.

"또 오기만 해 봐라!"

브래드가 억센 말투로 말했다.

자일스는 키 라임 파이를 바라보았다. 그의 물감 색과 너무도 똑 닮은 초록색이었다. 그는 눈을 돌려 가게를 둘러보았다. 눈부시고 아름답게 느껴졌던 도금 장식은 다 어디로 간 것일까? 이제 보니 그저 싸구려 플라 스틱일 뿐이었다. 그는 자리에서 일어나 꼿꼿이 섰다. 브래드가 그에게 다 가왔을 때, 자일스는 생각했던 것보다 그가 크지 않다는 사실에 놀랐다. 실제로 두 사람은 키가 비슷했다. 자일스는 나비넥타이를 가다듬고 안경 을 제대로 썼으며 재킷 안에서 빗을 꺼내어 머리도 다시 손질했다.

"자네가 프랜차이즈에 대해서 말했을 때 난 꽤 인상적이라고 생각했었 어. 파이를 진열하는 방식하며, 모든 것들 말이야……"

자일스는 잠시 숨을 돌렸다가 결연한 목소리로 말을 이어갔다. 주변 사 람들도 엄숙해진 눈초리로 두 사람을 쳐다봤다. 다 헛된 일인지도 모르 지만 자일스는 아까 그 흑인 가족이 이 자리에 남아 있었으면 좋았을 거 라고 생각했다. 그는 자신의 아버지, 버니 클레이, 클레인 씨, 사운더 씨와 살면서 그를 무시하고 저버렸던 모든 이들이 지금 이 자리에 있었으면 좋겠다고 생각했다. 자일스는 식탁을 손으로 쓸어 버리는 포즈를 취하며 말했다.

"하지만, 젊은이. 프랜차이즈가 정말 뭔지나 아나? 어리석고 비겁하며 저속하고 탐욕스러운 짓이라고. 식탁 맞은편에 앉아 있는 사람들에게 팔지 못할 물건들을 과장과 포장이라는 상술로 속이고 사기 치는 것. 중요한 건 사람이야. 기름투성이인 음식은 연금술을 써도 바꿀 수는 없어. 자네는 아직 경험해 보지 못했을 거야. 하지만 나는 해 봤지. 나에게 의미 있는 사람이 있거든. 그래, 하지만 그녀는 이런 곳에 오기에는 너무 수준이 높아."

그는 발꿈치를 들고 중심을 잡았다. 브래드의 얼굴이 TV 화면과 겹치더니 식사하는 손님들 사이로 사라지는 듯했다. 입은 다문 채였지만 이 시골뜨기는 뭔가를 흥얼거리고 있었다. 자일스가 문 밖을 나서려고 하자 브래드가 쏘아붙였다.

"난 브래드가 아니라 존이야. 이 망할 동성애자야!"

브래드가 남긴 마지막 말이 자일스가 집에 도착할 때까지 뇌리에 남았다. 그 말에 담긴 의미가 머릿속에 뱅뱅 맴돌았지만 그는 모두 무시해 버리기로 했다. 볼티모어 거리를 따라 아케이드 뒤편의 주차장을 통과하고 화재 대피소를 지나 아파트에 도착했다. 그는 엘라이자의 현관문 앞에서 세차게 노크했다. 안으로 들어가자 그녀는 평소와는 달리 아직 자지 않고 있었고, 손과 무릎에 거품이 가득한 채로 욕실을 문질러 닦고 있었다. 그녀의 억센 손질에 방 전체, 아니 그 아래에 위치한 영화관과 도시 전체가 더더욱 밝게 빛나는 것 같았다.

"네가 말했던 것이 무엇이든 신경 안 써. 중요한 건 네가 그걸 필요로 한다는 거야. 그러니 도와줄게. 내가 뭘 해야 하는지 알려 줘."

자일스가 말했다.

25

엘라이자는 자일스가 퍼그의 슬라이드 도어에 스텐실용 테이프를 잘라 붙인 뒤 부지런히 붓으로 색칠하는 것을 보았다. 그는 오늘 지긋지긋한 케이크들을 죄다 내다 버렸는데, 접시에 단단히 눌러 붙은 두 조각은 오렌지 즙을 잔뜩 뿌린 다음에야 가까스로 떼어 낼 수 있었다. 자일스는 무언가 작업할 때면 늘 똑같은 체크무늬 팔 토시를 착용한 채 눈을 가느다랗게 뜨곤 했다. 오늘과 같이 상쾌한 봄날, 맑은 공기를 마시며 작업을 하는 자일스를 보니 엘라이자는 마음이 놓였다. 일요일 오후의 태양이 그의 벗겨진 머리에 작렬했다. 그가 가발을 쓰지 않고 마지막으로 외출한 적이 언제였던가. 자일스는 다른 사람 같았고 이제 그는 어떤 것도 주저하지 않았다. 그녀의 계획대로라면 오늘은 두 사람이 일을 실행시키기 전, 구속되기 전, 법정에서 선고 받기 전, 어쩌면 총살당하기 전에 마지막으로 함께 보내는 날이었다. 좋은 날이 아닐 수 없었다.

엘라이자는 우유병을 한가득 안은 팔이 부들부들 떨리기 시작해 그를 오랫동안 바라볼 수 없었다. 사실 병에는 우유 대신 물이 채워져 있었다. 그녀는 차에 올라탔다. 잡동사니 물건을 모두 치운 차 안에는 박스와 바구니 더미가 담요 위에 쌓여져 있었다. 엘라이자는 담요 위에 놓인 상자 안에 우유병들을 하나씩 놓기 시작했다. 우유병들이 상자로 굴러 들어갈 때마다 덜커덩, 철벅거리는 소리를 냈다. 그녀의 배 속에서도 비슷한 소리가 들렸다. 그녀는 뒷좌석 안쪽 벽에 기대 앉아 숨을 헐떡였다. 스텐실 작업을 잠시 멈춘 자일스가 미소 지으며 말했다.

"잠시 쉬지 그래! 넌 너무 열심히 일했어. 걱정도 너무 많이 했고. 이제 몇 시간 후면 다 끝나, 어떻게든 다 끝난다고. 그러니 앞으로 할 일에만 집중해. 막연한 걱정이 삶에서 가장 견디기 어려운 거니까!"

엘라이자는 웃었다. 그 상황에서 웃음이 나온다는 것이 놀라웠지만 그녀는 정말 웃고 있었다. 그녀는 수화를 시작했다.

ID 카드는 다 만든 거예요?

자일스는 물감이 말랐는지 불어 보더니 붓을 물감 통 위에 십자형으로 올려놓았다. 그는 검을 빼내들 듯 지갑에서 카드를 꺼내 엘라이자에게 내밀어 보였다. 엘라이자가 카드를 받아들고는 꼼꼼히 살폈다. 그리고 자신의 진짜 오컴 신분증과 대조해 보았다. 질감이나 무게가 달랐지만 그렇게까지 신분증을 꼼꼼하게 들여다보는 사람이 있을까? 무게를 제외하고는 꽤나 그럴듯했다. 신분증을 한나절만에 뚝딱 만들어 내는 그의 솜씨는 대단했다. 그녀는 이름 부분을 가리키며 수화를 했다.

"마이크 파커?"

"꽤 괜찮은 이름이지? 왠지 믿음이 가잖아."

자일스는 어깨를 으쓱했다.

"게다가 내 친구들은 나를 마이크라고 부르기도 하니까."

엘라이자는 신분증을 다시 꼼꼼히 살펴보더니 갑자기 미소 지었다.

51세?

자일스는 의기소침해졌다.

"아니, 가발을 써도 그렇게 안 보인단 말이야? 54세는 어때? 붓 한 번만 내리그으면 순식간에 3살을 올릴 수 있어. 아주 쉽지."

엘라이자는 얼굴을 찌푸렸다. 자일스는 한숨을 내쉬며 신분증을 그녀의 손에서 가로채 갔다. 그리고 붓을 다시 집어 들더니 붓끝을 틀어 숫자를 고쳤다.

"57세, 내가 할 수 있는 최선이야. 불쌍한 늙은이 마이크 파커를 더 이상 괴롭히지 말라고."

그는 다시 작업하기 시작했다. 엘라이자는 속이 메스꺼웠고 헤엄치는 듯 어지러웠다. 그렇지만 차 안은 따스했고 세상 그 어느 곳보다 안락했다. 사는 동안 외로운 시간이 훨씬 더 많았던 그녀였지만 이번만큼은 달랐다. 만약 그들이 몇 시간 안에 잡힌다면 엘라이자는 그토록 자신을 도와주려고 했던 젤다에게 고맙다고 하지 못한 걸 분명 후회할 것이다. 하지만 어쩔 수 없었다. 만약 일이 잘못되어 엘라이자와 자일스는 붙잡히더라도 젤다까지 연루되어서는 안 된다. 그것은 생각만 해도 끔찍했기에 그녀는 끝까지 젤다를 밀쳐 낼 수밖에 없었다. 문득 엘라이자는 그런 친구를 두었다는 사실만으로, 그간 인생을 허투루 살지는 않았다고 생각했다.

자일스가 기어를 올리는 소리에 엘라이자는 정신이 번쩍 들었다. 바깥바람은 너무 건조해서 퍼그 안에 넣어 둔 물도 모조리 말려 버릴 기세였다. 그녀의 귀에 영화에서 불길한 상황일 때 나오는 음악이 들리는 것 같았다. 차에서 내린 엘라이자는 어스름한 태양으로부터 눈을 가렸다.

당신이 자랑스러워요.

엘라이자가 자일스를 바라보았다. 그는 구부리고 앉아 붓을 세척하고 있었고 저물어 가는 태양이 고요함 속에 평화로이 앉아 있는 그의 뒷모습을 비추고 있었다.

"무슨 일이 일어나더라도 말이야. 나는 늙은이야. 이 거짓 신분증 속의 마이크 파커도 노인이지. 이런 위험한 일이 나 같은 사람한테 뭐 그리 대수겠어. 하지만 너는 젊어. 아직도 앞길이 창창하다고. 그런데도 넌⋯⋯ 너무 겁이 없어."

그가 말했다

엘라이자는 그의 말을 칭찬으로 받아들였다. 그녀가 숨을 들이쉬고 수화를 시작하자 자일스는 인상을 찌푸렸다.

"두렵다고? 정말 두렵다고? 그런 말 하지 마. 난 끔찍하니까!"

그가 너무 호들갑을 떠는 바람에 현실 감각을 조금 되찾을 수 있었다. 엘라이자는 그의 유난스러움에 감사를 표하며 미소 지었다. 그리고 뒤로 좀 물러서서 자일스가 직접 스텐실로 작업한 결과물을 감상했다. 오렌지와 보랏빛이 사랑스럽게 어우러진 노을 그림이었다. 그녀는 숨을 골랐다. 신분증을 위조한 것도 큰일이었지만, '밀리센트 세탁'이라고 페인트칠 한 거짓 차량을 몰고 오컴으로 들어가는 건 훨씬 어려운 문제였다.

깨끗하게 도색된 퍼그 차량은 태양 아래에서 빛나고 있었다. 차 문이 열리자 엘라이자는 수조처럼 만들어 놓은 안으로 뛰어들었다. 그녀는 괴생명체의 능력을 받은 듯 차 안에서 자유롭게 헤엄치기 시작했다. 심지어 마치 더운 물에서 끓어오르는 달걀처럼 거품을 물고 올라오지도 않았다. 오히려 불가능해 보이는 기류를 향해 대담히 돌진했다. 비좁고 더러운 복도, 타고 남은 팝콘 냄새가 느껴졌지만 바다 생물체 전체가 한데 모여 그녀를 인도하고 있다는 생각이 들었다. 정말로 때가 온 것이다.

손가락 사이로 빠져나간 병뚜껑이 화장실 바닥 타일로 굴러갔다. 호프스테틀러는 무릎을 꿇고 약물중독자처럼 그것을 샅샅이 찾고 싶은 심정이었다. 청소부가 그것을 발견하면 과학자 중 하나가 범인이 누구인지 알아내려고 지문을 채취하겠지. 어쩌면 그가 들소와 만날 약속을 잡기도 전에 스트릭랜드는 전기봉을 휘두르며 나타나 그의 멱살을 잡을지도 모른다. 하지만 시간이 없었다. 월요일 교대 시간이 바뀌었고, 오컴이 가장 붐비는 시간이 다가오고 있었다. 호프스테틀러는 정신을 차리고 이 일을 해내야 했다. 이것은 자신을 위해서가 아니라 그가 행한 의학 연구로 목숨을 잃은 아이들을 위해서였다. 괴생명체 역시 예정된 또 다른 희생자였다. 호프스테틀러는 이 불행을 피할 것이며, 끝내는 구원받게 될 것이다.

그는 주사기의 끝 부분을 뜯어서 변기통에 던진 후 물을 내렸다. 물이 내려가는 소리가 귀를 울렸고 얼굴에 튄 물이 얼룩처럼 남아 피부에 사마귀가 돋아나는 느낌이었다. 그는 바늘을 병에 꽂아 특수 용액을 뽑아냈다. 은색 빛깔의 액체가 서서히 빠져나왔다. 그는 자연의 법칙을 알고 있었다. 이렇게 아름다운 물질일수록 치명적일 수 있다. 그는 주사기를 실험복 재킷 주머니 안에 집어넣고 소매로 얼굴을 닦은 뒤 화장실 밖으로 나왔다. 그는 화장실의 거울을 가능한 보지 않으려고 애썼다. 세상 물정 모르던 점잖은 대학 교수는 이제 붉은 기운이 감도는 살인자가 되어 있었다.

🜔

27

젤다는 안토니오가 출입증 카드를 찍는 데 족히 10년은 걸릴 듯하다고 속으로 투덜댔다.

'아마 사시 때문이겠지, 저런 눈으로 책상에 있는 물건을 안 쏟고 어떻게 청소했는지 몰라.'

젤다는 출퇴근 기록계를 찍으려고 줄을 서서 안토니오를 보며 심술궂은 생각을 했다. 엘라이자는 주말 내내 '우리는 진짜 친구인 거야?'라는 그녀의 질문에 대해 고민했을 것이다. 그리고 답은 아마도 '아니다.'로 내린 것 같았다. 월요일 교대가 끝날 무렵에도 엘라이자는 젤다에게 아무런 말도 건네지 않았고 심지어 쳐다보지도 않았다. 젤다는 그것이 엘라이자의 답변이라고 생각했다. 남편의 말이 맞는지도 몰랐다. 그는 백인은 필요할 때만 친구를 찾는다고 했다. 그때 젤다의 머릿속에 오늘 내내 얼굴이 파리하게 질린 엘라이자가 세탁 도구를 연신 떨어뜨리던 모습이 떠올랐다. 그녀의 손은 누가 봐도 티가 날 정도로 심하게 떨렸다.

욜란다가 등 뒤에서 젤다를 쿡 찔렀고, 젤다는 발을 질질 끌며 몇 발자국 앞으로 나아갔다. 출퇴근 기록계를 찍을 차례가 되었지만 이상하게도 손이 말을 듣지 않았다. 늘 하던 일이었는데, 안토니오보다도 더 시간이 오래 걸릴 것 같았다. 어쩌면 평생 찍지 못할 것 같았다. 밑도 끝도 없는 구덩이에 다다른 느낌이었고 수치심과 분노가 일었다. 출퇴근 기록계는 젤다의 손에서 부러진 날개처럼 너덜거리고 있었다. 젤다가 받아 마땅한 것들, 소유하고자 했던 것들이 그녀의 손아귀에서 빠져나가는 기분이었다.

폴 로드에서 퍼그가 덜컹거렸다. 자일스는 엘라이자의 근무 시간에 맞춰서, 그것도 진짜 세탁차가 도착하기 한 시간 전에 도착해야 했다. 의심을 살 여지가 있으므로 더 일찍 도착해서는 안 됐다. 그는 가로등을 지나 구불거리는 존 폴 강을 건너 으슥한 드루이드 힐 파크를 지나쳤다. 볼티모어 컨트리 클럽의 자주색 건물이 눈에 들어왔다. 평소의 그라면 일부러 찾아오지는 않을 동네였다. 자일스는 떨리는 마음으로 가속페달을 세게 밟아 사우스 에비뉴 왼쪽으로 들어섰다. 어찌나 차를 세게 몰았는지 조수석 쪽 바퀴가 인도에 닿는 것도 느끼지 못할 정도였다. 갑자기 쓰레기 더미가 눈앞에 들어오자 그는 급브레이크를 밟았고, 뒷좌석에 있던 우유병들이 폴라리스 잠수함의 미사일처럼 바닥으로 굴러 떨어졌다. 자일스는 욕을 해 대며 차를 이리저리 몰았다. 해피 힐 어린이 요양원이 눈에 들어왔고, 이윽고 오컴으로 향하는 표지판이 눈에 띄었다.

그는 엘라이자가 열여덟 살이 되던 해에 그녀가 면접을 볼 수 있도록 이곳에 태워다 준 이후 처음이었다. 모든 것이 그대로였다. 도로 양쪽에 늘어선 무성한 잡목들 사이에는 난쟁이들이 숨어 살 것만 같았고 오컴의 커다란 시계는 제2의 달이라도 되는 듯 밝게 빛났다. 그는 엘라이자가 이런 곳에서 일하는 것이 늘 마음에 걸렸다. 하지만 오늘은 달랐다. 하역장을 따라 빈 주차장으로 향하는 동안 그는 내내 엘라이자는 목적이 분명하고, 그것은 아름다운 일이라고 생각했다. 주차장은 완전히 비어 있지 않았고 거대한 청록색 캐딜락 쿠페 드 빌이 세워져 있었다. 출입 요원이

다가와 자일스에게 멈추라고 손짓했는데 반대쪽 손에 권총을 그러쥐고 있었다.

29

스트릭랜드는 보안 모니터에서 새어나오는 회색 빛줄기와 함께 아침을 맞이했다. 레이니와는 더 이상 한 침대에서 밤을 보내고 싶지 않았다. 그는 건물 위층으로 올라가 자기 사무실 의자에 앉았다. 역겨운 진통제 때문에 속이 부글부글 끓었다. 속이 뒤집어질 것 같아서 연신 기침을 하며 피를 토했다. 책상 위에 있던 하얀 봉투에 핏방울이 튀었다. 핏자국을 닦아 냈더니 종이가 더러워졌지만 상관없었다. 오히려 봉투가 더 중요하게 느껴졌고, 실제로도 그랬다. 그 안에는 오늘 괴생명체의 해부에 관한 보고서가 들어 있었다. 그는 보고서를 꺼내 들었다. 깨끗하고 아름다웠다. 토씨 하나 수정된 적 없는 보고서를 굳이 다시 읽을 필요는 없었다. 곧바로 하단에 자신의 이름을 휘갈겨 서명했다. 희귀 짐승에 대한 부검 절차는 꽤 평범해 보였다. Y-자로 절개한다. 늑골을 반으로 나눈 뒤 내장을 꺼낸다. 머리를 톱으로 썰어 낸 뒤 뇌를 그릇에 퐁당 담근다. 아, 정말 기대되는군.

밖에서 발자국 소리가 들렸다. 이렇게 이른 시간에 누구일까? 플레밍일까? 밥 호프스테틀러였다. 그의 꼴은 가관이었다. 땀에 흠뻑 젖어 있었고 얼굴은 창백했으며 겁에 질려 있었다. 아마존에서 함께 지냈던 라울 로모 자바라 엔리케즈가 떠올랐다. 스트릭랜드는 손이 좀 아팠지만 의자

에 몸을 기댄 채 깍지 낀 손가락을 머리 뒤쪽에 댔다. 곧 흥미진진한 일
이 펼쳐질 것이다.

젤다는 출퇴근 기록계를 주우려 몸을 숙였다. 욜란다가 뒤에서 화를
냈지만 그녀의 귀에는 누구도 믿지 말라던 브루스터의 경고만이 뱅뱅 돌
았다. 브루스터는 엘라이자를 알지 못했다. 하긴 그럴 수밖에 없는 것이
두 여자의 우정은 오래됐지만 엘라이자는 젤다의 집에 한 번도 놀러온
적이 없었다. 하지만 젤다는 엘라이자를 진심으로 잘 알고 있었다. 최근
의 엘라이자는 그녀가 알고 있던 모습이 아니었다.

엘라이자가 빠른 걸음으로 탈의실을 빠져나갔음에도 그녀의 기록계에
는 구멍이 나 있지 않았다. 지난 며칠 동안 오컴에서 일어난 일들은 빙산
의 일각인지도 모른다. 청소 도구들은 F-1에서 모조리 치워졌고, 늘상 죽
치고 앉아 커피와 도넛을 먹던 과학자들도 깨끗이 자리를 비웠다. 젤다는
졸업식을 한 주 앞둔 학생처럼 묘한 흥분감과 두려움, 슬픔을 느꼈다. 그
와 동시에 건물 전체가 그녀를 옥죄는 느낌을 받았다. 오늘은 무슨 큰일
이 벌어질 것만 같았다. 갑작스럽게 사라진 엘라이자도 어쩌면 이 소용돌
이에 휩쓸리는 것이 아닐까? 젤다는 이런 것들을 엘라이자의 신발을 보
고 알아챘다. 그녀는 잿빛의 못난 고무 신발을 신고 여기저기 뛰어다니면
서 일했다. 어제는 밤새도록 불안하게 '또각'대는 소리를 냈다.

젤다는 자신의 기록계를 그어서 구멍을 낸 뒤, 욜란다가 끔찍하게 싫어

할 일을 저질렀다. 엘라이자의 기록계에도 구멍을 낸 것이다. 구멍이 난 기록계는 플레밍이 누가 오갔는지, 무엇이 잘못되었는지 알아내고자 할 때 가장 먼저 확인하는 것이다. 젤다는 몸을 휙 돌리면서 욜란다의 어깨를 치고 지나갔지만 사과하지 않았다. 그녀는 F-1을 향해 빠르게 걸어갔다. 무엇이 잘못된 것일까? 그녀의 짐작대로라면 한참 잘못됐다. 서둘러야 했다.

31

호프스테틀러가 스트릭랜드에게 다가왔다. 주머니에는 주사기가 들어 있었다. 미할코프는 자신이 이 주사기를 어떻게 사용하려는지 모를 것이다. 용액의 절반은 스트릭랜드, 나머지 절반은 괴생명체의 몫이었다. 첫 번째 대상을 먼저 제거해야 두 번째 대상을 깔끔하게 처리할 수 있었다. 그는 사악하고 멍청한 스트릭랜드는 죽어 마땅하다고 생각했다. 주사기 표면이 미끄러워서 손에 잘 잡히지 않았다. 그는 주머니 안에서 손가락을 문질러 닦은 다음 스트릭랜드의 책상으로 서슴없이 다가갔다.

"가서 노크부터 하고 다시 들어와."

스트릭랜드가 말했다.

호프스테틀러는 이게 무슨 말도 안 되는 소리인가 싶었지만 순간 고장 난 컴퓨터처럼 머리가 굳어 버렸다. 열여섯 개의 보안 모니터가 설치된 벽 앞에서 그의 다리가 꼼짝도 않았다. 정말 최악이었다. 그는 한쪽 손을 들어 보안 모니터의 빛을 막는 눈가리개로 삼고 바로 조금 전까지 주사기를 쥐고 있던 그 손은 이제 무방비하게 축 늘어뜨렸다.

"노크요……?"

"규정이라고, 밥. 자네는 규정을 중시하지 않나."

스트릭랜드가 말했다.

"저는 다시 한 번 기회를 드리고 싶었습니다만……"

"나에게 기회를 준다고? 무슨 말을 하려는 건지는 모르겠지만 일단 문 밖으로 나가서 노크부터 하고 다시 들어와."

32

퍼그가 새 차는 아니었지만 타이어에 흠이 난 걸 보니 자일스는 자신의 살점이라도 떨어져 나간 것만 같았다. 그는 침착하게 차를 후진해 출입구로 향했다. 바닥에 깔린 작은 돌멩이 하나까지 느껴지는 것 같았다. 출입 보안 요원은 차량 외관에 속아 그의 신분증을 확인하지 않고 들여보내 주었다. 자일스는 살금살금 차를 몰아 건물 뒤쪽으로 갔다. 희미한 불빛 아래서 벽에 기대 담배를 피우는 형체가 보였다. 아, 저곳이 하역장이구나. 그는 뿌옇게 김이 서린 앞 유리를 와이퍼로 닦아 냈다. 두려움에 침을 꿀꺽 삼켜 보았지만, 목구멍은 사막처럼 메말라 있었다.

자일스가 실수로 노란색으로 표시된 구역까지 차로 접근하자 화들짝 잠이 깬 요원이 손을 휘저으며 다가왔다. 그렇게 앞쪽에다 차를 대서는 안 되는 거였는데. 그는 비 오듯 흐르는 땀을 닦으며 차를 돌리려고 했다. 아, 이를 어쩐다? 정말 큰일이었다. 평행 주차 위반을 하지 않으려면 요원이 두 눈을 부릅뜨고 감시하고 있는 이 어두컴컴하고 좁은 공간에서 약 1.5km 가량을 더 움직여야 했다. 의심에 가득 찬 눈빛으로 이쪽을 주시하는 요원의 얼굴이 뒷거울에 비췄다.

자일스는 운전대를 꽉 부여잡고 반대 방향으로 차를 서서히 돌리면서, 자비로운 제너럴 모터스의 신이 나타나 은총을 베풀어 주기만을 간절히 기도했다.

33

"밥, 들어오게. 아침부터 어쩐 일인가?"

호프스테틀러는 스트릭랜드가 의도한 대로 잔뜩 혼난 어린아이가 된 기분이었다. 그는 스트릭랜드가 미소를 지을 때까지 열 번, 아니 열두 번이나 문을 두드려야 했다. 호프스테틀러는 보안 모니터 앞에서 잠시 휘청거렸다. 두려웠지만 손을 주머니 안에 넣자 이내 마음이 편안해졌다. 집게손가락 끝이 바늘 쪽에 닿자, 그는 치아를 드러내며 억지웃음을 지었다.

"저는 그저, 이번 일을 정말로 추진하실 생각인지 확인하고 싶은 겁니다."

"이건 호이트 장군의 명령일세."

그는 괴생명체가 도살장에서 난도질당하는 그림이 그려져 있는 일급 문서를 집어 들었다.

"그리고 나는 방금 서명을 했지. 그 말은 곧, 지금부터 2시간 40분 후에 자네와 나는 자랑스러운 미국인이 되어 괴생명체의 배를 가른다는 의

미야. 자네 마음은 알겠지만 이렇게 한번 생각해 보게. 일본인, 헝가리인, 중국인 말이야. 그들도 지성을 지닌 생명체이지 않나? 하지만 그들을 죽이는 건 전혀 문제가 되지 않았다고."

호프스테틀러는 책상을 가로질러 그에게 달려드는 자신의 모습을 상상해 보았다. 그 나이 대 남자답지 않은 무자비한 몸놀림으로 상대를 놀라게 만들 것이다. 스트릭랜드는 팔을 들어 스스로를 방어하거나 몸을 돌리겠지. 하지만 소용없을 것이다. 바늘은 어디에 꽂아도 되니까. 호프스테틀러의 정강이는 스트릭랜드의 사소한 움직임에도 긴장됐다. 아마 그의 눈은 인간을 탐지하도록 훈련된 것 같았다. 속눈썹 아래의 작은 원 세포와 세포 기관까지 샅샅이 살필 수 있도록 말이다. 바로 그때 스트릭랜드 뒤에 달린 7번 모니터 화면이 바뀌었다. 세탁차가 하역장에 들어오는 모습을 비추던 카메라가 위쪽으로 이동하면서 검은색 허공을 가리킨 것이다.

호프스테틀러는 주사기를 주머니 안에 도로 집어넣었다. 그래, 스트릭랜드는 조만간 안락사 당할 테니까. 지금 그의 마음속에서는 소비에트 연방의 국가가 울려 퍼졌다. 미할코프가 나타난 것이 분명했다. 지난 18년 동안의 외로운 투쟁 끝에 드디어 조국의 동지가 그를 도우러 온 것이다.

34

엘라이자는 세탁실로 들어갔다. 그녀는 퍼그가 하역장 뒤편으로 들어서면서 작은 소동이 벌어지는 바람에 요원들이 그쪽으로 달려가는 것을 보았다. 엘라이자는 그 틈을 놓치지 않고 빗자루로 감시 카메라를 슬쩍 위로 올려 뒀다. 그녀는 세탁실의 대형 싱크대 앞에 서서 배수구를 막고 온수와 냉수 밸브를 모두 튼 다음 상자에 담긴 수건을 모조리 싱크대 안에 던졌다. 엘라이자와 젤다는 플레밍의 품질 관리 점검표에 대해 늘 불만이 많았지만, 이제 엘라이자의 목숨은 거기에 달려 있었다. 그녀는 머릿속으로 수없이 연습했던 대로 해내야만 했다. 잘못되면 모든 게 끝장이다.

엘라이자는 흠뻑 젖은 수건을 싱크대에서 꺼낸 뒤 차곡차곡 빈 카트에 담았다. 카트가 절반쯤 채워졌을 때는 그녀의 옷도 흠뻑 젖어 있었다. 엘라이자는 옷자락을 비틀어 짠 다음 카트의 손잡이를 그러쥐고 힘껏 밀었다. 카트는 꿈쩍도 하지 않았고 골수가 얼어붙는 느낌이었다. 엘라이자는 다시 이를 악물고 근육이 으스러지고 신발이 으깨지도록 카트를 밀었다. 처음 3센티미터가 가장 힘들었지만 이윽고 카트는 서서히 움직이며 한바퀴, 두 바퀴 돌아가기 시작했다. 그녀의 멈췄던 심장도 다시 뛰는지 딸꾹질이 나왔다. 카트가 삐걱대면서 수고양이처럼 울부짖었지만, 다른 카트로 교체할 시간 따위는 없었다.

35

자일스는 손가락으로 창가 반대 방향을 가리켰지만, 요원은 돌아보라는 신호를 했다. 자일스는 그의 말을 따르는 수밖에 없었다. 창문을 내리자, 잠이 덜 깬 고동색 눈동자에 흐트러진 콧수염의 요원이 나타났다. 그가 자일스의 옷에 플래시 불빛을 비추자 예전 생각이 떠올랐다. 22년 전

자일스는 게이 전용 술집에서 붙잡혔다는 이유로 클라인&손더스에서 해고당했다. 당시에 그를 체포했던 경찰들의 콧수염과 그들이 지니고 있던 플래시가 떠오르자 수치심이 치밀어올랐다.

"세탁일 하는 사람처럼 보이지 않는데?"

요원이 말했다.

"고맙수."

보통 운전기사들은 이렇게 대답할 거라고 생각한 자일스가 말했다. 설마 "감사합니다, 나으리!"는 아니겠지. 하지만 요원에게는 이 농담이 통하지 않는 것 같았다.

"ID 카드는?"

자일스는 너무 크게 웃어서 치아가 턱 아래로 빠질 것만 같았다. 주머니를 뒤지는 척하면서 냉랭하고 피곤해 보이는 요원의 기색을 살폈다. 그가 됐으니 그만 가 보라고 말해 주기를 기다렸지만 자일스는 별 수 없이 ID 카드를 내보여야 했다. 요원이 자세히 보지 못하게 직접 쥐고 있으려고 했지만 이 또한 먹히지 않았다. 요원은 독사 같은 속도로 카드를 낚아채 플래쉬로 비추었고, 자일스는 그가 손톱으로 표면을 긁어 내는 것을 알아차렸다. 자일스는 마이크 파커의 나이를 슬쩍 고쳐 놓았었다.

"아, 이런."

자일스가 말했다.

"당장 나오십시오!"

요원이 외쳤다.

바로 그때 오컴 항공우주 연구소의 모든 불이 꺼졌다.

사건이 벌어지고 있을 때 젤다는 세탁실에 있었다. 6년 전 그녀가 살던 복층 아파트에 도둑이 들었을 때 가장 먼저 알아차린 사람은 바로 그녀였다. 당시에 브루스터는 운전석에 있었고, 그녀는 차에서 막 내린 참이었다. 아무것도 사라진 것 없이 그대로인 듯 보였지만 분명히 무언가 잘못되었다. 우선 잔디가 가족이 아닌 누군가의 발자국으로 짓눌려 있었다. 현관문도 손잡이가 다른 방향으로 돌아가 있었다. 무엇보다도 공기 속에서 낯선 이의 헐떡이는 숨소리와 혼란스러운 감정이 느껴졌다.

계단에 떨어진 물방울을 본 젤다는 이번에도 그때와 비슷한 불안감을 느꼈다. 분명 무언가 잘못되었다. 물이 바닥에 흥건하다니! 왜 그녀는 피가 묻은 수조를 살피는 탐정처럼 구는 걸까? 계단을 자세히 살펴보니 물방울 자체가 중요한 단서였다. 표면에 동그랗게 뜬 아늑한 물방울이 아니라 흐트러져 있었다. 급하게 움직였다는 뜻이다. 엘라이자가 다급했다니! 이 명백한 증거는 건물이 정전으로 온통 어둡게 되고 난 후에도 선명하게 그녀의 머릿속에 남았다.

믿기 어렵지만 믿어야만 할 일이 생기고야 말았다. 오컴은 단 한 번도 정전된 적이 없었고 심지어 벽장의 등불도 꺼지지 않는 곳이었다. 적막을 깨뜨리는 소음이 벽을 타고 흘렀다. 젤다는 커다란 충격을 받은 채 그곳에 홀로 서 있었다. 아니, 혼자가 아니었다. 어둑한 복도 끝에서 카트 바퀴가 삐걱대는 소리가 들려왔다.

엘라이자가 F-1에 와 본 적이 없었더라면 어둠 속에서 이곳을 찾아낼 수 없었을 것이다. 그녀는 힘껏 카트를 몰아서 실험실 안으로 들어갔다. 바퀴의 삐걱대는 소리가 조용한 실내에 울려 퍼졌다. 가만히 위치를 파악하던 엘라이자는 실험실의 희미한 불빛에 서서히 적응되기 시작했다.

카트가 수조 난간에 부딪쳤다. 날카로운 칼날처럼 일렁이는 물결에 잿빛 광채가 비쳤다. 그가 그녀를 보았을까? 어둠 속에서 그녀는 기도하는 마음으로 수화를 시작했고, 그가 제발 이 단어들을 알아보길 바라며 열심히 손을 움직였다. "이리와" "헤엄쳐" "움직여". 그녀는 난간으로 다가가 수조에 몸을 기댄 뒤 다시 수화를 시작했다. 물이 튀었지만 여전히 손짓을 멈추지 않았다. 불이 갑자기 왜 꺼졌는지는 모르겠지만 갑작스런 정전에 사람들은 당황할 테고 가장 아끼는 보물이 무사한지 확인하러 올 것이다. 그러니까 지금 당장 그가 헤엄쳐 나오지 않는다면 엘라이자나 괴생명체 모두 희망은 없을 것이다.

금빛 찬란한 두 눈이 쌍둥이 태양처럼 떠올랐고 엘라이자는 손짓을 멈췄다. 그녀는 신발을 벗고 물속에 다리를 담갔다. 유니폼을 정강이까지 걷어 올린 채로 바들바들 떨면서 열심히 그에게 다가가 팔을 뻗었다. 금빛 눈동자에 힘이 풀렸다. 그는 이전에도 그녀가 이렇게 손 내미는 것을 본 적이 있었다. 엘라이자는 한 걸음 더 다가갔다. 수조의 바닥 경사가 갑자기 깊어졌고 물은 그녀의 턱까지 차올랐다. 옷자락이 물에 젖어 둥둥 떠다녔다. 그녀는 씩씩거리며 간절하게 수화를 했다. 물에 빠진 채 지

푸라기라도 잡는 심정으로.

정전으로 감시 카메라가 꺼졌다. 모니터가 완전히 꺼지지는 않았지만 흐릿한 잿빛으로 변했고 열여섯 개의 눈동자는 감긴 상태였다. 아무것도 보이지 않았고 녹음되는 것도 없었다. 군대에 있을 때나, 한국, 아마존에 있을 때도 스트릭랜드가 계속해서 원했던 것은 '통제'였다. 심지어 가족과 자신의 운명까지도 틀어쥐고 싶어 했다. 하지만 지금은 정글에서 나무 뿌리에 칼이 꽂힌 것처럼 통제가 불가능했다. 그가 자리에서 일어나 책상을 걷어차자 나무 책상에서 우지직 소리가 났다. 그는 다리를 절뚝이며 걸어가 죽은 손가락으로 모니터를 이리저리 살폈다. 날카로운 고통이 느껴지자 모니터를 밀쳐 버렸다. 검은색 둥근 지형만이 카메라에 잡혔다. 이번에는 쓰레기통을 걷어차고, 어깨로 벽을 들이박았다. 스트릭랜드는 개가 문에 달린 전용 통로를 지나는 것처럼 문을 박차고 나가 버렸다.

빗방울이 우두두 떨어지듯 불안정하고 다급한 발자국 소리가 복도에서 울렸다. 한 줄기 빛 자락이 검은 공기를 뚫고 그를 비췄다.

"스트릭랜드 씨?"

플레밍이었다. 빈둥거리는 민간인은 아무짝에도 쓸모가 없다.

"이런 젠장! 대체 무슨 일이야?"

갑자기 고통이 치솟았다.

"정확한 것은 모르지만, 아마 퓨즈 때문인 것 같습니다."

"그럼 사람을 불러."

"전화가 먹통입니다."

통신에 관해서라면 스트릭랜드는 동물적 본능을 발휘하곤 했다. 그는 주먹을 움켜쥐고는 플레밍의 목덜미를 잡아챘다. 처음 만나던 날 악수한 이래로 두 사람이 이렇게 가까운 거리에 있기는 처음이었다. 하지만 인간은 곧잘 잊는다. 그을린 얼굴과 핏빛 어린 살기만으로도 연필이나 클립보드 따위는 쉽게 뭉개 버릴 수 있다는 사실을 말이다. 스트릭랜드의 거친 손아귀 안에서 플레밍의 옷자락은 찢겨 버렸다.

"가서 사람을 불러와, 당장. 지금 누군가 이곳에 침입했다고!"

39

무언가 엘라이자의 등에 닿았다. 손으로 쥐기에 너무 큰 물건을 받치는 것처럼 손바닥으로 요람을 만들어 들어올리는 듯한 힘이 느껴졌다. 그리고 반대쪽에서는 다섯 개의 발톱이 그녀의 가슴과 배를 살포시 눌렀다. 엘라이자를 짓누를 수도 있었지만, 오히려 나비처럼 부드럽게 그녀를 들어 올렸고, 그녀의 머리가 마침내 물 밖으로 나왔다. 그녀가 커다란 어깨에 얼굴을 묻고 기침을 하는 동안 얕은 물로 옮겨졌다. 생각을 제대로 할 수가 없었다. 그가 그녀를 붙들고 있었고 수정처럼 빛나는 그의 비늘이 부드러운 비단처럼 그녀의 손 아래로 맞닿아 있었다. 아무 말도 주고받지 않았지만, 모든 이야기가 전해지고 있었다.

그는 몸을 홱 젖히면서 사슬을 최대한 잡아당겼다. 그녀는 정신이 번쩍 들었다. 흠뻑 젖은 앞치마 주머니에서 볼트 커터와 집게를 꺼냈다. 그는 엘라이자가 사슬을 끊을 수 있도록 가슴을 최대한 앞으로 내밀었다. 공기에 드러난 비늘이 나풀거리기 시작했다. 더 이상 의심할 여지 없이 그는 모든 것을 이해했고, 그녀를 믿고 있었다. 그녀처럼, 그도 잃을 게 없었다.

엘라이자는 볼트 커터를 사슬에 갖다 댔지만 이내 뭔가 잘못되었다는 것을 깨달았다. 이음새가 너무 두꺼워서 커터가 들어가지 않았다. 엘라이자는 커터 날로 사슬을 갈아 보았지만 조잡한 흠집만 날 뿐이었다. 집게를 이음새 부위에 넣어 빈 공간을 만든 뒤 사슬을 풀어야겠다고 생각했다. 하지만 그녀는 힘이 약했다. 손에 힘이 풀리면서 도구가 물속에 빠졌다. 그녀의 손은 붉어질 대로 붉어졌고 F-1의 수조 안에 젖은 채로 갇힌 몸이 되었으며 괴생명체를 어떻게 풀어 줘야 할지 몰라 기진맥진했다. 자일스는 밖에서 그녀를 기다리고 있었다. 그때 어둠 속에서 구원자 같은 어떤 남성의 목소리가 들렸다.

"멈춰요."

호프스테틀러였다.

40

자일스는 전기가 나가면 좌석벨트를 풀지 못하는 사람처럼 우두커니 퍼그 안에 앉아 있었다. 하역장의 전깃불 두 개는 물론이고, 시설 전체가 모조리 나갔다. 창문, 보도, 잔디, 차양, 주차장, 모든 곳이 어두컴컴했다. 보안 요원이 한걸음 물러나 건물을 살펴보았고, 통신기를 집어 들었다.

"하역장, 깁슨입니다. 문제 있으십니까? 오버."

엘라이자는 정전에 대해 그에게 언급한 적이 없었다. 자일스는 그녀가 빨리 나오길 바랐지만 한편으로는 그녀가 나오지 않았으면 했다. 이 보안 요원이 자리를 비우는 일은 없을 것이므로 그가 주위를 계속 산만하게 만들어야 했다. 그는 차창 밖으로 얼굴을 내밀고는 목청을 가다듬었다.

"이보시오."

그가 점잖게 말했다. 하지만 이것은 운전사들이 하는 말투가 아니었다. 그는 다시 목청을 가다듬고 말했다.

"어이, 이보시오."

보안 요원은 통신기를 다시 들고 말했다.

"하역장, 깁슨입니다. 오버."

"ID 카드에 대해서는 사과하겠소. 이 나이가 되니 눈이 어두워서 말이지. 이것 보이나? 가발이라네. 쓸모없는 노인이란 소리지. 내 노안이 세탁 일까지 방해하지는 말아야 할 텐데."

자일스가 말했다.

"한 번 더 말하죠. 파커 씨, 당장 차 밖으로 나오십시오."

요원은 그를 바라보며 권총을 집어 들었다.

41

호프스테틀러는 수조로 다가가 물속에 뛰어들어 엘라이자의 어깨를 잡아챘다. 괴생명체가 경계하며 쉭쉭 소리를 냈지만 호프스테틀러는 죽음이 두렵지 않았다.

"당신은 누가 보냈죠?"

엘라이자가 보여 주었던 음악과 춤은 모두 계산된 행동이었나? 별 볼일 없는 청소부인 척하며 그런 기교를 부려 괴생명체가 지금까지 살아 있었고, 그를 어린아이처럼 만들었다. 하지만 엘라이자의 경멸에 찬 눈빛을 보자 그녀는 어느 누구의 지시도 받지 않고 옳은 일을 하는 독립 요원일지도 모른다는 생각이 들었다.

"당신이 하역장 카메라를 옮겼죠? 지금 이 녀석을 데리고 나가려는 거고요."

호프스테틀러가 물었다.

엘라이자가 고개를 끄덕이자 그는 혼란스러워졌다. 소련인의 정체성은 이미 사라진 지 오래였고 그는 그저 미할코프가 건넨 물건으로 오컴의 전기를 잠시 끊어 버렸을 뿐이었다. 그리고 자신을 돕는 유일한 조력자는 말 못하고 유약한 이 여자뿐이었다. 웃음이 터질 만큼 어이없는 상황이지만 그 순간 그는 학생들에게 늘 하던 말을 떠올렸다. 행성이 된다고 상상하라. 웃지 마라. 그리고 고독을 떠올려라. 그러면 어느 날 너의 공허감이 다른 행성에 닿아 너에게 끌어다 줄 것이다. 그리고 그 순간을 폭발시켜라. 그랬다. 두 행성은 바로 엘라이자 에스포지토와 밥 호프스테틀러였다. 전혀 어울리지 않는 외로운 두 영혼이 바로 이 순간을 위해 서로 맞닿아 있었다.

"내가 해치지 않는다고 설명해 줘요. 사슬을 풀어 줄게요."

호프스테틀러가 말했다.

42

스트릭랜드가 칠흑같이 어두운 사무실로 다시 들어왔을 때 보안 모니터는 여전히 먹통 상태였다. 그는 주변을 두리번거리다가 망할 화면에 부딪치고 말았다. 장님이 된 느낌이었다. 공기를 제대로 마실 수 없는 괴생명체처럼, 말 못하는 엘라이자처럼 불구가 된 것 같았다. 전화기를 책상 위에 패대기치자 바닥에 쨍 소리를 내며 굴러 떨어졌다. 전화기가 붉은색이었던가? 염병할! 호이트 장군이 이 소식을 듣는다면 스트릭랜드의 삶에 커다란 골칫거리가 생길 게 분명했다.

자, 그의 손에는 부드러운 오크 손잡이가 달린 마체테 칼이 쥐어져 있다. 아니, 앨라배마산 애장품이라고 해야겠다. 갈수록 제대로 잡고 있기가 힘들었다. 그는 스위치를 켜고 문 쪽을 향해 마음껏 휘두르기 시작했다. 아무도 감히 그에게 덤벼들지 않았고 사무실 공간조차 그를 두려워하는 듯했다.

복도는 음침한 새벽녘 기운으로 빛나고 있었고 발자국과 목소리가 간간이 울려 퍼졌다. 퓨즈를 망가뜨린 범인은 이곳을 잘 알고 있는 게 분명했다. 교대 시간은 쳐들어가기에 가장 완벽한 타이밍이었다. 장애물 지역이 있다면 엘리베이터 부근일 것이다. 사무실 앞쪽은 항상 북적거리지만 복도와 실험실 앞쪽은 일찍 출근하는 이들만이 서성일 뿐이다. 그는 범인이 누군지 감이 왔다. 그의 사무실에도 방금 왔다 간 밥 호프스테틀러였다. 이 소련 새끼! 스트릭랜드는 어둠을 뚫고 빠른 걸음으로 복도를 걸어가며 흡연 구역에서 소리 쳤다.

"괴생명체! 당장 놈을 가둬!"

43

연약한 여성과 40대 중반의 생물학자, 이 두 사람은 누가 봐도 육체 노동에 어울리지 않았다. 세탁물 카트는 숯덩이로 뒤덮여 있었다. 그렇지만 호프스테틀러는 카트의 추진력과 원동력을 믿었다. 이제 괴생명체를 옮기기만 하면 된다. 엘라이자는 카트의 내용물을 비운 뒤 그를 더 잘 숨길 수 있도록 젖은 수건을 채워 넣어 두었는데 너무나도 애정이 듬뿍 담긴 행동이었기에 호프스테틀러는 차마 그녀를 막지 못했다. 그녀는 소련 정부조차 위험하다고 판단한 일을 실행에 옮기고 있었고, 상을 받아 마땅했다. 그녀는 종종걸음으로 되돌아왔고, 두 사람은 함께 카트를 밀기 시작했다. 괴생명체의 두려운 마음이 수건의 바스락거리는 소리로 전해졌다. 바퀴가 조심스럽게 움직이기 시작했다.

호프스테틀러의 예상대로라면 이 괴생명체를 실험실 밖으로 내보내는 것은 과학자로서 자신의 인생을 거는 일이었다. 복도는 여전히 어두웠다. 그러나 오래 지나지 않아 불이 들어올 것이다. 미할코프가 말했던 것처럼 퓨즈는 나갔지만, 머리가 조금이라도 돌아가는 작자라면 이 정도 쯤은 금세 고칠 수 있다. 두 사람은 하역장 쪽으로 카트를 밀었다. 바퀴에서 삐걱대는 소리, 중압감에 쿵쾅대는 두 사람의 심장 소리, 젖은 수건 아래로 신음하는 괴생명체의 쌕쌕거리는 소리가 고요한 복도에 살며시 스며들었고 복도 반대편에서는 잔뜩 화가 난 괴성이 울려 퍼졌다.

"괴생명체! 당장 놈을 가두라고!"

호프스테틀러는 이제 다음 단계로 넘어가야 한다고 생각했다. 그는 주머니에서 알약을 꺼내 엘라이자의 손에 쥐어 주었다.

"3일마다 알약 하나를 물에 섞어 주세요. 알았죠? 물은 75%의 염분을 유지해야 합니다."

그녀는 혼란스러워 보였다.

"먹이는 순수한 단백질만 주세요. 요리하지 않은 생선이나 날고기 같은 거요. 아시겠어요?"

"자신 없으면 이걸 사용해요. 저들이 괴물을 해부해서 죽이지 못하게 하라고요. 부탁입니다. 우리가 알아서는 안 될 비밀들이 있어요. 인간이 알아서는 안 되는 비밀입니다."

그가 주사기를 건네자 그녀는 머리를 저었다.

혹시라도 이 청소부가 해낼 수 있다면! 호프스테틀러는 생각했다.

"물 밖에서 머물 수 있는 시간은 최대 30분이에요. 서둘러요, 빨리."

엘라이자는 고개를 끄덕였으나, 힘이 들어가지 않았다. 목에 힘이 풀려서 머리가 굴러 떨어질 것만 같았다. 괴생명체의 목숨과 직결된 정보와 주의사항 등 그녀에게 더 해 줄 말이 많았지만 시간이 너무 부족했다. 그는 어둠 속에서 스트릭랜드의 고함에 귀를 기울였다.

44

엘라이자는 다리가 후들거리고 팔은 빠질 것 같았지만 계속해서 카트를 힘껏 밀었다. 카트는 아주 조금씩 움직였고, 바닥에 깔린 작은 돌맹이들도 그녀에게는 넘어야 할 엄청난 장애물처럼 느껴졌다. 하지만 스트릭랜드의 고함과 괴생명체의 거친 숨소리가 그녀의 발걸음을 재촉했다. 그녀는 카트를 밀고 또 밀었다. 흰색 가운을 입은 한 남자가 손에 커피를 쥐고 혼란스러운 눈빛으로 그녀를 쳐다보았다. 그녀는 그 남자 앞에서 아무렇지 않은 듯 행동해야 했다. 그는 잠시 엘라이자를 멀뚱멀뚱 쳐다보았지만 곧 무감각한 얼굴로 그녀를 지나쳐 갔다. 하긴 청소부따위가 뭐 대단한 일을 할 수 있을까.

드디어 하역장으로 향하는 모퉁이에 다다랐다. 문틈으로 아침 햇살이 들어오는 것이 보였지만 억센 바퀴가 꿈쩍도 하지 않았다. 카트는 아직 모퉁이를 돌지도 못했는데, 사람들이 몰려오고 있었다. 발소리가 들렸고 부산스러운 목소리가 굉음처럼 커져 갔다. 바퀴를 발로 차자 발가락이 신발을 뚫고 나올 것만 같았다. 카트에서 물이 새기 시작했고, 바닥에 물이 고이기 시작했다. 엘라이자는 다시 손잡이를 꽉 쥐고 온힘을 다해 왼쪽으로 카트를 돌렸다. 발이 물웅덩이에 빠져 미끄러졌고, 무릎을 바닥에 찧었다. 엘라이자는 손가락에 힘을 꽉 준 채 철봉에서 떨어지는 것을 두려워하는 아이처럼 카트를 그러안았다.

45

젤다가 그런 엘라이자를 일으켜 세웠다. 그녀는 울면서 완강하게 거부했고 자신의 주머니 속을 뒤지기 시작했다. 하지만 젤다는 개의치 않고 그녀를 꼿꼿이 세웠다. 엘라이자는 단순히 몸을 흔들고 있는 게 아니라, 부들부들 떨고 있었다. 거친 숨을 몰아쉬며 분노에 찬 눈을 껌벅댔다. 엘라이자는 주머니에서 주사기 같은 것을 꺼내 들었다. 은빛 액체가 바늘 끝에 묻어서 새벽녘의 이슬처럼 반짝인다. 젤다는 천천히 눈을 돌려 엘라이자를 바라보며 속삭였다.

"친구, 진정해."

젤다의 목소리가 엘라이자의 마음을 진정시키진 못했다. 엘라이자는 주사기를 주머니 안에 도로 넣고는 젤다의 옷자락을 붙잡고 무너져 버렸다. 장례식장에서나 볼 법한 애통함으로 눈물을 쏟았다. 젤다는 그녀가 울도록 내버려 둔 채 두 팔로 그녀의 목을 꼭 감싸 안았다. 젤다의 옷에도 물이 묻었다. 아니, 흠뻑 젖었다. 엘라이자의 어깨 너머로 젖은 세탁물 더미가 보였다. 새하얀 수건, 새하얀 실험실 의복, 새하얀 시트. 그리고 금빛 눈동자.

"으악!"

젤다가 소리쳤다.

"어머나, 세상에!"

엘라이자가 몸을 일으켜 젤다의 팔을 붙들었다. 그러고는 온몸으로 간절히 애원했다. 수화 없이도 이미 젤다의 모든 의문이 풀렸다. 왜 엘라이자가 지금껏 그토록 자신에게 냉랭하게 굴었는지. 왜 그녀를 멀리하려고 했는지. 다 '이것'때문이었구나. 엘라이자는 혹여나 '이것'때문에 젤다가 곤란해지는 것을 원치 않았던 것이다. 우정에 관한 것이라면 한눈에 척인 젤다였다. 그녀는 카트의 손잡이를 붙잡고 말했다.

"너는 정말 제 정신이 아니야. 자, 밀어."

46

스트릭랜드는 다가오는 그림자가 호프스테틀러라는 것과, 그것이 평발을 가진 소련 사람 특유의 걸음걸이라는 것을 알아챘다.

'넌 이제 죽었어.'

스트릭랜드는 빠른 걸음으로 복도에서 유일하게 감시 카메라가 설치되어 있는 창문 쪽으로 다가갔다. 헌병들이 다가와 경례하며 지시사항을 물었지만 스트릭랜드 눈에는 아무것도 들어오지 않았다. 오히려 예상치 못한 것이 시선을 사로잡았다. 호프스테틀러는 도망가지 않았고 그를 향해 다가오고 있었다. 스트릭랜드는 전기봉을 손에 쥐고 소리치려 했지만 선수를 친 쪽은 호프스테틀러였다.

"스트릭랜드 씨, 놈이 도망갔어요. 제가 실험실로 들어갔을 때 저를 수조로 끌고 들어갔어요."

"나더러 그걸 믿으…… "

호프스테틀러가 스트릭랜드의 코트를 붙잡자 그는 움찔했다. 당장이라도 그를 전기봉으로 지져 버리고 싶었지만, 너무 순식간에 벌어진 일이라 당황스러웠다.

"제가 아닙니다, 리처드. 누군가가 침입해서 가지고 나갔다고요!"

"너 같은 더러운 빨갱이가 여기가 어디라고……."

"만약 제가 벌인 일이라면 왜 보고 드리겠습니까? 얼른 건물 전체를 봉쇄하십시오!"

호프스테틀러는 얼굴을 바짝 갖다 댔다. 스트릭랜드는 그를 노려보며 눈빛을 읽으려고 했다. 진실은 눈 안에 있다. 그가 협박해 온 모든 사람, 그가 죽였던 모든 사람의 눈에서 그는 진실을 알아 냈다. 그 진실이 무엇인지 볼 수만 있다면 말이다. 그러나 조금 뒤, 다행히도 '펑' 소리와 함께 건물 내 모든 전구에 불이 들어왔다.

47

어두워진다는 것은 아늑한 일이다. 눈을 감고 잠들 수 있으니. 그러나 오컴의 전기가 들어오던 순간 텅스텐 전구가 폭발했고, 주차장으로 용암 같은 불빛이 쏟아져 내렸다. 요원은 눈을 가리며 몸을 돌렸다. 건물 자체가 습격을 받은 전쟁터가 되었다. 운전석에서 다리 하나를 내려놓던 자일스는 눈을 깜박이며 머뭇거렸다. 흐릿한 시야 속에서도 그는 눈썹을 찌푸리며 이중 문이 열리는 쪽을 바라보았다. 엘라이자는 약속대로 카트를 끌고 밖으로 나왔고, 예상에 없었던 흑인 여성이 같이 도와주고 있었다.

자일스는 행동이 민첩한 사람이 아니었다. 그래서 일생 동안 안타깝게 놓친 일이 참 많았다. 하지만 오늘은 그렇지 않았다. 요원은 여전히 건물을 노려보고 있었고, 자일스는 차문을 두 손으로 꽉 잡고 온 힘을 다해 닫아 버렸다. 차체가 크고 육중했기 때문에 차문이 요원의 머리에 부딪쳤을 때에는 끔찍했다. 차체에서 덜커덩거리는 소리까지 났다. 하지만 그는 해냈다. 물론 기분이 썩 유쾌하지는 않았지만 살면서 처음으로 해 본 저항이었다. 적어도 이곳에서만큼은 저항할 필요가 있었다.

48

카트가 스스로 경사로를 따라 미끄러져 내려와 차의 뒷문에 부딪쳤다. 엘라이자는 전력 질주하여 그 뒤를 쫓았고, 젤다는 두 사람이 도망가는 모습을 숨기려고 경사로 문을 닫았다. 엘라이자는 문을 열고 젖은 수건을 밀어 넣기 시작했다. 곧 태아처럼 몸을 구부린 채 한 손으로는 눈을 가리고 있는 괴생명체가 모습을 드러냈다. 그녀는 그의 팔을 잡아당겨 들어올렸다. 그는 몸을 움직여 보려고 했지만 쉽지 않았다. 아가미가 부풀어 올랐고 몸은 틀어졌으며 제대로 걸을 수가 없었다.

젤다가 돌아왔다. 그녀는 괴생명체를 보자 인상을 찌푸리면서도 그에게 다가가 다른 팔 한쪽을 잡았다. 괴생명체의 몸은 서늘했고, 사슬로 엮어 만든 갑옷처럼 느껴졌다. 엘라이자와 괴생명체가 차에 올라탈 때까지 젤다가 그를 붙들고 있었던 시간은 10초 내외였다. 그 짧은 순간 동안 엘라이자는 젤다의 얼굴에서 깊은 깨달음을 읽었다. 이것은 단순한 생물이 아니야. 몸집이 큰 도마뱀이 아니라고. 인간에 가까운 아니, 모든 면에서 인간보다 우월한 존재야. 그런 존재가 들어서지 말아야 할 차갑고 황폐한 땅에 버려지는 건 말도 안 돼.

"가, 어서 가."

젤다는 숨을 헐떡이며 말했다.

감사의 작별인사를 할 겨를도 없었다. 엘라이자는 감시 카메라를 가리키고 손짓했다.

그들은 우리를 볼 수 없어.

그러고는 들키기 전에 서둘러 여길 떠나라고 손짓했다. 젤다는 곧바로 건물 안으로 들어가 태연하게 있어야 했지만, 너무 놀라 긴장이 풀린 나머지 계속 그곳에 머물러 있었다. 엘라이자가 문을 세차게 닫고, 차가 카트보다 더 시끄러운 소리와 함께 휘청이며 사라질 때까지 말이다.

49

스트릭랜드는 달렸다. 이것은 그가 혐오하는 짓이었다. 사무실에서 달린다는 것은 그가 통제력을 잃었다는 증거였다. 하지만 별 수 없었다. 그는 로비를 향해 돌진했고, 계단에 있는 사람들과 부딪쳤다. 허둥대며 정문으로 빠져 나가서야 비로소 몸가짐을 살폈다. 헌병 두 명이 스트릭랜드 뒤에 따라 붙었고 그 뒤로 플레밍이 쫓아왔다. 밖으로 나와 보니 이미 아침이 밝아 있었다. 출근 중인 과학자들이 하품을 하며 사무실로 들어섰고, 비서들은 콤팩트를 꺼내 거울을 보며 립스틱을 다시 발랐다. 여느 때와 다를 바 없는 일상이었다.

하지만 지나치게 빠른 소리로 달려가는 차량 소리만은 달랐다. 스트릭랜드는 오른쪽으로 뛰어나가 잔디밭을 가로질러 건물의 모퉁이를 돌았다. 에베레스트 산에서 굴러 떨어지는 거대한 눈덩이처럼 새하얀 세탁 차량이 그를 향해 위태롭게 돌진하고 있었다.

"쐬!"

스트릭랜드가 외쳤다.

하지만 헌병들은 여전히 이쪽으로 달려오는 중이었고, 전기봉만을 들고 있는 그로서는 빠른 속도로 달려가는 차량 앞에서 속수무책이었다. 출입구 보안 요원이 길을 막아섰지만, 운전자는 굳이 사고를 내고 싶지는 않다는 듯 차량을 급하게 옆으로 틀었다. 주차장에는 한 대의 차량만이 주차되어 있었고 운전자는 길고 멋들어진 청록색의 캐딜락 쿠페 드 빌을 치고 지나갔다. 차량의 뒤쪽 부분이 무참히 구겨졌다.

"안 돼!"

스트릭랜드는 심장에 쐐기가 박힌 듯 극심한 아픔을 느꼈고, 자신의 목소리가 높게 소용돌이치는 것이 느껴졌다.

"안 돼, 안 돼, 안 돼!"

50

차량이 기우뚱하면서 타이어가 미끄러졌다. 엘라이자는 운전석 뒤쪽에 심하게 부딪쳤다. 고무 타는 냄새가 났다. 일단 멈추긴 했지만 어찌할 바를 몰랐다. 창밖을 내다보니, 퍼그가 청록색 캐딜락에 처박혀 있었고 곧 고막이 찢어질 듯한 비명이 들렸다. 처음에는 여자 목소리 같았는데 알고 보니 전기봉을 손에 쥔 남자가 내는 소리였다. 그는 세상을 잃은 표정을 하고 이쪽으로 다가오고 있었다. 자일스는 욕을 퍼부으며 후진했다. 자동차 배기통에서 연기가 뿜어져 나왔고 뒤쪽 정원에 심하게 부딪치며 쿵 소리가 났다. 부서진 유리조각이 폭죽처럼 타올랐다. 저 멀리서 누군가가 빠르게 달려오고 있었다. 이제 절반 가까이 왔다. 자일스가 전진 기어로 바꾼 뒤 힘껏 가속페달을 밟자 범퍼가 부서지며 끼이익 하는 소리가 났다. 무장한 헌병들이 앞서 달리는 남자에게 총을 발사할 테니 어서 비키라고 외쳤다. 하지만 남자는 이미 제정신이 아닌 듯 울타리를 타 넘으며 헛소리를 지껄이기 시작했다. 자일스는 소심하게 창문을 올려 닫았다. 바로 그때 남자가 달려들며 전기봉으로 창문을 내리쳤다. 유리창에 금이 갔고 자일스는 소리를 지르며 운전대를 이리저리 돌렸다. 남자는 다시 창문을 다시 내리쳤다. 이번에는 거미줄 모양으로 금이 갔고, 또 한 번 내리치자 산산조각이 났다. 유리 파편이 빗방울처럼 자일스의 얼굴에 쏟아져 내렸다. 차량 범퍼가 뜯겨지면서 남자는 차량 옆구리에 치일 뻔했지만, 순간적으로 몸을 피했다. 퍼그가 잽싸게 캐딜락을 뚫고 지나가면서 불꽃이 일었는데, 언뜻 보기에 여러 번 덧칠한 녹색 페인트가 불타오르는 것처럼 보였다.

51

아가미가 활짝 열리면서 속살이 훤히 드러났다. 불규칙하게 퍼져 있는 혈관들이 지네 다리처럼 꿈틀거렸다. 호흡이 계속해서 약해졌다. 젖은 수건 더미 위에 팔을 걸친 모습이 꼭 유령 놀이를 하는 아이처럼 보였고 손은 둥글게 말린 채 위쪽을 향하고 있었다. 만일 죽게 된다면 이대로 손을 뻗어 천국에 닿으려는 것처럼.

엘라이자는 그의 손목을 붙잡고 바닥으로 끌어내렸다. 그가 버둥거리자, 엘라이자는 그것이 물을 찾는 신호임을 알아챘다. 그녀는 우유병을 바닥에 내리쳐 깨트렸다. 자일스가 거칠게 운전하는 바람에 몸이 이리저리 흔들렸지만, 그녀는 괴생명체의 얼굴, 눈, 아가미에 정확히 물을 들이 부었다. 그는 등을 구부린 채 몸을 기댔다. 끔찍한 갈색으로 변해 버린 피부는 물기를 몇 초 만에 완전히 흡수해 버렸고 여전히 목이 마른지 숨을 헐떡였다.

"괜찮은 거야? 아직 살아 있어?"

자일스가 물었다.

엘라이자는 두 발로 벽을 쾅 쳤다. "빨리 가기나 해."라는 신호였다.

"이봐, 아침이잖아! 출근 시간이라 도로가 꽉 막혔다고. 난 최선을 다하고 있단 말이야!"

그녀는 다시 벽을 쳤다. 호프스테틀러는 괴생명체가 물 밖에서 머물 수 있는 최대 시간은 30분이라고 했다. 이미 15분은 족히 지났을 것이고, 괴생명체는 눈에 띄게 숨이 가빠지고 있었다. 그녀는 인간의 방식으로 그를 달랠 수밖에 없었다. 팔 하나를 그의 등 아래로 받쳐 앉아 올린 다음 다른 한 손으로는 우유병을 들고 온몸을 적셔 주었다.

그는 물을 꿀꺽꿀꺽 들이마시고 깊숙이 흡수했다. 물기에 찬 그의 눈은 이제 창문으로 향했고, 금빛 눈동자는 노란 민들레 색으로 바뀌어 있었다. 숨이 막혀 죽기 일보 직전이었지만, 그는 차창 밖으로 펼쳐진 광경에 푹 빠진 듯했다. 엘라이자 눈에도 도시는 정글의 마법 한 조각을 품은 것처럼 보였다. 잿빛 공사장과 불 꺼진 네온사인은 주황색 햇살 아래 반짝이고 있었고 노란색 돌고래가 그려진 전차가 스치듯 옆을 지나갔다. 코카콜라 전광판 광고 속 남녀는 엘라이자와 괴생명체처럼 바짝 붙어 있었다. 엘라이자가 우유병을 들고 있는 것처럼 여자 모델도 음료수 병을 든 포즈였다. 잠시 동안 엘라이자는 볼티모어가 자신이 억지로 참아야 하는 혼란스러운 도시가 아니라, 신들의 전쟁과 전설의 늪, 요정의 숲이

312

한데 어우러진 곳일지도 모른다는 생각이 들었다.

자일스가 급하게 브레이크를 밟았지만 퍼그는 균형을 잃고 극장 건물 뒤쪽을 덮치고 말았다. 범퍼가 떨어져 나간 차량 앞부분이 쓰레기통과 충돌하면서 심하게 찌그러졌지만 그런 건 신경 쓸 겨를도 없었다. 자일스가 뒷문을 열었을 때 엘라이자는 괴생명체를 젖은 수건으로 감싸고 내릴 준비를 하고 있었다. 그들이 비상계단을 올라가는 모습은 서투르고 괴상하며 수준 낮은 슬랩스틱 코미디처럼 보였다. 셜리 템플과 보쟁글스의 명품 코미디 연기와는 정반대로 말이다.

어찌됐건 이들은 꼭대기까지 올라갔고 복도를 지나 엘라이자의 집 문 앞에 다다랐다. 욕실은 공간이 너무 비좁았기 때문에 자일스는 들어가지 못한 채, 엘라이자 혼자 괴생명체를 집어넣어야 했다. 괴생명체는 다리를 버둥거리다 자신을 기다리고 있는 물속으로 미끄러져 들어갔다. 차 안에서 우유병에 담긴 물이 괴생명체의 얼굴에 닿았던 것처럼, 첨벙대는 물이 엘라이자의 얼굴에 튀었다. 목욕을 하거나 세례를 받을 때처럼. 엘라이자는 뜨거운 물을 세게 틀었다. 욕조에 담긴 물이 그새 다 식었기 때문이다. 파이프에서 끼익 소리가 났고 물이 괴생명체의 머리 바로 옆에 쏟아져 내렸다. 그녀는 욕조의 물이 F-1의 수조 온도와 비슷해지도록 손을 넣고 휘저었다.

"아까 도와주던 여자는 누구야?"

자일스는 뒤에서 헐떡이며 말했다.

"악당을 고용하기라도 한 거야?"

맞다, 물을 내려다보던 엘라이자는 자일스의 질문에 대답하지 않고 소금을 떠올렸다. 그녀는 주머니를 뒤져서 호프스테틀러에게 받은 염분 알

약을 꺼내 들었다. 또 다른 물건이 덜그럭거리며 바닥 위로 떨어졌다.

"세상에! 이건 주사기 아니야?"

자일스가 놀라 소리쳤다.

3일에 한 번씩 한 알, 호프스테틀러가 그렇게 말했던 거 같은데. 아니면 하루에 3번이라고 했던가. 괴생명체는 돌덩이처럼 가라앉고 있었고 더이상 생각할 여유가 없었다. 그녀는 알약 3개를 모두 물 안에 넣었고 곧 쉬익 소리를 내며 알약이 녹아내렸다. 그녀는 염분이 괴생명체의 얼굴과 목에 잘 스며들도록 계속해서 물을 휘저었다. 물갈퀴가 달린 거대한 존재. 무지개 빛깔로 반짝이는 생물. 나선형의 아름다운 무늬를 가진 괴생명체. 엘라이자는 날카로운 발톱이 달린 손가락 위에 자신의 손을 얹은다음, 의사가 환자의 심장을 압박하듯이 강하게 움켜잡았다. 자일스의 그림자가 조금 멀어지더니, 이내 그의 목소리가 들렸다.

"네 말이 맞아. 정말 아름다워."

뱀이 설치류를 한 입에 잡아 삼키듯 괴생명체의 손이 엘라이자의 손을 그러안았다. 죽음의 징조라는 생각에 엘라이자는 걷잡을 수 없는 눈물을 흘렸다. 하지만 욕조의 물이 점차 차오르자 청록색 비늘이 조금씩 움직이기 시작했다. 코발트 색 눈동자가 깜빡이더니 마법처럼 바뀌었다. 그리고 마침내 그의 눈이 사파이어 블루처럼 찬란하게 빛났다. 창문도 없는, 비좁고 눅눅했던 욕실은 이제 괴생명체가 마음껏 헤엄칠 수 있는 천국이 되었다.

314

제 4 부

더 이상 괴로워하지 마

1

책상 위 쟁반에는 산산조각이 난 장치의 잔해들이 놓여 있었다. 스트릭랜드는 몇 시간째 그 쟁반을 들여다보았다. 쇠파이프 부분은 폭발로 활짝 벌어져 있었고, 플라스틱이 타 버려 혈관처럼 얽히고설킨 붉은 얼룩과 기름이 불에 탄 검은 자국도 보였다. 아마도 배선 장치 부분이었으리라. 스트릭랜드는 아직 그 어떤 실마리도 찾지 못했다. 아니, 찾아내려는 시도조차 하지 않았고, 그냥 쳐다만 볼 뿐이었다.

그 폭탄이 무엇이었든 간에 마치 지금 그의 인생처럼 모든 것이 녹아 버렸다. 좋은 아빠가 되려던 노력, 가정의 평화를 꿈꾸며 그가 가졌던 비현실적인 생각들, 심지어 그의 몸까지 다 녹아 버렸다. 그는 손에 감긴 붕대를 바라보았다. 며칠 동안이나 새로 갈지 못한 반창고는 회색으로 변한 데다가 축축하기까지 했다. 보통 관 속에 누워 있는 시체에서나 볼 수 있을 법한 몰골이었다. 시체는 문드러져 검은 곤죽이 되어 버린다. 그리고 이런 현상은 손가락에서 끝나지 않을 것이다. 스트릭랜드는 자신의 팔이 동맥을 따라 서서히 썩어 들어가는 것을 느꼈다. 부패의 징조가 이미 심장까지 미치고 있었다. 아마존은 그런 번식력이 넘치는 곳이었다. 이를 막을 수 있는 것은 아무것도 없었다.

스트릭랜드는 쟁반을 너무 오래 들여다본 탓에 눈이 뻐근했다. 그때 누군가 문을 두드렸다. 플레밍이었다. 순간 스트릭랜드는 그에게 와 달라고 요청했던 것을 기억해 냈다. 플레밍은 이런 대참사가 일어났는데 잠을 잔다고 집에 돌아갔다. 심지어 스트릭랜드가 오컴에서 꿈쩍도 하지 않고 있는데 말이다.

그는 집에 가고 싶은 마음이 들 때마다 처참하게 부서진 캐딜락을 떠올렸다. 플레밍이 목을 가다듬는 소리가 그의 생각을 방해했다. 보안 모니터의 회색 불빛은 마치 엑스레이 사진 같았다. 스트릭랜드의 눈에 플레밍의 무기력한 내장들, 앙상한 뼈, 그리고 고동치는 공포가 보였다.

"진척된 상황이 있습니까?"

플레밍이 물었지만, 스트릭랜드는 그를 쳐다보지도 않았다. 누군가를 쳐다보려면 단 한 줌의 존중하는 마음이라도 있어야 하는 법이다. 플레밍이 껴안고 있는 클립보드의 위쪽으로 멍이 든 목이 보였다. 잠시 정전이 된 사이에 스트릭랜드가 플레밍의 목을 조른 탓에 생긴 자국이었다. 과일처럼 물러 터진 자식. 플레밍은 다시 한 번 목소리를 가다듬고 클립보드의 내용을 읽었다.

"조사해 볼 만한 페인트 조각들이 여럿 나왔습니다. 이것으로 많은 것을 알아낼 수 있을 것 같습니다. 그리고 완전하게 떨어져 나간 앞범퍼를 찾아냈습니다. 범퍼가 없는 하얀 밴을 찾아 대조하면 될 겁니다. 물론 원치 않으시겠지만, 지역 경찰을 끌어들이면 일을 더 쉽게 해결할 수 있을 것 같아요. 그리고 사고 지점에 봉쇄선을 쳐 놓았으니 타이어 자국도 조사할 수 있을 겁니다."

"페인트 조각과 타이어 자국."

스트릭랜드가 따라 말하자 플레밍이 꿀꺽 침을 삼켰다.

"감시 카메라가 녹화한 자료도 있습니다."

"가장 중요한 테이프는 빼고. 내 말이 맞나?"

"전체 영상은 아직 확인 중입니다."

"게다가 중요한 이야기를 해 줄 수 있는 목격자는 한 명도 없고."

"이제 막 탐문 조사를 시작했습니다."

스트릭랜드는 다시 쟁반으로 눈을 돌려 쟁반 위의 장치를 먹는 장면을 상상했다. 쇳조각을 잘근잘근 씹고, 잘게 씹힌 조각들은 그의 뱃속으로 넘어간다. 그러면 그는 폭탄이 될 것이고, 어디서 자폭할지 결정하면 된다.

"괜찮으시다면 이곳의 전문가들과 함께 조사해도 좋을 것 같습니다. 자금도 있고, 장비도 있으니까요. 당시 침입하는 데 10분도 채 걸리지 않았습니다. 스트릭랜드 씨, 제 생각에는 이번 일은 소련 특공대의 짓인 것 같습니다."

스트릭랜드는 그의 말에 대꾸하지 않았다. 소련의 침입? 그럴 수도 있다. 우주로 간 최초의 위성, 최초의 동물, 그리고 최초의 사람. 그러한 위업을 달성한 실력이니 세기의 도둑질 따위는 일도 아닐 것이다. 그리고 호프스테틀러도 있다. 물론 스트릭랜드에게 어젯밤 일을 호프스테틀러가 저질렀다는 증거는 하나도 없었다. 그런데 왠지 이번 습격은 소련의 짓이라는 느낌이 들지 않았다. 그러기에는 전체적으로 너무나 엉성했다. 그가 정신없이 공격했던 그 밴은 완전히 고철 덩어리였고, 차를 운전한 사람은 어느 미치광이 노인네였다. 스트릭랜드는 생각할 시간이 필요했고 그래서 플레밍을 불렀다. 스트릭랜드는 벌떡 자리에서 일어나 진통제를 한 줌 쥐어 입 안으로 털어 넣었다.

"분명히 말하지. 내가 허락할 때까지 지금 이 상황에 대한 내용이 오컴 밖으로 새어나가지 않게 하게. 그 누구도 이에 대해 알아선 안 돼! 내 말 알겠나?"

스트릭랜드가 단호히 말했다.

"호이트 장군님은 제외하고요?"

플레밍이 묻자 스트릭랜드의 팔을 갉아먹던 부패의 징조가 한겨울의 수액처럼 굳어 버렸다.

"제외한다고……?"

스트릭랜드는 말을 잇지 못했다.

"제가……."

플레밍은 막을 것이 필요한 듯 클립보드를 다시 가슴팍으로 끌어당겼다.

"제가 장군님께 전화를 드렸습니다. 일이 터지자마자 바로요. 제가 생각했을 때……."

플레밍의 마지막 말이 빠르게 사그라들었다. 살이 녹아내려 귀를 덮어버린 것처럼 스트릭랜드의 귀에는 아무런 말도 들리지 않았다. 그가 오컴에서 이룬 모든 업적은 아마존에서 얻어 낸 것이었다. 한때 그것은 그가 호이트의 손아귀에서 벗어나게 해 줄 만큼 대단한 성과였다. 그러나 이제 그게 무슨 소용이 있겠는가? 호이트는 이미 스트릭랜드가 자신을 실망시켰다는 것을 알고 있었다. 스트릭랜드가 호이트의 지시를 따르며 쌓아 온 경력은 이미 단두대의 이슬로 사라졌다.

그의 몸은 둘로 분리되어 어딘지 모를 부드러운 땅 위에 내려앉았다. 그곳은 논두렁이었다. 그는 퇴비에서 나는 악취로 숨이 막혔다. 소달구지를 몰고 지나가는 어느 멍청이의 외침에 귀가 먹먹해졌다. 오, 세상에! 스트릭랜드는 모든 것이 시작되었던 한국에 돌아와 있었다. 한국에서 호이트의 임무는 남쪽으로 피난하는 수백만 명의 한국인을 돕는 것이었다. 당시 스트릭랜드는 호이트의 보좌를 맡고 있었고 맥아더 장군의 명령으로 부대가 집결해 있던 영동이라는 곳에 있었다. 호이트는 그곳에서 스트릭랜드의 멱살을 쥐고 트럭을 가리키며 운전하라고 명령했다. 푹푹 찌는 날씨에 쏟아지는 비를 뚫고, 스트릭랜드는 트럭을 몰았다. 느리게 날갯짓을 하며 논과 논을 건너는 왜가리들의 속도에 맞춰 달렸다. 둘은 지저분한 옷가지로 반쯤 채워진 오래된 금광에 도달했다. 스트릭랜드는 호이트가 그것들을 태우려 한다고 생각했다. 북한군이 전리품을 차지하지 못하게 마을을 불태웠던 것처럼 말이다. 그러나 금광에 가까이 다가간 스트릭랜드는 그것들이 옷가지가 아니라 시체라는 것을 깨달았다. 오십 구, 아니 족히 백 구는 되어 보였다. 갱 안쪽으로 무수히 많은 총알 자국이 보였다. 부대 안에서 떠돌던, 무고한 한국인들을 학살했다는 끔찍한 소문이 사실로 드러나는 순간이었다. 호이트는 미소를 지었다. 그리고 비에 젖어 번들거리는 스트릭랜드의 목덜미를 살포시 쥐고 엄지손가락으로 쓰다듬었다. 순간 그는 일전에 정찰병이 호이트에게 금광에 있는 사람들이 모두 죽은 것은 아니라고 보고했던 일이 떠올랐다. 호이트에게 좋지 않은 일이었고, 미국에 좋지 않은 일이었다. 생존자가 한 사람이라도 기어 나와 그 이야기를 퍼뜨린다면 미국은 손에 폭탄을 쥐는 꼴이었다.

스트릭랜드는 호이트 앞에서 약한 모습을 보이지 않겠다고 다짐했다. 그가 소총을 어깨에서 내려놓자 자신의 팔이 찢어지는 기분이었다. 그러나 호이트는 손가락을 그의 입술에 대었다가 빗속에서 흔들었다. 이곳에는 둘뿐이었다. 다른 사람의 주의를 끄는 건 현명하지 못한 생각이었다. 호이트는 허리춤에서 검은 날의 케이바(Ka-Bar) 나이프를 꺼내 스트릭랜드에게 건네며 눈을 찡긋했다.

가죽으로 된 나이프 손잡이가 후덥지근한 빗속에서 썩은 고깃덩어리처럼 질척였다. 시체들도 끈적해 보였다. 다섯 또는 여섯 구의 시체가 나란히 쌓여 사지가 구부정하게 뒤엉켜 있었다. 스트릭랜드는 앞을 막고 있는 한 여성의 시체를 밀어냈다. 머리에 나 있는 구멍에서 뇌가 흘러나왔다. 한 남성의 시체를 시체 더미에서 끌어내자 밝은 청색의 창자가 쏟아졌다. 열 구, 스무 구, 서른 구. 스트릭랜드는 커다란 시체 하나를 파헤치는 것처럼 학살의 현장을 파고들었다. 그러다 어느 순간 그는 갈피를 잃었다. 온몸이 끈적거렸고, 악취가 났다. 대부분의 사람들은 이미 죽어 있었지만 일부는 아직 살아서 무어라 웅얼거리며 목숨을 구걸했고, 일부는 기도하는 것처럼 보였다. 스트릭랜드는 만약을 위해 끌어낸 모든 사람의 목을 나이프로 베었다. 여기선 그 누구도 살아남을 수 없어. 리처드 스트릭랜드도.

그는 혼잣말을 중얼거렸다. 그때 희미한 신음이 들렸다. 처음 그 소리를 들었을 때 스트릭랜드는 자신의 귀를 의심했다. 지옥 한가운데에서 무엇을 믿을 수 있겠는가? 그러나 가느다란 신음은 계속 이어졌고, 그 소리는 시체 더미 아래의 한 여성에게서 나고 있었다. 여성은 죽어 있었다. 하지만 그녀의 아기는 살아 있었다. 죽은 뒤 경직된 그녀의 몸이 그녀가 품은 아기의 보호벽이 되어 준 것이다. 기적, 아니면 그 반대였을지도 모른다. 그가 아기를 꺼내자마자 아기는 울기 시작했다. 그 시끄러운 소리는 호이트가 원치 않는 상황이었다. 스트릭랜드는 케이바 칼에 붙은 머리카락과 연골들을 깨끗이 닦아 내고 아기를 처리하려고 했다. 그러나 그러기에 그는 너무 심하게 떨고 있었다. 할 수 있다고 믿으면 무엇이든 할 수 있는 게 아니었던가? 믿는다고? 누구를? 호이트를? 폭력을? 전쟁을? 악을 선이라고, 그리고 살인이 연민이라고?

그때 스트릭랜드의 눈에 피와 빗물이 고인 웅덩이가 보였다. 그는 아기의 머리를 조심스럽게 물속으로 밀어 넣었다. 어쩌면 이 아기가 기적을 일으켜 물속에서 숨을 쉴지도 모른다고 생각했다. 하지만 그런 괴생명체는 이 세상에 존재하지 않는다. 물속에서 꿈틀거리던 아기가 생명을 다하는 순간, 스트릭랜드는 자신의 목숨도 끊어지길 진심으로 바랐다. 천천히 그가 몸을 일으키자 아기의 시체가 굴러 떨어졌다. 호이트가 피투성이가 된 스트릭랜드를 부드럽게 토닥이며 무슨 말을 하는 것 같았다. 하지만 스트릭랜드는 귓구멍이 피와 살점으로 꽉 막힌 것처럼 아무것도 들을 수 없었다.

어디에선가 작게 들려오던 속삭임이 끔찍한 비명으로 변했다. 스트릭랜드는 끔찍한 전쟁 범죄를 저지르고 말았다. 이 일이 밝혀진다면 전 세계 신문의 1면을 장식하게 될 것이다. 이제 그는 죽는 날까지 호이트 장군과 한 편이 되어야 할 운명이었다.

그로부터 수년이 지난 지금에서야 스트릭랜드는 모든 것을 깨달았다.

자신에게 울부짖는 소리는 바로 호이트 장군에게서 비롯된 것이었다. 어째서 그것을 몰랐을까? 원숭이들이 내지르는 비명, 그 원시적인 목소리는 스트릭랜드에게 임무에 충실하라고 명령하고 있었다. 이것이 데우스 브랑퀴아가 붙잡힌 이유였다. 아가미 신은 정글 신에 의해 파괴될 수밖에 없으며, 오래된 신이 죽어야만 새로운 신이 설 수 있다. 그는 호이트 장군의 말에 전적으로 복종할 것이다. 원숭이들의 소리에 겁먹지 말 것. 그리고 거기에 따를 것.

2

자일스의 손에는 목탄이 다이너마이트처럼 쥐어져 있었다. 목탄은 그가 자주 사용하는 재료가 아니었다. 항균 데오도란트 크림이나 여름용 립스틱 같은 상품을 그리는 데 목탄을 쓸 수는 없었다. 목탄으로는 정교한 선을 그릴 수 없는 데다가 검은색은 사람들의 구매 욕구를 떨어뜨렸다. 하지만 그도 과거에 나체를 그릴 때는 목탄만 사용했다. 목탄은 가장 날것의 도구였고, 그리는 대상 역시 날것이기를 바랐으니까. 자일스가 각진 광대뼈, 높이 솟은 이마, 섬세한 쇄골, 굴곡진 엉덩이와 옆구리를 그리는 순간, 구겨진 종잇조각은 다시 생명력을 얻었다. 아름다운 피사체들은 타 버린 숯덩이를 통해 새롭게 태어나 2차원의 세상에서 새로운 이야기를 펼쳤다.

그 당시 자일스는 어렸고 실수를 두려워하지 않았다. 오히려 그 실수들이 놀라운 예술로 승화되기를 바랐다. 자일스는 여전히 자신에게 그런 면이 남아 있는지 궁금했다. 늙고 병든 그가 검은 목탄에서 꽃과 연기와 안개를 피워낼 수 있을까? 벌벌 떨리는 손가락 때문에 비단이나 양가죽처럼 부드러운 질감을 표현하지 못하는 건 아닐까?

며칠이 지났지만, 자일스는 어디선가 경찰차 사이렌 소리가 들리는 것 같아 마음이 불안했다. 떨리는 손과 마음을 다잡기 위해 그가 할 수 있는 일은 작업뿐이었다. 그는 중간 두께의 목탄을 집어 들었다. 담배 상자 안에 몇 십 년 동안이나 처박혀 있던 탓에 끈적거렸다. 자일스는 욕실 문을 닫고 앉아 무릎에 이젤을 올려놓았다. 그리고 엄지 손톱으로 목탄을 긁은 뒤에 이젤에 놓인 종이에 갖다 댔다.

괴생명체는 욕조에 담긴 물 안에서 자일스를 바라보았다. 좁은 공간에서 숨 쉬는 법을 익히는 중이었는데, 몸을 돌리는 것 말고는 할 수 있는 일이 별로 없었다. 이런 그의 모습은 침대에서 뭉개고 있는 젊은이처럼 편안해 보였다. 자일스는 괴생명체를 보고 한참 동안 웃었다. 처음에는 그를 해칠 의도가 없다는 것을 보여 주기 위해 웃었지만 지금의 웃음은 진심이었다. 고양이처럼 생긴 괴생명체의 눈은 기운이 없이 텅 비어 보였다. 그러나 계속 변하는 그 눈빛에서 아주 많은 것들이 읽히기 시작했다. 괴생명체는 자일스의 색연필에 관심을 보였다. 이제 그는 자일스를 믿게 되었고, 어쩌면 좋아하게 된 것일지도 몰랐다. 엘라이자는 괴생명체를 '그것'이 아니라 '그'라고 불러야 한다고 주장했고, 자일스는 기꺼이 그녀의 말을 따르기로 했다.

그는 뛰어난 예술가가 수십억 개의 눈부신 보석을 가지고 인간의 모습으로 빚어 낸 작품 같았다. 자일스는 유화나 아크릴화로는 이렇게 아름다운 빛을 절대 표현할 수 없으며, 수채화나 구아슈*로도 그 어둠의 숨결을 담아 낼 수 없다고 생각했다. 그래서 그는 단순하게 목탄으로 그를 그리기로 결심했다. 자일스는 성모 곡을 입으로 읊조리며 첫 획으로 등지느러미의 굽어진 선을 그렸다.

"그래, 이거야."

자일스는 숨을 죽였다. 그는 다시 서른다섯, 아니 심지어 스물다섯 살로 돌아간 듯했다. 과감하고 용감했던 그때로 말이다. 그는 하나하나 선을 이어가면서 자신에게 '이건 예술 작품이 아니라 그냥 스케치야. 옛날의 활기를 되찾기 위한 거야.'라고 말했다. 자일스는 눈앞의 투박한 선이 생기 넘치는 그림처럼 보였다. 클라인&손더스가 허즐러(Hutzler)라는 이름의 회사였던 아주 먼 과거에 이미 잃어버린 중요한 무언가가 떠올랐다.

스트릭랜드 양, 아니 스트릭랜드 부인은 화장을 하고 머리를 틀어 올린 예언가였다. 그녀는 자일스에게 버니가 사실은 자일스의 작품을 좋아하지 않을 뿐더러 좋은 말로 거절하려고 한다면서 자일스에게 어울리는 다른 곳이 있을 거라고 덧붙였다. 그녀가 말한 곳은 바로 이곳이었다. 자일스는 손만 뻗으면 닿을 수 있는 거리에 사는 가장 친한 친구의 집에서 지금까지 본 괴생명체 중 가장 위대한 존재를 마주하고 있었다.

엘라이자는 그가 어디서 왔는지 아무런 정보도 갖고 있지 않았다. 하지만 그것은 중요하지 않았다. 자일스는 그의 신성함을 느낄 수 있었다. 그리고 예술가의 의무로서 이 성스러운 존재를 묘사하는 행위에만 엄숙하게 주의를 기울였다. 라파엘, 보티첼리, 카라바조……. 젊은 시절의 자

*물이나 아라비아고무 등을 섞어 만든 불투명한 수채 물감

일스는 예술가를 꿈꾸며, 도서관에서 이 거장들을 모두 연구했다. 그래서 숭고한 존재를 그려 낼 때의 득과 실에 대해서 잘 알고 있었다. 숭고한 존재를 그리는 것은 개인적인 희생을 요구하는 작업이다. 그렇지 않다면 미켈란젤로는 단 4년 만에 시스티나 성당의 프레스코화를 완성할 수 없었을 것이다. 물론, 자일스 자신을 미켈란젤로와 비교하는 것은 우스운 이야기겠지만, 지금 이 순간 둘 사이에는 유사한 점이 있었다. 두 사람 모두 세상에서 거의 볼 수 없는 존재에 다가가 있다는 것이다. 하느님께 맹세할 수 있다. 만약 경찰이 사이렌을 울리며 들이닥치더라도, 이것은 가치 있는 일이었다.

자일스는 괴생명체에게 살짝 몸을 돌리라고 손짓했다. 그러고는 자기가 말도 안 되는 부탁을 했다는 걸 깨닫고 웃음을 터뜨렸다. 초상화 화가의 이런 특권을 얼마만에 누리는 것인가! 괴생명체는 자일스의 웃음소리에 반응해 몸을 움직였고, 그의 왼쪽 눈이 수면 위로 솟았다. 마치 신호에 맞춰 날카로운 시선을 보내는 것처럼 보였다. 자일스는 웃음을 그치려고 숨을 멈추었다. 그런 다음 손가락을 돌리자 괴생명체는 손가락의 움직임을 따라 움직였다. 아마도 그는 고향에서 어떠한 경계도 없이, 그저 고요하게 감상하다가 날갯짓하는 벌레나 새를 따라서 움직였을 것이다. 괴생명체는 눈을 깜빡였고 움직이던 아가미가 곧 부드럽게 멈췄다. 그러고 나서 이 협조적인 모델은 몸을 돌렸다.

3

언제부터 백화점 천장에 달린 등이 이토록 밝은 빛을 냈을까? 언제부터 깡통에 든 과일들이 자신들의 아름다움에 반해 눈물을 흘렸지? 그리고 언제부터 오븐에 구운 케이크들이 달콤한 비밀을 행복의 눈물처럼 그녀의 얼굴 위에 속삭였던 걸까? 묵직한 지갑을 들고 무례하게 카트를 몰아 대던 못마땅한 표정의 여인들이 언제부터 그녀에게 미소를 보내고 길을 양보하고, 그녀가 산 물건들을 칭찬했던가?

여인들은 정육점 유리를 통해 엘라이자를 본 것이 분명했다. 목에 난 흉터를 감추기 위해 주눅이 들어 있는 여성이 아닌 당당히 자신이 원하는 생선과 원하는 부위의 고기를 가리키는 여성 말이다. 정육점 주인은 그녀가 생선과 고기를 꽤 많이 사 간다고 생각할지도 모른다. 하지만 그러지 못할 이유가 있을까? 대개 이런 여성의 집에는 배고픈 남자가 기다리고 있는 법이다. 그리고 지금 그녀가 그랬다. 엘라이자는 웃었다. 맞아, 내가 그렇지. 고기만이 아니었다. 그녀의 카트에는 달걀도 여러 판 실려 있었다. 과감하게 얼기설기 쌓여 있는 달걀 판들은 다른 쇼핑객들을 웃음 짓게 했다. 여러 봉지의 소금도 그랬다. 호프스테틀러의 염분제만으로는 오래 버틸 수가 없었다.

이러한 물건들을 찾는 데 꽤 오랜 시간이 걸렸지만, 그녀는 개의치 않았다. 누군가를 위해 장을 본다는 것은 근사한 일이었다. 자일스는 자신이 가겠다고 했지만 그녀는 거절했다. 그녀는 자신만이 괴생명체에게 필요한 것이 무엇인지 안다고 직관적으로 느꼈다. 그녀는 제복을 차려입은 경찰을 무시한 채 대중교통을 이용했다. 경찰들은 그녀가 저지른 짓에 대한 증거를 가지고 있지 않다고, 스스로를 안심시키며 에드몬슨 빌리지까지 쭉 걸어갔다.

평소에 젤다는 물건이 넘쳐나는 쇼핑센터에 대해 극찬을 늘어놓았다.

그녀 말이 맞았다. 엘라이자는 젤다에게 하고 싶은 말이 많았다. 그리고 다음번 근무 때 그 말을 모두 해 주고 싶었다. 의심을 피하기 위해서는 단 한 번의 교대 근무도 빼먹지 않는 것이 중요했다. 젤다를 생각하니 이미 부풀대로 부푼 엘라이자의 마음이 갈비뼈에 짓눌리는 것 같았다.

엘라이자는 쇼핑센터 앞쪽에서 꽃과 나무를 파는 가게를 발견하고 놀랐다. 그녀는 그곳으로 이끌려 들어갔다. 길게 뻗은 나뭇잎과 흔들거리는 담쟁이넝쿨이 그녀의 뺨을 스쳤다. 삭막한 연구실에서 괴생명체를 위해 필요했던 것이었지만, 지금은 그녀의 욕실 안 벽들을 둘러싸기 위해 필요한 것이었다.

엘라이자는 먼저 잎이 두터운 양치식물 화분 두 개를 골랐다. 이것들로 욕실 안 도자기 타일의 대부분을 가릴 수 있을 것 같았다. 그리고 잎의 모양이 손처럼 생긴 야자수를 골랐다. 어쩌면 그가 야자수 잎을 보며 덜 외롭다고 느낄지도 모른다. 또 세면대 위 전등에 닿을 정도로 큰 용혈수*는 욕실 전체를 녹색으로 물들여 줄 것처럼 보였다. 카트에 차곡차곡 쌓인 식물들의 잎사귀가 그녀의 코를 간지럽히며 킥킥 웃게 만들었다. 이걸 전부 다 집에 어떻게 들고 가지? 입구 근처에서 봤던 손수레를 사야만 할 것 같았다. 예상치 못한 지출이었지만, 고작 몇 달러인 걸 뭐. 오늘은 그녀가 난생처음 푼돈을 따지지 않고, 마음대로 쓰기로 마음먹은 날이었다. 그녀는 자신이 헤픈 여자처럼 활짝 웃고 있다는 걸 깨달았다. 그녀는 웃음을 참아 보려고 노력했다. 제정신이 박힌 경찰이 고작 식료품을 사면서 이토록 과하게 즐거워하는 여성을 본다면 수상하게 여길지도 모르

*백합과의 상록 식물

는 일이었다.

화분들이 가득 실린 카트를 끌고 계산대까지 찾아가는 일은 힘들면서
도 즐거웠다. 엘라이자의 카트가 진열대에 부딪쳤다. 진열대 고리마다 걸
려 있던 백여 개의 종이 방향제가 춤을 췄다. 그녀는 손가락으로 그 진열
대를 훑었다. 방향제들은 모두 작은 나무처럼 생겼고 각기 다른 향을 자
랑하고 있었다. 분홍빛 체리향, 갈색 계피향, 빨간 사과향, 녹색의 방향제
를 비롯해 포장에 '진짜 소나무 향!'이라고 쓰여 있는 방향제도 있었다. 그
녀는 자신이 최대한 크게 웃을 수 있다고 생각했던 것보다 더 크게 웃었
다. 그런 다음, 종이 방향제 하나를 골라 집었다. 아니, 진열대에 걸려 있
는 녹색 방향제 전부를 집었다. 모두 여섯 개였다. 엘라이자가 볼 때 오늘
산 화분들은 욕실 안을 밀림으로 만들기에 충분하지 않았지만 그 시작
은 될 수 있을 것 같았다.

4

자일스는 종이 위로 떨어진 눈물마저 작품의 일부로 만들었다. 눈물이
떨어진 부위를 손으로 문지르자 거칠게 그은 선 안쪽이 괴생명체의 비늘
처럼 우아하고 부드러운 모습으로 변했다. 자일스는 이런 뜻밖의 결과에
미소 지었다. 그는 괴생명체와 함께 앞으로 더 많이 경험하게 될 놀라운
순간들이 기대됐다. 눈물과 핏방울, 키스할 때 타액이 주는 느낌. 괴생명
체는 마법을 부리는 것처럼 이 모든 것을 고귀한 예술로 바꿔 놓았다.

자일스는 손을 들어 손가락을 돌렸다. 괴생명체는 자일스에게 다른 각

도를 보여 주기 위해 몸을 뒤틀며 영롱하게 빛나는 목을 쭉 뻗었다. 그 모습은 마치 우쭐거리는 것처럼 보였고, 자일스는 그 모습을 보고 웃었다. 자일스는 그림을 그리고, 그리고, 또 그렸다. 연회에 참석한 굶주린 손님들이 웨이터가 음식을 치워 버릴까 봐 허겁지겁 먹는 것처럼 말이다. 자일스는 자신도 모르게 중얼거리며 이야기를 시작했다. 그의 중얼거림은 목탄이 종이 위를 바스락거리며 스치는 소리와 비슷했다.

"엘라이자는 네가 완전히 혼자라고 하더군. 너희 종족 중 마지막이라고. 그런 뉘앙스로 이야기했어."

그는 싱긋 웃었다.

"아무리 생각해도 그녀가 말하는 걸 모두 이해할 수는 없었어. 물론 그녀 말도 믿지 않았지. 어느 누가 믿겠어? 그러다 너를 보게 되었지. 이런 말을 하면 어떨지 모르겠지만, 나는 눈으로 직접 본 것만 믿어. 내가 처음에 별말이 없었던 걸 이해해 줬으면 좋겠어. 불쌍하게 생각해도 좋고. 그 인간들이 너를 수조에 가뒀을 때 무슨 생각이 들었어? 내 생각에 너는 인간들이 시키는대로 고분고분할 것 같지는 않은데."

자일스는 괴생명체의 눈두덩을 옅은 회색으로 자연스럽게 그려 냈다.

"하지만 그러다 엘라이자가 너를 발견했지. 맞지? 너를 만난 그녀는 분명 변했어. 하지만 나는 너 역시 변했을 거라 생각해. 어쩌면 이제는 인간들이 모두 악한 건 아니라고 생각할지도 모르지. 그렇게 생각한다면 무척 고마울 것 같아. 물론 상당히 긍정적으로 생각하는 거라고 귀띔해 주고 싶기도 하지만."

자일스는 괴생명체의 가슴팍 비늘들을 흐르는 폭포의 물결처럼 표현했다. 꽃잎처럼 윤이 흐르는 부분은 더 어두운 색으로 표현했다.

"그래도 이제 너를 만났으니……. 아 참, 내 이름은 자일스야. 자일스 건더슨. 원래는 악수를 해야겠지만, 욕실에 벌거벗은 채로 있으니 그냥 그건 생략하지. 난 너를 만나고 나서 그림을 처음 시작할 때의 초심을 찾았어. 그런데 난 아직 엘라이자 말을 믿어야 할지 모르겠어. 넌 정말 혼자니? 정말로? 만약 네가 변종이라면, 나도 마찬가지일 거야."

속이 비치는 것처럼 투명한 지느러미는 먹구름 같은 회색으로, 그리고 뼈는 검은색으로 거칠게 표현했다.

"바보 같지. 나는 내가 원래 있어야 하는 시대보다 늦게 태어난 것 같아. 어쩌면 너무 일찍 태어난 것일지도 모르고. 어린 시절 내가 느꼈던 것들……. 그것을 이해하기에 나는 너무 어리거나, 전혀 관련 없는 장소와 시간 속에 있었어. 그리고 지금은 늙었지. 나를 봐. 내가 갇혀 있는 이 몸뚱이를. 내 시간은 끝났어. 내 시간이라는 것이 처음부터 존재한 적이 있었는지 모르겠지만."

자일스는 괴생명체의 두피를 가장 부드러운 붓놀림으로 깃털로 덮인 것처럼 그렸다.

"하지만 나는 혼자일 수 없어. 암 그렇고말고. 내가 그 정도로 특별할리 없으니까. 나 같은 변종은 어느 세계에나 존재해. 그렇다면 변종은 언제쯤 변종이길 그만두고 세상이 원하는 방식대로 살아갈 수 있을까? 너와 내가 우리 종족의 마지막이 아니라, 우리 종족의 처음이라면 어떡하지? 더 나은 세상을 위해 나타난, 더 나은 종족의 시초라면 말이야? 우리는 그런 바람을 가질 수도 있어. 그렇지? 우리가 과거가 아닌 미래라는 바람 말이야."

자일스는 그림을 들고 팔을 쭉 뻗었다. 인물 스케치로서 나쁘지 않은 그림이었다. 인물 스케치의 용도는 무엇일까? 더 훌륭한 작업을 위한 연습이다. 자일스는 다시 한 번 빙그레 웃었다. 그가 계획하던 것이 그것인가? 세상에나, 이토록 자신이 성숙하게 느껴진 것은 몇십 년 만에 처음이었다.

그는 잠시 숨을 고르고 욕조를 향해 그림을 돌려 보였다. 괴생명체는 두 눈이 수면 위로 나올 수 있게 머리를 젖혔다. 그는 스케치를 바라보다가 물속에 잠긴 자신의 몸과 비교하기 위해 머리를 숙였다. 오컴의 보고서에는 이 괴생명체가 자기 인식을 알 수 없다고 쓰여 있을지도 모른다. 그러나 자일스는 그렇지 않다고 확신했다. 괴생명체는 그 그림이 자기를 그린 것이며 그림은 강 위에 비친 모습과 다르다는 것을 알고 있었다. 이것이 바로 예술이 지닌 마법의 힘이었다. 이런 식으로 그림이 가진 가치를 이해하고, 예술가에게 더 적극적으로 협력하는 것이다. '아, 하느님, 진짜네요.' 자일스는 생각했다. 자일스와 괴생명체는 서로 크게 다르지 않은 존재였다. 자일스 역시 그에게 어울리는 빛 아래에서, 그에게 맞는 물에 잠길 수 있다면 아름다울 것이 분명했다.

5

바퀴 두 개가 달린 손수레는 엘라이자의 청소용 카트보다 더 날렵했다. 하지만 볼티모어의 길은 반질반질한 실험실 바닥보다 지나다니기가 훨씬 어려웠다. 늦은 오후였다. 엘라이자는 잠자리에서 일어난 지 수백 년은 된 것 같았지만, 전혀 피곤하지 않았다. 퍼그에 괴생명체를 싣고 나온 사건은 호프스테틀러의 주사기에 채워져 있던 정체불명의 약과 정반대의 효과를 냈다. 엘라이자는 흥분한 상태였다. 그녀는 집으로 가는 방향에 있는 경치 좋은 길을 걷기 위해 버스에서 몇 정거장 전에 내렸다. 어디선가 패탭스코 강의 소금기 섞인 냄새가 풍겨 왔다. 괴생명체를 간절히 보고 싶은 만큼이나 강렬한 냄새였다. 마치 어린아이를 끌어당기는 갓 구운 과자 냄새처럼 말이다.

엘라이자는 힘겹게 손수레를 끌고 출입이 금지된 부두에 들어섰다. 그곳에서 그녀는 폭이 좁은 보행자용 방파제를 발견했다. 여기를 걸으면 불법일까? 그녀는 경찰을 만나고 싶지는 않았다. 하지만 통행금지 표지판이 보이지 않았다. 그녀는 강을 향해 걸었다. 도시의 빌딩 그림자가 나이트가운처럼 그녀의 뒤로 늘어졌다. 그곳에는 울타리도, 보호 표지판도 없었다. 그저 '수영 금지! 낚시 금지! 수위 9미터 도달 시 바다를 향해 열림!'이라고만 쓰여 있었다. 낚시는 언제나 그녀를 역겹게 만들었고 수영은 한 번도 배워 본 적이 없었지만, 그 표지판이 무슨 뜻인지 충분히 이해할 수 있었다. 콘크리트 기둥에 9미터라고 표시된 곳까지 물이 차오른다면, 즉 많은 양의 비가 내린다면 수로가 열려서 바다로 이어진다는 뜻이었다.

엘라이자는 손수레를 세워 두고, 방파제 끝에 발을 내디뎠다. 그리고 소금기가 섞인 비바람이 불어오는 곳을 향해 눈을 감았다. 오늘은 그녀가 생각한 것만큼 날이 온화하지 않았다. 버스에 탄 사람들이 추위를 막기 위해 옷깃을 세우고, 몸을 움츠린 것도 바로 이런 이유에서였다. 또한 엘라이자 건너편에 앉은 여성이 엘라이자의 화사한 미소를 발견할 때까지 시간이 걸린 이유이기도 했다.

그 여성은 아름다웠다. 괴생명체를 구하는 일을 벌이기 전까지 엘라이자가 꿈꿔 왔던 모습이었다. 그리고 엘라이자가 항상 상상했던 '줄리아 고급 구두 상점'의 줄리아와도 닮아 있었다. 날씬하면서도 줄무늬 플란넬 원피스가 잘 어울리는 굴곡진 몸매였다. 모조 다이아몬드가 달린 버클과 옷에 어울리는 핀, 팔찌, 귀고리 그리고 결혼 반지까지. 엘라이자는 그녀가 직장 여성일 거라고 추측했다. 그래, 직장 여성은 원래 바쁘지. 그 여자는 엘라이자와 눈이 마주쳤을 때, 미소로 화답하는 것을 잠시 망설이는 것처럼 보였다. 다른 사람들과 마찬가지로 그녀 역시 엘라이자의 지나치게 명랑한 모습을 보고 놀란 것 같았다. 이 여성은 엘라이자의 손으로 시선을 옮겼다. 반지를 끼지 않은 것을 확인하는 것 같았다. 여자는 경멸하지 않고 편안한 눈빛으로 엘라이자를 바라보며 진심으로 미소 지었고, 그 모습에 엘라이자는 적잖이 놀랐다. 엘라이자는 이 아름답고 세련된 여성이 자신을 인상 깊게 바라보고 있다는 느낌을 받았다. 그리고 터무니없게도 이 여성의 속마음이 들리는 것 같았다. '마음이 무슨 말을 하든, 당신의 마음을 따르세요.'

계속해서 여성을 바라보던 엘라이자는 그녀의 얼굴에서 불행을 읽었다. 모든 것을 가진 것처럼 보이는 이 여성도 불행한 것이 있단 말인가? 이런 여성마저 불행하다면, 집세도 제대로 내지 못하고, 말을 할 수 없기 때문에 사회에서 소외되어야 했으며, 자신의 집 욕실 욕조에 극비의 양서류 인간이 누워 있는 청소부에게는 무슨 희망이 있을까?

엘라이자는 방파제에서 시선을 돌렸다. 의심의 여지가 없었다. 오늘은 회색빛의 흐린 날이었다. 저 멀리 비치는 아케이드 건물 차양의 불빛이 그 증거였다. 아르주니안은 돈을 아끼기 위해 날이 어두워져야만 불을 켰다. 엘라이자의 배가 욱신거렸다. 그녀는 여기서 아케이드를 볼 수 있었다. 이것은 괴생명체가 가까이 있다는 의미였다. 그 사실이 엘라이자를 속상하게 만들었다. 그녀는 손수레를 다시 잡고 바퀴를 굴려 최대한 빨리 집으로 향했다.

엘라이자는 잠들어 있는 자일스를 발견했다. 자일스는 변기 뚜껑 위에 앉아 낮게 코를 골고 있었고, 손은 온통 목탄 범벅이었다. 자일스를 깨우지 않으려고 그녀는 지저분한 양탄자 위에 조용히 몸을 굽혀 욕조 가장자리에 팔을 둘렀다. 그리고 살짝 뺨을 댔다. 그녀는 물 아래에서 밝게 빛나고 있는 괴생명체의 두 눈을 바라봤다. 그리고 그가 숨을 쉴 때 만들어지는 부드러운 물방울 소리도 들었다. 그는 눈을 깜빡이며 인사를 했다. 엘라이자는 그녀의 집게손가락이 그의 손등에 닿을 때까지 물을 휘저으며 팔을 뻗었다. 갑자기 그가 손을 뒤집었고, 그녀의 손가락이 그의 손바닥에 닿았다. 엘라이자는 활짝 핀 커다란 꽃처럼 손가락을 펼쳤다. 그 상태로 그녀는 오직 자신의 숨소리만 들을 수 있었다. 하지만 이것은? 이것은 접촉이었다. 엘라이자는 버스에서 보았던 여자가 누구와도 닿지 않고, 꼿꼿이 앉아 있던 모습을 떠올렸다. 엘라이자는 깨달았다. 두려움을 느끼지 않는 것을 행복으로 생각할 수도 있지만, 두려움을 느끼지 않는 것과 행복은 전혀 다르다고.

6

되감아보기로 세상을 바라보자. 영혼을 앗아가는 것보다, 무지갯빛 영롱함이 사라질 때까지 생선 비늘을 다듬는 칼보다 빠르다. 정지. 팽팽하게 당겨진 마그네틱 테이프가 덜커덕하고 멈추는 소리를 즐겨 보자. 플레

336

이. 끝없는 복도 위로 똑같이 생긴 흰 코트를 입은 복제 인간들이 혈관 속 혈소판처럼 흘러간다. 관심이 가는 사람을 따로 떼어 보자.

껐다, 켰다.

껐다, 켰다.

테이프를 초 단위로, 2분의 1초 단위로, 4분의 1초 단위로 쪼개 보자. 사람들이 더 이상 사람이 아닌 것이 된다. 은둔자가 파고드는 성경의 의미처럼 당신이 연구해야 하는 추상적인 형상뿐이다. 과학자 주머니에 든 어둠은 모든 삶의 비밀일 수도 있다. 정지 화면 속 흐릿한 미소는 악마의 두개골일 수도 있다. 16개의 카메라와 끝없는 단서들.

되감고, 멈추고, 켰다, 껐다.

이쪽 복도다. 빠져나갈 구멍이 없다. 모든 길은 바로 이곳, 그의 사무실로 이어진다. 더는 알아낸 것이 없었다. 그는 함정에 빠져 버렸다. 스트릭랜드의 눈은 터져 나가기 직전의 상한 소시지 같았다. 그는 그 정글에서 초록색 사탕을 가져오는 대신 부카이트가 담긴 병을 가져와야 했다. 부카이트 몇 방울이면 이 테이프들이 숨기고 있는 모든 것을 볼 수 있을 텐데. 몇 시간 동안이나 그는 여기에 매달려 있었다. 재생 장치의 사용법을 파악하는 데 한 시간밖에 걸리지 않았다. M1 개런드 소총, 캐딜락 쿠페드 빌, 그리고 VTR 덱까지, 하나같이 배짱이 필요했다. 먼저 손을 대고, 그리고 자신의 일부로 만들면 됐다. 스트릭랜드는 정오 즈음에서야 버튼과 다이얼 누르는 일을 그만뒀다. 그러고는 머릿속으로 테이프를 돌렸다. 영상이 물처럼 흐르고, 그 안에 손을 담근다. 그리고 물고기를 낚아 올린다. 그리고 바로 그렇게 찾았다. 하역장을 비추는 7번 카메라였다. 정전되기 직전 몇 초간의 모습이 담겨 있는 마지막 테이프였다. 카메라가 약간 위쪽으로 올라갔던가? 5센티미터 정도? 스트릭랜드는 머릿속의 스위치를 몇 번이고 눌렀다.

이전, 다음. 이전, 다음.

스트릭랜드는 의자에서 일어나 밖으로 나갔다. 복도의 조명 때문에 눈이 부셨다. 그는 헌병이 그를 미쳤다고 생각하든 말든, 손으로 눈을 가리고 F-1을 지나 하역장으로 향했다. 괴생명체를 도둑맞던 날과 같은 경로였다. 그는 이중 문을 열고 들어가 손을 내렸다. 해는 없었다. 밤이었다. 그는 시간 가는 것을 자꾸 잊었다. 경사로는 비어 있었으나 기름이 여기저기 고여 있었다. 그는 주변을 한 바퀴 돌아봤다. 7번 카메라를 올려다봤고 다시 카메라 아래쪽을 똑바로 바라봤다.

네 명의 사람들이 그곳에 있었다. 놀라서 어쩔 줄 모르는 얼굴이었고 모두 담배를 물고 있었다. 각기 다른 피부색을 한 이들은 유니폼을 입고 흐트러진 자세로 게으름을 피우고 있었다. 괴생명체를 도둑맞은 후로 스트릭랜드는 사무실에서 노예처럼 일했다. 그러나 이들은 오 분도 채 일하지 않고, 쉬기 위해 이곳으로 내려왔다. 게다가 이곳은 제한구역이었다. 하지만 스트릭랜드는 정보가 필요했고, 그래서 굳은 표정으로 미소를 지었다.

"잠깐 담배 피우면서 쉬는 중이었나?"

어느 누구도 대답하지 않았다. 플레밍은 벙어리들만 채용하나? 그건 아니겠지. 이들은 그저 겁먹고 있을 뿐이다.

"걱정 마. 이런 일을 문제 삼지는 않을 거야."

그는 더 크게 미소 지었다. 입술이 갈라지는 것 같았다.

"제길, 나도 한 대 피우고 싶군. 실내에서는 담배를 피우지 못하거든."

직원들은 길게 타들어 간 담뱃재도 털지 못하고, 스트릭랜드의 눈치를 보았다.

"그런데 얘기 좀 해 주겠나. 어떻게 화면에 잡히지 않게 카메라를 위로 올렸지?"

개목걸이에 쓰여 있는 이름처럼 일꾼들의 이름이 유니폼 위에 수놓여 있었다. 스트릭랜드는 일꾼 중 한 명의 이름을 소리 내어 읽었다.

"욜-란-다. 나한테 얘기해 줄 수 있나? 그냥 궁금해서 그래."

짙은 밤색 머리칼에 밝은 갈색 피부, 검은 눈동자. 얇은 입술이 마치 투덜거리는 것처럼 보였다. 물론 스트릭랜드 앞에서 감히 그럴 수는 없겠지만. 스트릭랜드는 억지 웃음을 누그러뜨렸다. 이건 효과가 있었다. 그는 섬유 유연제 향 너머로 그녀의 땀 냄새를 맡을 수 있었다. 그녀는 그녀를 배신자라 여기는 듯이 쳐다보는 동료들의 시선을 피했다. 그리고 뒤쪽에 있는 한 물건을 가리켰다. 그것은 퓨즈를 날려 버릴 때 사용했던 정교한 장치 같은 것이 아니었다. 빗자루였다. 빌어먹을 빗자루.

순간 스트릭랜드의 머릿속이 VTR처럼 움직였다. 빨리 감았다가, 멈췄다가, 재생했다가, 다시 되돌렸다가, 껐다가 켰다. 그리고 마침내 결정적인 장면에 다다랐다.

"그러니까."

스트릭랜드는 명랑한 척 말하려 했지만 실패였다. 하지만 그는 신경 쓰지 않았다.

"너희 중에 호프스테틀러 박사가 여기 오는 걸 본 사람이 있나?"

7

버스가 오컴 앞에서 정차했고, 젤다가 내렸다. 발걸음은 불안했고 헬멧을 쓴 헌병들이 자신을 잡아가는 건 아닌지 수시로 살피느라 그녀의 목덜미는 뻣뻣하게 굳을 지경이었다. 그리고 수갑을 찬 채 땅에 질질 끌려갈지도 모른다는 생각이 들 때마다 발목을 휘청이기도 했다. 그녀는 온종일 생각만 했다. 일하러 가도 될까? 그냥 아프다고 할까? 아니면 그냥 떠나 버릴까? 젤다는 마음이 약해져서 남편인 브루스터에게 반은 거짓말이고, 반은 그럴듯하게 꾸민 사실을 털어놓았다. 엘라이자가 뭔지는 모르겠지만 하여간 귀중한 물건을 훔쳤고, 자신은 본의 아니게 그 일에 일조했다고 말이다. 젤다의 이야기를 들은 브루스터는 단호하게 말했다.

"그녀를 신고해 버려. 사실이 어떻든 간에 들키면 손해 보는 건 너니까."

하지만 젤다는 자기보다 앞서 걷고 있는 엘라이자를 발견했고, 조금은 안심이 됐다. 좋은 징조였다. 엘라이자는 오컴에서 벗어나기 위해 도시를 떠나고, 젤다에게 모든 짐을 지울 수도 있었다. 하지만 그녀는 그러지 않았다. 엘라이자는 출근 시간에 맞춰 예쁜 구두를 신고 달빛이 비치는 현관으로 걸어가고 있었다. 젤다는 그녀 뒤를 바짝 따라갔다. 그러면서 브루스터가 경고한 수상한 단서들을 찾아보았다. 이를테면 엘라이자가 갑자기 플레밍의 신뢰를 얻기 위해 평소와 다르게 행동하는 모습 같은 것들 말이다. 하지만 그런 일은 벌어지지 않았다.

엘라이자는 탈의실로 들어갔다. 젤다는 그녀를 따라가 벤치 위에 나란히 앉았다. 잠깐 동안 두 사람은 서로를 쳐다보지 않았다. 젤다와 엘라이자 사이에는 바퀴가 삐걱대는 카트가 놓여 있었다. 옷을 갈아입은 엘라이자는 창고로 들어가 자신의 짐을 카트에 싣기 시작했다. 젤다도 그녀 뒤를 쫓아가 똑같이 행동했다. 엘라이자가 손으로 쓰레기봉투 뭉치를 꺼내자 젤다 역시 똑같이 행동했다. 젤다가 유리용 세정제 한 통을 들었다가 다시 제자리에 놓자 엘라이자가 그 통을 바로 들었다. 두 사람은 거의 동시에 움직였다. 젤다가 이전에 마구잡이로 사용하던 솔을 교체하려고 여우 털로 된 새 솔을 집어 들자, 엘라이자가 '탁' 치더니 자신이 그 솔을 쥐었다.

젤다는 자신의 카트만큼이나 엘라이자의 카트에 대해 잘 알고 있었다. 엘라이자는 여우 털로 된 솔은 절대 사용하지 않았고, 따라서 새 솔이 필요하지 않았다. 젤다가 어리둥절해하는 사이 엘라이자의 손가락이 젤다의 손을 감쌌다. 잠시 후 엘라이자의 흰 손가락이 젤다의 갈색 손가락을 감쌌다. 두 손은 서로 색은 달라도 늘 함께하며 같은 일을 해 왔다. 바닥을 문지르느라 못이 박히고, 손톱 밑은 까매졌으며, 독한 세정제 탓에 살이 빨갛게 벗겨진 채로 오컴 유니폼 소매에서 삐죽이 나와 있었다.

젤다는 울음이 터질 것 같았지만 속으로 참았다. 방을 가득 채운 화학 연기의 독성과는 아무런 상관이 없었다. 쏟아질 듯한 눈물은 고요하고도 보이지 않는 용서였다. 탈의실에는 다른 사람들도 있었다. 그 뒤에는 플레밍과 스트릭랜드가 있었고, 그 외 모든 곳은 카메라와 보안 요원들이 지키고 있었다. 젤다는 엘라이자를 안아 주듯이 자신의 손에 겹친 손가락을 살며시 쥐었다. 엘라이자가 젤다에게 여우 털 솔을 넘겨주고, 카트를 밀며 그 방을 떠날 때까지 두 사람의 팔꿈치는 맞닿아 있었다. 젤다는 방에 남아 눈을 감고 연기 사이로 숨을 쉬었다. 살며시 쥐었던 손가락은 그녀가 온몸으로 표현한 포옹이었다. 그것은 위안이었으며, 목구멍을 타고 흐르는 뜨거운 눈물이었다. 인정이자 감사이고, 용서이자 존경의 의미였다. '우리는 여기서 살아남을 거야.' 꽉 쥔 손가락이 말했다. '너와 나는 해낼 수 있어.'

8

우리는 일어나지.

태양은 가 버렸어. 그래도 가짜 태양은 여기에. 여러 날 동안 우리 위의 태양은 가짜 태양이야. 우리는 가짜 태양을 싫어해. 가짜 태양은 우리를 힘들게 해. 하지만 그 여자는 가짜 태양 없이는 장님이야. 그래서 우리는 그녀를 위해 가짜 태양을 좋아하는 척하지. 그녀를 위한 이 동굴은 물이 조금뿐이야. 하지만 우리는 낫기 시작하지. 그리고 지난번 물보다 더 좋은 물이야. 물이 없으면 고통뿐이야. 물은 고요해서는 안 돼. 물은 부드러워선 안 돼. 물은 텅 비어서는 안 돼. 물은 형태를 갖추어서는 안 돼. 물의 형태는 없어.

이 동굴에는 여성과 남성과 음식만 있지. 하지만 굶주려도 괜찮아. 우리는 강 덕분에, 풀 덕분에, 진흙 덕분에, 나무 덕분에, 태양 덕분에, 달 덕분에, 비 덕분에 심하게 굶주린 적이 없지. 굶주림은 삶이야. 그래서 우리는 일어나지. 그리고 가짜 태양은 가까워지지. 남자는 길을 떠나며 가짜 태양을 숨기지 않았지. 우리는 그 남자가 그리워. 그 남자는 좋은 사람이야. 그 남자는 적은 물 곁에 앉아 검은 돌을 사용해 우리와 닮은 작은 쌍둥이들을 만들어 내지. 아주 오래전 강의 사람들은 나뭇가지와 나뭇잎과 꽃으로 작은 쌍둥이들을 만들어 냈지. 쌍둥이는 좋아. 쌍둥이는 우리를 영원하게 만들어 주지. 이제 강의 사람들은 가 버렸어. 그래서 우리는 슬퍼하지만 그 남자는 좋은 사람이야. 그리고 온종일 쌍둥이를 만들지. 그리고 우리에게 더 많은 힘과 더 많은 배고픔을 안겨 줘.

그 여자는 이 동굴에 나무를 심었어. 그리고 진짜 태양 빛이 동굴 밖에서 쏟아져 들어와. 이제 우리는 심어진 나무를 만져. 그리고 그 나무는 우릴 어루만져. 나무는 행복하지. 우리는 나무를 사랑하지. 그리고 그 여자는 또 다른 나무를 벽 위에 심지. 작고 납작한 나무들, 이 나무들은 나무 같은 냄새가 나지 않아. 그리고 행복하지 않아. 그리고 살아 있지 않아. 하지만 여자는 그 나무를 심었고, 우리는 그녀를 위해 이 작고 불행한 나무들을 사랑할 거야. 그녀를 위해. 그녀를 위해.

자유롭게 움직여. 그 어떤 쇠사슬도 우리를 잡지 않아. 우리가 자유롭게 움직인 지 오랜 시간이 흘렀어. 이 작은 동굴은 더 큰 동굴이 됐지. 그리고 여기엔 남자가 있어. 남자는 쌍둥이를 잡고 있어. 그는 우리를 만들어. 그의 눈은 감겨 있어. 하지만 그는 살아서 그만의 방식으로 숨을 쉬지. 그리고 잠자는 소리를 만들어 내지. 좋아. 그리고 우리는 배고파. 하지만 우리는 그 남자를 잡아먹지 않을 거야. 왜냐하면 남자는 좋은 사람이니까.

우리는 여자의 냄새를 맡아. 냄새는 강해. 그리고 또 다른 동굴이 있어. 그녀의 동굴. 그리고 우리는 안으로 들어가고 여자는 거기에 없어. 하지만 그녀의 냄새는 생생해. 그녀의 살갗. 그녀의 머리카락. 그녀의 피. 그녀의 숨결. 가장 강한 냄새는 그녀의 지느러미지. 벽 위에 색색의 지느러미가 가득하지. 우리는 그녀의 지느러미를 사랑해. 그리고 그녀가 지느러미를 잃었을까 걱정해. 하지만 피의 냄새도, 고통의 냄새도, 공포의 냄새도 없고 우리는 혼란스럽지.

배가 고파. 그리고 우리는 남자를 지나쳐. 냄새가 나는 곳을 향해 가지. 반듯하고 크고 하얗지. 우리는 들어 보려 애쓰지만 너무 무겁지. 부수려고 애쓰지만 금도 가지 않지. 밀고 당기고 열리고. 냄새 나는 작은 동굴이야. 그곳만의 가짜 태양을 지닌 동굴. 그리고 우리는 돌을 집어 들지만 그건 돌이 아니야. 쥐어 짜니 부서져 버렸지. 그건 우유야. 우유가 떨어져. 그리고 우리는 이것을 높이 들고 마시니 좋아. 그리고 돌을 씹으니 좋지 않아. 우리는 새로운 돌을 집어 들지. 그 돌이 열리니 그건 달걀이야. 정말 많은 달걀. 그리고 우리는 행복해. 우리는 달걀을 먹어. 그 달걀들은 단단하지 않아. 여자가 준 달걀. 그 달걀은 액체로 된 달걀이야. 하지만 좋아. 그리고 껍질까지 씹기 좋지.

우리는 좋은 음식을 찾아 헤매. 수많은 좋은 음식을. 그리고 남자는 행복하게 잠자는 소리를 내지. 그리고 우리는 행복해. 여기 또 다른 납작하고 크고 하얀 물체가 있고 우리는 더 많은 음식이 있다고 생각해. 그래서 밀고 당기고 열리고. 하지만 그 안에는 음식이 없어. 그 안에는 복도가 있고 복도에서 다양한 냄새가 풍겨 와. 바깥의 냄새, 새의 울음소리. 그리고 벌레 소리. 여자가 돌아온다면 그녀를 잃고 싶지 않아. 그러나 우리는 탐험가야. 탐험은 우리의 본능. 그리고 우리는 진질머리가 나. 우리는 더 강해져. 우리가 탐험을 떠난 지 너무 많은 시간이 흘렀어. 그래서 우리는 떠나.

9

빨간 전화기가 요란하게 울렸다. 벨 소리는 쉽게 멈추지 않을 것이 분명하다. 스트릭랜드는 전화를 받지 않을 생각이었다. 그는 비늘로 뒤덮인 짧은 꼬리를 가진 녀석 때문에 벌어진 상황을 제대로 파악하기 전까지 전화를 받을 수 없었다. 전화는 아마 5분 동안 계속 울릴 것이고, 그런 다음 30분 동안은 잠잠할 것이다. 운이 좋다면 한 시간일 수도 있고. 그러고 나서 다시 벨이 울릴 것이다. 그는 집중해야 했다. 호프스테틀러. 이 트로츠키 빨갱이. 스트릭랜드는 마치 빨간색을 처음 보는 사람처럼 전화기를 노려봤다. 마치 자기 고향의 국기와는 다른 빨강인 것처럼 말이다. 스트릭랜드는 흰 코트를 입고 있는 호프스테틀러를 진땀 빼게 하려고 그가 건네준 서류를 흔들었다. 그리고 서류의 첫 문장만 훑어 보았다. 괴사한 손가락으로는 종이의 감촉을 느낄 수 없었다. 더는 신경 쓰지 않아. 종이는 인간들을 위한 것일 뿐, 정글 신을 위한 것은 아니었다.

"그에 대한 답변이 필요한가요?"

호프스테틀러가 물었다.

"제가 돌아오길 바라신다면……."

"그냥 아무 데로나 가 줄 수 있나, 밥?"

전화기가 계속 울려 댔다. 원숭이들이 울부짖으며, 스트릭랜드의 머릿속을 정신없이 헤집고 다녔다. 스트릭랜드는 종이를 네모나게 접고 씩 웃었다. 호프스테틀러는 그의 눈을 피해 주위를 살피다가 모니터들을 보고 고개를 끄덕였다. 어제 이후 반은 켜져 있고, 반은 멈춰 있었다. 스트릭랜드 자신도 비슷한 느낌이었다. 반은 살고 반은 죽고. 그는 데우스 브랑퀴아를 절실하게 찾고 싶었다. 그의 정맥이 두꺼운 열대식물의 넝쿨로 휘감기는 한이 있더라도.

"조사는 어떻게 진행되고 있죠?"

호프스테틀러가 물었다.

"좋아. 아주 좋아. 곧 좋은 소식이 있을 거야."

"뭐, 아주……"

호프스테틀러는 안경을 고쳐 썼다.

"아주 훌륭하네요."

"밥, 어디 아픈가? 약간 창백해 보이는데."

"아뇨, 전혀요. 날씨가 흐려서 그럴 겁니다, 아마."

"그래? 자네는 역시 소련 출신이라 그런가? 나는 이런 날씨가 마치 고향에 있는 것처럼 느껴져."

전화기와 원숭이들이 계속해서 시끄러운 소리를 냈다.

"글쎄요. 워낙 어린 시절에 떠나온 터라."

"이곳에 오기 전에 어디 있었다고 했지?"

"위스콘신입니다."

"그 전에는?"

"보스턴요. 하버드에서 공부했죠."

"그리고 그 전에는?"

"혹시 제가 대답하는 것을 원하지 않으신다면……"

"이타카. 맞지? 그리고 더럼. 밥, 난 기억력이 좋다네."

"네, 맞습니다."

"인상적이군. 말 그대로야. 내가 자네 파일에서 기억하고 있는 또 다른 사실은 자네가 정년을 보장받은 자리에 있었다는 거야. 사람들은 그 자리를 얻기 위해 열심히 일해, 그렇지 않나?"

"아마 그럴 겁니다."

"그런데 자네는 우리에게 충성하기 위해 그 모든 걸 포기했어."

"그랬죠, 맞습니다."

"놀라운 일이야, 밥. 나 같은 지위에 있는 사람들을 기분 좋게 만드는 일이지."

스트릭랜드는 들고 있던 종이를 찢어 버렸다. 호프스테틀러가 자리에서 벌떡 일어났다.

"내가 놀란 이유가 바로 그거야."

스트릭랜드가 말했다.

"자네는 우리의 소규모 프로젝트에 참여하기 위해 그 모든 명예를 포기했어. 그런데 이제 와서 떠나겠다고?"

빨간 전화기의 벨 소리가 멈췄다. 하지만 전화기의 진동은 12초간 더 이어졌다. 스트릭랜드는 호프스테틀러의 반응을 지켜보며 그 숫자를 셌다. 호프스테틀러는 아파 보였다. 그러나 요즘 들어 오쾸의 모든 사람이 다 그래 보였다. 그에게는 더 확실한 증거가 필요했다. 만약 스트릭랜드가 이 심각한 사태의 원인을 이 잘나가는 과학자 탓으로 돌렸는데, 잘못 짚은 거라면 빨간 전화기의 벨은 더욱 크게 울릴 것이다. 그는 코로 숨을 들이쉬었다. 브라질 북동부의 열기에 그을리는 느낌이었다. 스트릭랜드는 그 열기를 느끼며 호프스테틀러의 눈을 지켜봤다. 정직하지 않은 눈빛이다. 그의 눈동자는 언제나 정직하지 못했다. 땀을 흘리는 것 같았지만,

자신 같은 군인의 눈에 사무직 인간의 절반은 허약해 보이기 마련이었다.

"다시 연구하고 싶습니다."

"아, 그래? 어떤 연구지?"

"아직 결정을 내리지 못했습니다. 언제나 배울 것은 무궁무진하죠. 저는 언제나 계통수* 상의 다세포성에 관심이 많았어요. 아니면 무작위로 흥미로운 대상을 쫓거나 되는 대로 상황에 맞춰서 하려고 합니다. 아, 그리고 우주생물학에도 흥미가 있죠."

"어려운 용어들이군, 밥. 이봐, 내게 좀 가르쳐 주는 건 어떤가? 그 마지막 것 말이지. 우주 어쩌고 하는 거 말이야."

"어떤 게 알고 싶으신 거죠?"

"자네가 교수 아닌가. 강의 첫날, 학생들이 모두 자네를 보고 있다치고. 그럼 뭐라고 말할 텐가?"

"솔직히 이야기하기를 바라신다면 저는……. 예전에 노래를 가르쳤어요."

"솔직한 게 좋지. 솔직히 말하자면 나는 한 번도 자네가 가수라고 생각해 본 적이 없거든."

"그냥 짧은, 어린이 동요였어요."

"설마 자네는 그 짤막한 동요도 불러 주지 않고, 여기서 나갈 수 있을 거라 생각하는 건 아니겠지?"

이제 호프스테틀러는 진짜로 진땀을 흘리고 있었다. 그리고 스트릭랜드는 진심으로 함박웃음을 짓고 있었다. 스트릭랜드는 정신 나간 원숭이

---

*동물이나 식물의 진화과정을 나무의 줄기와 가지 관계로 나타낸 것

가 내는 것 같은 고함이 목구멍에서 튀어나오지 않도록 손으로 입을 막고 있었다. 호프스테틀러는 웃음으로 때우려 했지만, 스트릭랜드는 단호했다. 그는 움찔하면서 무릎에 놓인 자신의 손을 내려다봤다. 시간이 흐를수록 괴로워질 뿐이다. 둘 다 그 사실을 알고 있었다. 호프스테틀러는 목을 가다듬고, 스트릭랜드를 즐겁게 해 주기 위해 노래하기 시작했다.

"별의 색깔은, 확실히 말할 수 있지, 보통은 자신의 온도 때문이라는 것을."

음정이 전혀 안 맞는 이 노래는 호프스테틀러의 소련 억양을 평소보다 더욱 돋보이게 했다. 호프스테틀러도 그 사실을 분명히 눈치챘다. 그는 노래를 마치고 침을 삼켰다. 스트릭랜드가 손뼉을 쳤다. 그의 괴사한 손가락들이 플라스틱 조각처럼 덜렁거렸다.

"좋군, 밥. 한 가지 물어봐도 괜찮다면 말일세, 이 노래의 핵심이 무엇인지 이야기해 줄 수 있겠나?"

호프스테틀러가 몸을 앞으로 숙였다. 여차하면 스트릭랜드를 죽일 수도 있을 만큼 빠른 몸짓이었다. 스트릭랜드는 깜짝 놀라 의자 등받이에 등을 바짝 댔다. 그리고 이런 경우를 대비해 책상 아래에 숨겨 두었던 커다란 칼의 손잡이를 움켜쥐었다. 그는 자신에게 경고했다. 궁지에 몰린 사냥감을 절대로 얕잡아봐서는 안 된다. 아직은 괜찮다. 무기까지 꺼낼 필요는 없다. 호프스테틀러는 의자 끄트머리에 몸을 걸쳤다. 그의 목소리는 여전히 떨리고 있었으나, 공포 때문이 아니었다. 수치심 때문이었다. 그의 목소리는 절벽 끝의 암석처럼 날카롭게 분노의 날이 서 있었다.

"핵심은 그게 사실이라는 겁니다."

호프스테틀러가 딱 잘라 말했다.

"스트릭랜드 씨, 우리는 모두 우주 먼지로 만들어졌습니다. 산소, 수소, 탄소, 질소 그리고 칼슘으로요. 우리 가운데 일부가 마음대로 굴고 우리 국가들이 미사일을 쏴 댄다면 우리는 모두 우주 먼지로 돌아가게 될 겁니다. 우리 모두. 그리고 그때 우리 별은 무슨 색으로 빛날까요? 그게 바로 핵심입니다. 우리 자신에게 묻는 말인 거지요."

이것으로 친근한 척하는 가식적인 수다는 끝이 났다. 두 남자는 서로를 노려봤다.

"자네가 근무하는 마지막 주로군."

스트릭랜드가 천천히 입을 열었다.

"그리울 거네, 밥."

호프스테틀러가 자리에서 일어났다. 무릎이 후들거렸다. 분명 그랬다.

"물론 뭔가 좋은 소식이 있다면 바로 돌아오겠습니다."

"그럴 거라 생각하나? 좋은 소식이 있을 거라고?"

"저야 모르죠. 그렇게 말한 것은 당신이었으니까요."

스트릭랜드는 웃었다.

"그래. 내가 그랬지."

빨간 전화기가 다시 울리기 시작했을 때까지 호프스테틀러는 눈앞에서 사라지지 않았다. 스트릭랜드는 오른쪽 주먹으로 전화기가 흔들릴 정도로 세게 책상을 내리쳤다. 손은 아팠지만, 만족스러웠다. 마치 하늘소나 총알 개미, 타란툴라 같은 아마존의 해충을 손으로 으깬 것처럼 말이다. 스트릭랜드는 또 다시 왼손으로 책상을 쳤다. 괴사한 손가락 때문인지 이쪽은 통증이 거의 없었다. 스트릭랜드는 책상을 치고, 또 쳤다. 가운뎃손가락을 꿰맨 검은 실이 뜯어질 것 같았다. 데우스 브랑퀴아의 봉합처럼. 누가 먼저 떨어져 나갈 것인가? 누가 더 오래 버틸 것인가?

스트릭랜드는 전화기를 집어 들었다. 빨간 전화기가 아니었다. 그는 플레밍의 내선 번호로 전화를 걸었다. 플레밍은 호이트 장군의 심부름꾼이긴 하나, 스트릭랜드의 지휘 아래에 있기도 했다. 플레밍은 벨이 울리자마자 전화를 받았다. 스트릭랜드는 클립보드가 떨어지는 소리를 들었다.

"오늘 호프스테틀러가 이곳을 떠나는 즉시 그를 미행해."

스트릭랜드가 말했다.

10

장난기 어린 동물들처럼 발밑에 있는 나무 사이에서 나오는 가는 잎사귀. 새의 색. 뱀의 색. 벌의 색. 돌고래의 색. 우리는 이것들을 잡으려 하지만 그저 가볍고 경쾌할 뿐이지. 여성은 그것을 음악이라 부르지. 우리 음악과는 다르지. 그러나 우리는 이것을 사랑해. 그리고 우리는 사랑을 밝히고, 이것을 쫓지. 길을 따라 빛과 음악이 깔리네. 우리가 납작하고 크고 하얀 다른 물체를 보게 될 때까지 우리는 밀고 당기고 안으로 들어가니 그건 바로 착한 남자의 냄새가 나는 동굴이야. 그의 피부, 그의 머리칼, 그의 피, 그의 숨결, 그의 아픔. 거기에는 아픔이 있어. 너무 희미해. 남자는 느끼지도 못하고, 냄새를 맡지도 못하지. 이것은 우리를 슬프게 만들지만, 좋은 냄새도 나지. 바로 남자가 우리의 작은 쌍둥이를 만들 때 쓴 검은 돌. 우리는 동굴 전체에 가득 차 있는 작은 쌍둥이들을 보지. 너무 많은 쌍둥이들. 그리고 우리는 쌍둥이를 만지고 우리의 손톱은 검은

색을 문질러 대지. 우리는 검은색을 핥아. 검은색은 좋은 맛이 나지 않아. 그리고 한 남자의 두개골. 두개골 위에는 머리칼. 가짜 태양 같은 가짜 머리칼. 그리고 이는 우리 강에 잠긴 우리를 외롭게 만들지. 수많은 해골이 있어. 죽음이 그 위를 모두 드리우고 있지. 그리고 좋아. 죽음을 아는 건 좋아. 그렇게 인생을 알게 되지.

여기서 더 좋은 냄새를 맡아. 음식의 냄새. 최고의 음식. 생명의 음식. 그리고 우리는 동굴 안에 동물이 있다는 걸 알아. 모든 동물은 우리의 친구. 동물들은 뾰족한 귀와 수염, 긴 꼬리를 가지고 숨어 있다가 모습을 드러내지. 그들의 눈은 우리처럼 빛나. 그들은 우리에게 절을 하지. 자신을 내어놓지. 그들은 아름다워. 우리는 그들을 사랑해. 그들의 희생을 받아들여. 그리고 하나를 잡아들고 움켜쥐지. 그렇게 모든 고통도 없어져. 그리고 우리는 우리의 친구를 먹네. 좋은 일이야. 피. 털. 힘줄. 근육. 뼈. 심장. 사랑. 그리고 우리는 먹고, 우리는 더 강해지고, 우리는 다시 강을 느껴. 그리고 모든 신. 깃털의 신. 비늘의 신. 조개의 신. 송곳니의 신. 발톱의 신. 집게의 신. 나무의 신. 우리 모두는 매듭의 일부. 당신도 없고 나도 없고 오직 우리만이 있지. 우리. 우리. 우리. 우리.

시끄러운 소리. 나빠. 시끄러운 소리. 금이 가. 마치 나쁜 남자와 그 남자의 고통처럼 번개의 막대기를 휘둘러. 그리고 우리는 쉬익 소리를 내고. 몸을 돌려 공격하고. 그리고 나쁜 남자는 고통의 소리를 내지만 우리는 잘못했어. 그건 나쁜 남자가 아니야. 그건 착한 남자야. 착한 남자가 동굴로 돌아왔어. 그리고 우리가 뾰족한 귀와 수염과 긴 꼬리를 가진 그의 친구를 잡아먹는 모습을 봐. 우리는 후회해. 우리는 후회하기로 마음을 바꿔. 색도 후회해. 냄새도 후회해. 피도 후회해. 모습도 후회해. 공격하려는 게 아니었어. 우리는 적이 아니야. 우리는 친구야. 친구. 친구. 그리고 착한 남자는 우리에게 미소를 보내. 하지만 그에게서 나쁜 냄새가 나. 착한 남자는 자기 팔을 들어. 자기 팔을 봐. 그리고 피가 흘러. 많은 피가 흘러. 피가 비처럼 흘러.

11

괴생명체의 프로젝트에 참여하는 사람들에게는 단 한 곳만 빼고 오컴의 모든 방에 접근할 수 있는 특권이 주어졌다. 유일하게 제외된 그곳은 지금 호프스테틀러가 서 있는 여자 탈의실이었다. 여자 탈의실에는 어떤 카메라도 없었다. 호프스테틀러는 감시 카메라가 그의 모든 행동을 감시하기 위해 높은 곳에서 날갯짓하는 괴물 석상처럼 여겨졌다. 탈의실 문 근처에서 서성이는 모습을 들켰다간 변태라는 소문이 돌겠지만, 어차피 근무가 며칠 남지 않았기에 그는 크게 개의치 않았다. 호프스테틀러는 탈의실 안으로 슬며시 들어가 여러 물품이 보관된 낡은 샤워실을 찾아냈다. 그는 가득 쌓여 있는 공업용 세정제 뒤로 몸을 숨겼다.

시끄러운 종소리가 한밤의 교대 근무가 끝났음을 알렸다. 그는 폐기장 교대 근무를 마친 네 명의 여성들이 탈의실에 들어오는 소리를 들었다. 암모니아 냄새 때문에 어지러웠다. 그래도 정신을 잃을 정도는 아니었다. 호프스테틀러는 마지막까지 남은 한 주를 버텨야 한다고 스스로 되뇌었다. 그는 부디 처음이자 마지막이 되길 바라는 마음으로 미할코프에게 거짓 보고를 했다. 주사기가 제대로 효과를 발휘하여 그 괴생명체를 죽였다고 말이다. 보고를 받은 미할코프는 호프스테틀러에게 다음과 같은 보상을 약속했다. 금요일에 집 전화기가 두 번 울릴 것이다. 평소에 가는 곳으로 이동하면 그곳에서 그를 배로 데려가 줄 것이다. 그리고 그 배는 고향인 민스크로, 그를 기다리고 있는 부모님에게 데려다 줄 거라고 했다. 게다가 미할코프는 그 동안 호프스테틀러가 보여 준 용맹스러운 모습을 칭찬하기까지 했다. 그의 본명인 '드미트리'라고 부르면서 말이다.

계속해서 세정제 뒤에 숨어 있다 보니 세정제의 독성 때문에 눈이 따가웠다. 호프스테틀러는 안경을 벗고 눈을 문질렀다. 이러다 기절하는 건 아닐까? 그는 탈의실에서 들려오는 소리에 집중했다. 그는 선천적으로나, 직업상으로도 목록을 만드는 귀재였지만, 여성들의 소리를 구분하는 일에는 서툴렀다. 부드럽게 바스락거리는 소리. 야무지게 단추를 채우는 소리. 섬세하게 딸랑거리는 소리. 그가 모르는 삶의 흔적들이었다.

"이봐, 에스포지토."

남미 억양인 한 여성의 목소리가 교대 근무 알람만큼이나 시끄럽게 울렸다.

"네가 그 남자한테 우리가 바깥에서 담배를 피운다고 얘기했어?"

엘라이자가 수화로 대답하느라 잠시 정적이 흘렀다.

"그 남자 있잖아. 너한테 눈길을 주던 사람."

정적.

"그러니까, 누군가 그 사람에게 우리가 카메라를 움직였다고 말했다잖아. 그리고 우리 가운데 담배를 안 피우는 사람은 너밖에 없어."

정적.

"너는 네가 순진한 줄 알지? 하지만 넌 전혀 순진하지 않아. 뒤통수 조심하는 게 좋을 거야. 내가 널 지켜보고 있으니까. 무슨 말인지 알지?"

발걸음 소리가 점점 멀어졌다. 그리고 그 뒤로 동정 어린 속삭임이 이어졌다. 호프스테틀러는 젤다라는 여자가 속삭인다고 생각했다. 그는 다시 세정제의 독한 냄새를 피하기 위해 숨을 멈췄고, 젤다가 엘라이자 곁을 떠나는 소리가 나길 기다렸다. 그러나 기대와 달리 계단과 현관에서 우르르 움직이는 소리가 들렸다. 아침 근무조가 도착하는 소리였다. 시간이 없었다. 호프스테틀러는 눅눅한 타일 위를 재빨리 기어 방을 가로질렀다. 그리고 주변을 자세히 살폈다. 엘라이자가 의자 위에 앉아 있었다. 젤다는 그녀의 곁에 서서 탈의실 거울을 보며 머리를 빗고 있었다. 기회를 놓칠 수 없었던 호프스테틀러는 엘라이자의 주의를 끌기 위해 손을 흔들었다.

엘라이자는 그가 있는 방향으로 머리를 돌렸다. 그녀는 옷을 걸친 상태였지만 반사적으로 몸을 가렸다. 그리고 그를 발로 찰 것처럼 다리를 들어올렸다. 그녀는 화려한 반짝이가 달린 밝은 초록색 신발을 신고 있었는데, 구두 굽이 타일에 부딪치면서 큰 소리가 났고, 젤다가 몸을 돌렸다. 호프스테틀러를 본 젤다는 소리를 지르기 위해 숨을 들이마셨다. 하지만 엘라이자가 젤다의 블라우스를 와락 붙잡아 그녀를 끌고 샤워실로 들어갔다. 그리고 한 손으로 미친 듯이 손짓을 했다. 여러 의미를 담은 손짓임이 분명했다. 호프스테틀러는 질문을 하기 위해 손을 들었다.

"그 녀석은 어디 있죠?"

호프스테틀러가 물었다.

"우리는 들켰어요."

호프스테틀러의 말에 젤다가 숨을 헐떡였다.

"엘라이자, 그들이 눈치를 챘대."

엘라이자는 짤막한 수화로 젤다의 입을 다물게 했다. 그러고는 호프스테틀러를 가리키며 젤다에게 자신의 말을 전하라고 손짓했다. 젤다는 의심스러운 표정으로 호프스테틀러를 바라보다 짤막하게 말했다.

"집이오."

"그걸 없애야 해요. 지금 당장."

엘라이자가 손짓을 했다. 젤다가 통역했다.

"왜요?"

"스트릭랜드 때문이에요. 그가 거의 다 알아챘어요. 그가 전기봉을 휘두르면 나도 무슨 말을 하게 될지 모른다고요."

호프스테틀러의 말에 엘라이자가 느끼는 공포를 이해하는 데에는 수화가 필요 없었다.

"내 말 들어요."

호프스테틀러가 계속 속삭였다.

"그걸 강으로 옮길 방법이 있어요?"

엘라이자의 표정에서 온갖 감정이 흘러나왔다. 그녀는 고개를 푹 숙여자신의 보석 구두를 내려다봤다. 어쩌면 보석 구두 사이에 놓인 타일들을 본 것일지도 모른다. 몇 분이 흐른 후 그녀는 마치 어떤 힘에 이끌리는 것처럼 무기력하게 손을 들었다. 그리고 애절한 손짓을 보냈다. 젤다는각 단어를 말로 옮겼다.

"부두. 바다로 열림. 수위 9미터에서."

젤다는 호프스테틀러를 애원하듯 바라봤다. 그녀는 이 단어들의 의미를 몰랐지만, 호프스테틀러는 정확하게 이해했다. 이 연약해 보이지만 이루 말할 수 없는 창의력을 지닌 청소부는 괴생명체를 부두로 데려갈 수 있을 만큼 강가 가까이에 살고 있었다. 그러나 그걸로는 부족했다. 만약 가뭄이 계속된다면 괴생명체는 얼마 못 가 뭍으로 밀려 나올 수밖에 없었다. 퍼덕거리는 물고기라니, 스트릭랜드의 손아귀에 잡히는 것보다 나을 게 없었다.

"다른 방법은 없나요?"

호프스테틀러가 애원하듯 물었다.

"그 밴 있잖아요. 그 녀석을 데리고 나갈 때 썼던 차를 타고 바다로 가면……"

그녀는 어린아이같이 머리를 흔들며 거부했다. 눈가에는 눈물이 가득 고였다. 뺨과 목은 붉은 빛으로 달아올랐고, 오직 그녀의 흉터만이 곱고 연한 분홍빛을 유지할 뿐이었다. 호프스테틀러는 그녀의 멱살을 쥐고 흔들고 싶었다. 그녀의 머릿속에서 그 이기적인 마음이 튀어나올 때까지 말이다. 그러나 그럴 기회가 없었다. 전화기가 울리고 누군가 전화를 받고나서, 화가 난 남미 억양으로 소리를 질렀기 때문이었다.

"엘라이자를 찾는 전화라고? 내가 들어 본 이야기 중에 가장 어이없네. 개가 어떻게 전화를 받아?"

"누구야, 욜란다?"

젤다가 물었다. 그녀의 커다란 목소리는 호프스테틀러를 실망감에서 빠져나오게 해 줄 정도로 컸다. 호프스테틀러는 그녀가 일자리를 잃거나 아니면 더 나쁜 일이 벌어질지도 모른다는 공포 때문에 넋이 나간 거라고 생각했다. 하지만 세 사람이 처한 이 최악의 상황에서도 엘라이자를 강한 암사자처럼 보호하는 젤다의 모습은 호프스테틀러에게 있어서 커다란 선물로 다가왔다. 바로 희망이었다.

젤다의 갈색 눈동자는 호프스테틀러에 대한 경고로 불타고 있었다. 그녀는 엘라이자를 끌고 밖으로 나갔다. 호프스테틀러는 물러나는 수밖에 없었다. 그는 아침 근무조가 탈의실을 채우기 전에 이 탈의실에서 빠져나가야 한다는 것을 알고 있었다. 또한 이러한 위험을 견뎌야 하는 날이 사흘이나 더 남았다는 것을 알고 있었으며, 지극히 감정적인 엘라이자 덕에 오늘 밤 잠을 이루지 못하리라는 것도 알고 있었다. 어쩌면 두 번 다시 잠을 자지 못할 수도 있고. 그는 욜란다가 마지막으로 불평을 늘어놓는 동안 세정제 뒤로 몸을 숨겼다.

"나는 여기 직원이야, 젤다. 통신 회사가 아니라고. 전화한 사람이 제리였던가? 제레미? 자일스? 젠장, 내가 왜 이걸 기억해야 하지?"

12

엘라이자가 수백, 수천 번 자일스의 아파트에 들어설 때마다 실내는 늘 두꺼운 갈색 천과 백랍 같은 회색으로 채워져 있었다. 하지만 지금은 빨간색이었다. 바닥과 벽은 온통 피범벅이 되어 있었다. 냉장고에도 피 묻은 손자국이 찍혀 있었다. 엘라이자는 이것들을 뒤로 하고, 급하게 집 안으로 들어섰다. 그녀는 자신의 초록 구두가 양탄자와 리노륨 바닥을 가로지르며 남긴 피 묻은 발자국을 망연자실하게 바라봤다. 그녀는 몸을 지탱하기 위해 자일스의 제도용 책상을 붙잡았다. 그리고 묶여 있던 고양이를 내보냈다. 그녀는 핏자국이 어디로 이어졌는지 알아내려고 노력했다. 핏자국은 사방으로 나 있었다.

뒷문 역시 마찬가지였다. 그녀는 그 뒤를 쫓아 가느다란 핏자국이 자일스의 집 문에서 그녀 집의 문까지 이어지는 것을 보았다. 그녀는 자신의 집 문을 벌컥 열고 들어갔다. 자일스가 소파 위에 쓰러져 있었다. 엘라이자는 자일스의 곁으로 달려가 피로 얼룩진 검은 목탄 그림 위에 무릎을 꿇었다. 자일스의 얼굴은 창백했다. 그는 천천히 눈을 끔벅거리며 떨고 있었다. 왼쪽 팔에는 파란색 목욕수건을 두르고 있었는데, 파란 수건은 피에 젖어 보라색을 띠고 있었다. 엘라이자는 욕실로 눈을 돌렸다.

"그는 여기에 없어."

자일스가 쉰 소리로 말했다. 엘라이자는 두 손으로 그의 얼굴을 잡았다. 그는 따뜻했고 차갑지 않았다. 그녀는 자일스에게 눈으로 물었다. 그러자 그는 옅은 미소로 답했다.

"배가 고팠나 봐. 그런데 내가 그를 놀라게 했지. 그는 야생의 존재야. 다른 방식으로 살아갈 수 있으리라 기대해서는 안 됐는데 말이지."

해야 할 일이 있다면 빨리 해치워 버리자고 그녀는 스스로에게 말했다. 그녀는 끈적해진 목욕수건을 잡고, 그의 팔에서 천천히 떼어 냈다. 손목에서부터 팔꿈치까지 베인 자국이 가느다랗게 나 있었다. 괴생명체의 날카로운 손톱이 새겨 놓은 것이었다. 상처에서는 피가 흐르고 있었지만, 쏟아지는 정도는 아니었다. 엘라이자는 황급히 욕실로 달려가 선반에서 깨끗한 수건을 꺼냈다. 그리고 다시 돌아와 자일스의 팔을 감쌌다. 팔을 감싸는 천의 소용돌이 모양이 바다의 거품을 떠오르게 했다. 이 순간조차 그녀는 물에 대한 생각을 떨쳐 버릴 수 없었다. 자일스는 움찔하면서도 싸구려 가면 같은 미소를 계속 띠고 있었다. 그는 그녀의 뺨에 축축한 손바닥을 댔다.

"내 걱정은 하지 마. 가서 그를 찾아. 아마 멀리 가지 못했을 거야."

엘라이자는 무얼 해야 할지 몰라 주춤거리다가 복도로 뛰어나갔다. 곳곳에 남아 있는 핏자국 말고, 다른 것을 찾는 것이 쉽지 않았다. 하지만 그녀는 마음을 다잡고는 핏자국이 어디로 이어지는지 유심히 살펴보았다. 그리고 비상 계단 입구 쪽에 엉겨 붙어 있는 핏자국을 발견했다. 밖으로 나간 것일까. 괴생명체는 분명 겁에 질렸을 것이다. 그때 아래층 극장에서 팡파르가 울렸다. 그녀가 F-1에서 틀어 주던 음악 소리와 비슷했다. 엘라이자는 밖으로 달려 나갔다. 철제 계단을 너무나 빠르게 내려간 탓에 거꾸러지는 엘리베이터를 탄 것처럼 어지러웠다. 그녀는 골목을 빠져나와 인도를 따라갔다. 그러다 극장 간판 불빛에 눈이 부셔 입구 쪽의 벨벳으로 된 밧줄에 걸리고 말았다. 화려한 불빛 아래로 몇 안 되는 핏자국이 보였다. 핏자국은 극장 안으로 이어졌다. 엘라이자는 매표소를 쳐다봤다. 아르주니안이 매표소를 지키며 하품을 하면서 졸음과 싸우고 있었다.

엘라이자는 두렵지 않았다. 그녀는 자신의 발을 내려다봤다. 묵직한 버클이 달린 초록색 에메랄드 빛 구두, 넓고 단단한 굽이 달린 메리제인 구두라면 춤을 추기에 나쁘지 않을 거라고 스스로를 다독였다. 그녀는 텔레비전 볼륨이 꺼진 보쟁글스였다. 오컴의 수많은 멍청이들을 홀린 것처럼 아르주니안도 홀릴 수 있을 것이다. 엘라이자는 아르주니안의 눈을 피해 극장 안으로 들어갔다.

발 아래로 다 해진 카펫이 나바호 인디언식 테라초* 바닥으로 이어졌다. 엘라이자는 목을 길게 빼고 먼지 낀 벽화를 그려 넣은 돔 천장을 바

*대리석을 골재로 한 콘크리트 바닥

360

라봤다. 아르주니안은 이 돔 천장 아래로 40년대와 50년대 유명 인사와 정치인, 그리고 산업계 거물들이 모였다고 했다. 이 아케이드가 중요한 장소였던 시절, 그리고 위층 사무실들이 닭장 같은 아파트로 개조되기 전에 말이다. 극장 안 로비의 조명은 지나치게 밝았다. 엘라이자는 괴생명체가 어두운 실내를 좋아한다는 것을 떠올렸다.

상영관 안에는 현란하게 돌아가는 영사기 불빛이 넘실거리고 있었다. 은막과 발코니 석, 그리고 천장을 수놓은 샹들리에는 실내를 웅장한 교회처럼 보이게 만들었다. 하지만 1,200개의 좌석 중에서 단 하나의 뒤통수도 찾아 볼 수 없었다. 엘라이자가 소녀였던 시절에 그녀는 이곳을 흠모했었다. 아름다운 환상의 삶을 만드는 데 필요한 것들을 이곳에서 찾았고, 지금 이 순간 운이 좋다면 이곳에서 그 잔재를 찾을 수 있을 것이다.

엘라이자는 몸을 구부린 채 복도를 따라 살금살금 움직였다. 화면에서는 영화 〈사막의 여왕(The story of Ruth)〉의 마지막 장면이 흐르고 있었다. 소란스러운 대화와 모든 배경 음악을 제외하고는 엘라이자가 잘 모르는 성경의 서사시를 담은 영화였다. 어둑어둑한 의자 사이를 좌우로 살피면서 그녀는 눈으로 영화를 훑었다. 남자 노예 한 무리가 채석장에서 통방울처럼 생긴 눈을 가진 거대한 이도교 석상 아래에서 땀을 흘리며 돌을 내려치고 있었다. 그러니까 이게 카마슈구나. 방바닥을 통해 가끔 울림이 전해지면 듣게 되는 이름이었다. 이런 것이 신이라면 그녀의 괴생명체는 훨씬 덜 두려운 존재일 것이다.

엘라이자의 눈에 첫째 줄과 둘째 줄 사이에서 허우적대는 검은 그림자가 들어왔다. 그녀는 영사기 불빛 아래로 몸을 수그렸다. 그곳에 그가 있었다. 그는 두 무릎을 가슴팍까지 바싹 당기고 팔로 머리를 감싼 채 앉아 있었다. 엘라이자는 그 줄을 향해 종종걸음으로 다가갔다. 그러나 삐걱거리는 구두 굽 소리 때문에 몰래 다가가는 데 실패했고, 괴생명체가 날카로운 소리를 냈다. 그녀가 처음으로 달걀을 들고 다가갔을 때 들었던 단호한 경고였다. 이 위협적인 소리에 그녀는 멈춰 섰고, 몸은 얼어붙는 듯한 공포를 느꼈다. 이 우월한 존재 앞에 배를 내보이며 항복했던 수많은 야수처럼.

고통의 울부짖음이 터져 나왔다. 마치 밀림 지대의 음향 같은 그 울부짖음은 스피커에서 울려 퍼지고 있었다. 노예들이 돌로 된 우상을 움직이도록 그들의 등을 채찍으로 내리치는 소리였다. 괴생명체는 마치 스스로 두개골을 부수려고 하는 듯이 손으로 머리를 감싸 쥐었다. 엘라이자는 무릎을 꿇고, 끈적끈적한 바닥을 기어갔다. 쏟아지는 영사기 불빛에 괴생명체의 눈이 만화경처럼 빛났다. 그는 뒷걸음질치려 했지만, 무릎에 걸려 비틀거리며 숨을 헐떡였다.

귀가 멀 것만 같은 굉음에 엘라이자는 화면을 보지 않을 수 없었다. 카마슈 석상이 쓰러지면서 비명을 지르는 노예들을 덮쳤다. 그러자 괴생명체는 개처럼 가련한 소리를 내며 몸을 떨었다. 아마도 이 영화에서 벌어지는 고통스러운 장면이 자신 때문이라고 걱정하는 듯했다. 그는 뒤로 물러나는 엘라이자에게 다가갔다. 그녀는 미끄러지듯 바닥을 기어가 그를 자신의 팔로 감쌌다. 그의 몸은 차가웠다. 그리고 말라 있었다. 그의 아가미가 그녀의 목덜미 근처에서 파르르 떨렸다. 사포처럼 거칠었다. 30분. 호프스테틀러는 그가 버틸 수 있는 시간에 대해 그렇게 경고했었다. 비상구가 보였다. 골목으로 바로 통하는 문이었다. 그녀는 그를 끌어내 층계를 올라가 안전한 곳으로 돌아갈 것이다. 그리고 이 세상에서 절대로 안전할 수 없는 이 아름답고 슬픈 괴생명체를 그저 단 몇 초라도 더 안아 줄 것이다.

13

엘라이자는 손이 아프도록 '병원'이라고 손짓했다. 그러나 자일스는 이를 거부했고, 그녀는 그 이유를 알고 있었다. 의사들이 자일스의 상처를 보면 동물의 발톱 때문이라고 알아챌 게 분명했다. 이런 경우 동물 단속에 대한 규정에 따라 아르주니안을 찾아갈 것이며, 아케이드 아파트 주민 중에 위험한 짐승을 숨기고 있는 이가 있는지 조사할 것이다. 그리고 그 범인이 엘라이자라는 것을 알아낼 것이다. 엘라이자와 자일스는 주(州) 정부가 위험한 짐승을 어떻게 처리하는지 알고 있었다. 부적합한 주인으로부터 빼앗고, 안락사를 시킬 게 분명했다.

어쩔 수 없이 엘라이자는 자일스의 요청을 따랐다. 요오드와 반창고로 대충 필요한 처치를 시작했다. 자일스는 치료를 받는 중간에 농담을 던지면서 그가 화나지 않았다고 누누히 말했지만, 엘라이자의 마음을 안심시키는 데는 거의 도움이 되지 않았다. 자일스가 키우던 고양이 중 한 마리는 잡아 먹혔고, 자일스가 입은 상처는 어떤 바이러스에 감염됐는지 알 수 없었다. 자일스는 노쇠하고, 그다지 건강한 사람도 아니었다. 그에게 무슨 일이 벌어진다면, 전부 그녀의 잘못일 것이다. 그녀, 그리고 그녀가 제대로 보듬지 못한 사랑. 그녀가 사랑하는 이는 역시 야생 동물이었다. 동물 구조대가 도착하면 우리에 갇혀야만 하는 열등한 괴생물체.

엘라이자는 자일스에게 수프와 물을 주며 그가 제대로 소화할 수 있는지 살폈다. 그러다 둘은 욕조에서 물이 주르륵 흐르는 소리를 들었다. 엘라이자와 자일스는 서로를 바라보았다. 그들은 괴생명체가 소리 없이 물속에서 움직일 수 있다는 사실을 알고 있었다. 그는 지금 일부러 두 사람에게 자신이 일어섰다고 알리는 것이었다. 자일스는 면도칼을 쥐듯이 숟가락을 움켜잡았다. 그리고 이런 모습은 엘라이자의 마음을 아프게 했다. 모두가 변하고 있고, 나아지는 것은 없다.

괴생명체가 욕실을 빠져나오는 데까지 꼭 1분이 걸렸다. 그는 천천히 터벅터벅 걸어 나왔다. 고개는 아래로 푹 숙인 채, 아가미는 유순하게 납작하게 편 상태였다. 그리고 치명적인 손톱은 허벅지 뒤쪽으로 숨겨 보이지 않았다. 지느러미가 달린 등을 순종적으로 구부린 그는 마치 스트릭랜드의 콘크리트 기둥에 묶여 있던 때처럼 한쪽 어깨를 계속 벽에 대고 있었다. 엘라이자는 그가 영원불멸의 삶을 살면서 처음으로 후회라는 감정을 알게 됐다고 확신했다. 그래서 두 팔을 벌리고 자리에서 일어났다. 그의 사과를 받아들이는 만큼 그가 자신의 말없는 사과를 받아 주기를 간절히 바랐다.

그녀를 바라보는 것을 두려워하는 이 괴생명체는 두 팔을 벌린 그녀 앞에서 몸을 수그렸다. 너무 심하게 몸을 떠는 나머지 비늘이 바닥으로 떨어져 나갈 정도였다. 바닥에 떨어진 비늘들은 극장 천장을 별자리처럼 수놓았던 조명만큼이나 밝게 빛났다. 그는 채찍질 당한 카마슈의 노예들처럼 느릿느릿 방을 가로질렀다. 그는 테이블에 앉은 자일스와 키를 맞추기 위해 머리를 낮췄다. 자일스는 고개를 저으며 손을 들었다.

"제발."

자일스가 말했다.

"자네는 아무런 잘못이 없어."

괴생명체는 감추고 있던 손을 앞으로 천천히 내밀었다. 너무나 천천히 움직여서 자일스는 날카로운 손톱을 안으로 감춘 열 개의 손가락이 자신의 팔에 닿는 순간을 알아채지 못할 정도였다. 자일스는 엘라이자를 바라봤다. 그녀 역시 자일스의 혼돈과 희망에 공감하며 그를 바라보았다. 그들은 괴생명체가 자일스의 팔을 마치 아기를 안듯 부드럽게 들어올려서 자신의 얼굴 아래로 가져가는 모습을 지켜봤다. 괴생명체의 부드러운 움직임에도 불구하고 그 자세는 어쩐지 불안해 보였다. 곧 자일스의 팔을 먹어 버릴 것 같은, 꾸지람을 들은 어린아이가 억지로 밥을 먹는 모습과도 같았다.

하지만 그 후에 일어난 일은 폭력적이라기보다는 매우 기이했다. 그는 자일스의 팔을 핥았다. 사람의 혀보다 길고 넓적한 혀가 턱 바깥쪽으로 쑥 나오더니 붕대 위를 휘감았다. 자일스는 입을 옴찔거렸지만, 실제로 무언가 말을 하기에 너무 놀란 것처럼 보였다. 엘라이자 역시 마찬가지였다. 허공을 휘젓는 그녀의 손은 아무런 단어도 만들어 내지 못하고 있었다. 괴생명체는 자일스의 팔을 돌려가며 혀로 핥았다. 붕대가 흠뻑 젖어, 말랐던 피가 다시 액체가 될 때까지 말이다. 괴생명체는 그 피를 말끔하게 모두 핥았다. 그는 번들거리는 팔을 자일스의 무릎 위로 되돌려놓고 천천히 몸을 구부렸다. 그리고 이별의 입맞춤이라도 하듯 자일스의 머리 꼭대기를 핥았다. 의식은 그렇게 마무리됐다. 자일스는 눈을 끔벅이며 괴생명체를 올려다봤다.

"고맙네."

괴생명체는 반응하지 않았다. 엘라이자가 보기에 그는 부끄러워서 움직이지 못하는 것 같았다. 물 안에 잠겨서만 진정으로 안정을 느낄 수 있는 존재에게 오늘 하루는 너무도 길었다. 그의 아가미와 가슴이 부풀어 올랐고, 덜덜 떨리기 시작했다. 엘라이자는 자일스의 팔을 씻어 내고 다시 요오드를 발라 준 후 멸균 붕대를 다시 감아 주고 싶었다. 그러나 그것은 괴생명체를 모욕하는 일이라는 생각이 들었다. 그녀는 그에게 가까이 다가가 굽은 등에 손을 올렸다. 그리고 욕실을 향해 부드럽게 그를 떠밀었다. 그는 자일스를 향해 정중히 무릎을 꿇은 채 뒷걸음질치면서 욕실로 향했다. 그녀가 보았던 중 가장 우아하지 못한 모습이었다. 괴생명체가 욕실 문을 잘 통과할 수 있도록 팔을 잡아끌어야만 했고, 그의 어깨에 부딪친 공기 청정 식물이 휘청거렸다.

그녀는 그를 욕조 안에 앉혔고, 그의 얼굴이 수면 아래로 잠겼다. 그러나 그의 눈은 여전히 형형하게 빛났다. 엘라이자는 그의 시선을 외면하느라 소금을 물에 부었지만, 여전히 자신을 바라보는 괴생명체의 시선을 느낄 수 있었다. 살아가면서 그녀는 종종 길거리에서나 버스 안에서 그녀의 몸을 훑는 남자들의 불쾌한 시선을 느꼈다. 그러나 이번엔 달랐다. 기분이 좋았다. 물에 소금을 풀기 위해 욕조에 다가갔을 때 둘의 눈이 마주쳤다. 아주 잠시였지만 그 찰나에도 그녀는 그의 눈에서 감사함과 경탄을 모두 읽을 수 있었다. 기이한 일이었다. 그녀가 그를 경탄하게 만들다니! 어떻게 그것이 가능할까? 그는 지구상에 사는 가장 놀라운 존재인데. 엘라이자는 물을 휘젓는 일을 멈췄다. 그녀의 손이 그의 얼굴 곁에 있었다. 그녀는 손바닥을 오므려 그의 뺨을 감쌌다. 부드러웠다. 그녀는 그 어떤 과학자들도 이 사실을 보고서에 기록하지 않았을 거라 확신했다. 그들은 오직 치아와 손톱과 척추만을 기록했을 테니까. 그녀는 그를 어루만졌다. 그녀의 손이 그의 목과 어깨 위를 미끄러지듯이 움직였다. 물 때문에 그의 체온은 공기 온도와 같아졌다. 아마도 그 때문에 그녀는 그의 손이 자신의 팔을 감싸고 팔꿈치 안쪽의 부드러운 살갗에 닿을 때까지 깨닫지 못했다. 그의 손바닥을 덮은 비늘은 아주 작은 칼날과도 같아서 언제나 그녀의 피부에 가벼운 생채기를 냈다. 그리고 이번에도 그의 손톱들은 그녀의 팔꿈치 위쪽을 하얗게 긁어 놓았다.

자일스의 상처를 치료한 후 엘라이자는 집으로 돌아와 거즈처럼 얇은 셔츠로 옷을 갈아입었었다. 괴생명체가 그녀의 팔에서 가슴 쪽으로 손을 움직이자 셔츠는 마법처럼 금방 젖어 버렸다. 먼저 한쪽 가슴이, 그 후 다른 쪽 가슴이 피부에 착 달라붙어 묵직하게 느껴졌다. 그녀는 그의 손길 아래에서 벌거벗은 듯한 느낌이 들었고, 가슴을 조이는 전율을 느끼며 제대로 숨을 쉴 수 없었다. 하지만 불쾌하다는 느낌은 전혀 들지 않았다. 그는 언제나 그녀 앞에서 나체였고, 이제야 비로소 엘라이자 자신도 자연스러운 상태가 된 것 같았다.

욕실 바닥이 밝게 빛나기 시작했다. 〈사막의 여왕〉이 시작된 걸까. 그녀는 영사기가 다음 회차의 영화를 상영하기 위해 돌아가기 시작했다고 생각했다. 그러나 음악이 들리지 않았다. 빛을 내는 것은 괴생명체였다. 그의 몸에서 나오는 빛 때문에 물은 분홍빛으로 바뀌었다. 플라밍고처럼, 피튜니아 꽃처럼, 그리고 그녀가 음성 자료를 통해서만 알고 있는 세상의 수도 없이 많은 동물과 식물처럼. 릭릭, 추카추, 쿠루쿠루, 지지지. 그녀는 몸을 구부렸다. 그리고 그녀의 가슴 전체를 감쌀 만큼 넓은 그의 손바닥에 몸을 맡겼다.

어딘가 먼 곳에서 자일스가 고통으로 앓는 소리가 들려왔다. 엘라이자는 자신이 눈을 감고 있다는 것을 깨달았다. 그녀는 눈을 떴다. 그리고 온몸으로 움직이고 있다는 것을 알았다. 그녀는 머리카락이 욕조에 잠길 정도로 욕조 위로 몸을 구부리고 있었다. 그녀는 계속 나아가고 싶었다. 물에 빠져 목숨을 잃을 때까지 몸을 기울이고 싶었다. 몇 번이고 꿈속에서 그랬던 것처럼. 그러나 자일스가 다쳤고, 그녀는 그를 책임져야만 했다. 이 특별한 괴생명체가 그 부위를 핥았으니 자일스의 상처를 다시 치료해야만 했다. 그녀는 안간힘을 써서 몸을 일으켰다. 괴생명체의 손이 그녀의 배를 스쳐 지나갔고, 소리를 내거나 물방울이 튀는 일도 없이 물안으로 다시 들어갔다.

엘라이자는 거실로 나가기 전에 젖은 셔츠 위에 목욕 가운을 걸쳤다. 그러나 바로 자일스에게 가지 않았다. 그녀는 자일스를 지나 아파트를 가로질러 부엌 창문으로 향했다. 그리고 창문에 이마를 댔다. 손바닥으로 유리를 눌렀다. 시야가 흐려졌으나, 눈물 때문이 아니었다. 유리창 위로 작은 물방울이 맺혀 있었고, 창문을 따라 물줄기가 흘렀다. 비가 내리고 있었다. 어쩌면 그녀가 울고 있는 것일 수도 있다.

14

스트릭랜드는 다치지 않은 손으로 TV 다이얼을 돌렸다. 화면이 흐릿하고 우중충해 보였다. 이런 쓰레기 같으니라고. 그는 한때 코스키우스코 전자라고 불렸던 TV에 욕을 퍼부었다. 코드가 문제일까? 배선일까? 아이 가운데 한 녀석이 주스를 쏟았나? 그는 문제의 원인을 끄집어내기 위해 TV 뒤판을 뜯어낼까 고민했다. 그러다가 TV 내장 장치가 오컴의 회로를 날려 버린 후 까맣게 타 버린 그 장치처럼 생겼을지도 모른다는 비이성적인 공포에 사로잡혔다. 그는 결국 그 장치가 무엇인지 알아내지 못했다. 그러면서 어떻게 TV의 문제가 무엇인지 밝혀낼 수 있을 거라고 생각했을까?

그래, 날씨 때문에 신호를 잡지 못하는 것일 수도 있지. 이맘때는 늘 볼티모어에 있었지만, 이렇게 심하게 비가 내리는 건 처음이었다. 비는 온종일 공격적으로 쏟아졌다. TV의 안테나는 지붕에 있었다. 그가 오컴에서 잠시 보았던 우주 캡슐 트랜스시버* 중 하나처럼 거미 모양이었다. 지붕에 올라가 비를 맞으며 어떻게든 고쳐 볼까 하는 생각도 해 봤다. 비바람이 더욱 거세지는 것을 바라보면서. 번개 치는 모습을 비웃으면서. 인간으로서 떠올릴 수 있는 아찔한 위험을 무릅쓰는 장면을 상상하면서.

거실 안은 어수선했다. 태미는 강아지에 대해 종알거리고 있었고, 티미는 TV에서 보난자(Bonanza)라는 프로그램이 보고 싶다고 했다. 레이니는 방금 상자에서 꺼내자마자 버린, 주황색의 몽글거리는 젤리 파르페에 대한 농담을 던졌다. 요즘 아이들이 먹는 음식은 대부분 상자에서 꺼낸 것들이었다. 왜일까? 스트릭랜드는 그 이유를 알고 있었다. 무엇을 하고 돌아다니는지 모르겠지만, 그의 아내가 하루 중 대부분의 시간 동안 집을 비우기 때문이다. 어쩌면 집에 들어오지 않는 것이 나을 뻔했다. 그냥 사무실에서 또 다른 밤을 보내는 것이 나을 뻔했다.

*근거리 통신용 소형 무전기

네 시간 전, 결국 호이트 장군은 오컴에 전화를 걸어 왔다. 끔찍한 건 그가 전화를 건 대상이 플레밍이었다는 사실이다. 플레밍에게 전달된 메시지는 명료했다. 지금부터 24시간 내로 괴생명체를 찾아라. 그렇지 않으면 지금까지의 경력은 완전히 끝장날 것이다.

끝장난다는 것은 무슨 뜻일까? 군법 회의인가? 영창인가? 더 안 좋은 상황이라면? 무슨 일이든 벌어질 수 있다. 스트릭랜드는 공포에 질렸다. 그래서 그는 사무실을 나와 자신의 고물 캐딜락에 올라탔다. 오컴에 있는 사람들이 분명 휘파람을 불어 대며 비웃을 만한 몰골의 차였다. 그는 차를 몰고 집으로 돌아왔다. 집에 도착하자마자 플레밍이 전화를 걸어 왔다. 그는 스트릭랜드가 명령한 대로 호프스테틀러의 뒤를 추적했다. 개는 구린내를 기막히게 잘 맡는 법이다. 역시 플레밍은 개였다. 플레밍은 호프스테틀러가 이삿짐을 다 싸 놓은 빈집에서 사진을 입수했다고 말했다. 또한 그가 미할코프라는 이름의 소련 담당관과 연관이 있다고 말했다. 데우스 브랑퀴아는 아직 이 나라, 어쩌면 이 도시조차 뜨지 못했을 것이다. 스트릭랜드는 그곳에 있어야 했다. 바로 지금, 이 밤중에, 이 비가 오는 와중에, 괴생명체를 찾아내고, 그의 운명을 지키기 위해 이 모든 것을 종결지어야 했다. 하지만 그는 그렇게 하는 대신 계속 채널을 돌렸다. 도대체 보난자는 어디에서 나오는 거지?

"보난자는 어른들이 보는 거예요. 그냥 도비 길리스나 봐요, 우리."

레이니가 말했다. 스트릭랜드가 움찔했다. 그가 보난자가 나오는 채널을 찾는다며 소리 내어 말했던 게 분명했다. 그는 레이니를 바라봤다. 그녀의 눈빛을 참을 수가 없었다. 어제 그녀는 새로운 머리 스타일을 하고 집으로 돌아왔다. 올림머리는 아마존의 마체테로 잘라 버린 듯 온데간데없이 사라지고 대신 소녀처럼 머리카락 끝이 목 주위에서 부드러운 곡선을 이루는 스타일로 바꾸었다. 하지만 그녀는 소녀가 아니었다. 그녀는 자신의 아이들을 낳은 엄마였고 그의 아내였다.

"하지만 아빠가 보난자를 봐도 된다고 했단 말이에요!"

티미가 소리쳤다.

"티미가 보난자를 보면 저한테는 강아지를 사 주세요."

태미가 우겼다. 닥터 킬데어, 페리 메이슨, 플린스톤 가족. 거기서 거기인 똑같은 프로그램들과 제대로 나오지 않는 채널들. 그게 다였다. 그는 천둥이 전해 주는 떨림을 느꼈다. 창문을 바라봤다. 비 말고 보이는 것이 없었다. 방충망으로 달려드는 벌레들처럼 빗방울이 유리창에 부딪치고는 방울방울 흘러 씻겨 내려갔다. 그 역시 마찬가지였다. 그의 경력, 그의 인생 모두. 미국적인 행복에 대한 풍자, 빌어먹을 놈의 젤리 파르페, 상상 속의 강아지, 어느 채널에서도 나오지 않는 서부 영화.

"강아지는 영원히 키울 수 없어. 강아지가 어떻게 되는지 아니? 강아지는 개가 돼."

스트릭랜드가 말했다. 의사, 변호사, 원시인. 그는 화면에 비치는 자신의 모습과 TV에 나오는 캐릭터들이 혼동됐다. 그는 의사였고, 변호사였고, 원시인이었다. 그는 퇴화하고 사라져 가는 사람이었다. 그는 이성이 바스러지면서 원시적인 충동이 솟구쳐 오르는 것을 느꼈다. 메스, 판사봉, 그리고 방망이.

"리치드."

레이니가 말했다.

"적어도 우리 그 이야기는 이미 한 거……."

"개는 야생 동물이야. 길들일 수는 있겠지. 어쩌면 길들였다고 확신할 지도 모르고. 하지만 어느 날, 그 개는 본능을 드러낼 거야. 그리고 물어 버릴 거라고. 당신이 원하는 게 그거야?"

스트릭랜드는 궁금해졌다. 데우스 브랑퀴아가 개였나? 아니면 내가 개였나?

"아빠!"

티미가 두 팔을 허우적댔다.

"방금 그 채널 지나갔다고요!"

"내가 뭐랬니, 티미!"

레이니가 꾸짖었다.

"그 드라마는 너무 잔인하다고."

많은 사람들이 수술실에서 죽고, 감옥에서 죽어 나간다. 모든 생물의 종이 죽어 나간다. 세 개의 채널이 빠르게 돌아갔다. 화면은 유령처럼 흐릿하거나 여러 겹이 겹쳐 나타났고, 알 수 없는 잡음의 지옥이 이어졌다. 그는 다이얼 돌리는 일을 멈출 수가 없었다.

"보난자는 잔인하지 않아!"

그는 고함을 질렀다.

"이 세계가 잔인하지. 나한테 물어보렴. 봐도 될 것인지 말이야. 유일하게 봐도 되는 거지. 팀, 남자가 되고 싶니? 그러면 눈으로 문제를 확인하고 해결하는 방법을 배워야 해. 그리고 필요할 때는 상대방의 얼굴에 대고 총을 갈겨 버려야 한다고!"

"리처드!"

레이니는 채 말을 잇지 못했다. 그 순간 다이얼의 손잡이가 툭 떨어져

372

버렸다. 스트릭랜드는 말문이 막혀 그걸 바라봤다. 플라스틱 자체가 부서져 버려서 다시 붙일 방법이 없었다. 그는 손잡이를 카펫에 떨어뜨렸지만, 떨어지는 소리도 나지 않았다. 아이들 역시 아무 소리도 내지 않았다. 레이니도 마찬가지였다. 모두가 말이 없어졌다. 마침내 말이다. 그가 가족들에게 원했던 모습이었다. 유일한 소음은 다이얼이 고장 나면서 멈춰 버린 채널에서 지지직거리는 소리뿐이었다. 그것은 빗소리처럼 들렸다. 스트릭랜드는 자리에서 벌떡 일어났다. 그래, 비다. 열대 우림. 그곳이 그놈이 있었던 곳이다. 진짜 집이 거기 있으니 여기서는 겁쟁이가 되었던 것이다.

그는 현관으로 나가 문을 열었다. 타닥타닥 내리던 비는 이제 포효하듯이 쏟아졌다. 좋아, 좋아. 더 자세히 귀를 기울이자 호이트의 심부름꾼인 원숭이들이 젖은 나무 사이를 넘어 다니며 그가 해야 할 일을 지시해 주는 소리가 들렸다. 시체가 묻혀 있는 영동의 금광을 향한 스트릭랜드의 귀환이었다. 그랬다. 그는 숨을 쉬기 위해 공기를 찾을 수 있을 때까지 살점을 파헤치고, 뼈를 부러뜨릴 것이다. 갈기갈기 찢기는 사람이 누구인지는 더 이상 중요치 않다.

일 분 뒤 그는 바깥에 나와 섰다. 캐딜락 쿠페 드 빌까지 가는 잠깐 사이에 그는 흠뻑 젖었다. 자동차 철판 위에 떨어지는 빗방울이 밀림의 축제에서나 울릴 법한 광란의 북소리를 만들어 냈다. 그는 자동차 후드에 붙어 있는 장식품을 만지작거렸다. 일종의 원시적인 우상이었다. 자동차 그릴 사이로 흐르는 물방울이 피처럼 느껴졌다. 가장자리는 너무 날카로워 빗방울을 반으로 갈랐다. 자동차 판매원, 면도날 자국이 난 얼굴로 싱글벙글 웃어대던 악마 같은 놈이 뭐라 했더라? 권력이라고 했지.

그는 부서진 부분을 손으로 훑었다. 그러면서 젖은 붕대가 풀렸다. 봉

합한 두 손가락 모두 밤처럼 까맸다. 그는 얼굴을 찌푸렸다. 자신의 결혼
반지조차 볼 수 없었다. 다른 손으로 그는 다친 손가락 중 하나를 눌러
보았다. 느낌이 없었다. 더 세게 눌렀다. 손톱 아래에서 스며 나온 노란 고
름이 자동차 트렁크 위에 떨어졌다가 빗물에 씻겨 내려갔다. 스트릭랜드
는 눈을 깜빡이며, 눈가에 맺힌 물을 떨어뜨렸다. 방금 본 장면이 현실인
건가? 레이니가 갑자기 곁에 다가와 우산을 쓴 몸을 수그렸다.

"리처드! 다시 들어와요! 당신이 겁을 주니까……."

스트릭랜드가 두 손으로 레이니의 블라우스를 움켜쥐었다. 고통이 손
가락에서 팔을 타고 전해졌다. 그는 부서진 자동차 뒤쪽으로 그녀를 내
던졌다. 강풍이 그녀의 우산을 낚아채 어둠 속으로 날려 보냈다. 부딪친
레이니의 몸뚱이는 캐딜락에 아무 영향도 주지 않았다. 그래, 이게 바로
장인 정신이지. 최고의 서스펜션. 완벽하게 계산된 완충 장치. 레이니는
내리는 비를 똑바로 바라봤다. 비는 그녀의 화장을 망가뜨려 어릿광대의
얼굴처럼 만들어 놓았다. 그리고 그녀가 그토록 우쭐해하던 사춘기 소녀
같은 머리를 납작하게 적셨다. 그는 손을 움직여 그녀의 가냘픈 목을 잡
았다. 그는 천둥과 빗소리 사이로 레이니의 대답을 듣기 위해 몸을 구부
렸다.

"네가 나보다 똑똑한 것 같나?"

"안 돼. 리처드, 제발……."

"네가 매일 시내에 나가는지 모르는 줄 알았지? 내 뒤통수에 대고 무
슨 짓을 하는지도?"

그녀는 목에서 스트릭랜드의 손가락을 떼어 내려고 시도했다. 그녀의
손톱이 그의 검은 손가락을 파고들었다. 더 많은 고름이 흘러나와 그녀

의 뺨과 턱 위에 칙칙한 노란색의 얼룩을 남겼다. 그리고 길거리 불빛 아래서 환하게 빛났다. 그녀의 입이 벌어지면서 빗물이 들이쳤다. 그가 아무 짓도 하지 않고, 그저 이렇게 그녀를 붙잡고만 있어도 그녀는 익사할 지경이었다.

"나는…… 그게 아니라…… 그냥……."

"네 생각에 사람들이 모를 것 같아? 이렇게 손바닥 만한 작은 도시에서? 다들 보고 있어, 레이니. 이 부서진 차를 보는 것처럼 말이야. 그리고 그 사람들이 뭐라고 생각할 것 같아? 사람들은 내가 여기 있을 자격이 없다고 생각할 거야. 내 집구석도 제대로 챙기지 못한다고. 그리고 이미 나는 골치 아픈 문제가 한둘이 아니야. 내 말 알아 들어?"

"그럼, 리처…… 나는 그게 아니라……."

"우리 가족을 망가뜨린 건 너야. 내가 아니야. 내가 아니라고!"

스트릭랜드는 자신의 주장을 거의 믿을 뻔했다. 그는 그녀 목을 감싼 두 손을 더 단단히 쥐면서 그 믿음을 굳히려 노력했다. 빨간 잉크가 종이 위에 떨어지듯 그녀의 안구가 충혈됐다. 그녀는 피처럼 붉은 혓바닥을 뱉어 냈다. 모든 것이 역겨웠다. 그는 축구공을 차듯이 그녀의 몸을 손쉽게 뒤로 내쳤다. 그녀의 몸이 차고 문에 부딪치는 소리가 들렸다. 원숭이의 비명에 비하면 부드러운 소리였다. 비가 쏟아지면서 그의 옷이 살갗에 바짝 들러붙었다. 다시 나체가 됐다. 아마존에서처럼. 그는 주머니 속의 열쇠가 부러진 뼈처럼 날카롭게 느껴졌다. 그는 열쇠를 꺼냈다. 그리고 캐딜락의 길고 만족스러운 외관을 따라 걸었다. 이는 여전히 구원할 가능성이 남아 있는, 삶의 일부 같았다. 그는 차 문을 열고 핸들을 잡았다. 차 내부는 건조했다. 깔끔하고 여전

히 새 차 냄새가 남아 있었다. 그는 시동을 걸었다. 물론 차는 기어를 넣
으면 투덜거리겠지만 곧 그가 가야 할 곳에 그를 데려다 줄 것이다. 그는
책상의 잠긴 서랍을 떠올렸다. 서랍 안에는 베레타 모델 70 권총이 들어
있다. 그가 아마존강 분홍색 돌고래를 쏠 때 사용했던 총이었다. 그는
자신의 전기봉이 그리울 것 같았다. 인간은 성장하면서 자신의 물건에 애
착을 느끼기 마련이다. 그리고 그 전기봉은 스트릭랜드가 성장하면서 함
께한 물건이었다. 하지만 지금은 앞으로 나아가야 할 때이다. 과거에 애
착을 가져서는 안 된다. 그는 가속 페달을 밟았다. 뒷바퀴 때문에 진흙이
사방으로 튀는 모습을 상상했다. 창고 문 전체에, 그리고 레이니의 블라
우스 전체에. 이 동네는 추악해졌다. 조금이라도 생각이 있는 사람이라
면 이 사실에 놀라지 않을 것이다. 어차피 무엇이든 그 내면은 추악하다
는 것을 알 테니까.

15

아침이지만 밖이 전혀 밝지 않았다. 물이 흘러넘치는 배수로는 듬성듬
성 세워져 있는 러버콘*으로 막혀 있었다. 옆길 역시 접근 금지선을 대신
해 톱질용 작업대가 세워져 있었다. 엘라이자가 탄 버스는 타이어를 튕기
며 30센티미터 정도 차오른 물을 헤쳐 나가고 있었다. 지구가 쏟아 내는
물과 드리워진 어둠, 이 모든 것이 그녀의 괴로움을 투영하고 있었다. 그

*도로나 공사 현장에서 통행을 제한하기 위해 세워두는 원뿔 모양의 표지

녀는 폭우가 내리기 시작한 이후 하루에 두 번씩 강의 수위를 확인했다. 그것은 그녀의 심장을 조금씩 도려내는 것과 같았다. 내일 호프스테틀러는 계획을 실행에 옮길 것이다. 그녀와 자일스는 괴생명체를 퍼그에 싣고 부두의 가장자리까지 운전해 가서 그를 물가에 내려놓을 예정이었다. 그래서 오늘은 괴생명체와 함께하는 마지막 하루가 될 것이다. 그는 지금까지 그녀를 그녀 이상으로 바라봐 주었다. 이것이 바로 사랑이 아닐까?

엘라이자는 그녀의 발을 내려다봤다. 한 점의 빛도 없는 어두컴컴한 버스 바닥에서도 구두를 볼 수 있었다. 구두. 어제 출근하기 전 잠시 불안한 잠을 청하기에 앞서 그녀는 소원을 실행에 옮겼다. 그녀는 줄리아 고급 구두 상점에 들어갔다. 알싸한 가죽 냄새에 머리가 찔했지만, 곧바로 쇼윈도 장식장으로 걸어가 아이보리색 선반에서 납작한 굽에 앞코가 네모난 은색 구두 한 켤레를 집어 들었다. 그러고는 당당히 계산대로 향했다.

계산을 하는 동안 엘라이자는 줄리아에 관해 물어봤다. 계산대에 있던 여성은 엘라이자의 질문에 진실을 이야기해 줬는데 그녀가 오래도록 상상해 왔던 사업 능력을 갖춘 절세미인 줄리아는 세상에 존재하지 않았다. 줄리아는 그저 멋지게 들리는 이름일 뿐이었던 것이다. 그 사실은 엘라이자가 집으로 돌아가 그 반짝이 구두에 발을 넣어 볼 때까지 위안이 되었다. 줄리아가 존재하지 않는다면 그녀가 줄리아가 되어 보는 건 어떨까. 괴생명체를 먹여 살리느라 그녀의 돈은 손가락 사이로 빠져나가는 모래처럼 사라졌고, 그날의 사치스러운 소비는 통장을 완전히 텅 비게 했지만 그녀는 상관하지 않았다. 그리고 지금도 마찬가지였다. 구두는 동물의 발굽이나 마찬가지였고 그러니 딱 한 번, 마지막 날에라도 그녀는 아름다운 괴생명체가 되고 싶었다.

엘라이자는 버스에서 내려 우산을 폈다. 그러나 우산은 제 구실을 하지 못했고, 오히려 성가시게 느껴졌다. 그녀는 우산을 배수로에 던져 버리고, 하늘을 향해 얼굴을 들었다. 그리고 빗속에서 자신이 누구인지를 잊고 숨을 쉬어 보려고 노력했고 다시는 메마르고 싶지 않다고 생각했다. 그녀는 집에 도착했을 즈음에 흠뻑 젖어 있었고 그래서 기뻤다. 그녀가 복도를 향해 걸어가는 동안 옷에서 물이 후두둑 소리를 내며 떨어졌다. 그리고 영원히 마르지 않기를 바라는 그녀의 바람처럼 물웅덩이를 만들어 냈다. 괴생명체가 극장으로 도망가기 전까지 그녀는 한 번도 현관문을 잠가 본 적이 없었다. 그러나 지금은 고장난 램프 안쪽에 숨겨 두었던 열쇠를 꺼낸 후 자물쇠를 열었다.

자일스는 늘 있던 곳에 없었다. 엘라이자가 오컴으로 출근하기 전에 자일스는 자신이 종종 괴생명체를 돌보겠다고 했지만, 동시에 자기 집에서 목탄으로 그린 스케치를 색칠하는 작업을 끝내고 싶다고도 말했다.

"완전히 불붙었어."

자일스가 엘라이자에게 말했다. 그는 젊은 시절 이후 지금처럼 영감을 받은 적이 없다고 했다. 엘라이자는 그의 말을 믿었지만 그렇다고 바보도 아니었다. 자일스 역시 마지막이 얼마 남지 않았다는 것을 알았고, 그녀가 괴생명체와 작별 인사를 할 수 있는 시간을 주고 싶었던 것이다.

자일스는 그녀를 위해 라디오를 남겨 뒀다. 엘라이자는 라디오를 들으려고 탁자 주변에서 서성였다. 라디오에서는 정치, 스포츠, 그리고 그녀가 살고 있는 현실적이고 지루한 동네의 소식들이 흘러나왔다. 그녀는 언제나 라디오를 켜 놓은 채 지냈다. 괴생명체는 어제 흠뻑 적신 수건을 몸에 감은 채 그녀와 함께 탁자에 앉아 있었다. 그는 이날 난생처음 의자에 앉았는데 등지느러미와 짧고 반짝이는 꼬리가 달려 있어서 꽤 어려운 일이었다. 그는 방금 샤워를 마친 여자처럼 보였고, 그 모습에 엘라이자는 웃음을 터뜨렸다. 그리고 그가 알고 있는지는 모르겠지만 그의 가슴 부위에서 금색 빛이 맥박을 뛰는 것처럼 일렁였고, 아가미가 씰룩거렸다. 그 나름대로 웃고 있는 것이었다.

그녀는 글자를 가르치려는 생각으로 손가락으로 스크래블 조각을 이리저리 움직였다. 전날 그녀는 오컴에서 가정용 잡지를 몇 권 가져왔다. 그가 앞으로 보게 될 일이 거의 없을 것들을 보여 주기 위해서였다. 보잉 727기종 비행기, 뉴욕 필하모닉 오케스트라, 플로이드 패터슨에게 주먹을 날리는 소니 리스트, 엘리자베스 테일러가 출연한 영화 〈클레오파트라〉에 나오는 극적인 장면들. 그는 열정적으로 배워 나갔다. 손톱으로 무엇인가를 갈기갈기 찢어 내는 것에 익숙했던 그가 우아한 몸짓으로 길고 긴 엄지와 검지를 넓게 벌려 엘리자베스 테일러의 사진을 골라내 비행기 사진 위에 올려놨다. 다시 뉴욕 필하모닉 사진 위에 올려 놓았다. 그러고 나서는 마치 비행기를 가지고 노는 어린아이처럼 탁자 위의 비행기 사진을 〈클레오파트라〉의 이집트 사진에 닿을 때까지 쭉 밀었다.

엘라자베스 테일러가 뉴욕에서 이집트까지 가기 위해서는 보잉 727을 타야만 한다는 뜻이었다. 물론 이것은 그에게 필요 없는 정보였다. 엘라이자는 그가 이 모든 것을 그녀의 미소를 보기 위해 했다고 확신했다.

하지만 그의 상태는 점점 심각해졌다. 그의 몸은 공장의 연마제 같은 회색빛으로 변해 갔으며 반짝이던 비늘은 광택을 잃었고, 길바닥에 떨어진 오래된 동전처럼 청록색으로 변했다. 다시 말해 그는 늙고 있었다. 이런 그의 모습은 그녀에게 절대 용서받을 수 없는 죄를 저지르고 있다는 공포를 심어 주었다. 적어도 오컴에는 필터와 온도계가 있었고, 유능한 과학자들이 줄지어 대기하고 있었지만 여기에서 그가 버틸 수 있는 이유라고는 오직 사랑뿐이었다. 하지만 그것만으로는 충분하지 않았고 괴생명체는 죽어가고 있었다. 그리고 그녀가 바로 살인자였다.

"폭우로 인해 오늘 동부 해안선이 잠길 것으로 보입니다."

라디오가 윙윙거렸다.

"볼티모어 역시 점점 최악의 상황에 다다르고 있습니다. 볼티모어 전역은 자정까지 13센티미터에서 18센티미터까지의 비가 더 내리겠습니다. 이번 폭풍은 당분간 이어질 전망입니다."

그녀는 언어 수업을 위해 탁자 왼쪽에 놓았던 검은색 마커를 집어 들고는 역시 책상에 놓여 있던 달력을 보았다. 달력에는 날짜마다 감동적인 명언들이 적혀 있었고 그녀는 이것들을 눈물 없이 읽을 수 없었다. 그녀는 마커 뚜껑을 열고 마치 자신의 살을 칼로 도려내는 것 같은 심정으로 이렇게 적었다.

'자정 – 부두'

이렇게 써 놔야만 계획을 실행할 수 있을 것 같았다. 오늘 밤 그녀는 몇 년 만에 처음으로 병가를 낼 것이며 플레밍이 이를 수상하다고 생각해도 그때는 이미 늦을 것이다. 월요일에 오컴으로 돌아갈 수 있을까? 아마도 아닐 것이다. 앞으로 돈은 어떻게 벌 것인가. 그러나 이런 생각들 역시 그녀에게 남아 있는 시간에 비하면 쓸데없는 고민처럼 느껴졌다. 자일스가 그녀에게 괴생명체를 탈출시키는 것을 돕겠다고 말하러 온 날, 그의 얼굴은 단호했다. 괴생명체와 작별 인사를 하고 난 뒤라면 모를까 지금 그녀는 자기도 그런 표정을 지어야만 한다고 생각했다.

그녀는 무엇보다도 기쁨이 가장 그리울 것 같았다. 밖에 나갔다 온 후 괴생명체를 봤을 때 마음속에서 솟구치는 기쁨 말이다. 오늘은 미칠 듯한 기쁨을 주는 그 전율을 느낄 수 있는 마지막 날이었고, 그녀는 이를 천천히 즐겼다. 욕실에 들어선 그녀는 문을 닫고 조금씩 조금씩 물에 다가갔다. 그는 깨끗한 바닷속의 다채로운 산호처럼 빛나고 있었고 그녀는 그의 부름을 거부할 수 없었다.

엘라이자는 천천히 앞으로 걸어갔다. 처음에는 눈물이 가득 고이고 슬픔 때문에 가슴이 조여 어지러울 지경이었지만 기이하게도 그녀는 목을 죄는 느낌에 끌렸고 그 감정이 열정이라는 것을 깨달았다. 불현듯 자신이 하는 일이 더 이상 의문스럽지도, 놀랍지도 않았다. 모든 것이 이렇게 끝나도록 정해져 있었음을 비로소 깨달은 것이다. 그녀가 F-1에 있는 탱크를 들여다보던 바로 그 순간부터, 그리고 별 무리 같은 그의 비늘과 초신성(超新星) 같은 그의 눈빛을 본 순간부터, 몸이 아닌 다른 모든 방식으로 서로에게 끌렸던 그 순간부터 말이다.

비닐 샤워 커튼이 벽 구석에 묶여 있었다. 엘라이자가 커튼을 홱 잡아당기자 쇠로 된 고리가 하나 떨어져 나갔다. 그녀는 열한 번 더 커튼을 잡아당겼다. 고리들은 벽에 부딪쳤다가 나뭇잎 사이로 떨어져 사라졌다. 커튼은 조금씩 뜯겨 나갔다. 이 세상 그 어떤 청소부도 할 수 없는 놀랍고 돌이킬 수 없는 파괴적인 행위였다. 그녀는 비닐 커튼을 마치 침대 시트처럼 바닥에 깔고는 커튼의 가장자리를 잡아당겨 벽 사이에 쑤셔 넣고 문 아래쪽 틈을 덮었다. 더 이상 당길 수 없을만큼 커튼이 팽팽해진 후에야 그녀는 바닥에서 일어났다. 그녀는 괴생명체만큼 물을 다루지는 못했지만, 다른 방법이 있었다. 엘라이자는 세면대 구멍을 막고 수도꼭지를 틀었다. 물이 쏟아져 나왔다. 욕조 물을 틀었다. 수도꼭지를 완전히 트는 것은 돈 없는 사람이 할 법한 행동이 아니었지만, 그녀는 오늘만큼은 가난하지 않았다. 오늘 그녀는 세상에서 가장 부유한 여성이었고 자신이 원하는 모든 것을 가졌다. 그녀는 사랑하고 사랑 받고 있었다. 그리고 그 사랑은 괴생명체만큼이나 영원했다. 사랑은 인간도 동물도 아닌 느낌이다. 지금껏 좋았고 앞으로도 좋을, 모든 것들 사이에 공유되는 힘이다.

그녀는 카마슈의 노예들이 들고 다니는 채석장의 돌과 같은 유니폼을 벗었다. 브래지어를 풀고 슬립을 내렸다. 이는 다른 괴생명체에 속박된 한 괴생명체를 풀어 주는 행위였다. 옷을 하나씩 벗을 때마다 아무런 소리도 나지 않았다. 물은 세면대와 욕조에서 넘쳐 흘렀고 넓게 깔린 비닐 커튼 위를 채우며 그녀의 발목에서 찰랑거렸으며 따스한 손길처럼 종아리를 어루만졌다. 오직 은빛 구두만 그대로 남았다. 그녀는 욕조 가장자리에 발을 올려놓아 괴생명체가 구두를 볼 수 있도록 했다. 그녀의 욕실을 희롱하던 괴생명체의 물갈퀴보다 더 환상적인 구두. 그것은 그녀가 지닌, 괴생명체만큼이나 아름답고 밝게 빛나는 유일한 물건이었다. 이것이 그녀가 취할 수 있는 가장 대담하고 관능적인 자세였다. 보육원 선생님이 그녀를 무가치하고 바보 같으며 추한 창녀라고 부르는 소리가 들리는 것 같았다. 물이 흘러넘치는 욕조에서 괴생명체가 몸을 일으켜 수천 줄기의 폭포가 몸을 따라 소리 없이 흘러내렸고 그는 그녀가 팔을 기댄 곳으로 한 걸음 다가왔다. 둘은 바닥에 함께 몸을 웅크렸다. 그녀의 신체 일부가 괴생명체의 몸에서 알맞은 짝을 찾아냈고, 둘은 하나가 됐다. 엘라이자의 머리가 물 아래로 잠겼다. 황홀했다. 이 둘이 물속에서 자세를 돌리면서 그녀가 그의 위로 올라왔다. 숨을 헐떡였다. 머리카락을 따라 물이 흘렀다. 이번에는 그가 출렁거리는 물 아래에 잠겼다. 그에게 키스하기 위해 그녀는 얼굴을 수면 아래로 묻어야만 했다. 그녀가 살고 있는 딱딱한 세상의 지루한 외형은 황홀경 속에서 부드럽게 흐려졌다.

입맞춤이 물속으로 퍼져나갔다. 인간 입술이 맞부딪치는 요란하고 축축한 소리가 아니라 그녀의 귀로 쏟아져 목을 타고 넘어가는 으르렁거리는 천둥의 키스였다. 그녀는 비늘로 덮인 괴생명체의 얼굴을 손으로 감싸자 손바닥에 닿은 그의 아가미가 펄떡였다. 그녀는 그에게 격렬하게 입을 맞췄다. 그들에게서 시작된 폭풍이 쓰나미로 변해서 홍수를 만들어 내길 바라면서. 어쩌면 비가 아닌 그녀의 키스가 그를 구할 수 있을지도 몰랐다. 그녀는 그의 입속에 숨을 불어넣었고 물방울이 그녀의 뺨을 간질이는 것을 느꼈다. '숨을 쉬어 봐요. 나의 공기로 숨 쉬는 법을 배워 봐요. 우리가 영원히 함께할 수 있게.' 그녀가 기도했다.

그러나 괴생명체는 그럴 수 없었다. 그녀가 익사하지 않도록 강한 손으로 헐떡거리는 그녀를 물 위로 들어올렸다. 엘라이자는 공기를 다시 들이마시기 위해 손으로 가슴을 두드렸다가 자신의 손이 괴생명체의 반짝이는 비늘로 가득하다는 것을 깨달았다. 그 모습에 마음을 뺏긴 그녀는 가슴과 배에 손을 문질렀다. 비늘로 덮인 몸이 자신의 진짜 모습이길 바라면서. 아래층 극장에서 영화 대사가 들렸다. 수천 번은 들었을 그 대사였다.

"더 이상 괴로워하지 마. 이 시간을 거치며 강해져야 해, 네 아들의 미망인에게서 나온 아이와 그 아이의 아이를 위해."

그래, 상관없어. 그녀가 읽었던 한 과학 잡지에서는 눈꺼풀 위에 맺힌 물방울은 하나하나가 그 자체로 온전한 세상이라고 했다. 그중 하나가 새롭고 더 나은 세상이 될 수 있지 않을까?

지금 이 순간은 그녀가 욕조 안에서 품어 왔던 그 어떤 환상과도 비교할 수 없었다. 그녀는 괴생명체의 모든 굴곡을 어루만졌다. 그에게는 있어야 할 곳에 자리잡은 성기가 있었다. 그녀 역시 늘 그저 내버려 두던 그곳에 성기가 있었다. 그녀는 마침내 그의 것을 자신의 안으로 밀어 넣었다. 출렁이는 물속에서 두 세계는 완전히 바뀌었다. 마루판과 비닐을 통해 새어 나오는 극장의 찬란한 불빛은 괴생명체가 움직이며 발하는 수정 같이 맑은 색채에 압도됐다. 태양이 그들을 비추는 것만 같았다. 태양은 그들 위에 있었고, 그래야만 했다. 왜냐하면, 이 둘은 천국 안에, 신의 은하 안에, 카마슈의 창녀 안에, 그리고 성스럽고도 불경한 모든 존재 안에 있었기 때문이다. 괴생명체는 섹스를 넘어 서로에 대한 이해의 씨앗을 뿌리기 위해 고통과 희열의 오랜 역사를 그녀 안에 밀어 넣었다. 이 둘뿐만이 아니라 살아 있는 모든 존재를 연결하는 역사였다. 그녀 안으로 들어온 것은 그냥 그가 아니라, 온 세계였다. 그리고 그 세계 안에 그녀가 있었다.

그렇게 생물은 변화하고 돌연변이가 되고 출현하고 살아남는다. 그리고 그렇게 한 생물은 완전히 다른 종이 되면서 자신의 죄를 면할 것이다. 어쩌면 호프스테틀러는 이 사실을 이해할지도 모른다. 엘라이자는 산맥의 끝자락이나, 빙산의 일각처럼 그저 그 일부만 이해하고 있을 뿐이다. 그녀는 그토록 장엄하고 경이로운 우주 안에서 스스로가 너무나 작다는 것을, 보잘것없다는 것을 느꼈다. 그래서 스스로 현실을 상기시키기 위해 물속에서 눈을 떴다. 나무 이파리들이 올챙이처럼 떠다녔다. 찢어진 커튼이 마치 숭배하는 해파리처럼 그들을 향해 펄럭였다.

저 바깥의 진짜 세상에서는 성서 속 룻기*의 폭우처럼 비가 쏟아졌다. 그녀의 몸은 오므렸던 주먹을 억지로 비틀어 펴는 것처럼 관능으로 전율했다. 그래, 가뭄은 끝났다. 끝나고, 끝나고, 끝이 났다. 엘라이자는 웃었고 입속으로 물이 가득 들어왔다. 마침내 그녀는 춤을 추고 있었다. 침몰한 무도회장에서 발을 잘못 디딜까 걱정할 필요가 없는 진정한 춤이었다. 그녀의 파트너가 그녀를 꼭 잡아 주었고, 그녀가 가고 싶은 곳이라면 어디든 이끌어 줄 것이다.

16

그는 날듯이 붓으로 그림을 그렸다. 버니가 초록색을 좋아하던가? 그가 이 그림을 절대 보지 못한다니 아쉽군. 이는 자일스가 단 한 번도 상상하지 못했던 그런 초록색이었다. 어떻게 이런 색을 만들어 냈을까? 그는 자신이 카리브해의 푸른 바다색을 바탕으로 포도와 잘 익은 주황색약간, 한 줄의 담황색, 어스름한 쪽빛 한 움큼, 그리고 자신만이 쓸 수 있는 점토 같은 붉은색을 섞었다는 것을 떠올렸다. 그리고 뭐가 있더라? 그는 기억하지 못했지만 상관 없었다. 그저 본능을 좇아 이곳에 다다랐다. 열광적이면서도 평온했고 한참을 집중한 탓에 머리가 아팠다. 그의 두뇌는 백화점의 포장 리본 모양의 매듭을 묶기 위해 끈을 꼬고 잡아당기며 씨름 중이었다.

*구약 성경 중 하나로 과부가 된 여인 룻의 생애를 다룬 책

버니. 그 옛날의 버니 클레이. 자일스는 버니를 가장 마지막으로 본 때를 떠올렸다. 생각해 보면 그때 버니는 상당히 스트레스를 받은 몰골이었다. 세제라고는 전혀 써 본 적이 없어 보이는 누런 옷깃 차림에 불룩한 배를 셔츠 밖으로 내놓고 있었다. 그리고 언제나 초조한 얼굴로 음식을 먹었다. 자일스는 그를 용서하기로 했다. 그 어느 때보다 너그러운 기분이었다. 그의 증오는 최근 신문에서 읽은 불길한 물질, 콜레스테롤처럼 오랫동안 그의 혈관을 갉아먹어 왔다. 그리고 오늘 그 콜레스테롤이 쓸려 나가고 사랑만이 그 자리에 남았다. 사랑은 그가 오랫동안 파헤쳐 온 마음의 해자*를 가득 채웠다. 마운트 버논의 한 술집에서 그를 체포한 경찰들. 그를 해고한 회사들. 딕시 더그의 브래드, 아니 존이었던가. 모든 이들은 인생이 부여한 불안과 불확실성에 맞서 싸우고 있었다.

분노의 공허함을 깨닫기까지 어째서 63년이라는 세월이 필요했을까. 그의 나이 절반밖에 안 되는 일레인 스트릭랜드 부인이 본능적으로 알고 있었던 것을 말이다. 자일스는 자신이 스트릭랜드 부인에게 감사 인사를 전할 순간이 올 줄 몰랐다. 그날 아침 그는 클라인&손더스에서 그녀의 솔직함이 자신에게 어떤 의미였는지, 그리고 어떻게 자신이 가졌으리라고 전혀 생각지도 못한 용기를 낼 수 있었는지 그녀에게 말하려고 전화했다. 하지만 일레인은 전화를 받지 않았고 새로 바뀐 사람은 일레인이 출근하지 않은 이유조차 모르고 있었다.

아무래도 상관없었다. 그가 르네상스를 맞이할 수 있게 해 준 두 존재 가운데 하나인 스트릭랜드 부인을 그리는 것은 이제 그가 해야 할 오랜

*성 주변의 땅을 파고 물을 채워서 외부에서 적이 들어오지 못하게 만든 시설물

숙제 중 하나가 되었다. 그리고 나머지 하나는 괴생명체였다. 자일스는 경이로움을 느끼며 빙그레 웃었다. 엘라이자의 욕조는 이제 불가능으로 들어가는 문이 되었다. 자일스는 그 곁에서, 하고 많은 장소 중 변기 뚜껑 위에서 그의 그림을 그렸고 오직 가장 위대한 거장에게만 허락되는 신성한 영감이 자신에게 주어졌다는 것에 감사드렸다.

괴생명체는 그 누구에게도, 어느 곳에도, 어느 시간에도 속해 있지 않았지만, 그의 마음은 엘라이자에 속해 있었다. 자일스는 이 둘이 마지막 시간을 나눌 수 있도록 내버려 두었다. 자신은 그림을 완성해야만 했다. 의문의 여지도 없이 이는 필생의 역작이 될 게 분명했다. 마침내 자신의 가능성을 펼쳐 보일 수 있을 것 같았다. 자신의 존재에 안도감을 느꼈다. 그는 괴생명체가 떠나기 전에 그에게 완성된 작품을 보여 주고 싶어서 밤낮으로 작업했다.

그는 이제껏 스무 시간 넘게 그림에 매달려 있었고, 마치 지치지 않는 청소년들처럼 컨디션도 최고였다. 바깥에 몰아치는 폭풍처럼 그를 가득 채운 자신감만이 유일한 부작용인 기막힌 약을 먹은 것처럼 힘이 넘쳤다. 그는 거침없이 과감하게 색을 썼다. 관절염 때문에 떨리던 손은 더 이상 떨리지 않았고, 섬세한 손길로 은색을 채워 나갔다. 그는 한나절 동안 화장실에도 가지 않았다. 소변을 보는 일 없이 두 시간 동안 작업을 해 본 지가 언제였지? 그는 웃음을 터뜨렸다. 그러다가 펄럭이는 천 조각을 보았다. 엘라이자가 그의 팔에 감아 준 붕대였다. 거침없이 일한 탓에 붕대가 느슨해져 있었다. 이를 전혀 모르고 있었던 것이 이상했다. 너욱 희한한 일은 그가 침대에 들기 전에 통증 때문에 먹었던 아스피린이 더 이상 필요하지 않다는 것이었다. 아마도 상처가 그다지 깊지 않았던 것 같다. 붕대가 젖은 물감 위를 스치자 자일스는 한숨을 쉬며 붓을 내려놨다. 재빨리 깨끗한 붕대로 바꿔야 했다. 그러면서 이를 닦던지. 그러고 나서 다시 이젤 앞으로 잽싸게 돌아올 생각이었다. 그는 머뭇거릴 틈이 없었다.

경쾌한 뮤지컬 음악 소리가 끊길 때까지 그는 그 노래를 따라 휘파람을 불었다. 그러고는 낚싯바늘에 걸린 물고기를 끌어 올리듯이 붕대를 풀었다. 그런데 맨살이 드러난 팔에는 핏자국이 없었다. 너무 피곤해서 엉뚱한 쪽 팔을 본 걸까? 그는 다른 팔을 살폈고, 아무것도 찾지 못했다. 흉터조차 없었다. 분명 마지막으로 봤을 때 우그러진 분홍빛 상처가 있었다.

그는 통증이 있는지 확인하려고 손목의 핏줄이 굵어지도록 주먹을 쥐었다 천천히 펴 보았다. 사라진 것은 그 상처만이 아니었다. 그의 팔에 있던 검버섯과 어린 시절 방직기와 부딪치며 생긴 흉터도 없어졌다. 다시 보드랍고 매끈한 피부로 바뀌어 있었다. 놀란 자일스는 다른 쪽 팔도 살폈는데 늘 그랬듯이 늙고 주름진 팔 그대로였다.

자일스는 믿을 수 없어 혼잣말을 중얼거렸다. 그가 거울을 들여다보니 얼굴의 깊은 주름도 환희에 차서 웃고 있었다. 심지어 떠올릴 수 없을 정도로 아주 오랜만에 그는 자신이 잘생겨 보인다고 생각했다. 그의 눈이 머리를 향했고 자일스는 그제야 그 이유를 깨달았다.

그의 머리에 머리카락이 새로 나 있었다. 자일스는 행여나 머리카락들이 도망가기라도 할까 봐 천천히 손을 갖다 대 머리를 쓰다듬어 보았다. 민들레 홀씨처럼 흩어지지 않았고 짧고 풍성했다. 짙은 갈색이었고 눈에 익은 금발과 주황색이 사이사이에 섞여 있었으며 탄력이 넘쳤다. 자일스는 윤기 흐르는 그 감촉에 감탄하며 자신의 머리를 쓰다듬었다. 에로틱

한 느낌이 들었다. 이래서 젊은이들이 욕정이 가득했던 거로군. 몸 자체가 최음제였던 것이다. 그는 몸의 아랫부분이 세면대를 밀어내는 듯한 느낌을 받았다. 아래를 내려다보니, 잠옷이 봉긋이 솟아 있었다. 발기한 것이다. 아니, 발기라는 단어는 딱딱해졌다거나 섰다던가 하는 표현처럼 너무 냉정했다. 그는 세포 하나하나에서 가벼움과 기민함, 유연함, 객기로 가득 한 젊음을 느낄 수 있었다.

노크 소리가 들렸다. 무언가 급한 일이 일어났다는 신호였다. 자일스의 발기한 성기는 가라앉을 기미가 보이지 않았다. 그의 몸을 가득 채운 이 에너지는 그의 정신에도 영향을 끼쳐 절정의 상태를 더욱 굳건하게 만들었다. 자일스는 하는 수 없이 베개를 집어 우스꽝스럽게 흔들리는 발기한 성기를 가린 채 문으로 뒤뚱뒤뚱 걸어갔다. 이런 모습을 엘라이자에게 보일 수는 없었다. 당황스러운 상황에도 그의 입에서 웃음이 새어나왔다. 현관문을 열자 붉게 달아오른 얼굴에 땀을 뻘뻘 흘리고 있는 아르주니안이 서 있었다.

"건더스!"

그는 고함을 질렀다.

"아, 월세요. 맞아요, 밀렸어요. 그런데 제가 전에는 한 번도……."

"비가 내린다고!"

자일스가 잠시 멈칫하는 사이, 화재용 비상계단을 두드리는 빗소리가 들렸다.

"아, 그렇네요. 그런데 제가 뭘 어떻게 해야 할지."

"내 극장에, 내 극장에 비가 쏟아진다고!"

"제가 그 증인이 돼 달라는 말씀이신가요? 아니면 그냥 물이 샌다는 말씀이신가요?"

"엘라이자의 아파트에서 물이 샌다고. 그녀가 물을 틀어 놓은 것 같아. 아니면 배관이 터졌던가! 문을 두드려도 대답이 없어. 천장에서 물이 새서 돈 내고 들어온 관객들 머리로 떨어진다고! 열쇠를 찾아 줘, 건더슨. 물 새는 게 멈추지 않으면 내가 직접 문을 열어야겠어! 나는 이제 내려갈 테니, 얼른 해결하라고! 이 사태를 멈추지 않으면 당신 둘 다 여기서 쫓겨날 줄 알아!"

아르주니안은 서둘러 계단을 내려갔다. 자일스는 발기한 성기를 가렸던 베개를 소파 위에 던져 버리고 양말만 신은 발로 복도를 달렸다. 그는 램프 안쪽에서 열쇠를 끄집어내 엘라이자 현관 문 구멍에 넣었다. 희열을 느낄 정도로 잽싸게 움직였다. 그는 문을 열고 불쑥 안으로 들어갔다. 어떤 광경이 기다리고 있을지 알 수 없었다. 더 많은 피? 아니면 격렬한 분노가 불러온 파괴? 모두 아니었다. 자일스는 욕실 근처의 마룻바닥에서 1센티미터 가량의 물이 찰랑거리고 있는 것을 보았다. 걸레질이 제대로 안 된 듯했다. 그는 욕실 문 쪽으로 다가가 야트막한 물웅덩이를 철벅거리며 지난 다음에 힘을 주어 욕실 문을 열어젖혔다. 그의 양말은 이미 흠뻑 젖은 상태였다. 물이 밖으로 순식간에 터져 나왔고 자일스의 무릎 아랫부분이 전부 젖었다. 하루 전날 그의 몸 상태였다면 눈앞의 상황에 충격을 받아 쏟아지는 물살에 넘어지고 말았을 것이다. 그러나 오늘 그의 다리는 나무의 뿌리처럼 단단하게 바닥을 딛고 서 있었고 오히려 뒤쪽에 있던 스탠딩 조명과 탁자가 쏟아져 나오는 물 때문에 휘청거렸다. 욕실 안의 홍수를 가까스로 막고 있었을 비닐 샤워 커튼이 뱀 껍질처럼 그의 발에 휘감겼다. 그는 곧 엘라이자와 괴생명체가 욕실 바닥 한가운데

390

에 누워 있는 모습을 보았다.

순간 자일스는 로댕이나 도나텔로처럼 위대한 예술가가 저 모습을 대리석으로 조각해야 한다고 생각했다. 엘라이자는 벌거벗은 채 물에 흠뻑 젖어 번들거렸고 군데군데 붙어 있는 비늘이 반짝였다. 괴생명체 역시 언제나 그랬듯이 나체였다. 그의 팔과 다리는 그녀의 것과 단단히 엉켜 있었고, 얼굴을 그녀의 목에 묻고 있었다. 그녀의 왼손은 그의 두상을 쓰다듬으면서 그의 긴 지느러미가 시작되는 머리 뒤편을 감싸고 있었다. 그는 건강해 보이지 않았지만 만족스러워 보였다. 그가 선택한 운명이었고 설사 죽음의 고통이 닥치더라도 후회하지 않을 것처럼 보였다.

자일스가 눈을 돌리자 또 다른 장관이 펼쳐졌다. 더 이상 그곳은 욕실이 아니었고 정글이었다. 그는 안경 없이도 완벽하게 볼 수 있다는 것을 깨닫기 전까지 눈을 가늘게 뜨고 주위를 살폈다. 홍수를 이겨 낸 식물들은 물기를 머금고 관능적으로 보일 정도로 길게 늘어져 있었다. 그러나 욕실을 상상할 수도 없었던 황홀한 색채의 벌판으로 만든 것은 다름 아닌 나무 모양의 종이 방향제였다. 토끼풀 같은 초록, 립스틱 같은 빨강, 그리고 반짝이는 금색. 엘라이자는 어디서 이렇게 많은 방향제를 구해 온 걸까? 호박의 주황색, 커피의 갈색, 그리고 버터의 노란색. 방향제들은 벽 전체를 촘촘히 메우고 있었다. 돈을 들이지 않고 오직 종이로 정글을 만들어 낸 그녀의 창의성이 더욱 아름답게 빛났다. 자수정의 보랏빛, 발레 슈즈의 분홍빛, 바다와도 같은 푸른빛. 여기는 엘라이자의 집도, 괴생명체의 집도 아닌 오직 둘만을 위해 만들어진 독특하고도 기이한 천국이었다. 한참이 지난 후에야 엘라이자가 자일스를 향해 시선을 돌렸다. 그녀의 눈은 반쯤 감겨 있었고 꿈을 꾸는 듯했다. 그녀는 멍하니 샤워 커튼을 잡아당겨 마치 침대 시트인 양 몸을 덮었다. 졸지에 자일스는 노크도 하지 않고 들어온 예의 없는 친구가 되어 버렸다. 추하고, 부자연스럽고, 역겨운, 그동안 이러한 형용사들이 자일스 같은 이들에게 얼마나 많이 붙여졌던가. 그러나 오늘은 아무것도 잘못된 것이 없었다. 잘못된 것이 있다면 이 물을 빠른 시간 안에 처리하지 않으면 아르주니안이 그들을 쫓아낼 거란 사실이었다. 하지만 상관없었다. 이 세계에는 아르주니안이 절대로 존재하지 않았으니까. 자일스는 무릎을 꿇고 그들에게 샤워 커튼을 잘 둘러 줬다. 그리고 젊고 행복한 커플의 탄생을 축하하며 다시 젊어진 그에게 오래도록 남을 진정한 친구가 생긴 것에 기뻐했다. 엘라이자는 자일스에게 눈을 깜빡이고는 비늘로 어른거리는 팔을 그에게 뻗었다. 그녀는 자일스의 새로 난 머리를 손가락으로 더듬고는 마치 이럴 줄 알았다는 듯이 온화한 얼굴로 웃었다.

조금만 더 그와 함께하면 안 될까요?

자일스가 한숨을 내쉬자 엘라이자가 웃었다. 곧이어 자일스도 따라 웃었다. 커다란 웃음소리가 좁고 막힌 공간에 울려 퍼지자, 불확실한 미래도 침묵을 지켰다. 엘라이자와 괴생명체는 이 행복이 마치 영원할 것처럼 여겨졌고 이 기적이 영원히 박제되어 간직될 거라고 믿어 의심치 않았다.

17

전화벨이 두 번 울렸다. 호프스테틀러는 자정이 지나면서부터 미할코프의 전화를 계속 기다린 터였다. 그러나 이른 오후에 드디어 전화벨이 울렸을 때 그는 검은 표범에게 한 대 얻어맞은 것 같았다. 자기를 방어하듯 용수철처럼 벌떡 일어났고 히스테릭한 비명이 목까지 차올랐다. 처음 벨 소리는 터무니없이 길게 울렸다. 근무 마지막 날, 그가 나타나지 않은 것을 의심스럽게 생각한 플레밍이나 이제 모든 것을 알아챈 스트릭랜드가 건 전화라고 오해할 정도였다. 그리고 두 번째 벨 소리는 너무 짧았다. 그 소리는 아무것도 걸려 있지 않은 벽과 빈 장식장, 쇠로 된 간이침대, 그리고 접시에 부딪쳐 울렸다. 그는 이것이 외로운 삶의 마지막 탄식이길 바랐다. 그는 분명히 들뜬 기분이어야 했지만 이상하게도 무기력함을 느꼈다. 침을 삼킬 수가 없었고 억지로 숨을 쉬어야만 했다. 모든 것이 계획대로 흘러가고 있었고 모든 사항들을 꼼꼼하게 제대로 준비해 두었다. 뚜껑처럼 열리던 마루판은 단단히 밀봉해 놓았고 여권과 현금도 재킷 안쪽 주머니에서 두툼한 존재감을 뽐냈다. 그는 하나밖에 없는 짐 가방에 차곡차곡 짐을 싸서는 문 옆에 놓아 두었다. 그는 외워 둔 번호로 전화해 택시를 불렀다. 그리고 지난 14시간 동안 애용한 부엌 의자로 돌아와 앉았다. 앞으로 14시간 후, 그는 민스크에 있을 것이고 그곳에서 모든 것을 잊고 새로운 일을 하게 될 거라고 되뇌었다. 청소부들은 괴생명체를 강으로 돌려보냈을까? 아니면 그것은 그녀의 품 안에서 죽었을까? 그는 민스크의 두텁고 하얀 눈 속에 이런 질문들도 모두 영원히 묻어 버릴 생각이었다. 그리고 만약 괴생명체가 죽었다면 이 지구라는 행성은 파멸할 수밖에 없을 거라는 암울한 예감도 잊기 위해 노력할 것이다. 택시가 경적을 울려 댔다. 호프스테틀러는 숨을 깊게 들이마시고 자리에서 일어나 후들거리는 무릎이 진정되기를 기다렸다. 마음이 무겁게 내려앉았고 뜨거운 눈물이 차올랐다.

'나는 이제 여러분 모두를 떠납니다. 정말 미안해요.'

애정을 가졌던 학생들, 가까워질 뻔한 친구들, 그를 행복하게 해 주었던 여성들. 그들과 연이 닿았어도 결국 그는 혼자였고, 모든 시간과 공간을 통틀어 그보다 더 슬픈 일은 없을 것 같았다.

호프스테틀러가 짐 가방과 우산을 들고 바깥으로 나오자 은빛으로 쏟아지는 빗속에서 마치 노란 얼룩처럼 보이는 택시가 기다리고 있었다. 누가 봐도 궂은 날이었지만 그는 눈앞의 모든 곳이 아름답다고 느꼈다. 이곳이 바로 미국이군. 그는 모든 것에 작별 인사를 고했다. 앙상한 나뭇가지에서 기지개를 피는 초록빛 꽃망울이여, 안녕. 잔디밭 위에서 활기찬 봄을 기다리는 밝은 빛의 플라스틱 장난감들이여, 안녕. 서로 다른 종이 공존할 수 있음을 증명하는, 창문에서 눈을 깜빡이는 개와 고양이들이여, 안녕. 단단한 벽과 아늑한 TV 불빛과 편안한 웃음을 지닌 이웃들이여, 안녕. 호프스테틀러는 눈물을 닦기 위해 팔을 들었지만, 어느새 눈물은 비에 섞여 버렸다.

그는 택시에 올라타서야 비로소 전에도 한 번 탄 적이 있는 택시라는 걸 깨달았다. 그가 지켜야 할 행동 수칙에 어긋나는 일이었지만 이번이 마지막이니 뭐가 문제겠는가. 그는 운전기사에게 목적지를 말했다. 그리고 창문을 내다보며 유리에 뿌옇게 낀 수증기를 닦아 냈다. 눈에 들어오는 어느 한 순간도 놓치고 싶지 않았다. 미국의 자동차 역시 그리워질 것이었다. 비록 뒤 범퍼는 엉망이 됐지만 잠시나마 화려한 자태로 길거리를 누비던 커다란 청록색 캐딜락 쿠페 드 빌도 안녕.

18

'사라지기 좋은 날이네.'

레이니는 내내 그 생각을 하다 한때 그토록 자랑스러워하던 주름진 겨 자색 커튼을 열고 거리 위에 구슬처럼 튀기는 빗방울을 응시했다. 먼지 와 콘크리트의 땅, 볼티모어는 이제 물의 도시가 됐다. 물은 하늘뿐만 아 니라 모든 곳에서 쏟아졌다. 비는 지붕 위 홈통에서, 나무에서 마구 쏟아 졌다. 난간에서도 폭포처럼 떨어져서 달리는 차 뒤에서 소용돌이를 쳤다. 어찌나 강하게 쏟아지는지 지뢰가 터져 하늘로 치솟는 것처럼 보일 지경 이었다. 이렇게 퍼붓는 빗속에서는 앞을 멀리 내다볼 수 없었다. 뿐만 아 니라 빗속에 발을 디딘다면 금방 길을 잃을 게 분명했다.

티미는 장난감이 가득한 배낭을 들고 있어서 흐르는 눈물을 닦을 수 가 없었다. 태미의 가방 역시 터져 나갈 것 같았지만 태미는 눈물 한 방 울 흘리지 않았다. 레이니는 태미가 여자아이라서 그런 것인지 궁금했다. 그리고 사나이는 문제에서 도망치지 않는다는 격언도 허튼소리라는 것을 깨달았다. 레이니는 최근 마음속으로 저주를 퍼붓는 자기 자신을 깨달 았다. 이는 또 한 번의 흥미로운 발전이었다. 태미는 엄마를 올려다봤고 눈물 없는, 말짱한 아이의 눈동자는 통찰력을 담고 있었다. 태미는 언제 나 동화책이 주는 교훈을 주의 깊게 들었다. 동물에게 발이 달린 건, 새 들에게 날개가 달려 있는 건, 물고기들이 지느러미를 지닌 건 모두 도망 가기 위해서였다. 레이니는 오늘 아침에서야 겨우 자신의 두 발을 지닌 진 짜 이유를 깨달았다. 리처드는 아침 일찍 일어나 온 집 안을 휩쓸고 다녔다. 눈은 잔뜩 부풀어 올랐고 난간마다 어깨로 치댔으며 죽은 손가락으로는 도저히 맬 수 없었던 검정 나비넥타이를 잡아 뜯어 바닥에 내던졌다. 레이니는 평소처럼 다리미 받침대의 다리 자국이 움푹 파여 있는 카펫의 가장자리에 앉아서 그의 셔츠 위에 웨스팅 하우스의 다리미용 스프레이를 뿌리고 있었다. 전날 그는 집에 늦게 돌아왔다. 그녀는 침대 옆자리가 쑥 들어가는 것을 느꼈고, 밑도 끝도 없는 그의 구렁텅이로 굴러 떨어지지 않도록 자기 쪽의 매트리스에 계속 매달려 있었다. 오늘 아침 그는 열이 펄펄 끓는 바람에 땀범벅이 된 몸으로 침대를 빠져나와 씻지도 않고 옷을 입었다. 그리고 종일 축 늘어져 있는 주머니에 손을 넣고 유령처럼 집 안을 배회했다. 그녀는 이리저리 바뀌는 TV 화면을 계속 쏘아보았다. 여느 때보다 딱히 낫지도, 나쁘지도 않은 뉴스들이 흘러나왔다. 운동선수들은 훌륭했고, 세계 지도자들은 연설했고, 흑인들은 행진했다. 군대들은 집결하고, 여성들은 연대했다. 모두 앞을 향해 전진하는 것 말고는 이 이야기들에 공통점은 없었다. 각 이야기는 발전하고 진화하는 개인들에 초점을 맞추고 있었다. 어느 순간 리처드가 밖으로 나갔다. 현관문 닫히는 소리가 출근 전의 입맞춤을 대신했고 문이 흔들리는 진동이 다리미 받침대까지 전해져 레이니의 엄지가 다리미의 온도 조절 다이얼에서 미끄러졌다. 레이니는 여전히 그곳에 서 있었고 바로 그때 그녀는 이 세상에서 움직이지 않는 유일한 존재가 됐다. 똑바로 들고 있기에 다리미가 너무 무거워 그녀는 결국 리처드의 셔츠 위에 다리미를 올려놓았다. 약 십 초 후에 다리미를 들어 올렸다면 그녀의 일상은 계속 지속됐을 것이다. 그러나 곧 연기가 나기 시작했고 웨스팅 하우스 스프레이가 셔츠 위로 쏟아졌다. 그녀는 독성을 띤 연기가 짙어지면서 콧속을 가득 채우도록 내버려 두었다. 아이들이 계단을 뛰어 내려와 연기 냄새를 킁킁 맡아 댈 때가 되어서야 겨우 받침대에서 다리미를 떼어 냈다. 레이니는 아이들을 향해 몸을 돌리면서 웃으며 말했다.

"우리는 여행을 떠날 거야. 가장 좋아하는 물건을 가방에 챙기렴."

몇 시간 후, 레이니는 어깨가 부서질 정도로 무거운 가방 세 개를 맸다. 한쪽 팔은 이미 감각이 없었지만 신경 쓰지 않았다. 무감각한 상태야말로 그녀가 리처드와의 결혼 생활을 견뎌 낸 비결이었으니까. 스트릭랜드 부인은 코르셋을 입고 앞치마를 둘렀으며 립스틱이라는 방어막을 입술에 발랐다. 오직 자신만을 위해 처음으로 방어막을 치는 이 순간이 그녀는 무척 황홀하게 느껴졌다. 레이나는 가방끈을 고쳐 맸고 어젯밤 리처드가 목을 졸라 움푹 팬 곳을 손가락으로 쓸어내렸다. 모두가 이 멍을 볼 것이다. 하지만 그게 무슨 상관이랴! 그녀는 깊게 숨을 들이마셨고 이제 자신에게 솔직해지기로 결심했다. 진실이 쏟아지고 자유가 시작될 것이다. 택시가 집 앞에 섰고 바퀴가 물웅덩이를 지나면서 물 튀기는 소리가 들렸다. 레이니는 현관 앞에 서서 택시를 향해 손을 흔들었다.

"이리 와, 애들아. 서두르자."

"가기 싫어요. 아빠를 기다릴래요."

티미가 입을 뿌루퉁하게 내밀었다.

"너무 축축해요. 비 때문에 드레스가 다 젖어요."

태미가 불평했다. 레이니는 플로리다나 텍사스, 캘리포니아, 아니면 그 어디든 그들이 자리 잡는 곳에서 전화를 걸어 회사를 그만둬야 했다고 후회했다. 그러나 그녀는 버니에게 자신이 갑작스럽게 떠나야만 하는 이유를 꼭 설명할 것이고, 버니는 그녀를 이해할 거라고 믿었다. 어쩌면 추천서를 써 주겠다고 할지도 모른다. 건더슨 씨의 주소를 미리 알아 두지 않은 것도 후회스러웠다. 그녀는 기쁨이 가득한 어느 먼 미래에 그에게 편지를 쓰고 싶었다. 그가 그녀에게 포트폴리오 가방을 건네면서 자신을 현재보다 더 나은 모습으로 바꾸는 데에 늦은 때란 없다고 했던 말을 이 제야 이해하게 됐다고 말해 주고 싶었다. 지금 그녀가 어깨에 짊어지고 있는 가방 중의 하나는 자일스의 것이었고 그 안에는 꽤 많은 그림이 들어 있었다.

무엇보다 그녀가 가장 후회하는 것은 이제야 현관을 나섰다는 점이었다. 그녀의 태만이 부른 결과였다. 그동안 그녀의 아이들은 잔인한 것들을 보고 들으면서 성장해 왔다. 티미는 여전히 도마뱀을 보면 갈기갈기 찢어 죽였다. 그나마 다행히도 두 아이는 아직 어렸다. 레이니는 오컴 항공우주 연구소의 과학자는 아니었지만 성숙이란 일직선으로 이루어지는 것이 아니라, 길고 긴 여정을 통해 아이들에게 계속 영향을 미친다는 사실을 알고 있었다. 그녀는 오른쪽 어깨로부터 가방을 바꿔 메 가방 세 개가 모두 어깨 왼편에 자리하도록 했다. 그리고 무릎을 꿇고 태미에게 팔을 두르고는 티미에게 몸을 기댔다.

"물웅덩이를 마음껏 지나가렴. 젖어도 상관없단다."

"진짜로요?"

티미는 얼굴을 찌푸리며 자신의 깨끗한 바지와 신발을 내려다봤다. 그녀가 고개를 끄덕이며 씩 웃자 티미 역시 미소 지었다. 그러고는 깔깔 웃으며 온 마당을 돌고 아래위로 흠뻑 물에 젖었다. 겁에 질린 태미는 레이니의 품에 안겨 있었다 그녀는 딸을 안아 올려 골반에 걸친 채로 발로 문을 열었다. 그리고 처마 밑에 섰다. 그곳은 한때 수많은 희망을 상징했지만, 이제는 수많은 실망이 쌓이다 못해 무너져 내려 그녀를 깔아뭉갤 것만 같았다. 티미는 어느새 택시 앞에 서서 완전히 젖어 버린 채 웃고 있었다. 제자리에서 깡충깡충 뛰면서 엄마를 재촉했다. 레이니 역시 티미와 함께 웃다가 문득 깨달았다. 그녀는 무너지지 않을 거라고, 다시는 무너지지 않을 거라고 말이다. 그녀는 물의 세상으로 달려 나갔다. 자신의 짧은 머리 위로 빗방울이 타닥타닥 떨어져 곱슬머리를 타고 흘러내리는 느낌이 좋았다. 택시 운전기사가 짐을 받아 들었고, 그녀는 뒷자리에 올라탔다. 빗물이 등줄기를 따라 흐르자 저도 모르게 꺅 하고 비명을 질렀다. 티미의 모자에서 물을 털어 줬고 태미의 머리카락을 빨래처럼 짜자 물이 뚝뚝 떨어졌다. 두 아이 모두 법석을 떨며 깔깔대고 있었다. 트렁크가 닫히는 소리를 들렸고 곧 운전기사가 마치 물에 젖은 강아지처럼 머리를 털며 앞자리에 탔다.

"비가 멈추지 않으면 우리 모두 떠내려가 버리겠어요."

그가 웃음을 터뜨렸다.

"멀리 가시나요?"

그는 백미러를 통해 그녀를 바라보았고 그의 눈길이 그녀의 멍든 목으로 머물렀다. 레이니는 진실을 쏟아지고 자유가 시작되자 하나도 두렵지 않았다.

"차를 빌릴 수 있는 곳이면 돼요. 아는 곳이 있나요?"

"공항 근처에 렌터카 가게가 있어요. 빨리 떠나시길 원하면 예약하지 않아도 차를 빌려 주죠."

그의 목소리는 이제 더욱 부드러워졌다. 레이니는 그의 면허증을 살폈다. 그의 이름은 로버트 나다니엘 드 카스트로였다.

"네 맞아요, 드 카스트로 씨. 감사합니다."

택시는 깊게 커브를 틀어 길 가운데를 달리기 시작했다.

"빨리 못 가서 죄송합니다. 오늘 길 사정이 좋지 않네요. 하지만 걱정 마세요. 가시는 곳까지 안전하게 모시겠습니다."

"괜찮아요. 상관없어요."

"행복해 보이시네요. 세 분 모두요. 좋아요. 어떤 사람들은 비에 약간만 젖어도 하루를 망쳐 버리죠. 아까는 어떤 남자 분을 베들레헴 철강소 근처에 있는 공단에 내려 드렸죠. 전에도 그분을 그곳에 모셔다 드린 적이 있는데, 거기엔 정말 아무것도 없어요. 저는 그분이 조금 걱정돼서 주변을 더 돌았죠. 그분은 계속 거기서 비를 맞으며 콘크리트 블록 위에 앉아 계셨어요. 너무도 불행하게 보였죠. 마치 세상이 끝나길 기다리는 것처럼요. 그의 얼굴을 보고 있자니, 저도 곧 세상이 끝날 거라고 믿게 되더라고요."

레이니는 웃었다. 택시 운전기사가 계속 이야기를 이어가서 고맙게도 그녀의 뜨거운 머리를 식혀 줬다. 아이들은 창문에 얼굴을 바짝 댄 채 창밖을 내다보았고 레이니는 달콤한 냄새가 내는 태미의 머리에 뺨을 댔다. 창문 바깥으로 보이는 풍경은 비가 너무 많이 내려 택시가 곧 절벽으로 질주해 바다속에 빠질 것만 같았다. 이렇게 많은 물속에서 살아남으려면 물속에서 숨 쉬는 법을 배워야 할 것 같았다. 어쩌면 다른 생물이 되어야 할 수도 있었다. 그런데 이상하게도 레이니는 자신이 할 수 있을 거라는 자신감이 들었다. 이 세상은 작은 개울과 시내와 강과 연못과 호수로 가득했고 그녀는 그들에게 맞는 바다를 찾기 위해 수많은 곳을 헤엄쳐 나갈 것이다. 물갈퀴가 생겨날 정도로 오랜 세월이 흐른다 하더라도.

19

빗방울은 젖은 콘크리트와 잘 어울렸다. 호프스테틀러가 내쉬는 숨이 우산 아래의 좁고 마른 공간에서 소용돌이쳤다. 입김은 연기처럼 피어올랐고, 그는 마치 화형당해 연기에 휩싸인 듯한 느낌이 들었다. 우산 바깥으로는 모든 것이 흐릿하게 보였다. 회색빛 입김, 회색빛 비, 회색빛 콘크리트와 회색빛 자갈, 그리고 회색빛 하늘. 그는 차가 올 방향을 보고 있었고 영원처럼 긴 불안한 시간이 흐르자, 배기가스가 회색빛 세상을 한 겹 더하며 길을 따라 올라왔다. 곧 검은색 크라이슬러가 비를 뚫고 나타났다. 호프스테틀러는 얼른 뒷자리의 뜨뜻한 가죽 시트로 뛰어들고 싶었다. 그러나 18년간의 임무를 마무리할 때라고 해서 엄격한 규율을 어겨선 안 된다. 그는 짐 가방을 들고 콘크리트 블록에서 일어나 설레는 마음에 발뒤꿈치를 살짝 들어 제자리에서 뛰었다. 이제 조금만 있으면 아버지의 떨리는 손을 잡고 엄마를 꼭 안을 것이다. 그리고 지금껏 버텨 온 시간을 보상할, 새로운 삶을 시작할 것이다. 언제나처럼 운전자석 문이 딸깍 소리를 내며 열렸고 언제나처럼 들소가 차에서 내렸다. 그는 검은 우산까지 들고 있어서 완벽한 검은 정장 차림이었다. 그런데 예기치 않게 조수석 문이 열리더니 두 번째 남자가 우산을 펴고 나타났다. 그는 추위에 오들오들 몸을 떨더니 목도리 안으로 몸을 웅크렸고 그 때문에 가슴팍에 꽂은 꽃이 납작해졌다. 레오 미할코프였다. 호프스테틀러는 불안한 마음에 가슴이 덜컥 내려앉았고 전혀 발 디딜 곳이 없는 콘크리트 블록 아래로 미끄러져 내려가는 것 같았다.

"здравствуйте(안녕하십니까?), 밥"

호프스테틀러의 우산에 떨어지는 빗소리가 더욱 요란해졌다. 그는 뭔가 잘못됐다고 느꼈다. 소련어로 'здравствуйте'은 냉정한 인사말이었다. 그리고 드미트리가 아니라, 밥이라고?

"레오? 당신이 여기에 뭐 하러……"

"물어볼 게 있네."

미할코프가 말했다.

"이 빗속에서요?"

"질문 하나면 돼. 그리 오래 걸리지 않을 거야. 그 괴생명체가 주사를 맞고 죽기 전에 어떻게 반응하던가?"

호프스테틀러는 어쩔 줄을 몰라 하며 콘크리트 블록을 부여잡으려고 했다. 크라이슬러의 그릴, 아니 그를 구해 줄 어떤 것이라도 상관없었다. 하지만 우산 밖으로 나가는 순간 온통 물에 잠겨 죽을 것만 같았다. 그는 머리를 굴리려고 애썼다. 은색 주사약 성분 중 하나는 분명히 비소였다. 다른 하나는 염화수소였나? 수은도 약간 섞여 있을까? 그 혼합액이 괴생명체의 몸속에서 어떤 파괴력을 행사했을까? 빗줄기 때문에 정신이 혼란스럽지 않다면 영특한 과학자인 그가 제대로 그 과정을 생각해 낼 수 있었을 것이다. 그러나 시간이 없었다. 지금 그가 할 수 있는 일이라곤 대충 이야기를 지어낸 후 하늘에 기도하는 것뿐이었다.

"순식간에 끝났어요. 괴생명체는 피를 아주 많이 흘렸어요. 바로 죽어 버렸고요."

비가 내렸고 미할코프가 그를 바라보았다. 땅이 용암처럼 끓어올랐다.

"그래."

미할코프의 목소리는 이제 나긋해졌다.

"당신은 조국을 위대하게 만들어 줬어. 언제나 그랬지. 당신은 영원히 기억될 거야. 그렇게 될 수 있는 사람은 거의 없지. 내 차례가 왔을 때 그렇게 말할 수 있을지 의문이더군. 그런 면에서 난 당신이 부러워."

호프스테틀러가 만약 미할코프 같은 KGB 요원이었다면 이미 10년 전부터 이런 식의 결말이 천천히 덫처럼 조여 오는 것을 감지했을 것이다. 그러나 호프스테틀러는 이제야 자신의 처지를 깨달았다. 그는 이미 제 입으로 괴생명체에 대해 아는 것이 없다고 우겼고 소련으로 돌아가 편안히 지내기에는 미국에서 너무 오랜 시간을 보냈다. 언제나 그의 역할은 모스크바를 위한 임무를 완수하는 것이고 그 밖의 다른 삶은 꿈속에서 허우적대는 것과 마찬가지였다. 그의 엄마와 아빠는 지금까지 약속대로 살아 있었지만 이제 곧 제거될 것이다. 머리에 총을 맞은 부모의 시체는 돌을 매단 채 모스크바 강에 가라앉을 것이다. 들소가 허리춤에서 권총을 꺼내기 직전에 호프스테틀러는 부모님에게 미안하다고, 너무나 사랑한다고 재빨리 작별 인사를 고했다.

호프스테틀러는 비명을 질렀고 본능적으로 들소가 총을 쏘기 전에 우산을 그를 향해 던졌다. 하지만 이들은 잘 훈련받은 암살자들이었고, 그는 서투른 학자였다. 쇠로 된 주먹 같은 것이 곧 그의 턱을 후려쳤고, 뜨거운 돌 같은 것이 얼굴에서 튀어나왔다. 치아였다. 그의 뺨은 피로 부풀어 올랐고, 혀는 갈기갈기 뜯긴 살점으로 곤죽이 됐다. 이제 그는 땅에 누운 채 토마토 수프를 쏟은 듯 피가 입에서 솟구쳤다. 뺨에 총을 맞아 차가운 공기가 왼쪽에서 오른쪽으로 그의 얼굴을 관통했다. 어린 아들을 이 지경으로 망가뜨린 걸 보면 엄마는 화를 낼 것이다. 예쁘고 고른 치아를 옥수수처럼 만들다니! 그는 무릎을 꿇고 일어서려고 했다. 미할코프에게 그가 입은 상처를 보여 준다면 이 정도로 끝날지도 모른다고 생각했다. 그러나 머리는 자꾸 아래로 떨어졌고 무릎은 진흙 속에서 미끄러졌다. 그는 계속 등을 대고 누워 있었고 빗줄기가 그의 눈을 향해 은빛 창살처럼 떨어졌다.

여전히 우산을 들고 있는 들소의 검은 그림자는 모든 빛을 가로막고 있었다. 그는 평소처럼 무표정한 얼굴로 그를 내려다봤다. 그리고 호프스테틀러의 머리에 총을 겨눴다. 총소리가 들리는 듯하더니 들소가 비틀거렸다. 연이어 두 번째 총소리가 들리고 들소의 손에 들려 있던 우산이 무덤 위 흙처럼 호프스테틀러 위로 떨어졌다. 잠시 후 호프스테틀러는 옆으로 기어 나와 팔꿈치로 몸을 일으켰다. 피와 침이 뒤범벅된 그의 가슴팍이 빗줄기에 씻겨 내려갔다. 그의 눈에 들어온 것은 쓰러져 꼼짝 않는 들소의 시체였다. 사정없이 내리는 비에 피 웅덩이는 분홍색이 됐다. 호프스테틀러는 초점이 흐릿한 눈으로 호리호리한 미할코프가 평소와는 다르게 중심을 못 잡고, 허둥지둥 헤매는 모습을 보았다. 그는 여전히 우산을 손에 든 채 총을 꺼내 들었다. 하지만 오랫동안 허영에 들떠 바닷가재와 캐비어를 먹어 대느라 쇠락한 미할코프는 위기에 대처할 능력이 현저히 떨어졌다. 결정적인 몇 초 사이에 정체를 알 수 없는 호프스테틀러의 구원자가 앞으로 달려 나왔다. 그는 프로였고 단단히 총을 쥔 두 손은 폭우 속에서도 끄떡없었고, 들소를 죽인 총에서 연기가 솟아 올랐다. 단 한 발로 모든 것이 끝났다.

미할코프가 차 위로 넘어졌고 그의 우산도 떨어졌다. 총도 마찬가지였다. 셔츠 위로 붉은 꽃이 피어나 또 다른 꽃 장식이 되었다. 그는 그 자리에서 숨을 거두었고, 그렇게 세상에서 사라졌다. 호프스테틀러는 비바람 사이로 눈을 가늘게 뜨고, 총을 쏜 남자가 시체 옆에 무릎을 꿇고 그가 죽었는지 확인하는 모습을 보았다. 남자는 곧장 일어나서 성큼성큼 호프스테틀러를 향해 걸어왔다. 호프스테틀러는 비 때문에 그가 자신 앞에 바짝 다가설 때까지 그가 누군인지 알아보지 못했다.

"스트릭랜드 씨?"

호프스테틀러는 자신의 눈을 믿을 수 없었다. 곧 눈물이 터져 나올 듯한 코맹맹이 소리로 외쳤다.

"세상에, 감사합니다. 감사합니다."

리처드 스트릭랜드는 말없이 그에게 더 다가와 엄지손가락을 호프스테틀러 뺨에 난 구멍에 넣고는 그를 끌어당겼다. 어찌나 세게 잡아 끄는지 호프스테틀러 몸 전체가 진흙 위에서 질질 끌려갔다. 고통은 뒤늦게 찾아와 온 살과 근육으로 퍼져 나갔고, 호프스테틀러는 뺨이 갈기갈기 찢겨 나가는 듯한 아픔에 비명을 질렀다. 어깨에 쓸린 진흙이 눈과 입을 틀어막을 때까지 비명을 지르고 또 질렀다. 그는 장님이 됐고 벙어리가 됐다. 그리고 아무것도 아닌 것이 됐다.

20

의식을 되찾은 호프스테틀러는 악몽을 꾸는 것 같았다. 우르릉거리며 울리는 우레 소리가 모든 것을 삼켰다. 호프스테틀러가 고개를 들어 보니 굵은 빗줄기가 으스러진 벽돌과 녹슨 양철 지붕 위를 두드리고 있었다. 그는 어느 가건물의 콘크리트 바닥에 누워 있었다. 어떤 그림자가 호프스테틀러의 시야를 가렸다. 그는 눈을 깜빡여 눈에 맺힌 액체를 떨어뜨렸다. 피인가? 빗물인가? 콘크리트 바닥을 따라 그를 향해 천천히 걸어온 사람은 스트릭랜드였다. 그는 작은 약병 하나를 쥐고 있었는데 약병이 비어 있는 것을 알고, 욕지거리를 내뱉으며 빗속에 내던졌다.

"깨어났군."

스트릭랜드는 호프스테틀러를 내려다보며 으르렁댔다.

"잘됐군. 할 일이 있었거든."

스트릭랜드가 그의 옆에 쪼그려 앉았다. 그는 어디든 들고 다니던 주황색 전기봉 대신 총을 들고 있었다. 그는 장전한 총을 호프스테틀러의 오른손에 가져다 댔다. 총구는 차갑고 젖어 있었다.

"스트릭랜드 씨."

호프스테틀러가 입을 떼자마자 짓이겨진 뺨과 온갖 손상된 신경들이 비명을 질러댔다.

"리처드, 너무 고통스러워요. 병원이오. 제발……."

"이름이 뭐지?"

스트릭랜드가 물었다. 하지만 호프스테틀러는 이십 년 동안 거짓말을 해 왔고, 거짓말은 그의 본능이 됐다.

"밥 호프스테틀러요. 절 아시잖아요."

총이 발사됐고 호프스테틀러는 손에서 엄청난 충격을 느꼈다. 그가 손을 들어 올려 보자, 손바닥 한가운데에 말끔한 구멍 하나가 나 있었다. 그는 본능적으로 손가락이 제대로 움직이는지 확인하기 위해 손가락을 구부렸다. 아직도 봐야 할 책이 수천 권이었고 써야 할 논문들이 수십 편이었다. 손을 뒤집자 너덜거리는 피부 때문에 고르지 못한 별 모양의 상처 구멍으로 혈관이 빠져나와 있는 모습이 보였다. 곧 출혈이 있을 것이다. 그는 손을 가슴에 대고 압박했다. 스트릭랜드가 호프스테틀러의 다른 쪽 손을 총으로 짓눌렀다.

"네 진짜 이름 말이야, 밥."

"……드미트리요. 드미트리 호프스테틀러입니다. 살려 주세요, 리처드. 제발."

"좋아, 드미트리. 이제 그 특공대 이름과 지위를 대."

"특공대라고요? 무슨 말씀인지……."

총성이 다시 한 번 울렸고 호프스테틀러는 비명을 질렀다. 그는 이번에는 보지도 않고, 왼쪽 손을 가슴에 갖다 댔다. 타 버린 살갗에서 연기가 피어올랐다. 그는 아직 남아 있는 두 손을 꼭 움켜쥐었다. 머릿속으로는 그가 다시는 할 수 없을, 일상적인 행동이 스쳐 지나갔다. 혼자 식사하기, 혼자 목욕하기, 화장실에서 일을 보고 혼자 뒤처리를 하기. 그는 흐느꼈고, 눈물이 뺨에 난 구멍으로 흘러 들어와 혀 위에 짭짤하게 고였다.

"이제 보자고, 드미트리."

스트릭랜드가 중얼거렸다.

"너를 데리러 온 그놈들 말이지. 누군가는 그놈들이 죽었다고 상부에 보고할 거야. 이제 일이 빠르게 진행되겠지. 내가 그에 대해 할 수 있는 건 아무것도 없어. 그러니 다시 묻겠다."

호프스테틀러는 딱딱한 총구가 그의 무릎뼈로 파고드는 것을 느꼈다.

"아뇨, 아뇨, 제발요. 리처드, 제발 절 살려 주세요."

"이름과 지위를 말해! 그 괴물 놈을 가져간 특공대의 이름 말야!"

붉게 피어오르는 고통 속에서 호프스테틀러는 스트릭랜드가 소련이 괴생명체를 훔쳐 갔다고 믿고 있다는 걸 깨달았다. 최신식 장비를 갖춘 어떤 특공대가 환기구를 통해 기어 들어와 그들의 사냥감을 빼앗았다고 말이다. 호프스테틀러의 입에서 이상한 소리가 흘러나왔다. 처음에는 고통의 울부짖음일 것이라고 생각했지만, 또 다른 소리가 흘러나왔고 그는 자신이 웃고 있음을 깨달았다. 스트릭랜드의 생각이 우스웠다. 그의 웃음소리는 생명줄이 끝을 향해 타들어 가는 와중에도 유쾌하게 들렸다. 그는 턱을 벌렸고, 크게 웃었다. 피거품이 일어나고 치아 조각이 튀어나왔다. 스트릭랜드는 얼굴이 붉게 달아올라 총을 쐈고 호프스테틀러는 소리를 질렀다. 호프스테틀러의 무릎 아래쪽 다리가 콘크리트 바닥 위에서 덜렁거렸다. 하지만 그의 비명은 다시 웃음소리로 바뀌었다. 그는 자기 자신이 자랑스러웠다. 스트릭랜드는 입술을 물어뜯었고, 총소리가 이어졌다. 다른 쪽 무릎, 두 팔꿈치, 어깨. 고통은 폭발적으로 커져 갔고 어느 순간 고통이 아닌 순간이 왔다. 호프스테틀러가 생의 마지막에 선택한 음악은 바로 웃음이었다. 그는 순수하고 원시적인 상태로 접어들었고, 경쾌한 웃음소리는 그의 입속과 뺨에 난 구멍과 온몸의 뚫린 새로운 구멍으로 울려 퍼졌다. 스트릭랜드는 벌떡 일어나 호프스테틀러의 복부에 총을 들이댔다.

"이름! 지위! 이름! 지위!"

"지위?"

호프스테틀러가 웃음을 터트렸다.

"……청소부."

호프스테틀러는 말하고 나서 곧바로 후회했다. 그 사실을 말해서는 안

됐다. 하지만 머리가 너무 어지러웠고 내장의 피가 옆구리로 끊임없이 흘러내렸다. 그리고 스트릭랜드 앞에 똬리를 튼 그의 창자는 항의라도 하듯 김이 올랐다. 호프스테틀러는 독서대와 책상 앞의 삶에서 벗어난 뒤 온갖 우여곡절을 겪었지만, 그는 마지막까지 완고한 학자였다. 그는 안개비 속에서 자신이 가장 좋아하는 철학자 '피에르 떼 야르 드 샤르댕(Pierre Teilhard de Chardin)'의 말을 중얼거렸다.

'진정한 학자 말고 어느 누가 진심으로 철학자를 사랑하겠는가.'

우리는 결국 하나다. 당신과 나. 우리는 함께 고통 받고 함께 존재하며 영원히 서로를 재창조할 것이다.

그래, 바로 그거야. 인생을 혼자 살아왔다는 것은 중요치 않았다. 결국 그는 혼자가 아니었다. 그는 당신과, 또 당신과, 그리고 또다시 당신과 함께 있었다. 괴생명체가 아니었다면 그는 어떤 것도 신경 쓰지 않았을 것이다. 이렇게 한 사람이 희생되면서 궁극의 출현(出現), 즉 신을 찾게 되었다. 신이시여! 이 얄궂은 장난꾸러기인 신은 우리가 전혀 기대하지 않았던 곳에 숨어 계셨다. 그분은 교회나 대리 석판 위가 아닌, 우리 안에, 우리 심장 바로 곁에 계셨다.

21

스트릭랜드가 현관문을 벌컥 열기 전까지 젤다는 자기가 요리를 하고 있었다고 생각했다. 문고리에 단단히 붙어 있던 나무판이 부서지고, 강도가 끊어 버린 목걸이처럼 자물쇠가 딸랑거리기 직전까지 말이다. 젤다는 보통 출근하기 전에 브루스터를 위해 요리를 하고, 그날 분의 먹을거리를 싸 두었다. 베이컨과 버터와 방울양배추 냄새가 코를 찔렀다. 깊은 목소리로 발라드를 부르는 가수의 노래도 틀어 놓았던 것 같았다. 그녀는 자신이 그 순간 즐거워하고 있었는지, 행복해했었는지 궁금했다. 이러한 세세한 순간을 기억하는 일은 중요하다. 왜냐하면, 그때가 그녀가 마지막으로 즐겁고 행복한 순간이 될 수도 있기 때문이다.

지금까지 젤다가 본 가장 비현실적인 모습은 F-1의 괴생명체가 엘라이자의 카트 안에서 자기를 쏘아보던 모습이었다. 정말 기이했다. 무시무시하고 번쩍이는 야수가 때 묻은 걸레들만 놓여 있는 지저분한 바닥에 앉아 있었다. 그러나 그 모습조차 지금 눈앞의 존재에 비하면 빛이 바라고 희미해졌다. 리처드 스트릭랜드가 비에 흠뻑 젖은 채 거실에 우뚝 서 있었다. 더구나 그는 피가 잔뜩 묻은 총을 그녀에게 겨누고 있었다. 브루스터는 리클라이너 의자를 한껏 젖히고 앉아 발을 받침대에 걸친 채 빈둥거리던 참이었다.

스트릭랜드는 TV 앞을 가로막았고, 브루스터는 당황한 얼굴로 시체 먹는 악귀가 자신의 아파트에 나타나기라도 했다는 듯이 그를 바라봤다. 스트릭랜드는 코웃음을 치며 피와 비가 섞인 가래를 뱉었고 그 위를 발로 문질러 댔다. 깨끗했던 카펫은 신발 밑바닥에 붙어 있던 진흙으로 얼룩졌다. 젤다는 순식간에 상황을 파악했고 본능적으로 주걱을 쥔 팔을 앞으로 내밀었다.

"멋진 집에서 사는군."

스트릭랜드가 목소리를 가다듬었다.

"스트릭랜드 씨."

그녀는 변명했다.

"저희는 아무 짓도 하지 않았어요. 맹세해요."

그는 아파트 벽을 보며 얼굴을 찡그렸다. 순간, 젤다는 이 남자의 잔인한 붉은 눈에 자신의 유쾌한 장식품들이 어떻게 보이는지 알아챘다. 단 한 번도 행복해 본 적 없는 인생을 행복한 척 기념하고 있는 작위적인 소품, 역겨운 기념품, 투박한 노리개들. 스트릭랜드는 느긋하게 주먹을 풀고 총으로 사진 액자를 깨 버렸다. 젤다 어머니의 얼굴을 덮고 있던 유리가 번개 모양으로 금이 갔다.

"어디에 뒀지? 지하실인가?"

그가 술에 취한 듯 비틀거렸다.

"우리 집엔 지하실이 없어요. 진짜예요, 스트릭랜드 씨."

그는 도자기 인형들이 놓인 선반을 총으로 쓸었고, 인형들은 하나씩 바닥으로 떨어져 산산조각 나 버렸다. 젤다는 인형들이 깨질 때마다 매번 움찔거렸다. 아코디언을 켜는 작은 소년, 눈이 큰 사슴, 새해를 축하하는 천사들, 그리고 페르시안 고양이. 아무런 의미 없는 그저 싸구려 장식품이라고 애써 자위했지만 그것은 거짓말이었다. 모두 의미 있는 물건들이었다. 그것들은 두툼한 스테이크나 시리얼, 치즈 같은 것들 말고 30년 동안 그녀가 자신을 위해 모은 소소하고 예쁜 물건들이었다.

스트릭랜드가 부서진 도자기를 진흙투성이 발꿈치로 짓밟으며 몸을 돌렸다. 그리고 손가락질 하듯 권총으로 그녀를 겨눴다.

"브루스터 부인, 당신 이름은 진짜 문제야."

"브루스터는 전데요."

브루스터가 대답했다. 자기 이름이 들리자 그는 벌벌 떨었다. 스트릭랜드는 그를 바라보는 대신 고개를 저었다.

"좋아. 젤다 풀러. 젤다 디 풀러. 그 옛날의 데릴라."

그는 벽에서 떨어져 젤다에게 성큼성큼 걸어왔다. 너무 빠른 속도로 다가오는 바람에 젤다는 겁을 먹고 주걱을 바닥에 떨어뜨리고 말았다.

"내가 얘기를 다 안 해 줬지."

그는 총을 휘둘러 젤다의 할머니가 물려주신 도자기 꽃병을 부숴 버렸다.

"내가 기억하기로 데릴라에게 배신당한 삼손은 장님이 됐어. 그리고 블레셋의 사람들에게 고문을 당했지. 하지만 마지막 순간에 구원을 받지. 하느님이 그를 구하신 거야."

그는 총으로 장식장 유리를 쳐서 그녀의 어머니가 남긴 좋은 도자기를 가루로 만들어 버렸다.

"왜 구원받았을까? 왜냐하면 삼손은 선한 사람이거든, 데릴라. 원칙을 지키는 사람이지. 올바른 일을 하기 위해서 마지막 남은 힘까지 쥐어짠 사람이야."

그는 젤다 옆으로 손을 뻗어 가스레인지 위의 프라이팬을 집어 들고는 베이컨 기름을 젤다의 수화책 위에 뚝뚝 쏟았다. 기름이 지글거리며 책에 검은 구멍을 냈다. 젤다는 분노가 치밀어 올랐고 엉망이 된 집을 쏘아봤다. 그녀가 투쟁하며 애써 쌓아 올린 삶의 추억들이 파괴되어 있었다. 스트릭랜드는 그녀와 1미터도 안 되는 거리에 서 있었고 아마도 그 총은 그녀의 얼굴을 후려칠 것이다. 하지만 그녀는 가능한 한 높이 턱을 쳐들었다. 겁먹지 않을 것이고 친구를 포기하지 않을 작정이었다.

스트릭랜드는 음흉하게 그녀를 훑어봤다. 스트릭랜드 입술 양쪽으로 아스피린이 녹은 것처럼 보이는 하얀 거품이 맺혀 있었다. 그는 천천히 왼손을 들었다 속수무책으로 퍼붓는 횡포를 겪은 후에도 젤다는 그 역겨운 광경에 또 흠칫 놀랐다. 그녀와 엘라이자가 실험실 바닥에서 찾아낸 손가락들이 왼손에 위태롭게 매달려 있었다. 손가락들은 썩은 바나나처럼 번들거리는 검은색이었고, 금방이라도 터질 것처럼 부어 있었다.

"신은 삼손에게 모든 힘을 돌려주셨지. 모든 힘을 말이야. 그래서 그는 신전의 기둥을 부여잡았어."

스트릭랜드는 말했다. 겨드랑이에 총을 끼고는 죽은 손가락 두 개를 꽉 쥐었다.

"그러고는? 그 기둥들을 부숴 버렸지."

스트릭랜드가 그의 손가락을 잡아 뜯었다. 가볍게 두둑거리는 소리와 함께 구멍이 뚫리 듯 손가락들이 떨어져 나갔다. 젠장. 콩깍지에서 터져 나오는 콩알들 같군. 젤다가 비명을 지르기 전에 생각했다. 곧이어 그녀는 브루스터가 맥주를 떨어뜨리는 소리와 리클라이너 의자가 제 위치로 획 돌아오는 소리를 들었다. 스트릭랜드는 손가락 구멍에서 그레이비소스처럼 끈적이는 갈색 액체가 흘러나와 그의 손을 뒤덮는 모습을 보고 놀라 눈썹을 움찔 올렸다. 그는 손에 쥔 두 개의 검은 소시지를 두고 잠시 고민하다 부엌 바닥에 던져 버렸다. 손가락 하나에서 결혼반지가 빠져 바닥에 떨어졌다.

"엘라이자예요."

브루스터가 불쑥 내뱉었다.

"그 여자 성이 뭐였더라. 아무튼 그 벙어리요. 그녀가 그걸 가져갔어요."

열린 문을 통해 빗소리, 웅얼거리는 TV 소리, 그리고 카펫 위로 맥주가 쿨럭이며 쏟아지는 소리만 들렸다. 스트릭랜드가 몸을 돌렸다. 젤다는 쓰러지지 않기 위해 가스레인지를 짚고는 남편을 향해 고개를 흔들었다.

"브루스터, 안 돼."

"그녀는 극장 위층에 살아요."

그가 말을 멈추지 말았다.

"젤다가 그렇게 말했어요. 아케이드, 강 북쪽으로 몇 블록 떨어진 곳이에요. 여기서 금방 갈 수 있어요. 5분이면 돼요."

스트릭랜드의 손에 들린 총이 갑절은 무거워진 것처럼 보였다. 젤다는 총이 바닥을 향해 천천히 내려오는 것을 보았다.

"엘라이자? 엘라이자가 이 짓을 벌였다고?"

스트릭랜드가 중얼거리며 젤다를 쏘아봤다. 충격적인 배신에 그의 얼굴이 일그러졌다. 그는 자신을 잡아 줄 누군가를 찾는 듯 미세하게 떨었다. 스트릭랜드는 고개를 숙인 채 리놀륨 바닥에 얼룩처럼 떨어져 있는 두 손가락이 다시 그의 왼손에 돌아오길 바라는 듯이 입을 삐죽거렸다. 그는 심호흡을 시작했다. 처음에는 얕게, 그러고는 점점 깊게. 그는 곧 정신을 차린 듯 고개와 어깨를 똑바로 폈다. 젤다의 눈에 다 망가진 이 남자에게 남은 건 군인다운 참을성뿐인 것 같았다.

그는 더러운 신발로 카펫 위를 터벅터벅 걸어가 콘크리트 블록을 들기라도 하듯 전화기를 들었다. 그리고 진흙탕을 헤집듯 거칠게 다이얼을 돌렸다. 젤다는 브루스터를 노려봤고 브루스터는 스트릭랜드를 보고 있었다. 젤다는 수화기 저편에서 한 남자가 힘없는 목소리를 들었다.

"플레밍."

스트릭랜드는 젤다를 몸서리치게 할 정도로 서늘한 목소리로 말했다.

"내가……. 내가 틀렸네. 다른 놈이었어. 엘라이자 에스포지토였어. 그녀가 아케이드 윗층에 괴생명체를 데리고 있다는군. 그래, 그 극장. 군인들을 그쪽으로 보내. 나는 직접 가겠네."

스트릭랜드는 조심스럽게 총을 총집에 집어넣었다. 그는 유리와 갖가지 도자기들과 종이와 살점들을 짓밟았고, 수많은 쓰레기가 순식간에 생겨났다. 젤다는 완전히 탈진한 스트릭랜드의 모습을 보며 그가 마치 그대로 이곳에 멈추어 선 채 균열이 생겨 도자기 조각처럼 산산조각 날 것만 같았다. 그러나 스트릭랜드는 시계태엽 같은 인간이었다. 내면의 톱니바퀴가 돌아가면서 그는 다시 움직이기 시작했다. 그리고 발을 끌며 브루스터와 TV 사이를 지나 열려 있던 문 밖으로 나갔다. 그곳에서 한 번 더 휘청거리더니 빗속에 녹아 버린 듯 사라졌다. 젤다는 전화기를 향해 뛰어나갔다. 그러나 브루스터는 전에 없던 속도로 재빨리 움직여 전화기 앞을 가로막고 섰다.

"브루스터, 비켜."

"더 이상 끼어들지 마. 우리는 끼어들면 안 돼."

"당신 때문이야, 브루스터! 그가 엘라이자 집으로 갈 거야. 그녀에게 경고해야 해. 그 남자는 총을 가지고 있다고!"

"나 때문에 우리 목숨을 건진 줄이나 알아. 그 사람들이 네 친구를 못 잡으면 그다음엔 누구를 족치겠어? 그가 가만히 있을 것 같아? 참견하고 다니던 흑인들이 어찌 됐는지 잊었어? 우리는 문을 고쳐야 해. 그러고 나서 저기 있는……. 그 남자가 바닥에 던지고 간 깃들을 치우면 돼. 아무 일도 없었던 것처럼 자리에 앉아 텔레비전을 보는 거야. 보통 사람들처럼."

"당신한테 얘기를 하지 말았어야 했어. 단 한 마디도 하지 말아야 했다고."

젤다의 얼굴이 화로 붉게 타올랐다.

"저녁이나 마저 만들어. 나는 바닥을 닦을 탄산수나 찾아야겠어."

"그 둘은 서로 사랑해. 기억 못 해? 사랑이 어떤 건지 기억 못 하는 거야?"

브루스터가 팔을 축 늘어뜨렸지만 전화기 앞에서 물러나지 않았다.

"당연히 기억하지. 그래서 당신이 전화를 걸게 내버려 둘 수 없어."

브루스터가 말했다. 언제나 번쩍이는 TV 화면을 들여다보느라 반쯤 감겨 있던 그의 갈색 눈이 밝게 빛나고 있었다. 젤다는 스트릭랜드가 남기고 간 쓰레기 잔해가 그의 눈에 비치는 것을 보았다. 아니, 그보다 더 많은 것을 보았다. 브루스터의 투쟁과 상실의 역사가 보였다. 그는 언제나 늘 졌지만 절대 멈추지 않았다. 젤다가 오컴을 그만두고 세탁소를 차리고 싶다는 위험한 환상을 품을 때조차도 그랬다. 브루스터는 용감했고 살아남았으며 여전히 이곳에 살고 있었다. 그는 선한 사람이었다.

그러나 그녀도 선한 여자였다. 아니, 선한 여자가 되고 싶었다. 브루스터의 차 열쇠가 놓여 있는 우묵한 그릇, 활짝 열린 문, 빗속에 서 있는 브루스터의 포드 자동차가 그녀를 그렇게 만들어 줄 것이다. 그녀는 구약성서에서나 나올 법한 폭풍우 속에서도 엘라이자 곁으로 갈 수 있다는 걸 알았다. 브루스터는 그녀를 쫓아오기에는 아직 정신이 혼미해 보였다. 그녀가 알지 못하는 것은 그녀가 엘라이자의 집에서 할 수 있는 일과 그 후에 벌어진 일들이었다. 그러나 인생은 언제나 불확실하지 않았던가? 세상은 변한다. 혹은 변하지 않는다. 이 혼란스러운 세상에서 당신이 할 수 있는 일은 올바른 가치를 위해 싸우고, 또 자신이 그럴 수 있다는 점에 기뻐하는 것이다. 적어도 그것이 젤다가 가진 최고의 계획이었다.

22

엘라이자는 그녀가 종이로 만들어 낸 밀림의 잎사귀 하나하나, 넝쿨 하나하나, 돌 하나하나를 모두 알고 있었다. 그녀 위에 드리워진 그림자에서 그 어떤 악의도 찾을 수 없었다. 그녀는 따뜻하고 젖은 눈을 떴다. 그리고 속눈썹을 모두 엉기게 만들려는 작은 물방울들의 즐거운 저항을 즐겼다. 엉겨 붙었던 눈썹이 한 가닥씩 나른하게 떨어졌다. 자일스가 거실 전등을 등진 채 욕조 앞에 서서 부드럽게 웃고 있었다. 그녀는 그의 눈에 맺힌 눈물이 온실처럼 무더운 욕실 때문인지 궁금했다.

"저기, 이젠 시간이 됐어."

그는 말했다. 그녀는 꾸벅꾸벅 졸고 있는 괴생명체에게 나른하게 팔을 둘렀다. 다시 기억을 떠올리고 싶지 않았지만 저절로 머릿속에 그 장면이 떠올랐다. 몇 시간 전, 아니 어쩌면 몇 천 년 전에 그녀는 가장 숭고하고도 끔찍한 부탁을 하기 위해서 자일스 아파트 문을 두드렸다. 그녀는 슬픔이 길어지지 않도록 재빨리 수화로 부탁했다. 자정 전에 그녀의 집으로와 그녀를 욕조에서부터 일으켜 세운 뒤, 그녀가 어떤 반항을 하든 무시하라는 내용이었다. 그녀가 누워 있는 목욕물은 이미 차가워졌지만 그녀는 여전히 욕조를 떠나고 싶지 않았다. 하지만 이미 상당히 늦었다. 그녀에겐 그에게 작별 인사를 고할 시간이 꼬박 하루가 있었지만 아직 시작조차 하지 못했다.

자일스는 쭈그려 앉기 위해 무릎에 손을 가져가다 멈췄다. 그는 길고 가느다란 붓을 들고 있었다. 이제 바지 한쪽이 온통 초록색투성이가 됐다. 그는 빙그레 웃으며 붓을 가슴팍에 있는 주머니에 꽂고는 자부심이 가득한 목소리로 말했다.

"작업을 끝냈어."

엘라이자는 그의 목소리에 묻어나는 자랑스러움이 기뻤다.

"그를 갖는 것과는 비교도 안 되겠지. 그러나 나는 사람으로서 그릴 수 있는 최선을 다했다고 믿어. 엘라이자, 너를 위해 그렸어. 그를 기억하기 위해 그 그림을 가져가. 나가는 길에 보여 줄게. 둘 모두에게 말야. 이제 제발! 정말 늦었어. 내 손을 잡아 줄래?"

엘라이자는 친구의 덥수룩한 머리, 얼굴에 묻어나는 소년 같은 활력, 건강한 얼굴색에 감탄하며 미소 지었다. 그는 부드러웠지만 단호했다. 그녀는 그가 내민 손과 물감이 묻은 손가락 털과 색으로 물든 손톱을 바라봤다. 그녀는 물속에서 손을 꺼냈다. 엘라이자의 손이 자신의 등을 떠나는 순간 괴생명체는 움찔하며 그녀를 더욱 꽉 껴안았다. 엘라이자는 주저했다. 그녀의 손은 물에 잠긴 신혼 침대와 자일스의 단단한 현실의 땅 사이, 그 중간 세계에 속해 있었다. 엘라이자는 자신이 그 틈을 메울 수 있을지 알 수 없었다.

거리에서 요란한 소리가 들려왔다. 그 소리는 건물에 가까워졌고 점점 커졌다. 철, 유리, 플라스틱, 증기. 엘라이자는 공격을 받는 것 같았고, 온몸으로 충격을 느꼈다. 그녀는 자신이 시간을 너무 끌었다는 것을 깨달았다. 자일스가 두 세계를 뛰어넘어 그녀의 손목을 낚아챘다. 괴생명체 또한

418

알았다. 그의 손톱이 불쑥 튀어나와 그녀의 벌거벗은 등에 할퀸 자국을 내버렸다는 것을. 이들은 다 같이 움직였고 욕조 가장자리로 물이 튀었다. 식물들은 세면대에서 떨어졌고, 종이 방향제들이 벽에서 출렁였다.

이들은 발각되었다.

23

이 모든 것은 비 때문이다. 도로에 5센티미터 정도 차오른 물은 스트릭랜드를 자꾸 배수로로 끌어당겼다. 비가 어지러운 별처럼 앞 유리창에 휘몰아쳐 길을 잘못 들어서기도 했지만 이내 극장이 그의 시야에 들어왔다. 극장 조명이 유리창에 노란 물감처럼 번졌다. 스트릭랜드는 근처 골목에 차를 세웠다. 그토록 자랑하는 파워스티어링 덕을 좀 보려 했으나, 이미 차 뒤편이 산산조각이 나서 가장 단순한 조작도 불가능했다. 2.3톤의 무게에 5, 6미터 길이의 으리으리한 휴식 공간을 갖추고, 시속 200킬로미터까지 10.7초만에 도달하며, AM/FM 스테레오라디오를 갖춘, 새 지폐처럼 바삭한 청록색 캐딜락 쿠페 드 빌은 극장 벽을 들이박았다.

스트릭랜드가 차 밖으로 빠져나왔다. 습관처럼 문을 닫으려고 했지만, 그에겐 손가락 두 개가 없었다. 그는 문을 완전히 놓쳤고 그의 손은 빗속을 둥둥 떠다녔다. 그는 차의 상태를 살폈다. 앞쪽 범퍼가 나가고, 뒤쪽 범퍼도 나갔다. 아메리칸 드림의 앞뒤가 모두 끝났다. 하지만 이제 이것은 문제가 아니다. 그는 정글 신이었고, 원숭이들은 그의 어리석은 두개골을 찢고 튀어나왔다. 그는 발목까지 차오른 물웅덩이를 첨벙거리며 건

넜다. 명찰을 단 남자가 매표소에서 달려 나와 보도 전체에 흩어진 벽돌을 보고 경악했다. 밀림 속에서 이 남자는 그저 붕붕대는 벌레일 뿐이었다. 스트릭랜드는 권총을 꺼내 그의 코를 후려갈겼다. 피가 깃발처럼 펄럭이며 날아가 빗줄기를 따라 보도 위로 후두둑 떨어졌다. 스트릭랜드는 고통으로 꿈틀거리는 남자를 지나쳐 물을 잔뜩 머금은 현란한 조명 간판 아래에서 주위를 살폈다. 마침내 골목 뒤편에서 그가 원하던 것을 찾았다. 움푹한 벽면에 뚫려 있는, 위층 아파트로 통하는 문이었다. 엘라이자, 그의 소리 없는 판타지, 미래의 희망이자 배신자, 그리고 먹잇감이 그곳에 있었다. 하지만 캐딜락이 온 골목을 가로막고 있어 그는 울퉁불퉁한 자동차 후드를 타고 올라가야만 했다. 스트릭랜드는 이중 구조의 엔진에서 뿜어져 나오는 증기 속에 잠시 멈춰 섰다. 아마존의 열기, 소름 돋는 오싹함, 흥분한 독사의 꿈틀거림, 무더움에 지친 피라냐 떼의 습격. 이 모든 것들이 그를 단단하고 능숙하며 예리하고 효율적인 인간으로 만들어 주었다.

골목 반대편 나방들이 달려드는 불빛 아래에 주차되어 있는 익숙한 물건이 스트릭랜드의 눈에 들어왔다. 앞범퍼가 없고 밀리센트 세탁소라고 쓰여 있는 하얀색 밴이었다. 스트릭랜드는 뜨거운 열기 사이에서 빠져나와 씩 웃었다. 비가 수백만 개의 화살처럼 날아와 그의 머리에 부딪쳤다가 힘없이 튕겨져 나갔다.

24

그들은 비상계단 꼭대기에서부터 괴생명체를 양쪽에서 부축하고, 움직였다. 엘라이자는 가장 빨리 걸칠 수 있는 옷을 입었다. 후줄근한 분홍색 목욕 가운과 줄리아에서 구입한 은색 구두였다. 엘라이자는 까딱하다가 난간에서 굴러 떨어질 것 같아 구두를 부적처럼 품에 안고 있었다. 괴생명체는 담요를 두르고 있었지만, 그의 온몸을 가리기에는 역부족이었다. 게다가 엘라이자와 떨어지지 않으려고, 그녀를 연신 끌어당기고 있었다. 엘라이자는 퍼그가 주차되어 있는 쪽을 내려다보았다. 부서진 차 한 대가 골목 사이에 끼어 있었다. 저 골리앗 같은 청록색 차는 퍼그가 도로로 나갈 수 있는 유일한 출구를 막고 있었다. 엘라이자는 누군가 아파트 출입문의 손잡이를 붙잡고 흔드는 소리를 들었다. 문을 발로 세게 후려치는 시끄러운 소리와 계단을 뛰어 올라오는 발소리가 들렸다. 자일스는 침착하게 엘라이자를 비상계단 아래로 내려보냈다. 다급한 움직임에 발이 미끄러지고, 서로 몸이 계속 부딪쳤다. 엘라이자는 머리를 괴생명체의 목에 묻은 채 자일스의 다 젖은 스웨터를 붙잡고 계단을 내려갔다. 자일스는 이 둘을 신속하고, 대담하게 이끌었다. 그의 새 머리카락이 이마에 달라붙었고, 주머니에 꽂아 둔 붓은 셔츠를 초록색 피로 물들었다. 엘라이자는 자신의 심장을 들여볼 수만 있다면 분명 그와 마찬가지로 초록색의 피를 흘리고 있을 거라고 생각했다. 그들은 산산이 부서진 마음을 안고 무사히 골목길에 다다랐다.

　"걸어서 가야 해! 겨우 몇 블록이야. 할 수 있어! 길게 얘기하지 말고 어서 가자!"

　자일스가 폭우 속에서 소리쳤다. 골목은 언제나처럼 여기저기가 움푹 팬 지뢰밭이었다. 한 걸음 내디딜 때마다 발이 비틀거리면서 정강이까지 기름 섞인 물에 빠졌다. 은색 구두의 버클을 풀 시간이 없었다. 이들은 마치 고장 난 증기기관처럼 들쑥날쑥거리며 전진했다. 그리고 마침내 부서진 차 앞에 다다랐다. 헤드라이트 불빛에 앞이 잘 안 보였다. 엘라이자는 우그러진 후드 위로 기어 올라가 자일스가 괴생명체를 끌어당기는 것을 도왔다. 마지막으로 자일스는 떨어진 담요를 주워 와 괴생명체의 몸을 감싼 후 엘라이자와 괴생명체의 등을 떠밀었다. 엘라이자는 무심코 뒤를 돌아보다 아르주니안을 발견했다. 그는 그가 상영했던 영화 중 가장 이상한 영화를 현실에서 마주한 사람처럼 보도 끝에서 부러진 코를 손으로 누른 채 그들을 멍하니 바라보고 있었다.

25

스트릭랜드는 데우스 브랑퀴아의 냄새를 맡았다. 아마존에서의 기억이 갑자기 떠올랐다. 아가미 신은 소금물과 과일과 토사의 향을 풍겼다. 그러나 오컴의 실험실에서는 살균 소독제로 그 냄새를 지워 버렸다! 아가미 신으로부터 자신을 방어할 수 있는 가장 중요한 냄새를 스스로 없애 버리다니, 얼마나 인간은 어리석은가. 청소부들은 비난 받아도 마땅했다. 청소부들의 비누, 표백제 그리고 암모니아는 이 세상의 더러운 것을 쓸어 버리지 못했을 뿐만 아니라 또 다른 세계, 우월한 세계를 지워 버렸다. 스트릭랜드는 서둘러 끝장을 보고 싶었다. 아파트 복도 끝으로 문이 두 개 보였다. 그는 첫 번째 문을 골라 문고리에 대고 총을 쐈다. 아파트의 문은 데릴라의 집 문보다 조잡했다. 문의 삼분의 일이 톱밥이 되어 날아갔다. 스트릭랜드는 끄트머리가 날카롭게 부러진 문의 잔해를 발로 차 버리고 총을 든 채 집 안으로 어깨를 들이밀었다. 영동의 탄광 안 시체 더미 앞에서 숨이 붙어 있는 것은 무엇이든 죽였던 그 시절처럼 준비가 되어 있었다.

위대함과 축복 속에서 눈부시게 빛나는 데우스 브랑퀴아가 좁고 더러운 거실 한가운데에서 으스대며 서 있었다. 하지만 그것은 스트릭랜드의 상상일 뿐이었고, 그는 그곳에 없었다. 스트릭랜드는 무릎을 꿇고 소리를 지르며 총을 쐈다. 총을 쏘고 또 소리를 질렀다. 총알이 데우스 브랑퀴아를 정확히 관통했지만 아가미 신은 꼼짝도 하지 않았다. 스트릭랜드의 총은 뜨거워졌고 그의 팔은 떨렸다. 그는 벽에 몸을 기댄 뒤 얼굴을 가렸다. 데우스 브랑퀴아가 변함없이 참을성 있는 얼굴로 그를 똑바로 내려다보고 있었다. 스트릭랜드는 흐르는 눈물을 닦아 냈다. 이 데우스 브랑퀴아는 진짜가 아니었고, 그가 죽일 수 있는 대상이 아니었다. 그건 그림이었다. 실제보다 컸고 세세한 부분들은 조금 어설프기까지 했다. 그래도 어쨌든 그건 데우스 브랑퀴아였다. 스트릭랜드는 고개를 기울여 다시 그림을 들여다봤다. 아가미 신을 그린 그 그림은 스트릭랜드를 안아 주기 위해 팔을 드는 것처럼 보였다. 착각이었다. 스트릭랜드의 머릿속에 지워 버렸던 기억이 불쑥 떠올랐다. 그는 아마존의 그 치명적인 강에서 데우스 브랑퀴아를 쫓다가 동굴에 다다랐다. 데우스 브랑퀴아는 스트릭랜드의 폭력과 분노와 혼란을 이해했고, 호이트 장군이라는 이름의 신에게 그가 느끼는 의무감을 동정하며 그에게 손을 내밀었다. 하지만 스트릭랜드는 그 호의적인 몸짓을 무시하고 데우스 브랑퀴아에게 작살을 꽂았다. 스트릭랜드는 이제서야 자신도 그 작살의 다른 쪽 끝에 꿰어 있다는 것을 깨달았다. 데우스 브랑퀴아와 스트릭랜드. 둘은 상처와 상처로 영원히 엮인 것이다.

26

엘라이자는 지금 이 순간을 기적이라고 생각했다. 매섭게 쏟아지는 빗줄기 때문에 길거리는 텅 비었다. 불량배들의 자동차는 주차장에 얌전히 주차 되어 있었고 운전기사들은 영원히 끝나지 않을 것 같은 이 비가 어서 멈추기만을 바랐다. 외롭고 슬픈 사람들은 버스 정류장 지붕이나 상점 차양 밑에 옹기종기 모여서 신발이 푹 잠기도록 물이 차오르는 모습을 바라봤다. 남들의 시선 때문에 인도를 걸을 수 없었던 엘라이자와 자일스는 가장 높은 지대에 있는 길 한가운데를 따라 걸었다. 괴생명체는 엘라이자와 자일스의 사이에서 부축을 받았고, 그의 아가미는 비를 향해 활짝 열려 있었다.

엘라이자는 푹 젖은 실내복을 입고 있었고, 자일스는 젊은 영혼으로 새롭게 태어났지만, 여전히 나이가 많았다. 두 사람은 빨리 걸을 수 없었다. 조만간 아파트에서 뛰쳐나온 스트릭랜드가 곧 이들을 잡게 되리라. 엘라이자는 계속 뒤를 돌아봤다. 다 부서진 캐딜락이 으르렁대며 그들을 향해 탱크처럼 돌진해 와서 리처드 스트릭랜드가 비의 장막을 뚫고 흐늘흐늘 웃으면서 그녀에게 이렇게 말할 것만 같았다.

"네가 꽥꽥거리도록 만들 수 있어. 아주 조금이라도 말이야."

머리카락에서 빗물이 뚝뚝 떨어지는 엘라이자는 거의 미친 사람처럼 보였다. 엘라이자는 기적을 하나 더 바랐다. 열쇠가 꽂힌 채 버려진 차나

이 날씨에 버스를 몰고 다니는 정신 나간 운전기사가 나타나기를. 엘라이자는 자일스에게 수화로 말했다.

너무 느려요.

그가 자신을 보지 않자 그녀는 괴생명체를 지나 자일스의 팔을 건드렸다. 하지만 그는 여전히 그녀를 보지 않았고, 그 자리에 갑작스럽게 멈춰 섰다. 반동으로 괴생명체는 고꾸라졌고 은색 구두를 신은 엘라이자도 거의 넘어질 뻔했다. 엘라이자는 불안한 얼굴로 자일스를 바라봤다. 그는 쏟아지는 비에 맞서 두 눈을 커다랗게 뜬 채 도로변을 응시하고 있었다.

그들의 오른편에 있는 배수로 앞에 어두운 덩어리가 뭉쳐 있었다. 엘라이자는 처음엔 배수관이 넘치면서 토해낸 진흙이라고 생각했다. 그러나 그 덩어리는 스스로 움직였다. 폭포처럼 쏟아지는 빗물 속에서 수영을 하다가 보도 위로 기어 올라왔다. 엘라이자는 그 덩어리의 정체를 알아채고 큰 충격을 받았다. 그건 범람한 하수관에서 흘러나온 쥐들이었다. 저 멀리서 또 다른 목격자의 겁에 질린 비명이 들렸다. 쥐들은 서로 엉겨 몸싸움을 했다. 분홍색 꼬리는 엉켜 있었고, 타르처럼 길거리로 퍼져 나갔다. 젖은 털가죽이 거리 불빛에 번들거렸다. 엘라이자가 고개를 돌리자 그곳에서도 설치류들이 검은 물결을 이루고 있었다. 자일스가 엘라이자의 손을 더 꽉 잡았다. 엘라이자는 쥐들에게 둘러싸이자 숨을 참았다. 쥐들은 2미터 정도의 거리를 남기고 일제히 멈춰 섰다. 광기로 가득찬 검은 눈들로 그들을 쏘아보며, 코를 킁킁댔다. 이제 수백 마리의 쥐들이 신호를 기다리고 있었다.

"어쩌지…… 뭘 어떻게 해야 할지 모르겠어."

자일스가 말했다. 엘라이자는 흠뻑 젖은 담요 아래에서 괴생명체가 떨

고 있는 것을 느꼈다. 괴생명체는 힘겹게 숨을 쉬느라 몸을 들썩였지만 긴 손톱이 달린, 커다란 손을 흔들림 없이 들어올려 부드럽고 둥그렇게 움직였다. 마치 축복을 내리는 동작 같았다. 비늘로 덮인 그의 손바닥 위로 빗물이 고였고 비에 젖은 쥐들은 작은 몸을 서로 맞댄 채 한꺼번에 몸을 떨면서 파도 모양을 이루었다. 그리고 무언가를 긁는 것 같은 이상한 소리가 빗소리에 맞서 점점 커졌다. 그 소리는 수천 개의 작은 발이 인도를 따라 뒷걸음질치는 소리였다. 그녀는 눈앞의 광경을 믿을 수가 없어서 눈을 비벼 빗방울을 떨어냈다. 쥐들은 그들이 지나갈 수 있는 길을 만들어 주면서 사방으로 갈라졌다. 괴생명체는 다시 손을 내렸다. 그리고 바로 고꾸라지는 바람에 엘라이자와 자일스는 그가 쓰러지는 것을 막으려고 단단히 깍지를 꼈다.

"사람에게나 야수에게나 나돌아 다니기에 좋은 밤은 아니었다. W.C. 필즈가 말했지."

자일스가 떨리는 목소리로 말했다. 그는 침을 삼키고 앞에 펼쳐진 길을 향해 고개를 끄덕였다.

"우리도 함께 가는 거야. 끝까지 가 보자."

27

눈가에 고였던 눈물이 캐딜락의 열기에 화상을 입은 스트릭랜드의 얼굴을 타고 흘러내렸다. 그는 다시는 인간으로 태어나지 않을 것이다. 자궁으로 기어 들어가 그의 모든 역사를 지워 버리고 목적 없는 삶을 살아

왔음을 고백한다면 삶을 바꿀 수 있을까? 아니, 불가능했다. 그가 아무리 간절히 원해도 불가능한 일이었다. 원숭이들은 새된 소리를 질렀고, 그는 원숭이들이 시키는 대로 움직였다. 그는 캔버스 위에 그려진 데우스 브랑쿠아의 모습을 바라봤다. 잠시 후 그는 자리에서 일어났고, 간신히 안정을 되찾았다. 그래, 필요하다면 또 다른 손가락 두 개를, 팔 전체를, 아니 자신의 머리통을 뽑아 버리리라. 피가 넘쳐흐르는 모습을 보며 무엇이 진짜인지 확인할 수만 있다면 아무래도 상관없었다.

스트릭랜드는 문을 지나 빗소리로 시끄러운 복도로 나왔다. 그리고 두 번째 문을 마주했다. 총알을 아끼려고 발로 여섯 번, 아니 일곱 번을 찼고 문이 열리자 안으로 들어갔다. 그곳은 아직 열지 않은 레이니의 상자보다 더 심각해 보였다. 해충들에게나 어울릴 만큼 지저분한 동굴이었다. 그게 바로 엘라이자 에스포지토의 실체였다. 그 깜둥이한테서 엘라이자가 보육원에서 어떻게 자랐는지 이야기를 들은 날, 그는 어느 누구도 그녀를 원하지 않았고, 앞으로도 원하지 않을 것이며, 원해서도 안 된다는 사실을 깨달아야만 했다. 그는 그녀의 냄새를 따라 어질러진 욕실로 들어갔다. 침대 뒤편에 있는 벽에는 구두들로 빼곡했다. 부끄럽게도 스트릭랜드는 그 구두 가운데 상당수를 알아보았다. 스트릭랜드의 성기가 반응했고, 그는 죽은 손가락들처럼 그곳을 잡아 뜯고 싶은 충동을 느꼈다. 나중에, 그가 다시 돌아와 이 건물 전체가 불타오르는 것을 볼 수 있다면 그때 뜯어 버리자. 데우스 브랑쿠아의 냄새는 이곳에서도 짙게 풍겼다. 그는 서둘러 욕실로 갔다. 어둠속에서도 욕조를 덮은 비늘이 반짝거리는 게 보였다. 조그마한 방향제들이 욕실 벽을 빼곡히 채우고 있었다. 도대체 무슨 일이 벌어진 거지? 그는 머릿속에 떠오른 생각 때문에 역겨웠다.

스트릭랜드는 비틀거리며 거실로 향했고, 그의 시선은 이리저리 흔들렸다. 그들은 여기 없었다. 어찌 된 일인지 괴생명체는 사라져 버렸다. 손에 쥔 베레타 총이 무겁게 느껴졌다. 총이 그를 오른쪽으로, 그리고 또 오른쪽으로, 원을 그리며 끌고 다녔다. 그는 거실에서 빙빙 돌고 있었다. 한때 그가 그토록 원했던 엘라이자의 세계가 남긴 잔해는 추한 갈색으로 소용돌이치고 있었다. 그는 언뜻 무언가를 발견했고 욕지기 나는 회전을 멈추기 위해 뒤뚱거리며 탁자 위를 총으로 꾹 눌렀다.

아직 죽지 않은 그의 예리한 감각이 찾아낸 것은 일일 달력이었다. 오늘 날짜 위로 '자정-부두'라는 글자가 쓰여 있었다. 스트릭랜드는 테이블 위의 시계를 확인했다. 12시 전이었다. 그가 빙빙 도는 것을 멈추고 바로 달려갈 수 있다면 아직 시간이 있었다. 그는 테이블 위에서 전화기를 낚아채 다이얼을 돌렸고 곧 플레밍이 전화를 받았다. 그는 플레밍에게 오컴에서 이쪽으로 오고 있는 헌병들을 길 너머 부두로 보내라고 간신히 지시했다. 그는 자신이 제대로 지시를 내렸는지 확신할 수 없었다. 그의 목소리는 더 이상 그의 것처럼 들리지 않았다.

28

엘라이자는 처음에 쥐들만 눈여겨보았다. 나머지 동물들보다 그 수가 월등히 많았기 때문이었다. 그러나 곧 부두에 올라서는 순간, 그녀는 또 다른 지하 동물들이 모여서 웅성거리고 있는 것을 발견했다. 포식자와 먹잇감이 서로 나란히 서서 종의 차이를 넘어 평화를 이루고 있었다. 이 모습은 마치 엘라이자와 괴생명체를 닮아 있었다. 윤택이 흐르는 다람쥐, 붉은 눈의 토끼, 육중한 너구리, 오물로 더러워진 여우, 팔짝 뛰는 개구리, 날쌘 도마뱀, 미끄러지듯 움직이는 뱀, 그리고 이들 아래에서 꿈지럭대는 벌레와 지네, 민달팽이들. 또 다른 벌레들은 휘몰아치는 비에도 아랑곳하지 않고 검은색 띠를 이루어 몸을 굴리는 설치류들 위를 빙빙 돌고 있었다. 곧이어 개와 고양이, 오리, 돼지 등 지상의 동물들이 모여들기 시작했다. 야생의 심장을 가진 이들이 늘 기다려 온 신 앞에 경배하려고 모여든 것이다. 동물들은 셋이 지나갈 수 있도록 부두에서 물러났다. 부두는 역시나 엘라이자가 기억하는 대로 길지 않았다. 수위는 이미 9미터 표시를 훌쩍 넘어서 있었다. 강물은 방파제 바로 밑까지 차올라 있었고 비바람으로 출렁이며 널빤지 위로 계속 물을 뱉어 냈다. 바로 여기야. 모든 준비가 끝났어. 그러나 엘라이자는 조용히 부두에 서 있었고, 비가 그녀의 살갗으로 파고들었다. 그녀는 숨을 몰아쉬었다. 출렁이는 강물이 마치 파닥이는 아가미를 통해 애써 공기를 들이마시려는 괴생명체와 닮았다는 생각이 들었다. 그녀는 누군가 자신의 젖은 등에 손을 올리는 것을 느꼈다.

"서둘러."

자일스는 속삭였고 엘라이자는 눈물을 흘렸다. 하늘도 마찬가지였고, 온 우주가 흐느꼈다. 사람과 동물과 땅과 물까지, 모든 존재들이 서로 다른 두 개의 세계가 거의 합쳐질 듯했지만, 결국에는 다시 떨어져야만 하는 운명을 슬퍼하며 눈물을 흘렸다. 엘라이자는 팔을 축 늘어뜨렸다. 괴생명체가 그녀의 손 안에 자신의 손을 밀어 넣자 차갑고 축축한 비늘이 느껴졌다. 둘은 손을 잡았다. 함께하는 마지막 순간이었다. 엘라이자는 비가 만들어 낸 창살 사이로 그의 아름다운 얼굴을 바라보았다. 커다란 오닉스 같은 두 눈이 그녀를 마주 봤다. 부두에 남아 있으면 죽음이 예정되어 있음에도 불구하고, 물에 뛰어들 의지가 전혀 없는 눈이었다. 그녀가 원한다면 그는 이곳에 영원히 서 있을 것 같았다.

그래서 엘라이자는 그의 생명을 구하기 위해 걸었다. 한 걸음, 두 걸음, 출렁거리는 물을 헤치고 걸었다. 야생동물들이 강한 비바람 속에서 소곤거리며 물러났다. 유일하게 그녀를 뒤쫓아온 자일스 역시 물을 튀기며 비켜서야 했다. 부두 끝까지 40미터의 거리는 그다지 길지 않았다. 드디어 엘라이자는 방파제의 가장 끝에 도달했다. 은색 구두의 네모난 코가 방파제 가장자리에 맞닿아 있었다. 괴생명체 역시 발을 가지런히 놓았고, 그의 발톱은 방파제 밖으로 불쑥 나와 있었다. 몇 센티미터 밑으로 검은 물이 물거품을 이루었다. 엘라이자는 짭짤한 숨을 깊게 들이마시고는 그에게로 몸을 돌렸다. 세상의 종말이라도 온 듯이 세차게 부는 바람은 그녀의 분홍색 목욕 가운에 달린 벨트를 낚아채 갔고 가운은 마치 나비의 날개처럼 그녀의 벗은 몸에서 펄럭였다.

그는 초록빛으로 빛났다. 그의 빛은 비를 뚫고 어둠을 밝히는 등대처럼 깜빡였다. 여전히 엘라이자의 숨은 거칠었다. 그녀는 간신히 미소 지었다. 그러고는 물을 향해 고개를 끄덕였다. 괴생명체는 강물의 깊이를 가늠하고 있었다. 그의 초록빛은 더욱 밝아졌고 그녀는 물을 갈망하는 그의 아가미가 활짝 열리는 것을 보았다. 그는 뒤돌아 그녀를 봤다. 알 수 없는 액체가 그의 얼굴을 타고 흐르고 있었다. 그도 울 수 있을까? 비록 그 흐느낌이 가슴팍에서부터 터져 나오는 것이 아닐지라도 그녀는 그렇다고 느꼈다. 천둥이 머리 위에서 우르릉거렸다. 그게 바로 그의 울음이었다. 그는 그녀의 손을 천천히 조심스럽게 놔주었다. 그리고 자신이 가장 좋아하는 단어인 그녀의 이름을 수화로 말했다.

E-L-I-S-A.

곧 검지로 가슴팍과 강물을 차례로 가리키고 가슴팍 부근에서 손가락을 시계 반대 방향으로 살포시 돌렸다. 그는 이렇게 말하고 있었다.

나 혼자서 가는 건 싫어요.

엘라이자의 상처 입은 심장은 더 부서져 내렸다. 앞으로 얼마나 오랫동안 괴생명체는 그 종족의 마지막 존재로 남아 있어야 할까? 얼마나 오랫동안 혼자 헤엄쳐 가야 할까? 그녀는 그를 보내고 싶지 않은 마음을 억누르면서 다시 물을 가리켰다. 그는 꼬집는 듯한 몸짓으로 다시 한 번 수화로 말했다.

싫어요.

그녀는 좌절감으로 힘없이 팔을 내려뜨렸다. 그는 계속, 더 빠른 속도로 수화를 했다. 그동안 그는 그녀에게 많은 것을 배웠었다.

내게는 필요해요……

더 이상 그가 말하도록 내버려 둘 수 없었다. 엘라이자는 그의 말을 끝까지 들을 자신이 없었다. 그녀 역시 그가 필요했다. 그러나 그들의 욕망은 중요하지 않았다. 엘라이자가 강을 향해 그를 떠밀자 그는 몸을 비틀거리면서 거의 아래로 떨어질 뻔했다. 그의 눈에서 푸른빛과 초록빛이 섞여 소용돌이쳤다. 드디어 그가 몸을 돌려 물을 마주했다. 그녀는 그에게 자기 손가락이 보이지 않기를 바라며 계속 같은 말로 수화를 보냈다.

여기 머물러요. 여기 머물러요. 여기 머물러요. 여기 머물러요. 여기 머

물러요

"엘라이자!"

그때 자일스가 비명을 질렀다.

29

건기가 끝났고 우기가 은밀한 목적을 가지고 다시 돌아왔다. 이 세계는 쥐, 도마뱀, 뱀, 파리 등 살아 숨쉬는 존재들로 가득했다. 이들은 악마 같은 눈을 번득이고 독니를 드러내 보이며 스트릭랜드에게로 다가왔다. 스트릭랜드 머릿속의 원숭이들은 계속해서 명령을 내렸다. 각각이 다 비밀스러운 지령이었다. 그는 충성스러운 군인이었고 그들의 자산이었다. 그는 으르렁대며 달렸고 바지에 매달리는 과격한 다람쥐와 그의 발목을 무는 미친 쥐들을 뿌리치려고 몸부림을 쳤다. 이들은 그를 멈출 수 없었다. 정글 신인 그는 발꿈치 밑의 귀여운 머리통을 으깨 버렸고 손으로는 찍찍거리는 작은 목을 목졸라 죽였다.

드디어 방파제 위에 선 그는 자신의 넓적다리를 한바탕 물어뜯은 쥐들을 한번에 털어 버렸다. 파도가 그가 가는 길 위쪽을 덮쳤고, 물의 장벽이 양편으로 솟구쳐 거대한 아치를 만들어 냈다. 그는 검은 터널의 끝에 눈의 초점을 맞췄다. 그곳에 엘라이자 에스포지토와 데우스 브랑쿠아가 소용돌이치는 강물을 내려다보며 서 있었다. 그 끝에는 늙은이도 한 명 있었다. 스트릭랜드는 단번에 그가 세탁 차량의 주인임을 알아봤다. 예상치 못한 수확이었다. 이것들이 한꺼번에 모여 있군. 아, 정말 신나는데.

단 몇 초만에 스트릭랜드는 그들 가까이로 달려갈 수 있었다.

"엘라이자!"

늙은이가 스트릭랜드를 보며 소리쳤다. 스트릭랜드는 너무 빨리 그들에게 다가왔다. 잽싸게 달려오던 스트릭랜드의 두 발이 소용돌이치는 급류 때문에 널빤지 위에서 미끄러져 순간적으로 몸의 균형을 잃었지만, 그는 그 순간도 놓치지 않고 들고 있던 총을 세게 휘둘렀다. 자일스는 총에 머리를 맞고 철퍼덕 바닥에 쓰러졌다. 몸이 방파제 끄트머리까지 데굴데굴 굴러가 성난 물속으로 빠졌다. 그는 방파제의 젖은 널빤지를 움켜쥐려고 했지만 실패했고, 뾰죽뾰죽한 파도 속으로 머리부터 떨어졌다.

이제 엘라이자가 그를 보았다. 3미터쯤 떨어진 곳에서 스트릭랜드는 똑바로 일어서 데우스 브랑퀴아를 향해 총을 겨누고 있었다. 하지만 그의 눈은 자꾸 엘라이자에게로 향했다. 그녀는 앞섶이 풀어진 가운 속에 아무것도 걸치지 않았고 오직 구두만 신고 있었다. 그래, 구두겠지. 반짝이는 은색 굽이 그를 고문했다. 이 요부. 이 부정한 여자. 이 사기꾼. 결국 그녀는 그를 혼란에 빠트린 진정한 데릴라였다. 그는 그 벌로 그녀가 보는 앞에서 데우스 브랑퀴아를 끝장낼 생각이었다. 이제 시작이야. 아가미 신은 이제 과거가 되겠지. 그리고 나, 스트릭랜드는 어떻게 되냐고? 캐딜락 판매원이 내게 말했지. '미래군요. 당신은 미래에서 온 남성처럼 보이는군요.'

그는 결국 이 벙어리 여자를 꽥꽥거리게 만들었다는 데서 깊은 만족감을 느꼈다. 그녀는 빗물이 섞인 공기를 삼켰고 그녀의 목에는 핏줄이 섰다. 그리고 있는 힘껏 소리를 질렀다. 데우스 브랑퀴아에게 곧 총알이 발사될 거라고 경고할 수 있는 그녀의 유일한 방법이었다. 스트릭랜드는 그 소리가 그녀의 병약한 목구멍에서 터져 나온 첫 소리라고 확신했다. 약했다. 어쨌든 무엇인가가 그녀의 후두에서 터져 나왔다. 조세피나 호에 묶인 독수리가 항해일지를 쪼아 삼키다가 목에 걸렸을 때 냈던 것과 같은 쉰 목소리였다.

그 소음은 으르렁거리는 돌풍과 맞서기에 충분할 정도로 독특했다. 데우스 브랑퀴아가 돌아섰다. 번개가 내려쳤고, 하얀 빛이 청록색으로 빛나는 아가미 신을 관통했다. 스트릭랜드, 이 미래의 남자가 한 번, 그리고 두 번 방아쇠를 당겼다. 강풍과 후두두 쏟아지는 빗속에서 그 소리가 선명하게 울렸다. 데우스 브랑퀴아의 가슴팍에 두 개의 구멍이 뚫렸고 곧 괴생명체는 비틀거리다 방파제 가장자리에 무릎을 꿇고 넘어졌다. 피가 솟구쳐 나와 비에 섞였다. 두 개의 대륙을 넘나들며 어마어마한 적을 상대한 위대한 사냥의 결말치고는 조금 시시했다. 그러나 그게 바로 사냥의 본질이다. 때로는 당신의 먹잇감은 죽음에 맞서 전설이 될 수도 있고 아니면 허무하게 스러져 죽어간, 그저 그런 이야기로 남게 될 수도 있다. 스트릭랜드는 얼굴을 흔들어 비를 털어 내고 데우스 브랑퀴아의 머리를 겨냥했다. 그리고 방아쇠를 당겼다.

30

바로 그때 엘라이자는 군인이 자신의 전우를 위해 수류탄을 몸으로 막고, 엄마들이 아이들을 위해 목숨을 버리는 등 사랑하는 사람을 위해 모든 걸 버리게 만드는 그 강렬한 감정이 무엇인지 깨달았다. 그러나 총알을 떨어뜨릴 수 있다는 듯 팔을 올리는 게 그녀가 할 수 있는 전부였다. 모든 일은 순식간에 벌어졌다.

스트릭랜드가 총을 발사하는 순간, 가늘고 날카로운 붓이 그의 왼발을 관통했다. 그의 바로 뒤에 자일스가 서 있었다. 그는 다시 물 위로 떠올라 방파제 가장자리에 매달려 있었다. 자일스를 급류로부터 구해 낸 이가 그의 주머니에서 붓을 꺼내 스트릭랜드의 발에 꽂아 버린 것이다. 젤다였다. 믿을 수 없지만 젤다였다. 그녀는 세상의 끝에 갑자기 등장해서 방파제까지 거침없이 달려왔다. 비에 몽땅 젖어 진흙투성이가 된 젤다는 여전히 붓을 주먹으로 꼭 쥐고 있었고, 그녀의 손은 흘러나온 물감 때문에 초록색으로 변했다.

스트릭랜드는 무릎을 꿇고는 손으로 발을 어루만졌다. 엘라이자의 가슴에 희망이 싹텄다. 그러나 곧 희망은 절망으로 바뀌었다. 그녀 역시 스트릭랜드와 마찬가지로 무릎을 꿇었다. 그녀의 넓적다리에서 경련이 일었다. 그녀는 쓰러지지 않으려고 손으로 다리를 꾹 눌렀지만 소용없었다. 그녀는 앞으로 고꾸라졌다. 간신히 두 팔로 땅을 디디고 버텼다. 강물이 그녀의 얼굴과 손가락 위에 튀었다. 물은 검었고, 푸르렀고, 자줏빛이었고, 붉었다. 그녀가 자신의 가슴을 재빨리 살펴보니 가슴 사이로 총알 구멍이 깔끔하게 나 있었다. 피가 뿜어져 나와 방파제에 깔아 놓은 널빤지 위로 흘렀다. 피는 물에 금방 씻겨 내려갔다.

그녀는 약했고 그녀의 팔꿈치는 오래 버티지 못했다. 시선이 흔들렸다. 그녀는 거꾸로 된 세상을 보았고 짙은 구름 위로 번개가 모세혈관처럼 퍼졌다. 끊임없이 비가 쏟아졌고 경찰차의 사이렌 불빛이 근처 보트들을 비췄다. 스트릭랜드가 손을 더듬거리며 총을 찾자, 젤다가 그의 등을 주먹으로 쳤다. 자일스는 방파제로 올라와 스트릭랜드의 발목을 잡았다. 엘라이자는 초록색과 파란색과 노랑색을 보았다. 그리고 더 빠른 속도로 보라색과 진홍색과 암갈색을 보았다. 그 다음은 더 더 빠르게 복숭아색과 올리브색, 선명한 카나리아색을 보았다. 그리고 가늠할 수 없는 속도로 그녀가 알고, 혹은 모르는 모든 색깔이 폭풍을 뚫고 빛났다. 괴생명체였다. 괴생명체의 몸이 내뿜는 인광이 아름답게 춤추는 모습이었다.

그가 그녀를 안자 그의 피가 그녀 위에 쏟아졌고 그녀의 피가 그에게 튀었다. 이 둘은 동시에 죽어가면서도 생명의 물로 이어졌다.

31

파도가 베레타 권총을 깊은 곳으로 휩쓸어 가려고 했지만 스트릭랜드가 더 빨랐다. 그는 총을 향해 기어가 총을 두 손으로 단단히 움켜잡았다. 그 와중에 그를 깨무는 쥐 두 마리를 떨쳐 내야만 했다. 그는 등으로 굴러 늙은이의 얼굴을 발로 찼고 데릴라 브루스터를 방파제 아래로 밀쳐 버렸다. 쥐는 그의 온몸을 물었고 발에서 피가 흐르고 있었다. 비 때문에 앞이 보이지 않았다. 그는 팔꿈치로 온몸을 지탱한 채 비를 향해 입을 벌렸다. 이제 비는 그의 것이었다. 비 때문에 질식할 것만 같아서 그는 앉은 자세로 몸을 틀었다. 그리고 목을 길게 뺐다.

데우스 브랑퀴아가 다채로운 색을 뿜어내며 빗줄기 사이로 스트릭랜드를 응시하고 있었다. 그는 엘라이자를 안고 있었다. 그는 천천히 엘라이자를 바닥에 내려놓았다. 파도가 그녀를 핥았다. 아가미 신이 일어섰다.

스트릭랜드는 눈앞의 상황을 이해하려고 애쓰며 눈을 깜빡였다. 분명히 그는 가슴에 총알을 두 방 맞았다. 그런데도 일어설 수 있다고? 그리고 여전히 걷는다고? 데우스 브랑퀴아는 방파제를 따라 걸었고 그의 몸은 어둠 속 햇불처럼 밝았다. 이 불멸의 존재를, 어리석은 인간 스트릭랜드는 자신이 끝내 버릴 수 있다고 착각한 것이다.

스트릭랜드는 그를 향해 총을 이리저리 쏘아 댔다. 총알이 데우스 브랑퀴아의 가슴과 목, 그리고 배를 관통했지만 그는 총알구멍을 손으로 차례차례 닦아 냈다. 상처는 비와 함께 사라져 버렸다. 스트릭랜드는 물기를 털어 내기 위해 세차게 고개를 흔들었다. 신선한 물로 채워진 강이 그에게 불멸의 능력을 부여한 것일까? 이곳에 모여든 모든 동물들이 자신들의 지도자에게 생명력을 전한 것일까? 알 길이 없었다. 아니 그는 알려고도 하지 않았다. 스트릭랜드는 한 번도 그가 울음을 허락하지 않았던 티미처럼 시끄럽고, 고르지 않게 울었다. 그는 땅을 향해 고개를 숙였다. 너무 수치스러워서 아가미 신이 지닌 영원의 눈을 마주할 수 없었다. 데우스 브랑퀴아가 그의 앞에 무릎을 꿇었다. 그리고 손톱 하나를 총의 방아쇠울에 걸어 스트릭랜드의 손아귀에서 총을 부드럽게 빼낸 후 부두 위에 내려놓았다. 검은 물이 부두 위로 넘쳐흐르면서 총을 단숨에 삼켜 버렸다. 데우스 브랑퀴아는 아까 그 손톱을 스트릭랜드의 턱 밑에 대고 다정하게 그의 얼굴을 위로 젖혔다. 스트릭랜드는 훌쩍거렸고 계속 눈을 감고 있으려고 했지만 그럴 수 없었다. 이 둘은 얼굴을 가까이 댔다. 눈물이 그의 뺨 위로 계속 흘렀고 데우스 브랑퀴아의 손을 따라 아름다운 비늘 위로 떨어졌다.

"너는 진짜 신이었군."

스트릭랜드가 속삭였다. 그는 비로소 이곳에서 자신의 목소리를 찾은 것 같아서 기뻤다.

"죄송합니다."

데우스 브랑퀴아가 마치 그의 사과에 대해 고심하듯이 머리를 옆으로 떨어뜨렸다. 데우스 브랑퀴아의 손톱이 스트릭랜드의 뺨에서부터 스트릭랜드의 목으로 훑듯이 내려왔다. 그러고는 단숨에 목구멍을 손톱으로 그었다.

스트릭랜드는 목 언저리 살갗이 벌어진 느낌을 받았다. 나쁘지 않았다. 그래, 너무 오랫동안 닫혀 있었지. 그의 머리가 가벼워졌다. 그는 아래를 내려다봤다. 벌어진 목구멍에서부터 피가 쏟아져 그의 가슴을 적셨다. 그의 모든 것이 비워졌다. 원숭이들, 호이트 장군, 레이니, 아이들, 그의 죄. 그에게 남은 것은 리처드 스트릭랜드, 자신뿐이었다. 그가 시작된 방식, 그가 태어난 방식, 늘 가득차 있던 분노. 그는 뒤로 넘겨졌다. 아니, 데우스 브랑퀴아가 그를 눕혔다. 그는 담요만큼이나 부드럽고 따스한 물속에 그를 밀어 넣었다. 그의 눈구멍은 비로 가득 찼다. 그가 볼 수 있는 것은 물이 전부였다. 그렇게 끝이 났다. 그러나 그는 죽어 가면서 웃었다. 죽음은 곧 시작이었기 때문에.

32

자일스는 자연의 야생성 안으로 문명이 다시 들어오는 것을 보았다. 과장된 불빛을 비추고 어린아이 같은 꽹음을 내지르며 차들이 도착했다. 유니폼과 비옷을 입은 남자들이 장비가 줄줄이 달린 벨트를 한 채 부두로 뛰어왔다. 이들은 야생 동물들이 무리 지어 있는 방파제 언저리에 멈춰 섰다. 아까처럼 수가 많지는 않았지만, 여전히 위협적인 숫자였다. 도시의 사람들도 하나둘 모여들기 시작했다. 부두에서 비치는 놀라운 색채들 때문이 아니라면 이런 비바람을 무릅쓰고 밖으로 나오지 않을 사람들이었다. 그들은 빗속에서 어떤 미치광이가 불꽃놀이를 한다고 생각했다.

자일스는 폐 속의 물을 토해 냈다. 죽을 것만 같았다. 그는 강 밑바닥에 부딪쳤다가 다시 표면으로 떠오르기 위해 미친 듯이 헤엄을 쳤다. 역조류에 휩쓸린 덕분에 뭍으로 밀려올 수 있었다. 어떤 손 하나가 그의 손목을 잡아채더니 방파제까지 끌어올렸다. 맞잡은 손바닥은 미끄러웠지만 좋은 감촉을 지녔다. 수세미를 박박 문지르고 성실하게 빗자루와 걸레질을 하느라 못이 박힌, 엘라이자와 비슷한 손이었다. 손의 주인공은 괴생명체를 구하기 위해 오컴의 하역장에서 잠깐 만났던 흑인 여성 젤다였다. 자일스는 그때도 왜 그녀가 그곳에 있는지 알 수 없었고 이번에도 마찬가지였다. 둥글둥글한 이 중년 여성은 늘 결정적인 순간에 나타났고, 은밀한 곳에서 무한한 용기를 갖고 행동했다. 심지어 그가 방파제에 오르는 순간 그녀는 그의 주머니에서 붓을 뽑아 들고 총을 든 남자를 공격했다. 이제 그 남자는 죽었다. 그의 목구멍에서 너무 많은 피가 흘러나와 끊임없이 밀려오는 파도로도 지울 수 없을 정도였다. 자일스는 허우적댔고 젤다는 그의 떨리는 몸을 바짝 잡아당겼다. 두 사람은 물보라 사이로 괴생명체가 일어나 손톱에서 스트릭랜드의 피를 털어 내고 물갈퀴가 달린 발로 쓰러진 엘라이자에게 다가가는 모습을 지켜봤다. 눈부시게 아름다운 그의 빛이 그가 걸을 때마다 사그라들었다. 자일스와 젤다는 숨을 골랐다.

"그녀는……?"

자일스가 쉰 목소리로 물었다.

"모르겠어요."

젤다가 말했다.

"손 들어!"

경찰들이 괴생명체를 향해 소리쳤다. 하지만 그는 신경 쓰지 않고 방파제에서 엘라이자를 들어 올렸다. 경찰들이 엘라이자를 내려놓으라고 소리쳤지만 소용없었다. 괴생명체는 잠시 그곳에 서 있었다. 거품이 이는 강물과 순수한 빗속에서, 길고 강한 형체가 검은 실루엣을 고스란히 드러냈다. 자일스는 슬펐지만 너무 지치고 괴로워 눈물도 나오지 않았다. 그냥 입으로 '안녕'이라고 말한 게 다였다. 오늘 밤 그가 익사하지 않고 버틸 수 있는 힘을 준, 치유의 손길을 가진 괴생명체, 그리고 그가 지난 20년 동안 버틸 수 있는 힘을 준 최고의 친구에게 건네는 인사였다. 엘라이자를 안은 괴생명체는 소리 없이, 그리고 물방울도 전혀 튀기지 않고 물로 뛰어들었다.

경찰들이 마침내 물을 튀기며 방파제로 걸어왔다. 총으로 무장한 그들은 방파제 가장자리에 서서 거센 바람에 맞서 모자를 손으로 붙들고는 손전등으로 파도 사이를 살폈다. 구급 상자를 든 사람들은 죽은 스트릭랜드에게 먼저 다가갔다. 그러고는 자일스와 젤다 곁으로 다가와 그들의 상태를 살폈다.

"아픈가요?"

의료진이 물었다.

"당연히 아프죠. 우리는 모두 아프다고요."

젤다가 말했다. 자일스는 저도 모르게 낄낄거렸다. 그는 엘라이자가 그리울 것이었다. 매일 밤에 아침을 그리워하듯이, 매일 아침에 오후를 그리워하듯이, 식사하는 것을 잊는 바람에 배에서 꼬르륵 소리가 날 때마다. 그는 그녀를 사랑했다. 아니, 그건 맞지 않은 말이다. 그는 그녀를 사랑한다. 왜 그런지 자일스는 그녀가 죽지 않았고 영원히 죽지 않을 것 같았다. 그리고 옆의 여자는? 그의 구원자는? 그는 이미 이 여자도 사랑하는 것 같았다.

"당신이 자일스군요."

그녀는 의료진의 치료를 받으며 말했다.

"아, 당신이 젤다군요."

자일스와 젤다는 이런 세기말적인 상황 속에서 서로를 형식적으로 소개하는 모습이 우스꽝스러워 미소 지었다. 자일스는 일레인 스트릭랜드를 떠올렸다. 잠깐이지만 그녀와 나눴던 감정에 대해 이야기를 나눠 보기도 전에 그녀는 사라져 버렸다. 그는 그런 실수를 다시는 저지르지 않을 것이다. 자일스는 손을 내밀어 젤다의 손을 잡았다. 소금기 섞인 물이 이 둘의 손바닥 사이로 흘렀고 둘을 하나로 묶어 주었다. 젤다는 자일스의 어깨에 머리를 기댔다. 빗방울이 그들의 머리 위로 떨어졌고 둘을 하나로 녹여 버리는, 또 둘을 하나로 묶어 주는 듯했다.

"혹시 이렇게 생각하나요……"

젤다가 먼저 말을 꺼냈다.

자일스는 말을 덧붙이려고 노력했다.

"그들이……"

"저 밑에서요, 제 말은. 아마도 그들은……?"

둘 다 말을 끝마치지 못했다. 그들은 질문이 무엇인지 말하지 않아도 알고 있었고, 절대적인 답이 없다는 것도 알고 있었다. 자일스는 젤다의 손을 꽉 쥐고는 한숨을 내쉬었다. 그리고 자신의 입김이 여전히 세차게 내리는 비 사이로 사라지는 모습을 지켜보았다. 마침내 빗줄기는 서서히 약해졌다. 그는 병원 담요를 두르고 구급차 뒤편에 올라 젤다가 탈 때까지 기다렸다. 그는 가장 훌륭한 대답을 내놓기 전에 젤다가 그 질문을 잊어 버렸을 거라고 생각했다.

33

엘라이자는 가라앉고 있었다. 바다의 신 포세이돈의 주먹이 그녀를 쥐었고, 악어가 먹잇감을 물고 뒤흔드는 것처럼 그녀의 몸을 아래위로 뒤흔들었다. 그녀는 점점 멀어져 가는 고향 볼티모어를 보고 싶어서 두 차례 정도 수면 위로 오르려고 했다. 그러나 총을 맞아 발차기를 할 수 없었다. 결국 그녀는 최후의 순간을 향해 아래로 아래로 미끄러져 내려갔다. 강물 속은 어두웠다. 공기는 없었고 오직 압력만이 있었다. 상처의 출혈을 막으려는 듯 그녀의 살갗을 누르는 수십 개의 손 같았다. 피는 계속 몸에서 빠져나와 물 사이로 퍼졌다. 떠내려간 그녀의 목욕 가운을 핏빛 가운으로 바꾸었다. 엘라이자가 입을 열자, 차가운 물이 들어왔다. 어두운 곳에서 그가 다가왔다. 그녀는 수백만 개의 빛이 그의 비늘 하나 하나에서 나오는 것을 알아차릴 때까지 그가 번쩍거리는 물고기 떼라고 생각했다. 그는 자신이 소유한 수중 태양을 끌어왔고 그 빛 덕분에 그녀는 그가 상상하지도 못한 방식으로 움직이는 것을 볼 수 있었다. 그는 물 안에 있는 것이 아니라, 물의 일부였다. 길거리를 걷는 것처럼 물속을 똑바로 걸었다. 엘라이자는 혼란스러웠다. 마치 중력에 거부하는 몸짓으로 바람에 갇힌 꽃이 제자리에서 빙글빙글 도는 춤사위를 보는 것 같았다. 그는 완벽하고도 신중하게 그녀에게 다가와 그녀의 머리에 입을 맞췄다. 그녀에게 팔을 두르고, 그만의 수중 햇빛으로 그녀를 감쌌다. 그의 넓은 손은 그녀의 등으로 미끄러졌고 벌거벗은 어깨를 타고 올라왔으며 다시 가슴 사이로 움직였다. 그러다가 헤엄치며 옆으로 자리를 옮겨서 그녀를 잡았다. 그녀는 막 자전거를 배우기 시작한 어린아이가 됐다.

엘라이자의 눈꺼풀이 물의 무게를 이겨 내려고 움직였다. 가슴에 뚫린 구멍은 이미 사라져 버렸다. 놀라운 것은 그녀가 그 사실에 전혀 놀라지 않았다는 점이다. 그저 아무렇지 않게 이 사실을 기쁘게 받아들였다. 그녀는 괴생명체가 자기 오른편으로 헤엄쳐 와서 손을 잡는 모습을 보기 위해 위를 올려다보았다. 엘라이자는 그가 자신을 떠나 보낼 준비를 한다는 것을 알았다. 그녀는 고개를 흔들었고 그녀의 머리카락이 해초처럼 흔들렸다. 그녀는 준비가 되어 있지 않았다. 그녀는 자유로운 손으로 자신의 불안감을 표현하려고 했지만 인간의 신체기관은 물속을 가르기엔 역부족이었다. 그의 손이 그녀의 손을 멈추었고 그녀는 떨어지고, 떨어지고 또 떨어졌다. 검은 심연으로 빠져들어 가고 있다고 하기엔 뭔가 이상했다. 그녀는 사실 오르고, 오르고 또 오르는 중이었다. 그녀가 발을 차자 줄리아의 구두 상점에서 산 아름다운 은색 구두가 열대어처럼 그녀의 곁을 지나 바닷속으로 가라앉았다. 그녀는 더 이상 구두를 볼 수 없었다.

그는 다시 깊은 바닷속에서부터 솟아올랐다. 그들은 오직 물을 딛고,

새롭고 벌거벗은 모습으로 서로의 곁에 섰다. 그의 아가미가 팽창하고 수축했다. 엘라이자 역시 숨을 쉬고 있었다. 그녀는 어떻게 된 일인지 이해할 수 없었지만 신경 쓰지 않았다. 수중 공기는 숨쉬기에 아무런 문제가 되지 않았고 충분히 훌륭했으니까. 수중 공기는 딸기와 설탕 맛이었다. 그리고 전에는 한 번도 느껴 보지 못한 에너지로 그녀를 가득 채웠다. 그녀는 웃음을 참을 수가 없었다. 공기 방울이 그녀의 입에서 새어 나왔다. 그리고 괴생명체는 즐겁게 이를 쫓았다. 그녀는 손을 뻗어 그의 아가미를 어루만졌고 자신이 그를 영원히 볼 수 있을 거라고 생각했다. 그녀 안의 무엇인가가 팽창하기 시작했다. 비로소 그녀는 왜 보육원 원장이 목에 난 흉터를 보고 자신을 괴물이라고 불렀는지 깨달았다. 이제 엘라이자는 그 여자에 대해 어떤 미움도 없었다. 여기서 그녀는 미움에는 목적이 없음을 깨달았다. 이곳에서는 그저 적이 친구가 될 때까지 그들을 포용하는 것뿐이었다. 하나의 존재가 아닌 모든 존재가 되는 것, 하느님과 카마슈, 그 사이에 존재하는 모든 것이 되는 것이다. 그녀는 이제 육체적으로도 변했다. 피부와 근육이 변했다. 그녀는 충만했고 완벽했다.

그녀는 그에게 손을 뻗었다. 그리고 자기 자신에게도. 둘은 다를 바가 없었다. 그녀는 이제 모든 것을 이해할 수 있었다. 그녀는 그를 잡았고 그는 그녀를 잡았다. 이 둘은 서로를 붙잡았다. 모든 것은 어둠이었고, 모든 것은 빛이었다. 모든 것은 추하고 모든 것은 아름다웠다. 모든 것은 고통이고 모든 것은 슬픔이었다. 모든 것은 존재하지 않았고 모든 것은 영원했다.

34

우리는 기다려. 우리는 봐. 우리는 들어. 우리는 느껴. 우리는 인내해. 우리는 언제나 인내해. 하지만 그건 어려워. 우리가 사랑하는 여성. 그녀는 오랜 시간이 걸려. 그녀는 알고 보고 느끼고 기억하는 데 너무나 오래 걸려. 그녀가 몸부림치는 모습을 보는 건 싫어. 그녀가 고통을 겪는 걸 보는 건 싫어. 우리도 마찬가지로 몸부림쳤지. 우리는 몸부림쳤지. 고통과 몸부림은 중요해. 고통과 몸부림을 반드시 겪어야만 해. 그녀가 치유 받고 싶다면 우리가 모두 그러했듯 우리도 그녀를 돕지. 이제 일이 벌어지지. 일이 벌어져. 이제는 이해하지. 그리고 아름답지. 그녀는 아름답지. 우리는 아름답지. 좋은 광경이야. 행복한 광경이야. 그녀 목에 난 선들은, 그녀가 흉터라고 생각했던 선들은 흉터가 아니야. 그 선들이 벌어져 아가미가 되는 것을 보는 건 좋아. 아가미가 열리고 아가미가 넓게 벌어지고. 행복한 광경이야. 이제 그녀는 알아. 자기가 누구인지. 그녀가 언제나 누구였는지. 그녀는 우리고 우리는 이제 함께 이야기해. 우리는 함께 느껴. 그리고 저 멀리 헤엄쳐 나아가. 저 끝을 향해. 저 시작을 향해. 우리는 따라오려 하는 모든 이를 반겨. 우리는 물고기를 반겨. 우리는 새들을 반겨. 우리는 벌레들을 반겨. 우리는 네 다리 짐승들을 반겨. 우리는 두 다리 동물을 반겨. 우리는 당신을 반겨.

우리와 함께해.

셰이프 오브 워터

1판 1쇄 발행 | 2018. 3. 26.
1판 3쇄 발행 | 2018. 5. 10.

기예르모 델 토로 · 대니얼 크라우스 지음 | 김문주 옮김

발행처 김영사 | 발행인 고세규
편집 김지아 김선민 민우섭 | 디자인 윤소라
등록번호 제 406-2003-036호 | 등록일자 1979. 5. 17.
주소 경기도 파주시 문발로 197(우10881)
전화 마케팅부 031-955-3102 | 편집부 031-955-3113~20 | 팩스 031-955-3111

값은 표지에 있습니다.
ISBN 978-89-349-9376-6 03840

좋은 독자가 좋은 책을 만듭니다. 김영사는 독자 여러분의 의견에 항상 귀 기울이고 있습니다.
독자외견전화 031-955-3139 | 전자우편 book@gimmyoung.com | 홈페이지 www. gimmyoungjr.com
드림365 cafe. naver. com/dreem365

이 도서의 국립중앙도서관 출판예정도서목록(CIP)은 서지정보유통지원시스템 홈페이지(http://seoji. nl. go. kr)와
국가자료공동목록시스템(http://www. nl. go. kr/kolisnet)에서 이용하실 수 있습니다. (CIP제어번호 : CIP2018004015)